Marnie Schaefers
A NEW SEASON
My London Dream

MARNIE SCHAEFERS

A NEW SEASON

MY LONDON DREAM

Ravensburger

TRIGGERWARNUNG
Dieses Buch enthält Themen, die potenziell triggern können.
Auf Seite 522 befindet sich ein Hinweis zu den Themen.

ACHTUNG: Dieser enthält Spoiler für die gesamte Handlung.

1 3 5 4 2

Originalausgabe

© 2021 Ravensburger Verlag GmbH,
Postfach 2460, D-88194 Ravensburg

Text © 2021 Marnie Schaefers

Lektorat: Franziska Jaekel

Fotos von shutterstock_554249665.jpg / Urheber: wacomka;
shutterstock_562647130.eps / Urheber: Nadya_Art

Alle Rechte vorbehalten

Printed in Germany

ISBN 978-3-473-58587-8

www.ravensburger.de

PROLOG
VICTORIA

ZWEIEINHALB JAHRE ZUVOR

Nur noch ein Jahr, dann muss ich dieses Gebäude nie wieder betreten. Mit diesem Gedanken bin ich heute Morgen aufgestanden, und er begleitet mich auch, als ich die Sporthalle an diesem Oktobertag nach der letzten Unterrichtsstunde verlasse. Sanfter Nieselregen empfängt mich, wie er nicht charakteristischer für England sein könnte. Im Grunde begleitet er mich ständig. Der Gedanke. Obwohl ich mir bewusst bin, dass das Problem eigentlich woanders liegt.

Mit dem Rucksack über der Schulter gehe ich den Bürgersteig entlang in Richtung Bushaltestelle und versuche, meine Mitschülerinnen und Mitschüler zu ignorieren, die in Gruppen zusammenstehen und sich noch gar nicht trennen möchten, obwohl sie sich in wenigen Stunden wiedersehen werden, um das Wochenende einzuläuten.

An guten Tagen ist es, als hätte ich zu Beginn der Secondary School bloß dummerweise den Anschluss verpasst und würde seitdem immer etwas hinterherhinken. An schlechten Tagen frage ich mich ernsthaft, ob es nicht doch wahr ist, was die anderen über mich sagen. Womöglich stimmt tatsächlich etwas nicht mit mir.

Ich beschleunige meine Schritte, kann es kaum erwarten, mein Ziel zu erreichen. Schon den ganzen Tag hat es mich aus dem Klassenzimmer heraus gedanklich in den Blumenladen von Agatha gezogen, und nun dauert es nicht mehr lange, bis ich dort bin. Nirgendwo sonst fühle ich mich so geborgen wie an meinem absoluten Lieblingsort. Der feuchte, erdige Geruch, der hier draußen in der Luft hängt, erinnert mich an all die Stunden, die ich dort bereits verbracht habe. Fehlt nur der Hauch von Grünschnitt darunter.

Jemand ruft meinen Namen.

»Warte!«

Etwas widerwillig bleibe ich stehen und drehe mich nach der Stimme um.

Das Mädchen, das zu mir aufschließt, ist außer Atem. »Gut, dass ich dich noch erwische.«

Obwohl Elle mir mit ihren langen blonden Haaren, den graublauen Augen und dem schmalen Gesicht ziemlich ähnlich sieht, macht die Schuluniform, die wir beide tragen, an ihr irgendwie mehr her als an mir. Möglicherweise liegt das an ihrem tänzerischen Gang und ihrer Haltung, die reinstes Selbstbewusstsein ausstrahlt. Ich dagegen würde mich oft lieber unsichtbar machen. Das wirklich Blöde jedoch ist, dass es sich bei Elena Knight um meine elf Monate jüngere Schwester handelt. Könnte ich nur etwas mehr sein wie sie. Das rufen mir zumindest unsere Eltern regelmäßig ins Gedächtnis, indem sie mich stets etwas besorgt und schief von der Seite angucken. Was sie bei Elle nie tun.

»Was gibt's?«, frage ich meine Schwester jetzt und setze meinen Weg fort, um auf keinen Fall den Bus zu verpassen. »Ich muss zur Arbeit.«

Dafür ernte ich ein Augenverdrehen. »Kann Agatha nicht mal fünf Minuten warten?«

»Sie ist meine Chefin.«

»Sie ist eine Freundin unserer Mutter.«

»War.«

Elle und ich haben als Kinder viel Zeit bei Agatha im Laden und auf dem denkmalgeschützten Friedhof verbracht, auf dem er sich befindet. Mum und Agatha hatten sich angefreundet, nachdem meine Eltern mit uns nach Bow im Londoner East End gezogen waren. Der *Tower Hamlets Cemetery*, von dem Mum als ehemalige Geschichtsstudentin mehr als angetan war, liegt von unserem Haus aus quasi um die Ecke, und als meine Grandma krank wurde, hatte Agatha oft auf mich und meine Schwester aufgepasst, um meine Mutter zu entlasten.

»Wie auch immer«, wischt Elle meinen Einwurf beiseite und klimpert mit den Wimpern. »Kannst du mich nachher bitte entschuldigen? Ich gehe mit ein paar Freundinnen auf diese Party. James wird auch dort sein. Du weißt schon, *James*!«

Ja, in ihren Augen der süßeste Typ des Universums.

»Ich werde dann bei Ava übernachten. Und, na ja, unsere Eltern würden sich bestimmt freuen, aus verlässlicher Quelle zu erfahren, dass ich gleich für die erste Klausurphase einen mehrtägigen Lernmarathon mit ihr plane.«

Daher weht also der Wind.

Unnötigerweise regt sich Enttäuschung in mir, dass sie nicht mal daran gedacht hat, mich zu fragen, ob ich mitwill. Zu Hause versucht sie immer wieder, mit mir über Jungs und Klamotten und all die anderen Dinge zu quatschen, für die sie sich interessiert, obwohl ich damit nicht viel anfangen kann. Im Grunde weiß sie so gut wie ich, dass ich lieber auf dem Friedhof zwischen den alten Gräbern längst verstorbener Persönlichkeiten herumstreife, anstatt mich mit lebenden Menschen zu umgeben.

»Sicher«, sage ich deshalb zu ihr.

Inzwischen haben wir die Haltestelle erreicht.

»Hey …« Elle mustert mich mit schief gelegtem Kopf. Sie hat genau gemerkt, dass ich nicht ganz bei der Sache bin. »Ich kann mich doch auf dich verlassen?«

»Jap«, presse ich hervor und fummele an dem Haargummi an meinem Handgelenk herum. »Ich werde dich decken und dein Alibi untermauern.«

Ist ja keine große Sache, Elles Lerneifer einzustreuen, wenn Mum und ich uns nachher diese Doku über Jeanne d'Arc ansehen. Wie sollte ein siebzehnjähriges Mädchen einen Freitagabend auch sonst verbringen? Und ja, ich finde es wirklich spannend, mir historische Dokumentarfilme reinzuziehen. Schließlich habe ich vor, wie meine Mutter Geschichte zu studieren. Nur manchmal wäre es doch ganz schön, wenn ich alternativ mit Leuten in meinem Alter auf eine Party gehen könnte.

»Großartig!« Elle schlingt die Arme um mich und knutscht mich ab.

Obwohl ich so tue, als wollte ich sie von mir schieben, freue ich mich insgeheim darüber.

Als der Bus um die Ecke kommt, verabschiede ich mich und steige ein. Von draußen winkt Elle mir sogar noch einmal zu. Seufzend lasse ich mich in den Sitz sinken, und für einen Moment fühlt sich die Einsamkeit doppelt so schwer an wie sonst. Es ist auch nicht gerade hilfreich, dass zwei Reihen hinter mir geflüstert wird und ich automatisch fürchte, es hätte mit mir zu tun. Ich setze meine Kopfhörer auf und lasse *Breakaway* von Kelly Clarkson in Dauerschleife laufen, bis ich die Tore des Cemetery sehe.

Erst als ich im *Magic of Flowers* herzlich von Agatha empfangen werde, löst sich der Knoten in meiner Brust. Und das liegt nicht nur an ihrer guten Laune und den dazu wippenden grauen Korkenzieherlocken. Sobald ich mich umgezogen und mir die grüne Schürze umgebunden habe, lasse ich meinen Blick durch den Raum mit den anthrazitfarbenen Wänden schweifen, der sich im hinteren Teil zu einem zauberhaften Wintergarten öffnet. Zwischen den unzähligen Pflanzenkübeln und Blumentöpfen kann ich durchatmen und alles andere für eine Weile hinter mir lassen.

Agatha legt mir eine Hand auf die Schulter, und ein warmes Gefühl breitet sich in mir aus. »Schatz, bindest du gleich noch ein paar Sträuße? Die sind heute weggegangen wie frische Blaubeermuffins.«

Ich schmunzele über diesen Vergleich, schließlich mag Agatha diese Muffins gar nicht. Aber ich.

»Klar.«

Während ich gelbe Buschrosen, lila Prärie-Enziane und Strandflieder vor mir auf der Arbeitsfläche ausbreite, verliere ich die letzte Anspannung. Ich nehme eine fröhlich leuchtende Rose und wende sie einen Moment zwischen den Fingern. Bei wem wird der Strauß wohl landen? Ein Lächeln breitet sich in meinem Gesicht aus und ich ordne die Blumen so an, dass eine scheinbar willkürlich wilde Optik entsteht. Auf jeden Fall hoffe ich, dass der Anblick dem zukünftigen Besitzer genau wie mir Freude bereiten wird.

Die Frage ist nur, wie lange mich diese Rettungsboje – mein Job im Blumenladen – noch über Wasser hält.

Wie gern würde ich lernen, was mir im Gegensatz zu anderen verborgen zu bleiben scheint: wie es sich anfühlt, wirklich glücklich zu sein und zu wissen, wer man ist und was man möchte.

KAPITEL 1
VICTORIA

Das ist alles falsch. Ich auf dieser Party. Ich in dem figurbetonten Shirt und diesem niedlichen Volantrock, der mir viel zu luftig erscheint. Ich an Hunters Seite. Ich – vor allem ich.

Hunters Arm liegt locker um meine Schultern, schon seit wir den Hauptcampus der University of London betreten haben, und trotzdem fühlt es sich an, als würde er mich erdrücken. Ich kann kaum atmen. Wie ferngesteuert setze ich einen Fuß vor den anderen und zwinge mich dazu, meine Panik beiseitezuschieben.

Auf in die Schlacht!

Wir betreten die Turnhalle. Unzählige pinke und weiße Luftballons und Herzen empfangen uns. Und natürlich Edelrosen. *Der Klassiker geht immer*, würde Agatha sagen. Ich finde, *langweilig und geschmacklos* trifft es in diesem Fall besser. Es gibt so viele kreativere Möglichkeiten. Andererseits passen die gewählten Blumen zum Gesamtbild. LOVE IS IN THE AIR verkündet ein Plakat in verschnörkelten Buchstaben. Ich dachte, es ging darum, den Frühlingsanfang zu feiern, aber so kann man das natürlich auch interpretieren. Bei mir wollen sich allerdings keine Frühlingsgefühle einstellen, obwohl ich eigentlich eine romantische Ader besitze. Mein Magen verwandelt sich in einen steinharten Klumpen.

Hunter bekommt davon nichts mit — oder er tut zumindest so, weil unsere Auseinandersetzung im Wohnheim ihm schon genug die Stimmung versaut hat. Mein Versöhnungsangebot, statt eines kuscheligen Abends zu zweit noch auszugehen, hat er dankbar angenommen. Er liebt Uni-Events, und wenn er könnte, würde er wahrscheinlich überall mitmischen. Jetzt löst er sich von mir, um seine Freunde zu begrüßen, die sich sofort um uns scharen.

»Ihr seid ja doch gekommen!«, freut sich Richie.

Während die vier Jungs ihre sagenhaft coolen Handschläge austauschen, stehe ich mit einem verkrampften Lächeln daneben und winke einmal in die Runde. Ich hasse es, nie zu wissen, wie ich mich Richie, Calvin und Dorian gegenüber verhalten soll. Es wäre etwas leichter, wenn sie in mir nicht nur Hunters Freundin sehen würden. Eigentlich würde ich mich gern bei Calvin über das irreführende Motto beschweren. Er war schließlich maßgeblich an der Organisation des *Spring Awakening* beteiligt.

»Oh, Victoria«, säuselt Richie und legt sich beide Hände auf die Brust. Einen Augenblick lang blinzele ich verwirrt, als hätte er mit jemand anderem gesprochen. »Sieh dich an! Wieso ist ausgerechnet Hunter der Glückliche?«

Plötzlich möchte ich heulen, dabei weiß ich nicht mal, warum. Richie macht mir ständig solche als Witz getarnten Komplimente. Er ist nicht besonders groß, sogar etwas kleiner als ich, aber sein Ego gleicht das locker aus. Darüber staune ich jedes Mal aufs Neue. Ich hätte eine Strickjacke anziehen sollen und bin froh, dass ich zumindest Chucks statt Pumps trage, weil ich mich in denen deutlich wohler fühle. Mit dem aufwendigen Make-up komme ich mir nun viel zu aufgetakelt vor, dabei hatte ich gehofft, es würde mir helfen, mich zusammenzureißen und meine Rolle zu spielen.

Hunter greift nach meiner Hand. »Wir holen uns erst mal was zu trinken. Kommst du?«

Ich gebe mir einen Ruck, verschränke die Finger mit seinen und folge ihm am Rand der Tanzfläche entlang zu den Tischen, auf denen Getränke und Essen angerichtet wurden. Die Musikauswahl ist ausnahmslos kitschig im positiven Sinne, weshalb ich als Fan von Lovesongs quasi jedes Lied kenne, und das Büfett bietet für eine Uni-Party richtig viel Auswahl. Schade, dass mein Magen rebelliert und ich mich daher nur an den Tomate-Mozzarella-Sticks bediene.

Ich beobachte Hunter, der uns zwei Gläser mit zitronengelber Bowle einschenkt. Seine dunkelblonden Haare sind nach hinten gegelt, sein Gesicht ist glatt rasiert. Er sieht gut aus, auch wenn ich den Bart an seiner Stelle stehen lassen würde.

Ich kann mich nicht oft genug daran erinnern: Er ist die ultimative Belohnung für die harte Arbeit der letzten anderthalb Jahre. Ich will nicht sagen, mein Märchenprinz, denn das wäre etwas übertrieben. Dennoch darf ich nicht vergessen, welche Fortschritte ich gemacht habe. Ich war immer ein Außenseiter gewesen, hatte nie irgendwo hineingepasst, obwohl ich so verzweifelt dazugehören wollte. Nach dem Schulabschluss hatte ich beschlossen, es den beliebten Mädchen einfach nachzumachen. Ich hatte es satt, dass sich andere über mich lustig machten. Also begann ich, die »richtigen« Klamotten zu tragen, gab vor, mich für die »richtigen« Dinge zu interessieren, und verhielt mich so, wie es den Jungs gefiel. Auch wenn es mir zuerst befremdlich vorkam, in einer Hinsicht funktionierte es. Ich bin nun ein Teil des Ganzen, niemand hält mich mehr für *komisch*. Wieso nur bin ich dann immer noch nicht glücklich?

Wir stellen uns zu Hunters Freunden an einen der Stehtische, und ich checke kurz mein Smartphone. *Wo bleibt ihr?*, tippe ich an Gwen und Ramona. Eigentlich wollten wir uns hier treffen, weil die beiden mich schnellstmöglich vor meinem Freund retten sollten. Auf dem Weg hierher hatte ich ihnen eine Nachricht geschickt, dass Hunter und ich aneinandergeraten waren. Der Gruppenchat bleibt jedoch stumm.

Ich lasse das Handy wieder in der Mini-Handtasche verschwinden und trinke einen großen Schluck Bowle, die dank des Rohrzuckers angenehm süß schmeckt. Darunter mischt sich Minze und natürlich der Sekt.

»Da ist sie«, zischt Calvin plötzlich und stößt Dorian den Ellbogen in die Seite.

Der flucht kurz, weil dadurch Bier auf seinem Hemd landet.

»Ohne Begleitung! Vielleicht kriege ich doch noch meine Chance«, sagt Calvin dann.

Ich setze mein Glas ab, bleibe mit dem Blick kurz an dem Lippenstiftabdruck am Rand hängen, bevor ich meiner Neugier nachgebe und mich umdrehe.

Wow.

Ich muss mich räuspern. »Wer ist das?«

Das Mädchen ist verdammt hübsch. Es gibt genau genommen keinen Dresscode für heute Abend, weshalb sie sich anscheinend gern in Schale wirft und kein Problem damit hat, aufzufallen. Ihr silbernes Paillettenkleid strahlt mit ihrem Lächeln um die Wette und passt perfekt zu ihrer dunkelbraunen Haut. Ihre glatten schwarzen Haare hat sie mit einer ebenso funkelnden Spange zu einer eleganten Hochsteckfrisur gestylt.

»Tracey Palmer«, antwortet Dorian, da es Calvin offenbar die Sprache verschlagen hat. Nicht schwer nachzuvollziehen. »Sie kommt aus New York City. Austauschstudentin von der Columbia. Sie ist in Calvins Eventmanagementkurs. Er fährt total auf sie ab, aber sie hat ihn bisher kaum beachtet.« Dorian verpasst seinem Kumpel einen freundschaftlichen Knuff, was beinahe in eine Rauferei ausartet, aber Hunter geht rechtzeitig dazwischen.

Meine Mundwinkel wandern unwillkürlich in die Höhe. Ob das an der Kabbelei der Jungs liegt oder weil Traceys Lächeln ansteckend wirkt, kann ich nicht sagen.

Richie holt mich auf den Boden der Tatsachen zurück. »Wie wäre es mit einem Tipp? Erhelle uns, Victoria. Worauf steht ihr Frauen?«

Hitze schießt mir in die Wangen. »K-k-eine Ahnung?«

Calvin verdreht die Augen. »Richie, dein schleimiges Geschwafel ist es sicher nicht.«

»Sportler«, mutmaßt Dorian, nachdem er Tracey einer weiteren Musterung unterzogen hat. »Mädchen wie sie stehen auf Sportler.«

»Also hättet ihr zwei als Wirtschaftsstudenten sowieso keine Chance«, folgert Hunter. Wobei Richie und er Sozialwissenschaften studieren und demnach genauso wenig infrage kämen. »Reine Zeitverschwendung.«

Calvin schmollt. Er und Hunter sind zusammen zur Schule gegangen und daher ganz besonders dicke. »Du hast gut reden, Arschloch!«, wirft er meinem Freund an den Kopf, was zweifelsfrei liebreizend gemeint ist.

Obwohl die Jungs mir und meiner wenig hilfreichen Antwort darauf, was Frauen an Männern mögen, keine Beachtung mehr schenken, hämmert mein Herz immer noch wie verrückt. Dabei ist doch gar nichts passiert.

»Äh, Cal . . .« Dorian schneidet eine Grimasse. »Sieht aus, als hätte Tracey doch einen Begleiter, der wahrscheinlich nur ihre Jacken an der Garderobe abgegeben hat. Du musst jetzt stark sein. Es ist —«

»Was zur Hölle?« Calvins Augen weiten sich.

Eigentlich verspüre ich nicht das geringste Bedürfnis, mir Traceys heißes Date anzugucken. Keine Ahnung, wieso ich trotzdem einen Blick riskiere.

»Ist das nicht dieser Typ vom Queen Mary Campus, den sie als Oscar-Wilde-Verschnitt bezeichnen?«, schiebt er hinterher.

Das klingt so negativ, aber *Oscar Wilde*, stellvertretend für die vornehmen Herren am Ende des neunzehnten Jahrhunderts, trifft es ziemlich gut. Jedenfalls was seine Klamotten angeht. Über einem weißen Hemd trägt er eine reich verzierte Weste, einen dünnen, darauf abgestimmten Schal und dazu eine Leinenhose. Trotzdem wirkt er nicht verkleidet, sondern stilvoll und ausgesprochen souverän. Aus Historikersicht kann ich dieses authentische Outfit nur loben, persönlich beneide ich ihn um seinen Mut, weil er sich von Leuten wie Calvin und Dorian nicht einschüchtern lässt und sich selbst treu bleibt. Das würde ich mich nie trauen. Immerhin habe ich mir meinen Wunsch erfüllt, Geschichte zu studieren.

Ohne länger zu überlegen, trinke ich mein Glas aus und beschließe, mir auf der Stelle Nachschub zu holen. Niemand hält mich auf, als ich mich erneut zum Büfett aufmache. Die Turnhalle hat sich mittlerweile deutlich gefüllt, und ich prüfe noch einmal meinen Messenger. Eine neue Nachricht von Gwen: *Sorry, Ramona hat das Sushi nicht vertragen. Waren schon fast in Bloomsbury, aber ich bring sie jetzt besser nach Hause.*

O nein :(Gute Besserung!, tippe ich als Antwort und meine es auch so. Ramona hat mit ihrem empfindlichen Magen irgendwie immer Pech. Nur das Timing ist diesmal echt ungünstig.

Ich senke das Handy und bleibe vor der Bowleschüssel stehen. Was tue ich hier? Hatte ich wirklich vor, mich zu betrinken, weil ich die Gegenwart meines Freundes nüchtern nicht ertrage?

Genau in diesem Moment spüre ich Hunter hinter mir. Anscheinend ist er mir gefolgt. Er zieht mich an sich und raunt mir ins Ohr: »Vergiss die Jungs. Wollen wir tanzen?«

Der Geruch seines Aftershaves katapultiert mich für einen Sekundenbruchteil zurück in sein Wohnheimzimmer und in sein Bett. Erst war alles noch in Ordnung. Ich hatte ihn bei *Mario Kart* abgezockt, woraufhin er mir mit einem Kuss gratulierte, weil das ja so sexy wäre. Es dauerte nicht lange, bis wir uns nicht mehr nur küssten. Doch wie die Male zuvor hatte sich etwas in mir gegen diese Art der Annäherung gesperrt. Während ich nach dem wiederholten Reinfall meinen BH anzog und es nicht fertigbrachte, ihm in die Augen zu sehen, stellte Hunter mich zur Rede. »Du willst nicht mit mir schlafen, oder?«

»Das ist es nicht«, hatte ich hastig widersprochen, obwohl es ja stimmt. Aber wie soll ich mit ihm schlafen, wenn ich schon unter normalen Umständen keine Ahnung habe, was ich mit meinem Körper anfangen soll? Manchmal kommt es mir vor, als gehörte er gar nicht zu mir.

»Es ist okay, Victoria, wenn du noch nicht so weit bist.« Möglicherweise hätte mich das sogar beruhigt, wenn Hunters Frustration nicht so unüberhörbar gewesen wäre.

Und was, wenn ich nie so weit sein werde?

»Victoria?« Auch hier auf der Party schleicht sich wieder ein enttäuschter Ton in seine Stimme.

Hinter meinen Schläfen pocht es, und mir wird klar, dass wir unseren Streit nur aufgeschoben haben.

Ich glaube nicht, dass ich Hunter genug mag. Ich glaube, ich mag überhaupt keine Männer. Nicht so. Ich weiß nur, dass ich einen Fehler gemacht habe und mir an seiner Stelle ganz schön verarscht vorkäme. Es ist unfair, ihm vorzuenthalten, was ich empfinde. Dabei hat alles so gut angefangen. Hunter hat mir das Gefühl gegeben, richtig zu sein. Zumindest eine Zeit lang, für zwei Monate.

Ich blicke an mir hinab.

Nein. *Nein, nein, nein.*

Hunters Hände liegen an meiner Taille, und er beginnt, uns sacht im Takt der Musik hin und her zu wiegen. Etwas stimmt nicht mit der Perspektive. Etwas stimmt nicht. Ich male mir aus, wie andere uns wohl sehen: einen Jungen und ein Mädchen auf der Suche nach der Nähe des jeweils anderen. Hunters Freunde beneiden ihn um unsere Beziehung. Ich beneide ihn auch. Vielleicht liegt genau darin das Problem. Ich finde nicht ihn toll, sondern das, was er hat. Dass er so selbstverständlich, ohne sich dafür rechtfertigen zu müssen, als Mann leben kann und darf. Dabei geht es mir nicht um gesellschaftliche Privilegien, die er dadurch genießt. Ich wünschte, wir könnten die Plätze tauschen. Kann ich nicht er sein, nur für einen Moment?

Der Kloß in meinem Hals wächst.

Das darf nicht sein.

»Hunter«, hauche ich.

Zu leise?

Panisch versuche ich, seine Hände von mir zu lösen. Meine wirken im Vergleich so zierlich und klein, dabei dachte ich immer, ich hätte breite Hände ... für eine Frau.

Endlich gibt er mich frei. Ich stolpere nach vorn und drehe mich zu ihm um.

Hunter runzelt die Stirn. »Was hast du? Ich dachte, du wolltest herkommen.«

»Ich ... ich weiß nicht.« Ich trete einen Schritt nach hinten. »Ich würde lieber nach Hause gehen. Tut mir leid.«

Er hält mich zurück. »Warte. Ist es wegen vorhin? Ich wollte dich nicht unter Druck setzen.«

Ich schüttele heftig den Kopf, kann die Tränen nicht länger zurückhalten – und fange an zu weinen.

»Hey«, seine Stimme wird weicher. Sie ist tief und warm, und ich weine noch mehr. Nicht weil er sich so bemüht, sondern weil mir überdeutlich bewusst wird, wie schrill ich geklungen habe.

»Rede mit mir. Bitte«, sagt er. Als ich das nicht tue, verliert er die Geduld. Er verschränkt die Arme vor der Brust. »Weißt du was? So hat das hier keinen Sinn.«

Wo er recht hat, hat er recht. Aber wie soll ich etwas erklären, das ich selbst nicht verstehe?

»Willst du Schluss machen?«, bringe ich schließlich hervor.

»Willst *du* Schluss machen, Victoria?«

Diesmal strecke ich eine Hand nach ihm aus. »Ich …«

Er nimmt sie nicht. Alles, was ich hätte haben können, fällt in sich zusammen. Es war nichts als eine Illusion. Von Anfang an. Und damit meine ich nicht nur das mit uns. Dabei habe ich mich so angestrengt … umsonst.

Hunters Lippen werden schmal. »Ich verstehe. Dann war's das also.«

»Es tut mir leid«, flüstere ich.

»Das sagtest du bereits.«

Hunter lässt mich stehen. So konsequent kenne ich ihn gar nicht. Andererseits kenne ich nicht einmal mich. Der Schock über die plötzliche Trennung verwandelt sich in eine ungeheure Erleichterung. Letztendlich hätte es mit uns nie richtig funktioniert. Unsere Verbindung war wohl nur oberflächlich. Wir haben nie einen echten Draht zueinander gefunden oder uns je viel zu sagen gehabt. Wahrscheinlich gefiel mir vor allem die Idee, eine Beziehung zu haben, und weniger die Beziehung selbst.

Wie in Trance sehe ich Hunter nach, bis er in der Menge verschwunden ist, und wische mir über die tränennassen Wangen. Keine gute Idee, denn jetzt klebt meine Wimperntusche nicht mehr nur in meinem Gesicht. Großartig!

Abrupt wende ich mich von der Bowleschüssel ab und in Richtung Ausgang, komme jedoch nicht weit, weil ich frontal mit jemandem zusammenpralle.

»Hoppla!«, höre ich eine weibliche Stimme.

»Sorry«, murmele ich, ohne den Blick zu heben. Ich möchte mich vorbeidrängen, was aber nicht funktioniert, weil ich mich mit meinen langen Haaren in irgendwelchen Creolen verfangen habe – auch das noch –, sodass ich nun doch aufschauen muss.

Ich erstarre, als ich das Mädchen erkenne.

Tracey Palmer.

Während ich mich vor Schreck nicht rühre, befreit sie mich geschickt aus meiner peinlichen Lage.

»So.« Sie lächelt wie vorhin und streicht mir kein bisschen verlegen die verirrte Strähne hinters Ohr.

Mein schmerzendes Herz setzt kurz aus. Als Tracey bemerkt, dass ich geweint habe, wirkt sie besorgt. Es ist genau der Gesichtsausdruck, der mir schlagartig klarmacht, was sie sieht: eine völlig aufgelöste Victoria Knight.

»Bist du in Ordnung?«

»Sorry«, wiederhole ich wie eine kaputte Schallplatte, bevor sie mir noch eine gut gemeinte Frage stellen kann. Ich ertrage es nicht, wie sie mich ansieht. Ich will von niemandem je wieder so gesehen werden. »Ich muss los.«

Ich kann die Party gar nicht schnell genug verlassen und drehe mich kein einziges Mal um, bis sich die Schwingtüren hinter mir schließen. Erst vor der Turnhalle, an der frischen Luft, beginne ich zu rennen. Ich schaffe es bis zum Russel Square, dann breche ich zusammen, inmitten der Grünanlagen, die um diese Tageszeit still daliegen. Der Schmerz, der durch meine Knie schießt, zeigt mir nur, was ich eigentlich längst begriffen habe. Es hat schon viel zu lange in mir gebrodelt, ich wollte es nur nicht wahrhaben. Das Eingeständnis käme einem Befreiungsschlag gleich, würde es mein Leben nicht gleichzeitig komplett aus den Angeln heben.

Wie könnte Tracey oder Hunter oder wer auch immer sehen, dass es Victoria Knight gar nicht gibt? Wie könnte irgendjemand *mich* in ihr sehen? Ich kann nicht länger so tun, als sei ich sie, obwohl das in gewisser Weise leichter wäre. Victorias Körper ist ein Gefängnis, aus dem ich nicht ausbrechen kann, und niemand hört meine Schreie.

KAPITEL 2
TRACEY

»Alles klar?« Justus rückt das runde Brillengestell auf seiner Nase zurecht und mustert mich eingehend.

»Alles klar«, versichere ich ihm etwas zerstreut, ehe ich meinen Blick von der Lücke löse, durch die das Mädchen mit den aschblonden Haaren nach unserem Zusammenstoß zwischen den anderen Partygästen verschwunden ist. Offenkundig wollte sie nicht auf ihre Tränen angesprochen werden.

Stattdessen schenke ich meine Aufmerksamkeit wieder dem jungen Mann an meiner Seite. Unwillkürlich muss ich lächeln. In seinen altmodisch-aristokratischen Klamotten, die er auch im Alltag trägt, sieht er schlichtweg todschick aus. Dazu seine Haut, die mattgolden schimmert ...

Es ist Freitag, der sechsundzwanzigste März. Mein bester Freund und ich sind auf der *Spring Awakening Party* der University of London, die ich maßgeblich mitorganisiert habe. Der Tod meiner besten

Freundin liegt über ein halbes Jahr zurück. Fast genauso lange ist es her, dass ich New York den Rücken zugekehrt habe. Dabei hatte ich bei der Planung meines Auslandsaufenthalts noch keinen Schimmer, was in nur wenigen Monaten geschehen kann und wie dringend ich die Auszeit und den Abstand brauchen würde. Manchmal passiert neben ganz viel Scheiße auch etwas Gutes. Dazu gehört ohne Zweifel, dass Justus auf der anderen Seite des Atlantiks in mein Leben getreten ist.

Ich sammele mich und denke an mein Vorhaben. »Am besten, wir suchen erst mal Beatrice. Laut ihrer letzten Nachricht ist sie seit acht hier. Die Frage ist nur, wo.«

Justus schaut sich um. Mein Blick wandert ebenfalls auf der Suche nach meiner Kommilitonin durch die Turnhalle. Wir haben gleich Aufsicht über das Büfett, aber ich entdecke sie auch nicht in der Nähe der Tische. Ein bisschen Zeit bleibt uns zum Glück noch, bis wir unseren Posten beziehen müssen. Wir besuchen beide den Eventmanagementkurs bei Mr Robinson, deshalb ist dieser Abend für uns kein reines Vergnügen. Genau wie die Organisation der Party mussten alle Kursteilnehmer auch die verschiedenen Vor-Ort-Bereiche unter sich aufteilen. Ich bin dennoch nach wie vor total motiviert. Mein Studium in Business Management und vor allem das Planen von Veranstaltungen hat mir aber auch von Anfang an wirklich gefallen.

Bisher läuft alles rund. Die Deko ist fabelhaft geworden, die Party gut besucht, die Musik passt und die Stimmung wirkt ausgelassen. Justus und ich schlängeln uns einmal quer zwischen Menschengrüppchen und Paaren durch den Saal. Hier und dort grüße ich ein paar Leute und plaudere kurz mit ihnen, während sich Justus – stets höflich, aber distanziert – im Hintergrund hält. So war er am Anfang auch zu mir.

Weil ich Beatrice nirgendwo sehe, beschließe ich, ihr eine Nachricht zu schreiben. Wir bleiben etwas abseits des Partygetümmels stehen, wo es ruhiger ist, und ich strecke eine Hand aus. »Gibst du mir bitte mein Handy?«

Justus fasst in seine Weste aus Brokat und reicht es mir. Weil ich die schlichte Clutch, die ich eigentlich zu meinem Kleid kombinieren wollte, nicht finden konnte, hatte ich ihn überredet, es für mich einzustecken. Ich wäre nie auf die Idee gekommen, eine Handtasche zu wählen, die nicht zu meinem Kleid passt.

»Ach ja, die mittelschwere Modekatastrophe!« sagt Justus neckisch, während er mir das Handy reicht.

»Als wärst du nicht genauso pedantisch bei deinem Outfits! Es war einfach unmöglich, auf die Schnelle einen annehmbaren Ersatz aufzutreiben.« Ich gebe vor, beleidigt zu sein.

Er hebt abwehrend die Hände. »Ich verstehe dich. Dafür hast du mich schließlich mitgenommen. Damit ich den restlichen Abend über dein Handy wachen darf. Und über unsere Ausweise, das Geld ...«

Kopfschüttelnd, doch innerlich schmunzelnd, tippe ich eine Nachricht an Beatrice: *Wo bist du? Sind jetzt da! Stehen neben der Fotoecke.*

Tatsächlich hatte ich zuerst meine Zweifel, Justus zum *Spring Awakening* mitzunehmen, weil es mir vor dieser Kulisse irgendwie zu bedeutsam vorkam. Es fühlte sich nach mehr an – wie so vieles in letzter Zeit. Aber gerade weil er mir in den vergangenen Monaten so wichtig geworden ist, sollten wir uns unter keinen Umständen ineinander verlieben. Ich will nicht noch einen guten Freund aufgrund von tieferen Gefühlen verlieren … Das einmal zu erleben, hat mir gereicht. Aber nachdem ich Justus während der letzten Wochen immer wieder mit meiner To-do-Liste für dieses Event zugetextet hatte, war er so neugierig geworden, dass ich ihn nicht abwimmeln konnte.

Ich verbanne das mulmige Gefühl im Magen aus meinem Bewusstsein. Weg damit, Tür zu, Riegel vor.

»Tracey! Hi!«

Ich löse mich von meinem Smartphone. Calvin aus dem Eventmanagementkurs schiebt sich in mein Blickfeld.

»Hi?«, entgegne ich fragend.

»Schön, dich zu sehen.«

Oh! Das ist dann wohl ein Flirtversuch. Und das behagt mir überhaupt nicht. Wie von selbst rücke ich näher zu Justus und hebe eine Braue. »Wir sehen uns sogar zweimal jede Woche, im Seminar und in der Marketingvorlesung.«

Calvins Wangen werden so rot wie seine Haare. »Ja, ja, natürlich. Ich meinte, dieses Kleid steht dir echt super.«

Ich erlöse ihn aus dieser unangenehmen Lage und lächele. »Das war ein Scherz. Und danke, dann habe ich mich ja für das richtige entschieden.«

Justus blickt zwischen Calvin und mir hin und her. Ich versuche, ihn unauffällig um Hilfe zu bitten und ihm zu signalisieren, dass ich mich zwar darüber freue, wie gut mein Outfit ankommt, aber trotzdem nicht scharf darauf bin, weiter angegraben zu werden.

Calvin hüstelt und wendet sich nun an meinen Begleiter. »Woher kennt ihr euch? Du bist nicht auf der LSE, oder?«

»Das stimmt«, bestätigt Justus.

Definitiv ein Versuch, um herauszufinden, ob wir ein Paar sind. Obwohl die London School of Economics and Political Science, die ich besuche, und die Queen Mary University, zu der Justus geht, zum selben College-Verband gehören, wären wir uns wahrscheinlich nie begegnet, wenn es das *A New Chapter* nicht gäbe.

»Wir haben uns über meine Mitbewohnerin und deren Buchhandlung kennengelernt«, ergänze ich.

Dabei ist Lia inzwischen vielmehr eine Freundin und abgesehen von meinen Eltern und Justus gegenwärtig einer der wichtigsten Menschen in meinem Leben. Seit ich in London studiere, fällt es mir schwer, enge Bindungen zu anderen aufzubauen.

»Genau.« Justus bedenkt Calvin mit einem Stirnrunzeln und legt einen Arm um mich. Die Geste hat etwas Beschützendes und zugleich Besitzergreifendes, was mich überrascht, denn so bestimmt agiert er sonst selten. »Ich arbeite dort neben dem Studium.«

Unwillkürlich erinnere ich mich an unsere erste Begegnung und blicke ein bisschen verträumt zu meinem besten Freund auf. »Hey, weißt du noch, wie verklemmt du am Anfang warst? Erst nachdem wir gemeinsam die Flyer für diese Werbeaktion verteilt hatten, ist das Eis gebrochen.«

Justus verdreht die Augen. »Und schon waren wir auf dem besten Weg, ein Dreamteam zu werden«, ergänzt er dennoch pflichtschuldig.

Danke, Mate!

»Ach so«, sagt Calvin. »Dann will ich euch auch gar nicht länger aufhalten.«

Mein ungewollter Verehrer tritt den Rückzug an und gesellt sich zu seinen Kumpels, die das Ganze aus einiger Entfernung beobachtet haben. Sie klopfen ihm nacheinander auf die Schulter wie bei einer Beileidsbekundung.

Ich lache kurz auf. »Finde nur ich das witzig?«

Justus verzieht das Gesicht. »Es ist nicht leicht, eine schöne Frau anzusprechen, und hart, von ihr zurückgewiesen zu werden.«

Okay … War das etwa auch ein Kompliment? Sein Arm bewegt sich jedenfalls keinen Millimeter, obwohl wir nun niemandem mehr etwas vormachen müssen. Mir wird warm und wärmer. Ich sollte etwas Abstand zwischen uns bringen, sofort. Andererseits, was ist schon dabei? Genau diese Vertrautheit schätze ich so an uns.

In diesem Moment werde ich auf ein Winken aufmerksam. Beatrice, nach der wir die ganze Zeit Ausschau gehalten haben, kommt aus Richtung der Toiletten geradewegs auf uns zugeeilt. Damit ist der Bann gebrochen. Ich löse mich von meinem besten Freund.

»Sorry!«, ruft Beatrice, noch bevor sie bei uns ist.

Das letzte Stück gehe ich ihr entgegen, Justus im Schlepptau.

»Ich musste mich nur noch mal kurz frisch machen. Jetzt aber schnell. Lass uns die anderen ablösen.«

»Hallo erst mal?«, feixe ich, wofür ich ihr charakteristisches Augenverdrehen ernte. »Beatrice, Justus. Justus, Beatrice«, stelle ich die beiden einander vor.

»Jaja.« Beatrice schnaubt. »Hi, Justus! Freut mich, dich kennenzulernen.« Ohne ein weiteres Wort steuert sie das Büfett an. Ich muss einen Zahn zulegen, um mit ihr mitzuhalten.

»Ich bewundere dich für deine Ruhe, Tracey. Machst du dir keine Sorgen, dass etwas schiefläuft? Wie schaffst du es nur, so gelassen zu bleiben? Das hier fließt zu einem Viertel in unsere Note ein!«

Um die Benotung mache ich mir wenig Gedanken. Und ich leiste mir keine Unruhe, keine Angst, nichts, was mich schwach dastehen lassen könnte. Niemand soll merken, wie chaotisch es zuweilen in mir aussieht. Stichwort: Buch mit sieben Siegeln.

»Du überschätzt mich, Beatrice«, spiele ich das Thema herunter.

»Nur keine falsche Bescheidenheit, Tracey.« Sie blinzelt zu Justus hinüber, als wollte sie stumm fragen, ob da mehr zwischen uns läuft.

Um nicht darauf eingehen zu müssen, richte ich meine Aufmerksamkeit auf die zwei Studenten hinter den Tischen, die unser Näherkommen bereits verfolgen und es offenbar kaum erwarten können, mit uns die Plätze zu tauschen.

Während der nächsten zwei Stunden sorgen Beatrice und ich dafür, dass Servierplatten und Schüsseln, Karaffen und Bowlegefäße immer ausreichend gefüllt sind. Mehr als einmal müssen wir auf unsere Reserven im Lagerraum zurückgreifen. Außerdem sammeln wir benutztes Geschirr und Besteck ein und stellen dafür immer wieder sauberes bereit. So vergeht die Zeit im Nu. Zwischendurch schaue ich immer wieder zu Justus hinüber, der irgendwo einen Klappstuhl aufgetrieben und sich ein ruhigeres Plätzchen gesucht hat, um sich in ein Taschenbuch zu vertiefen.

Als wir in einer kurzen Verschnaufpause dabei zusehen, wie sich die nächsten Leute die Teller vollladen, zischt Beatrice mir plötzlich zu: »Robinson auf drei Uhr!«

Dabei haben wir überhaupt nichts zu befürchten. Unser Dozent dreht wie angekündigt seine Runden, und nun sind wir an der Reihe, von ihm kontrolliert zu werden.

»Alles gut bei Ihnen?«

»Bestens«, beteuert Beatrice.

Ich stimme ihr zu.

Es folgt ein wenig Small Talk, und kurz darauf ist unsere Schicht auch schon zu Ende. Wir werden abgelöst.

Endlich können wir uns auch am Büfett bedienen. Ich entscheide mich für zwei Avocado-Wraps, die mich schon die ganze Zeit wie magisch angezogen haben. Während Beatrice uns einen Tisch sichert, hole ich Justus zurück in die Realität, indem ich ihn mit einem Schultertippen fast zu Tode erschrecke – so tief war er in die Geschichte versunken. Rasch springt er auf und besorgt sich ebenfalls ein paar Häppchen, bevor er sich zu uns gesellt.

Während des Essens landen wir schnell bei Justus' Lieblingsthema, dem Universum. Er kann endlos über das Weltall und dessen unendliche Weiten philosophieren oder sich in wissenschaftlichen Vorträgen verlieren. Deshalb studiert er vermutlich auch Astrophysik.

Nach dem Essen verabschiedet sich Beatrice, um sich mit ihrer Clique in Londons Nachtleben zu stürzen. Vermutlich würde ich mich anschließen, wenn ich nicht mit Justus unterwegs wäre. Da er nicht zu den Typen gehört, die ständig einen draufmachen müssen, möchte ich Rücksicht auf ihn nehmen. Um aber trotzdem noch das Beste aus dem Abend herauszuholen, verkünde ich, kaum dass Beatrice gegangen ist: »Bowle!«

Justus hebt die Augenbrauen, protestiert jedoch nicht. Nach zwei Gläsern ziehe ich ihn auf die Tanzfläche. Erst ist Justus noch etwas befangen, aber schließlich lässt er sich von mir mitreißen. Auch die anderen um uns herum gehen richtig ab, als das Tempo des Songs anzieht. Nach ein paar wilden Nummern geht der DJ zu einer Ballade über. Mein Adrenalinrausch hält jedoch weiter an.

Schwer atmend stehen Justus und ich uns gegenüber.

Ich lächele ihn an.

Er lächelt zurück. Etwas Zärtliches schimmert in seinen Augen. Er macht einen Schritt auf mich zu und noch einen. Im nächsten Moment nimmt er mein Gesicht in seine Hände und küsst mich, so sanft, als könnte ich mich in Luft auflösen. Dennoch bin ich vor Überraschung zunächst wie eingefroren – einen Herzschlag lang, der es mir erlaubt, mich an die Berührung seiner Lippen zu gewöhnen. Es fühlt sich gut an. Als seine Lippen auseinandergleiten, öffne auch ich den Mund. Er küsst mich heftiger.

Er – mein bester Freund.

Ich höre auf, Justus zu küssen und reiße mich von ihm los. Obwohl ich noch immer die Wärme seiner Lippen und Hände spüre, wird mir schlagartig eiskalt. Was haben wir getan? Was, wenn es nicht funktioniert? Wenn wir damit unsere Freundschaft kaputt machen?

Justus sieht mindestens so entsetzt aus, wie ich es bin. Mir ist richtig schlecht. Ich merke erst, dass ich mir die Hände vors Gesicht geschlagen habe, als er mich am Ellbogen berührt.

»Tracey?« Justus klingt beinahe panisch. »Verzeih mir. Verzeihst du mir?«

Langsam lasse ich die Hände sinken. Sie zittern unkontrollierbar. Natürlich verzeihe ich ihm. Nur mir, mir kann ich nicht verzeihen. Nach dem, was in New York passiert ist, hätte ich es kommen sehen müssen. Ich sollte es besser wissen.

KAPITEL 3
TRACEY

Selbst drei Tage später kann ich noch nicht fassen, welchen katastrophalen Verlauf die *Spring Awakening Party* genommen hat. Justus Gāo hat mich geküsst, und ich habe seinen Kuss erwidert. Ich wünschte, es wäre nie so weit gekommen. Ich weiß nur zu gut, wie es sich anfühlt, etwas zu bereuen.

Wie zum Spott betonte Mr Robinson im Seminar auch noch mehrmals, was für ein Erfolg der Abend gewesen sei. Glücklicherweise ist Eventmanagement montags immer mein letzter Kurs, und ich bin schon auf dem Weg zur Temple Underground Station am Victoria Embankment.

Der Campus der LSE liegt superzentral in der City of Westminster mit ihren ehrwürdigen, in Prunk erstrahlenden Gebäuden und Luxusapartments. Ich schaudere, schiebe es aber auf die recht frische und eher wenig frühlingshafte Brise. Außerdem habe ich meine olivgrüne Utility-Jacke lediglich übergeworfen und nicht zugebunden.

Mit dem Smartphone in der Hand und der Handtasche über dem Arm kämpfe ich darum, den Gürtel zu verknoten. Krampfhaft versuche ich, an etwas anderes zu denken. Theoretisch könrte ich mich noch in die Bibliothek setzen und lernen, denn vor den Ostersemesterferien ist noch ein Test fällig. Da ich aber schon gut vorgearbeitet habe, beschließe ich, den verbleibenden Tag sinnvoller zu nutzen. Zum Beispiel, indem ich Lia anrufe.

Meine Lieblingsmitbewohnerin und ich haben viel zu _ange nichts mehr zu zweit unternommen, und mal wieder mit ihr zu reden und sie wegen Justus um Rat zu fragen, könnte vielleicht helfen, die Last auf meinen Schultern zumindest zu verringern.

Ich wähle ihre Nummer.

»Hi«, begrüße ich sie und gehe die sandsteinfarbene Treppe hinunter, die mich zur U-Bahn-Station führt. Ein Stück weiter geradeaus beginnt bereits die Uferpromenade der Themse. Der Eingang zur U-Bahn befindet sich zu meiner Rechten und wird von den ersten grünen Zweigen des Jahres überspannt. Soeben strömen jede Menge Fahrgäste nach draußen und drängen mich nach links ab, wo vor der schmiedeeisernen Umzäunung des kleinen Parks ein Zeitungsstand aufgebaut ist. Fast stoße ich einen der Aufsteller um.

»Sorry, sorry!«, beschwichtige ich den meckernden Verkäufer.

»Lia? Bist du noch dran? Du hast heute frei, oder?«

Weil es unter der Erde und in der Bahn keinen Empfang gibt, bleibe ich vorerst neben dem Zeitungsstand gegenüber des Stationseingangs stehen. Leider wird meine Hoffnung sofort zerschlagen, als ich Lias leicht verzweifeltes Lachen höre.

»Leider nicht. Justus und ich haben die Schichten getauscht, ich springe heute für ihn ein und habe gerade mal fünf Minuten Pause!«

Ich kann mir bildlich vorstellen, wie sie mit ihrer Double-Bun-Frisur und im Latzkleid in der Buchhandlung hinter der antiken Ladentheke steht und sich nicht entscheiden kann, ob sie den ruhigen Moment lieber für einen Blick auf ihr Handy nutzen soll oder dafür, ein paar Seiten zu lesen.

Was Justus treibt, würde ich dagegen zu gerne wissen. Ist er krank? Geht es ihm nicht gut – wegen uns? Seit wir am Freitag kurz nach dem Kuss die Party verlassen und uns äußerst steif voneinander verabschiedet haben, konnte ich mich nicht überwinden, ihm auf seine Nachrichten zu antworten. Nach dieser Sache weiß ich einfach nicht, wie ich mich verhalten soll, was richtig wäre.

»Übernimm dich nicht«, sage ich zu Lia und bemühe mich, die Enttäuschung aus meinen Worten herauszuhalten. Ich freue mich total für sie, dass ihre Buchhandlung so boomt und ich als angehende Unternehmensberaterin meinen Teil dazu beitragen konnte. Nach allem, was Lia durchmachen musste, hat sie nichts anderes verdient.

»Tracey?«

»Ja?«

»Lass uns heute Abend reden, okay?«

Ich seufze leise. Natürlich hat sie gemerkt, dass mich etwas bedrückt. Lias feine Antennen sind legendär. Dennoch tue ich so, als gäbe es nichts zu sagen, weil es viel zu kompliziert wäre, alles – wirklich alles – zu erklären. »Muss nicht unbedingt heute sein. Aber pass du auf dich auf. Ich bewundere echt, wie du den Laden schmeißt, Girlboss. Lass dir von Drew mal einen Kaffee vorbeibringen oder so.«

»Ja, er wollte gleich mit Nico vorbeischauen.«

»Beruhigend. Dein Freund weiß, was sich gehört.«

Lia geht nicht auf meinen scherzhaften Tonfall ein. »Wie gesagt, ich bin nachher zu Hause. Dann kannst du mir erzählen, wie es am Freitag beim *Spring Awakening* war.«

Sekunde ...

Die Zahnräder in meinem Kopf rattern. Was, wenn Justus Lia längst eingeweiht hat? Daran habe ich bislang noch gar nicht gedacht. Das ist der Nachteil daran, dass sie uns beide so gut kennt.

Mein Blick gleitet über die Passanten, und ich beiße mir leicht verzweifelt auf die Unterlippe. Mein Mund wird staubtrocken, und ich weiche noch weiter bis zum Zaun in meinem Rücken zurück – denn inmitten der nächsten Fahrgastwelle entdecke ich meinen besten Freund. Wenn man vom Teufel spricht beziehungsweise – in diesem Fall – an ihn denkt!

In seinem aus der Zeit gefallenen Anorak sticht er mir gleich ins Auge. Er sieht auch nicht krank aus. Was macht er hier? Wir sind nicht verabredet. Will er mich abfangen? Er kennt meinen Stundenplan, genau wie ich seinen. Oder ist er gar nicht meinetwegen hier?

Er verlangsamt seine Schritte, hebt das Handy ans Ohr, lässt es aber gleich wieder sinken, als er auf mich aufmerksam wird.

Mist.

Herzrasen und schweißnasse Hände.

»Ich muss Schluss machen«, entschuldige ich mich eilig bei Lia und drücke sie weg, bevor ich überhaupt checke, was ich da tue.

Da hat Justus mich bereits erreicht.

»Hallo«, sage ich und umklammere meine Handtasche, weil ich sonst nichts zum Festhalten habe.

»Hallo«, erwidert er genauso unverbindlich.

Das läuft ja super.

Eine Strähne seines schwarzen Haares fällt ihm in die Stirn. Ich schlucke.

Obwohl wir uns auf der Party so nah waren wie noch nie, kommt es mir vor, als hätte sich ein Graben zwischen uns aufgetan. Justus tritt unbehaglich von einem Bein auf das andere, die Hände in den Taschen seiner Tweedhose vergraben.

»Ich wollte dich gerade anrufen, um zu fragen, wo genau du bist. Umso besser, dass ich dich hier treffe.«

Unausgesprochen bleibt, dass ich wahrscheinlich nicht ans Handy gegangen wäre. Schließlich habe ich auch nicht auf seine Nachrichten reagiert. Trotzdem macht er mir keine Vorwürfe.

»Ich bin direkt von der Queen Mary hergefahren. Hat Robinson früher Schluss gemacht?«

»Ein wenig«, nehme ich seinen Versuch, eine normale Unterhaltung zu führen, vorsichtig auf. Ich mache eine Handbewegung in Richtung Uferpromenade, von der uns nur die Überquerung einer Straße trennt. »Wollen wir vielleicht …? Da ist es nicht so trubelig, und wir stehen niemandem im Weg.«

In einvernehmlichem Schweigen lassen wir den Eingang der U-Bahn-Station links liegen. Es dauert ewig, bis die Ampel auf Grün springt, und es herrscht viel zu viel Verkehr, um bei Rot zu gehen. Die ganze Zeit vermeide ich es, Justus auch nur anzusehen. Mit Blick auf den Fluss setzen wir uns schließlich auf die Mauer. Ich im Schneidersitz, er lässt die Beine baumeln. Ein Sightseeing-Boot voller Touristen fährt vorbei. Die Sonne scheint, und der Himmel ist blau, doch ich kriege kaum Luft, zupfe wie unter Zwang an dem ausgefransten Loch in meiner schwarzen Jeans.

Wieder macht Justus den Anfang. »Ist zwischen uns alles gut?«

Unfassbar, wie dringend ich das anscheinend von ihm hören wollte. Mir fällt ein Kilo Steine vom Herzen, und ich kann mich nicht mehr davon abhalten, mich zu ihm zu drehen. »Ja. Ja, das ist es.«

Er kratzt sich im Nacken. »Okay. Ich meine, entschuldige, dass ich dir so viele Nachrichten geschickt habe. Ich wollte das klären, bevor ich in den nächsten zwei Wochen bei meinen Eltern in Ungarn bin und dieser Kuss irgendwie zwischen uns steht.«

Justus' Vater arbeitet für die chinesische Botschaft und ist mittlerweile in Budapest im Einsatz.

Ich beiße mir schon wieder auf die Unterlippe. Er hat recht, nur habe ich sämtliche seiner Kontaktaufnahmeversuche einfach abgeblockt. Spätestens jetzt sollte ich wohl etwas mehr dazu sagen.

»Es ist wirklich alles gut«, betone ich. »Ich hatte bloß befürchtet, du könntest mehr in das Ganze hineininterpretieren. Sorry, dass ich dir nicht zurückgeschrieben habe. Ich bin froh, dass dich das nicht abgeschreckt hat.«

Justus winkt ab. »Mir tut es leid, dass ich dich überhaupt geküsst habe. Ich habe die Wirkung der Bowle unterschätzt.«

Dabei wissen wir beide, dass die Bowle nur eine untergeordnete Rolle gespielt hat und ich auch nicht ganz unschuldig war. Wie von selbst zucken meine Augen zu seinem Mund. Shit. Hat er es bemerkt?

Ich könnte nicht mit Justus zusammen sein, selbst wenn ich wollte. Unsere Freundschaft ist etwas so Besonderes, wir hätten sie niemals leichtfertig aufs Spiel setzen dürfen.

»Also«, ergreife ich die Chance, die er mir bietet, »zurück zur Normalität?«

»Zurück zur Normalität.«

Mir entgeht nicht, wie sich seine Haltung entspannt, doch in seinen Augen bleibt ein trauriger Ausdruck zurück. Er steht auf, und ich blinzele gegen die Sonne zu ihm hoch.

»Keine zehn Minuten von hier gibt es ein tolles Café in Covent Garden. Was meinst du, wollen wir ein Eis essen gehen?«

Womit habe ich diesen Menschen nur verdient? Er hätte gekränkt oder sauer sein können, stattdessen legt Justus sich nur noch mehr für unsere Freundschaft ins Zeug.

»Du weißt, dass ich zu Eis nie *Nein* sage.«

Er zwinkert mir zu. »Möglicherweise.«

Meine abgöttische Vorliebe für Eis hatte er herausgefunden, als ich ihn im Januar zum ersten Mal in seiner winzigen Einzimmerwohnung in Stratford besuchte. Nachdem wir uns einen Animationsfilm im Kino angesehen hatten, köderte er mich mit Ben & Jerry's, und ich entschied, spontan noch mit zu ihm zu gehen.

Nicht mal an diesem Abend war etwas zwischen uns passiert. Wir müssen es unbedingt schaffen, diesen Kuss zu vergessen. Was sicher nicht leicht wird, denn entgegen seiner Behauptung, die Bowle sei schuld gewesen, empfindet er wahrscheinlich doch mehr für mich. Schon bevor er etwas getrunken hatte, habe ich ein Kompliment von ihm bekommen, und nach Calvins Abgang war er nicht gleich von meiner Seite gewichen. Er hatte meine Nähe gesucht. Wäre Beatrice nicht aufgetaucht und hätte ich seinen Arm, der immer noch um meine Schultern lag, nicht abgestreift … Gefühle lassen sich nicht einfach ausschalten, und ich will ihm nicht wehtun.

Justus zieht mich auf die Füße, und wir gehen nebeneinander den River Walk entlang.

»Ich kann es kaum noch erwarten, meine Eltern endlich wiederzutreffen!«, teilt er seine Vorfreude mit mir und schlägt damit eine deutlich ungefährlichere Gesprächsrichtung ein, was mich sehr erleichtert.

Ich denke an meine Eltern in New York, die ich zuletzt zu Weihnachten getroffen habe. »Zweifelst du manchmal an deiner Entscheidung, deine Mom und deinen Dad nicht nach Budapest begleitet zu haben?«

Hinter dem eindrucksvollen Somerset House passieren wir the Strand, eine der bekanntesten Straßen der britischen Hauptstadt. Sie verbindet den Trafalgar Square mit der City.

»Nein, ich hatte das ständige Umziehen satt«, erklärt Justus. »Und ich wollte hier studieren. Das war mir gleich zu Beginn unserer Zeit in London klar.«

»Kann ich gut nachvollziehen.« Das ist die Gelegenheit, ihm noch mehr entgegenzukommen und ihm zu zeigen, wie viel mir an unserer Freundschaft liegt, auch wenn es mir manchmal schwerfällt, über NYC zu sprechen. »Du weißt ja, ich vermisse meine Eltern. Trotzdem überlege ich immer häufiger, meinen Auslandsaufenthalt zu verlängern. Ich meine, was täte ich ohne dich und Lia?«

So direkt habe ich das bis jetzt noch nie ausgesprochen, höchstens mal Andeutungen fallen lassen, weil es mir feige vorgekommen war, so als würde ich weglaufen, wenn ich noch länger als geplant in London bleibe. Leider wird die Uni einer Verlängerung so kurzfristig nicht zustimmen.

»Das wäre ja toll! Dann solltest du dich wirklich dahinterknien.«

Ich nicke. »Ich kann mir partout nicht vorstellen, nach dem Sommer nach New York zurückzugehen.«

Der Ausdruck in Justus' Augen wird ernst, als wollte er sagen: *Ich verstehe.*

Nur versteht er es nicht.

Wir erreichen die Halle des Covent Garden Market, und Justus führt mich zu einem der Säulengänge, die den Platz davor säumen. Sobald es noch wärmer wird, füllen sich die freien Flächen mit Tischen und Stühlen und Straßenkünstlern. Das *Leto's* ist eines der wenigen Lokale in dieser Toplage. Das Innere des Cafés lässt sich am besten mit »grün und blumig« beschreiben. Möbel im Used-Look runden das künstlerisch angehauchte Ambiente ab.

Wir gehen zur Theke, und ich schaue mir die Auswahl an.

»Hast du dich entschieden?«, fragt Justus nach einer Weile.

Ich zeige auf drei Eissorten, die mich spontan ansprechen: Erdnuss, Karamell und Schoko-Kokos. Bevor ich etwas sagen kann, bestellt er für uns beide.

»Ich übernehme das«, grätsche ich ihm voll in die Gentlemannummer. Sein überrumpelter Gesichtsausdruck ist unbezahlbar.

Nach dem Eis – es war himmlisch! – bummeln wir noch durch die Straßen. Londons West End punktet neben kulinarischen Köstlichkeiten, Musicals und Theatern mit ein paar tollen Boutiquen. Während wir in den Läden stöbern, lässt die verkrampfte Atmosphäre zwischen uns weiter nach.

Es tut gut, etwas so Alltägliches zu genießen. Anders als jener Kuss in New York wird der mit Justus mich nicht einen der wichtigsten Menschen in meinem Leben kosten. Die Dinge zwischen uns werden wieder in Ordnung kommen. Daran muss ich einfach glauben. Es reicht, dass ich meine beste Freundin verloren habe.

KAPITEL 4
VICTORIA

Ich höre den Song bestimmt zum hundertsten Mal, aber nachdem ich einmal auf Repeat getippt hatte, gab es kein Entrinnen. Ezra Furmans Worte hallen in mir wider und durchdringen jede Faser meines Seins – und diesen Körper, der nicht meiner ist und irgendwie leider doch. *Haunted Head* fasst meine gegenwärtige mentale Verfassung so treffend zusammen, als wären die Lyrics für mich geschrieben worden. Es ist erstaunlich und erschreckend, was für eine Leistung im Verdrängen mein Verstand jahrelang vollbracht hat.

Aktuell brummt mein Kopf vor rotierenden Gedanken. *Was mache ich denn jetzt? Fuck! Was soll ich machen?* Bevor ich taub werde, passe ich die Lautstärke schließlich doch etwas an, richte meinen Blick auf die Hängepflanzen in den Blumenampeln, die über meinem Bett hin und her pendeln, und hoffe auf eine beruhigende Wirkung.

Natürlich habe ich die ganze Zeit gespürt, dass das Gebilde, das ich errichtet habe und mein Leben nenne, ziemlich wackelig war.

Umso verbissener habe ich versucht, es zusammenzuhalten, bis meine Trennung von Hunter es endgültig zum Einsturz gebracht hat. Insbesondere in unserer Beziehung wusste ich genau, wer ich zu sein hatte, wo mein Platz war. Nun ist es, als wäre ich in tausend Stücke zersprungen und stünde vor der unlösbaren Aufgabe, mich wieder zusammenzusetzen. Denn ich will sie nicht erneut auf Biegen und Brechen aneinanderkleistern. Diesmal sollen sie sich von selbst verbinden. Und das ist es, was mich so fertigmacht.

Jemand klopft an meine Zimmertür.

Benommen ziehe ich mir die Kopfhörer von den Ohren und drehe mich halb im Bett um. Ich bekomme gerade noch das aufgeklappte Notebook am Ende der Matratze zu fassen, bevor es durch die Bewegung vom Bett rutscht. Puh.

»Victoria, bist du da drin?«, höre ich die Stimme meiner Mutter aus der Diele.

Es ist, als hätte sie mir eine Ohrfeige verpasst.

Nein!, möchte ich brüllen, und es würde sogar stimmen, dabei kann Mum gar nicht wissen, was ihre vermeintlich harmlose Frage in mir auslöst. Wie würde sie reagieren, wenn ich ihr eröffne, dass ich gar nicht ihre Tochter bin, sondern ihr Sohn? Allein bei der Vorstellung, es ihr zu sagen, dreht sich mir vor lauter Angst der Magen um. Keine Ahnung, wie ich das jemals hinkriegen soll. In der Theorie klingt es so leicht, in der Praxis wäre es garantiert ein Schock für sie. Würde sie mich dann mit anderen Augen sehen? Und was, wenn ich mich doch irre, auch wenn es unwahrscheinlich ist? Ich wäre nicht der Erste. So etwas kann passieren.

Stopp!

Ich starre auf den Laptopbildschirm und atme tief durch.

Ich bin ihr Sohn. Ich bin ein Junge im Körper eines Mädchens. Genau wie der Typ aus dem YouTube-Video vor mir, das ich unterbrechen musste, weil mich seine Schilderungen zu sehr an meine eigene Geschichte erinnert und zusätzlich aufgewühlt haben.

Es klopft erneut.

Ich klappe das Notebook zu. »Was ist denn?«

»Lässt du mich rein?« Mum klingt besorgt.

In den letzten drei Tagen – inzwischen ist Montag – war es mir immer irgendwie gelungen, sie abzuwimmeln und mich vor den gemeinsamen Mahlzeiten zu drücken – weil ich angeblich so viel Lernstress hätte. Seit der Party am Freitag habe ich wirklich mein Bestes gegeben, um ihr und dem Rest meiner Familie aus dem Weg zu gehen. Mein Zimmer hatte ich nur verlassen, wenn es unbedingt notwendig war, damit ich bloß nichts erklären musste. Ob Mum gemerkt hat, dass ich heute weder in der Uni noch auf der Arbeit gewesen bin?

»Elle hat mir vorhin erzählt, dass mit Hunter Schluss ist«, höre ich sie von der anderen Seite der Tür hinzufügen. »Wieso hast du das nicht gleich gesagt?«

Ich reibe mir die Augen. So viel zu nichts erklären müssen ... Das wäre dann wohl gelaufen.

Hinzu kommt, dass es sich die meiste Zeit so anfühlt, als würde die Trennung gar nicht mich, sondern nur Victoria betreffen. Woher weiß meine Schwester davon? Vermutlich hat sich die Neuigkeit schon unter unseren Kommilitonen verbreitet. Elle hat ihr Studium an derselben Uni zwar erst ein Jahr nach mir angefangen, im Gegensatz zu mir aber einen Haufen Kontakte gesammelt, die ihr so etwas sofort zutragen. Hunter ist außerdem recht bekannt, weil er regel-

mäßig an campusübergreifenden Freizeitaktivitäten teilnimmt. Bei
einem der kostenlosen Konzerte, die einmal wöchentlich in der
Shaw Library stattfinden, hatten wir uns auch kennengelernt. Unvermittelt muss ich an Gwen und Ramona denken. Ich sollte ihnen
ein Lebenszeichen senden. Ich hätte mich früher dazu aufraffen müssen und die Anrufe und Nachrichten meiner zwei Freundinnen nicht
ignorieren dürfen.

»Hast du mich gehört? Vic—«

Wenn Mum mich noch einmal *Victoria* nennt, werde ich entweder explodieren oder in Tränen ausbrechen. Als hätte ich während
der letzten Tage noch nicht genug geheult. Weniger wegen der Trennung, mein Ex-Freund fehlt mir eigentlich kaum, sondern weil ich
nicht glauben kann, wie blind ich zwanzig Jahre lang gewesen bin —
und aus Panik vor der Unausweichlichkeit, meine Transidentität nun
zu akzeptieren.

Ich schlage die Decke zurück und schwinge die Beine über die
Bettkante. Das alles kommt mir immer noch so unwirklich vor, obwohl mich der Gedanke bereits seit Ewigkeiten verfolgt, nur eben
weitaus diffuser, weniger greifbar. Seit ich mich erinnere, war ich
irgendwie anders. Ich weiß nicht mehr genau, wann ich zum ersten
Mal darauf gestoßen bin, dass trans* Menschen existieren. Mit fünfzehn, sechszehn war ich wie gebannt von der Thematik, jedoch noch
nicht in der Lage, das direkt auf mich zu beziehen. Auf jeden Fall
wollte ich nicht glauben, dass *ich* trans* sein könnte. Ich habe die
Anzeichen beiseitegeschoben oder geleugnet und nach anderen
Erklärungen gesucht. Denn ich kannte die Konsequenzen: Psycho-
therapiesitzungen, um sich die eigene (Trans)Identität attestieren zu
lassen, Hormone, Operationen, das offizielle Anpassen des eigenen

Vornamens und Geschlechtseintrags … Damals kam es mir weniger beängstigend vor, mich mit der Tatsache zu arrangieren, dass ich laut meines Körpers eine Frau sein soll. Und eigentlich wollte ich mich ja auch mit dem Geschlecht identifizieren können, das mir schon vor der Geburt zugewiesen worden war. Eigentlich passte doch alles. In der Pubertät war doch niemand mit sich oder seinem Körper im Reinen, oder?

Ich bin an der Tür und reiße sie auf. Offenbar sehe ich genauso miserabel aus, wie ich mich fühle, denn meine Mutter breitet sofort die Arme aus und zieht mich an sich.

»Oh, meine Süße. Es tut mir so leid!«

»Mum«, ächze ich und versuche, mich aus ihrer Umarmung zu befreien, obwohl ich so gern hineinsinken würde. Sie sieht nicht *mich*, sondern die Person, für die sie mich hält – ihr kleines Mädchen.

Als sie mich loslässt und ich wieder Luft bekomme, nuschele ich: »Ist schon gut.«

Meine Mutter wirkt müde und erschöpft. Ihr Haarknoten ist inzwischen grauer als braun. Seit Grandmas zweitem Schlaganfall hat sie kaum noch eine Pause oder Zeit für sich. Trotzdem versucht sie, wie auch in der Vergangenheit, so gut es geht für mich da zu sein.

»Du solltest heute wirklich mit uns essen.«

»Ich glaube nicht, dass …« Ich weiß nicht, wie ich den Satz beenden soll.

Ein mitfühlendes Lächeln. »Du musst das nicht allein durchstehen.«

Würde sie das auch noch sagen, wenn sie wüsste, dass ich keine Frau, sondern ein Mann bin? Ich spüre einen Stich in meiner Brust.

»Es gibt Hühnchen mit gebratenem Reis und Gemüse.«

Langsam schüttele ich den Kopf. Mir fehlt im Augenblick die Kraft für die Wahrheit. Und ich kann gerade auch nicht weiter so tun, als wäre ich jemand, der ich nicht bin. Mir bleibt nur die Lüge, obwohl es sich falsch anfühlt, meine Mutter in dem Glauben zu lassen, ich hätte lediglich ein gebrochenes Herz.

»Tut mir leid. Ich mach mir später etwas warm. Ich bin wirklich nicht ganz auf der Höhe wegen der Trennung.« Ich halte die Nase an meinen Pullover, der passenderweise Hunter gehört hat, bis er ihn mir zum Valentinstag geschenkt hat. Dabei habe ich ihn vor allem deshalb angezogen, weil er das einzige eindeutig maskuline Kleidungsstück ist, das ich besitze. Die plötzliche Abneigung dagegen, feminine Klamotten zu tragen, kam unerwartet und ging weit über das bisherige Gefühl des Unwohlseins hinaus. »Und ich könnte dringend eine Dusche vertragen.«

Das nimmt Mum, wie erhofft, den Wind aus den Segeln.

Im Badezimmer schäle ich mich aus Hunters viel zu großem Pulli und der Jogginghose, als mir siedend heiß einfällt, was darunter steckt. Ich schaue kurz an mir hinab. Wie habe ich *das* auch nur für eine Sekunde vergessen können! *Frauen haben nun mal Brüste; Frauen rasieren sich die Beine; Frauen müssen stets nett lächeln,* sind Phrasen, die ich mir immer wieder eingebläut habe. Dabei ist einiges davon echt Bullshit, und ich war den Veränderungen, die mein Körper nach der Kindheit durchlief, hilflos ausgeliefert. Ich wasche mich in Rekordgeschwindigkeit, bleibe keine Sekunde länger als notwendig unter dem Brausekopf und dem warmen Wasserstrahl stehen und bin heilfroh, mich danach in meinen (immerhin nicht pinken) Bademantel wickeln zu können. Am liebsten würde ich mich sofort wieder ins

Bett legen, so sehr haben mich das Duschen und die Konfrontation mit meinem Körper ausgelaugt.

Aus einem selbstzerstörerischen Impuls heraus wische ich mit der Hand über den beschlagenen Spiegel. *Sieh dich an. Wie soll das denn gehen? Niemand würde dich als Kerl je ernst nehmen.*

Trotzig recke ich mir das Kinn entgegen. *Und wenn doch?*

Nach der Schule habe ich schon einmal mein Image umgekrempelt, um Freunde zu finden. Ich glaubte, mich an das anpassen zu müssen, was gemeinhin von Mädchen erwartet wurde. Auch wenn sich das rückblickend als Irrweg erwiesen hat und ich das Gefühl des Andersseins falsch interpretiert hatte, hörten die Leute in meinem Umfeld auf, mich *kindlich* oder *Spätzünderin* zu nennen, und bewunderten die schöne junge Frau, zu der ich geworden war. Sei es meine Familie, entferntere Verwandte, Nachbarn oder andere Bekannte.

Plötzlich habe ich einen total abgefahrenen Einfall und finde im Wäscheraum nebenan, was ich brauche, um ihn umzusetzen. Elle wirft hin und wieder Klamotten von ihrem Freund in die Wäsche, und auch diesmal ist etwas dabei. Praktischerweise ist James deutlich kleiner als Hunter. Mit wild klopfendem Herzen schnappe ich mir eine Hose, ein T-Shirt und eine Sweatshirtjacke von der Leine. James wird gar nicht merken, dass ich mir die Teile ausgeliehen habe. Ich brauche sie nur für heute Abend, für meinen ersten Auftritt als Mann. Fehlt nur noch eine Kopfbedeckung, um meine Haare zu verstecken. Hoffentlich finde ich etwas Brauchbares in den Tiefen meines Kleiderschranks. Dann werde ich zum Kiosk an der Bow Road laufen und mir einen Schokoriegel kaufen. Der kleine Shop hat rund um die Uhr geöffnet, und es ist vollkommen unwichtig, was die Angestellten dort möglicherweise von mir denken.

Ich habe mich nie getraut, mir auszumalen, womit *ich* meine Transition beginnen würde, weder als ich mich früher mit dem Thema beschäftigt habe, noch bei meiner Recherche am Wochenende. Bislang war ich einfach nicht bereit gewesen, die Möglichkeit zu transitionieren als real zu betrachten, als etwas, das ich ernsthaft tun könnte. Mein Widerwille dagegen, eine Frau zu sein, musste zuerst groß genug werden – und gerade in meiner Beziehung mit Hunter, in der ich eindeutig den weiblichen Part übernommen hatte, war dieses beklemmende Gefühl stetig gewachsen, bis ich es nicht mehr wegschieben konnte.

Trotzdem kann ich nicht fassen, was ich da tue – aber ich tue es. Es erscheint mir vollkommen logisch, meiner Intuition zu folgen, nachdem ich so lange nicht auf sie gehört, ihre Stimme zeitweise sogar systematisch unterdrückt habe.

Noch immer im Bademantel husche ich mit meinem Diebesgut über den Flur in Richtung meines Zimmers. Fetzen einer Unterhaltung dringen aus dem Essbereich zu mir nach oben in den ersten Stock. Es klingt, als würde Dad einen seiner typischen Monologe aus Computergeschwafel starten. Elle macht sofort ihr Desinteresse deutlich: »Echt jetzt? Nein, komm schon, Dad!« Obwohl ich von niemandem erwischt werde und alles gut geht, bin ich froh, als ich zurück in meinem Zimmer bin und hinter mir abschließen kann. Phase eins der Mission wäre bestanden.

Während der nächsten Stunden warte ich darauf, dass es im Haus still wird. Ich melde mich bei meinen Mädels und flute unseren Gruppenchat mit einem halben Roman, in dem ich grob umreiße, was zwischen Hunter und mir vorgefallen ist. Ich lasse die Ereignisse mehr oder weniger für sich stehen und erkläre das damit, dass ich im Moment noch nicht bereit bin, näher darüber zu sprechen. Die beiden zeigen vollstes Verständnis. *Sag einfach Bescheid, wenn du so weit bist und doch reden willst. Wir sind für dich da. xxx,* schreibt Gwen zurück. *Feel you! Fühl dich gedrückt, Liebes!*, fügt Ramona hinzu.

Für den Rest der Zeit, die mir bleibt, bis meine Familie schlafen geht, beschließe ich, mich an den Schreibtisch zu setzen und in das Skript zu vertiefen, das Agatha mir für unsere neue Führung über den Friedhof gegeben hat. Der *Tower Hamlets Cemetery,* auf dem sich ihr Blumenladen befindet, ist zwar seit über fünfzig Jahren für Beerdigungen geschlossen, stellt aber aufgrund der dort begrabenen bekannten Persönlichkeiten und seiner nicht umsonst als schützenswert anerkannten Grabdenkmäler ein beliebtes Touristenziel dar. Deshalb erschien es Agatha wohl naheliegend, nicht einfach nur Blumen zu verkaufen, sondern auch Touren über den Friedhof anzubieten, der zusammen mit dem angegliederten Park seit Anfang des einundzwanzigsten Jahrhunderts auch als Naturreservat gilt.

»Das Programm braucht mal wieder eine Überholung«, hatte Agatha mir mitgeteilt, als ich letzten Donnerstag zu meiner Schicht im *Magic of Flowers* erschienen war. Sie hatte die Tulpen beiseitegelegt, sich die Hände an der grünen Schürze abgewischt und voller Erwartung strahlend – so sehr, dass ihre runden Wangen glühten – unter der Verkaufstheke die ausgedruckten Seiten hervorgeholt. »Lies es und sag mir, was du davon hältst.«

Bis zu diesem Moment habe ich noch keinen Blick hineingeworfen, und nun fällt mir auf, dass sich die großen, markanten Blätter der Monstera, meiner Lieblingszimmerpflanze mit dem Namen Odysseus, auf meinem Schreibtisch langsam richtig breitmachen. Bevor ich zu lesen beginne, verbanne ich Odysseus zusammen mit den Unterlagen für die Altertumsvorlesung auf die Hälfte der Fensterbank, die nicht von meiner Sukkulenten- und Kakteensammlung bevölkert wird. Rasch besprühe ich die Blätter noch mit etwas Wasser, um sie vom Staub zu befreien. Ja, meine Liebe zu Pflanzen könnte man auch als Obsession beschreiben, was auch das Regal hinter mir beweist, dessen metallene Streben von weiteren grünen Zimmergenossinnen und -genossen bevölkert werden. Zu meiner Verteidigung muss ich sagen, dass ich die meisten davon selbst als Stecklinge oder Ableger herangezogen habe.

Aber zurück zu Agatha. Es ist eine echte Erleichterung, die Gedanken zur Abwechslung in eine andere Richtung lenken zu können. Ich habe sowieso schon ein schlechtes Gewissen, weil ich mich für heute bei ihr krankgemeldet habe. In meiner Verfassung hätte ich unmöglich arbeiten können.

Die Erfolgsgeschichte des Tommy Lewis, der zu Charles Dickens' Zeiten in ärmsten Verhältnissen aufwuchs und sich bis zu seinem Auffliegen als Trickbetrüger in die feine Gesellschaft geflunkert und dabei einige Herzen gebrochen hat, bringt mich sogar kurz zum Lächeln. Nach seinem Tod war er auf dem *Tower Hamlets Cemetery* beigesetzt worden. Agatha ist Romantikerin, worin wir definitiv hervorragend übereinstimmen, und trotzdem mag sie es düster und tragisch. Die Story ist wie dafür gemacht, bei stimmungsvoller Atmosphäre zwischen den vom Zahn der Zeit zerfressenen Grabsteinen erzählt zu werden.

Da fällt mir ein, dass ich auch Agatha werde einweihen müssen. Wenn ich mich entscheide, diesen Weg zu gehen, an dem nichts vorbeiführt, werde ich es allen sagen müssen und damit das Risiko in

Kauf nehmen, dass sie sich von mir abwenden. Mum und Dad, Elle und Grandma, Gwen und Ramona. Eigentlich kann ich mir nicht wirklich vorstellen, dass sie mich im Stich lassen würden. Aber was, wenn doch? So eine Offenbarung ist keine Kleinigkeit. Die anderen Studenten und meine Professoren, die Besucher und Stammkunden des *Magic of Flowers* werden es ebenso erfahren und mir womöglich mit Unverständnis, im schlimmsten Fall mit Ablehnung oder gar Hass begegnen.

Kann ich damit umgehen? Werde ich es je können?

Wie in Zeitlupe lasse ich Agathas Skript sinken und stoße mich schwungvoll vom Schreibtisch ab. Die Rollen unter meinem Stuhl werden vom Teppich gestoppt. Von einem Moment auf den nächsten bin ich so voller hilfloser Wut auf mich, weil ich keine Frau sein kann, dass ich mich zusammenreißen muss, um nicht irgendetwas kurz und klein zu schlagen. So kenne ich mich gar nicht. Dieser Drang macht mir nur noch mehr Angst, als ich sowieso schon habe.

Bevor ich etwas richtig Dummes anstelle, stülpe ich mir wieder die Kopfhörer über, schalte *Haunted Head* ein und drehe die Musik voll auf.

Kurz vor Mitternacht schlüpfe ich in die entwendeten Klamotten. Mittlerweile habe ich mich wieder etwas beruhigt. Mit zittrigen Händen binde ich mir die Haare zusammen und stopfe sie unter eine halbwegs geschlechtsneutrale Mütze. Bis jetzt ist mir nie aufgefallen, wie strikt bei Kleidung oft nach Geschlechtern getrennt wird, sodass je nach Schnitt und Farbe meist eine entsprechend eindeutige Wirkung entstehen soll. Selbst Boyfriend-Hosen wurden nun mal für Frauenkörper entworfen und sind trotz weiterer Passform als solche erkennbar. Auch wenn ein Kleidungsstück mal nicht ganz so eindeutig zugeordnet werden kann, definieren die meisten ihren Look zumindest in der Gesamtheit klar als männlich oder weiblich – und das in der Regel in Einklang mit dem Eintrag in ihrem Ausweis.

Ich hole tief Luft, bevor ich mich dem Ganzkörperspiegel an meiner Zimmertür zuwende. Ich fürchte mich noch stärker vor dem, was ich sehen werde, als nach der Dusche. Es hängt viel mehr davon ab.

Ich zähle eins, zwei, drei – und drehe mich um.

Krass!

Bis auf die roten Chucks, die ich auch am Freitag anhatte, habe ich einen völlig anderen Menschen vor mir. Der Unterschied ist auf den ersten Blick so verblüffend, dass es mich sprachlos macht, wie viel maskuliner ich plötzlich wirke. Der Sport-BH leistet in Kombination mit den zwei Klamottenlagen darüber ziemlich gute Arbeit und die gerade geschnittene, locker sitzende Jeans kaschiert die Kurven, die meine üblichen Hosen sonst betonen. Ich hake die Daumen in die Gürtelschlaufen und kann kaum glauben, dass ich das bin. Ich habe mich noch nie so … so fantastisch gefühlt, und die letzten Zweifel, ob es richtig ist, was ich hier tue, werden leiser und leiser. Ein Kloß bildet sich in meinem Hals, diesmal vor Rührung.

Wie männlich von dir, lästert mein innerer Kritiker gleich darauf kopfschüttelnd, ehe ich ihm den Mittelfinger zeige. Fakt ist, ich kann nicht mehr zurück. Das erscheint mir schon jetzt unvorstellbar. Es geht nur noch nach vorn.

Mein Bauch gibt ein unmissverständliches Knurren von sich. Das trifft sich gut. Nachdem ich Mums Essen verschmäht habe, wird es nun echt Zeit für einen Mitternachtssnack.

Ich mache ein paar zaghafte Schritte und korrigiere meinen Gang, rufe mir die Tipps für ein Erfolg versprechenderes Passing in Erinnerung, die ich im Internet gefunden habe. Passsing, von *to pass for*, als etwas durchgehen – in meinem Fall als Mann. Breitbeiniger stehen, die Zehenspitzen zeigen nach außen, nie nach innen, nicht *auf* der imaginären Linie laufen, sondern die Füße links und rechts daneben setzen. Selbstsichere, ausladende Bewegungen. Schon besser. Sieht nur minimal gestellt aus.

Ich seufze.

Na ja, Übung macht den Meister. Es wird Zeit, mit Phase zwei zu beginnen: das Haus verlassen. Leichter gesagt als getan.

KAPITEL 5
TRACEY

Obwohl ich den Nachmittag mit Justus genieße, bin ich nach dem Eis und unserem kleinen Einkaufsbummel auch froh, als wir uns bei Seven Dials, den sieben sternförmig aufeinandertreffenden Straßen, schließlich trennen. Nach der anfänglichen Erleichterung über die scheinbar zurückgekehrte Normalität zwischen uns, hatte ich mich zusehends bedrückter gefühlt, und meine Gedanken waren wiederholt nach NYC gewandert.

Die Heimfahrt mit der Tube dauert zehn Minuten. Anschließend nehme ich die Strecke durch die Bethnal Green Gardens, wo ich mich einen Augenblick auf eine Parkbank setze, um mich etwas zu sortieren, bevor ich in der WG aufschlage. Außerdem möchte ich noch einen Moment allein sein.

Die Wiese ist voller Gänseblümchen. Ich stelle die Handtasche neben mich, beuge mich vor und pflücke eine der Blumen. Nachdenklich drehe ich sie zwischen den Fingern. In meinem Brustkorb breitet sich ein dumpfer Schmerz aus, den ich seit dem *Spring Awakening* wieder viel häufiger verspüre. Schon am Freitag hatten die Erinnerungen an New York dicht unter der Oberfläche gebrodelt, jetzt brechen sie mit aller Macht hervor.

Beim Anblick dieser Wiese würde Samantha sich wie ein kleines Kind freuen. Meine beste Freundin hat Blumen geliebt. Ihr Zimmer war fast immer vom Duft eines frischen Straußes erfüllt, und ich weiß noch genau, wie stolz sie gewesen ist, als sie zum ersten Mal bei der Bepflanzung der Beete in unserem Garten mit anpacken durfte.

Ich gehe in die Hocke und pflücke noch mehr Blumen, bis ich genug für einen kleinen Kranz zusammenhabe. Einen Kranz für Sammy.

Mit dem Fingernagel mache ich eine Kerbe in den Stiel des ersten Gänseblümchens und fädele ein zweites durch die entstandene Öffnung. Als Nächstes kerbe ich auch diesen Stiel ein, um eine dritte Blume anzuknüpfen. Ich wiederhole die Prozedur wie automatisiert: einkerben, durchfädeln, einkerben, durchfädeln … Das beruhigt mich und macht es leichter, mich an all das zu erinnern, was Samantha und ich einst miteinander geteilt haben – das Schaukelweitspringen, unsere *Singstar*-Sessions oder das Sonnenbaden am Meer in den Hamptons. Wie ihre Haare, die mich stets an flüssigen Honig erinnert haben, im Wind wehten. Fast spüre ich den Sand von damals zwischen den Zehen, höre das Wellenrauschen. Mein Herz krampft sich wiederholt zusammen, während ich die Bilder bewusst wie Fotos vor meinem inneren Auge betrachte, was ich sonst lieber vermeide.

Es ist sinnlos, sich die »*Was wäre, wenn …?*«-Frage zu stellen. Nichts macht Sammy wieder lebendig. Wieso mussten wir uns nur in denselben Kerl vergucken? Es hätte keinen schlimmeren Zufall geben können.

Charlie war während meines Senior Years an der Highschool mit seiner Familie in die Nachbarschaft gezogen. Wir hingen zwar sporadisch mit denselben Leuten ab, waren jedoch nie befreundet gewesen. Samantha schwärmte von Beginn an total für ihn, und auch ich musste zugeben, dass er mit seinem Buzz Cut und den Grübchen ziemlich heiß war, hielt mich ihr zuliebe jedoch zurück. Auch wenn die beiden kein Paar waren. Dann kam dieses Barbecue am Unabhängigkeitstag. Charlie und ich hatten plötzlich allein dagestanden, weil meine beste Freundin kurz zur Toilette musste, und in der Zwischenzeit zeigte er mir sein neuestes Tattoo: den Kopf eines heulenden Wolfs, der für ihn Kraft und Stärke symbolisierte. Seit seinem achtzehnten Geburtstag nahmen die Kunstwerke auf seiner Haut stetig zu, was mich – zugegeben – faszinierte, weil sich das in den Kreisen der Upper West Side, in denen wir verkehrten, nicht wirklich gehört. Charlie erlaubte mir, die Linien aus Tinte, die seit Neuestem seinen Oberarm zierten, mit den Fingerkuppen nachzufahren, wodurch wir uns plötzlich deutlich näher kamen. Als Reaktion auf mein geflüstertes »Wie wunderschön!« umfasste er sanft mein Handgelenk und zog mich weiter zu sich, bis gar kein Abstand mehr zwischen uns war. Ich protestierte nicht. Seine Lippen hatten noch keine zwei Sekunden auf meinen gelegen, da ließ uns Samanthas fassungsloses »Tracey?« bereits auseinanderfahren.

Ich öffne die Augen, die sich scheinbar von selbst geschlossen haben, und atme hektisch. Kalter Schweiß überzieht meine Haut, die halb fertige Blumenkette ist in meinen Schoß gesunken. Noch immer knie ich in den Bethnal Green Gardens in London, nicht im Central Park in New York City. Ich bin nicht dort, werde es nie wieder sein, um meinen Fehler auszubügeln.

Samantha hatte an diesem Juliabend kopflos die Flucht ergriffen. Sie war über die Wiese gerannt, weg vom Teich, querfeldein in Richtung Straße. Als ich sie endlich eingeholt und ihren Arm zu fassen bekommen hatte, schrie sie mich an. Ich hatte keine Chance, mich zu entschuldigen, alles zu erklären. Ich gab sie frei, sie taumelte vor mir zurück – und wurde von einem Auto erfasst, mir für immer entrissen.

Diese Szene in Endlosschleife ...

Kurz habe ich das Gefühl, als müsste ich mich übergeben. Ein bitterer Geschmack überzieht meine Zunge, während das Grauen in Ärger umschlägt. Ich fädele die letzten Blumen auf und schließe den Kranz. Langsam stehe ich auf. Ich hasse diese Tage, an denen jede Kleinigkeit zu einem potenziellen Trigger ausartet. So heftig wie gerade eben hat es mich bisher aber nur selten getroffen. Vor allem in den letzten Wochen hatte ich wegen der Organisation der Party kaum Zeit, an Samantha zu denken. Das letzte Mal hatte es mich so schlimm erwischt, als ich über Weihnachten und Neujahr zu Besuch in den Staaten war. Nun müssen mein Kuss mit Justus und die Gänseblümchen den Stein ins Rollen gebracht haben.

Ich wickele die Blumenkette in ein Taschentuch, um sie zu schützen, nehme meine Handtasche und gehe einfach weiter, als wäre nichts gewesen.

Manchmal täusche ich mich sogar selbst. In jedem Fall täusche ich Lia und Justus. Sie wissen nur, dass Samantha bei einem Autounfall ums Leben gekommen ist, kennen aber nicht die genauen Umstände oder ahnen etwas von Charlies Verwicklung darin. Sie halten ihn für meinen Ex-Freund, dabei waren wir beide vor allem deshalb eine Zeit lang so eng miteinander, um die Wahrheit für uns zu behalten.

Sollten meine neuen Freunde je erfahren, was zwischen uns – Samantha, Charlie und mir – vorgefallen ist, werden sie mich wie meine alten Freunde in New York verurteilen und fallen lassen.

Doch offensichtlich bin ich nicht einmal in London vor meinen Dämonen sicher. Es gibt kein Entrinnen. Auch nicht vor den Schuldgefühlen, die ich Samanthas Mutter gegenüber empfinde. Wahrscheinlich muss ich mich dem Schmerz und der Trauer endlich stellen. Auf der Beerdigung war ich wie betäubt gewesen. Ich stand noch zu sehr unter Schock und war gefangen in meiner Fassungslosigkeit. Vielleicht wird es Zeit, mich bewusst von meiner besten Freundin zu verabschieden? Danach finden wir hoffentlich endlich einen gemeinsamen Abschluss.

Unweit des Parks erhebt sich schon die Rückseite des mehrgeschossigen Wohngebäudes, das im letzten halben Jahr zu meinem Zuhause geworden ist. Doch bevor ich es durch den Hintereingang betrete und meine Entschlossenheit versiegt, googele ich auf meinem Smartphone, wo sich die nächste Begräbnisstätte befindet. Wobei es am Tag ein bisschen seltsam wäre, an einem fremden Grab zu Samantha zu sprechen. Aber da ich ihres nicht einfach mal so erreichen kann …

Eigentlich sollte es keine große Sache sein, mir die heutige Nacht auf einem Friedhof um die Ohren zu schlagen, oder? Es geht dabei schließlich um das Andenken meiner besten Freundin. Dafür möchte ich alles geben, was mir im Moment möglich ist. Alles andere wäre nicht gut genug für sie.

KAPITEL 6
TRACEY

Beim Betreten der Wohnung werde ich gleich von meiner Mitbewohnerin Penelope empfangen. Sie schießt förmlich aus der Küche und ruft: »Tracey! Was hältst du von einem Kochabend mit Lia und Ina?«

»Heute?« Ihr Enthusiasmus steckt mich sofort an, trotzdem bremse ich sie ein bisschen aus. »Heißt das, wir sind tatsächlich mal alle gleichzeitig zu Hause?«

»Exakt!«, bestätigt Penelope aufgeregt. »Und ich hatte neulich so eine Box bestellt, bei der zum Rezept die Zutaten direkt mitgeliefert werden. Das würde sich also perfekt anbieten!«

Weil Ina oft für sich bleibt und Lia ihre Freizeit hauptsächlich mit ihrem Freund verbringt, machen wir in der WG eher selten etwas zu viert, was ich genau wie Penelope, mit der ich ab und zu gemeinsam jogge oder ins Fitnessstudio gehe, etwas schade finde. Diese wirklich schöne Fügung sollten wir also nutzen, und die Zeit wird bestimmt schneller vergehen, wenn ich den Abend mit meinen Mitbewohne-rinnen verbringe.

»Was für ein Gericht ist denn in der Kochbox?«

Penelopes Augen leuchten auf. »Ich habe eine sommerliche Bowl gewählt; als Grundlage Jasminreis mit eingekochten Aprikosen, dazu Brokkoli, Gurken- und Paprikasalat. Das Beste daran ist aber die Erd-nussbutter!«

Wie die dazu passen soll, ist mir schleierhaft, aber ich bin gespannt und lächele. Penelope ist eine grandiose Hobbyköchin, und abge-sehen von der Erdnussbutter hört sich das ziemlich verlockend an. Meine Stimmung hebt sich noch etwas mehr.

»Also ...?«, hakt sie nach. »Die anderen beiden haben schon *Ja* gesagt.«

Ich tue empört. »Natürlich bin ich dabei. Was denkst du denn von mir?«

»Wunderbar!« Penelope grinst, und ihre sommersprossige Nase kräuselt sich. »Gibst du Ina und Lia dann Bescheid?«

»Klar, ich ziehe mir nur noch was Gemütlicheres an.«

Wenig später sind wir alle in der WG-Küche versammelt. Ina, nicht allzu experimentierfreudig, meldet sich gleich dafür, Gurke und Paprika zu schneiden. Lia übernimmt in ihrer typisch sorgfälti-gen Art die Zubereitung des Limetten-Soja-Dressings. Um Penelope ihren Spaß mit der Erdnussbutter zu lassen, aus der sie eine Soße für den Brokkoli anrührt – wobei sie eine Riesensauerei veranstaltet –, kümmere ich mich um den Reis und hacke die getrockneten Apriko-sen klein. Obwohl Lia in Gruppen meist zurückhaltender und Ina oft ein wenig miesepetrig ist, herrscht eine totale Wohlfühlatmosphäre. Das Essen schmeckt dann einfach mega, und es bleibt nichts übrig.

Nach dem Aufräumen der Küche ziehen wir ins Wohnzimmer um, wo wir die *Gilmore Girls* über den Fernseher flimmern lassen, doch irgendwann kann ich nicht mehr still sitzen. Ich starre nur noch auf den Bildschirm, ohne der Serie richtig zu folgen, werde immer unruhiger und möchte die Abschiedsgeste, die ich mir für Samantha überlegt habe, plötzlich sofort umsetzen. Ich linse zu den anderen, die sich über die restliche Couchlandschaft im Wohnzimmer verteilt haben.

»Ich geh noch mal raus«, verkünde ich, als die Folge endet, und stehe vom Sofa auf.

Sofort richten sich Lias braune Augen auf mich, warm und besorgt. »Wohin willst du denn? Du weißt schon, wie spät es ist?«

Ich bin bereits auf halbem Weg in den Flur und zucke die Schultern. »Ein bisschen frische Luft schnappen.«

Lia springt hinter mir auf. Sie folgt mir und schließt die Tür zum Wohnzimmer, sodass wir nun ohne Ina und Penelope etwas ungestörter sind. Mit verschränkten Armen mustert sie mich. »Wenn du möchtest, kann ich mitkommen. Wir wollten doch sowieso mal wieder reden.«

Ich schlüpfe in meine Laufschuhe, ohne auf ihren Vorschlag einzugehen.

»Du willst joggen? Nach dem Essen?«

Lianne Jones tendiert dazu, sich einen Haufen Gedanken über das Wohlbefinden ihrer Mitmenschen zu machen. Ich finde das absolut liebenswert, nur momentan kann ich das nicht gebrauchen. Ich mache eine beschwichtigende Handbewegung. »Ich war gestern erst im Gym. Jetzt möchte ich mir nur etwas die Beine vertreten. Mach dir keine Sorgen.«

Sie quittiert das mit einem Stirnrunzeln und bleibt skeptisch.

Eigentlich hätte ich nichts dagegen, dass sie mich begleitet, aber die Herausforderung, vor der ich stehe, ist für mich allein bestimmt.

»Ich weiß dein Angebot sehr zu schätzen«, füge ich hinzu, als mir einfällt, dass ich Lia schon heute Mittag am Telefon wegen Justus abgewürgt habe. »Wir holen das nach.«

»Das tun wir.« Sie hebt drohend den Zeigefinger, lässt mich aber glücklicherweise gehen und verschwindet wieder im Wohnzimmer.

Ich hole noch meine Handtasche mit der Gänseblümchenkette und durchforste rasch unsere Krimskramsschublade in der Küche nach einem Feuerzeug und einem Teelicht. Ich finde sogar ein leeres Marmeladenglas, das ich ebenfalls einstecke.

Zu Fuß brauche ich etwa dreißig Minuten von Bethnal Green durch das Wohngebiet bis zum *Tower Hamlets Cemetery*. Die Ladenfronten, an denen ich vorbeikomme, sind dunkel, und bis auf ein paar Lieferservicefahrer begegnet mir niemand. Auch wenn ich nicht jogge, werde ich mit jedem Schritt etwas überschüssige Energie los und kann meinen Tatendrang wenigstens ein bisschen bremsen.

Die Tore des Friedhofs im Osten Londons sind erwartungsgemäß verschlossen. Ich zögere keine Sekunde und beschließe, über die rote Ziegelsteinmauer zu klettern. In dem Häuschen, das ich durch die Stäbe des Tors erspähe, brennt kein Licht. Ich setze einen Fuß auf den Mauervorsprung, stoße mich ab und ziehe mich hoch. Gar nicht so leicht, wie ich mir das vorgestellt habe. Ächzend komme ich bäuchlings auf der Mauer an und nehme mir kurz Zeit, meinen Jon-Schnee-Moment zu genießen. Nach der Verschnaufpause springe ich auf der anderen Seite der Mauer hinunter und gehe im Schein meiner Handytaschenlampe auf dem dafür angelegten Weg weiter. Ich komme mir vor wie im Wald. Wer hätte gedacht, dass hier so viele Bäume wachsen?

Das Blätterdach über mir raschelt. Bald ist um mich herum nichts als Dunkelheit und Bäume, Bäume und Dunkelheit – und undefinierbare Geräusche. Mir wird etwas mulmig zumute. Sind das Vögel? Insekten? Fledermäuse? Ich war nie ein Naturmensch. Wenigstens regnet es nicht. Ich habe kein bestimmtes Ziel im Sinn. Ich muss einfach ein Grab finden, an dem es sich stimmig anfühlt, mir vorzustellen, es wäre Samanthas.

Ein Knacken im Gebüsch lässt mich innehalten.

Ich stehe mitten auf einer Weggabelung und drehe mich einmal im Kreis. Etwas zu hektisch lasse ich das Handylicht über das Unterholz und die Grabmäler wandern.

Nichts.

Mein Herz rast.

Was, wenn sich noch jemand außer mir unbefugt Zugang zum Park verschafft hat?

Ich hatte gehofft, mich meiner toten besten Freundin auf einem Friedhof noch näher zu fühlen. Im Moment kommt es mir wahrscheinlicher vor, dass ich Opfer eines grausigen Mordes werde. Instinktiv schalte ich die Taschenlampe aus und entferne mich mit ein paar schnellen Schritten vom Weg. Sofort sinken meine Schuhe in den schlammigen Untergrund.

Nachdem ich ein paar Minuten still dagestanden habe, geht es wieder. Nichts passiert. Meine Atmung beruhigt sich. Wie albern!

Ich schalte die Taschenlampenfunktion wieder ein, überprüfe ein letztes Mal meinen Handyempfang und den Akkustand und gehe weiter in den Park hinein. Die verwitterten Grabsteine sind oft fast so groß wie ich und mit Ranken und Moos überwachsen. Engelsskulpturen und Kreuze thronen auf den Ruhestätten vor langer Zeit Verstorbener. Eine ehrfürchtige Melancholie legt sich wie ein Mantel um meine Schultern.

Vor einem schlichten runden Grabstein mache ich halt. Genau deshalb sticht er mir ins Auge, weil er so unauffällig ist und kleiner als die anderen. Seine Inschrift ist verblasst und nicht mehr zu entziffern. Ich entferne ein paar Flechten, die sich an den Stein klammern, und fahre über die poröse Oberfläche, die abgesplitterten Kanten und Kerben. Das Grab ist alt, sehr alt, und ich frage mich, ob noch irgendjemand weiß, wer hier einst beigesetzt wurde. Hier bin ich richtig.

Ich hole Teelicht, Feuerzeug und das Marmeladenglas aus meiner Handtasche und schließlich die Gänseblümchenkette, die zum Glück durch den Transport keinen Schaden genommen hat. Die Kette lege ich zuerst vor dem Grabstein ab. Nachdem ich es geschafft habe, die Kerze anzuzünden, stelle ich sie im Marmeladenglas neben die Blumen und hänge meine Handtasche über einen Ast.

»Hey, Sammy.« Meine Stimme bricht, und auf einmal bin ich nur noch traurig, so unendlich traurig, sie verloren zu haben. Sie hat mir alles bedeutet. »Entschuldige, dass ich immer versuche, möglichst wenig an dich zu denken. Es tut einfach so weh. Ich hoffe, du kannst mich von hier aus überhaupt hören und dass dir die Blumen gefallen. Nicht wirklich spektakulär, ich weiß, aber sie kommen von Herzen.«

Die Flamme verschwimmt vor meinen Augen, und ich schlinge mir die Arme um die Schultern. Ein Schluchzen schüttelt mich. Das hier war überfällig, auch wenn es sich anfühlt, als würde es mich zerreißen.

»Samantha?«, presse ich hervor. »Ich wollte dich nie verletzen. Es ist okay, wenn du wütend bist. Das wäre ich auch. Aber Charlie hat mich an diesem Abend überrumpelt. Ich will, dass du das weißt. Und das danach, nachdem du fort warst ... Auch das ist vorbei.«

Ich stocke.

Da ist etwas – oder jemand.

Diesmal bin ich mir sicher. Angst kriecht mir den Rücken hinauf und vertreibt vorübergehend jeden Gedanken an meine tote beste Freundin.

Es dauert mehrere Sekunden, bis meine Augen sich an die Dunkelheit außerhalb des Lichtkreises gewöhnt haben.

Zu viele Sekunden.

Ein Mann tritt zwischen den Baumstämmen hervor, das Gesicht im Schatten verborgen. Unwillkürlich weiche ich zurück und stolpere über meine eigenen Füße – nein, da ist ein Abhang. Ich gleite auf dem laubbedeckten, matschigen Boden aus und lande, zuerst völlig orientierungslos, in einer Senke. Blätter spuckend stemme ich mich auf Hände und Knie und unterdrücke ein Stöhnen, als sich die geprellten Stellen bemerkbar machen. Meine Leggins sind komplett durchgeweicht. Offenbar hat sich hier das Regenwasser der letzten Tage gesammelt.

Und ...

Ich blinzele direkt in das weiße Licht einer Handytaschenlampe. Bevor ich überhaupt daran denken kann, so schnell wie möglich wieder auf die Beine zu kommen und vor dem Fremden wegzurennen, ist er den kleinen Hang hinunter und an meiner Seite.

»O mein Gott, alles okay?« Seine Hand legt sich auf meine Schulter. Er senkt das Handy, und ich erkenne einen schlaksigen Typ in meinem Alter mit Mütze auf dem Kopf. Seine Augen sind weit aufgerissen. »Ich wollte dich nicht erschrecken!«

In der grauen Jeans und der gelben Sweatjacke, mit einem weißen T-Shirt darunter, sieht er erst mal weder gefährlich noch wie ein Friedhofswärter aus, weshalb meine Panik etwas abflaut. Ich schüttele den letzten Rest Benommenheit ab und stehe vorsichtig auf, woraufhin er abrupt einen Schritt zurücktritt. Er starrt mich an, als könnte jetzt von mir eine Bedrohung für ihn ausgehen. Nicht besonders einschüchternd.

Ich sammele mich etwas. »Wieso hast du dich nicht früher bemerkbar gemacht?«

Mein Gegenüber wird blass, sehr blass. Es wundert mich, dass ich das bei diesem Licht überhaupt bemerke. Seine Hand umklammert immer noch das Smartphone. Mehrmals öffnet er den Mund, ohne dass etwas herauskommt. Schließlich murmelt er mehr vor sich hin, als dass er mit mir spricht: »Ich habe das Licht gesehen und eine Stimme gehört, und da wollte ich nachgucken. Manchmal gibt es hier Grabschänder, Vandalismus oder Leute, die irgendwelche Rituale abhalten.«

Ich bin nicht sicher, was ich mit dieser Antwort anfangen soll. »Manchmal? Bedeutet das, du hängst hier öfter ab?«

»Nein!«, protestiert er sofort.

Mir fällt auf, dass seine Stimme für einen Jungen relativ hoch ist.

Er räuspert sich. »Also nicht so. Nicht nachts. Nicht, wie du denkst.«

Ein Schmunzeln schleicht sich in meine Mundwinkel. »Was denke ich denn?«

Etwas unkoordiniert gestikuliert er vor sich hin. »Einer alten

Freundin meiner Familie gehört der Laden in dem Häuschen an der Westseite des Friedhofs. Sie ist Floristin, und ich helfe ihr aus, so oft ich kann. Wir kümmern uns um die gärtnerische Pflege des Parks, bieten aber auch Führungen zu den Gräbern an. Das *Magic of Flowers* ist – wie der Name schon sagt – mehr als nur ein Blumengeschäft.«

»Netter Slogan.«

Das macht ihn noch verlegener, was ich absolut hinreißend finde. Kurz sieht es aus, als wollte er sich die unter der Mütze verborgenen Haare raufen, nur dass er mitten in der Bewegung innehält. Stattdessen vergräbt er die Hände in den Hosentaschen.

In meinem Hinterkopf regt sich eine Erkenntnis. Wie viel von dem, was ich vorhin zu Samantha gesagt habe, hat der Unbekannte gehört, dass er mich offenbar nicht mehr für eine Unruhestifterin hält? Die Worte waren für Sammy. Für niemanden sonst. Abgesehen davon ist es mir peinlich, dass er mich so aufgelöst erlebt hat.

Und da ist noch etwas.

»Sag mal, kennen wir uns?«

Er antwortet mit einer Frage. »Ich denke nicht?«

Prüfend verenge ich die Augen. »Doch, doch, ich glaube schon. Du gehst auch auf die LSE, oder?«

Seine Augenbrauen wandern in die Höhe, dennoch nehme ich ihm die Überraschung nicht ganz ab. »Ja, tatsächlich.«

Allerdings kann ich nicht sagen, woher genau er mir bekannt vorkommt. Sitzt er in einer meiner Vorlesungen? Bei so vielen Studenten ist es schwer, sich alle Gesichter zu merken. Das versteht er hoffentlich.

Okay, ich sollte das Beste aus dieser Situation herausholen. Ich strecke dem Jungen die Hand entgegen, nachdem ich sie zuvor an meinen ohnehin ruinierten Leggins abgewischt habe. »Ich bin Tracey.«

Erst zögert er, doch dann schlägt er ein. »Vic…Vincent.«

KAPITEL 7
VINCENT

Das darf nicht wahr sein. Wie ist es möglich, dass ich von den Millionen Menschen hier in London ausgerechnet Tracey Palmer nachts auf jenem Friedhof begegne, auf dem ich sozusagen aufgewachsen bin? Und als wäre das nicht creepy genug, musste ich ihr das auch noch direkt unter die Nase reiben? Immerhin scheint sie mein Gesicht nicht genauer zuordnen zu können und mich tatsächlich für einen Kerl zu halten. Zumindest guckt sie nicht irritiert, als ich mich ihr aus einem Impuls heraus als Vincent vorstelle. Ganz schön hoch gepokert!

Ich rechne damit, jede Sekunde aufzuwachen. Es würde mich nicht einmal wundern, wenn Hunter neben mir läge und ich alles, was seit Freitag geschehen ist, nur geträumt hätte.

Tracey lässt meine Hand wieder los. Das zurückbleibende Kribbeln scheint mir jedoch das Gegenteil beweisen zu wollen.

»Und du studierst ...?«

»Geschichte.« Wenn das hier ein Traum wäre, würde ich bestimmt nicht wie Victoria klingen. Deshalb wollte ich zuerst lieber gar nichts sagen, damit meine weibliche Stimme mich nicht verrät. In der Regel stattet mich meine Fantasie zuverlässig mit Bass, breiten Schultern und einem kantigen Kinn inklusive Dreitagebart aus. Wie oft ich in meinen Träumen in einem männlichen Körper gesteckt habe, kommt mir erschreckend vor. Noch erschreckender ist, dass ich diesen Träumen nie eine tiefere Bedeutung zugeschrieben habe.

»Ich studiere Business Management«, sagt Tracey, wie man das bei Small Talk so macht.

Ich nicke.

»Vincent.« Sie sucht meinen Blick.

Mein Brustkorb zieht sich merkwürdig zusammen. So von ihr genannt zu werden ... Es ist perfekt. Dabei ist mir auf die Schnelle einfach kein anderer Name eingefallen. Ich bemerke, dass Tracey zittert.

»Wie weit entfernt ist denn dieser Laden? Ich könnte eine trockene Hose gebrauchen oder einen Föhn oder ...«

»Natürlich!« Ich hätte mir an die Stirn schlagen können. »Entschuldige noch mal, dass ich nicht von Weitem auf mich aufmerksam gemacht habe. Ich wusste ja nicht, was ich von dir zu erwarten hatte – sprich Satansanbeter oder Totenbeschwörer –, und ich habe absolut nicht damit gerechnet, dass du bei meinem Anblick so eine Panik kriegen könntest.«

»Na ja«, sie mustert mich abschätzend. »Sieh dich mal um. Junge Frau trifft einen fremden Typen vor einer Kulisse, die auch aus einem Horrorfilm stammen könnte. Vielleicht bist du ein Killer und hast da hinten eine Leiche verbuddelt?«

Das wiederum kann ich nachvollziehen. Ich wurde nur noch nie von jemandem als Bedrohung betrachtet. Hätte Tracey mich als Frau wahrgenommen, hätte sie sich im ersten Moment zwar auch erschreckt, dafür aber leichter Vertrauen zu mir gefasst. So würde es mir jedenfalls gehen, weil ich von klein auf gelernt habe, in derartigen Stereotypen zu denken. Hätte ich statt Tracey einen Mann angetroffen, wäre ich jetzt auch deutlich vorsichtiger und misstrauischer. Immerhin ist mein Passing keine komplette Katastrophe.

Tracey legt den Kopf schräg. »Ähm, wieso grinst du denn jetzt so?«

Shit! Ich will ihr selbstverständlich keine Angst machen. Ich freue mich einfach nur darüber, wie sie mich wahrnimmt! Am Kiosk bin ich vorhin leider recht schnell »aufgeflogen«. Zumindest hat mich der Verkäufer als »Kleines« bezeichnet.

»Bloß ein Gedanke«, beeile ich mich, Tracey zu beruhigen, gerate aber selbst nur noch heftiger ins Schwitzen. Es ist ja nicht nur meine Optik, die ich anpassen muss. Wie verhält man sich als Junge? Das wurde mir – anders als sich vor Männern in Acht zu nehmen – logischerweise nie beigebracht, und da gelten durchaus andere Regeln. Woher soll ich die kennen, wenn ich wie ein Mädchen erzogen wurde?

Ich reibe über mein Kinn und besinne mich auf Traceys Frage. »Trockene Klamotten. Lass mich nachdenken!«

War da nicht auch was mit monotonem Sprechen, keine hastigen Gesten, weniger lächeln? So dumm manche Klischees auch sein mögen, sie zu bedienen, soll das Passing erleichtern.

Okay, okay, gehe ich mal unsere Optionen durch. Ich habe einen Schlüssel zum *Magic of Flowers*. Zu mir nach Hause können wir nicht. Es sei denn, ich wollte mich Tracey nach diesen wunderbaren fünf

Minuten, in denen sie mich als Mann betrachtet hat, gleich als trans*
offenbaren und ihr meinen Mädchenkleiderschrank präsentieren.

»Wir haben im Blumenladen leider nur Arbeitskleidung«, gestehe
ich schließlich. »Dafür liegt er gleich hinter den Friedhofstoren.«

Tracey winkt ab. »Das ist in Anbetracht der Umstände dann schon
okay.«

Mir gefällt es, dass sie so praktisch denkt. Ich lächele, obwohl ich
doch nicht zu viel lächeln wollte. Ein Profi bei der Arbeit.

Gemeinsam steigen wir den Abhang wieder hinauf. Ohne jede Erklärung pustet Tracey das Teelicht aus, das sie neben dem Grabstein
angezündet hat, schraubt den Deckel auf das Glas und verstaut beides in ihrer Tasche. Es ist mir unmöglich, die Inschrift auf dem Grab
zu lesen. Genauso wortlos lässt sie sich von mir zurück auf den Weg
führen, weshalb ich mich davor hüte, sie zu fragen, was genau sie hier
nun getrieben hat. Will *ich* von *ihr* über meinen nächtlichen Ausflug
ausgehorcht werden? Nein. Ich könnte schwören, dass ich Tracey
habe weinen hören. Dabei hat sie beim *Spring Awakening* so gestrahlt.
Von beidem ist nun nichts mehr zu merken.

KAPITEL 8
TRACEY

Vincent geht zielstrebig voran, wobei ich Glück habe, dass er kaum größer ist als ich – wenn überhaupt. Andernfalls hätte ich vielleicht Schwierigkeiten gehabt, mit ihm mitzuhalten. Die traumwandlerische Sicherheit, mit der er sich durch den verwilderten Park bewegt, fasziniert mich. Als würde er jeden Weg, jeden Baum und jedes Grab kennen wie seine Westentasche.

Ich taste nach meinem Smartphone in der Bauchtasche meines Hoodies und versichere mich mit einem raschen Blick, dass es vom Wasser verschont geblieben ist. Der Nachteil dabei ist, dass mich eine Nachricht von Charlie anblinkt, als ich das Display aktiviere, um wie Vincent die Taschenlampe einzuschalten.

Charlies Worte erwischen mich eiskalt: *Trace, ganz ehrlich. Was glaubst du, wer du bist? Verarschen kann ich mich selber.*

Ich lösche die Nachricht, kriege es aber wie üblich nicht auf die Reihe, ihn zu blockieren.

Seit wir uns Silvester kurz in Williamsburg in Brooklyn auf einen Kaffee getroffen haben, stellen sich allein bei dem Gedanken an Charlie meine Nackenhärchen auf. Ich musste ihm noch einmal persönlich sagen, dass ich keinen Kontakt mehr möchte, solange er immer wieder davon anfängt, wie sehr er sich eine Beziehung mit mir wünscht. Ich hätte mich überhaupt nie in seine Arme flüchten dürfen, aber er war der Einzige, der nach Samanthas Tod halbwegs verstehen konnte, was ich durchmache.

Fast bleibe ich im Unterholz an einer Wurzel hängen und blinzele. Im Augenblick sollte ich mich wohl auf einen anderen Jungen konzentrieren.

Die Lichtquellen unserer Handys vereinen sich nun, was das Vorankommen erleichtert. Ich gebe zu, der Spruch mit dem Killer war lahm. Ich schiebe das auf den Schreck und dass ich echt friere. Hoffentlich sind wir bald da. Als der kleine Laden neben dem Tor in Sicht kommt, atme ich auf.

»Da wären wir.« Vincent steuert auf das mit Efeu überwachsene Backsteinhaus mit den hellen Fensterrahmen zu. Wir nehmen einen Nebeneingang und stehen dann mitten im *Magic of Flowers*. Als Vincent die Deckenbeleuchtung anknipst, staune ich nicht schlecht.

»Wow!« Wohin ich auch blicke, stehen Blumen und Pflanzen in Töpfen, Kübeln und Vasen. Sie schmücken Tische und metallene Regale, unzählige Blecheimer quellen über vor Schnittblumen und Sträußen. Im hinteren Teil verwandelt sich der Raum mit den anthrazitfarbenen Wänden in einen Wintergarten, der mich an eine Bar in Hackney erinnert, in der ich mal mit Lia und ihrem Freund Drew gewesen bin. Nur wirkt hier alles weniger hip, sondern vielmehr verwunschen. Es ist wunderschön, selbst bei Nacht. Wenn tagsüber erst die Sonnenstrahlen durch die Glasdecke fallen ... Dazu duftet es auch noch himmlisch nach frischer Erde.

Ich kann ein wehmütiges Seufzen nicht unterdrücken. Bei mir ist bis jetzt jede Pflanze früher oder später eingegangen, wofür mich Samantha mit ihrem grünen Daumen immer aufgezogen hatte. Sie hätte das hier geliebt, und ich wünschte, sie wäre noch bei mir und ich könnte ihr diesen Ort zeigen.

»Ich schaue dann mal, was ich für dich finde«, teilt Vincent mir mit und verschwindet durch eine weitere Tür, noch bevor ich antworten kann. Kurz hatte ich vergessen, dass er da ist und wie klamm die Leggins an meiner Haut kleben.

Ich schlendere zur Theke, an deren einem Ende Glaskolben und Gläser in verschiedenen Formen und Größen stehen. Die Arbeitsfläche setzt sich aus dunkelgrünen Mosaiksteinchen zusammen. Ich beuge mich vor, um das Innere der Terrarien genauer zu betrachten. Diese wilden Miniatur-Gärten sind zauberhaft. Ist das etwa ein Bonsai?

»Tracey.«

Das ging schnell. Ich richte mich auf. Vincent hält eine robuste, vermutlich wasserabweisende Hose und eine karierte Fleecejacke in die Höhe. Anders als zuvor im Wald kann ich sein Gesicht nun klar erkennen. Er sieht ziemlich jung aus, aber dadurch nicht weniger gut. Ja, er sieht gut aus. Trotz der nassen Klamotten ist mir plötzlich etwas wärmer.

Ich gehe Vincent entgegen und nehme ihm hastig die trockenen Sachen ab, um nicht auch noch nervös zu werden. »Danke. Wo kann ich mich umziehen?«

Er deutet auf den Durchgang hinter sich, der wahrscheinlich zum

Mitarbeiterbereich führt. »Ein Stück den Flur hinunter ist die Personaltoilette. Steht auch dran. Ich warte solange hier.«

Tatsächlich führt der Gang – keine Möbel, keine Bilder – nur in eine Richtung. Es ist nicht schwer, die Toilette zu finden. Ich stelle meine Handtasche auf den Fliesen ab, säubere mich notdürftig vom Schlamm und wechsele die Kleidung. So ist es schon viel angenehmer. Nachdem ich die Hosenbeine einmal umgeschlagen habe, ziehe ich noch den Reißverschluss der Fleecejacke zu. Auch mein Puls hat sich wieder etwas beruhigt.

»Wie bist du hier gelandet?«, frage ich, als ich zurück im Laden bin.

Vincent hebt den Blick von seinem Smartphone und steckt es ein. In meiner Abwesenheit hat er sich auf die Verkaufstheke gesetzt. »Wie meinst du das?«

Nun komme ich mir blöd vor. »Jungs und Blumen. Ist das nicht eher ungewöhnlich?«

Ein Muskel zuckt in seinem Kiefer. »Meine Schwester und ich waren als Kinder so oft bei Agatha, der Besitzerin des *Magic of Flowers*, dass sie so gut wie zur Familie gehört. Sie ist, beziehungsweise war, eine gute Freundin meiner Mutter. Sie hat Mum unter die Arme gegriffen, als meine Grandma plötzlich gepflegt werden musste. Für uns Mä… für mich waren das Blumengeschäft und der Friedhof früher wie ein Dschungel voller Abenteuer. Der Rest hat sich dann so ergeben.«

Ich befinde mich also in Vincents Reich. Dass er den Job nur macht, um Geld zu verdienen, hat sich damit erledigt und lässt mich ihn noch mal mit anderen Augen betrachten.

»Das klingt schön«, sage ich. »Also das mit den Abenteuern und Agatha.«

»Ja, das stimmt wohl.« Er springt von der Theke. »Ich möchte nicht unhöflich sein, aber ich muss morgen früh raus. Hast du es weit bis nach Hause?«

Oh. *Oh.*

Enttäuschung regt sich in mir, denn ich hätte mich gern noch länger mit ihm unterhalten. Aber das war unmissverständlich, obwohl ich da nicht zu viel hineininterpretieren sollte. Ich beschließe, ihn beim Wort zu nehmen.

»Nein, ich habe es nicht weit.« Möglicherweise erwische ich sogar einen Nachtbus. »Und du hast recht. Es ist spät geworden. Danke für die Klamotten. Ich kann sie waschen und dir noch diese Woche mit in die Uni bringen. Dann hast du sie vor den Semesterferien wieder.«

Anstatt meinem Vorschlag zuzustimmen, verändert sich Vincents Körpersprache komplett. Er schüttelt bedächtig den Kopf, als hätte ich etwas Unmögliches gesagt. »Nicht nötig. Du kannst sie behalten.«

»Unsinn«, widerspreche ich automatisch. »Das ist doch keine große Sache.«

Für Vincent scheint es aber sehr wohl eine große Sache zu sein, so verkrampft wie er auf einmal dasteht und überall hinguckt, nur nicht zu mir. »Wir haben mehr als genug Arbeitssachen.«

Auch wenn ich sein Problem nicht verstehe, möchte ich es nicht verschlimmern. »Okay.«

Wenige Sekunden später kommt mir allerdings ein neuer Gedanke. Will er nicht, dass man uns zusammen sieht? Das finde ich jetzt schon irgendwie schräg. Liegt es an meiner extrovertierten Art? Habe ich ihm zu viele Fragen gestellt? Mir wäre es auch lieber, er hätte mich nicht so verletzlich erlebt. Die Zurückweisung macht mir mehr aus, als ich erwartet hätte.

Aber gut, dann lernen wir uns eben nicht näher kennen. Ich straffe die Schultern und bewege mich in Richtung Ausgang. In meinem sachlichsten Tonfall frage ich: »Schließt du mir noch das Tor auf? Dann muss ich nicht über die Mauer klettern. Wenn möglich, möchte ich keinen weiteren Sturz riskieren.« Und erst recht nicht von ihm dabei beobachtet werden. Das hätte er wohl gern!

Einen Moment wirkt es, als wollte Vincent mich um Entschuldigung bitten, was viel besser zu meinem ersten Eindruck von ihm gepasst hätte. Doch letztendlich nickt er bloß, seine graublauen Augen sind undurchdringlich.

»Klar. Verständlich.«

Plötzlich ärgere ich mich darüber, welche Wendung diese Nacht genommen hat und dass meine Ansprache an Samantha durch ihn unterbrochen wurde. So hatte ich es mir nicht vorgestellt, ihrer zu gedenken. Ich fühle mich kein bisschen befreit. Das Gewicht der Vergangenheit lastet nach wie vor auf meinen Schultern. Vielleicht war es aber auch von Anfang an ein Fehler gewesen, davon auszugehen, dass ein paar einfache Worte meiner toten besten Freundin würdig wären. Nach dem, was ich ihr mit meinem Betrug angetan habe, möchte ich etwas schaffen, auf das ich stolz sein kann und darf. Ich muss nur noch herausfinden, was das sein könnte.

KAPITEL 9
VINCENT

Es ist Donnerstagmorgen, Elle und ich sitzen am Frühstückstisch. Ich führe erst seit zwei Tagen aktiv ein Doppelleben, habe aber jetzt schon das Gefühl, dadurch alles zu zerstören, was ich mir seit der Schule aufgebaut habe. Dabei möchte ich doch bloß ich selbst sein. Würde der Platz, den ich endlich zu finden geglaubt hatte, nur nicht zu einem Großteil darauf beruhen, dass ich von meinem Umfeld als Frau wahrgenommen werde. Aus diesem Grund fürchte ich, dass es mich nun, da mein wahres Ich immer stärker nach außen drängt, womöglich sofort wieder ins Abseits katapultiert. Und dort wollte ich nie mehr hin.

Ein bitterer Geschmack erfüllt meinen Mund und will sich auch vom Müsli nicht vertreiben lassen. Selbst Elles Schlürfgeräusche – heute ist es ein grüner Smoothie – stören mich ausnahmsweise überhaupt nicht, so tief bin ich in meinen Gedanken versunken.

Trotz allem kann ich es kaum erwarten, mich heute Abend nach der Uni und meiner Schicht im Blumenladen in meinem Zimmer zu verbarrikadieren und in die neuen Klamotten aus der Männerkollektion eines beliebten Streetwear-Onlineshops zu schlüpfen, die mich gestern per Expressversand erreicht haben.

Ich hatte die Sachen gleich Dienstag früh nach meiner nächtlichen Begegnung mit Tracey bestellt. Nach der Begegnung, die ich seitdem wieder und wieder durchgespielt habe – die beste halbe Stunde, die ich seit langer Zeit erleben durfte. In Traceys Gegenwart war ich zum ersten Mal für jemanden nicht Victoria gewesen. Obwohl ich zugeben muss, dass mich ihre aufgeschlossene, unkomplizierte Art ganz schön umgehauen hat. Sie ist nicht nur sehr hübsch, es steckt noch viel mehr dahinter. Und das möchte ich sehr gern kennenlernen.

»Du siehst echt übel aus«, informiert meine Schwester mich unvermittelt.

Ich blinzele. »Was?«

Elle lehnt in ihrer nicht nur selbst designten, sondern auch eigenhändig geschneiderten Bluse mit den Puffärmeln – ganz die Fashionstudentin – an der Küchenzeile und wirft sich die blonde Mähne über die Schulter. Eine Bewegung, um die ich sie stets beneidet habe, als ich noch glaubte, als Victoria leben zu müssen.

»Wenn du wieder mit Hunter zusammenkommen willst, solltest du dich nicht so gehen lassen.«

Ich runzele die Stirn. »Wer hat gesagt, dass ich das will?«

»Deine Augenringe?«

Wie immer nimmt sie kein Blatt vor den Mund. Ich räuspere mich. »Ich bin nur nicht geschminkt.«

Endlich ergibt es einen Sinn, wieso wir so unterschiedlich ticken und ich mir neben Elle immer unzureichend vorkam.

»Genau das meine ich«, beharrt sie. »Das und die Schlabberpullis. Du willst doch nicht in alte Verhaltensmuster zurückfallen?«

»Äh, nein«, gebe ich ihr recht, auch wenn wir von völlig verschiedenen Dingen sprechen.

Mir ist klar, sie meint es gut und hat außerdem ein Faible dafür, mich aufzuziehen. In den letzten anderthalb Jahren konnte ich jede Menge von ihr lernen. Wir hatten uns nach meinem »Glow up« (ihre Worte) einander wieder angenähert, nachdem wir zuletzt als Kinder unzertrennlich gewesen waren. Das war schön, denn vor drei Jahren hätte ich kaum darauf zu hoffen gewagt. Wie enttäuscht wird sie sein, wenn ich ihr sage, dass wir so nicht weitermachen können? Wird sie mit mir als Bruder überhaupt etwas anfangen können? Sie hat mich schon einmal wegen meiner Andersartigkeit links liegen lassen. Deshalb kann ich mir nur schwer vorstellen, dass wir nach meinem Outing immer noch ein Herz und eine Seele wären, was mich ziemlich runterzieht.

Elle hebt eine schmale Augenbraue. »Also?«

Ich sollte endlich Klartext reden, oder? Aber vielleicht nicht unbedingt mit meiner Schwester. Es könnte ein Anfang sein, mich einer fremden Person anzuvertrauen. Das kommt mir jedenfalls deutlich weniger furchterregend vor als bei jemandem, der mir nahesteht, da ich im Grunde nichts zu verlieren hätte. Einer fremden Person wie Tracey? Wenn ich ihr zufällig in der LSE über den Weg laufe und sie mich als den Unbekannten identifizieren würde, den sie auf dem Friedhof getroffen hat, könnte ich nicht mehr kneifen. Obwohl es selbstverständlich meine Entscheidung sein sollte, wann und wie und vor wem ich mich oute.

»Okay, ich verstehe. Dann nicht für Hunter. Tu's für dich.«

Dad hetzt in die Küche und bewahrt mich vorübergehend vor einer Erwiderung. »Guten Morgen, meine Schönen!« Er küsst erst Elle, dann mich auf die Wange und nimmt sich nach kurzem Überlegen einen Apfel aus der Obstschüssel. »Bin spät dran.«

Wie immer. Damit rauscht er wieder hinaus.

Das geht alles so schnell, dass ich nicht mal Zeit habe, unangenehm berührt zu sein. Oder doch, ich bin es. Muss denn jede Interaktion dadurch geprägt sein, dass ich mit einem weiblichen Körper geboren wurde? War das schon immer so?

Elle ruft unserem Vater ein glockenhelles »Schönen Tag, Daddy!« hinterher, ehe die Haustür hinter ihm zuschlägt. Auch wenn ich ihren Singsang nicht draufhabe, befürchte ich, dass ich mich prinzipiell genauso anhöre. Da kann ich noch so sehr versuchen, tiefer zu sprechen.

Gleich darauf sehen wir durch das Küchenfenster, wie Dad sich in Hemd und Anzughose im Vorgarten auf sein Fahrrad schwingt. Ob ich eines Tages so ähnlich aussehe? Ich hoffe es. Immerhin teilen wir uns ein paar Gene. Eigentlich muss ich das Paket, das er mir mitgegeben hat, nur aktivieren. Genau dafür würde die gegengeschlechtliche Hormonbehandlung mit Testosteron sorgen: Sie schickt meinen Körper durch eine Art zweite Pubertät, die mich mit einer Reihe männlicher Geschlechtsmerkmale beschenkt. Ich wünschte, es wäre schon so weit und ich würde in den Stimmbruch kommen, die ersten Barthaare entdecken oder an Muskelmasse zulegen. Wie oft ich mir auch das Gegenteil eingeredet habe – ich kann das tun. Irgendwann muss ich dann keine Transitionsberichte von anderen mehr lesen, bis ich mich vor Sehnsucht verzehre wie in den vergangenen Tagen.

»Soll ich dir was leihen?«, schlägt Elle nun vor.

Dad ist längst verschwunden, und ich widme ihr wieder meine Aufmerksamkeit. »Mhm?«

»Ich wüsste da ein Kleid aus meiner neuesten Kollektion, das total süß an dir aussehen würde.«

Obwohl ich mich immer geehrt fühle, wenn sie mich ihre selbst kreierten Klamotten tragen lässt – die wirklich schön sind – und ich ihre Leidenschaft dahinter echt bewundere, erfüllt mich die Vorstellung von mir in einem Kleid in diesem Moment nicht gerade mit Begeisterung. Wie großartig muss es dagegen sein, wenn sich mein Äußeres nach ein paar Monaten auf Testosteron mehr und mehr vermännlicht und meinem inneren Empfinden anpasst.

Meine Schwester fährt fort, mich in die Mangel zu nehmen. »*Victoria?*«

Ich beschließe, das restliche Müsli wegzuschütten, stehe auf und gehe zum Mülleimer. »*Elena*«, gebe ich zurück, während ich das Schälchen ausleere. Ich sollte nicht zu weit vorausdenken, bevor ich wieder vor einer scheinbar unüberwindbaren Wand stehe, die ich gar nicht erst versuche zu erklimmen. Ein Schritt nach dem anderen.

Ich wende mich wieder meiner Schwester zu. »Ich bin momentan echt nicht in der Stimmung, mich aufzustylen.«

Elle zieht eine Schnute. »Du bist nie in der Stimmung. Mal ehrlich, was würdest du ohne mich machen?«

»Ich hab dich auch lieb.« Das ist ausnahmsweise nicht gelogen. Ich stelle das leere Schälchen in die Spülmaschine und schnappe mir meinen Rucksack. »Bis später!«

Von Mile End nehme ich die Central Line ins Stadtzentrum. Mit der U-Bahn brauche ich vom East End aus nur fünfzehn Minuten.

Der einzige Grund, aus dem ich seit Dienstag nicht mehr zu Hause geblieben bin und so getan habe, als wäre ich krank, sind die neuen Ausmaße, die Mums Fürsorge und Besorgnis angenommen haben. Sie hat vor meiner Tür gelauert, bis ich rauskam, sich dann quasi auf mich gestürzt und so lange auf mich eingeredet, bis ich nachgegeben habe. Heute ist zum Glück der letzte Tag an der Uni vor den Osterferien. Und ich habe mir vorgenommen, in der freien Zeit noch einmal in mich zu gehen und meinen Mut zu sammeln.

Ich werde meinen neuen maskulinen Stil etablieren, mir die Haare schneiden, Familie und Freunde um die Verwendung männlicher Pronomen bitten und verkünden, dass ich ab jetzt Vincent genannt werden möchte. Wenn ich mich dann in meinem Auftreten etwas sicherer fühle, spreche ich mit meinem Hausarzt. Der wird mich zunächst an eine Gender-Identity-Klinik überweisen, wo ich nach weiteren Gesprächen mit Psychologen und Fachleuten vor Ort hoffentlich das Testosteron verschrieben bekomme. Außerdem gibt es noch eine körperliche Untersuchung ...

Ich hoffe, dass die Ärzte verständnisvoll und unterstützend reagieren und ich sie nicht erst von meiner Transidentität überzeugen muss.

Als ersten Schritt beschließe ich, mein Profilbild bei WhatsApp zu löschen. Das aktuelle Selfie markiert nämlich so ziemlich den Höhepunkt meiner femininen Ära: geschminkte Augen mit exaktem Lidstrich und lange lackierte Fingernägel, die an meinen leicht geöffneten Lippen liegen. Besonders ironisch ist die Pose und das Top mit V-Ausschnitt, die mein Dekolleté möglichst vorteilhaft zur Geltung bringen sollten.

Aus meiner jetzigen Perspektive ist es irgendwie verstörend, diese Aufnahme zu betrachten, und fast überhöre ich die U-Bahn-Ansage, die mir verkündet, dass ich hier aussteigen muss. Schnell ersetze ich das Foto durch ein Bild von meiner Zimmerpflanze Tori, einer Glücksfeder, und quetsche mich gerade noch rechtzeitig aus dem Waggon auf den Bahnsteig.

»Oh«, begrüßt mich Gwen vor dem eher unscheinbaren Universitätsgebäude in einer Nebenstraße des Kingsway.

Der Wind spielt mit ihren schulterlangen Schneewittchenhaaren und ich beglückwünsche mich zu meiner Entscheidung, heute einen Pferdeschwanz zu tragen.

»Du siehst ja mächtig motiviert aus«, fügt sie hinzu.

»Yeah!«, gebe ich sarkastisch zurück, wofür ich eine Umarmung bekomme. Dabei beuge ich mich zu ihr hinunter und werde von einer Wolke ihres Parfüms eingehüllt. Wie um meine unübersehbar schlechte Laune auszugleichen, die mir seit der Unterhaltung mit Elle nachhängt, schenkt sie mir danach ein umso breiteres Lächeln.

»Wie geht's dir?«

»Muss ja.«

»Tsss! Was soll Ramona denn dann sagen?«

Gwen hat recht. Während wir heute nur eine Doppelstunde Mittelalterforschung haben, muss sie noch zwei weitere Stunden überstehen. Wobei ich Ramona schon darum beneide, dass sie bei der Kurszuteilung in Historische Hilfs- und Archivwissenschaften bei Dr Young gelandet ist. Gwen und ich sind in dieser Hinsicht mit Mrs Cook, die ziemlich streng ist, deutlich schlechter dran. Wie so oft gibt es zwei Seiten der Medaille.

Unter den gegebenen Umständen fällt es mir nur echt schwer, optimistisch zu bleiben. Heute Nachmittag werde ich immerhin wie jeden Donnerstag und Montag im *Magic of Flowers* aushelfen. Zumindest die Aussicht darauf hebt meine Stimmung ein bisschen. Am liebsten wäre ich bereits dort, um neue Gestecke zu gestalten oder endlich mal die Orchideen umzutopfen.

Gwens Lächeln verblasst. »Es ist immer noch wegen Mr Fantastic, oder? Vergiss diesen aufgeblasenen Typen, wirklich. Der wollte eh nur das eine. Das Angebot mit dem Mädelsabend steht übrigens noch.«

Das erwischt mich unvorbereitet. Ich hatte geglaubt, mich mit meinem »Ich heule lieber allein in mein Kissen« bereits klar genug ausgedrückt und erfolgreich aus der Affäre gezogen zu haben. Wie beim ersten Mal, als Gwen mir diesen Aufmunterungsvorschlag gemacht hat, brennt der Begriff zudem wie Salz in meiner Wunde. Dabei ist es nur eins der Worte, die nun mal hinter jeder Ecke lauern. Würde »Mädelsabend« wenigstens nicht erfahrungsgemäß bedeuten, ein Sleepover abzuhalten und das volle Beauty-Programm durchzuziehen. Kurz gesagt: der blanke Horror. Den ich bisher weshalb mitgemacht habe? Damit Gwen und Ramona mich mögen, damit ich dazugehöre und nicht schief angeguckt werde, wie es mir so oft passiert ist. Ginge es nur darum, Zeit mit den beiden zu verbringen, wäre ich sofort dabei. Eigentlich müsste Gwen das doch verstehen, wenn sie wirklich eine gute Freundin wäre, oder?

»Tut mir leid«, entschuldigt sie sich, weil ich – schockgefrostet, wie ich bin – nichts erwidere. »Ich weiß, du wolltest nicht über Hunter reden. Aber das musste ich unbedingt noch loswerden. Männer sind solche Schweine.«

Ich könnte sie korrigieren, denn sie zieht die falschen Schlüsse, auch wenn sie naheliegen. Ich könnte scherzen, dass ich mitmache, wenn sie mich nur nicht zwingt, eine ihrer schrecklichen Gurken-masken zu tragen. Ich könnte es ihr sagen: Ich. Bin. Trans*. Ich will es ihr sagen. Ehrlich. Gwen ist nicht wie meine Schwester, die Hunter für das Beste hält, was mir passieren konnte. Sie würde nie jemandem raten, sich zu verstellen, nur um anderen zu gefallen. Sie würde mich verstehen, wenn ich ihr eine Chance dazu gäbe.

Jetzt, jetzt, jetzt.

Ich beiße mir auf die Zunge, winde mich, weiche ihrem Blick aus. »Gwen ...«

In diesem Moment bemerke ich ein Mädchen, das vertieft in ein Gespräch mit zwei Kommilitoninnen auf das Gebäude zuhält, vor dem Gwen und ich stehen. Ist das Tracey? Viel zu schnell ist sie an uns vorbei, ohne dass ich mich vergewissern könnte. Sie nimmt keinerlei Notiz von mir.

War sie es?

Mein Herz überschlägt sich.

Von hinten ist das schwer zu sagen. Ein beiges Jäckchen, weiße Hose, flache Riemchensandalen. Ich möchte Tracey noch einmal lächeln sehen.

Nachdem ich ihr Angebot ausgeschlagen hatte, mir die Klamotten in der Uni wiederzugeben, hatte sie sich schrecklich distanziert verhalten. Na ja, ich hatte sie auch ganz schön vor den Kopf gestoßen. Mir war aber nichts anderes eingefallen, als auf Abstand zu gehen, damit sie nicht doch noch eine Verbindung zwischen Victoria und Vincent herstellt.

Gwen folgt meinem Blick, der – wie mir erst jetzt bewusst wird – immer noch an dem Mädchen klebt, das ich für Tracey halte, genauer gesagt an ihrem Hintern. Was zur Hölle? Obwohl nur Sekunden verstrichen sind, registriere ich die genaue Passform ihrer Hose und den leichten Schwung ihrer Hüfte beim Gehen. Und ich registriere, dass mir gefällt, was ich sehe. Dabei weiß ich aus eigener Erfahrung, wie unangenehm es sein kann, auf solche Äußerlichkeiten reduziert zu werden.

Ich gebe mir einen Ruck und reiße meinen Blick von ihr los. Gott sei Dank durchschaut Gwen nicht, dass ich Tracey abgecheckt habe.

»Suchst du jemanden? Du siehst dich in den letzten Tagen ständig um.«

»Äh ... Hunter!«, stottere ich. »Ich möchte ihm lieber nicht begegnen.« Wäre das nur nicht so offensichtlich gelogen. Logischerweise kann man keine der jungen Frauen mit ihm verwechseln. »Ich meine, ich glaube, ich brauche eine Veränderung nach der Trennung. Ich muss zum Friseur und lasse mich inspirieren.«

Wow, ein subtiler erster Vorstoß! Sehr schön. Ich bin beeindruckt.

Gwen nickt zustimmend. »Klingt doch super! So eine richtige *I am heart broken*-Reaktion. Ich könnte nach dem Kurs direkt mitkommen.«

Womit ich mich allerdings gleich in den nächsten Schlamassel katapultiert hätte.

»Nicht so hastig! Ein bisschen muss ich noch darüber nachdenken.« Mein Bedürfnis, von meiner Freundin zum Friseur begleitet zu werden, bevor ich mich ihr gegenüber geoutet habe, hält sich in Grenzen. Am Ende gehe ich noch mit einem Pixie Cut nach Hause, weil ich mich vor ihr nicht traue, nach einem Männerhaarschnitt zu verlangen.

»Hast du denn schon eine ungefähre Vorstellung?«

Also gut ... tief durchatmen. »Sie sollen auf jeden Fall ab, also die Haare.«

Gwens Augen weiten sich. »Krass. Hattest du schon mal eine Kurzhaarfrisur?«

»Nein, das nicht ...«

»Ich bin gespannt!«

Ja, haha, ich auch.

Demonstrativ drehe ich mich einmal um die eigene Achse. Dann hole ich uns wieder auf den Boden der Tatsachen zurück. »Müssten wir nicht langsam mal zum Seminarraum, um nicht zu spät zu kommen?«

Sie schlägt sich an die Stirn. »Klar, der Test!«

»Test?«, wiederhole ich stumpfsinnig.

»Ms Brown wollte uns doch abfragen. Über die sozialen Strukturen im Mittelalter.«

Ich fluche.

Gwen tätschelt mir mitfühlend die Schulter, nur um sich danach bei mir unterzuhaken und neben sich her in das Gebäude zu ziehen. Vielen Dank auch! Ich kann mich nicht einmal daran erinnern, dass Ms Brown den Test angekündigt hätte. Wie soll mir da der Stoff der letzten Stunden einfach so einfallen?

Wie nicht anders zu erwarten, muss ich bei neunzig Prozent der Antworten raten. Immerhin habe ich einen guten Grund für meine miese Leistung.

Ich träume mich auf den Friedhof, zurück zu der Nacht, in der ich Tracey dort getroffen habe, während ich mit dem Kuli auf meinem Collegeblock herumkritzele. Wäre ich in einer anderen Situation, hätte ich jede Gelegenheit sofort ergriffen, um ihr noch einmal zu begegnen. Möglicherweise hätte ich mich sogar getraut, nach ihrer Nummer zu fragen. Ich hätte gern mehr über das Grab oder ihre Tränen erfahren. Für den Anfang hätte mir auch ihr Lieblingssong gereicht.

Gwen tippt mit dem Ende ihres Stifts auf meine Zeichnung. »Was ist das für eine?«

Ich zucke zusammen und betrachte die Pflanze, die ich gedankenverloren skizziert habe. »Eine Leuchterblume«, stelle ich fest – auch bekannt als *String of Hearts*.

Am besten wäre es wahrscheinlich, wenn ich mir Tracey schnell aus dem Kopf schlage. Ich habe es mir sowieso mit ihr verscherzt, und bei meinem aktuellen Gefühlschaos wäre es vermutlich nicht die beste Idee, jemand Neues kennenzulernen – erst recht nicht auf romantische Weise.

Ms Brown lässt uns früher gehen, und Gwen und ich werden von der Masse der anderen Studierenden nach draußen getragen, wo sie in alle Himmelsrichtungen ausschwärmen.

»Also sehen wir uns später?«, hakt sie noch mal nach, während wir gemeinsam zur U-Bahn laufen, sodass es mir unmöglich ist, mich erneut um eine endgültige Antwort herumzudrücken.

Schließlich gebe ich nach. Gwen will mir nur eine Freude machen, und ihre Hartnäckigkeit rührt mich irgendwie. Sicherheitshalber mache ich aber noch einen Vorschlag, der nichts mit irgendwelchem Kosmetikkram zu tun hat. »Na schön. Aber lass uns einfach nur ein paar Filme gucken, ja?«

Sie jubelt. »Geht klar! Solange du nicht zum hundertsten Mal irgendeine Romcom oder ein Liebesdrama oder was mit Gesang auswählst, bin ich dabei.«

»Gwen!« Entrüstung regt sich in mir. »Willst du etwa behaupten, all diese Gefühle lassen dich kalt?«

»Niemals.«

Ich verdrehe die Augen. »Hab schon verstanden. Also nicht noch mal *Love, Simon*.«

»Ich will dir den Kitsch ja gar nicht ausreden ... aber vielleicht können wir auch ein bisschen *Outlander* weitergucken?«

»Ohne ein gewisses Maß an Action, Mord und Totschlag geht nichts, schon klar.«

Sie kichert nur.

»Wenn du eine historische Komponente möchtest, wüsste ich vielleicht eine Alternative.«

Solche Filme sehen wir nämlich beide gern.

Gwen streckt mir die Zunge raus. »Klingt nach einem Kompromiss.«

Vor der Holborn Underground Station verabschieden wir uns voneinander.

»Wir schreiben!«, sagt Gwen wie üblich.

Zumindest vorübergehend bin ich erleichtert, die Karten noch nicht auf den Tisch gelegt zu haben. Es ist schön, dass alles noch ein bisschen so bleibt.

Sekunde ...

Meine Hände ballen sich zu Fäusten.

Darf ich das jetzt überhaupt noch mögen? Musicalfilme, große Emotionen? Das ist im Gegensatz zu Kleidern und Make-up tatsächlich etwas, worauf ich ernsthaft stehe.

Statt wie Gwen die nächste Bahn zu nehmen, überquere ich die Straße, nachdem ein roter Doppeldeckerbus vorbeigefahren ist. Ein bisschen Zeit bleibt mir noch, bevor meine Schicht im Blumenladen beginnt, und ich habe auch schon eine Idee, wie ich die am besten nutze. Menschen mit Shoppingtaschen und Kaffeebechern, Kameras und Laptops bevölkern die Bürgersteige. Obwohl ich mittendrin bin, fühle ich mich außen vor, als würde ich nie irgendwo richtig dazugehören, sondern müsste immer und überall herausstechen. Und das nicht auf eine gute Art.

Bevor ich die Drogerie auf der anderen Seite betrete, stopfe ich meine Haare unter die Mütze, die ich seit meinem nächtlichen Ausflug wie einen Rettungsring in meinem Rucksack mit mir herumtrage. So fühle ich mich gleich viel wohler, auch wenn ich bezweifle, in meinem Gesamterscheinungsbild als männlich wahrgenommen zu werden.

Was ich nicht erwarte, sind die kaputten Selfcheckout-Terminals. Dafür werde ich von dem Kassierer mit einem leicht genervten »Junger Mann!« zu der eben aufgemachten Kasse gerufen. Zuerst kapiere ich nicht, dass ich gemeint bin. Bevor ich mich darüber freuen kann, korrigiert der Typ sich jedoch. Wahrscheinlich, weil ich nicht gleich reagiert habe und er als Nächstes trotz des Sport-BHs und Pullovers meine Brüste bemerkt, auf die er glotzt, während ich näher komme. Die femininen Skinny Jeans tun ihr übriges. Mit hochrotem Kopf lege ich Haargel und Deo, Shampoo und Duschzeug auf das Band – alles *for men*.

Wahrscheinlich ist das niemandem groß aufgefallen, aber das Getuschel der Leute, die die Verwechslung mitbekommen haben und meinen, mein gendernonkonformes Aussehen kommentieren zu müssen, lässt mich nicht los, bis ich in die Bahn nach Bow steige. Tja, wie kann ich es nur wagen, als scheinbares Mädchen so herumzulaufen, dass man mich für einen Jungen halten könnte? Ich übertöne die Stimmen mit Musik und wähle den Song *It's Alright* von Mother Mother.

Als ich die Bahn wieder verlasse, bin ich entschlossen, es darauf anzulegen. Ich checke die Uhrzeit an meinem Smartphone und wäge ab: Wenn ich mich beeile, müsste ich vor der Arbeit einen kurzen Abstecher zum Tredegar Square schaffen, um mich umzuziehen. Ich will damit nicht mehr warten, bis ich allein bin und keine Menschenseele unterwegs ist. Wieso sollte ich jemandem Rechenschaft schulden, wenn ich trage, womit ich mich gut fühle? Dieses Schubladendenken ist furchtbar, und insbesondere Agatha würde sich nie über mich lustig machen.

Ich haste die Stufen zum Eingang unseres traditionell englischen Reihenhauses hinauf. Die Zeit drängt, deshalb habe ich keine Gelegenheit, mir das Ganze noch einmal anders zu überlegen. Ich wähle das Outfit, das ich gestern Abend bereits anprobiert habe: graues T-Shirt, verwaschene Jeans und ein aufgeknöpftes dunkelblaues Hemd darüber, um die kritische Zone im Brustbereich ausreichend zu kaschieren. Leider ist es gar nicht so leicht, sich die Oberweite richtig abzubinden, und auch nicht ungefährlich, wie ich bei meinen Nachforschungen schon öfter gehört oder gelesen habe. Wenn man beim sogenannten Binding die falsche Technik anwendet oder zu lange abbindet, drohen anscheinend Schmerzen am Rücken und an den Rippen, Haltungs- und Gewebeschäden oder Atemnot. Daher lasse ich das lieber erst mal, bis ich mich mit dem entsprechenden Equipment ausgestattet habe. Bevor zu Hause irgendjemand mitkriegt, dass ich überhaupt da war, bin ich schon wieder zur Tür hinaus.

Außer Atem erreiche ich in unter zehn Minuten das *Magic of Flo-*

wers und prüfe noch mal schnell mit der Frontkamera meines Handys den Sitz der Mütze. Normalerweise komme ich nie zu spät zur Arbeit. Während ich mit dem Schlüssel am Mitarbeitereingang hantiere, blafft mich plötzlich auch noch jemand an.

»Ey, Alter, was machst du da?«

Ich fahre herum. Tom, unser Gärtner, hat sich mir von hinten genähert.

»Hallo«, sage ich so selbstverständlich wie möglich, während mir mein maskulines Erscheinungsbild und die damit verbundene krasse Typveränderung plötzlich mehr als deutlich bewusst wird.

Tom ist ein Eigenbrötler und ein Experte seines Fachs. Ich mag und bewundere ihn für beides. Er kratzt sich leicht verwirrt am Kinn.

»Ach so, du bist es.«

»Jap«, bestätige ich knapp und schlüpfe angesichts der etwas unangenehmen Lage umso schneller in den Laden, in dem sich wie üblich um diese Uhrzeit nicht wenige Besucher aufhalten. Unter ihnen ist eine Schulklasse – unschwer an den Uniformen zu erkennen – für die garantiert eine Führung gebucht wurde. Ich schätze die Kids auf vierzehn Jahre. Manche von ihnen wirken gespannt und vorfreudig, andere fühlen sich zu cool für diese Exkursion und tun genervt oder albern herum.

Es war ein ungewöhnlicher, aber geschickter Schachzug von Agatha, das zum damaligen Zeitpunkt völlig heruntergekommene Häuschen auf dem Cemetery zu kaufen und ihren Blumenladen darin zu eröffnen. Der Ruf des Friedhofs – mit seinen prominenten Toten und einzigartig in seiner aufwendigen architektonischen sowie landschaftlichen Gestaltung – kam ihrer Geschäftsidee zugute.

Die Besitzerin höchst selbst steht bei meinem Eintreffen hinter dem Tresen. Elle behauptet, Agatha sähe aus wie eine waschechte Kräuterhexe, und ein bisschen ist da durchaus auch etwas dran. Sie redet mit einer Frau mittleren Alters in mausgrauer Kleidung, bei der es sich offenbar um die zu den Schülern gehörende Lehrerin handelt, zumindest den Gesprächsfetzen nach zu urteilen, die beim Näherkommen an meine Ohren dringen.

»Entschuldige die Verspätung«, sage ich als Erstes zu Agatha, sobald die Unterhaltung beendet ist und die Lehrerin sich zu ihrer Klasse begibt. Ich wische mir die leicht schwitzigen Hände an der Hose ab und wappne mich für die Musterung, die mir bevorsteht. »Irgendwie hat heute alles länger gedauert.«

Agathas Lächeln verrutscht keinen Millimeter, als sie sich mir zuwendet. »Kein Problem. Geht's dir besser?«

Ich nicke und senke den Blick, spüre aber, wie sie mich erwartungsgemäß einen Moment länger als üblich betrachtet. Ich zwinge mich – nicht nur sprichwörtlich –, die Haltung zu bewahren. Instinktiv und jahrelang darauf trainiert, weiblich zu imponieren, wollen meine Beine vor lauter Aufregung meinen Stand korrigieren, und fast hätte ich sie im Stehen überkreuzt, da gelangt Agatha zu einem Fazit.

»Du siehst gut aus.«

Unwillkürlich atme ich auf, nein, weiter. Sie enttäuscht mich nicht, nicht sie. Keine unangenehmen Fragen oder Kommentare.

»Danke«, hauche ich. Trotzdem regt sich in mir das Bedürfnis, kurz Stellung zu beziehen. »Ich wollte mal was Neues wagen.«

Und damit zurück zur Tagesordnung. Ist doch gut gelaufen! Beschwingt greife ich nach einer der Schürzen, die an einem Haken hinter uns hängen.

»Warte.« Agatha blinzelt unschuldig und nickt zu der Lehrerin hinüber, die soeben ein paar ihrer Schützlinge ermahnt. Ich halte in der Bewegung inne. »Kannst du spontan die nächste Tour überneh-men? Die Baker-Dubois-Runde. Eigentlich wollte Irene längst hier sein, aber es gab wohl Schwierigkeiten mit der Babysitterin.«

Seit der Geburt ihrer Tochter arbeitet Irene nur noch Teilzeit, aber sie hat hier auch ihre Ausbildung zur Floristin absolviert, weshalb wir uns bereits ewig kennen.

Schulklassen sind zwar immer etwas anstrengend, aber ... »Okay.«

Wie alle unsere Touren ist auch die Baker-Dubois-Runde nach unseren Publikumslieblingen benannt, auch wenn noch andere Grä-ber abgelaufen werden, damit eine möglichst abwechslungsreiche Führung entsteht. Finnigan Baker war der Leibarzt von Mademoi-selle Dubois, einer bekannten Opernsängerin um 1870. Basierend auf einigen Briefwechseln wurde den beiden eine Affäre nachgesagt. Erst mit dem Tod konnten sie auf dem *Tower Hamlets Cemetery* wirk-lich zueinander finden, da die Sängerin von ihrem Ehemann einge-sperrt und gehütet wurde wie eine Profit bringende Trophäe.

Agatha tätschelt mir die Schulter. »Du bist ein Schatz!«

»Kein Thema«, versichere ich ihr, obwohl ich mir ihr Skript für die neue Friedhofsführung immer noch nicht angesehen habe.

»Übrigens hat gestern ein Mädchen nach dir gefragt.«

Ich verschlucke mich fast. »Okay ...«

Eigentlich meine ich: *Was?!* Agatha kann nur von Tracey sprechen. Aber wieso sollte Tracey hier aufkreuzen? Ich habe mehr als deutlich gemacht, dass ich die Klamotten nicht zurückhaben möchte.

»Was für ein Mädchen?«, hake ich möglichst gelassen nach.

Ich schwanke zwischen Panik und Freude. Was, wenn es sich um ein Missverständnis handelt? Das Adrenalin in meinen Adern macht da jedoch keinen Unterschied. Ich hatte mich gerade etwas beruhigt, und nun das.

Agatha brummt nachdenklich vor sich hin. »Ich glaube zumindest, dass sie dich meinte. Ich habe ihr vorgeschlagen, heute noch mal wiederzukommen.«

Großartig! Was genau hat Tracey zu Agatha gesagt? Ich kann mir gut vorstellen, dass sich zumindest ein Teil meiner inneren Aufgewühltheit in meinem Gesicht widerspiegelt – und so ist es auch.

Agathas Augenbrauen ziehen sich zusammen. »Hätte ich das nicht tun sollen?«

»Schon gut.« Ich winke ab, dabei würde ich lieber laut fluchen. Aber ich habe keine Zeit für einen ausgiebigen Nervenzusammenbruch oder etwas in der Art. Ich sollte mit der Führung beginnen. Musste Agatha diese Bombe ausgerechnet vor der Tour zünden? Zwar kenne ich die Baker-Dubois-Runde in- und auswendig, doch dafür sollte ich meine Gedanken wenigstens halbwegs beisammenhaben.

Erst nachdem ich mir die rote Tour-Guide-Schärpe umgelegt und mich vor der Gruppe aufgebaut habe, wird mir klar, dass ich bei meinem Mangel an Erfahrungswerten überhaupt nicht einschätzen kann, wie fremde Personen auf mich als Mann reagieren. Ein paar der Schülerinnen und Schüler sind bereits auf mich aufmerksam geworden, andere denken gar nicht daran, sich mir zuzuwenden. Normalerweise würde ich nun in meine Rolle als Sightseeing-Führer wechseln, in der ich mich eigentlich sicher fühle, um Ruhe bitten und mich vorstellen. Doch werde ich jetzt überhaupt als Typ eingeordnet?

Meine Nerven liegen blank.

Was habe ich mir nur dabei gedacht, hier in diesen Klamotten aufzutauchen?

Und Agatha! Wenn ich nun sage, ich sei Vincent, und sie das zufällig hört … Ich werfe einen flüchtigen Blick in ihre Richtung. Sie ist in ein Kundengespräch verwickelt und geht dafür in eine andere Ecke des Ladens.

Ironischerweise ziehe ich mit meinem längeren Schweigen sogar das Interesse der typischen Unruhestifter auf mich. Einer der Jungs gluckst »Lesbe« und ein paar seiner Kumpels lachen blöde. Er sagt das so abwertend, dass ich im ersten Moment vor allem schockiert bin. Ich brauche eine Sekunde, um zu checken, dass ich nicht nur jämmerlich beleidigt wurde – schließlich ist »Lesbe« per se kein Schimpfwort, auch wenn es von dem Jungen als solches verwendet wurde –, sondern dass er mich dazu auch misgendert hat. Autsch!

»Alfie!«, zischt die Lehrerin.

Wäre ich in einer anderen Position und nur halb so schlagfertig, wie ich es mir oft wünsche, hätte ich Alfie gern auf beide Umstände hingewiesen. Stattdessen schiebe ich Scham und Frustration beiseite, räuspere mich und beginne mit der Führung.

Um keine weitere Angriffsfläche zu bieten, spule ich also den üblichen Text ab: »Hi! Ich bin Victoria. Ich werde euch heute über den *The City of London and Tower Hamlets Cemetery* aus dem Jahr 1841 führen. Wir nennen ihn hier auch *Bow Cemetery*, den letzten von sieben großen Friedhöfen – die Magnificent Seven –, welche im neunzehnten Jahrhundert in London angelegt wurden. Wenn ihr mir bitte folgen würdet.«

Während der nächsten sechzig Minuten leistet mein Autopilot

hervorragende Dienste. Bis auf wenige kleine Störungen, mit denen man bei einer jüngeren Zuhörerschaft rechnen muss, verläuft die Tour total unspektakulär. Es gelingt mir, mein Publikum mit den Geschichten zu den Gräbern und deren Besitzern in den Bann zu ziehen, auch wenn ich schon mal enthusiastischer dabei war. Sogar die Fragen, die währenddessen aufkommen, kann ich ohne Probleme klären. Am Ende applaudieren mir alle höflich.

Nachdem ich die Klasse an den Friedhofstoren verabschiedet habe, fühle ich mich dennoch völlig ausgelaugt. Zurück im *Magic of Flowers* erfahre ich, dass Irene immer noch nicht da ist. Nun muss ich also auch die nächste Führung übernehmen, die wegen der vorangegangenen Verspätung schon in einer Viertelstunde beginnt. Alternativ könnte ich die Stellung im Laden halten, aber viel verlockender ist das um diese Uhrzeit ohne einen Kollegen auch nicht. Jedenfalls nicht, wenn man – so wie ich heute – eigentlich seine Ruhe möchte und nicht in Plauderlaune ist. Ein paar Interessierte für die nächste Tour haben sich bereits gefunden und Teilnehmerkarten bei Agatha erstanden.

Ich nehme mir eine Wasserflasche, die immer griffbereit unter der Theke stehen, beschrifte sie mit einem V und trinke hastig ein paar Schlucke.

Neben mir kassiert Agatha gerade eine Kundin ab, die sich für den Kauf einer Alocasia Baginda Dragon Scale entschieden hat. Mit ihren großen dunkelgrünen Blättern, deren Rückseiten silbern schimmern und die nicht nur in ihrer Form, sondern auch in ihrer Struktur an Drachenschuppen erinnern, ist die Pflanze eine wahre Schönheit. Gute Wahl!

»Hör mal …« Kaum ist die Kundin gegangen, tritt Agatha unvermittelt näher an mich heran. Ihr übervorsichtiger Tonfall versetzt mich wieder in Alarmbereitschaft. Ich höre auf zu trinken und wische mir nervös mit dem Handrücken den Mund ab.

»Was ich vorhin noch sagen wollte. Ich habe immer ein offenes Ohr für dich. Egal, worum es geht.«

»Worüber sollte ich denn reden wollen?«, krächze ich, bin aber eigentlich schon sicher, dass sich meine schlimmsten Befürchtungen bewahrheiten werden. Das Angebot bezieht sich nicht nur auf meine neuen Klamotten oder mein verändertes Auftreten. Tracey muss Agatha bei ihrem Besuch hier verraten haben — wenn auch unwissentlich —, dass ich mich ihr als Vincent und nicht als Victoria vorgestellt habe.

»Wir können gern kurz unter vier Augen sprechen ...«, bietet Agatha mir an.

Als wollte ich den nächsten Fluchtweg ausloten, zuckt mein Blick zum Ladeneingang.

Und da ist sie.

Tracey. Missverständnis ausgeschlossen.

Mein Herzklopfen steigert sich zu einem Trommelwirbel.

Sie ist eben angekommen. Riemchensandalen, weiße Hose. Das Top unter der Jacke ist rosa, wie ich nun von vorn erkennen kann. Im Gegensatz zu mir sieht sie genauso aus wie heute Morgen. Sie war es also vor der Uni.

KAPITEL 10
TRACEY

Da ist er.

Ich bemühe mich, gleichmäßig weiterzuatmen und meine Schritte nicht zu beschleunigen, während ich auf den Verkaufstresen zuhalte. Das Blumengeschäft ist bei Tag immer noch bezaubernd, nur dämpft der Betrieb die besondere Atmosphäre ein bisschen. Ich bin bereits gestern davon überrascht worden, wie geschäftig es hier zugeht.

Nachdem ich bei meinem ersten Besuch vertröstet wurde, wäre ich nicht verwundert gewesen, wenn ich Vincent auch heute nicht angetroffen hätte. Doch mein neuer Plan – und das Scheitern des letzten – verboten es mir, so leicht aufzugeben. Möglicherweise kann Vincent mir dabei helfen, Samantha ein Denkmal zu setzen. Wieso in Erinnerung an meine beste Freundin nicht die City etwas bepflanzen? Sie soll nicht in Vergessenheit geraten wie der Mensch in diesem Grab, an dem ich zu ihr gesprochen habe, und ein paar Ratschläge bei der Umsetzung meiner Idee wären mir sehr willkommen. Seit unserer nächtlichen Begegnung musste ich mehr als einmal an Vincent denken. Auch jetzt registriere ich sofort, wie attraktiv ich ihn finde.

Dass die ältere Dame, die ich für Agatha halte, und Vincent nun wie selbstverständlich nebeneinanderstehen, irritiert mich jedoch. Denn gestern wusste Agatha nicht, wen ich meinte, als ich sie nach ihm gefragt habe. Eventuell habe ich auch etwas falsch verstanden? Nur was an »Ich bin Vincent« und »Ich arbeite im *Magic of Flowers*« könnte man falsch verstehen? Selbst wenn er mir nicht seinen echten Namen genannt hat, war meine Beschreibung von ihm bestimmt nicht so schlecht. Er trägt sogar dieselbe Mütze wie bei unserem ersten Aufeinandertreffen.

Irgendetwas an der Geschichte, die der Typ mir in der Nacht von Montag auf Dienstag aufgetischt hat, muss demnach faul sein. Auch sein plötzlich so abweisendes Verhalten spricht dafür – was mich noch mehr anstachelt, der ganzen Sache auf den Grund zu gehen.

Nachdem ich mich an zwei jungen Frauen vorbeigeschoben habe, ist der Moment der Wahrheit gekommen. Punkt drei auf meiner heutigen To-do-Liste – gleich im Anschluss an den Test in Wirtschaft und *Justus am London City Airport verabschieden*, was Gott sei Dank weitestgehend normal und nur minimal verkrampft über die Bühne gegangen ist. Unsere Aussprache nach dem Kuss scheint etwas gebracht zu haben.

Apropos verkrampft …

»Hey«, sage ich zu Vincent – oder wie auch immer er heißt –, kurz bevor ich die Theke erreiche, und krame die Plastiktüte, in die ich die sauberen Klamotten nach dem Waschen gestopft habe, aus meiner Handtasche. »Es war mir echt zu blöd, dir die Sachen nicht wiederzugeben. Und weil du dich nicht an der Uni mit mir treffen wolltest, dachte ich, ich komme hierher. Bitte schön!« Damit drücke ich ihm die Tüte in die Hand, ohne ihm Gelegenheit zum Protestieren zu geben.

Aus einem Reflex heraus nimmt er sie an sich. »Danke«, stammelt er völlig überrumpelt.

Seine steife Körperhaltung strahlt überdeutlich aus, dass er mich offenbar auch hier im Laden nicht wiedersehen wollte. Wenn er mein Aufkreuzen so schlimm findet, soll er mir das bitte auch ins Gesicht sagen!

»Hast du ein paar Minuten?« Ich denke nicht daran, mich abwimmeln zu lassen, bevor ich nicht weiß, was er für ein Spiel spielt, und ich nicht wenigstens versucht habe, ein paar Tipps aus ihm herauszuquetschen.

»Leider nein.« Vincent macht nicht den Eindruck, als täte ihm das sonderlich leid. Er hat sich schnell gefangen. In aller Seelenruhe verstaut er meine Plastiktüte unter der Theke.

Es geht mich nichts an, was mit ihm los ist, und es sollte mir auch egal sein. Wenn er am Anfang nur nicht so freundlich gewesen wäre. Diese Geheimniskrämerei ... Ich kann ihn nicht einfach als Arschloch abhaken.

»Es dauert wirklich nicht lange.«

Sein Blick schnellt wieder zu mir. Oh, er ist gereizt.

»Gleich startet eine Tour über den Friedhof. Ich bin der Guide.«

Besser als nichts, um an ihm dranzubleiben. Dann stelle ich ihn eben im Anschluss zur Rede.

»Dann hätte ich gern eine Karte.«

»Eigentlich ...«

»Selbstverständlich«, mischt Agatha sich ein.

Er guckt sie fassungslos an. Zu süß.

»Vielen Dank!« Ich lächele der alten Dame zu, suche in meiner Handtasche nach dem Portemonnaie und bezahle das Ticket.

»Na gut, dann wollen wir mal«, murrt Vincent.

Er kommt um den Tresen herum, neben dem sich inzwischen die übrigen Teilnehmer eingefunden haben. Die meisten halten ihre Tickets noch in den Händen. Ich schließe mich ihnen an und hoffe, dass ich mich bei der Tour nicht langweilen werde. Ich habe noch nie einen Friedhof besichtigt und wäre ehrlich gesagt von selbst auch nie auf die Idee gekommen. Ist das nicht etwas morbide?

Vincent nimmt seinen Posten ein, scheint sich jedoch ziemlich unwohl zu fühlen. Er erinnert mich an ein Rehkitz, das plötzlich im Scheinwerferlicht eines Autos steht. Dabei müsste er es doch gewohnt sein, diese Touren zu leiten, oder?

Kurz schaut er zu Agatha hinüber, dann zu mir und wieder zu Agatha. Er scheint einen inneren Konflikt auszutragen. Wovor hat er solche Angst? Mein schlechtes Gewissen regt sich, weil ich einfach in sein Leben eingefallen bin, obwohl er mir mehr als deutlich die Tür vor der Nase zugeschlagen hat. War es rücksichtslos von mir, das zu ignorieren? Meine Schultern spannen sich an. Auf einmal bin ich mir sicher, dass er mich nicht von sich gestoßen hat, weil er meine Art nicht mag.

»Willkommen …« Das Wort purzelt aus Vincents Mund in die erwartungsvolle Stille. Pause. Seine graublauen Augen richten sich auf mich. »Mein Name ist Victoria.«

Jetzt bin ich endgültig verwirrt.

Der Rest seiner Einleitung geht in meinen wild durcheinanderwirbelnden Gedanken unter.

Habe ich das richtig verstanden?

Gleichzeitig ergeben seine Worte Sinn, zumindest bezogen auf seine Versuche, mich von sich fernzuhalten. Er ... nein, sie. Oder doch er? Ich scanne ihn von oben bis unten, auf der Suche ... wonach? Ich sehe immer noch den Jungen von vor ein paar Tagen – nicht das Mädchen, als das man ihn hier und vermutlich auch in der Uni zu kennen scheint. Das dunkelblaue Hemd ist ihm zwar ein wenig zu weit, sodass es mir unmöglich ist, weibliche Formen darunter zu erkennen, die verwaschene Jeans sitzt dagegen tief und perfekt.

Plötzlich sind mir mein Starren und dass ich immer noch nicht begreife, was diese Offenbarung nun bedeutet, derart peinlich, dass ich mich hinter den anderen zurückfallen lasse, die Nicht-Vincent-sondern-Victoria-oder-doch-Vincent neugierig folgen. Einen Moment lang überlege ich, die Aktion abzublasen, schließlich könnte ich auch das Internet in Sachen Floristik befragen, als mir auffällt, dass Vincent an der Tür zum Wintergarten auf mich wartet. Da er sich *mir* als Vincent vorgestellt hat, werde ich ihn erst mal weiter so nennen. Seine Lippen sind zu einer schmalen Linie zusammengekniffen, und ich schließe eilig zu ihm auf.

»Ich hoffe, du hältst mich jetzt nicht für komisch«, sagt er leise, als ich an ihm vorbeiwill.

Na ja, er gibt sich nachts als Junge aus oder tagsüber als Mädchen. Ohne den Grund dafür zu kennen, fällt es mir schwer, sein Verhalten nachzuvollziehen. Wie soll ich ohne weitere Erklärung kapieren, was er vor wem und wieso zu verbergen versucht?

Ich schätze, es ist am besten, wenn immerhin einer von uns klare Worte findet. »Ich gehe mal davon aus, dass du mich nicht verarschen wolltest. Aber irgendwie fehlen mir noch ein paar Informationen.«

Er nickt. »Wir reden nachher, okay?«

»Alles klar.« So lange werde ich die Ungewissheit wohl noch aushalten.

Gemeinsam treten wir zu den anderen. Wir haben das *Magic of Flowers* diesmal auf der Rückseite verlassen und blicken nun von unserem Standpunkt aus auf den beeindruckenden Friedhof hinunter.

Raffiniert, muss ich zugeben.

Bei Nacht war mir gar nicht aufgefallen, dass das Gelände derart abfällt und sich das Backsteinhäuschen auf einer leichten Anhöhe befindet. Der gewundene, von Sträuchern gesäumte Pfad schlängelt sich den Hügel hinab und verschwindet zwischen den mächtigen Stämmen der Bäume. Die ersten vereinzelten Grabsteine ragen kreuz und quer dazwischen auf.

Sogleich versetzt Vincent seine Zuhörer mit einer dazu passenden Erzählung in längst vergangene Zeiten. Ich glaube, er ist froh, dass er mir nicht sofort Rede und Antwort stehen muss.

»Die Magnificent Seven wurden etwas außerhalb der damaligen City in Kensal Green, West Norwood, Highgate, Abney Park, Nunhead, Brompton und schließlich auch in Tower Hamlets errichtet, weil die Kapazitäten auf den Friedhöfen der Kirchen, Hospitäler und ähnlicher Einrichtungen gegen Mitte des neunzehnten Jahrhunderts an ihre Grenzen kamen. Die Bevölkerungsdichte in London hatte enorm zugenommen und damit auch die Sterblichkeitsrate. Die hygienischen Zustände in der Hauptstadt kann man nicht anders als katastrophal bezeichnen. Die überfüllten oder behelfsmäßigen Begräbnisstätten bedingten wiederum neue Epidemien und weitere Todesfälle.«

Wir gehen hinter ihm den Hügel hinunter, und entgegen meiner

Erwartung kann ich mich gar nicht sattsehen. Das Zusammenspiel der steinernen Kunstwerke mit der ungezähmten Natur versprüht eine ganz eigene Schönheit.

»Obwohl der *Tower Hamlets Cemetery* nicht mit der Menge an weltberühmten Namen aufwartet wie *Kensal Green* oder *Highgate* und bislang noch nicht als Filmset herhalten durfte, liegen hier ein paar einzigartige Menschen, die es genauso verdienen, dass man sich an sie erinnert. *Tower Hamlets* ist vor allem ein Friedhof der Arbeiterklasse.«

Vincent hält vor einer Ansammlung schnörkelloser, winziger Grabsteine, und es ist spannend, mehr über die Hintergründe der Verstorbenen zu erfahren.

»Viele der Toten, die hier begraben wurden, waren in dieser Gegend ansässig und hatten nicht das Geld für eine aufwendige Beisetzung. Oft mussten sie sich die Gräber teilen, deshalb tragen viele Grabmäler keine Namen. Außerdem findet man hier die Gräber einiger Seeleute, die bei einem Schiffsunglück im Jahr 1871 ums Leben kamen.«

Nach einem Moment der Stille ziehen wir weiter. Ein Schmetterling lässt sich auf einem umgekippten Steinkreuz nieder. Licht fällt durch die Baumkronen, und für eine Weile vergesse ich fast, was mich ursprünglich an diesen mystischen und friedvollen Ort geführt hat. Wie konnte ich ihn nur mit Horrorfilmen assoziieren?

Vincent schildert die Verfolgungsjagd zweier Polizisten über die Dächer von London und wie sie dabei – statt die Flüchtigen zu ergreifen – einen tragischen Tod fanden. Er erwähnt den Blitzkrieg, durch den Teile des Cemetery verwüstet wurden und zeigt uns zwei weitere Gräber. Das eine Grab gehört dem Chirurgen, der die Autopsie an Mary Ann Nichols durchführte, dem ersten Opfer des Serienmörders Jack the Ripper. In dem anderen liegt ein Major, der sich in Indien während eines Aufstands gegen die britische Kolonialherrschaft durch besondere Verdienste hervorgetan hat. Das abschließende architektonische Highlight ist das Mausoleum eines Dompteurs, der während einer Vorstellung in der Menagerie von einem Tiger tödlich verletzt wurde. Über dem Eingang seiner Grabstätte lauert nun eine detailgetreue, lebensgroße Raubkatze.

Als wir uns auf den Weg zurück zum Blumenladen machen, wo die Führung schließlich endet, kann ich nicht sagen, wie viel Zeit verstrichen ist. Ich war so gefesselt, dass ich Vincent noch ewig hätte zuhören können. Er hat mit so viel Leidenschaft über die Leben dieser Menschen erzählt, dass sie mir nun gar nicht mehr fremd vorkommen.

Erst bei der abschließenden Fragerunde macht sich seine Nervosität erneut bemerkbar. Auch mir fällt wieder ein, dass wir zwei noch etwas zu besprechen haben. Die Gruppe löst sich vor dem Friedhofstor auf, und ich warte, bis sich ein älteres Ehepaar aus Schweden persönlich bei Vincent für die spannenden und leicht verständlichen Schilderungen bedankt hat.

Nachdem sich die beiden ebenfalls verabschiedet haben, bin ich an der Reihe, doch ich finde keinen Anfang. Ich kann ihn unmöglich direkt fragen, ob er nun männlich oder weiblich ist, weil das definitiv unsensibel wäre. Und eigentlich ist das bei meinem Anliegen – Pflanztipps für Samanthas Denkmal – auch völlig unerheblich. Woher kommt nur dieses scheinbar so tief verankerte Bedürfnis in mir, ihm dennoch eine Kategorie zuzuweisen? Weil ich ihn heiß finde? Und wieso hat sich daran nichts geändert, obwohl *Er* vielleicht eine *Sie* ist? Schließlich stehe ich auf Männer.

»Wie hat dir die Tour gefallen?«, kommt Vincent mir zuvor. Uns trennt eine Armlänge Abstand, und wir sind etwa gleich groß, sodass ich nicht zu ihm aufsehen muss.

»Die war richtig toll!«, platzt es ein wenig zu begeistert aus mir heraus, als müsste ich meine Gedanken überspielen. Wie schafft er es nur, mich so aus dem Konzept zu bringen? Ich reiße mich zusammen, und statt nach dem *Was* zu fragen, weil es darauf letztendlich nicht ankommt, füge ich hinzu: »Also, jetzt mal ehrlich. Wer bist du? Hast du mich angelogen?«

Seine Augen weiten sich, er greift sich mit einer Hand in den Nacken und blickt zur Seite. »Nein, ich ... ich bin Vincent. Victoria ist ... Lass mich kurz im Laden Bescheid geben, dass wir noch einen Moment brauchen, und dann –«

»Du musst es mir nicht sagen«, unterbreche ich ihn und würde mir gleichzeitig am liebsten dafür in den Hintern treten, weil ich andererseits natürlich begreifen möchte, was in ihm vorgeht. Aber es wäre falsch von mir, ihn dazu zu drängen, mir etwas offenkundig sehr Persönliches zu verraten. Schließlich kennen wir uns gar nicht. Er ist Vincent, er hat mich nicht belogen. Das muss genügen.

»Aber ich will es dir erklären!« Er wirkt auf einmal verärgert, ringt mit sich, sieht sich hektisch um, aber es ist niemand in der Nähe. »Es ist nur ... ich kann nicht ... Ich ... ich bin trans*.« Er stockt, dann wiederholt er es sicherheitshalber: »Ich bin trans*.«

Meint er trans* wie in *transsexuell*?

»O Gott!« Seine Stimme überschlägt sich vor Entsetzen, während er einen Schritt zurückweicht. »Ich kann nicht fassen, dass ich das laut ausgesprochen habe. Ich habe das noch nie jemandem gesagt! Bitte behalte es für dich, okay?«

Die Information beginnt in mir zu arbeiten, und automatisch rufe ich ab, was ich über das Thema weiß. Allzu viel ist es nicht, ich hatte bisher auch noch keine Berührungspunkte dieser Art. Die brauche ich aber auch nicht, denn ich spüre instinktiv, wie ich reagieren sollte.

»Okay!«, versuche ich, ihn zu beruhigen. Vorsichtig strecke ich eine Hand nach ihm aus, lasse sie jedoch wieder sinken, als er sich nicht rührt. »Wem sollte ich es denn sagen und vor allem, wieso?« Ich nähere mich noch ein Stück, bis ich direkt vor ihm stehe. »Es ist okay, ja?«

Er schluckt sichtbar. Dann nickt er zögernd und flüstert: »Okay.«

KAPITEL 11
VINCENT

Ich habe keine Ahnung, wie ich die restliche Schicht durchstehen soll. Anders als vorhin, als mir die Führung dazwischengekommen ist, bin ich diesmal wenig begeistert über den Aufschub und hätte lieber auf der Stelle weiter Schadensbegrenzung betrieben. Dass ich Tracey meine Transidentität offenbaren musste, erschien mir leider unumgänglich, nachdem sie meinen Geburtsnamen zu allem Übel aus meinem eigenen Mund erfahren hatte. Woher sollte ich denn wissen, was sie sich sonst zusammenreimen und womöglich an der Uni verbreiten würde? Im entscheidenden Moment die Alternative zu wählen und mich so indirekt vor Agatha zu outen, wäre dagegen schlichtweg nicht infrage gekommen. Blöd ist nur, dass es mir sehr schwerfällt, jetzt noch einmal das Gespräch mit Agatha zu suchen, und von sich aus kommt sie leider nicht erneut auf mich zu. Wahrscheinlich möchte sie mich nicht bedrängen, nachdem sie mir bereits deutlich zu verstehen gegeben hat, dass ich mich ihr mit allem anvertrauen könne. Außerdem ist ziemlich viel los im Laden. Das einzig Gute ist, dass Irene irgendwann doch noch auftaucht. Das verschafft mir eine kurze Auszeit vom nachmittäglichen Trubel, in der ich mit Tom die Hecke am Kopfsteinpflasterweg zurechtstutze, der zum Haupteingang des Blumenladens führt.

Als ich nach Feierabend endlich auf das Friedhofstor zusteuere, vor dem Tracey auf mich wartet, bin ich kurz überrascht, sie tatsächlich dort zu sehen. Dabei war sie es, die vorgeschlagen hatte, dass wir uns später noch mal in Ruhe zusammensetzen und reden könnten. Ich hatte mit vielem gerechnet, nur nicht damit, dass sie so freundlich sein würde. Sie schien sich sogar Sorgen zu machen, mich zu sehr unter Druck gesetzt zu haben.

Als ich auf sie zugehe, lächelt sie, und langsam wage ich es, dem Frieden zu trauen – obwohl ich mich durchaus frage, wie sie mich nun wahrnimmt. Betrachtet sie mich noch als Vincent, oder bin ich jetzt auch Victoria für sie? Ist es andererseits überhaupt möglich, dass die Menschen, die mich mein Leben lang als Mädchen kannten, je ihr Bild von mir zurechtrücken können? Selbst wenn sie es wollten?

Dieser Gedanke ist zu deprimierend, um ihn weiterzuverfolgen. Deshalb stelle ich an Tracey gerichtet erst einmal klar: »Bitte fühl dich nicht verpflichtet, mir zuzuhören. Ich möchte mich auf keinen Fall bei dir ausheulen, oder so was.«

Es ist mir peinlich, vorhin so ausgeflippt zu sein, noch bevor sie überhaupt die Chance hatte, auf mein Outing zu reagieren. Ich hatte nur quasi keinerlei Grundlage für eine realistische Einschätzung der Situation und war in Panik geraten. Denn was, wenn sie höhnisch oder angewidert reagiert hätte, weil sie trans* Menschen für gestört oder pervers hält? Was wusste ich denn über sie? Ich hatte nur gehört, dass sie aus New York kommt und hier ein Auslandsjahr absolviert.

»Mach dir darum keine Gedanken.« Tracey setzt sich in Bewegung, und ich folge ihr.

Erst jetzt wird mir noch einmal richtig bewusst, wie viel Glück ich hatte, Tracey begegnet zu sein – und dass ich definitiv Redebedarf habe. Was eigentlich kein Wunder ist, nachdem ich bisher alles immer nur mit mir allein ausgemacht habe.

»Nein, wirklich. Ich mein's ernst«, sage ich trotzdem.

»Ich auch. Wollen wir zu mir gehen?«

Damit macht sie mich schon wieder völlig sprachlos. »Zu dir … nach Hause?«

Mein Herz stolpert – vor Aufregung und Freude? Dabei hat Tracey mich nicht etwa nach einem gelungenen Date dazu eingeladen, noch mit reinzukommen. Dass ich in der gegenwärtigen Lage überhaupt an so etwas denke, nur weil sie so nett ist, kommt mir wirklich albern vor.

»Ich dachte, so können wir ungestörter reden als in der Öffentlichkeit«, schiebt sie hinterher. »Denn das muss eine krasse Sache für dich sein, oder? Ich wohne wirklich nicht allzu weit entfernt. Um genau zu sein, in Bethnal Green. Natürlich nur, wenn du dich damit wohlfühlst.«

»Ja, auf jeden Fall, das passt schon«, sage ich schnell. Ich habe wirklich keinen Grund, enttäuscht darüber zu sein, dass das hier kein Date ist. Es ist sogar irgendwie erleichternd, dass ich nun nicht mehr befürchten muss, zu feminines Verhalten könnte mein Passing ruinieren. Zumindest in ihrer Gegenwart. Ansonsten wird mich das wohl noch länger begleiten. »Das ist total lieb von dir.«

Traceys Strahlen führt zu einem heftigen Prickeln in meinem Körper. Die Sonne geht auf, dabei geht sie eigentlich bald unter. Das war echt intensiv.

»Komm nur nicht auf dumme Gedanken.« Sie zwinkert mir zu.

Ich bin hin und weg. Oder klang das nur in meinen Ohren nach einem Flirtversuch?

Die Fahrt mit der U-Bahn dauert keine fünf Minuten. Traceys WG liegt gleich im Zentrum des Viertels nahe der oberirdischen Eisenbahnstrecke mit den Rundbögen, in denen sich hippe Bars und Restaurants angesiedelt haben.

Auf dem Weg reden wir so gut wie gar nicht, und als sie mir die Haustür aufschließt, ist es plötzlich doch etwas seltsam. Im dritten Stock begrüßt mich ein Regenbogenteppich in der schmalen Diele. Ein Wink des Schicksals? Tracey zeigt mir kurz, wo sich das Bad befindet, ehe sie mich zu ihrem Zimmer führt, dem letzten von vier Räumen auf der rechten Seite.

»Ja, möglicherweise habe ich einen Schuh- und Handtaschentick«, sagt sie grinsend, bevor sie mir etwas zu trinken anbietet. Auf ihren Vorschlag hin entscheide ich mich für Tee, und schon rauscht sie davon.

Noch etwas unsicher sehe ich mich um. Abgesehen von den Schuhen und Handtaschen, säuberlich aufgereiht entlang der Fußleiste, wird das Zimmer von einem weißen Bettgestell mit geschwungenem Kopfteil beherrscht, das unter einem grauen Überwurf mit Herzchenmuster verschwindet. Darauf liegen jede Menge Kissen. Möbel und Deko sind akkurat und stilvoll aufeinander abgestimmt.

»Setz dich doch.«

Von mir unbemerkt ist Tracy zurückgekehrt und deutet nun zum Bett. Nachdem ich ihr eine der dampfenden Tassen abgenommen habe, zieht sie die Zimmertür hinter sich zu und schnappt sich den Hocker, der vor ihrem Schminktisch steht. Ich sinke auf die Matratze, checke den Abstand zwischen meinen Knien und vergrößere ihn versuchsweise noch etwas.

»Also ...« Tracey streicht sich eine Haarsträhne aus dem Gesicht, die sich aus ihrer Flechtfrisur gelöst hat. »Ich gebe zu, dass ich vorhin erst mal googeln musste, als ich auf dich im Starbucks gewartet habe. Nimm es mir daher bitte nicht übel, falls ich in irgendwelche Fettnäpfchen trete. Ich habe nicht die Absicht, dich zu verletzen.«

Wie kann sie nur so cool sein?

Ihre erste Frage lässt mich dann allerdings zusammenzucken. Natürlich hat sie Fragen. Die hatte ich schließlich auch.

»Du bist Frau-zu-Mann-transsexuell, habe ich das richtig verstanden?«

Obwohl das exakt die Diagnose ist, die ich von meinem Arzt für den Zugang zu medizinischen Maßnahmen brauche, klingt das so formuliert nicht nur äußerst klinisch, sondern unzutreffend.

»Oder war das gleich der erste Fail und es ist genau andersherum?«

»Nein, das stimmt schon!«, bestätige ich.

Obwohl es für mich logischerweise offensichtlich ist, scheint es für sie gar nicht so leicht zu sein, mein Äußeres und die Signale, die ich sende, korrekt zu analysieren.

»Wobei transident die bessere Wortwahl wäre, weil es ja um die Geschlechtsidentität geht, also welchem Geschlecht ich mich zugehörig fühle, und nicht um meine sexuelle Orientierung. Und dieses

FTM …« Ich unterbreche mich, als ich merke, dass sie mit der im Netz gängigen Abkürzung nichts anfangen kann. »Sorry, ich meinte Female to Male, was letztendlich impliziert, dass man erst zu einem Mann werden muss. Dabei war ich das schon immer. Auch als ich vor einer Woche noch Kleider getragen habe. Ich bin einfach ein Mann, unabhängig davon, wie ich aussehe.«

Wow, gar nicht übel!

Meine Hausaufgaben habe ich erledigt. Wenn ich das Agatha, Mum und Dad, meiner Schwester und meinen Freundinnen gegenüber nur halb so abgeklärt vortrage, glauben sie mir vielleicht sogar. Leider ist es wahrscheinlicher, dass ich bei ihnen emotional so aufgewühlt sein werde, dass ich keinen sinnvollen Satz zustande bringe. Das wird eine ganz andere Nummer. Sofort rebelliert mein Magen wieder. Seit dem halben Frühstück habe ich nichts mehr gegessen, weil ich absolut keinen Appetit hatte. Ich nippe an der Teetasse und hoffe, dass die Wärme und die milde Karamellnote mich etwas entspannen werden.

Tracey schlägt ein Bein unter. »Was sagt man dann stattdessen?«

Ich überlege. »Für mich ist das alles auch noch Neuland. Ich schätze, es ist etwas sehr Individuelles, womit man sich am wohlsten fühlt. Ich würde *trans* Mann* bevorzugen. Aber eigentlich sollte man gar nicht gezwungen sein, das so herauszustellen. Cis Menschen müssen auch nie jemandem mitteilen, dass sie cis sind.«

Einmal in Worte gefasst, hallt diese Erkenntnis in mir nach. So ist es. Ich habe echt keine Lust, in Selbstmitleid zu baden, aber manchmal scheint das unumgänglich zu sein. So eine unfaire Scheiße.

»Dann ist cis das Gegenteil von trans*?«

»Genau«, murmele ich. »Cisgender sind – im Gegensatz zu Trans-

gender – Personen, deren Geschlechtsidentität mit ihrem Geburtsgeschlecht übereinstimmt. Wobei man sich auch gar nicht nur als
männlich oder weiblich, sondern genauso irgendwo dazwischen oder
weder wie das eine noch das andere fühlen und identifizieren kann.
Oder mal so, mal so.«

Tracey nickt. »Demnach bin ich cis? Eine cis Frau?«

Auch das bestätige ich. »Exakt.«

Sie verdaut das kurz und lässt den Blick über ihre Schuh- und
Handtaschensammlung wandern. »Krass. Ich habe zwar schon von
Transsexualität gehört, aber das ist für mich gerade eine außergewöhnliche Situation.« Sie sieht mich wieder an. »Seit wann weißt
du es? Hast du schon als Kind etwas vermutet? Wie hast du es gemerkt?«

Alles, was Tracey ausstrahlt, ist ehrliche Neugier. Dennoch schnürt
sich mir die Kehle zu, denn wie konnte ich zwanzig Jahre lang so
ahnungslos sein und im Dunkeln herumtappen? Hätte ich nicht viel
früher kapieren müssen, was mit mir los ist?

»Ich habe es mir erst vor Kurzem eingestanden.«

»Dann freue ich mich umso mehr für dich, dass du nun endlich zu
dir findest.«

Ich blinzele angesichts dieses Zuspruchs. »Danke?«

»War das daneben?«

»Nein.« Ich bin gerührt. »Manchmal denke ich nur, ich hätte nicht
so lange gebraucht, wenn ich einer dieser trans* Typen wäre, die
schon im Kindergarten mehr von Autos statt von Puppen fasziniert
gewesen sind, die immer mit den Jungs abhingen und Fußball gespielt haben. Für Außenstehende wäre das zumindest nachvollzieh-
barer als das unsichtbare Gefühl in mir.«

Ich passe kein bisschen in dieses Rollenbild eines »typischen« Jungen, wie es in der Gesellschaft leider immer noch weit verbreitet ist. Ich interessiere mich wenig bis gar nicht für Technik oder Sport und habe bis heute hauptsächlich weibliche Kontakte. Zum Teil liegt das sicher auch daran, dass ich mir dieses feminine Korsett unbewusst selbst geschnürt habe und dadurch gar nichts »Männliches« zulassen konnte.

»Magst du wenigstens Bier?«, zieht Tracey mich auf.

»Nicht wirklich?«

Sie schnaubt gespielt schockiert. »Ich weiß nicht, was ich sagen soll, Vincent.«

Ich spüre, wie meine Mundwinkel sich zu einem Lächeln verziehen. Sie macht es mir leicht, mich fallen zu lassen, was ich noch nie geschafft habe. Vor anderen – sogar vor mir selbst – habe ich immer etwas zurückgehalten, mal bewusst, mal unbewusst.

»Und was hast du als Nächstes vor? Hast du dir einen Plan zurechtgelegt?«

Meine plötzliche Unbeschwertheit lässt auch die Worte aus mir heraussprudeln. »Ich möchte zum Friseur, meinen Kleiderschrank umkrempeln und so bald wie möglich zum Arzt, um mit dem Testosteron zu starten. Später will ich auf jeden Fall die Top Surgery haben und es bis dahin mit einem Binder probieren. Ob ich noch mehr machen lasse, weiß ich gar nicht genau …«

An dieser Stelle registriere ich glücklicherweise, dass das OP-Thema für ein erstes intensiveres Gespräch wahrscheinlich zu weit geht.

Tracey hebt die Augenbrauen. »Ich vermerke, keine Autos oder Fußball. Penisse und Brüste sind dafür ein wichtiges Thema.«

Heilige Scheiße.

Ich möchte die Hände über dem Kopf zusammenschlagen. Meine Wangen glühen. War es schon die ganze Zeit so heiß unter der Mütze? In einem Zug leere ich meine Teetasse, um Zeit zu schinden und Tracey nicht sofort wieder ansehen zu müssen. Mag sein, dass sie in diesem Punkt gechillt ist, aber ich bin es nicht – normalerweise. Vielleicht wäre es besser gewesen, wenn sie nicht sofort kapiert hätte, dass ein Binder dazu dient, vorübergehend die Oberweite abzuflachen, bevor diese später im Zuge einer Mastektomie, auch Top Surgery genannt, gänzlich entfernt werden kann.

Noch während ich die Tasse absetze, nuschele ich: »Was kann ich tun, um das zurückzunehmen? Jetzt denkst du sicher, ich wäre total sexbesessen, weil ich gleich davon angefangen habe. Dabei geht es bei allen Eingriffen vor allem darum, sich in seinem Körper wohlzufühlen. Was man dafür braucht oder nicht, ist auch wieder sehr unterschiedlich.«

Das ist so ironisch, denn im Grunde rede ich nie freiwillig über körperliche Nähe. Ich habe auch noch nie mit jemandem geschlafen. Jedes Mal, wenn Hunter oder Elle, Gwen oder Ramona davon anfingen, habe ich meine Ohren auf Durchzug gestellt oder versucht, schnellstmöglich das Thema zu wechseln. Und stets blieb das unbehagliche Gefühl zurück, dass Sex für mich nicht so funktionieren würde wie für sie. Und jetzt passiert mir so was?

»Keine Sorge, ich finde es naheliegend, sich in deiner Situation mit den Möglichkeiten auseinanderzusetzen«, sagt Tracey, nun ebenfalls wieder ernster. »Ich bin nur etwas verwundert, weil ich überall gelesen habe, es sei ein No-Go, jemanden direkt darauf anzusprechen.«

»Das sollte es auch sein. Ich wollte eigentlich gar nicht so intim werden. Ich hatte einfach nur noch nie die Gelegenheit, über diese Dinge zu reden. Da ist es wohl mit mir durchgegangen.«

Auf der Suche nach einem Themenwechsel fällt mir unvermittelt ein, dass sie schon mit mir sprechen wollte, bevor ich mich der Touristengruppe als Victoria vorgestellt habe. Unvermittelt kehrt meine Skepsis ein wenig zurück, und ich frage vorsichtig: »Wieso bist du eigentlich ursprünglich ins *Magic of Flowers* gekommen? Doch nicht nur wegen der Klamotten.«

Tracey scheint sich ertappt zu fühlen. Sie zögert kurz, dann antwortet sie: »Ich wollte dich um Hilfe bitten.«

Das überrascht mich. »Wobei könnte ich dir helfen?«

Sie lacht auf, allerdings kein bisschen fröhlich, und schwenkt die Reste des Tees in ihrer Tasse hin und her.

Ich warte, bis sie den Blick wieder hebt. Ihre bernsteinfarbenen Augen unter den langen dunklen Wimpern ziehen mich vollauf in ihren Bann. »Eine Freundin von mir ist letztes Jahr gestorben.«

Sofort sehe ich vor mir, wie sie in der Nacht unseres Kennenlernens an diesem uralten Grab geweint hat. Ich hatte kein Wort verstanden, aber der Schmerz in ihren Schluchzern war unverkennbar gewesen. Hatte die Trauer sie auf den Cemetery geführt?

»Tracey ...« Ich hätte sie gern berührt, einfach, um ihr Trost zu spenden. Wenn sie nur nicht so weit entfernt säße. »Ich wusste nicht ...«

»Woher auch?«, fällt sie mir angespannt ins Wort. »Man sieht es mir ja nicht an.«

Beschwichtigend hebe ich die Hände. »Ich meinte bloß, ich hoffe, dass die Führung dich nicht aufgewühlt hat, wenn du so einen Verlust verkraften musst.«

Ihre plötzliche Abwehrhaltung trifft mich unvorbereitet. Glücklicherweise rudert sie gleich wieder zurück.

»Nein, das hat sie nicht.« Sie räuspert sich. »Wie gesagt, es war wunderschön und berührend, wie du die Toten in deinen Geschichten zum Leben erweckt hast. Tatsächlich würde ich so etwas Ähnliches gern für Samantha schaffen. Ich habe mir in Gedenken an sie ein Projekt ausgedacht.« Sie macht eine Pause, wie um ihre Worte wirken zu lassen.

Das klingt ... interessant und noch sehr vage.

»Worum genau geht es?«, ermuntere ich Tracey, fortzufahren. Ich bin eigentlich ganz froh, nun mal die Rollen zu tauschen. Hoffentlich enttäusche ich sie nicht und kann auch etwas für sie tun.

Sie holt tief Luft. »Samantha hat die Natur geliebt und alles, was bunt ist und lebendig. Das Großstadtleben in New York City, wo wir beide aufgewachsen sind, war eigentlich gar nichts für sie. Was das betrifft, waren wir uns überhaupt nicht ähnlich. Sie hat so viel Zeit wie möglich im Garten oder in den Stadtparks verbracht. Deshalb möchte ich für sie nun London mit Pflanzen und Blumen verschönern, das urbane Bild etwas auflockern, sodass alle sich an diesem Anblick erfreuen können. Das hätte Samantha gefallen. *Guerilla Gardening*, so nennt man das, glaube ich. Und weil du doch in einem Blumenladen arbeitest ... auf einem Friedhof ... dachte ich, bei dir bin ich genau an der richtigen Adresse.«

Mit jedem Satz aus Traceys Mund wächst meine Verblüffung und meine Begeisterung. Ich kann mir gerade noch ein erleichtertes Schnauben verkneifen. Was für ein unglaublicher Zufall. Und ob ich ihr dabei helfen kann!

Und doch wirkt sie immer noch ungewöhnlich zurückhaltend

und weckt damit den Wunsch in mir, ihr diese Unsicherheit zu nehmen.

»Guerilla Gardening«, wiederhole ich. »Die heimliche Aussaat von Blumen und Pflanzen im öffentlichen Raum.«

Tracey nickt. »Ein paar Tipps würden mir schon reichen. Ich kenne mich damit leider gar nicht aus.«

Unvermittelt bestürmen mich die ersten Ideen und Bilder, die ich mit Guerilla Gardening verbinde: von Blumenbouquets in Gummistiefeln über Samenbomben bis hin zu Moosgraffiti. In meinem Bauch regt sich ein aufgeregtes Flattern. Natürlich habe ich mich als Pflanzennerd schon mal mit dieser besonderen Art des Gärtnerns befasst. Vor Jahren hörte ich zum ersten Mal zwei Kunden im *Magic of Flowers* über eine Nacht- und Nebelaktion flüstern, und das Phänomen faszinierte mich sofort.

»Das sollten wir hinkriegen«, verspreche ich ihr, ohne weiter darüber nachzudenken. »Das wird der Hammer!«

Ich bin selbst überrascht, wie enthusiastisch ich auf einmal klinge. Fast ist es mir peinlich. Es ist immerhin ein trauriger Anlass, aber nichts heitert mich so zuverlässig auf wie die Beschäftigung mit unseren grünen Erdbewohnern.

Tracey setzt sich aufrechter hin. »Also berätst du mich?«

Jap, das war too much.

Eigentlich sollte ich durch die Arbeit wohl geübter darin sein, mit trauernden Angehörigen umzugehen, denn Blumenarrangements für Beerdigungen sind ein fester Bestandteil des Jobs. Doch hier geht es ja nicht um eine Trauerfeier, und sie ist nicht als Kundin zu mir gekommen.

»Sicher berate ich dich.«

Ich versuche, cool zu bleiben. Doch mein Herz schlägt immer schneller, denn das Projekt bedeutet außerdem, mehr Zeit mit diesem Mädchen zu verbringen! Diese Aussicht ist noch genialer als die Aktion an sich.

»Komisch«, stellt Tracey spitzfindig fest. »Im Laden wolltest du mich noch loswerden. War das nur, damit ich nicht hinter dein Geheimnis komme?«

Damit nimmt sie mir wieder etwas Wind aus den Segeln. »Ich fürchte, ja«, gestehe ich und werde gleichzeitig an etwas erinnert: Auch wenn Tracey nun weiß, dass ich trans* bin, ist es nach wie vor etwas völlig anderes, von ihr in femininer Aufmachung gesehen zu werden. Gut, dass wir nun erst mal Semesterferien haben. Sich in der Stadt zufällig zu treffen, ist deutlich unwahrscheinlicher als auf dem Campus.

»Ich würde mich wirklich freuen, mich bei dir für das Zuhören zu revanchieren.«

Tracey stellt ihre leere Tasse auf ihrem Schminktisch ab. »Wie wäre es dann, wenn wir einen Deal daraus machen?«, überlegt sie laut. »Ich gebe dir Rückhalt bei allem, was da trans* related so ansteht, und dafür weihst du mich in die Kunst der Blumenlehre ein. Was meinst du?«

Das Chaos in meinem Kopf ordnet sich langsam.

»Das hört sich ganz gut an«, folge ich meinem ersten Impuls, diesem leichten Gefühl, das Traceys zaghaftes Lächeln in mir auslöst.

Dann gehe ich zur Sicherheit noch mal in mich, doch zu meinem Erstaunen überwiegt tatsächlich das Positive: Wenn ich einwillige, kann ich ihr helfen, habe jemanden zum Reden und darf mich mit Blumen und Pflanzen beschäftigen. Bis die Uni wieder losgeht, bleibt mir noch etwas Zeit. Vielleicht bin ich bis dahin sogar schon so weit, mich auch dort maskulin zu kleiden.

Außerdem ist ein Argument sowieso nicht zu schlagen: Traceys Gesellschaft.

»Der Deal steht«, sage ich.

KAPITEL 12
TRACEY

»Wollen wir unsere Handynummern austauschen?«, frage ich, immer noch etwas verblüfft darüber, wie viel zugänglicher Vincent wurde, je mehr ich über Samantha und die Pflanzaktion erzählte. Das machte es mir definitiv leichter, darüber zu reden und nicht zu bereuen, so ungewohnt privat geworden zu sein. Normalerweise vermeide ich es schon, überhaupt an meine tote beste Freundin zu denken, geschweige denn, über sie zu sprechen. Aber das Projekt ist mir wichtig, und genau darum soll es auch gehen: Ich will mich der Vergangenheit stellen und nicht mehr weglaufen.

»Klar.« Er zieht sein Smartphone aus der Hosentasche. Beim Blick auf das Display entgleisen ihm jedoch die Gesichtszüge. Er guckt jetzt genau wie ich, wenn ich sehe, dass Charlie mir geschrieben hat.

»Ist das spät geworden!« Er springt vom Bett auf. »Kannst du mir schnell deine Nummer diktieren?«

Ich komme seiner Bitte nach, und er tippt sie hastig ein, ehe er mich kurz anruft, damit ich auch seine habe.

»Sorry«, murmelt er dann und wendet sich zur Tür. »Ich bin noch verabredet.«

»Alles gut!«, beschwichtige ich ihn und folge ihm in die Diele, wo er blitzschnell in seine roten Chucks steigt.

»Tschau und danke noch mal.« Damit ist er aus der Wohnung.

»Kein Problem! Schreib mir einfach, wann es dir mit einem nächsten Treffen passt!«, rufe ich ihm durch das Treppenhaus hinterher.

Insgeheim hoffe ich, dass wir uns eher früher als später wiedersehen. Zumindest weiß ich jetzt, wie ich ihn erreichen kann, falls er sich zu viel Zeit lässt.

Gerade will ich zurück in mein Zimmer, als ich Lias Double-Bun-Frisur, gefolgt von ihrem Freund, hinter der Biegung des Geländers auftauchen sehe. Ich warte, bis die beiden auf unserer Etage angekommen sind.

»Hi!«

»Hey! Wer war das?«, erkundigt sich meine Lieblingsmitbewohnerin sofort interessiert. Sie steckt in einer zu großen, blau-gelben Collegejacke, die offensichtlich Drew gehört. Der schaut Lia an, als könnte er sich gar nicht an ihr sattsehen. Etwas zeitversetzt wendet er sich ebenfalls mir zu und tippt sich grüßend an die Schläfe.

»Tracey.«

Ich erwidere die Geste.

Manchmal frage ich mich, wie es wäre, mit jemandem zusammen zu sein, den ich liebe und der mich liebt. In der Highschool hatte ich die eine oder andere kurze Teenie-Romanze und diese abgefuckte

Geschichte mit Charlie, aber nie so etwas Echtes, wie Lia und Drew es offensichtlich teilen.

Ich ärgere mich über mich selbst für diese Gedanken und erinnere mich, dass ich etwas antworten sollte. »Ein Freund aus der Uni.«

Ich ernte ein Stirnrunzeln, das ich nicht deuten kann, und fühle mich aus unerfindlichen Gründen in die Enge gedrängt, so wie eben, als ich glaubte, Vincent wollte mir sein Beileid aussprechen. Das konnte ich noch nie gut ertragen und habe immer noch Probleme damit. Möglicherweise liegt das daran, dass ich kein Mitgefühl verdiene. Zumindest denke ich das.

»Was?«, scherze ich. »Ich bin eben nicht so eine Einsiedlerin wie du, deren Kontakte man an einer Hand abzählen kann.«

Lia fühlt sich zum Glück nicht gekränkt. »Ich weiß, und ich bin stolz auf meine Introvertiertheit.«

Sie schiebt sich an mir vorbei in die Wohnung, und ich trete zurück, um auch Drew vorbeizulassen, der mit seiner beeindruckenden Statur mehr Platz benötigt. Sie werfen sich ein paar kurze Blicke zu, woraufhin er in ihrem Zimmer verschwindet.

Lia wendet sich wieder mir zu. »Du lädst sonst nie jemanden ein«, bemerkt sie. »Mal abgesehen von Justus. Und Penelope und ich wohnen hier, das zählt nicht.«

Ich mache zwar oft was mit Kommilitonen, das sind aber eher Bekanntschaften. Seit ich nach Samanthas Tod aus meinem Freundeskreis ausgeschlossen wurde, tue ich mich schwer damit, anderen zu vertrauen. Im Grunde ist mir die Zwanglosigkeit daher ganz recht. Was man nicht hat, kann einem nicht genommen werden. Trotzdem bin ich froh, dass ich in Lia und Justus echte Freunde gefunden habe.

»Wir mussten etwas besprechen«, weiche ich ihr aus. »Und dafür brauchten wir Ruhe.« Dass ich darüber hinaus gern mit Vincent allein sein wollte und ihn interessant finde, ist jetzt irrelevant. Genauso wie die Anziehung, die er auf mich ausübt.

»Für die Uni?«

»Nein. Ist aber alles nicht der Rede wert.« Ich lache ein bisschen gezwungen, denn es gibt nur eines, was ich seit den Ereignissen in New York noch strikter vermeide, als mich auf richtige Freundschaften einzulassen: erneut von Amors Pfeil getroffen zu werden. »Und kein Stoff für deinen nächsten Roman, Frau Autorin. Du musst die Verschwörungstheorien gar nicht erst auspacken.«

Lia schürzt die Lippen. »Okay. Aber falls ihr doch noch eine heiße Affäre beginnen solltet, lass es mich wissen.«

Ich nicke ernst. »Du bist die Erste, die es erfährt.«

Nur wird es dazu garantiert nicht kommen.

»Hat Justus sich nach der Landung schon bei dir gemeldet?«

Ich bin Lia dankbar, dass sie das Gespräch in eine andere Richtung lenkt. Lieber rede ich über meinen besten Freund als über Vincent, was mir darüber hinaus einmal mehr bestätigt, dass unser Kuss Schnee von gestern ist. Ansonsten wäre mir dieses Thema garantiert unangenehmer.

Um Lias Frage zu beantworten, muss ich jedoch erst mal meinen Chat mit Justus auf meinem Smartphone überprüfen. »Ja, er ist gut in Budapest angekommen.«

»Hätte er mir auch mal schreiben können. Na ja, ich will Drew nicht länger warten lassen.«

Während sich Lia in ihr Zimmer zurückzieht, schlendere ich gedankenverloren in die Küche. Ich setze Wasser auf, sehe dem Tee beim Ziehen zu und lasse die vergangenen Stunden noch mal Revue passieren. Dafür, dass ich nun Unterstützung bei meinem Pflanzprojekt für Samantha bekomme, verpasse ich mir erneut einen gedanklichen Schulterklopfer. Die Unterhaltung mit Vincent war jedoch ganz schön viel.

An die Küchenzeile gelehnt, verirre ich mich wie von selbst in meine WhatsApp-Kontaktliste, wo ich nach seinem Profil suche. Leider finde ich dort kein Foto von ihm, sondern nur das Bild irgendeiner Zimmerpflanze. Schade.

Ich lege das Handy weg und puste in meine Tasse, damit der Tee schneller abkühlt. Ob ich mir etwas mit ihm vorstellen könnte, wenn das letzte Mal, als ich mich für einen Jungen interessiert habe, nicht in einer Katastrophe geendet hätte? Oder hat mein Widerstreben auch etwas damit zu tun, dass Vincent trans* ist? Dass die Chemie zwischen uns stimmt, kann ich nicht abstreiten. Er ist unglaublich niedlich rot geworden, als ich ihn mit seiner plötzlichen Plauderlaune in Sachen »nächste Schritte« aufgezogen habe, und er war ganz begeistert von meiner Guerilla-Gardening-Idee. Nein, ich habe kein Problem damit, ihn als Mann zu sehen, obwohl er vor Kurzem noch ausschließlich als Frau gelebt hat. Wieso also sollte ich ihn nicht attraktiv finden? Eben.

Ich nehme einen vorsichtigen ersten Schluck von meinem Tee. Ingwergeschmack breitet sich in meinem Mund aus. Man kann sich ja auch anders behelfen als mit einem Penis, denke ich, verschlucke mich und muss husten. Verdammt. Wie komme ich denn jetzt darauf? Weil wir vorhin so offen über alles geredet haben? Anscheinend hat mich unsere Unterhaltung dazu gebracht, einige Dinge aus einer neuen Perspektive zu betrachten.

KAPITEL 13
VINCENT

Mittlerweile ist es dunkel und fast zwanzig Uhr. Noch während ich zur Bahnstation hetze, rufe ich Gwen an, die bereits mehrmals versucht hat, mich zu erreichen, und irgendwann ein paar Nachrichten hinterhergeschickt hat – die ziemlich knapp ausfielen, weshalb ich ihre Stimmung nicht deuten kann. Seit ich von Tracey im Blumenladen überfallen wurde, habe ich nicht mehr daran gedacht, dass wir zu einem Filmabend verabredet waren. Ich hatte mein Handy kein einziges Mal in die Hand genommen und wie üblich für die Uni und die Arbeit den Ton ausgeschaltet.

Ich werde zur Mailbox weitergeleitet.

Ist Gwen sauer? Ramona hat sich im Gruppenchat noch gar nicht gemeldet, aber wahrscheinlich hat Gwen sie angerufen oder ihr gesondert geschrieben wie mir.

In der U-Bahn suche ich mir einen Sitzplatz am Fenster, tippe verschiedene Varianten einer möglichen Antwort und entscheide mich schließlich für diese Nachricht: *Musste heute Überstunden machen, hatte keine ruhige Minute, Irene ist ausgefallen. Bin aber in circa fünfzehn Minuten zu Hause. Wenn ihr noch Lust habt, könnt ihr vorbeikommen!*

»Ihr Ticket, bitte.«

Genervt, in eine Kontrolle zu geraten, was gefühlt nur alle paar Jahre passiert, reiche ich der Bahnbegleiterin wortlos, und ohne mich ihr richtig zuzuwenden, meine Student-Oyster-Photocard.

»Sind Sie das?«, fragt sie nach eingehender Begutachtung.

»Ja«, bestätige ich irritiert, bis mir aufgeht, dass die Frau das Foto auf dem Ticket mit meinem gegenwärtigen Aussehen abgleicht. Seufzend ziehe ich mir die Mütze vom Kopf und ordne die Haare behelfsmäßig mit den Fingern. »Wollen Sie noch meinen Ausweis sehen?«

»Entschuldigen Sie, Miss.«

Ich kleistere mir ein Lächeln ins Gesicht, weil ich schlicht zu geschafft bin, um mich nach diesem Tag auch noch darüber aufzuregen, wie falsch sich das schon wieder anfühlt. Im nächsten Augenblick, als die Tube Mile End erreicht, fällt mir jedoch ein, dass ich zum krönenden Abschluss noch meiner Familie unter die Augen treten muss. In diesem Aufzug.

Scheiße, scheiße, scheiße!

Mein Magen fährt Achterbahn.

Wo ist der Trotz hin, der mich heute Mittag noch angetrieben hat? Ich streife das Hemd ab und umklammere es mit beiden Händen. Aber das allein wird nicht reichen. Anders als Agatha lassen meine Eltern keine Gelegenheit aus, mich zu bewerten, mal subtiler, mal ohne ein Blatt vor den Mund zu nehmen. Das will und kann ich mir heute nicht auch noch geben. Nachdem ich die Station verlassen habe, gehe ich deshalb in einer Seitenstraße hinter einem Auto in Deckung. Ich ziehe meine Jeans bis zur Taille hoch und stecke das T-Shirt hinein. Dann schlage ich die Beine zwei Mal um und komme wieder hervor. So sollte es funktionieren. Eigentlich sogar echt stylish!

Gott, wenn ich es nicht besser wüsste, würde ich mich auch für einen Lügner halten.

Zu guter Letzt passe ich noch meinen Gang an, denn ich kann schon die Lichter meines Elternhauses in der Dunkelheit erkennen. Würden wir uns jetzt auf der Straße begegnen, würde Tracey wahrscheinlich erneut einfach an mir vorbeigehen, ohne mich zu erkennen.

Dieses Hin und Her muss schnell ein Ende finden. Am liebsten würde ich ihr sofort schreiben, um an den Stunden mit ihr festzuhalten – an der Person, die ich während dieser Zeit sein konnte.

Da taucht eine Nachricht von Ramona auf: *Dann bis gleich!* Und Victoria übernimmt.

KAPITEL 14
TRACEY

Bis Sonntagabend hat sich Vincent nur sehr sporadisch und oberflächlich bei mir gemeldet. Also beschließe ich, die Sache selbst in die
Hand zu nehmen und erneut etwas tiefer zu graben. Ausgerechnet
ich, die Königin des Small Talks. Aber irgendwie reicht es mir nicht
mehr, ständig nur über Belanglosigkeiten zu reden, und zu ernst darf
man sich selbst auch nicht nehmen.

Wie sieht's aus? Hast du die nächste Woche irgendwann Zeit?, schreibe
ich ihm, in der Hoffnung, dass er online ist und ein Gespräch zustande
kommt. Alle paar Sekunden checke ich, ob er meine Nachricht gelesen hat, während ich nebenbei ziellos auf Instagram herumscrolle
und mir die neuesten Posts einiger Mode- und Lifestyle-Blogger ansehe. Aber entweder ist Vincent schon im Bett oder noch mit seiner
Familie zusammen. Ja, es ist Ostern. Ich finde trotzdem, dass ein
kurzes Status-Update drin sein könnte, zumal ich heute noch nichts
von ihm gehört habe. Außerdem muss es vorangehen, bevor ich für

Samanthas Projekt den Mut verliere. Oder sind Vincent und ich uns am Donnerstag zu schnell zu nah gekommen, dass es ihm jetzt irgendwie peinlich ist, mit mir zu reden?

Na gut, wahrscheinlich bin ich nur etwas mies drauf, weil mich die Feiertage an bessere Zeiten erinnern und mir gleichzeitig vor Augen führen, wie zerrüttet inzwischen alles ist. Ich bin nicht religiös, trotzdem war das Osterfest seit meiner Kindheit immer etwas Besonderes für mich. Samantha und ihre Mutter, die unsere Haushälterin war, haben bei uns gewohnt, und wir haben das Haus immer gemeinsam nach Ostereiern und Süßigkeiten abgesucht. Sammy war für mich wie die Schwester, die ich nie hatte. So ist das wohl, wenn man zusammen groß wird. Mrs Meriwether hatte die Eier sogar Jahr für Jahr mit niedlichen Doodles für mich und ihre Tochter bemalt – Littlest-Pet-Shop-Tiere, Monster-High-Puppen oder Schlümpfe –, was wir gerade toll fanden. Das gehört zwar schon länger der Vergangenheit an, aber es wäre trotzdem schön, wenn Samantha und ich gemeinsam daran zurückdenken könnten. Sie fehlt mir mehr, als ich auszudrücken vermag.

Gegen dreiundzwanzig Uhr fahre ich schließlich meinen Laptop hoch, um mit meinen Eltern zu skypen.

»Baby!«, begrüßt mich Mom, nachdem sich die Verbindung aufgebaut hat.

Der Kloß in meinem Hals schwillt an, als ich ihr lächelndes Gesicht vor der heimischen Tapete im Hintergrund sehe und dann auch noch Dad dazukommt.

»Hallo«, erwidere ich nur halb so fröhlich.

»Alles gut bei dir?«

»Sammy fehlt mir«, flüstere ich.

Immerhin das kann ich meinen Eltern sagen. Wir standen uns schon immer nah, obwohl sie viel gearbeitet haben und selten Zeit hatten. Im Grunde verdienen sie mehr als die geschönte Version der Realität, die ich auch Lia und Justus aufgetischt habe. Doch gerade weil sie mir so viel bedeuten, werde ich mich wohl nie dazu überwinden, ihnen allen die Wahrheit über den Unfallhergang zu sagen, der zu Samanthas Tod geführt hat. Die Erfahrung, was die Wahrheit anrichten kann, ist einfach zu schmerzhaft gewesen. Nachdem Charlie unser Geheimnis in betrunkenem Zustand herausgerutscht war, stempelten mich meine sogenannten Freunde als »kranke Schlampe« ab, die sich an den Schwarm ihrer besten Freundin rangemacht hatte und sogar über Leichen gegangen war, um mit ihm zusammen zu sein. Niemand wollte mehr etwas mit mir zu tun haben, und niemand hat sich dafür interessiert, dass Charlie und ich de facto nie ein Paar gewesen sind. Das darf nicht noch einmal passieren.

»Oh, Süße.« Dad blinzelt mich mitfühlend an.

Ich schiebe die Erinnerungen, so gut es geht, beiseite. »Aber lasst uns über etwas anderes sprechen, okay?«

»Wie steht es denn um dein Vorfreudelevel?«, schwenkt Mom sofort um und meint damit zweifellos meinen Geburtstag am fünfundzwanzigsten April, obwohl der Monat gerade erst angefangen hat. Dennoch wird mir gleich etwas leichter ums Herz.

»Ich kann es nicht erwarten, euch London zu zeigen!«

Und ich freue mich natürlich, die beiden wiederzusehen. Sie werden drei Tage hier verbringen, um dann zu einem Ärztekongress in Deutschland weiterzureisen.

»Ich bin auch total gespannt«, erwidert meine Mutter. »Wann waren wir überhaupt das letzte Mal in Europa?«

Mein Vater denkt kurz darüber nach. »Puh, das dürfte schon über fünf Jahre her sein … in den Niederlanden. Ein Kongress in Amsterdam.«

»Wieso habt ihr mich nicht mitgenommen?«, witzele ich, obwohl ich das wirklich etwas schade finde.

Mom lacht. »Weil du Schule hattest, Dummkopf«, ruft sie mir liebevoll ins Gedächtnis.

Und so geht unser Gespräch weiter. Irgendwann – wie auch immer wir dort gelandet sind – präsentiere ich noch stolz die weißen Peeptoes, die ich vor Kurzem bei einem Schlussverkauf in einer Nebenstraße der Oxford Street ergattert habe. Meine Mutter ist entzückt.

Eine Stunde später verabschieden wir uns schließlich.

»Wir lieben dich und sehen uns schon ganz bald wieder!«, sagt Mom, und Dad winkt noch einmal in die Kamera, bevor ich den Anruf beende und erst einmal tief durchatme.

Weil Vincent sich immer noch nicht gemeldet hat und mir nichts Besseres einfällt, hole ich mir zur weiteren Aufmunterung ein Stück Rüblitorte aus dem Kühlschrank, die Penelope und ich nach Schweizer Vorbild am Vormittag gebacken und mit Marzipanmöhren verziert haben. Ich war froh, sie hier zu haben. Genau wie Ina – die allerdings aus Australien kommt und gerade an einer Hausarbeit schreibt – war sie mangels finanzieller Mittel in London geblieben. Lia wurde dagegen von ihrer Mutter zu einem richtigen Festessen eingeladen und übernachtet heute im Cottage der Familie in Greenwich.

Ich nehme den Kuchenteller mit in mein Zimmer und kann dem Drang nicht widerstehen, erneut auf mein Handy zu schauen. Vincent hat nach wie vor nicht auf meine Nachricht reagiert.

Als ich endlich im Bett liege, die Decke bis zum Kinn hochgezogen, schreibe ich noch eine Weile mit Justus. Budapest ist wirklich hübsch, muss ich ihm zustimmen, nachdem ich ein paar Fotos gesehen habe. Außerdem hat er wohl eine alte Astrologie-Zeitschrift in einem Antiquitätenladen erstanden, über die er so happy ist, dass er mir einige Passagen abfotografiert und eine kurze Sprachnachricht aufnimmt, die mit den Worten endet: »Weißt du, wie selten diese Ausgaben sind? Und dann dieser Preis!«

Ich schicke mehrere erhobene Daumen.

Seine nächste Textnachricht kommt erst zwei Minuten später: *Noch schöner wäre es nur, wenn du dabei sein könntest.*

Unvermittelt bricht mir der kalte Schweiß aus. War es zu früh für die Entwarnung nach dem Zwischenfall auf der *Spring Awakening Party*? Oder übertreibe ich und sehe schon Gespenster, wo gar keine sind?

Ich ignoriere das Herzklopfen in meiner Brust und antworte: *Es ist dir auf jeden Fall gelungen, mich neugierig auf die Stadt zu machen.*

Justus sendet einen strahlenden Smiley.

Du fehlst mir, fügt er hinzu.

Verdammt!

Ich lege das Handy kurz weg.

Wenn ich so darüber nachdenke, kommt mir unsere Umarmung zum Abschied am Flughafen rückblickend ziemlich lang vor. Und innig. Womöglich ist doch noch nicht alles wie immer und diese langsame Wiederannäherung per Chat nach unserer Aussprache genau das Richtige. Allerdings dürfte Justus dann nicht solche Sachen schreiben. Ich meine, er fehlt mir auch. Aber nicht so, wie er die Worte womöglich meint.

Ich beschließe, nicht weiter darauf einzugehen, und frage ihn stattdessen, was die Margareteninsel, die er zuvor erwähnt hat, so spannend macht, und was sonst in den nächsten Tagen so ansteht.

Daraufhin erzählt er munter weiter, als wäre nichts gewesen. Irgendwann muss ich Justus sogar stoppen, weil mir langsam fast die Augen zufallen.

Als ich eigentlich schon das Licht ausschalten will und nur noch einmal meinen Wecker kontrolliere, um die morgendliche Joggingrunde mit Penelope nicht zu verschlafen, habe ich endlich eine Antwort von Vincent. Tatsächlich!

Hey, tut mir leid, dass ich mich jetzt erst wieder melde. Ich habe das mit dem Switchen zwischen Victoria und Vincent noch nicht ganz raus. Bin zumindest froh, dass ich den Tag heute überstanden habe. Drück mir die Daumen für die Feier morgen — dann auch noch mit meiner kompletten Verwandtschaft. Verlegenes Affen-Emoji. *Keine Ahnung, wieso, aber meine Familie steht total auf Trubel … je mehr, desto besser. Aber das interessiert dich wahrscheinlich gar nicht. Also wegen unseres Treffens: Wie wäre es mit Dienstag?*

Meine Frustration legt sich augenblicklich. Das heißt, mein Projekt für Sammy wird demnächst starten. Vor Freude bin ich plötzlich ganz aufgeregt und wieder hellwach.

Dienstag klingt super!

Um nicht zu neugierig zu wirken, behalte ich für mich, dass Vincent sich irrt. Es interessiert mich sehr wohl, was bei ihm los ist, und ich versuche, mir seinen Tag auszumalen. Dass es furchtbar für ihn ist, sich immer noch als Mädchen auszugeben, obwohl er sich seiner Identität nun sicher ist, glaube ich ihm sofort. Und wie ist Victoria überhaupt? Mir fällt es jedenfalls schwer, diesen Namen mit ihm in

Verbindung zu bringen. Dabei ist es nur ein Name. Wie wäre es für mich, wenn eine gute Freundin mir auf einmal offenbaren würde, dass sie gar keine Frau, sondern ein Mann ist? Mit den Anzeichen für Außenstehende ist das ja anscheinend auch so eine Sache.

Und nicht nur darüber habe ich seit Donnerstag noch einmal nachgedacht. Warum habe ich zum Beispiel die Bezeichnung *cisgender* noch nie gehört, obwohl sich damit meine Geschlechtsidentität beschreiben ließe, ohne trans* Menschen herabzuwürdigen, wie es andere, gängigere Aussagen oft tun? *Ich bin eine ganz normale Frau* impliziert immerhin, eine trans* Frau sei im Gegensatz zu mir nicht normal.

Wie ist denn dein Ostern?, werde ich aus meinen Grübeleien gerissen.

Ich schicke Vincent ein Foto von Penelopes und meinem Kuchen und biete ihm an, ein Stück für ihn aufzuheben.

Verlockend!, freut er sich. *Noch besser wären nur Blaubeermuffins.*

Ist vermerkt! Um ihn ein wenig zu ermuntern, ebenfalls mehr ins Detail zu gehen – abgesehen von seinen Essensvorlieben –, füge ich hinzu: *Ansonsten habe ich vorhin mit meinen Eltern in NYC geskypt. Das war echt schön.*

Ach, cool! Du machst ja hier ein Auslandsjahr, richtig?

Positiv überrascht nehme ich zur Kenntnis, dass Vincent sich das aus den Infos erschlossen haben muss, die ich ihm bisher über mich gegeben habe.

Genau, bestätige ich. *Wobei ich aktuell überlege, länger als ursprünglich geplant in London zu bleiben.*

Jetzt bin ich endgültig erstaunt über *mich* und *meine* Offenheit. Ich spreche eigentlich nur ungern über meine Heimat, und diese Pläne im Besonderen habe ich so konkret bisher nur mit Justus geteilt. Ich horche in mich hinein. Ich will nach wie vor noch nicht nach Hause, auch wenn ich inzwischen bereit bin, die Erinnerungen an Samantha zuzulassen, die dort hinter jeder Ecke lauern. Ich könnte ein Urlaubssemester einlegen und mir hier in London einen Job suchen, etwas Praxiserfahrung sammeln ...

Gefällt dir London so gut?, hakt Vincent nach.

Ja, und die Leute hier sind einfach ... ich zögere *... netter.*

Was zieht mich denn zurück in die USA außer meine Eltern? Ich beiße mir auf die Unterlippe.

Vincent, der selbstverständlich nichts davon ahnt, erwidert: *Das ist nur die so oft erwähnte Höflichkeit der Engländer. :D*

Dankbar nehme ich diesen Faden auf. *Schon möglich.*

Einen Moment herrscht »Schweigen«.

Dann fängt er an zu schreiben. Er schreibt ... und schreibt ... doch schließlich kommt nur ein: *Ich glaube, ich hab was Dummes gemacht.*

WAS??? Mein Magen zieht sich sofort zusammen, und die letzten Gedanken an N Y C verflüchtigen sich. Ich warte nervös, was er mir als Nächstes erzählen wird. Meine Taktik, ihn aus der Reserve zu locken, indem ich diesmal zuerst mehr über mich preisgebe, scheint aufzugehen.

Ich dachte, es wäre eine gute Idee, erst mal auszuloten, wie meine Freundinnen überhaupt zu dem Thema stehen.

Ich muss nicht fragen, welches Thema er meint. Ziemlich selbsterklärend. Nur verstehe ich nicht, wieso er jetzt erst damit herausrückt. Das Treffen, von dem ich weiß, ist schon etwas her.

Okay ... Klingt sinnvoll.

Vincent tippt weiter. *Wir hatten ja diesen Filmabend bzw ist es dann eher eine Nacht geworden, weil wir erst spät angefangen haben. Jeder durfte einen Film aussuchen und, na ja … Kennst du* The Danish Girl? *Den habe ich gewählt.*

Ich überlege. *Nur vom Titel.*

Eine Filmbiografie über eine transidente Malerin, klärt Vincent mich auf. *Spielt in den 1920er-Jahren in Kopenhagen.*

Ich verstehe!

Ich schließe den Chat, um parallel den Film zu googeln, und beginne damit, eine Zusammenfassung zu lesen, bis mich Vincents nächste Nachricht erreicht: *Vielleicht hätte ich ihn erst alleine gucken sollen. Ich hatte ihn schon länger auf der Watchlist, weil ich allgemein ein Faible für Spielfilme habe, die eine historische Epoche oder wahre Begebenheiten aufgreifen. Mir ist klar, dass das hundert Jahre her ist und sich seitdem viel getan hat, aber HOLY SHIT. Und dann ist meine Schwester noch dazugekommen.*

Meine Finger schweben kurz über dem Display, dann hake ich nach: *Und was haben deine Freundinnen und deine Schwester gesagt?*

Ich starre auf das Display, während ich auf Vincents Antwort warte.

Sie waren gebannt und durchaus betroffen. Aber Gwen und Ramona haben bis zum Schluss von ihr als Er geredet und Elle ist seitdem irgendwie … anders zu mir. Einerseits wollte ich sogar etwas andeuten, andererseits …

Glaubst du echt, sie ahnt etwas?, frage ich. Ich denke nicht, dass ich auf dieser Grundlage darauf kommen würde.

Ich bin noch nie schlau aus meiner Schwester geworden. Das basiert wahrscheinlich auf Gegenseitigkeit. Tränen lachender Smiley. *Ich weiß nur, dass ich so nicht mehr weitermachen kann.*

Mir sinkt das Herz. Dass er sich mir gegenüber erneut so verletzlich zeigt, macht deutlich, dass er sonst niemanden hat, mit dem er offen reden kann. Fieberhaft zerbreche ich mir den Kopf, was ich darauf am besten antworten kann.

Er geht offline.

Eine Gänsehaut überzieht meine Arme.

Vincent? Bist du noch da?

Ja.

Ich atme unmerklich auf. *Du musst nicht so weitermachen. Die Dinge werden sich ändern.*

Ich warte mehrere Minuten. Nichts. Schließlich tippe ich: *Am besten kleiden wir dich am Dienstag direkt schon mal neu ein. Das stand doch auf deiner Liste mit den nächsten Schritten?*

Ich kann sein Seufzen förmlich hören. *Danke, Tracey, wirklich.*

Ist das ein Ja zum Shoppen? Ohne angeben zu wollen, ich bin wirklich gut darin. :P

Okay, dann will ich dir mal glauben. Nachdem ich beim Friseur war, in Ordnung?

Gebongt!

Und dann kannst du mir auch noch mehr von Samantha erzählen. Ich sollte sie ein wenig kennenlernen, damit wir die Pflanzaktionen so individuell wie möglich gestalten können.

Es war eine gute Entscheidung, ihn um Rat zu fragen, da bin ich mir nun ganz sicher.

So machen wir's, stimme ich zu.

Schlaf gut. :)

Du auch! Und halte durch.

Ein dämliches Grinsen breitet sich in meinem Gesicht aus. Übermorgen werden wir uns wiedersehen! Wie sehr ich mich darüber freue, ist beinahe albern – und eine Entwicklung, die ich besser im Auge behalten sollte.

KAPITEL 15
VINCENT

Seit über zehn Minuten stehe ich vor diesem Friseursalon in Stratford City, im London Borough of Newham. Tracey hat das Westfield Shopping Centre als eines der größten in Europa zu *der* Anlaufstelle für unseren Einkaufstrip auserkoren, und ich wollte ursprünglich Weg und Zeit sparen, also habe ich mir einen Friseur in der Nähe ausgesucht. Nur dass ich diese Zeit jetzt vertrödele, denn obwohl ich endlich meine langen Haare loswerden will – und sie natürlich wieder nachwachsen –, hat dieser Schritt etwas Endgültigeres an sich als ein paar neue Klamotten. Eine neue Frisur kann ich nicht einfach wieder ablegen, und insbesondere ein derart radikaler Schnitt, wie ich ihn plane – im wörtlichen wie im übertragenen Sinne –, wird bei anderen höchstwahrscheinlich Unverständnis auslösen.

Aber ganz im Ernst, schlimmer als das diesjährige Osterfest kann es nicht werden.

Nachdem wir den Sonntag im engsten Familienkreis verbracht

haben, folgte am Montag das komplette Aufgebot sämtlicher Onkel, Tanten, Cousins und Cousinen. Elle und ich hatten schon vor Wochen beschlossen, eine Art Partnerlook zu tragen, weshalb ich kein Spielverderber sein wollte und ein letztes Mal in Push-up-BH und Spitze gekleidet wie eine Elfe durch unseren Garten flaniert bin (wegen der Absätze jedoch nicht abseits des Weges). Zumindest redete ich mir ein, dass es das letzte Mal sein würde.

Irgendwann hörte ich auf zu zählen, wie oft man mich für das Beziehungsaus mit Hunter bedauerte und im selben Atemzug scherzte, dass meine Schwester ja zumindest wisse, wie man einen Mann halte. Angetrunkenes Gekicher. Außerdem gab es Klatsch und Tratsch bis zum Umfallen – was mir wohl auch bei kommenden Familienfeiern nicht erspart bleiben wird, wenn ich dann nicht sowieso *das* Gesprächsthema sein werde.

Gut, dann soll es eben so sein. Mit neu entfachter Entschlossenheit löse ich die Fäuste und drücke die mit Angeboten beklebte Tür des Friseursalons auf. Ich habe es satt, mich nach den Erwartungen anderer zu richten. Außerdem muss Tracey womöglich auf mich warten, wenn ich noch länger zögere. Und das will ich nicht. Die Tage und Stunden bis zu unserem Wiedersehen haben sich sowieso viel zu lange hingezogen. Ich hätte ihr gern häufiger geschrieben, hatte mich jedoch zurückgehalten und war auf Belanglosigkeiten ausgewichen, um sie nicht doch noch mit meinen Problemen zu vergraulen. Abgesehen davon hätte eine zu intensive Auseinandersetzung mit dem Widerstreben in mir es mir noch schwerer gemacht, vorerst weiter Victorias Rolle auszufüllen.

»Hi!«, begrüßt mich die junge Frau am Empfang. »Ich bin Rachel.«

Außer mir sind zwei weitere Kunden im Laden. Ein junger Mann lässt sich die Haare färben, eine Frau bekommt anscheinend gerade einen Pony verpasst. Wie schon von außen macht die Einrichtung einen modernen, wenig konservativen Eindruck, was hoffentlich ein gutes Zeichen ist.

»Was kann ich für dich tun?«

»Hey.« Da es mir seltsam vorkommt, mich in dieser Situation als Vincent vorzustellen, verzichte ich ganz darauf, einen Namen zu nennen. Ohne lange herumzudrucksen, zeige ich auf eines der Werbebilder an der Wand, auf dem ein Typ für einen Short Back and Sides Cut posiert, der genau meiner Vorstellung entspricht. Nachdem ich eine Weile auf Pinterest herumgestöbert habe, war mir schnell klar, was mir gefällt. »So hätte ich es gern.«

Einen Augenblick lang wirkt Rachel irritiert. Dabei trage ich abgesehen von der Kapuze, die ich wenige Minuten vor meiner Ankunft abgesetzt habe, das volle Aufgebot an Männlichkeit zur Schau, das mir gegenwärtig möglich ist. Selbst der Binder, unter dem ich nun endlich meine Brust verbergen kann, war am Samstag mit der Post gekommen. Und heute Morgen hatte ich zum ersten Mal beschlossen, mich in die topähnliche hautenge Konstruktion zu quetschen. Auch meine Mutter hatte bei meinem Aufbruch einen ersten Eindruck von der Typveränderung ihrer Tochter bekommen. Jedenfalls hatte sie meinen Anblick vermutlich so interpretiert. »Victoria?!«, hatte sie mir ungläubig aus der Küche hinterhergerufen, was mir nach der unverblümten Reaktion der Friseurin nun wieder in den Ohren hallt.

Ich fange mich und widerstehe dem Drang, direkt den Rückzug anzutreten. »Ist das möglich?«

»Ja, ja, selbstverständlich!«, versichert mir Rachel daraufhin, und die Spannung lässt minimal nach.

Sie bringt mich zu einem freien Platz, ich setze mich hin und lehne mich zurück, wobei ich versuche, einen Blick in den Spiegel vor mir zu vermeiden. Klappt mäßig. Ich werde zusehends unruhiger. Erst vor wenigen Stunden habe ich mein Zimmer von sämtlichen Fotos an der Wand befreit, auf denen Victoria einen Auftritt hatte. Ich konnte sie einfach nicht mehr sehen, ohne von einer Welle aus Abneigung und Scham überrollt zu werden.

Rachel legt mir einen Kittel um und fährt ein paarmal durch die langen Strähnen, die mir offen auf die Schultern fallen. »Weißt du, es gibt auch coole Kurzhaarschnitte für Damen. Es soll ja schließlich nicht zu maskulin wirken.«

Hilfe?

Dass es *so* kompliziert werden würde, hätte ich nicht für möglich gehalten. Ich befehle meinem Bein, mit dem Wippen aufzuhören. Ich verstehe, dass sie mich richtig beraten und sichergehen möchte, ob ich mir das auch gut überlegt habe, um hinterher nichts zu bereuen. Aber kann es so schwer sein, einen simplen Haarschnitt zu bekommen? Ich sollte es vielleicht doch woanders probieren ...

Nein, ich schaffe das!

»Darum geht es«, widerspreche ich Rachel über das Herzklopfen in meinen Ohren hinweg. »Ich bin kei...« Ich beiße mir auf die Zunge. »Kannst du eventuell so tun, als wäre ich ein Mann?«

Habe ich das tatsächlich gesagt? Hat es jemand gehört? Auf jeden Fall scheint meine Bitte Rachels Vorstellungsvermögen einiges abzuverlangen.

Doch dann lenkt sie ein und sagt gedehnt: »Okay ...«

Nun gut.

Als Nächstes bindet sie meine Haare zu einem Zopf zusammen, den sie nach einem letzten prüfenden Blick in mein Gesicht mit einem einzigen Scherenschnitt abschneidet. Ich atme auf, während Rachel damit fortfährt, alles erst einmal grob auf eine Länge zurecht-zustutzen. Zwischendurch fragt sie nach, ob ich mir wirklich sicher bin, ob wirklich noch mehr ab soll. Hin und wieder gibt sie be-dauernde Laute von sich, wenn das nächste Haarbüschel auf dem Boden landet. Schließlich steckt sie die obere, nach wie vor etwas längere Partie geschickt fest.

»Ich werde jetzt den Rasierer verwenden?«, sagt sie, was eher nach einer Frage klingt.

Ich nicke, und der Apparat beginnt zu surren. Vierzig Minuten später bin ich um eine Last ärmer. Und nur das zählt.

»Das wär's. Was meinst du?«

Ich öffne die Augen, die ich irgendwann geschlossen habe. Das Bild, das sich mir bietet, ist fremd und vertraut zugleich. Nicht übel. Ich wende den Kopf hin und her. Nein, ganz und gar nicht übel! Ich werde immer aufgeregter. So hätte es schon lange sein sollen. Ehr-fürchtig fahre ich mir über die rasierten Seiten. Ich liebe es, und das sieht man mir an. Worte sind unnötig.

»Möchtest du noch Gel?«

Ich nicke, zu bewegt, um meiner Stimme zu trauen.

Rachel verteilt die Paste in meinen nun kurzen Haaren. »Ich gebe zu, ich hatte meine Zweifel«, räumt sie ein. »Obwohl es komplett anders ist als vorher, steht es dir gut. Ich mochte den Kontrast zwi-schen deiner lässigen Kleidung und der femininen Frisur, aber der Gesamteindruck ist jetzt voll stimmig.«

Wärme erfüllt mich bei dieser Bestätigung, auch wenn sie das wahrscheinlich nur behauptet, damit ich nicht doch noch einen hysterischen Anfall kriege und sie verklage. Wie auch immer, das ist mir im Moment egal. Es bräuchte viel mehr, um mein aktuelles Hochgefühl zu trüben.

Ich bedanke mich, bezahle und blicke nicht zurück, nachdem ich den Friseur verlassen habe. Ohne auf die Passanten zu achten, mache ich sogar einen Luftsprung und rufe laut: »YES!«

Ich hab's getan.

Diesen Satz sage ich noch mehrmals in Gedanken, während ich mich zum verabredeten Treffpunkt vor dem Haupteingang der Mall begebe. Eventuell könnte Tracey mit dem, was sie mir Sonntagabend geschrieben hat, recht behalten: Die Dinge werden sich ändern, und dann wird alles besser. Ich kann es kaum erwarten, ihr das mitzuteilen. Zum ersten Mal empfinde ich so etwas wie Gewissheit, dass mein Leben irgendwo hinführen wird. Ich habe den richtigen Weg eingeschlagen. Besser spät als nie, oder wie es schon die Beatles in *Here Comes the Sun* besungen haben: Es war ein verdammt langer und kalter Winter, doch nun bricht der Frühling an.

KAPITEL 16
TRACEY

Ich stehe vor der Glasfront des gigantischen Gebäudekomplexes und halte zwischen all den shoppingwütigen Menschen nach Vincent Ausschau. Wobei die zahlreichen Schüler und Studenten in ihren Ferien wahrscheinlich maßgeblich dazu beitragen, dass es so voll ist. Und vor Touristen wimmelt es in London sowieso ständig, das bin ich auch aus NYC gewohnt. Nach der morgendlichen Laufeinheit, heute mal ohne Penelope, war ich nur kurz duschen und bin dann gleich aufgebrochen, weshalb ich etwas zu früh dran bin und langsam immer hibbeliger werde. In kurzen Abständen checke ich das Handy, um auszuschließen, dass ich meine Verabredung in dem Gedränge übersehe.

Bin da, informiere ich Vincent schließlich, um meinem verrücktspielenden Fluchtinstinkt einen Riegel vorzuschieben. Jetzt kann ich nicht mehr kneifen, indem ich in letzter Sekunde in der Masse untertauche und später flunkere, ich sei krank geworden, oder mir irgendeine andere lahme Entschuldigung ausdenke. Was bedeutet, ich werde heute mit Vincent über Samantha sprechen müssen – und zwar viel ausführlicher als neulich und damit sehr viel mehr als in den letzten Monaten mit irgendjemandem. Aber es gibt keinen anderen Weg, wenn ich will, dass bei unseren Pflanzaktionen etwas von Bedeutung entsteht. Das funktioniert nur, indem ich ihm einen ausreichenden Eindruck von ihr und unserer Freundschaft vermittele.

Mein Smartphone meldet den Eingang einer Nachricht: *Ich jetzt auch!*

Ich hebe das Kinn und drehe mich halb um. Als ich das Winken registriere, entdecke ich ihn auf der Stelle. Nachdem ein paar kichernde Teenager mit ihren Milchshakes vorbeigezogen sind, eilt Vincent die letzten Meter auf mich zu.

Irgendetwas an ihm ist grundlegend anders – und das liegt nicht an der fehlenden Mütze. Seine stylish frisierten Haare in diesem Aschblond sind heller, als ich es vermutet hätte, und die Frisur steht ihm richtig gut! Doch was mich noch viel magischer anzieht, sind die Energie und das Selbstbewusstsein, die von ihm ausgehen. Ein wie auf seine Gegenwart abgestimmter Sensor beginnt in mir zu summen.

Wie war das noch? Ich wollte doch meine Gefühle für ihn im Auge behalten. Leider kenne ich mich besser damit aus, derartige Signale gekonnt zu ignorieren, wie die Vorkommnisse mit Charlie und Justus hinreichend belegen.

Chill your base, Babe.

Man wird ja noch die Attraktivität seines Gegenübers genießen dürfen?

»Hey«, sage ich etwa eine Zehntelsekunde vor Vincent. Das letzte

Stück komme ich ihm entgegen, um ihn flüchtig zu umarmen. Ein Hauch seines Deos steigt mir in die Nase, dann ist die halbseitige Berührung, wie ich sie mit jedem Freund ausgetauscht hätte, schon wieder vorbei. Und doch versteift er sich urplötzlich, als wir uns voneinander lösen.

Oh. *Oh.*

Mir geht ein Licht auf. Ich habe nicht daran gedacht, dass körperliche Nähe für ihn unangenehm sein könnte, wollte nur das Eis brechen.

»Warte«, starte ich augenblicklich einen Rettungsversuch und springe wie zu einem ausgefeilten Begrüßungsritual in eine Art Bereitschaftspose. »Wir können auch was anderes probieren. Wie wär's mit einem Fist bump?« Ich strecke ihm die Faust hin, gegen die er mit seinen Fingerknöcheln stößt, sobald er die Verwirrung überwunden hat. Definitiv besser als Verlegenheit!

»Schau nicht so verwundert«, lege ich vorsichtshalber nach. »Ich bin Amerikanerin, wie du weißt!«

»Dann macht man das so in den USA? Fist bumping?« Obwohl Vincent auf meine Vorlage eingeht, ist seine Stirn noch gerunzelt, und er streicht sich über den Brustkorb, was meine Aufmerksamkeit erst dorthin lenkt. Wüsste ich es nicht besser, hätte ich niemals angenommen, dass er da etwas verstecken könnte. Ich habe auch nichts gespürt. Und wenn es so wäre, würde es einen Unterschied machen?

Heute trägt er einen roten Kapuzenpulli sowie eine schwarze Hose, und er hat einen Rucksack dabei, was ich selbstverständlich nur für mich vermerke. Das ist schließlich mein Part als Shoppingbegleitung.

»Ja, das macht man so«, erwidere ich in einem amüsierten Tonfall.

Ich merke, dass ich wie schon bei unserem Chat meine eigenen Hemmungen ein Stück weit hinter mir gelassen habe, um ihm ein besseres Gefühl zu geben. Ich mag es, dass Vincent mich dazu bringt, und hoffe, es hält weiter an. Schließlich wollte ich nie so verschlossen und verbittert werden, nur weil meine Vergangenheit wie ein rotes Tuch für mich ist.

»Ob sich das für ein Mädchen aus der New Yorker Oberschicht gehört«, fahre ich umso entschlossener fort, »sei mal dahingestellt. Wobei Obama den Fist bump ja salonfähig gemacht hat, und meine Eltern haben sowieso nie viel auf Konventionen gegeben. Sie sind ziemlich bodenständig geblieben. Manch einer könnte demnach behaupten, ich sei etwas verzogen.« Ich verdrehe die Augen, um zu verdeutlichen, was ich davon halte.

»Deine Eltern sind also ...?« Vincent blickt mich fragend und ein wenig verunsichert an. Wahrscheinlich möchte er so etwas wie »vermögend« sagen.

»Sie besitzen eine Zahnarztpraxis in Manhattan«, erkläre ich, wechsele aber gleich wieder das Thema. »Wie bist du denn mit deiner neuen Frisur zufrieden? Ich finde, es sieht mega aus! Von wie vielen Zentimetern hast du dich getrennt?«

Er zeigt mir mit der Hand die vorherige Länge. Wow. Das kann ich mir überhaupt nicht vorstellen.

»Du bist echt ein krasser Typ.«

Er wird rot. »Das hat noch nie jemand zu mir gesagt.«

»Dann wurde es Zeit. Wollen wir reingehen?«

»Ja, sicher.«

Wir betreten das Einkaufszentrum, und er gibt ein nachdenkliches Brummen von sich. »Aber eigentlich würde man das schon so machen, oder? Ich meine, die Umarmung. Als freundschaftliche Begrüßung zwischen Männern und Frauen.«

»Ich denke, der Schicklichkeit halber könntest du dich auch verbeugen. Erwarte nur nicht, dass ich knickse.«

Vincent versteht die Botschaft und schmunzelt.

Während der ersten Runde, die wir durch die Läden drehen, verschaffe ich mir zunächst einen Eindruck davon, in welche Stilrichtung Vincent in Zukunft gehen möchte. Die Sachen, die er bereits über das Internet bestellt hat, sind dabei eine gute Vorlage. Mit dem Budget, das er mir vorgibt, ist es zwar nicht so leicht, seinen kompletten Kleiderschrank neu zu befüllen, aber wenn ich den Fokus auf eine solide Grundausstattung für die wärmeren Monate lege, sollten wir hinkommen. Es ist mir eine Ehre und ein Vergnügen, mich dieser Herausforderung zu stellen und die Organisation zu übernehmen.

»O mein Gott, du gehst voll darin auf, nicht wahr?«, stöhnt Vincent allerdings schon nach dreißig Minuten, obwohl ich ihn noch nicht mal dazu aufgefordert habe, etwas anzuprobieren.

Nun, wahrscheinlich verrät mich das Leuchten in meinen Augen, während wir von Kleiderständer zu Kleiderständer tingeln und ich einen Bügel nach dem anderen hervorziehe, um mir die Kleidungsstücke genauer anzuschauen (nicht nur für ihn, ab und zu auch für mich).

Ich lege den grau melierten Hoodie mit dem roten Aufdruck, den ich eben erst begutachtet habe, zurück auf den Auslagetisch und hebe eine Augenbraue. »Es wäre hilfreich, wenn du dich nicht so sträuben würdest. Ich dachte, du wärst voll motiviert?«

»Das war, bevor mir klar wurde, wie viele Stunden das hier dauern wird. Ich bin generell kein Shoppingfan und wollte das eigentlich nur schnell abhaken ...«

Meine Verwunderung ist nicht gespielt. »Das funktioniert höchstens, wenn man etwas Bestimmtes sucht. Wobei ich auch dann nicht verstehe, wie man gezielt in *einen* Laden gehen, das benötigte Teil kaufen und einfach wieder rausgehen kann, ohne sich noch ein bisschen umzugucken.«

»Müssen wir wirklich so eine Wissenschaft daraus machen?«

»Ja!«

Und nicht nur dabei ziert er sich ein bisschen. Zuerst muss ich Vincent jedes Mal förmlich in die Männerabteilung zerren.

»Niemand wird dich schief angucken. Du wirkst weder wie ein Mädchen noch als wärst du trans*.« Zu spät checke ich meine ungünstige Wortwahl und werde rot. »Also nicht, dass das schlimm wäre. Natürlich nicht. Ich mag femininere Jungs. Mist, es wird nicht besser, oder?«

»Alles okay«, beschwichtigt er mich.

Irgendwie scheint ihn mein Fauxpas tatsächlich ermutigt zu haben, denn nun sendet er mir sogar ein paar Signale, was ihm gefällt oder nicht, und er probiert von sich aus auch das ein oder andere Teil an.

Noch mehr freue ich mich, als Vincent mir irgendwann durch den Vorhang einer Umkleidekabine mitteilt: »Ich hätte niemals geglaubt, dass ein Einkaufstrip nicht zwangsläufig zu einem halben Nervenzusammenbruch führt.«

Nachdem ich erlebt habe, wie er sich zu Beginn angestellt hat, wundert mich das nicht im Geringsten. Dabei besitzt er einen guten Blick für Farbschemata und Kompositionen. Das ist wahrscheinlich Teil des Floristikhandwerks.

»Darf ich fragen, wie du das vorher gemacht hast? Du warst doch sicher mal mit Freundinnen shoppen, oder?«

Er zieht den Vorhang auf und steht in einem dunkelgrünen Cordhemd und einer beigen Chinohose vor mir. »Na ja, meistens habe ich einfach nur das gekauft, was mir vorgeschlagen wurde, wenn möglich, ohne es vorher anzuprobieren. Mir war es lieber, die Beratung zu übernehmen. Mit der Zeit habe ich sogar recht wirkungsvolle Strategien für Kommentare entwickelt, obwohl mein Interesse hauptsächlich geheuchelt war.«

»Behaupte du noch mal, dass Shoppen keine Wissenschaft wäre!«

Er gibt ein unverständliches Murren von sich.

»Dank mir später für diesen bahnbrechenden Moment! Und kauf beides. Ich hole noch ein Teil für mich. In der Zeit kannst du dich wieder umziehen.«

Er wirkt sichtlich erleichtert, dass wir hier fertig sind und etwas für ihn gefunden haben.

Wenn er wüsste … Ich muss mir ein Grinsen verkneifen und kehre zu den hübschen gelben Blusen mit den floralen Stickereien zurück, die mir vorhin direkt ins Auge gefallen sind, als wir das Geschäft betreten haben. Ich werde ihn gleich nach seiner Meinung fragen, um seine erwähnte Beratungsstrategie zu testen. Ich würde gern wissen, wie ich mir das vorstellen muss. Es ist ewig her, dass ich jemanden so unbedingt kennenlernen wollte wie ihn. Meine Faszination für Charlie war deutlich oberflächlicher.

Als wir uns in der Schlange vor der Kasse wiedertreffen, halte ich mir die Bluse für einen ersten Eindruck samt Bügel vor den Körper. »Ja? Nein? Vielleicht?«

Vincents Augen nehmen untertassenförmige Dimensionen an. »Ist das ... bauchfrei?«

Das ist zwar nicht die Reaktion, die ich provozieren wollte, aber sie gefällt mir trotzdem ausgesprochen gut.

»Sieht so aus.«

»Ich fürchte, ich muss mir eine neue Taktik überlegen«, hüstelt er. »Die alte ist überholt.«

Das ist typisch Vincent. Ich bin ganz hingerissen.

»Was hättest du denn früher gesagt?«

Er wiegt den Kopf. »So was wie *Nimm es, du wirst darin so heiß aussehen!* Und dabei hätte ich vor Begeisterung gekreischt, versteht sich.«

Ich muss lachen. »Sehr authentisch!«

Das sind zwar Victorias Worte, aber mein Herz schlägt trotzdem schneller. Denn *sein* Blick verrät mir deutlich, dass sich in diesem Fall mehr als ein Körnchen Wahrheit hinter der angeblichen Phrase verbirgt.

Vincent zieht eine Grimasse. »Sonst hätte ich noch *Uh, sexy, süß* und *Sieht bestimmt toll aus* in petto. Was kann ich denn davon noch verwenden, ohne zu anzüglich zu klingen?«

Die Hitze, die so unerwartet in mir aufgelodert ist, ebbt wieder ab.

»Der letzte Kommentar geht doch. Ansonsten *Voll nice?*«, schlage ich vor und gelange zu dem Schluss, dass ich mir das Knistern zwischen uns womöglich nur eingebildet habe. Würde er sonst so gelassen wirken?

Ich überlege, was Justus wohl gesagt hätte, wobei er ein spezieller Typ ist, der sich nicht mal mit einem *Bezaubernd!* lächerlich machen würde. Darüber hinaus shoppt mein bester Freund genauso gern wie ich und erörtert mit Hingabe sämtliche Vorzüge oder die Untauglichkeit eines Kleidungsstücks, auch wenn unsere Geschmäcker grundverschieden sind.

Wir sind an der Reihe, und ich lasse Vincent beim Bezahlen den Vortritt.

»Und jetzt gibt's Mittagessen!«, sage ich, nachdem wir den Laden verlassen haben.

»Dass ich das noch erlebe. Was ist eigentlich aus dem Kuchen geworden, den du mir versprochen hattest?«

»Shit!« Ich schlage mir an die Stirn. »Das hab ich total vergessen.«

Vincent wirkt tatsächlich etwas enttäuscht. »Nicht so schlimm«, erwidert er.

»Dafür habe ich ein besonderes Plätzchen für unsere Lunchpause ausgesucht«, versichere ich ihm.

Obwohl ich garantiert den kürzesten Weg durch die verschlungenen Korridore der Mall ausgelotet habe, kommen wir halb verhungert im Foodcourt an. Wir suchen uns eine Bude aus, vor der keine Riesenschlange steht und wählen mit Käse überbackene Nachos. Mit unseren Papiertüten drängeln wir uns zwischen den Tischen hindurch zum nächsten Nebenausgang. Dann sind wir fast schon da.

Draußen verfliegt die geschäftige und beengte Atmosphäre sofort, und mir entgeht nicht, dass Vincent erleichtert durchatmet. Die Häuser, auf die wir nun zuhalten, bilden einen krassen Gegensatz zu der modernen Konstruktion des Shoppingcenters in unserem Rücken, denn sie wirken schlicht und traditionell.

Neben einem der Gebäude schlängelt sich nahezu verborgen eine lange schmale Steintreppe hinab. Ein Schleichweg, den ich mal mit Justus ausgekundschaftet habe und über den man schneller in das Wohngebiet gelangt, wo mein bester Freund sein Apartment hat. Die Hauswand ist mit Weinreben bewachsen und um das Geländer auf der anderen Seite winden sich zahlreiche lila Blüten.

Aufatmend lasse ich mich auf eine der Stufen am oberen Ende der Treppe fallen. Meine Füße sind trotz der bequemen Sneakers ganz schön im Eimer, auch wenn ich das Vincent gegenüber nicht erwähne. Er nimmt neben mir Platz, achtet dabei jedoch darauf, zufällig vorbeikommenden Passanten nicht den Weg zu versperren. Dadurch ist er mir plötzlich ziemlich nah, was mich ein wenig nervös macht, aber nicht auf eine unangenehme Art. Wärme erfüllt mich.

»Du hast nicht zu viel versprochen«, sagt er, kaum dass ich den Strohhalm in meiner Cola versenkt und einen ersten Schluck genommen habe. »Ein echter Geheimtipp.«

Ich lehne mich zurück und öffne die Papiertüte. »Ich wusste, dass dir das gefällt.«

Vincent packt seine Nachos ebenfalls aus und deutet dann vage zu den Blumen. »Und Samantha«, beginnt er vorsichtig. »Hätten ihr die Clematis auch gefallen?«

Damit überrumpelt er mich. »So heißen die also! Ich meine, ja, bestimmt ...«

Schnell stecke ich mir gleich drei Nachos auf einmal in den Mund, um nicht weiter auf seine Frage eingehen zu müssen. Während der letzten Stunden hatte ich kurzzeitig verdrängt, dass ich mich nun tatsächlich bewusst mit den Erinnerungen an meine tote beste Freundin beschäftigen muss – was verdammt wehtut. Hätte Vincent mich nicht darauf angesprochen, wäre ich womöglich noch länger um das

Thema herumgeschlichen und hätte ihn lieber gebeten, mir unsere bisherige Ausbeute zu präsentieren, obwohl ich bei den drei T-Shirts, zwei Hemden, dem Pullover und den Chinos noch nicht den Überblick verloren habe.

»Entschuldige.« Vincent sucht meinen Blick, doch ich weiche aus. »Wir müssen nicht über sie reden, wenn du nicht möchtest. Ich dachte nur, wir hätten jetzt mal etwas Ruhe dafür. Wie hast du dieses Fleckchen hier entdeckt?«

Da ich meinen besten Freund nach seinem *Du fehlst mir* genauso ungern erwähnen will, gebe ich mir einen Tritt in den Hintern und taste mich langsam vor, denn Vincent hat recht.

»Nach meiner Ankunft letzten September, bevor das Semester richtig losging, war ich in ziemlicher Entdeckerlaune. Ich musste mich beschäftigen, damit mir ohne Charlie nicht die Decke auf den Kopf fiel. Mein Ex-Freund hatte von vornherein etwas gegen eine Fernbeziehung, weswegen wir uns dann bald getrennt haben. Danach hatte ich die Ablenkung dringend nötig.«

»Oh«, macht Vincent mitfühlend. »Das war bestimmt scheiße.«

»Du sagst es.«

Es bringt mich fast um, es erneut so darzustellen, als hätten Charlie und ich tatsächlich eine Beziehung geführt. Denn das war nie der Fall gewesen, auch wenn das zeitweise alle geglaubt hatten, weil wir uns in unserer gemeinsamen Trauer so eng aneinandergeklammert haben. Doch auf diese Weise war und ist es am einfachsten. Und wenn ich immer bei derselben Story bleibe, verliere ich außerdem nicht den Überblick über das Lügenkonstrukt, das ich errichtet habe.

»Na ja, inzwischen bin ich über Charlie hinweg.«

Nicht so schwer, denn ich war nie in ihn verliebt, sondern fand ihn vor allem heiß. Trotzdem hat er mir etwas bedeutet und mir nach Samanthas Tod Halt gegeben, was ich seiner Meinung nach mit Füßen getreten habe. Selbst jetzt noch wirft er mir das ständig vor. Erst klangen seine Nachrichten noch flehend, dann fordernd und inzwischen meistens wütend, weil ich nicht antworte.

»Wie lange ging das mit euch?«

Ich mache eine abwägende Handbewegung, bei der die goldenen Armreifen an meinem Handgelenk klirren. »Nur ein, zwei Monate. Ich glaube, wir wollten unterschiedliche Dinge. Ich konnte ihm einfach nicht geben, wonach er gesucht hat.« Okay, das trifft in etwa zu, ist aber dennoch weit genug vom Kern der Sache entfernt. Sicheres Terrain.

»Kommt mir bekannt vor.«

»Echt?«

Vincent lässt den Nacho sinken, den er sich gerade in den Mund stecken wollte. »Ich habe eine ganze Weile gebraucht«, sagt er dann langsam, »bis mir klar wurde, dass ich mich zu Hunter, meinem Ex-Freund, nicht auf romantische Weise hingezogen fühle. Das ist wieder so ein Vorurteil, schätze ich, aber nicht alle femineren Jungs sind schwul. Ich bin es nicht. Trans* Männer, die auf Frauen stehen, sind hetero.«

»Das war sicher auch kein leichter Prozess.«

»Nein.« Er verzieht das Gesicht. »Aber ich wollte dich nicht unterbrechen.«

Ein Teil von mir möchte nun genauso ehrlich zu Vincent sein wie er zu mir, zumal ich das Gefühl habe, mich ihm ebenfalls anvertrauen zu können. Die andere Hälfte kann ihn wegen all dem, was ich schon über ihn weiß, nicht mehr als Fremden ansehen, bei dem es egal wäre, wenn ich ihn mit meinem Geständnis schockiere.

Ein paar Minuten essen und trinken wir schweigend weiter.

Dann wandert mein Blick an der Kletterpflanze die Hauswand hinauf, und ich nehme mir an ihrer Hartnäckigkeit ein Beispiel. »Charlie und ich haben andauernd gestritten. Vor allem über Sammy«, gebe ich vorsichtig zu.

»War das vor oder nachdem Samantha gestorben ist?«, hakt Vincent behutsam nach.

»Danach.« Charlie versteht nicht, dass ich gar nicht in der Lage wäre, mich ganz auf ihn einzulassen, selbst wenn ich wollte. Samantha wird immer zwischen uns stehen. Denn was würde ich ihr damit antun? Ich könnte nie derartig auf das Andenken unserer Freundschaft spucken. Schlimm genug, dass da überhaupt etwas zwischen ihm und mir gelaufen ist.

»Im Grunde war er nur der Nachbarsjunge«, sage ich leise. »Samantha dagegen war nicht nur irgendeine Freundin. Sie war wie eine Schwester für mich. Sie war mein Leben. Trotzdem hat sie sich manchmal gefühlt, als würde sie niemand wahrnehmen.«

»Inwiefern?«

Die Worte kommen mir nun etwas leichter über die Lippen. »Schon als kleines Kind verbrachte ich viel Zeit in der Obhut unserer Haushälterin, weil meine Eltern so beschäftigt waren. Samantha war Mrs Meriwethers Tochter. In gewisser Weise mag es also gestimmt haben, dass ich mehr Bewunderung oder was weiß ich geerntet habe. Für mich war Sammy aber immer ein ganz besonderer Mensch. Die reichen Kids an meiner Privatschule konnten nicht mal annähernd mit ihr mithalten.«

Vincent stellt seine Nachos auf der Treppenstufe vor sich ab, stützt die Ellbogen auf die Knie und das Kinn in die Hände. »Was ist das Erste, was dir einfällt, wenn du an sie denkst?«

Unwillkürlich muss ich lächeln, während sich eine tiefe Zuneigung in mir ausbreitet. »Sie war so entspannt und frech und hat nur auf ihr Bauchgefühl gehört. Sie scherte sich nicht um irgendwelche Konventionen und trat für ihre Überzeugungen ein. Sie war laut und lustig und unbeschwert. Ich wollte genauso sein wie sie.«

»*Rebel Girl*«, bringt mein Gegenüber es auf den Punkt.

»Exakt! Wie in dem Lied dieser Punkrock-Band aus den Neunzigern. Bist du auch über den Soundtrack von *Sex Education* darauf gestoßen?«

Vincent schüttelt den Kopf. »Die Serie habe ich nie gesehen.«

»Musst du nachholen! Die queeren Figuren sind wirklich toll.«

Ein paar Leute kommen die Treppe hinauf, und ich warte, bis sie vorbei und außer Hörweite sind, bevor ich fortfahre. »Als Samantha und ich älter wurden, fingen allerdings ihre Selbstzweifel an, und ihr Lachen verstummte immer häufiger. In den letzten anderthalb Jahren, während ich die renommierte Columbia University besuchte und sie aus finanziellen Gründen ein Community College, sprach sie oft davon, wie verschieden wir wären und dass sie manchmal das Gefühl hätte, nicht mit mir mithalten zu können. Was völliger Blödsinn war! Ich habe ihr immer wieder erklärt, wie egal mir unsere Unterschiede wären, und versucht, sie aufzubauen. Sie war dennoch oft unzufrieden mit sich.«

Es hatte mich bedrückt, sie so zu erleben. Mein Kuss mit Charlie muss ihr dann scheinbar bestätigt haben, dass sie neben mir nur verlieren konnte. Ein Kloß bildet sich in meinem Hals. »Wie konntest du nur!«, hatte Samantha mir keine Minute vor ihrem Tod entgegengeschleudert.

Der Druck hinter meinen Augen wächst.

Den Part mit dem Kuss lasse ich wie üblich aus. Genau wie ich ihn auch Lia, Justus und meinen Eltern gegenüber verschwiegen habe.

Tränen kullern über meine Wangen. Ich kann sie spüren und schmecken. Nur meine Stimme halte ich weiterhin unter Kontrolle, während ich eine der lila Blüten am Treppengeländer fixiere.

»Ich wünschte, ich hätte Samantha vor diesem schrecklichen Autounfall davon überzeugen können, wie wunderschön und besonders sie war, mit ihren Honighaaren und ihrem ansteckenden Lachen. Für mich stand das immer außer Frage. Wenn sie wenigstens nicht in dem Glauben gestorben wäre, wertlos zu sein.«

Ich atme tief und zittrig ein und aus. Als ich in die Papiertüte zwischen uns greifen will, um eine Serviette herauszufischen, streife ich Vincents Hand, und ein Stromschlag durchfährt mich. Meine Finger prickeln bis in die Spitzen.

»Hier«, sagt er und reicht mir eine der Servietten.

Und schon ist der Moment vorbei. Zu schade.

»Danke.« Ich tupfe mir das Gesicht ab.

»Geht es wieder?« Vincent richtet seine sanften graublauen Augen auf mich, in die ich ewig schauen könnte. Diesmal weiche ich seinem Blick nicht aus.

»Ja«, hauche ich.

Okay, das hier ist echt nicht ohne. Er sollte keine romantischen Gefühle in mir auslösen. Ich bin überhaupt nicht bereit, mich emotional auf jemanden einzulassen.

Auf einmal taucht Charlies schmerzverzerrtes Gesicht vor meinem inneren Auge auf. Er hatte mich förmlich angebettelt, das Auslandsjahr abzublasen, und mir vorgeworfen, ich würde ihn im Stich lassen. Wie ein ewiges Echo höre ich ihn sagen: »Trace, ich *brauche* dich. Wie kannst du nach allem, was wir durchgemacht haben, einfach gehen? Wir stecken da gemeinsam drin!«

So ein Gefühlsdrama braucht doch wirklich niemand!

Ich blinzele mehrmals, um mich wieder zu sammeln und in der Gegenwart zu verankern. Ich muss etwas tun, bevor das Knistern zwischen Vincent und mir noch stärker wird. Also folge ich dem erstbesten Einfall und verkünde unvermittelt: »Und jetzt muss ich dringend ein Foto von dir machen.«

KAPITEL 17
VINCENT

»Was? Wieso?«

Diese Einhundertachtziggraddrehung kommt völlig überraschend und ist so absurd, dass ich kurz auflache – viel zu hoch, ähm, na ja. Reflexartig rutsche ich außerdem ein Stück von Tracey weg, dabei hätte ich meine Hand noch vor einem Augenblick beinahe auf ihre gelegt. Das Bedürfnis, ihr auf dieser verborgenen Treppe noch näher zu sein, war übermächtig geworden, und der Gedanke, ihre Haut auch nur für eine Sekunde zu berühren, hatte mir bereits einen wohligen Schauder über den Rücken gejagt. Ich hätte keinen Rückzieher machen sollen.

Mir ist bewusst, dass Tracey nach wie vor aufgewühlt ist. Immerhin ist ihre beste Freundin bei einem Autounfall gestorben. Im Grunde weiß ich so gut wie nichts über die genauen Umstände, und ich kann sie auch nicht danach fragen, denn das wäre nicht gerade einfühlsam. Mit ihrer großen Klappe überspielt sie oft ihre eigentlichen Gefühle, andererseits ist das aber auch schlicht ihre Art. So ist Tracey nun mal, übersprudelnd vor Freude und Begeisterung, selbst wenn sie einen Moment zuvor noch weinen musste. Das ist mir schnell klar geworden. Und wenn sie sich einmal in etwas verbissen hat, ist es schwer, sie davon abzubringen.

»Du solltest deinen Friseurbesuch festhalten. Findest du nicht?«

»Nein«, protestiere ich.

Ich weiß, wie bedeutsam dieser Haarschnitt ist und dass es mich ohne Victoria nicht gäbe. Nur fürchte ich, auf einem Bild doch wieder nur sie zu finden, und das würde meine Feierlaune ausbremsen.

»Das mit den Fotos spare ich mir für meinen T-Day auf, um die darauffolgenden Veränderungen zu dokumentieren.« Auf Traceys fragenden Blick hin, füge ich hinzu: »Den Tag, an dem ich mit dem Testosteron starten werde. Das ist wie ein zweiter Geburtstag. B-Day – T-Day.«

»Ah.« Ein nachdenklicher Ausdruck legt sich auf ihr Gesicht, während sie die Arme vor der Brust verschränkt und ihr Blick kurz über das blumenbewachsene Geländer wandert. Die olivgrüne Jacke hat sie sich im Laufe des Tages um die Hüfte gebunden, und das rotweiß gestreifte T-Shirt gewährt mir uneingeschränkte Sicht auf die Gänsehaut, die ihre Arme überzieht, als ein schwacher Wind aufkommt.

Sie sieht mich wieder an. »Aber du könntest doch ein Foto als Vorwarnung benutzen.« Das vorletzte Wort setzt sie in imaginäre Anführungszeichen. »Wenn du es als Profilbild für die Social-Media-Netzwerke verwendest, wissen alle direkt Bescheid. Zumindest über deinen revolutionären Style. Und du musst das Feedback nicht persönlich abfangen.«

Das ist ein Argument. Wobei ich sowieso nur WhatsApp benutze. Das Eingeständnis liest sie mir logischerweise sofort von der Nasenspitze ab.

»Gib's zu. Ich bin clever«, sagt sie grinsend.

»Ich habe aber noch nicht genug Übung darin ...« Wie soll ich es ausdrücken? *Maskulin zu posen?* Erst recht nicht, wenn auch noch etwas Fototaugliches dabei herauskommen soll. Doch bevor ich den Satz beenden kann, zückt Tracey bereits ihr Handy. Sie knipst ein erstes Bild. Und noch eins.

»Hey!« Ich halte mir eine Hand vor das Gesicht. »Warte mal, ich ...« Zwecklos. Ich senke die Hand wieder. »Tracey!«

»Lächle mal!«

Herrgott, dann tue ich ihr eben den Gefallen! Umso schneller ist es vorbei. Wie oft wurde ich schon fotografiert, ohne es zu wollen? Ich konnte das noch nie leiden. Sie reckt einen Daumen in die Höhe, und mir wird flau.

Nachdem sie den Auslöser noch ein paarmal betätigt hat, nickt sie zufrieden. »Gern geschehen!«

»Du bist unmöglich«, knurre ich.

»Die sind gut geworden«, sagt sie ungerührt, während sie sich die Aufnahmen ansieht. »Die Blumen im Hintergrund machen sich super. Willst du mal sehen?«

»Nein.«

»Ich glaube, du lügst.«

In der nächsten Sekunde spüre ich mein Smartphone an meinem Oberschenkel vibrieren.

»Du kannst dir ja überlegen, ob du eins hochlädst.« Tracey steht auf und greift nach ihrer Handtasche. »Ich gehe kurz zur Toilette, dann können wir gleich weiter. Wir treffen uns an dem Nebenausgang wieder, durch den wir vorhin rausgegangen sind, okay?«

»Okay.« Ich bin zu überrumpelt, um mich erneut zu beschweren.

Als sie weg ist, esse ich die restlichen Nachos auf und räume anschließend den Müll zusammen, bevor ich mich ebenfalls auf den Weg zurück zur Mall mache. Eigentlich ist es ja nett von Tracey, mich zu pushen und mir so helfen zu wollen. Um zu beurteilen, ob ihr das auch gelungen ist, müsste ich allerdings die Bilder anschauen, die sie mir trotz meines Einspruchs geschickt hat. Stattdessen beobachte ich vom Eingangsbereich aus eine Weile die Leute an den Tischen im Foodcourt, ihr Verhalten und die Körpersprache – Mimik und Gestik –, um geschlechtsspezifische Unterschiede auszumachen. Bis auf wenige Ausnahmen scheinen alle tatsächlich einem ungeschriebenen Kodex zu folgen. Demnächst sollte ich verstärkt darauf achten, den Kopf nicht so oft schräg zu legen oder beim Sprechen die Handgelenke zu bewegen, da das offensichtlich eher Frauen tun als Männer.

Inzwischen ist Tracey schon eine Weile weg. Ich warte schon länger als auf Elle, Gwen oder Ramona bei solchen Gelegenheiten. Und das kam oft genug vor, weil ich den Besuch von öffentlichen Sanitäranlagen schon immer wie die Pest gemieden und auf ein absolutes Minimum reduziert habe. Inzwischen weiß ich auch, weshalb ich mich in dem speziell für Frauen zugänglichen Bereich immer fehl am Platz gefühlt habe. Zum Glück muss ich nicht auf die Toilette. Auf welche würde ich dann überhaupt gehen? Es ist schon riskant, »aufzufliegen« und von irgendwelchen Männern angepöbelt zu werden. Wie werde ich das ab sofort in der Uni handhaben?

Ich öffne den Messenger, um Tracey zu schreiben, und stolpere dabei über die besagten Fotos. Sie sind tatsächlich nicht so schlimm, wie ich erwartet hätte, und definitiv eine Verbesserung zu vorher. Ein Bild gefällt mir sogar richtig gut, und ich muss unwillkürlich lächeln. Es sieht aus, als hätte ich die Hand in meinen Haaren vergraben, und es ist leicht verschwommen. Durch den Blur-Effekt und das halb verdeckte Gesicht ist nicht zu viel von mir zu erkennen. Vor allem nichts Weibliches.

Bevor ich es mir anders überlegen kann, lade ich das Bild hoch.

Es dauert keine Minute, bis sich von hinten zwei Hände auf meine Schultern legen. »Gute Wahl!«

Tracey hat sich unbemerkt genähert. Für eine Sekunde ist ihr Mund nur Zentimeter von meiner Wange entfernt, und von ihrem süßen Duft wird mir fast schwindelig.

»Ich feiere die Ästhetik«, fügt sie hinzu.

Das war alles Taktik. Und ich bin voll auf sie hereingefallen.

Als wir uns schließlich ziemlich bepackt mit unseren Einkäufen auf den Heimweg begeben, bin ich erledigt, aber happy. Es sind noch ein gestreiftes Hemd und ein weiteres T-Shirt dazugekommen. Letzteres musste ich allein wegen des Spruchs kaufen: ARE U WHO U WANT TO BE?

Obwohl der zweite Teil des Tages schneller vergangen war als der erste, sauge ich die frische Luft vor dem Shoppingcenter so tief in meine Lunge, wie es mit dem Binder geht. Ich halte kurz inne, um den Kopf in den Nacken zu legen und die Verspannung zu lösen. Langsam wäre es angenehm, das Teil loszuwerden. Atmen ist darin anscheinend nicht vorgesehen, aber an das völlig neue, viel stimmigere Körpergefühl, welches mir der Binder verschafft, reicht der Sport-BH nicht heran.

»Zur U-Bahn?«, fragt Tracey.

»Jap, Central Line Westbound.«

»Mit der fahre ich auch«, stellt sie fest. »Das heißt, wir müssen da entlang«, fügt sie neckisch hinzu.

Wir nehmen die gläserne Überführung zur Bahnstation, als sie plötzlich wissen möchte: »Hast du schon eine Rückmeldung zu deinem neuen Profilbild bekommen?«

Es wird wohl Zeit, nachzusehen. Im Gehen und mit den Tüten über dem Arm, dauert es etwas länger, mein Handy herauszuholen, was nicht gerade mein inneres Gleichgewicht fördert.

Die erste Nachricht ist von Gwen, die über mein Vorhaben Bescheid wusste: *Ah, da sind die Haare! Wirklich kurz. Sieht aber gut aus!*

Victoria!!! Mega Frisur! Richtig mutig, schreibt Ramona.

Es freut mich wirklich, das zu lesen. Sie hätten genauso gut auf einen Kommentar verzichten können.

Die dritte Nachricht ist von Elle: *Ich wusste, dass du irgendwas vorhast.*

Und ... eine von Hunter?! Er muss sich noch mal unseren Chatverlauf angesehen haben und dabei auf mein neues Foto aufmerksam geworden sein.

Was hast du getan?

Mein Herz hämmert schneller, und mir wird heiß.

»Alles okay?« Tracey wippt auf den Fußballen vor und zurück.

Erst jetzt merke ich, dass ich mitten auf der Brücke stehen geblieben bin. Ich straffe mich und gehe weiter, mit ihr an meiner Seite, ins Bahnhofsgebäude. »Ja, ja, ich denke schon.«

Was genau hat Elle gewusst? Und wie kommt Hunter dazu, mir trotz unserer Trennung so etwas zu schreiben?

Eine weitere Nachricht von meiner Schwester trifft ein: *Du hast dich gestern kein einziges Mal über meine Tipps beklagt, als wir uns für die Osterfeier fertig gemacht haben. Nicht mal, als ich dir die High Heels empfohlen habe! Das war schon seltsam.*

Und dazu kommt noch meine Filmauswahl. Seit diesem Abend scheint ihr Blick stets ein wenig länger als normalerweise bei mir zu verharren. Sind ihr vielleicht sogar die Stoppeln an meinen Beinen aufgefallen? Unsinn, sagt mein Verstand. Wer weiß?, flüstert meine Angst. Habe ich unterschätzt, wie nah mir meine Schwester trotz aller Unterschiede steht? Könnte es sein, dass sie auf solche Nuancen anspringt? Möglicherweise sollte ich darauf eingehen, anstatt zu einem späteren Zeitpunkt einen anderen Anfang inszenieren zu müssen.

»Was denkst du?«, bitte ich Tracey um ihre Einschätzung, nachdem ich ihr Elles Nachricht gezeigt habe.

Inzwischen sind wir auf dem Bahnsteig angekommen.

Sie überlegt einen Moment. »Wahrscheinlich wäre es schon schlau, dich zuerst vor den Personen zu outen, bei denen du dir am sichersten bist, dass sie hinter dir stehen werden. Aber das kannst du selbst am besten abwägen.«

Das ist wahr.

»Ich stärke dir auf jeden Fall den Rücken!«

Wie soll ich ihr je begreiflich machen, wie viel mir das bedeutet?

Die Tube fährt ein.

»Wann sehen wir uns wieder, um über dein Blumenprojekt zu sprechen? Ich muss schon an der nächsten Station in Mile End aussteigen.« Nur deshalb komme ich jetzt so direkt zur Sache.

Nach dem emotionalen Moment auf der Treppe hat Tracey das Thema Samantha nicht mehr aufgegriffen. Ich wollte ihr Zeit geben, ihren Gefühlsausbruch erst mal zu verdauen, aber sie soll natürlich auch nicht denken, dass ich die Pflanzaktionen vergessen hätte.

»Lass mich nachsehen.« In der Bahn lehnt sie sich gegen eine der Trennwände und öffnet ihren Handykalender. Ihr reservierter Tonfall bestätigt mir, dass es richtig war, sie nicht zu bedrängen. »Für morgen hat mich eine Kommilitonin zu einem Spa-Tag eingeladen. Donnerstag könnte ich.«

Logisch, dass sie voll durchorganisiert ist, das hat auch schon die Planung unseres Shoppingtrips bewiesen. Ohne sie wäre ich ziellos umhergeirrt und hätte nicht ansatzweise so coole Klamotten oder gar Schnäppchen ergattert. Leider habe ich am Donnerstag keine Zeit.

»Da muss ich arbeiten. Jetzt in den Semesterferien übernehme ich auch volle Tage im *Magic of Flowers*. Freitag?«

»Geht klar.« Tracey speichert den Termin.

»Wie wäre es mit dem Botanischen Garten in Kew?«, schlage ich daraufhin einer Eingebung folgend vor. »Warst du schon mal da?«

»Bislang nur auf dem Markt im Zentrum.«

»Ein Besuch dort ist sicher inspirierend. Ich meine, bevor wir blumen- und pflanzentechnisch konkreter werden oder uns auf irgendetwas festlegen.«

In dieser Umgebung wird es mir auch leichter fallen, meine ersten Ideen für Traceys Vorhaben zu ordnen, ohne dabei ständig von meinen eigenen Sorgen abgelenkt zu werden. Am besten frische ich vorher auch noch meine Kenntnisse über Guerilla Gardening etwas auf. Nach dem, was sie heute für mich getan hat, ist es nur fair, wenn ich mich voll in die Sache hineinknie. Und vor allem möchte ich natürlich, dass es ihr besser geht, wozu die Pflanzaktionen hoffentlich beitragen werden. Es war schlimm, sie erneut in Tränen aufgelöst zu sehen, als sie mir von ihrer besten Freundin erzählt hat.

»Nirgendwo sonst gibt es eine so gigantische und abwechslungsreiche Sammlung lebender Pflanzen. Saisonal ist das Frühjahr sowieso ein Highlight. Und ...«

»Du hast mich doch schon überzeugt, Vincent.«

Zum Glück klingt es nicht so, als würde sie mein Herumgedruckse nerven.

»Dann fahren wir gemeinsam dorthin?«

»Gerne.« Sie lächelt und spiegelt damit meinen Gesichtsausdruck. Oder spiegele ich ihren?

Als sich die Türen des Waggons öffnen, hält Tracey mir die Faust zu einem Fist bump hin. »Halt mich auf dem Laufenden!«

»Komm gut nach Hause«, erwidere ich, auch wenn Bethnal Green gleich die nächste Haltestelle ist und sie es demnach ebenfalls nicht mehr weit hat.

Sobald ich die Haustür hinter mir zugezogen habe, verpufft die Losgelöstheit, mit der mich die Aussicht auf mein nächstes Treffen mit Tracey erfüllt hat. Ich höre das Klappern von Besteck auf Geschirr aus dem Essbereich. Stimmen. Die Tür zur Küche ist zu, deshalb kann ich sie nur undeutlich verstehen.

Ich zögere und wundere mich, dass mich nicht sofort jemand wegen meiner neuen Frisur oder der Klamotten zur Rede stellt. Zumindest zweifele ich keine Sekunde daran, dass meine Familie das früher oder später tun wird. Als »das Problemkind« wurde ich schließlich jahrelang mit Argusaugen von ihnen allen beobachtet, bevor ich dann scheinbar doch noch die Kurve gekriegt hatte.

Ich beschließe, zuerst die Shoppingtaschen nach oben zu bringen, bevor ich mich der Konfrontation stelle. Im Anschluss verwende ich ungefähr eine Viertelstunde darauf, mich aus dem hautengen Stoff des Binders zu schälen, ehe ich den Pulli wieder überstreife. Obwohl ich die maximale Tragezeit von acht Stunden nicht überschritten habe, bleiben gerötete Abdrücke zurück, aber das ist jetzt meine geringste Sorge. Nachdem ich auf der Toilette war und dabei nach wie vor niemandem begegnet bin, folge ich den Geräuschen des Fernsehers, der inzwischen im Wohnzimmer flimmert.

»Hallo«, sage ich beim Eintreten, wie ich es unter gewöhnlichen Umständen auch tun würde.

Elle ist nicht da, und meine Großmutter hat sich nach dem Essen wahrscheinlich gleich hingelegt. Ich bin also mit meinen Eltern allein, die mit dem Rücken zu mir auf der Couch sitzen und die Blicke auf den Fernseher gerichtet haben. Es läuft eine Talkshow.

Dad dreht sich zuerst zu mir um. Seine Miene ist schwer zu deuten. »Victoria.«

Als Mum mich sieht, wirkt sie im Gegensatz zu ihm sofort aufgebracht und verwirrt. »Du hast dir die Haare geschnitten? Deine schönen Haare?«

Gefällt es euch?, hat sich damit wohl erübrigt.

In meiner Nervosität greife ich automatisch nach einer meiner langen Strähnen, die nicht mehr da sind. Welche Ironie. »Wächst doch wieder ...«

Wieso sage ich das, obwohl ich nicht vorhabe, meine Haare je wieder wachsen zu lassen?

Ich gehe ein Stück um die Couch herum, verzichte jedoch darauf, mich in den Sessel schräg daneben zu setzen.

Eine steile Falte entsteht zwischen Mums Augenbrauen. »Aber *warum?* Wegen Hunter?«

»Nein!«, widerspreche ich heftiger als beabsichtigt. *Was hast du getan?* Hunters Nachricht taucht vor meinem inneren Auge auf, ich werde zunehmend frustrierter. Was geht es irgendjemanden an, wenn ich Lust auf einen neuen Haarschnitt habe? Es ist ja nicht so, als hätte ich damit plötzlich meinen Daseinszweck verfehlt. Was soll das erst werden, wenn ich verkünde, dass ich Hormone nehmen werde?

Ich stecke die Hände in die Hosentaschen, um das Zittern zu verbergen.

Wahrscheinlich bin ich selbst schuld. Ich lasse zu, dass sie diese Macht über mich haben. Immerhin *muss* ich niemanden um Erlaubnis bitten. Ich bin volljährig und frei in meinen Entscheidungen.

Dennoch füge ich nur knapp hinzu: »Ich wollte anders aussehen.«

Mum tauscht einen hilflosen Blick mit meinem Vater. Aber er lacht nur, ein warmes Lachen. Ist das ein gutes Zeichen?

»Das ist dir gelungen«, sagt er. »Wird allerdings ein bisschen dauern, sich daran zu gewöhnen. Aber du hast dir nicht auch noch ein Tattoo stechen lassen, oder?«

Wie bitte? Jetzt hat *er* es geschafft, *mich* zu schockieren. Nicht weil ich etwas gegen Tattoos hätte, sondern weil er das, was ich bin, auf dieselbe Stufe stellt wie eine spätpubertäre Rebellion. Bei mir dauert ja alles etwas länger, irgendwann musste das wohl passieren ... Wie konnte ich diese Interpretation nicht in Erwägung ziehen?

»Dad!«

»Ist das etwa kein Punk Cut? Nennt man das nicht so?«

»Nein!«

Na toll. Bevor er sich noch weiter über mich lustig macht, sollte ich dieses Gespräch schleunigst beenden. Es muss nicht noch peinlicher werden.

Ich mache auf dem Absatz kehrt und bin schon an der Treppe, als ich höre, wie mein Vater meine Mutter beschwichtigt: »Caroline, lass sie sich austoben.«

Sie, sie, *sie*. Nicht er.

»Das ist nur eine Phase.«

Wenn es doch so sein könnte. Aber mein Transsein ist keine Laune, die vorübergeht. Und so schwer vieles in diesem Zusammenhang auch sein mag, ist es im Grunde etwas Gutes, dass ich endlich herausgefunden habe, wer ich bin und wer nicht.

Ich sollte mich an Traceys Rat halten und mir erst noch mehr Verbündete ins Boot holen, bevor ich mich an den Endboss wage.

KAPITEL 18
VINCENT

Die halbe Nacht suche ich nach Worten für einen Brief an Agatha und reihe eines nach dem anderen aneinander. Vor ihr werde ich mich zuerst outen. Wenn sie nicht hinter mir steht, wer dann? Außerdem wird sie sich wahrscheinlich immer noch fragen, wieso ich mich Tracey mit einem »falschen« Namen vorgestellt habe.

Bevor ich bei einer direkten Konfrontation erneut versage, probiere ich also eine neue Strategie. So viel leichter scheint das Schreiben eines Briefes jedoch auch nicht zu sein. Immer wieder streiche ich Sätze, stelle sie um, beginne noch mal von vorn, bis sich unter meinem Schreibtisch eine nicht unbeträchtliche Anzahl an Papierkugeln angehäuft hat. Odysseus, die Monstera, und meine anderen Zimmerpflanzen sind mir leider keine Hilfe, und ich lasse sie wissen, dass ich es ernsthaft bereue, mir statt ihnen kein flauschiges Haustier zugelegt zu haben. Dann könnte ich jetzt wenigstens kuscheln. Andererseits sollte es mich trotz mangelnder Tipps wohl beruhigen, dass meine pflanzlichen Zimmergenossen *nicht* mit mir sprechen, so lieb ich sie auch habe. Bis ich mit dem Ergebnis zufrieden bin und einen Text vorliegen habe, der meinen Gefühlen gerecht wird, ist es beinahe Morgen.

Im Licht des anbrechenden Tages übertrage ich die Rohversion auf ein neues Blatt und lese mir alles ein letztes Mal durch:

Liebe Agatha,

sicher fragst du dich, wieso ich dir schreibe, aber persönlich hätte ich entweder die Hälfte vergessen, ewig drum herumgeredet oder mich am Ende wieder nicht getraut.

Um dich gleich vorzuwarnen: Es wird emotional, und es ist mir ernst. Vielleicht sollte ich keine Riesensache daraus machen, aber für mich ist es eine.

Wahrscheinlich ahnst du inzwischen bereits, worum es geht. Wenn nicht, hoffe ich, dass ich dich nicht zu sehr überrumpele und sich zwischen uns dadurch nichts ändert.

Vor Kurzem habe ich mir endlich eingestanden, dass ich mich schon immer als Junge gefühlt habe und von nun an als Mann leben möchte. Ich bin trans*.

Ich kann dieses Leben, das nicht meins ist, nicht mehr führen. Ich kann nicht weiter so tun, als ob ich das Mädchen wäre, für das du mich immer gehalten hast.

Du hast jetzt bestimmt viele Fragen, vielleicht brauchst du auch erst mal etwas Zeit. Wir können gern (später) richtig darüber reden.

Lass mich vorher bitte nur kurz wissen, was du darüber denkst.

Du bist mir wichtig. Ich hoffe, ich dir auch (noch).

Vincent aka Victoria

Ich falte das Papier und schiebe es in einen Umschlag. Ich fühle mich ausgelaugt und ängstlich, bin aber auch zufrieden. Besser hätte ich mich nicht ausdrücken können. Nach meiner nächsten Schicht im Blumenladen werde ich den Brief an der Garderobe heimlich in Agathas Tasche stecken. Jetzt muss ich erst einmal schlafen. Ich kann gar nicht mehr klar denken, geschweige denn mir den Kopf darüber zerbrechen, wie sie auf meine Worte reagieren wird. Mir brummt der Schädel. Ich schiebe den hölzernen Drehstuhl zurück, wanke über den Läufer zum Bett und lasse mich mit dem Gesicht voran auf die Matratze fallen.

Sofort dämmere ich weg.

Wahrscheinlich müsste ich Elle dankbar sein, dass sie mich gegen vierzehn Uhr mit ihrer Musik – klingt nach Taylor Swift – aus dem Schlaf reißt. Zuerst bin ich jedoch genervt. So genervt, dass ich erstens nicht gleich mitbekomme, wie spät es ist, zweitens in ihr Zimmer platze, um mich zu beschweren, und drittens für einen Moment vergesse, was diesem Aufeinandertreffen vorangegangen ist und wie ich in den Männerklamotten und mit meiner neuen Frisur aussehe. Nämlich nicht nur übernächtigt …

Das Rattern der Nähmaschine erstirbt. Elle verringert die Lautstärke der Anlage mit einer Fernbedienung und nimmt die Brille ab, die sie nur aufsetzt, wenn sie sich mit Feinarbeiten beschäftigt.

»Wer bist du, und was hast du mit meiner Schwester gemacht?«

Richtig, da war ja was. Auf ihre Nachrichten hatte ich, unentschieden wie ich war, noch nicht geantwortet.

Von ihrem Arbeitsplatz aus sieht sie mich abwartend an. Da liegt keine Belustigung in ihrem Blick, obwohl sie die Frage sicher nur als Gag gemeint hat. Oder?

Sämtliche Ängste, die sich genau darum drehen, für meine Familie und Freunde plötzlich ein Fremder zu sein, brechen auf einmal über mich herein, und ich schluchze laut auf. Ich schaffe es nicht mal, mir wenigstens eine Hand vor den Mund zu halten.

»Hey, hey, hey!« Elle springt auf, und bevor ich zurückweichen kann, zieht sie mich in eine Umarmung.

Dadurch wird es aber nur schlimmer. Ich weine an ihrer Schulter, solange sie mich noch lässt – solange ich mein Inneres noch nicht nach außen gekehrt habe –, und ruiniere dabei ihr Oberteil. Es ist ausgerechnet eins aus ihrer neuen Kollektion für ihren Onlineshop auf Etsy.

»Was ist denn los?«

»Tut mir leid, Elle«, schluchze ich, »aber es ist alles zu viel.«

Sie reibt mir in beruhigenden Kreisen über den Rücken. »Was ist zu viel? Was, Vi–«

»Vincent.«

Sie hält in ihrer Bewegung inne.

Ich hebe den Kopf und blinzele mit meinen vor Tränen verklebten Lidern. »Es wäre schön, wenn du mich *Vincent* nennen könntest«, sage ich unendlich erschöpft, aber etwas fester. Meine Stimme klingt rauer als sonst, was mich in einer anderen Situation bestimmt gefreut hätte.

Elle wirkt … irritiert? Angestrengt? Entrüstet?

»Wie meinst du das?«

Es ist raus. Eine irgendwie verfrühte Erleichterung flackert in meiner Brust auf.

»Warte.« Sie tritt einen Schritt zurück, reibt sich die Schläfen und mustert mich. »Du fühlst dich im falschen Körper, richtig? Wie in dem ...«

»Film letzte Woche«, bestätige ich. Erneut schnürt sich mir die Kehle zu. »Ja, so kann man es auch nennen.«

Ich sehe genau, dass sie nachdenkt. Sie knetet ihre Hände. Völlig untypisch. Elle ist schlagfertig und immer geradeheraus.

»Was bedeutet das genau?«

»Dass du statt einer Schwester einen Bruder hast«, taste ich mich weiter vor.

Ihr Mund öffnet sich, schließt sich wieder, bis sich ihre ernste Miene langsam aufhellt. »Ja, cool.«

»Cool?«, wiederhole ich ungläubig. Niemals hätte ich angenommen, dass sie so reagiert. Nicht nach all den Jahren, in denen sie möglichst wenig mit mir zu tun haben wollte, weil sie mich seltsam fand. Erst als ich anfing, mich mehr anzupassen und mich bewusst typisch mädchenhaft zu verhalten, schien das eine zweite Chance für uns zu bedeuten – die ich nun, wie ich dachte, endgültig vermasselt habe.

»Vincent, ja?«

Meinen neuen Namen aus Elles Mund zu hören, ist noch einmal etwas völlig anderes als bei Tracey. Es ist auf eine wunderbare Weise fremd und aufreibend und richtig.

»Genau ...«

Für einen Moment bin ich der glücklichste Mann der Welt.

»O mein Gott!« Wenig später liegt Elle am Fußende ihres Himmelbetts auf dem Rücken, ihre Haare hängen wie ein Vorhang über der

Kante, während ich mit angewinkelten Beinen davor auf ihrem flauschigen Teppich sitze.

In meiner Aufregung mache ich eine Bestandsaufnahme ihres Zimmers und beschreibe in Gedanken, was ich sehe, obwohl ich es fast so gut kenne wie mein eigenes: die urbanen Schwarz-Weiß-Fotografien und aus Modezeitschriften herausgerissenen Ausschnitte, die als Collagen die Wände zieren; die Schneiderpuppe und die lebensgroße Schaufensterpuppe inklusive Perücke; der verspiegelte Kleiderschrank ...

Als meine Schwester den Kopf zu mir dreht, lehne ich mich zurück, sodass ich ihr Gesicht direkt vor mir habe.

»Weißt du noch, wie wir früher mit Leonora und Bianca immer Familie gespielt haben? Bevor sie nach dem Ende der Primary School nach Birmingham gezogen sind.«

Sie spricht von unseren Cousinen, die am Ostermontag unter den Gästen waren.

»Ich fand es so super, dass wir uns nie darum streiten mussten, wer Mutter und wer Vater sein sollte, weil du sowieso immer freiwillig er sein wolltest.«

Ich erstarre, doch dann lache ich auf. »Jetzt, wo du es sagst! Das hatte ich total verdrängt.«

Ist das echt? Das alles? Oder träume ich?

Elle kichert. »Oder als wir die Duette aus den Barbie-Filmen nachgesungen haben. Du hast ausnahmslos den männlichen Part übernommen! Und du hast jedem deiner Kuscheltiere einen Jungennamen verpasst ... Unsere Kostüme zu Halloween, als wir uns als Kim Possible und Ron Stoppable verkleidet haben.«

Verrückt, dass sie sich so genau daran erinnert, während *mir* erst jetzt und hier bewusst wird, dass die Anzeichen doch schon seit frühester Kindheit da waren. Bei diesen Gelegenheiten konnte ich sein, wer ich sein wollte, egal, was meine Eltern mir sonst angezogen oder welche Spielzeuge sie für uns ausgesucht haben.

»Und dann …« Sie unterbricht sich.

Dann. Danach.

Mir vergeht das Lachen.

Wahrscheinlich fällt Elle ebenso ein, was auf diese unbeschwerten Zeiten folgte, nachdem wir zu alt geworden waren, um nur miteinander zu spielen. Unsere Interessen begannen sich zu verlagern. Meine Schwester hatte keine Lust mehr auf Expeditionen über den Friedhof oder auf unseren Inlineskatern durch die Nachbarschaft zu jagen. Sie wollte lieber stundenlang über die süßen Leadsänger irgendwelcher Boygroups tuscheln und Schminktutorials ausprobieren. So verlor ich meine Kriegerprinzessin, mit der ich einst auf Bäume geklettert war und gegen imaginäre Drachen gekämpft hatte.

Plötzlich kann ich ihrem Blick nicht mehr standhalten.

»Ich hab einfach nie kapiert, wieso du dich oft so … na ja … merkwürdig aufgeführt hast, und dass es dir so schwerfiel, Anschluss zu finden«, erklärt sie irgendwo zwischen Vorwurf und Entschuldigung.

Ich doch auch nicht.

Als ich nichts erwidere, dreht sie sich auf den Bauch. »Aber es stimmt schon. Irgendetwas hat nie gepasst. Wann warst du eigentlich das letzte Mal schwimmen? Hast du dich davor nicht auch immer gedrückt?«

Ich zucke mit den Schultern. »Ja, kann sein.«

Das war mir sogar bis zuletzt gelungen. Also war ich wahrscheinlich im Sportunterricht in der siebten oder achten Klasse zum letzten Mal im Schwimmbad. Denn was ich noch grauenerregender finde als Gemeinschaftsumkleiden, sind Gemeinschaftsduschen.

Elle streicht mit den Fingerkuppen über die Stellen an meinem Kopf, an denen meine Haare nur noch wenige Millimeter lang sind. »Das bist also du? Und wie du dasitzt! Total verändert!«

Ich winde mich ein wenig und verringere den Abstand zwischen meinen Beinen etwas. »Haben Mum und Dad irgendetwas über mich gesagt?«

»Nein, Victo…«

Ich zucke zusammen.

»Sorry, das wird gar nicht so leicht.« Sie schneidet eine Grimasse. »Es tut mir leid. Alles. Ich glaube, ich muss das doch erst mal sacken lassen.«

»Ich schaffe es nicht, es ihnen zu sagen. Sie werden mich hassen.«

»Unsinn! Die beiden würden dich niemals hassen.«

Denkt Elle das wirklich? Sie war doch dabei. Unsere Eltern haben ihr immer wieder den Vorzug gegeben. Ich dagegen habe ihnen in meinen Teenagerjahren mit meiner scheuen und ernsten Art nichts als Kopfzerbrechen bereitet.

Ich vergrabe das Gesicht in den Händen. »Ich komme mir so albern vor.«

»Wieso?«

Ich schüttele den Kopf. »Vielleicht übertreibe ich. Vielleicht muss ich nur aufhören, mich in meine Abneigung hineinzusteigern, eine Frau zu sein.«

Großartig, jetzt untergrabe ich schon meine eigene Glaubwürdigkeit. Sehr hilfreich. Ich hebe den Kopf, meine Brust ist wie zugeschnürt.

Elle sieht mich besorgt an. »Aber so ist es nicht, oder?«

»Nein«, wispere ich.

Es macht einen Unterschied, ob man in mancher Hinsicht lieber ein Mann wäre oder ob man einer ist. Und auf mich trifft Letzteres zu.

»Wer hat eigentlich das Foto gemacht?«

»Was?« Zuerst komme ich nicht ganz mit.

»Dein Profilbild bei WhatsApp.«

»Ach so.« Ich räuspere mich. »Das war Tracey.« So sehr ich mich auch bemühe, ich kann ein Lächeln nicht unterdrücken.

Elle hebt eine Augenbraue. »Diese Tracey kenne ich gar nicht, oder? Dann datet Vincent Frauen?«

»Wenn schon bin *ich* es, der Frauen datet«, bemerke ich stirnrunzelnd. »Aber sie ist nur eine Freundin …«

»Die du offenbar ziemlich toll findest.« Sie zwinkert. »Der Ausdruck in deinen Augen hat dich verraten.«

Ist das wirklich so offensichtlich? Tatsache ist, dass mir sowohl Traceys Offenheit und ihr Selbstbewusstsein als auch ihre verletzliche Seite gefallen.

»Wobei«, Elle tippt sich gegen die Unterlippe, »wäre das nicht irgendwie gemogelt, wenn sich zwischen euch etwas entwickeln würde?«

»Gemogelt?«, wiederhole ich.

»Na ja, wie willst du denn Sex haben?«

»Das ist kein Rollenspiel oder so was!«

Es geht um mein Leben. Mir wird übel. Tracey und ich haben einen schönen Tag zusammen verbracht und uns gut verstanden Doch was bedeutet das schon? Kann ich es Elle verübeln, dass sie mich an eine gewisse Tatsache erinnert?

»Also lässt du dir einen Schwanz machen?«

Ich stöhne auf. »Hältst du solche Fragen wirklich für angemessen?«

»Ich dachte, du liebst mich dafür, dass ich immer sage, was ich denke.«

»Das ist nicht lustig.« Auch wenn es das beinahe sein könnte, weil ich mir langsam wie in einem Sketch vorkomme.

»Das ist mir klar.« Elle setzt sich ruckartig auf. Tränen glitzern in ihren Augen. »Victoria ist schon fast nicht mehr da, oder? Wenn ich gewusst hätte, dass ich sie Ostern das letzte Mal sehe ... Ich hätte mich gern von meiner Schwester verabschiedet, verstehst du das?«

Ich weiß nicht, was ich sagen soll, oder was mehr wehtut – diese Worte von ihr zu hören, während ich nichts von Victoria vermissen werde, oder Elles Schmerz zu sehen, den ich verursacht habe.

Trotz ihrer Abwehrhaltung setze ich mich neben sie auf die Matratze. Sie rutscht nicht weg.

»Elena.« Ich greife nach ihrer Hand mit den langen mattgrauen Nägeln und schiebe meine Finger mit den kurzen nicht lackierten Nägeln zwischen ihre. »Ich bin immer noch derselbe Mensch, auch wenn ich anders aussehe und mich anders nenne.«

Ich halte die Luft an.

Dann legt sie ihre andere Hand über unsere verschränkten Hände. »Ist das so?«

Ich atme weiter. »Du verlierst mich nicht.«

Sie schluckt hörbar. »Okay, dann will ich dir mal glauben. Das wäre sonst nämlich ganz schön beschissen.«

KAPITEL 19
TRACEY

Vor meiner nächsten Verabredung mit Vincent schaue ich im *A New Chapter* vorbei, damit meine Gedanken nicht unentwegt um den vergangenen Shoppingtrip oder unseren morgigen Ausflug nach Kew kreisen. Auf dem Weg zur Buchhandlung stechen mir – neben der für die Gegend typischen Street Art – zum ersten Mal bewusst die tristen und verwahrlosten Straßenzüge ins Auge. Seitlich der Bürgersteige wuchert Unkraut, Betonwände und Mauervorsprünge wirken heruntergekommen. Doch der Anblick verpasst meiner Stimmung keinen Dämpfer, denn Orte wie diese werden wir bald – wie ich hoffe – in Samanthas Namen verschönern. Ich bin unglaublich gespannt darauf, was wir auf die Beine stellen werden.

Nachdem unser Gespräch über Sammy ganz gut verlaufen ist, gehe ich auch deutlich gelassener mit dem Thema um. Und wieder habe ich an Vincent gedacht, obwohl ich das gar nicht wollte! Klappt ja super. Noch weniger komme ich gegen das Kribbeln an, das ich jedes Mal spüre, wenn ich mich an sein Lächeln beim Abschied in der U-Bahn erinnere.

»Oh, du bist es!« Lia späht hinter einem der Bücherregale hervor und freut sich sichtlich über meinen Besuch. Das Türglöckchen verklingt und meine Schritte werden vom Teppichboden gedämpft.

»Ich bringe kurz meine Sachen nach hinten.«

So oft, wie ich ihr oder Justus hier in der Vergangenheit Gesellschaft geleistet habe, bin ich mehr als vertraut mit diesem magischen Fleckchen Erde in einem von Londons hipsten Szenevierteln. Nachdem ich den Mitarbeiterbereich – ein kleines Hinterzimmer mit Tisch und Stühlen, Küchenzeile und Garderobe – wieder verlassen habe, helfe ich meiner Freundin dabei, die restlichen Neuerscheinungen einzusortieren. Das weiße Vintagekleid mit den roten Punkten unter der schwarzen Strickjacke steht ihr super, und ich mache ihr ein Kompliment.

»Danke«, murmelt Lia und stellt eine leere Plastikwanne beiseite, damit wir die nächste ausräumen können.

»Und wie läuft es mit deinem neuen Manuskript?«, erkundige ich mich.

Das bringt sie zum Strahlen. »Es wächst, es wächst.«

»Also können wir bald mit dem nächsten Bestseller rechnen?«

Wahrscheinlich sollte ich froh sein, dass Lia nach dieser Bemerkung kein Buch nach mir wirft, so wie sie mich anfunkelt. Wobei das ihre Passion als Nerd wahrscheinlich gar nicht zulassen würde. Schließlich wäre das Körperverletzung, also dem Buch, nicht mir gegenüber.

»Das war kein Scherz«, ergänze ich trotzdem sicherheitshalber. »Wieso solltest du nicht noch einen Bestseller landen?«

Sie winkt ab. Bescheiden wie immer. »Ach, Tracey.«

Wir sprechen über ihre Mutter, mit der sie im Sommer eine Reise nach Italien plant. Nur sie beide, ohne ihren Stiefvater Mike und ohne Drew. Eine große Sache, nachdem ihr Verhältnis immer eher schwierig war.

»Ich bin schon richtig nervös! Ich war immerhin noch nie in Italien, obwohl Mum in Florenz geboren wurde. Auch wenn sie zu ihrer Familie keinen Kontakt mehr hat, werde ich auf gewisse Weise meine Wurzeln kennenlernen. Wir wollen so ein Mutter-Tochter-Ding daraus machen. Glaubst du, das kann gut gehen?«

»Das hoffe ich doch!«

Ich stelle das letzte Buch ins Regal, und wir machen es uns mit zwei Tassen Tee – Ingwer für mich, Marzipan für Lia – in den Sesseln der kleinen Sitzgruppe gemütlich. Es tut so gut, mal wieder etwas Qualitytime mit ihr zu genießen.

Mit einem leisen Läuten öffnet sich die Ladentür, und meine Freundin entschuldigt sich kurz bei mir. Eine ältere Dame mit zwei Corgis möchte bei der Wahl ihrer nächsten Lektüre beraten werden. Eine Stammkundin, die selbst ich inzwischen kenne.

Ich nehme mein Handy und scrolle durch die Schnappschüsse von Vincent, die ich mir ergaunert habe. Seit Dienstag haben wir nur kurz gechattet, um zu klären, wann wir zum Botanischen Garten fahren wollen. Obwohl es dafür Gründe gibt – ich war gestern mit Beatrice unterwegs, und er arbeitet heute –, fehlt mir der Kontakt zu ihm, und die Bilder trösten mich irgendwie. Mir gefallen die Aufnahmen wirklich gut, das war keine Lüge, um ihn aufzumuntern.

Peinlicherweise bin ich so darin versunken, dass ich nicht einmal bemerke, wie Lia zurückkommt und sich in den anderen Sessel fallen lässt.

»Habe ich das gerade richtig gesehen?«

»Bitte?« Ich reiße den Blick vom Display los.

»Ist das nicht der Typ, den du letztens mit zu dir genommen hast?« Ich bin kurz sprachlos. Das war ganz schön direkt! Färben Drews Sprüche etwa auf Lia ab?

»Ja«, gestehe ich, weil Abstreiten sowieso keinen Sinn hätte.

»Ihr habt euch also noch mal getroffen«, stellt sie fest.

»Vincent hilft mir bei einer Aktion für Samantha, die ich in Gedenken an sie durchführen möchte.«

Lia wirkt fast noch überraschter als ich, dass ich so offen darüber rede. Schließlich weiß sie, dass Sammy ein wunder Punkt von mir ist.

»Das hört sich schön an.«

Ich nicke. »Ich hoffe, das wird es.«

Sie nimmt ihre Tasse und trinkt einen Schluck, bevor sie weiter nachhakt. »Darf ich fragen, um was für eine Aktion es sich handelt?«

Da fällt mir auf, dass die Fotos mich sogar von meinem Tee abgelenkt haben. Ich hüstele. »Guerilla Gardening. Wir wollen an verschiedenen Orten in der Stadt Blumen und Pflanzen verteilen, um graue Ecken etwas bunter und fröhlicher zu gestalten, weil Samantha Blumen so mochte.«

Lias Mundwinkel heben sich endgültig zu einem Lächeln. »Ich freue mich für dich.«

»Weshalb?«

»Weil du jemanden gefunden hast, der für dich da ist.«

Das irritiert mich etwas. »Du bist doch auch für mich da!«

»Immer«, sagt sie feierlich. »Aber anders.«

Es wird wohl Zeit, da etwas zu korrigieren. »Zwischen uns läuft nichts.«

»Auf jeden Fall scheint Vincent dir gutzutun. Du wirkst viel weniger abwehrend als sonst, wenn es um Samantha geht.«

Stimmt das?

Auch Charlie und ich haben unsere dunkelsten Stunden geteilt und uns so eine Zeit lang gegenseitig Halt gegeben. Doch letztlich haben wir uns dadurch nur noch tiefere Wunden zugefügt. Das erinnert mich zudem an Justus, auf dessen letzte Nachricht aus Budapest ich seit über vierundzwanzig Stunden nicht reagiert habe. Was hatte er noch gleich geschrieben? *Tracey, sieh dir diesen Oldtimer an! Bin heute darüber gestolpert! Wolltest du nicht genau so einen Mini Cooper irgendwann mal haben? Musste sofort an dich denken.* Plus Foto. Trotz des belanglosen Inhalts war da dieses »an dich denken«, deshalb fiel es mir schwer, die richtigen Worte für eine Antwort zu finden.

»Glaubst du eigentlich, dass Männer und Frauen auch nur befreundet sein können?«, frage ich Lia gedankenversunken.

Sie schlägt die Beine übereinander, setzt sich etwas aufrechter hin und aktiviert ihren Röntgenblick, der wahrscheinlich eines Tages die finstersten Abgründe meiner Seele durchleuchten wird. »Um wen geht es?«

»So ganz allgemein«, weiche ich aus. Es geht mir nur um die übergreifende Problematik, egal, ob ich mich nun auf Charlie, Justus oder Vincent beziehe.

»Pauschal ist das schwierig zu beantworten. Ich denke schon, dass das geht. Es muss sich nicht zwangsläufig einer von beiden verlieben. Man findet schließlich nicht jeden Vertreter des anderen Geschlechts anziehend.«

»Oder überhaupt keinen …« In diesem Moment wird mir klar, dass meine Einstiegsfrage blöd formuliert war. »Und es wird grundsätzlich komplizierter, sobald einseitig eine sexuelle oder romantische Anziehung besteht.«

»Das stimmt natürlich.«

Ich kaue auf meiner Unterlippe, um mich weiter zu sortieren, dann nehme ich einen Schluck von meinem inzwischen kalten Tee.

»Muss man die Freundschaft dann zwangsläufig unterbrechen, um der Person, die sich verliebt hat, die Möglichkeit zum Entlieben zu geben?«

»Puh, Tracey«, seufzt Lia. »Das ist sicher auch von Fall zu Fall verschieden. Persönlich habe ich damit keine Erfahrung. Ich dachte nur mal, dass Justus was von mir wollen könnte.«

Ich horche auf. »Tatsächlich?«

Sie lacht. »Rückblickend total albern.«

Mir ist nicht nach Lachen zumute. Wieso musste *meine* Freundschaft mit Justus so ins Wanken geraten?

»Wir haben uns geküsst!«, platzt es verzweifelt aus mir heraus.

»Was? Du und Justus?«

»Erstaunt dich das wirklich? Ich hatte zwischendurch den Eindruck, du würdest nur darauf warten, dass wir endlich zusammenkommen. Wir hatten ja quasi schon Doppeldates, immer wenn wir mit dir und Drew unterwegs waren.« Ich seufze. »Wenn es nur so einfach wäre!«

»Ich hatte tatsächlich kurzzeitig eine Vermutung, dass sich zwischen dir und Justus etwas entwickeln könnte«, gibt Lia zu und macht gleich darauf eine beschwichtigende Geste. »Da dann doch nichts daraus wurde, war das für mich aber irgendwann abgehakt. Ich wollte dich oder euch nie in eine Richtung drängen.« Sie blickt mich offenherzig an.

Wahrscheinlich versteht sie gar nicht, wieso ich mich so aufrege. Ich auch nicht. Oder doch?

»Sorry«, sage ich, »du kannst ja nichts dafür, dass ich Justus' Gefühle nicht erwidere.«

»Hey.« Lia beugt sich vor und tätschelt meine Hand. »Was genau war denn los?«

»Es war beim *Spring Awakening*.« Damit gebe ich meinen Widerstand auf und gestehe mir ein, einen Fehler gemacht zu haben. »Ich hatte schon länger den Eindruck, dass er mehr für mich empfinden könnte. Seine Blicke und dass er sich ständig mit mir treffen wollte, obwohl er ja sonst am liebsten nur Zeit mit seinen Büchern verbringt. Er war zwar schon immer sehr aufmerksam, doch in letzter Zeit hat das deutlich zugenommen. Ich bin aber auch nie zurückgerudert, weil es mir so viel bedeutet, wie nah wir uns stehen – rein freundschaftlich betrachtet. Scheinbar habe ich Justus damit nur falsche Hoffnungen gemacht. Auf der Party waren wir leicht angetrunken, und da ist es passiert.« Meine Wangen brennen. »Ich meine, ich hätte es schön gefunden, wenn aus uns ein Paar hätte werden können. Wir verstehen uns so gut, erfüllen die perfekten Voraussetzungen – wenn ich auch in ihn verliebt wäre.«

»Ach, Tracey«, sagt Lia seufzend, nachdem sie mir zugehört hat, ohne mich zu unterbrechen. »Man kann sich diese Gefühle leider nicht aussuchen oder einfach an- und ausknipsen.«

»Ich weiß. Ich wünsche mir einfach so sehr, dass wir trotzdem Freunde bleiben können. Wir haben auch schon darüber gesprochen, aber ...«

»Das wird schon«, tröstet sie mich.

Ich schlucke. »Und was ist, wenn ich nach Charlie gar nicht mehr in der Lage bin, mich zu verlieben? Wenn ich es vielleicht auch gar nicht möchte?«

»Gib dir Zeit. Die braucht man manchmal, wenn man in einer früheren Beziehung negative Erfahrungen machen musste. Irgendwann wirst du dich schon wieder verlieben.« Sie zwinkert mir zu. »Vielleicht ja in Vincent?«

Ich zucke ertappt zusammen. Zum Glück redet sie einfach weiter.

»Sieh dir Drew und mich an! Zwischenzeitlich hatte ich echte Zweifel, ob ich ihm jemals wieder genug vertrauen kann.«

»O ja«, grummele ich. »Daran erinnere ich mich. Diese Bad Boys sind sowieso die schlimmsten.«

Lia wird rot, versucht ihre Gefühle jedoch mit Humor zu überspielen. »Pass auf, was du sagst!«

Ich grinse. »Ihr seid so unendlich süß zusammen. Hashtag *relationshipgoals!*«

»Tracey!« Sie stöhnt auf.

Meine Stimmung hebt sich langsam wieder. »Nein, ehrlich. Drew ist cool. Und es tut immer wieder gut, mit dir zu reden. Wahrscheinlich muss ich bei Justus einfach abwarten, wie sich alles in der nächsten Zeit entwickelt.«

Und was Vincent betrifft ... werde ich es genauso halten.

In diesem Moment leuchtet der Bildschirm meines Smartphones auf, das ich auf den Beistelltisch zwischen Lias und meinem Sessel gelegt habe. Eine Nachricht von Vincent. So viel erkenne ich aus dem Augenwinkel.

Mein Herzschlag beschleunigt sich, und ich greife nach dem Handy.

Bereit für morgen?, lese ich. Es folgen diverse Blumen-Emojis.

Ich muss augenblicklich lächeln, dann werfe ich Lia einen entschuldigenden Blick zu.

Sie winkt ab und steht auf, um irgendetwas hinter der Verkaufstheke zu ordnen. Gott, sie ist die Beste!

Klar!, antworte ich Vincent, auch wenn sich gleichzeitig ein Anflug von Nervosität in mir breitmacht. Aber solange wir das Projekt für Samantha gemeinsam durchziehen, ist alles andere nebensächlich.

KAPITEL 20

TRACEY

Ja, ich freue mich auf die Royal Botanic Gardens – und den Jungen, der sie mir zeigen wird –, als der Wind im Tunnel mir die eintreffende Bahn ankündigt. In den letzten Monaten hatte ich zwar das verstärkt auftretende Bedürfnis, möglichst alles zu kontrollieren, doch heute werde ich ihm ein Stück weit die Führung überlassen. Ich zupfe noch einmal rasch meine Bluse zurecht – das bauchfreie Teil, das ich am Dienstag gekauft habe –, bevor ich im hintersten Abteil zu Vincent stoße.

»Hey, die kenne ich doch«, bemerkt er gleich nach der Begrüßung mit einem kurzen Lächeln, bleibt sonst jedoch schweigsam.

Das könnte alles oder nichts bedeuten. Diese Zurückhaltung macht mich wahnsinnig und stachelt mein Interesse an ihm gleichzeitig nur noch mehr an.

Vom East End aus tingeln wir mit der District Line einmal quer durch die Metropole in den weit im Südwesten gelegenen Stadtteil

Richmond upon Thames. Obwohl wir über eine Stunde unterwegs sind, ist es kein bisschen unangenehm zwischen uns. Dabei sehen wir den Großteil der Zeit nicht viel mehr als die vorüberziehenden Bahnstationen und unsere Mitfahrer, bevor der Zug oberirdisch weiterfährt. Ich hätte auch ein paar Small-Talk-Themen ausgraben können, um die zwischenzeitliche Stille zu überbrücken, aber das ist gar nicht nötig. Ich habe nicht das Gefühl, etwas erzwingen zu müssen.

Vincent hört mir zu, als ich von meinem Wellness-Tag mit Beatrice und zwei weiteren Freundinnen schwärme und anschließend den gestrigen Nachmittag skizziere, den ich bei Lia in der Buchhandlung in Shoreditch verbracht habe.

»Du solltest mal mitkommen«, schlage ich vor. »Das *A New Chapter* würde dir gefallen. Der Laden hat einen richtig urigen Charles-Dickens-Style! Liest du eigentlich?«

Darüber denkt Vincent kurz nach. »Natürlich die Lektüre für die Uni, sonst vielleicht mal eine Biografie oder einen historischen Roman. Geschichte interessiert mich immerhin sehr, und es gibt großartige Fachliteratur, aber eigentlich sehe ich mir lieber Dokus an. Letztens habe ich eine interessante Sendung über die möglicherweise realen Hintergründe der Artus-Sage gesehen. Die Doku über den Dreißigjährigen Krieg war auch ziemlich gut.«

Ich bin jedes Mal fasziniert davon, wie er aufblüht, sobald ihn ein Thema begeistert. Solche Momente sollte es häufiger geben.

»Ich glaube, das ist auch eher mein Ding«, sage ich lachend, wovon er sich anstecken lässt. »Mit den Texten für die Uni komme ich gerade noch klar, aber für mehr als Zeitschriften fehlt mir oft die Ruhe oder das Durchhaltevermögen. Ich bin lieber unterwegs ...« Unter anderem, um nicht zu viel Zeit mit irgendwelchen Grübeleien zu verbringen. Leider sind meine Gedanken zu Samantha und Charlie oft so laut und hartnäckig, dass ich sie nicht dauerhaft ignorieren kann.

Wir halten in Westminster.

»Ich habe mit Elle gesprochen«, sagt Vincent aus heiterem Himmel.

Damit hat er sofort meine volle Aufmerksamkeit zurück. »Über deine ...?«

»Ja.«

Ich versuche, in seinem Gesicht abzulesen, ob ich mich freuen oder ihn trösten soll. »Und?! Wieso hast du mir das nicht gleich erzählt?«

Ein kleines bisschen bin ich gekränkt, dass er mir nicht sofort eine Nachricht über diese Neuigkeit geschrieben hat, schließlich hatte ich ihn darum gebeten, mich auf dem Laufenden zu halten.

»Ich wusste erst selbst nicht so richtig, was ich von ihrer Reaktion halten soll. Es war das erste Mal, dass ich mit jemandem aus meinem engsten Umfeld offen darüber geredet habe. Jetzt denke ich, sie hat es ganz gut aufgenommen.«

»Das ist doch toll!«, rufe ich so laut, dass sich ein paar Fahrgäste zu uns drehen. Ups. »Nicht?«, frage ich aufgeregt, aber etwas leiser.

»Ja, schon. Es ist eher spontan dazu gekommen. Und es war nicht leicht. Wobei ich das auch nicht erwartet habe. Den Umständen entsprechend sind wir wahrscheinlich auf dem besten Weg dahin, dass Elle mich versteht.«

Er fährt sich über das Kinn und ergänzt etwas verunsichert: »Agatha habe ich einen Brief geschrieben.«

»Oh, hast du ihn ihr schon gegeben?« Ich hätte an seiner Stelle immer das direkte Gespräch gesucht, aber ich schätze, dass beides Vor- und Nachteile hat.

Er nickt. »Gestern nach der Arbeit. Sie hat mir eine SMS geschickt, nachdem sie ihn gelesen hatte, und mir versichert, dass sie mich genauso mag, wie ich bin, und ich niemals daran zweifeln müsse.« Er hält kurz inne. Vor Ergriffenheit? »Danach haben wir telefoniert.«

Ich jedenfalls bin ergriffen. »Du kannst echt stolz auf dich sein!«

Er zuckt verlegen die Schultern. »Ich bin natürlich erleichtert. Definitiv. Aber ich bin auch so ... müde.«

Das verstehe ich. Dieser ganze emotionale Ballast fordert sicher viel Energie. Wenn ich nur wüsste, wie ich Vincent ein wenig davon befreien könnte?

»Ach ja, und meine Eltern halten mich nun für einen Punk.« Sein sarkastischer Tonfall ist nicht zu überhören.

»Wieso das denn?« Ich starre ihn an. Schwarzes Jeanshemd, weißes T-Shirt mit Fotomotiv, graue Hose. »Ich finde, du trägst eher Skaterklamotten. Mit den Vans und so.«

»Das solltest du sie fragen.«

»Mensch, Vincent ...« Ich muss mich beherrschen, um ihm nicht die Haare zu zerstrubbeln. Ich möchte nicht erneut in ein Fettnäpfchen treten wie bei unserer ersten Begrüßung, also halte ich lieber etwas Abstand. »Da war ja einiges los bei dir.«

»Sorry noch mal, dass du jetzt erst davon erfährst«, entschuldigt er sich, was nach wie vor so klingt, als wollte er einen Witz reißen.

»Du schaffst es auf jeden Fall, dich in eine geheimnisvolle Aura zu hüllen.«

»Ich werde den Inhalt des Briefs anpassen«, fährt er nun wieder ernst fort, »und den Text auch an Gwen und Ramona schicken, falls ich beim Brunch am Sonntag wieder kein Wort herauskriegen sollte.«

»Gut!«, bestärke ich ihn.

Er lächelt schief – aber er lächelt –, und ich habe plötzlich den Eindruck, die Bodenhaftung zu verlieren.

Nachdem wir am Earl's Court umgestiegen sind, vergeht die letzte Viertelstunde Fahrtzeit wie im Flug. Die niedlichen Ladenzeilen von Kew Village in der bunt gestrichenen Holzoptik, die gleich an die Bahnstation grenzen, beherbergen neben Restaurants und Cafés ein paar Geschäfte. Anders als bei meinem letzten Besuch hier vor Monaten hat der Markt nicht geöffnet, und mir ist sehr viel wärmer, was jedoch nicht nur an den gestiegenen Temperaturen liegt, sondern auch an meiner Begleitung, so ungern ich mir das eingestehe. Durch das Wohngebiet mit den großen, frei stehenden Häusern ist es nicht mehr weit bis zu einem der vier Eingänge in die Gärten.

Nachdem wir unsere Eintrittskarten am Victoria Gate gekauft haben, sagt Vincent gedankenverloren: »Ist schon komisch, dass ständig irgendetwas meinen Deadname tragen muss.«

Um ihn nicht schon wieder mit meinen Fragen zu löchern, mache ich mir eine gedankliche Notiz, dass es dabei um eine sensible Sache zu gehen scheint. Wenn es für ihn angenehmer ist, sollte auch ich seinen abgelegten Namen in Zukunft nicht mehr konkret benennen. Falls das überhaupt mal nötig sein sollte.

»Okay.« Er macht ein paar Schritte rückwärts in die weitläufige Wiesenlandschaft hinein, die sich jenseits der Wege auf einem dreihundert Hektar großen Areal erstreckt, und breitet die Arme aus. »Dann wollen wir mal. Zeit für einen Inspirationsbooster!«

»Ich bin gespannt!« Seine Euphorie steckt mich sofort an. Genau wie gestern, als er mich in seiner Nachricht gefragt hat, ob ich bereit bin. Ich weiß es wirklich zu schätzen, dass er sich solche Mühe gibt. Er möchte mir mein Vorhaben so angenehm wie möglich machen, trotz der schmerzhaften Erinnerungen, die für mich damit verbunden sind. Selbst Vincents innere Schatten scheinen vollständig der Sonne und unserem Blumenprojekt gewichen zu sein.

Wir sind noch keine fünf Minuten unterwegs, als in der Ferne bereits das erste Gewächshaus auftaucht. Ein lauer Luftzug weht die Blüten der Kirschbäume vor unsere Füße, Vogelgezwitscher übertönt die Unterhaltungen der anderen Besucher, denen man querfeldein problemlos ausweichen kann. Das Engegefühl, das die Häuserschluchten in der City manchmal mit sich bringen, fällt vollständig von mir ab.

»Es ist herrlich, mal aus der Stadt rauszukommen«, sage ich mit einem gelösten Seufzen.

Vincent lächelt. »Vielleicht können wir ja etwas von diesem Freiheitsgefühl bei unseren Pflanzaktionen einfangen und an andere Menschen weitergeben.«

»Ja, das hätte Samantha gefallen.«

Er dirigiert mich nach rechts, wodurch das atemberaubende Konstrukt mit seinen eisernen Verstrebungen und gläsernen Bauteilen zunächst wieder hinter einer Ansammlung von Büschen verschwindet.

»Ich bin davon überzeugt, dass Pflanzen und Blumen eine nicht zu unterschätzende Macht besitzen, uns zu erfreuen, zu trösten, aufzuheitern«, erklärt Vincent. »Etwas zu säen, kann so heilsam sein. Mir hat das immer Kraft gespendet, wenn sonst nichts mehr helfen wollte.«

Dann hoffe ich mal, dass auch ich diese Wirkung spüren werde. Es muss mir einfach helfen. Und Samantha Frieden spenden.

Ich rufe mir einige Ergebnisse ins Gedächtnis, die mir das Internet ausgespuckt hat, als ich es nach Ansätzen für meine anfänglich noch sehr schwammige Begrünungsidee durchforstet habe. »Guerilla Gardening ist sogar eine richtige Bewegung, oder?«

»Ja«, greift Vincent meine Frage erfreut auf und steckt die Hände in die Hosentaschen. »Der Ursprung der Bewegung geht auf New York City in den Siebzigerjahren zurück. Zu der Zeit versammelte sich eine Gruppe junger Widerstandskämpfer, um dem Verfall der Großstadt den Kampf anzusagen. Ihre Anführerin war die Künstlerin Liz Christy. Später fungierte Guerilla Gardening auch als politische Protestform. Hierzulande ist zum Beispiel der englische Globalisierungskritiker Richard Reynolds bekannt, der als einer der populärsten Gartenpiraten zu Beginn der Nullerjahre mit anderen Aktivisten den Rasen auf dem Londoner Parliament Square umgegraben hat.« Vincent zuckt die Schultern. »Genau genommen ist es nicht legal, öffentliche Plätze ohne eine Genehmigung zu bepflanzen. Deshalb finden solche Aktionen in der Regel nachts oder im Geheimen statt.«

Ich muss grinsen. Sammy würde ausflippen. Sie wäre sofort Feuer und Flamme.

Von Vincent hätte ich das allerdings nicht unbedingt erwartet. »Hast du das schon mal gemacht?«

»Ich wollte es immer schon mal ausprobieren. Ich hatte nur nie jemanden, der mit eingestiegen wäre.«

Ob er sein Wissen extra für mich aufgefrischt hat?

»Gern geschehen!«, flöte ich. »Dann sind wir jetzt also partners in crime?«

Lass mich Liz Christy zu deinem Richard Reynolds sein!

Vincent schüttelt lachend den Kopf. »Ich könnte mir keine bessere Komplizin vorstellen.«

Mir wird ganz schwindlig.

Hör auf zu träumen, ermahne ich mich. *An die Arbeit!*

Ich falte den Lageplan auseinander, den wir am Ticketschalter bekommen haben, und tue ganz darin versunken. »Cool. Dann lass mal hören!«

Er stibitzt mir die Karte aus der Hand.

»Hey!« Damit habe ich nicht gerechnet.

»Das brauchen wir nicht«, behauptet er und gibt mir den Plan zurück, damit ich ihn in meiner Handtasche verstauen kann. »Ich war hier schon zigmal. Am besten fangen wir mit der Auswahl der Pflanzen und Orte an, die für die Aussaat geeignet sind.«

»Man kann wohl nicht einfach wild drauflospflanzen?«, vermute ich.

»So ist es. Sprösslinge und Samen sollten unbedingt von heimischen statt von exotischen Arten stammen, um keinen Schaden anzurichten. Das ist wichtig, um die vorhandene Vegetation nicht zu verdrängen und wegen der Tiere und Insekten, denen bekannte Pflanzen als Nahrung dienen. Manche Brachflächen in der Stadt müssen auch frei bleiben, weil dort beispielsweise Vögel wie die Nachtigall ihre Brutplätze haben.«

»Verstehe.«

»Man darf auch nicht zu viel Dünger oder künstliche Pflanzenschutzmittel verwenden«, ergänzt Vincent. »Das ist Gift für die Umwelt.«

Ich versuche, mir das alles zu merken.

»Und mit dem Pflanzen allein ist es noch lange nicht getan. Die meisten Sprösslinge muss man nachher noch pflegen und regelmäßig bewässern.«

Okay, es ist komplizierter, als ich dachte.

»Aber davon solltest du dich in deiner Kreativität erst mal nicht einschränken lassen«, rudert er etwas zurück. Offenbar hat er gemerkt, dass ich etwas ernüchtert wirke. »Grundsätzlich kann man alles irgendwie umsetzen, dann eben in abgewandelter Form. Es gibt ja mehr als genug trostlose Seitenstreifen oder heruntergekommene Hinterhöfe und für jede Pflanze das richtige Fleckchen.«

»Na gut.«

Gerade als ich mich erkundigen will, ob er eine bestimmte Route durch den Garten im Sinn hat, kommt Vincent mir wieder mit einem anderen Gedanken zuvor. Er ist absolut in seinem Element.

»Hatte Samantha eine Lieblingsblumenart?«

Das ist leicht. »Sie mochte Nelken.«

Seine Mundwinkel zucken. »Da gibt es aber einige«, zieht er mich auf. »Gartennelken, Topfnelken …«

»Ach!« Ich boxe ihm gegen die Schulter.

»Was denn?« Er reibt sich die getroffene Stelle und zieht übertrieben die Augenbrauen zusammen, wodurch deutlich wird, dass ihn mein kurzer Ausrutscher nicht gestört hat. »Das ist nun mal Fakt.«

»Schon klar.«

Um konkreter zu werden, muss ich nur ein bisschen tiefer in meinen Erinnerungen graben. Mir fällt wieder ein, wie ich Samantha dabei geholfen hatte, eine Blüte in ihre Honighaare zu flechten … diese Blüte, die …

»Besonders schön fand Sammy die weißen mit dem pinken Rand.«

»Eine Edelnelke. Raspberry Ripple.«

»Du musst es wissen«, murmele ich ein wenig abwesend, denn ich hänge immer noch in der Vergangenheit fest.

»Achtung!«, sagt Vincent plötzlich, packt mich an den Schultern und verhindert, dass ich über einen großen Stein stolpere, der mitten auf dem Weg liegt.

Mein Herz schlägt schneller. Kommt es mir nur so vor oder hält er mich ein wenig länger fest, als nötig gewesen wäre? Enttäuschung regt sich in mir, als er mich schließlich wieder loslässt, obwohl es sich gleichzeitig so anfühlt, als könnte ich seine Berührung noch immer spüren.

Ich befeuchte meine Lippen und schlucke, um die Trockenheit in meiner Kehle loszuwerden.

Vincent zeigt an mir vorbei zu einer Reihe kunstvoll angeordneter Rosenbeete in Lila, Rot und Blau. Will er damit den Moment überspielen, den wir soeben geteilt haben? Hinter den Beeten ragt das Palmenhaus auf, das wir vorhin von vorn gesehen haben. Der Anblick ist atemberaubend!

»Möchtest du reingehen?«

»Definitiv!« Mein Sprachapparat übernimmt, bevor mein Verstand sich einschalten kann. Innerhalb weniger Sekunden finden wir uns in den Tiefen des Regenwaldes wieder, und während wir in der feuchtwarmen Luft durch die tropische Vegetation wandern, beginnt mein Körper in Vincents Gegenwart komplett verrücktzuspielen. Dabei ist es völlig egal, ob er auf den hölzernen Stegen dicht neben mir geht, sich vor mir unter einem zu tief herabhängenden Ast hindurchduckt, einen Farn für uns beiseitestreicht oder mich auf außergewöhnliche Exemplare hinweist.

Eventuell sollte ich ein SOS an Lia absetzen.

Denn was da mit mir passiert, ist unwirklich. Und doch real.

»Nelken sind super«, sagt Vincent, während wir die Wendeltreppe in einer Ecke des Glasbaus erklimmen, um uns den urbanen Dschungel noch einmal von oben anzuschauen.

»Das ist … beruhigend?«, erwidere ich, obwohl ich innerlich gerade alles andere als ruhig bin.

»Ja, jetzt ist die ideale Pflanzzeit.«

Auf dem Balkon lehnen wir uns nebeneinander an die Brüstung – er mit dem Rücken, als wollte er keine meiner Gefühlsregungen verpassen. Ich finde es jedoch weitaus spannender, mir jedes Detail seines Gesichts einzuprägen, als hinabzuschauen, obwohl vor allem der Seerosenteich aus dieser Perspektive besonders gut zur Geltung kommt. Mit puddingweichen Knien hänge ich an seinen Lippen und nehme jedes Wort in mich auf.

»Nelken sind außerdem sehr pflegeleicht und sowohl für die Beet- als auch die Topfkultur geeignet. Wir könnten ja verschiedene Arten verwenden.«

»Unbedingt!«, stimme ich ihm zu und drehe mich dann doch kurz zum Teich um.

Die charakteristischen großen grünen Blätter auf der Wasseroberfläche sind wunderschön. Außerdem kann ich Vincent aus dieser Position von der Seite sehen, wodurch mir zwei Muttermale an seinem Hals auffallen. Unversehens stelle ich mir vor, mich an ihnen entlangzuküssen, bis ich schließlich an seinem Mund verharre. Ganz sacht würden sich unsere Lippen berühren …

Ein wehmütiges Ziehen in meiner Lunge holt mich aus meinem Tagtraum.

Haben wir schon die ganze Zeit so nah nebeneinandergestanden?

Vincent räuspert sich.

Hundertprozentig hat er sich mir weiter zugewandt.

»Dann würde ich vorschlagen, wir bepflanzen auf jeden Fall ein paar Blumenkästen, die wir danach an Zäunen oder Mauern anbringen. Die kann man auch wunderbar mit Kräutern ausschmücken. Durch das Blattgrün kommt die Fülle der Blüten noch stärker zur Geltung. Wie klingt das für dich?«

Zumindest hat er seine Gedanken noch beisammen.

»Toll!«

Das ist alles? Ich habe ihm zwar zugehört, doch mein Gehirn ist gegenwärtig nicht in der Lage, zusammenhängende Sätze zu formulieren.

Vincent stößt sich von dem Geländer ab.

Verdammt, ich hoffe, er hat meine einsilbige Antwort nicht als mangelnde Begeisterung aufgefasst, denn genau das Gegenteil trifft zu.

»Wollen wir weiter?«

Ich folge ihm hastig.

Wahrscheinlich hat er im Moment gar nicht die Kapazität, um sich lächerlichen Schwärmereien hinzugeben, wie ich es tue. Ich sollte mich auf das Wesentliche fokussieren, statt ständig auf irgendwelche Anzeichen zu hoffen, die belegen könnten, dass er mein Interesse erwidert.

Es grenzt an ein Wunder, wie meine Beine es schaffen, mich die gewundenen Stufen ohne Zwischenfälle wieder hinabzutragen. Wie war das noch mit den Gefühlen, die man sich nicht aussuchen kann? Obwohl ich Lia erst gestern zugestimmt habe, glaubte ich insgeheim dennoch, man hätte eine Wahl – bis zu diesem Augenblick. Ich habe noch nie so empfunden. Ob es Charlie und Justus mit mir ähnlich geht?

Vincent führt mich durch einen Steingarten voller Gebirgsgewächse aus allen Kontinenten, und es gelingt mir zum Glück, mich wieder mehr auf die vielen Eindrücke zu konzentrieren. Ich gehe dazu über, Fotos zu schießen und nach den Namen der Blumen zu fragen, die mir besonders gut gefallen. Wir gehen eine Magnolienallee entlang, durch das Rhododendrontal und an Blauglöckchenfeldern sowie Tulpenteppichen vorbei.

Ich komme aus dem Staunen nicht mehr heraus. Der Natur wohnt ein ganz eigener Zauber inne, den ich so bisher nie wahrgenommen habe. Ich fange an, Samanthas Faszination immer besser zu verstehen. Am liebsten hätte ich sämtliche Gefühle, die die Gärten und Vincent in mir auslösen, neben der Erinnerung an Sammy in einem Glücksgefäß zur Konservierung für schlechtere Zeiten verwahrt.

Im Princess of Wales Conservatory lässt mich mein persönlicher Berater, wie ich mir keinen besseren wünschen könnte, an einer weiteren Idee teilhaben.

»Ansonsten dachte ich neben Blumensträußen, die wir einfach an Laternen binden können, vor allem an sogenannte Samenbomben.«

Ich wende den Blick von den fleischfressenden Pflanzen hinter den beschlagenen Glasscheiben ab und mustere ihn neugierig. Auf Samenbomben bin ich im Zusammenhang mit Guerilla Gardening im Netz wirklich überall gestoßen.

»Die muss man erst bauen, oder?«

»Es gibt verschiedene Möglichkeiten«, erklärt Vincent, »je nachdem, welches Saatgut man verwenden möchte. Im Grunde handelt es sich schlicht um kleine Kügelchen aus Erde, Samen und Dünger. Sehr komfortabel.«

»Und diese Kugeln wirft man dann an passenden Stellen aus?«

»So ist es.«

»So eine wundervolle Vorstellung … Bomben, die statt den Tod das Leben bringen.«

Er lächelt, und ich bekomme eine Gänsehaut.

Es folgt ein historischer Exkurs im Kew Palace, der in der Georgianischen Ära eine Erholungsresidenz der englischen Königsfamilie war. Klar, dass Vincent als Geschichtsstudent der Meinung ist, dass man sich so etwas nicht entgehen lassen darf.

Danach machen wir Rast in einem Hain aus Mammutbäumen. Obwohl kein Picknick auf der Tagesordnung stand, packen wir gleichzeitig unsere Lunchboxen aus, als hätten wir uns abgesprochen.

»Du zuerst«, fordere ich ihn auf und lehne mich zurück, um die Sonnenstrahlen zu genießen, die sich zwischen den Ästen hindurchstibitzen. Weil Vincent nicht sofort reagiert, füge ich scherzhaft hinzu: »Nicht so schüchtern. Zeig mir, was du hast.«

Er hustet, öffnet die Dose und hält sie so, dass ich die Sandwiches darin sehen kann. »Ich hoffe, das ist essbar. Fancy Aussehen ist ja nicht alles. Hat meine Schwester mir aufgeschwatzt. Könnte ein gutes Zeichen sein, oder?«

Ich kneife die Augen zusammen. »Was ist denn drauf?«

»Rote-Beete-Hummus, Walnüsse und Rucola.«

»Klingt jedenfalls aufregender als die Backmischung, die ich gestern noch in den Ofen geschoben habe. Und bevor du fragst, es sind leider keine Blaubeermuffins.« Stattdessen präsentiere ich meine Cupcakes. Creme, Fondant und Zuckerkristalle waren praktischerweise direkt mit dabei. »Ich dachte, als Entschädigung für den Kuchen, den ich vergessen habe, ist das besser als nichts. Ansonsten hätte ich Obstsalat beizusteuern.«

Letztlich ist alles ziemlich lecker.

Nach dem Essen liegen wir noch eine Weile schweigend im Gras, nur von einem lauen Luftzug und dem Gesang der Vögel umgeben.

»Danke für den ganzen Input«, sage ich irgendwann.

»Kein Thema«, erwidert Vincent.

Ich spüre seinen Blick auf mir und wage es, meinen Kopf in seine Richtung zu drehen. Er betrachtet mich aufmerksam und gleichzeitig verträumt, als hätte er die Welt um uns herum vollständig ausgeblendet.

In meiner Brust flattert es wild und unaufhaltsam. Ich könnte ihn küssen, ich könnte es einfach tun. Und ihn damit verschrecken und dann mit dem Guerilla Gardening allein dastehen?

»Wahrscheinlich brauche ich noch ein bisschen, um das alles zu sortieren.« Rede ich noch von den Blumen und der Pflanzaktionen oder von meinen wachsenden Gefühlen?

»Klar.« Vincent streicht über die grünen Halme zwischen uns. Zuvor hatte er die Hände hinter dem Kopf verschränkt. Als er diesmal den Arm ablegt, sind seine Finger nur noch Millimeter von meinen entfernt.

Ich stehe vollständig unter Strom.

»Ich werde ein paar Listen mit verschiedenem Saatgut für die Samenbomben zusammenstellen, dann kannst du dir davon etwas aussuchen.«

»Das wäre klasse.«

»Die Nelken sind ja sowieso beschlossene Sache. Und sonst geh ruhig noch einmal in dich, was deine Favoriten für die Blumensträuße betrifft.«

»Mach ich.«

Mein ganzer Körper kribbelt, als seine Hand meine berührt, hauchzart nur, sodass es auch ein Versehen sein könnte. Deshalb wage ich es nicht, meine Finger mit seinen zu verschränken. Doch genau wie ich zieht er seine nicht zurück.

Ich könnte und möchte Vincent noch tausend Fragen stellen. Von *Wie kannst du dir diese Unzahl an lateinischen Gattungs- und Artennamen merken?* bis hin zu *Wird jemals wieder alles gut werden?* ist alles dabei. Doch ich behalte sie für mich, denn jetzt ist nicht der richtige Zeitpunkt dafür. Im Moment geht es darum zu fühlen, nicht zu denken. So leicht ist mir das bisher nur mit Sammy gefallen. Womöglich kann doch manches ein Stück weit wie früher werden. Die losgelöste positive Seite von mir ist nicht verloren und weitaus mehr als ein Schutzschild, als den ich sie bisweilen nach außen trage, um meine wahren düsteren Emotionen zu verbergen. Sie braucht nur jemanden, bei dem ich genau das tatsächlich spüre und gleichzeitig keine Angst davor haben muss, mich fallen zu lassen.

Auf der Rückfahrt schlage ich vor, abwechselnd einen unserer gespeicherten Lieblingssongs zu hören, und zwar per Zufallswiedergabe.

Zuerst druckst Vincent herum. »Ich weiß nicht ...«

»Wieso nicht?« Ich halte ihm einen meiner Ohrhörer hin. »Ich fange auch an.«

»Ich glaube, ich habe einen eher ... unmännlichen Musikgeschmack.« Er setzt imaginäre Anführungszeichen in die Luft.

Ich runzele die Stirn. »Hast du nicht letztens selbst noch bemerkt, wie albern und schädlich so ein Schubladendenken ist?«

Sich davon frei zu machen, steht nur wahrscheinlich auf einem anderen Blatt. Offenbar hat er dem auch nichts mehr entgegenzusetzen – ha! –, denn er willigt zögernd ein.

»Na schön.«

»Schummeln ist nicht erlaubt!«, stelle ich klar.

»Wie sollte das auch funktionieren?«, murmelt er. »Wir müssen ja sowieso die Handys tauschen.«

Nicht viel später habe ich mir einen Ohrwurm von Dodies *Would you be so kind* eingefangen. Als wollte mein Hirn mir etwas mitteilen. Im Übrigen kapiere ich nicht, warum Vincent sich so anstellt. Ich mag die Musik, die er hört.

KAPITEL 21
VINCENT

Ihr Gesicht so nah an meinem, ihr Atem auf meinen Lippen, ihr Duft in meiner Nase, bevor ich sie küsse, lang und tief, und ohne zu zögern, wie ich es schon im Palmenhaus wollte. Nein, eigentlich will ich es, seit ich sie das erste Mal gesehen habe. Das war beim Spring Awakening in diesem Hammerkleid mit diesem Hammerlächeln. Hatten die Jungs nicht noch spekuliert, worauf sie wohl abfahren würde? Keine Ahnung, wo wir sind, was um uns herum geschieht oder wie es so plötzlich dazu kommen konnte. Müsste ich das nicht wissen? Alles ist irgendwie unklar und verschwommen. Seltsam. Doch wichtig ist eigentlich nur eines: Tracey erwidert meinen Kuss, und das ist mehr, als ich jemals für möglich gehalten hätte. Meine Haut prickelt, wo sie mich berührt. Diese Wärme, die sie ausstrahlt, und ihr Herz, ich kann es hören und spüren, so eng sind wir miteinander verbunden. Es ist, als befänden wir uns in einem Kokon, abgeschieden von der Außenwelt, in dem nichts existiert außer Lippen und Zungen und Händen, die sich unter Kleidung schieben, nackte Haut berühren. Ich habe überhaupt keine Angst.

Wovor auch? Das ist noch seltsamer. Ich rolle mich über sie, und sie schlingt ihre Beine um meine Hüften. In diesem Moment weiß ich eigentlich schon, dass ich träume ... denn als Nächstes streife ich mir ein Kondom über. Es wäre schön, wenn das real sein könnte ...

Der Wecker klingelt.

Ich schlage die Augen auf, atme keuchend. Mein Herz rast, während der vertraute Anblick meiner Hängepflanzen in den Blumenampeln langsam in mein Bewusstsein tritt.

Es war nur ein Traum. Logisch. Natürlich liege ich allein im Bett. Als ich merke, dass meine linke Hand auf meinem Oberkörper ruht, der nicht annähernd so flach ist, wie er es in meiner Fantasie noch war, reiße ich sie weg, als hätte ich mich verbrannt.

Ich stöhne.

Seit Freitag geht mir das Mädchen mit dem frechen Funkeln in den Bernsteinaugen nicht mehr aus dem Kopf. Sie scheint meine Nähe zwar zu genießen, doch wie könnte Tracey sich je so zu mir hingezogen fühlen, wie ich mich zu ihr hingezogen fühle? Mein Versuch, unter den Mammutbäumen eine Hand nach ihrer auszustrecken, um aus ihrer Reaktion ihre Gefühle zu mir besser deuten zu können, ist leider an meiner Schüchternheit gescheitert. Wahrscheinlich war das auch komplett unnötig.

Ich bin noch keine Minute wach und bereits am Boden zerstört.

Nachdem ich das penetrante Piepen ausgeschaltet habe, bleibe ich noch kurz im Bett liegen, denn ich fühle mich wie gerädert. Zu allem Überfluss krampft sich auch noch mein Unterleib zusammen. Das bedeutet bestimmt ... Ich mag gar nicht nachsehen, schleppe mich aber trotzdem ins Bad. Wenig überrascht, aber dennoch völlig frustriert, starre ich auf die roten Flecken in meinen Boxershorts. Hass kocht in mir hoch, auf meinen verräterischen Körper. Wenn ich wenigstens zurück unter die Decke kriechen könnte, bis ich möglicherweise wieder normal funktioniere …

Es hilft alles nichts. Ich greife nach den Tampons in der Schachtel hinten im Badschrank. Gleich noch eine Schmerztablette, und dann nicht mehr daran denken, dass ich mich wie ein Häufchen Elend fühle.

Da ich Gwen und Ramona bis auf den Filmabend am Anfang der Osterferien noch kein einziges Mal gesehen habe, möchte ich unseren Brunch heute ungern absagen. Für Tracey habe ich schließlich auch Zeit gefunden. Mal abgesehen davon, vermisse ich die beiden.

Nach einer schnellen Katzenwäsche – duschen bringe ich jetzt einfach nicht über mich – sehe ich zu, dass ich die verlorene Zeit aufhole. Glücklicherweise schaffe ich es sogar aus dem Haus, ohne meinen Eltern über den Weg zu laufen. Seit unserer »Unterhaltung« nach meinem Shoppingtrip mit Tracey tänzeln sie ziemlich befangen um mich herum. Als ich am Freitag aus dem Botanischen Garten heimkam, hat Mum mir demonstrativ einen Lippenstift geschenkt, weil sie der Ansicht war, »dass er mir gefallen würde«, und Dad sprach in meiner Gegenwart immer wieder von dem herrlichen Osterfest, wobei er stets betonte, wie stolz er doch auf seine zwei hübschen, klugen Töchter sei. Womöglich spüren sie, dass eben doch mehr als ein Stilwechsel hinter meiner neuen Garderobe steckt, auch wenn sie das nicht einsehen wollen. Die Stimmung ist entsprechend angespannt, und Elle drängt mich ständig, es ihnen bitte bald zu sagen. Dabei finde ich die Situation zu Hause auch nicht gerade prickelnd und wünschte, ich könnte mich zu einem offenen Gespräch mit meinen Eltern überwinden.

Als mir die U-Bahn, die ich hätte kriegen müssen, um pünktlich zum Brunch im Bluebell Inn zu kommen, direkt vor der Nase davonfährt, fluche ich unterdrückt. Nun werde ich zwangsläufig einen schlechten Eindruck bei Rob hinterlassen, der einen Tisch für uns reserviert hat. Er arbeitet dort, und seit Ramona mit ihm ausgeht, wünscht er sich, dass sie mal während seiner Schicht vorbeischaut.

Was mich wieder ein bisschen aufheitert – und mir eine halbwegs nachvollziehbare Ausrede liefert –, ist die Lage des Cafés in unmittelbarer Nähe zur Columbia Road, wo heute wie jeden Sonntag Londons bedeutendster Blumenmarkt stattfindet. Da ich ohnehin zu spät sein werde, schaue ich mich kurz um und entdecke eine Geigenfeige, mit der im Arm ich schließlich eine Viertelstunde nach der vereinbarten Zeit am Treffpunkt auftauche.

»Ich konnte nicht anders!«, entschuldige ich mich ehrlich zerknirscht bei meinen Freundinnen. »Sie hat nach mir gerufen. Und nachher sind die schönsten Exemplare weg.«

Dass ich außerdem ein paar Bilder von der Farbenpracht geschossen habe, um sie Tracey zu schicken, behalte ich für mich.

Gestern hatte sie mir Fotos ihrer Favoriten aus dem Botanischen Garten geschickt, woraufhin ich ihr ein paar geeignete Blumenkästen für die Nelken vorgeschlagen habe. Mit der Zusammenstellung des Saatguts für die grünen Bomben bin ich leider noch nicht weitergekommen. Wenn ich morgen wieder im *Magic of Flowers* bin, werde ich erst mal klären, ob ich zumindest einen Teil der Schnittblumen und Samen sowie die entsprechende Erde über Agathas Blumenladen bestellen kann oder ob wir lieber alles extern besorgen. Bis zu einem gewissen Umfang hat Agatha eigentlich nichts dagegen, wenn ich etwas für private Projekte abzweige, weil das durchaus günstiger ist.

Wobei ich Tracey angeboten habe, dass wir uns die Ausgaben für das Guerilla-Gardening-Projekt gern teilen können.

»Wieso wundert es mich kein bisschen, dass du an den Marktständen hängen geblieben bist?«, zieht Ramona mich auf. Ihre braunen Haare sind streng zurückgebunden, und an ihren Fingern, mit denen sie auf die Tischplatte trommelt, glitzern mehrere kupferfarbene Ringe. »Wir hätten dir längst mal ein T-Shirt mit *Plant Mum* schenken müssen.«

Plant Dad, korrigiere ich sie in Gedanken. Direkt mit der Tür ins Haus zu fallen, wäre wahrscheinlich keine gute Strategie. Zumal sowohl Ramona als auch Gwen vollkommen entspannt wirken, obwohl beide mich bis heute noch nicht live mit meinem neuen Haarschnitt und in maskulinen Klamotten erlebt haben. Dass ihre Komplimente zu meiner Frisur offensichtlich von Herzen kamen, bestärkt mich darin, sie als Nächste einzuweihen. Der Gedanke an Agathas Reaktion auf mein Coming-out macht mir zusätzlich Mut.

Nach unseren Begrüßungsumarmungen setze ich mich auf den freien Stuhl und stelle mein neuestes Pflanzenkind behutsam neben mir auf den Boden.

Haben Gwen oder Ramona gemerkt, dass ich ein maskulineres Deo und den Binder trage? Unter dem Pullover sticht der Unterschied optisch nicht so leicht ins Auge.

»Musst du dich noch entscheiden oder weißt du schon, was du trinken möchtest?« Ramona wedelt mit der Speisekarte.

Offenbar stehe ich doch ein wenig neben mir.

»Können wir ansonsten bitte bestellen? Ich bin am Verhungern.«

Auf das Büfett, das ziemlich verlockend aussieht, haben wir uns vorher schon geeinigt, daher beschließe ich, einfach einen Latte

Macchiato zu nehmen. Auf Ramonas Winken hin eilt natürlich Rob herbei. Das wüsste ich sogar, wenn er kein Namensschild tragen würde, denn sein Blick ist ausschließlich auf sie gerichtet.

Er zückt Block und Stift. »Was darf es sein, Ladys?«

Zähne zusammenbeißen.

Wahrscheinlich hat Ramona ihm gesagt, dass sie mit zwei Freundinnen herkommt. Als sie anfängt, während ihrer Bestellung an seiner Schürze herumzuspielen, verdreht Gwen an mich gewandt die Augen. Ich zucke nur mit den Schultern. Normalität – das ist doch auch etwas Gutes, oder?

»Für mich auch das Büfett und einen Rooibostee, bitte«, sagt Gwen.

Robs Hand landet auf meiner Schulter. »Und für dich, Mann?«

Äh, was?

O mein Gott! Der Schreck weicht Euphorie. Ich wurde als Typ (an)erkannt! Von einem anderen Typen. Das ist einerseits extrem cool, andererseits ungünstig, da Gwen und Ramona noch Victoria in mir sehen. Ich bestelle hastig, doch auch meine Stimme führt nicht dazu, dass Rob seinen »Irrtum« erkennt.

Gwen bricht zuerst das Schweigen, das nach seinem Abgang entstanden ist. »So ein Trottel. Du siehst überhaupt nicht aus wie ein Mann.«

Logisch, dass sie das behauptet. Sie möchte zu mir halten, weil das Mädchen, das sie zu kennen glaubt, von so einer Bemerkung sicher gekränkt wäre. Aber ... verdammt, wenn ich jetzt nicht mit der Sprache herausrücke ...

»Ich fand es eigentlich ganz schmeichelhaft.«

Facepalm! Knapp daneben ist auch vorbei.

»Ich würde dich sofort daten, wenn du ein Kerl wärst«, ereifert sich Ramona. »*Victor* – das hätte doch was.«

»Ja«, erwidere ich gedehnt. »Wobei mir *Vincent* besser gefällt.«

Warm, wärmer …

Ramona kichert. »Ich frage mich, wie lange wir Rob an der Nase herumführen könnten. Er würde bestimmt ausflippen, wenn er es herausfände!«

Aua.

Sie steht auf. »Wollen wir uns dann mal bedienen?«

Für einen Augenblick glaube ich, dass Gwen noch etwas zu dem Thema hinzufügen möchte, doch letztendlich sagt sie nur: »Ja, lass uns gehen.«

Mir bleibt nichts anderes übrig, als mich ihnen anzuschließen und das Outing auf später zu verschieben. Dann greife ich eben auf Plan B zurück, die schriftliche Variante. Beim Essen auf das Thema zurückzukommen, halte ich nach diesem Reinfall für wenig Erfolg versprechend, so wie ich mich kenne.

Wieder zu Hause, setze ich mein Vorhaben gleich in die Tat um, bevor ich es mir wieder anders überlege. Ein paar Ausbesserungen samt drohender Nervenzusammenbrüche später verschicke ich den vorbereiteten Text als WhatsApp-Nachricht an Gwen und Ramona. Als Aufhänger nutze ich meinen gescheiterten Versuch, es ihnen bereits beim Brunch zu sagen.

Nachdem ich auf *Senden* geklickt habe, gieße und dünge ich meine Zimmerpflanzen und suche sie nach gelben Blättern und Schädlingen ab, wie ich es sonst auch am Wochenende tue. Alle scheinen wohlauf zu sein, worüber ich mich in meiner derzeitigen Situation ganz besonders freue. Oder mache ich mich vielleicht umsonst so verrückt?

Danach verziehe ich mich mit einer Wärmeflasche, einer Tasse Tee sowie einer Tafel Schokolade ins Bett und sehe mir ein paar Folgen *Sex Education* an, ohne mich wirklich darauf konzentrieren zu können. Immer wieder driften meine Gedanken zu Gwen und Ramona ab. Wir sind die besten Freunde. Und das kann auch so bleiben, selbst wenn ich mich bei einzelnen Aktivitäten und Gesprächsthemen von nun an etwas zurücknehmen werde. Was unsere Freundschaft ausmacht, ist vor allem das Zusammengehörigkeitsgefühl. Das scheint zwar unter Mädchen irgendwie ausgeprägter zu sein als zwischen Jungen und Mädchen, aber ich mag und schätze es trotzdem sehr, über jedes Erlebnis und jedes Gefühl zu reden. Und ich werde wohl kaum plötzlich zu einem dominanten, emotional verkommenen Holzfällertyp ohne Empathie und Manieren mutieren, das sollte den beiden hoffentlich klar sein.

Selbst nach fünf Folgen bin ich mir immer noch nicht sicher, was ich von der Serie halte, die Tracey mir empfohlen hat.

Unwillkürlich muss ich an meinen Traum von letzter Nacht denken. Sofort wird mir heiß. Verlegenheit und Frust kommen in mir hoch. Logisch, dass Sexträume nicht besonders realitätsnah sein müssen, aber diese Fantasie wird nicht mal annähernd so passieren. Und das liegt nicht nur daran, dass Tracey mich so womöglich niemals lieben könnte. Die Vorstellung, mich ihr gegenwärtig nackt zu zeigen, löst Beklemmungen in mir aus. Dachte ich wirklich, mit Hunter wäre es kompliziert?

Dabei ist es ja naheliegend, dass man nicht so leicht darüber hinwegsehen kann und darunter leidet, wenn die körperlichen Geschlechtsmerkmale nicht mit dem eigenen Empfinden und Identitätserleben übereinstimmen.

Ich halte die Folge an, denn ich bin sowieso viel zu abgelenkt. *Denk an die guten Dinge!*

Ich öffne den Chatverlauf mit Tracey. Da Gwen und Ramona die Lesebestätigung deaktiviert haben, muss ich bei ihnen die blauen Haken nicht checken. Und geantwortet haben sie auch noch nicht. Dafür hat Tracey sich über die Fotos vom Blumenmarkt gefreut und gleich nach einigen der Arten gefragt. Leider kann ich nicht einschätzen, ob sie das für sich oder Samantha wissen möchte. Trotzdem merke ich mir ihre eindeutige Vorliebe für Pfingstrosen, denn falls Ersteres zutrifft, weiß ich schon mal, mit welchen Blumen ich ihr im Fall der Fälle irgendwann eine Freude machen kann.

Ob so ein Outing eines Tages leichter wird?, teile ich schließlich meine Gedanken mit ihr und bringe sie auf den neuesten Stand. *Habe Gwen und Ramona den Text gesendet. Brunch war ganz okay.*

Tracey antwortet innerhalb einer Minute: *Noch keine Reaktionen?*

Nope.

Irgendwann bist du damit durch.

Nicht wirklich, widerspreche ich.

Zwar wird es in Zukunft hoffentlich nur noch »umgekehrte« Outings geben, weil ich irgendwann ausschließlich als männlich eingestuft werde, aber dieser Gedanke ist auch nicht weniger beängstigend.

Wenn ich mal neue Menschen kennenlerne, denen ich einen festen Platz in meinem Leben einräumen möchte, kann ich ihnen nicht ewig vorenthalten, dass ich früher mal als Frau gelebt habe.

Okay, schwierig …

Mit dem Thema anzufangen, war womöglich auch nicht die beste Idee, um auf schönere Gedanken zu kommen. Zumindest tut es gut, mit Tracey zu schreiben.

Vincent?

Mein Herz macht einen freudigen Hüpfer. Gott, ich liebe es, wenn sie mich mit meinem Namen anspricht.

In diesem Moment ruft sie an. Per Videocall.

Vor Schreck lasse ich das Handy fallen. Leider nicht auf die Matratze, sondern neben das Bett. Es klingelt zum Glück weiter, während ich es vom Boden auffische. Was habe ich an? Ein zerknittertes T-Shirt. Oder sollte ich mich eher fragen, was ich *nicht* anhabe? Da wären Hose und Binder zu nennen, ganz zu schweigen von einem BH, der mein Missbehagen während der letzten Tage nur verschlimmert hat.

Egal! Ich möchte mit Tracey reden – und sie sehen.

Ich nehme den Anruf entgegen, wobei ich penibel darauf achte, dass nichts unterhalb meiner Schlüsselbeine in den Kamerawinkel fällt.

»Hey«, sage ich und hoffe, nicht so aufgeregt zu klingen, wie ich es bin.

Das Bild baut sich auf.

»Hi.« Tracey wiegt den Kopf hin und her, ihr Gesicht wird von leichten schwarzen Haarwellen umspielt. »Ich dachte erst, du gehst nicht ran.«

»Tut mir leid.«

Ob sie sich die Haare sonst glättet? Oder gibt es einen Anlass, für den der Lockenstab herhalten musste? So was wie ein Date vielleicht … Urplötzlich fällt mir der Typ wieder ein, der sie zum *Spring Awakening* begleitet hat. Zu dumm, dass ich Tracey nicht nach ihm fragen kann, ohne sie womöglich an unseren Zusammenstoß dort zu erinnern. Wenn ihr klar wird, dass ich auch dort war, bringt sie mich am Ende mit dem Mädchen in Verbindung, und ich möchte nicht, dass sie dieses Bild von mir vor Augen hat. Sollte sie diese Verbindung bereits von selbst hergestellt haben, hätte sie mich bestimmt darauf angesprochen.

Angespornt von dem Gedanken an den Kerl auf der Party – und entgegen meiner Überzeugung, dass das mit uns sowieso nie etwas werden kann –, versuche ich mich an einem Kompliment.

»Du … das … deine Haare. Du könntest sie öfter so tragen. Sieht gut aus!«

Traceys Augen leuchten auf. »Danke!«

Mir wird ganz warm. »Hast du noch was vor? Ich meine, gleich«, verhaspele ich mich. »Äh … nachher … heute.«

Ihr Mund verzieht sich zu einem Lächeln. »Nein, eigentlich nicht.« Dann erlöst sie mich und wechselt das Thema. »Hast du auf dem Markt auch was gekauft?«

»O ja, klar!« Ich drehe die Kamera und zoome die Geigenfeige heran, die momentan auf der Truhe am Fußende meines Bettes steht. »Schön, oder? Sie braucht allerdings noch einen Platz und einen Namen.«

»Hübsch, hübsch! Nur woher weißt du, dass es sich um eine *Sie* handelt?«

Ich stutze, muss dann aber lachen. Nachdem ich das Bild wieder umgestellt habe, erwidere ich: »War das eine Fangfrage?«

»Möglich.«

Schließlich taufen wir die Pflanze auf den geschlechtsneutralen Namen Yuno.

Die nächsten zwei Stunden fliegen nur so dahin. Tracey erzählt mir eine Anekdote aus ihrem letzten Highschooljahr – eine Nacht- und Nebelaktion, in die jede Menge Alkohol, rohe Eier, Toilettenpapier sowie ein griesgrämiger Hausmeister involviert gewesen sind. Darüber hinaus gesteht sie mir, dass sie es inzwischen sogar vermisst, ihren Eltern beim Fachsimpeln über Zahnreinigungen und Wurzelbehandlungen zuzuhören. So weit sei es schon gekommen! Dann landen wir bei ihren diesjährigen Geburtstagsplänen. Sie will am dreißigsten April eine Party in der WG schmeißen, die phänomenal werden soll! Und sie könnte sich vorstellen, eine Clubnacht anzuhängen.

»Selbstverständlich freue ich mich, wenn du auch kommst«, betont sie. Offenbar ist sie sich einhundertprozentig sicher, dass wir dann noch in Kontakt stehen werden. Dabei steuern wir doch gerade erst auf die Hälfte des Monats zu. Natürlich wünsche ich mir das genauso, unbedingt. Aber theoretisch treffen wir uns nur zu einem konkreten Zweck, und wenn der sich erledigt hat ... Es ist alles so frisch, dass ich es nicht wage, zu weit vorauszudenken.

Im Augenblick ist es nämlich wirklich und wahrhaftig perfekt.

Virtuell begleite ich sie in die Küche, wo sie sich einen Vanillepudding aus dem Kühlschrank holt. Nebenbei erzählt sie davon, wie gern sie Sport macht. Ich bewundere ihre Disziplin, mindestens dreimal in der Woche ins Fitnessstudio zu gehen. Morgen möchte sie wieder trainieren.

»Es macht Spaß, und mental wirkt die Bewegung Wunder«, erklärt sie. »Ich kann kaum nachvollziehen, dass du keinen Sport treibst!«

»Ich habe andere Hobbys«, verteidige ich mich. Bei denen ich mich nicht mit meinem Körper auseinandersetzen muss, füge ich in Gedanken hinzu. Andererseits schadet es sicher nicht, noch vor den hormonellen Veränderungen einen Grundstein in Sachen Muskelaufbau zu legen.

»Denk darüber nach, ob du nicht mal mitkommen möchtest«, schlägt sie vor.

»Du würdest mich umbringen.«

Tracey setzt eine Unschuldsmiene auf. »Niemals.«

Ich glaube ihr kein Wort. Sie ist so ein Energiebündel.

Es klopft an meiner Zimmertür.

»Sekunde«, unterbreche ich Tracey. »Ja, bitte?«

»Abendessen ist fertig!«, ruft Elle.

Ich seufze. »Ich muss leider Schluss machen.«

Tracey nickt. »Kein Problem.« Sie zögert. »Wir sprechen uns sicher die Tage, oder?«

»Auf jeden Fall.«

Elle klopft erneut. »Bro!«

»Ich komme!« Hoffentlich haben meine Eltern nicht gehört, dass sie mich *Bro* genannt hat.

»Bis dann«, sage ich etwas abwesend zu Tracey und beende den Anruf. Ich schlage die Bettdecke zurück und schließe die Zimmertür auf, bevor meine Schwester noch die Wände hochgeht.

»Weshalb guckst du mich so an?«, beschwert sie sich sofort. »Wie ich es mache, ist es falsch.«

Statt etwas zu erwidern, drehe ich mich um und ziehe mir eine Jogginghose über die Boxershorts und einen Kapuzenpulli über den Kopf.

»Was ist los mit dir? Hast du etwa deine Tage?«

»Elle!« Ich halte in der Bewegung inne. »Dir ist klar, dass solche Kommentare sexistisch sind, oder?«

»Jetzt zick doch nicht so rum! Im Ernst, Vic… ach, verdammt.« Kopfschüttelnd lege ich einen Arm um ihre Schultern und schleife sie zur Treppe, wobei sich die fünf Zentimeter, die ich sie überrage, ausnahmsweise einmal auszahlen.

»Sorry, ich schätze es sehr, dass du dir Mühe gibst«, sage ich schließlich.

»Ach ja?« Elle blinzelt wenig überzeugt zu mir hoch. »Was hast du eigentlich mit deinen alten Klamotten vor? Kann ich die mal durchstöbern?«

Das war so vorhersehbar. »Tu, was du nicht lassen kannst, Schwesterherz.«

Nach dem Essen finde ich eine erste Antwort auf meine Outing-Nachricht von Ramona vor.

Okay. Es fällt mir echt schwer, diese Info mit dir in Einklang zu bringen. Es passt für mich einfach nicht zu dir, auch wenn du schreibst, dass du es dir selbst lange nicht eingestehen konntest und daher einiges überspielt hast. Deine Qualitäten als Frau waren jedenfalls ziemlich überzeugend! Dass du nie auch nur ein Wort zu Gwen oder mir darüber verloren hast, ist irgendwie verletzend. Sind wir uns scheinbar so fremd gewesen, dass du uns derart anlügen musstest? Ich habe gerade das Gefühl, dich überhaupt nicht zu kennen. Deshalb weiß ich aktuell auch nicht, wie ich damit umgehen soll. Ich bitte dich um Geduld und hoffe, du hast Verständnis dafür.

Mit diesem steifen, förmlichen und eindeutig anklagenden Tonfall habe ich nicht gerechnet. So habe ich Ramona noch nie erlebt, als wäre ich bloß irgendjemand – ein Arsch, der sie hintergangen hat. Sie ist sonst so herzlich … zu ihren Freundinnen, zu denen ich nun offensichtlich nicht mehr gehöre.

Mir wird eiskalt.

KAPITEL 22
TRACEY

Vor dem Fenster des Fitnessstudios gießt es in Strömen, und was auch passiert ist, es kann unmöglich etwas Gutes sein. Wahrscheinlich suche ich aber nur nach einem Grund für die mehrtägige Funkstille, denn Vincent hat mich bestimmt nicht vergessen. Mir ist klar, dass es dabei wahrscheinlich überhaupt nicht um mich geht. Als ob ich irgendeinen besonderen Stellenwert in seinem Leben hätte! Wir kennen uns noch nicht einmal drei Wochen. Dennoch fühle ich mich, als hätte er mich hängen lassen. Oder habe ich mich da in etwas verrannt? Wie kann man sich in kürzester Zeit so in jemanden verknallen? Das gibt es doch nur im Märchen oder in Liebesschnulzen, um die ich möglichst einen Bogen mache.

Ich erhöhe die Geschwindigkeit des Laufbands und setze zum Endspurt an, während mir mein Herzschlag in den Ohren hämmert. Penelope auf dem Laufband neben mir beschleunigt ebenfalls. Ihr langer roter Flechtzopf fliegt förmlich hin und her.

Nachdem ich Vincent am Montagabend gefragt hatte, wie die Arbeit gewesen war, hatte er nur mit einem kurzen *Okay* geantwortet. Seitdem habe ich nichts mehr von ihm gehört. Auf mein Nachhaken am Dienstag, ob seine Freundinnen sich gemeldet hätten, hat er nicht reagiert. Als ich am Mittwoch, also gestern, immer noch keine Nachricht von ihm hatte, beschloss ich, ihm etwas Raum zu lassen. Wenn er nicht mit mir reden wollte, bitte! Ich begann, mich eigenständig über Nelken zu belesen, und beging aus Frust über seinen Rückzug dann auch noch einen dummen Fehler, was meinen Ärger jetzt noch zusätzlich befeuert.

Ich hatte Charlie in New York angerufen.

Ausgerechnet Charlie, den ich seit Monaten geschnitten hatte, weil er nach wie vor eine Beziehung mit mir wollte und nicht akzeptieren konnte, dass wir nie ein richtiges Paar sein würden. Das fiel mir nach dem zweiten Freizeichen zwar wieder ein, und ich legte sofort auf, aber mein Anruf wurde ihm natürlich trotzdem angezeigt, woraufhin er mir eine Nachricht aus drei Fragezeichen schickte. Selbst nach all der Zeit hatte ich sofort ein Bild vor Augen, wie er sich im Architekturbüro seines Vaters durch die kurzen dunklen Haare gefahren und angesichts meines Anrufs wahrscheinlich die Stirn gerunzelt hatte.

Was stimmt nicht mit mir? Wie sollen sich die Wogen jemals glätten, wenn ich sie so gedankenlos immer wieder aufwirbele? *Sorry, bin versehentlich auf den Button gekommen!*, versuchte ich, mich herauszureden, doch das nahm Charlie mir natürlich nicht ab. *Ist klar*, schrieb er darauf nur.

Penelope reduziert ihr Tempo, und diesmal bin ich es, die ihrem Beispiel folgt. Mit dem Handtuch um die Schultern gehen wir zu den

Geräten für das Krafttraining. Bauch, Beine und Po stehen als Muskelgruppen auf dem Plan.

An der Beinpresse fragt Penelope auf einmal: »Wem muss ich die Hölle heißmachen?«

»Was?« Ich lache unwillkürlich auf.

»Du siehst aus, als wärst du ziemlich angepisst. Und du hast mein Workout-Programm heute noch nicht ein Mal verflucht. Oder hast du inzwischen erkannt, dass ich dich nur zu Höchstleistungen antreiben möchte?«

»Sorry.« Ich beuge mich vor, hebe meine Trinkflasche vom Boden auf und trinke hastig, um das Brodeln in mir zu löschen. »Ich bin irgendwie verwirrt.«

»Nebenan gibt es auch Sandsäcke, falls du dich abreagieren willst.«

Ich verdrehe die Augen. »So schlimm ist es noch nicht «

»Willst du darüber reden?«

Anders als neulich bei Lia im Buchladen ist mir gerade mehr nach Ablenkung zumute. Ablenkung, die mir der Sport eigentlich verschaffen sollte.

»Nein, danke.« Ich schüttele den Kopf. »Ich würde mich lieber auf das Training konzentrieren.«

Oder ein paar Stunden mit meinem besten Freund verbringen. Justus und ich könnten über Politik, Selbstverwirklichung oder Prominente diskutieren. Ganz egal.

Als wäre das Chaos in mir noch nicht komplett, erfüllt mich nun noch Wehmut, und ich gerate beim Zählen der Beinübung durcheinander. Ich fange noch mal von vorn an.

Justus könnte mir jetzt in seinem Wissenschaftlertonfall mein Horoskop aus einem dieser Magazine vorlesen, die ich ständig kaufe und dann nur mal durchblättere. Ich sehe ihn förmlich vor mir, wie er todernst über den Rand seiner runden Brille späht, sodass ich ihm als Astrophysiker alles glauben würde. Nur leider ist mein bester Freund noch bis Sonntagabend in Budapest, und ich habe ihn zuletzt nicht gerade wie einen guten Freund behandelt.

Erneut gerate ich aus dem Rhythmus und gebe es schließlich auf, die Übung korrekt auszuführen.

In den vergangenen Tagen fielen meine Antworten an Justus immer wortkarger aus, während er mich ausführlich an seiner Zeit in Ungarn teilhaben ließ. Ich entschuldigte mich mehrmals und log ihm vor, dass ich wegen Samantha gerade etwas niedergeschlagen wäre. Das stimmt zwar auch in gewisser Weise, doch hauptsächlich macht es mir zu schaffen, dass ich seit unserem Kuss jedes seiner Worte dreimal umdrehe und auf Anzeichen von Verliebtheit überprüfe. Wieder bei ihm anzukriechen, nur weil ich im Moment einen Durchhänger habe, wäre demnach völlig unterirdisch. So viel Anstand besitze ich immerhin noch.

»Auf zu den Sandsäcken?« Penelope mustert mich nach wie vor skeptisch. Verständlich, denn in den letzten paar Minuten habe ich nur noch vor mich hin gestarrt.

»Auf zu den Sandsäcken«, lenke ich seufzend ein.

»Na, dann los!« Penelope springt auf und scheucht mich in den entsprechenden Raum.

Und ja, okay, es tut gut, beim Boxen Dampf abzulassen. Eigentlich bin ich vor allem von mir selbst genervt, wie mir schon nach den ersten Schlägen aufgeht. Ich hätte mir einfach gewünscht, mehr für Vincent da sein zu können. Denn verdammt, ich mache mir Sorgen um ihn! Viel zu große Sorgen.

Als wir nach dem Duschen aus dem Fitnessstudio in Globe Town hinaus in den kühlen Nachmittag treten, hat es ein wenig aufgeklart, und ein Regenbogen spannt sich über den zahlreichen Schornsteinen und spitzen Giebeln der alten Häuser. Penelope stülpt die Kapuze ihrer dünnen Jacke über ihre nassen Haare, während ich mein Handy aus der Sporttasche krame.

Und siehe da, wenn man am wenigsten damit rechnet.

Ein Lebenszeichen von Vincent!

Hast du Zeit und Lust, heute ins Magic of Flowers *zu kommen? Wir könnten uns nach meiner Schicht dort treffen. Ich habe etwas für dich und Samantha vorbereitet.*

Ich schnaube. »Na, ob er sich damit einen Gefallen tut?«

»Hm?« Penelope dreht sich zu mir um.

»Sieht so aus, als hätte ich heute noch was vor«, stelle ich fest.

Auf jeden Fall werde ich Vincent nicht völlig kommentarlos davonkommen lassen, auch wenn er die vergangenen drei Tage Funkstille mit keiner Silbe erwähnt hat. Außerdem möchte ich am liebsten sofort wissen, was er sich ausgedacht hat. Ich verzichte jedoch darauf, mich anzukündigen. Ein klein wenig Rache muss sein.

KAPITEL 23
VINCENT

Nach Ramonas Antwort auf mein Coming-out habe ich am Dienstag schließlich eine Nachricht von Gwen erhalten, deren Wortlaut sich ebenso in meinem Kopf festgesetzt hat. Sie belastet mich selbst jetzt noch, zwei Tage später, während ich mir mit Agatha im Blumenladen mehr oder weniger die Beine in den Bauch stehe. Schon den ganzen Tag hat der Regen die Leute ferngehalten, was meinen Gedanken reichlich Raum gibt.

Gwen schrieb: *Hey, also das kam nun doch überraschend. Ich muss zugeben, dass ich das nie vermutet oder je damit gerechnet hätte. Klar, das am Sonntag im Café war schon etwas seltsam, und deine neue Frisur und die Klamotten ... Aber davor? Es ist für mich wirklich schwer zu begreifen, dass ich etwas so Wichtiges von dir nicht wusste. Immerhin geht es um deine Identität! Ich denke nicht, dass unsere Freundschaft daran zerbrechen wird, aber es wird anders sein ... Gib uns etwas Zeit, okay?*

Demnach haben sich die beiden ausgetauscht – ich will nicht sagen, gegen mich verbündet –, und ich werde das Gefühl nicht los, aus der Gruppe geflogen zu sein, als hätten sie mich zu einem Ausgestoßenen erklärt. Meine Versuche, uns zu einer Aussprache zu treffen, haben Gwen und Ramona vorerst abgeblockt.

Und Tracey? Ist sie jetzt ebenfalls sauer auf mich? Gwens und Ramonas Reaktionen haben mich derart aus der Bahn geworfen, dass ich mich erst einmal völlig zurückgezogen habe. Ich könnte wirklich dringend etwas Ablenkung gebrauchen.

Regentropfen prasseln auf das gläserne Dach des Wintergartens. Zwischenzeitlich war es so schlimm, dass wir sogar die Führungen verschieben mussten, weil sich das Friedhofsgelände in eine Rutschbahn verwandelt hat. Nachdem wir also etwas aufgeräumt haben und Agatha ins Büro gegangen ist, um ein bisschen Papierkram zu erledigen, fasste ich mir ein Herz und schickte Tracey eine Nachricht. Auch wenn es mir vorkam, als wäre in der Zwischenzeit eine Dornenhecke zwischen uns gewachsen – und mit ihr mein schlechtes Gewissen. Aber ich war so deprimiert, so im Widerstreit mit mir selbst gewesen, dass ich niemanden in meiner Nähe ertragen konnte, nicht einmal Tracey. Und um ihr das zu erklären, hatten mir die Worte und die Energie gefehlt. Selbst auf dem Friedhof komme ich zurzeit nicht richtig zur Ruhe, obwohl ich unendlich dankbar dafür bin, dass Agatha und dieser Ort Teil meines Lebens sind. Was würde ich nur ohne sie machen?

Als der Regen dann doch kurz aussetzt, nutze ich die Gelegenheit, um etwas Moos zu pflücken, das ich für die ultimative Wiedergutmachung brauche, die ich mir für Tracey überlegt habe. Doch auch nachdem ich wieder zurück im Laden bin und die Wolken ihre Schleusen erneut geöffnet haben, hat sie noch nicht auf meinen

Kontaktversuch reagiert. Ich nehme es ihr nicht übel, und dennoch schmerzt es. Sie muss mir einfach verzeihen, diese Aktion hier muss funktionieren ...

»Bist du sicher, dass das auf diese Weise klappt?«, frage ich Agatha daher noch einmal, während ich das Moos in einem Eimer von der Erde befreie.

Das Gute an dem Sauwetter und dem geringen Kundenverkehr ist, dass ich mir heute ein paar Anregungen und Tipps für die Pflanz-aktionen bei Agatha holen konnte. Nur den Anlass für das Projekt behielt ich für mich, um Traceys Privatsphäre zu wahren.

»Dafür lege ich meine Hand ins Feuer.« Agatha zwinkert vergnügt, und ihr zuliebe versuche ich zu lächeln.

Bei der Vorbereitung auf den Besuch im Botanischen Garten hatte ich Moosgraffiti zunächst als undurchführbar abgehakt, weil ich im Internet zu viele enttäuschte Stimmen dazu gefunden hatte. Aus diesem Grund hatte ich diese spezielle Art des Guerilla Gardening Tracey gegenüber nicht erwähnt. Da Agatha allerdings schon mal eine andere als die gängige Strategie benutzt und damit Erfolg gehabt hatte, möchte ich es nun doch ausprobieren.

»Du bist natürlich die Expertin«, räume ich ein und reibe vorsich-tig über die Wurzeln der Moosstücke.

»Man darf das Moos nur nicht pürieren«, wiederholt Agatha ihren Rat. »Wenn du mit der üblichen Moos-Milch-Bier-Pampe die Wände streichst, wächst da tatsächlich nichts. Egal, wie oft du die Stellen mit Wasser besprühst. Deshalb sollte man das Moos in ganzen Stücken an die Wand kleben. Dann spricht nichts gegen ein wunderschönes Öko-Graffiti.«

»Und die Zusammensetzung für den Kleber ...«

»Eigelb, Honig, Mehl und Wasser. Das ist alles.«

Ihr Interesse an meinem und Traceys Vorhaben hat mir neuen Antrieb gegeben und meine Niedergeschlagenheit etwas verdrängt. Insbesondere nach den Reaktionen meiner Freundinnen kommt es mir noch etwas unwirklich vor, dass Agatha seit meinem Coming-out genauso mit mir umgeht wie immer.

»Diese Unterführung in der Nähe der Weinhandlung auf der Süd-westseite des Cemetery könnte echt mal einen grünen Anstrich ver-tragen«, überlegt sie nun laut.

»Ist notiert.«

Genau wie die Mengenangaben für die Bestandteile der organi-schen Paste. Ich habe alles in der Notiz-App meines Handys gespei-chert. Praktischerweise sollten wir die Zutaten in der Küche meiner Eltern finden, sodass wir uns das Einkaufen sparen und schnell alles zusammenmixen können. Die Betonung liegt auf *schnell*, denn ich möchte meinen Eltern nicht länger als nötig begegnen. Allerdings wohne ich nun mal ein gutes Stück näher am Friedhof als Tracey, und Mum und Dad dürften immerhin kaum ausflippen, weil ich ein Mäd-chen mit nach Hause bringe. Mit Hunter war das damals echt zum Fremdschämen.

So weit der Plan ...

Agatha hebt einen Zeigefinger. »Wobei du es dir gar nicht so kom-pliziert machen musst. Mit Blumenzwiebeln kann man ganz leicht blühende Landschaften erschaffen.«

»Stimmt«, gebe ich ihr recht. »Vielleicht kommen wir darauf spä-ter noch zurück.«

Schließlich erscheint Irene zu ihrer Schicht, und Agatha macht früher Schluss, um ein paar Überstunden abzubauen. Wie alle Angestellten der Gärtnerei ist Irene erstaunlich entspannt mit den »Neuerungen« umgegangen, die mich betreffen. Trotzdem war es unglaublich hilfreich gewesen, dass Agatha neben mir gestanden hat, als ich Irene, unseren Gärtner Tom und die zwei anderen Aushilfen eingeweiht hatte.

Ohne Agatha in der Nähe driften meine Gedanken wieder stärker ab und kreisen erneut um Gwen und Ramona.

Kurz vor Ladenschluss hat Tracey sich immer noch nicht bei mir gemeldet. Ich bin inzwischen so verzweifelt, dass ich mich förmlich darum reiße, die Beratung der vermutlich letzten Kundin für heute zu übernehmen, um mein Gehirn zumindest für einen Moment mal auf Standby zu schalten. Irene gibt mir merkwürdige Zeichen, die wahrscheinlich bedeuten sollen, dass sie eine rauchen geht, doch ich konzentriere mich bereits auf die Frau mir gegenüber vor dem Tresen, die mir panisch verkündet, dass sie einen Entschuldigungsblumenstrauß benötigt. Gleich darauf beginnt sie, mir detailliert ihre Situation zu schildern. Es gelingt mir, sie zu beschwichtigen und eine Auswahl nach ihren Wünschen zusammenzustellen. Doch als ich mit dem Binden anfangen will, fällt es mir schwer, mich in die vertrauten Handgriffe zu vertiefen und den Stimmungsaufschwung weiter aufrechtzuerhalten. Klar beobachtet die Kundin nicht mich, sondern nur meine Arbeit, das ist nichts Ungewöhnliches. Aber dieses hartnäckige Unwohlsein, das sich gegen meinen Körper richtet, will mir etwas anderes einreden. Die Frau fragt sich bestimmt nicht, wieso meine Handgelenke so dünn sind. Sie wird auch nicht über die Beschaffenheit meiner Haut nachgrübeln, die mit mehr Testosteron, als ein weiblicher Körper produziert, nicht so fein wäre … oder? Wieso sollte sie sich das auch fragen? Sie hält mich vermutlich sowieso nicht für einen Jungen.

Nachdem ich die rosa Rosen und lila Chrysanthemen bereitgelegt und die Köpfe der pinkfarbenen Gerberas mit Blumendraht stabilisiert habe, greife ich immer abwechselnd nach einer Blüte und etwas Schnittgrün und ordne alles so an, dass nach und nach eine schöne, runde Spiralform entsteht. Doch das Gefühl der Unsicherheit bleibt. Ich beginne zu schwitzen. Schließlich binde ich das Bouquet zusammen und kürze Blumen und Beiwerk mit einer Gartenschere circa zwei Handbreit unter der Bindestelle auf eine Länge.

Als ich schließlich nach einem Messer greife, um die Enden der Blumenstiele anzuschneiden, fällt der Ladeneingang in mein Blickfeld – und ich fasse beinahe in die Klinge. Das leichte Brennen lässt mich aufschrecken, und mein Puls schnellt in die Höhe. Glücklicherweise fließt kein Blut.

Im nächsten Moment finde ich mich in einem Déjà-vu wieder: Tracey hat das *Magic of Flowers* betreten. Unangekündigt. Ohne Vorwarnung. Sie kommt durch den Mittelgang auf mich zu. Und doch ist alles anders als beim letzten Mal, weil ich sie darum gebeten habe, herzukommen. Und da ist sie. Ich bin *so* froh, sie zu sehen, dass ich plötzlich selbst nicht mehr kapiere, wieso ich mich auch vor ihr zurückgezogen habe. Ich sollte damit aufhören.

Meine Hände erinnern sich daran, die Blumen anzuschneiden.

»So«, sage ich lächelnd zu der Frau. Ich komme mir nur noch halb so beobachtet vor, da meine Sinne auf Tracey fixiert sind. Sie wartet mit verschränkten Armen und etwas Abstand, bis ich mit der Kundin fertig bin. Ist sie sehr wütend?

»Darf ich den Strauß noch verpacken?«

»Ich nehme ihn gleich so. Vielen Dank!«

Na dann … Ich gebe ein paar letzte Pflegehinweise, kassiere und verabschiede mich höflich. Dann wappne ich mich gegen die unmittelbar bevorstehende Konfrontation.

Tracey tritt vor. Sie trägt einen schwarzen Kapuzenpullover zu Leggins, darüber eine ebenfalls dunkle Regenjacke, und eine Sporttasche hängt über ihrer Schulter. Sie wirkt eigentlich gar nicht kampflustig. »Bist du okay?«

Ich atme auf. Die vorsichtige Frage überrascht mich trotzdem. »Es geht so. Und du?!«

»Das dachte ich mir. Dito.«

Wie unglaublich selbstbezogen von mir, dass ich nicht wenigstens mal nachgefragt habe, wie es ihr geht!

»Ich musste die ganze Zeit an dich denken!«, platzt es aus mir heraus. Nervös wische ich mir die Hände an der Schürze ab und krempele die Ärmel des längs gestreiften Hemds herunter, die ich zum Arbeiten hochgeschoben hatte. Keine Ahnung, weshalb Tracey mir auf die Unterarme schauen sollte, aber besser sie tut es nicht, denn da sind nicht gerade sexy Muskeln zu sehen.

»Damit wollte ich sagen, dass ich mir weiter Gedanken zu unserer Pflanzaktion gemacht habe«, stelle ich rasch klar. »Es tut mir leid, dass ich dir nicht geschrieben habe. Gwen und Ramona haben mein Coming-out nicht so toll aufgenommen, deshalb stand ich irgendwie neben mir. Das passiert manchmal, wenn ich es in diesem Körper kaum noch aushalte. Aber wie gesagt, ich habe eine kleine Überraschung für dich. Wir können auch gleich los! Keine Ahnung, wo meine Kollegin gerade steckt ...«

»Wow!«, unterbricht Tracey mich verblüfft. »Das war mal ein Redeschwall. Du hättest mich ruhig anrufen dürfen, um dich zu erleichtern.«

Ich knirsche mit den Zähnen. »*Sorry!*«

»Ist schon gut.«

So richtig glaube ich ihr nicht, dabei sollte ich das. Ich muss Tracey vertrauen. Dass ich das kann, hat sie mir mit ihrem Auftauchen hier erneut bewiesen. Ich habe nur offensichtlich ein Riesenproblem damit, mich auf andere Menschen einzulassen und nicht immer alles mit mir selbst auszumachen. Na ja, ich dachte auch lange genug, ich hätte keine andere Möglichkeit, weil mich ewig niemand zu verstehen schien. Und dass meine zwei besten Freundinnen mich auch noch zurückgewiesen haben, trägt nicht gerade dazu bei, meine Ängste zu mildern.

Langsam kommt Tracey um den Verkaufstresen herum, ohne mich dabei aus den Augen zu lassen. Diese Bernsteinaugen. Mein Herzschlag hämmert in den Ohren. Plötzlich erscheint es mir gar nicht mehr so abwegig, dass ein einziger Blick den Untergang ganzer Königreiche herbeiführen kann. Ich rühre mich nicht von der Stelle.

»Wenn du dich noch einmal entschuldigst«, sagt Tracey und baut sich vor mir auf, »*dann* werde ich sauer.«

Ein Schauer jagt meinen Rücken hinunter. Die Luft um uns herum scheint sich statisch aufzuladen und beginnt zu knistern.

»Und jetzt zeig mir, womit du mich geködert hast.«

Doch da ist Irene zurück und unterbricht uns. »Wieso musste es nur wieder so kalt werden.«

Wie aufeinander abgestimmt, drehen Tracey und ich uns zu ihr um. Eine Ladung der erwähnten Kälte weht herein, bevor sie die Tür hinter sich zuzieht, ohne zu merken, dass meine Fantasie kurz davor gewesen ist, erneut mit mir durchzugehen.

Als ob Tracey und ich uns tatsächlich geküsst hätten!

»Ich werde heute trotzdem großzügig sein, weil du letztens für mich eingesprungen bist«, fährt Irene fort. »Ich übernehme das Abschließen. Du kannst also gehen ... Oh! Hi!« Erst jetzt bemerkt sie, dass ich nicht allein bin.

»Lasst euch nicht stören, Mädels. Mach ruhig Schluss, Victoria.«

»Danke«, presse ich bemüht gelassen hervor, hänge die Schürze jedoch etwas zu ruckartig an den Haken. Meine Wangen brennen.

Unmöglich, dass Tracey der doppelte Versprecher meiner Kollegin entgangen ist, auch wenn es nur ein Versehen war. Mir ist bewusst, dass es Gewöhnungssache ist und die Umstellung Zeit braucht, trotzdem bin ich peinlich berührt. Es reicht schon, dass Tracey sich das gleich bei mir zu Hause von meinen Eltern anhören muss.

»Ups!« Damit ist auch Irene der Fehler aufgefallen.

Ehe sie es mit einer langen und breiten Entschuldigung nur verschlimmert, schnappe ich mir den Eimer mit dem Moos, den ich hinter der Theke abgestellt habe, nehme Traceys Hand und ziehe sie schnellstmöglich hinter mir her zum Ausgang.

Ihre Hand in meiner – endlich. Auch wenn ihr meine Vergangenheit als Frau gerade erst deutlich vor Augen gehalten wurde und sie deshalb vermutlich nicht dasselbe empfindet wie ich, führt mein Herz ein kleines Freudentänzchen auf, und ich komme mir unbesiegbar vor. Ich rufe meiner Kollegin sogar noch ein »Tschau, Irene!« zu und muss beinahe grinsen.

Meine Jacke lasse ich einfach hängen. Bei dem Wetter nicht die beste Idee, aber egal. Denn Tracey lässt mich nicht los.

KAPITEL 24
TRACEY

»Warte.« Ich bleibe unter dem schmalen Vordach des Blumenladens stehen. Wegen des Mistwetters ist es schon fast dunkel, deshalb habe ich mir Vincents erhobene Mundwinkel vielleicht nur eingebildet. Mir wurde jedenfalls unendlich warm, als sich seine Finger um meine schlossen. Es fühlte sich einfach richtig an.

»Willst du so da rausgehen?«, frage ich ihn.

Jetzt mahlen seine Kiefer, und mir wird schlagartig bewusst, dass er wahrscheinlich bloß fliehen wollte und deshalb meine Hand genommen hat, nicht um sie zu halten. Bin ich darüber enttäuscht? Ja, das bin ich.

»Schon«, erklärt er knapp. »Ich möchte nicht noch mal rein.«

»Vincent«, sage ich ruhig. »Ist es, weil deine Kollegin dich falsch angesprochen hat? Ich weiß doch, was Sache ist.« Damit meine ich seine Transidentität, und dass er vor mir nichts verbergen muss.

Er lässt meine Hand los und verschließt sich vor mir, als hätte ich ihn an etwas erinnert, an das er nicht erinnert werden will. Ich trete erneut auf ihn zu, zeige ihm meine geöffneten Handflächen, denn er soll wissen, dass ich nicht die Absicht hatte, ihn aufzuwühlen oder zu verletzen.

»Das bezweifle ich!« Er weicht mir so aufgebracht aus, wie ich ihn noch nie erlebt habe.

Okay, ich habe mit meinen Worten definitiv in ein Wespennest gestochen.

»Mach dir doch nicht so einen Stress!« Es ist schrecklich, ihn so leiden zu sehen.

Er schnaubt. »Toll! Jetzt willst *du* mir also auch noch vorschreiben, wie ich mich zu fühlen und zu verhalten habe!? Gwen und Ramona haben wahrscheinlich recht. Ich stelle mich bloß an und bin ein furchtbarer Mensch.«

»Was? Das haben sie gesagt?«

»Nicht wortwörtlich, aber im Prinzip ja.«

Ich schlucke. »Bestimmt sind sie nur ...«

»Wenn es überhaupt um sie gegangen wäre!« Vincent beginnt, unruhig auf- und abzulaufen, sodass ich bis zur Hauswand zurückweichen muss, damit er im Trockenen bleibt. »Das alles ist schon schwer genug. Und sie kommen mit ihren verletzten Gefühlen, anstatt erst mal darüber nachzudenken oder zumindest mit mir zu reden. Wie kann man so egoistisch sein? Scheinbar müssen in ihrer unkomplizierten Welt alle allo, cis und hetero sein. Es besteht ja keine Pflicht, sich zu outen!«

»Ich wollte auch nicht für die beiden Partei ergreifen«, stelle ich richtig. »Sie sehen im Moment wahrscheinlich nicht, wie daneben sie sich verhalten. Ich hoffe, sie erkennen das irgendwann und kriegen sich wieder ein.«

Er schüttelt heftig den Kopf. »Zu Hause fliegt mir bestimmt auch bald alles um die Ohren.«

Abrupt stelle ich mich Vincent in den Weg, damit er mir direkt in die Arme läuft. Doch seine Reflexe verhindern meinen Plan. Er stolpert nicht einmal gegen mich, sondern erstarrt gerade noch rechtzeitig zu einer Salzsäule.

Verwirrt blinzelt er mich an und blickt dann auf den Eimer hinunter, um dessen Henkel sich seine Finger verkrampft haben. Erst jetzt erkenne ich, was sich darin befindet: Moos.

»Ist das für ...?«

»Samantha«, beendet er meinen Satz.

Dass er trotz allem, was bei ihm los ist, an mich und meine tote beste Freundin denkt, rührt mich schon sehr.

»Wir müssen nur noch kurz bei mir zu Hause vorbei. Alles konnte ich im Vorfeld noch nicht besorgen. Ich hoffe, das ist in Ordnung?«

»Natürlich!« Ich hebe eine Braue. »Was soll es denn werden?«

Er grinst leicht schief, was mir aber besser gefällt als die volle Ladung Frustration und Verzweiflung von vorher. Auch wenn ich davon ausgehe, dass er nur mir zuliebe die Mundwinkel verzieht. »Das wirst du noch früh genug erfahren.«

Gemein!

Ich blase die Backen auf. »Na gut, aber vorher holen wir noch deine Jacke.«

Vincent protestiert nicht mehr. »Du hast ja recht«, murmelt er. »Vergiss nur nicht, *was Sache ist*, wenn wir gleich meiner Familie unter die Augen treten.«

Er benutzt meine Worte von vorhin, und ich hake zur Sicherheit noch einmal nach. »Wie genau soll ich dich denn in ihrem Beisein ansprechen?«

Er lässt den Eimer über seinen Arm gleiten und reibt sich angestrengt über das Gesicht. Mir wird klar, dass ich ihn wohl nie ganz verstehen werde. Aber ich kann lernen und mich bemühen.

»Tu am besten so, als wärst du eine x-beliebige Uni-Freundin von Victoria.«

»Okay«, sage ich. »Das kriege ich hin.«

Als ich wenig später tatsächlich vor dem Haus der Knights stehe, komme ich mir doch ganz schön komisch vor. Trotz unserer Scharade fühle ich mich nämlich, als würde ich gleich der Familie meines neuen Freundes begegnen.

Unwillkürlich fällt mir wieder ein, wie es war, als Charlie mich zum ersten Mal mit zu sich genommen hat. Er stellte mich einfach als seine feste Freundin vor, und so fing unser Beziehungstheater an. Aber daran möchte ich im Augenblick ganz bestimmt nicht denken.

Ich rechne damit, dass man mir keine große Beachtung schenken wird, doch kaum haben wir die Diele betreten, werde ich eines Besseren belehrt.

Vincent schließt gerade die Tür hinter uns, als seine Schwester die Treppe aus dem ersten Stock herunterkommt und mich quasi auf der Stelle einem Ganzkörperscan unterzieht. Ich habe nicht mal die Chance, mich ein wenig umzusehen.

»Oh, hi! Ich bin ...«

»Elle!«, weist Vincent sie zurück. Sein Blick huscht in alle Richtungen, als könnten wir in der nächsten Sekunde in einen Hinterhalt geraten. Er scheint sich überhaupt nicht wohlzufühlen, und es wirkt auch nicht so, als wäre er gern hier.

»Tracey«, sage ich in das Schweigen hinein und erwidere Elles Starren, bis sie als Erste den Blick senkt. Ha!

Sie ist hübsch und sieht Vincent ziemlich ähnlich. Die langen blonden Haare fallen offen über eine Schulter, eine auffällige Kette baumelt um ihren Hals.

»Du bist Amerikanerin, oder?«, erkundigt sie sich neugierig, woraufhin Vincents Mutter den Kopf aus der Küche steckt. Der Geruch von Essen dringt zu uns. Mein Magen beginnt zu knurren.

»Mum«, begrüßt Vincent sie und nimmt eine aufrechtere Haltung ein, als hätte er etwas Verbotenes getan. Seine Stimme wird unmerklich höher und klingt gleichzeitig irgendwie unterwürfig. »Das ist Tracey. Ich dachte, ihr würdet schon beim Essen sitzen.«

Deshalb ist Elle wahrscheinlich ausgerechnet jetzt die Treppe heruntergekommen.

»Wir wollten nur ...«

»Ach, das ist ja nett!« Mrs Knight strahlt erst Vincent und dann mich an. »Studierst du mit Victoria?«

»Ja, ja, genau«, übernehme ich den mir zugedachten Part und hoffe, dass man mir nicht anmerkt, wie ich innerlich über Vincents Deadname stolpere. »Ich gehe auch zur LSE, mache hier momentan ein Auslandsjahr.«

»Wir haben Besuch?« Mr Knight kommt aus dem Wohnzimmer. Ob er unsere Stimmen gehört hat oder sowieso vorhatte, zu der anstehenden Mahlzeit zu erscheinen, bleibt offen. An seinem linken Arm stützt sich eine alte Dame ab, die allem Anschein nach Vincents

Grandma ist. Es folgt ein kurzer Blickwechsel zwischen ihm und seiner Frau, den ich nicht deuten kann.

Wirken die beiden erleichtert?

»Ja«, freut sich Vincents Mutter. »Victoria hat eine Kommilitonin mitgebracht. Ist das nicht schön?«

»Natürlich, das ist ein gutes Zeichen«, erwidert Mr Knight.

Wie auch immer das nun gemeint ist.

Ich schaue zu Vincent, doch der starrt auf seine Füße, weshalb ich nicht weiß, wie ich mich verhalten soll. Intuitiv warte ich ab, wohin die Unterhaltung führt.

Vincent scheint förmlich in sich zusammengeschrumpft zu sein, und das macht mich wütend. Wird er von seinen Eltern so kleingehalten, dass er sich nicht traut, etwas zu sagen? So wirkt es jedenfalls.

Noch in der Diele, in der wir nun absurderweise alle versammelt sind, entspinnt sich die übliche Konversation über meine Heimat und mein Studienfach. Ich bringe die gleichen Sprüche wie immer und lache an den gleichen Stellen.

»Es ist jedenfalls beeindruckend«, wirft Mr Knight ein, »dass du dich als junges Mädchen ernsthaft für Wirtschaft und Zahlen interessierst.«

Die typischen Vorurteile, die ich mit einem belustigten Verweis auf meine »angestrebte Karriere« abtue – die ich tatsächlich machen möchte.

»Bleibst du zum Essen?«, fragt Mrs Knight.

»Ja, bleib doch zum Essen«, stimmt Elle mit ein.

»Wir wollten uns eigentlich um unser fachübergreifendes Studienprojekt kümmern, das wir nach den Semesterferien abgeben müssen«, rede ich mich schnell heraus, ohne dabei versehentlich ein

»Er« oder seinen neuen Namen zu benutzen. Vincent hat es offensichtlich völlig aufgegeben, sich in das Gespräch einzubringen. Alle scheinen sich darüber zu freuen, dass er eine neue Freundschaft geknüpft hat. Den Eimer Moos in seiner Hand findet dagegen niemand außergewöhnlich.

»Selbstverständlich«, lenkt Mrs Knight sofort ein. »Wir wollen euch natürlich nicht vom Arbeiten abhalten.«

Dafür überredet sie uns, den gebratenen Seehecht, zu dem es Babyspinat und Linsen gibt, mit aufs Zimmer zu nehmen. Was keine große Kunst ist, weil ich ihr aus Höflichkeit nicht noch einmal etwas abschlagen kann und Vincent ohnehin sehr schweigsam geworden ist.

Nachdem wir endgültig entlassen sind, hängen wir nur noch schnell unsere Jacken an die Garderobe, schlüpfen aus unseren Schuhen und verschwinden mit den Tellern die Treppe ins Obergeschoss hinauf.

Kaum habe ich Vincents Zimmer betreten, sehe ich mich neugierig um. Die Möbel sind aus massivem Holz – links ein Schrank, geradeaus das Bett und rechts ein Schreibtisch vor dem Fenster. Auf dem offenen Regal mit den metallenen Streben neben der Tür stehen hauptsächlich Pflanzen. Nur wenige Bücher haben sich darauf verirrt, offenbar dicke Geschichtsschmöker. Dafür sprießt auch an jeder anderen freien Stelle etwas Grünes in unterschiedlichen Größen und Formen. Das alles passt zu dem Jungen, der hier wohnt, und mir wird warm.

Gott sei Dank ist Vincent jetzt zurück, denn im Kreis seiner Familie kam er mir wie ein Fremder vor.

»O Mann«, stöhnt er nun. Er stellt den Eimer mit dem Moos neben der Tür ab und fährt sich mit einer Hand durch die Haare. »So war das echt nicht gedacht. Für wie creepy hältst du mich jetzt?«

»Jetzt?«, scherze ich und lasse meine Sporttasche zu Boden gleiten. »Denkst du, ich hätte so lange gebraucht, um zu erkennen, was für ein komischer Kauz du bist? Mich interessiert viel mehr, was du als Überraschung geplant hast.«

Darauf bleibt ihm erst mal der Mund offen stehen. Er sinkt auf seinen Schreibtischstuhl, und ich setze mich auf sein Bett, wo ich den Teller mit dem Essen auf meinen Knien balanciere.

»Moosgraffiti«, antwortet er seufzend.

Mist, ich wollte ihn doch zuerst auf sein Verhalten vorhin ansprechen. Wie kann er mich nur immer wieder so durcheinanderbringen?

»Das Moos ist für eine Art grünes Wandtattoo gedacht. Ich wollte eigentlich nur schnell die Zutaten für den Kleber aus der Küche holen, aber das hat ja nicht geklappt … Dafür bleibt uns nun etwas Zeit, uns ein Motiv zu überlegen. Ob es zum Beispiel ein Symbol oder ein Spruch werden soll.«

»Wie genial ist das denn?« Mein Herzschlag beschleunigt sich. All diese Möglichkeiten! Wie soll ich mich da entscheiden?

Als Erstes denke ich an ein S für ihren Namen. Oder wäre das zu platt? Vielleicht ein Herz? Eine Sonne? Irgendein Zitat, das meine beste Freundin mochte? Obwohl ich persönlich nicht so für Kalenderweisheiten bin.

Als hätte Vincent meine Gedanken erraten, schlägt er vor: »Wir können das auch öfter machen. Wir brauchen dazu nur die passenden Wände. Sie müssen etwas rau sein und dürfen nicht von der prallen Sonne beschienen werden. Holz, Fassadenputz, Mauerwerk … Da gibt es eine Menge. Aber lass uns erst mal essen.«

Stimmt, keine schlechte Idee! Als ich nach dem Sport direkt zum Blumenladen gefahren bin, habe ich überhaupt nicht an so etwas Ba nales wie Essen gedacht – bis mir vorhin der Geruch aus der Küche in die Nase gestiegen ist. Ich belade meine Gabel mit Linsen, Hecht und Spinat.

»Wir können ja gleich noch mal nachsehen, ob die Luft rein ist«, sagt Vincent zwischen zwei Bissen. »Ich habe nicht damit gerechnet, dass meine Eltern sich so auf uns stürzen. Nach meiner Trennung von Hunter sorgen sie sich offenbar mehr um mich, als ich dachte. Und dann noch mein neuer Stil und mein verändertes Auftreten ... Das irritiert sie vermutlich etwas.«

Sekunde. Wie bitte?

Nimmt Vincent das durchaus etwas übergriffige, nicht allzu wertschätzende Verhalten seiner Eltern etwa in Schutz? Ich meine, er hat es nicht mal fertiggebracht, mir in ihrem Beisein in die Augen zu sehen!

Ganz im Gegensatz zu jetzt. Meine Wangen werden wieder heiß. Sein Blick ist so intensiv, als wäre da doch mehr – mehr als Freundschaft –, und anders als bei Justus hoffe ich so sehr, dass es sich dabei nicht um Einbildung handelt. Ich beiße mir auf die Zunge. In meiner Brust flattert es.

Ich lege die Gabel ab, um meine nächsten Worte mit den Händen zu unterstreichen. »Vielleicht sind deine Eltern auch etwas ignorant? Sorry, aber es kam mir ein bisschen so vor, als würde da dieser Elefant im Raum stehen, um den alle herumschleichen. Jemand sollte ihnen mal die Augen öffnen, und du kannst und darfst dich ruhig gegen sie behaupten. Wenn du so weit bist«, schiebe ich hinterher.

War das zu direkt?

Vincent nickt. Er wirkt überrascht, nicht gekränkt, scheint aber gleichzeitig auch ein wenig ratlos zu sein. »Da ist sicher was dran.«

Eine Weile sind wir ganz ins Essen vertieft. Als ich fertig bin, stehe ich auf und stelle den leeren Teller auf dem Schreibtisch ab. Dabei entdecke ich seine neueste pflanzliche Errungenschaft unter all den anderen Gewächsen.

»Hey, da ist Yuno!« Ich betrachte die Geigenfeige mit dem schmalen Stamm und den umso gigantischeren Blättern, die aussehen, als wären sie zusammengeknüllt und wieder auseinandergefaltet worden. »Das ist ja fast schon ein Baum. Wie war noch mal die lateinische Bezeichnung?«

Das Lächeln in Vincents Stimme ist unüberhörbar. »Ficus Lyrata.«

Verdammt, so führt das doch zu nichts, daher schlage ich kurzerhand vor: »Wollen wir noch was zusammen gucken? Bis wir die Küche für uns haben, meine ich.«

»Wenn du magst«, erwidert er erstaunt.

Ich werfe ihm einen prüfenden Blick über die Schulter zu. »Magst *du* denn?«

KAPITEL 25
VINCENT

»Klar!«, beeile ich mich, mein vorheriges Zögern wettzumachen. Klingt doch super. Mehr als das. Die katastrophale Szene eben mit meinen Eltern verblasst. »Was schwebt dir vor?«

»Ein Film?«

»Gerne.« Ich drehe mich auf dem Stuhl um und schnappe mir mein Notebook. Nachdem ich es entsperrt und Netflix aufgerufen habe, mache ich Tracey am Schreibtisch Platz. »Du kannst schon mal was aussuchen. Bin gleich wieder da!«

Mit diesen Worten verschwinde ich im Bad. Ich habe Herzrasen und schweißnasse Hände. Dabei habe ich schon oft Filme mit Freundinnen – oder auch mit nur einer Freundin – geschaut. Das ist im Grunde nichts Neues. Nur mit Tracey wird es anders werden, denn für mich ist sie nicht nur eine Freundin. Sollte ich mir das endlich eingestehen und dementsprechend handeln? Das ist die Gelegenheit!

Ich trage noch einmal Deo auf, gehe auf die Toilette und putze mir die Zähne.

Freude und Panik lagen noch nie so nah beieinander.

Als ich in mein Zimmer zurückkehre, hat sie es sich mit einem Kissen im Rücken auf meinem Bett bequem gemacht. Ich schiebe die Truhe wie einen Couchtisch daneben und setze mich zu ihr.

Cool? Cool.

War ich jemals so nervös?

Tracey deutet auf den Bildschirm meines Laptops, über den lautlos die Vorschau eines Anime flimmert. »Was hältst du von *Chihiros Reise ins Zauberland*?«

Es könnte mir nicht gleichgültiger sein, wofür sie sich entschieden hat. Ich werde sowieso nichts davon mitkriegen. So viel ist sicher. Demnach ist es ganz praktisch, dass ich diesen Film bereits kenne. Ich stimme zu, und sie drückt auf *Play*.

Jede Faser meines Körpers steht derart unter Strom, dass es mir völlig abwegig erscheint, wie abgespalten davon ich mich noch vor wenigen Stunden gefühlt habe. Dabei ist da nach wie vor dieser Abstand zwischen Tracey und mir, der mich halb um den Verstand bringt, weil ich nicht weiß, wie ich ihn überwinden soll. Sobald sie sich bewegt, halte ich den Atem an, und mein Herz setzt für einen Schlag aus. Ich könnte schwören, dass sie sich ganz vorsichtig immer weiter zu mir neigt. Hätte ich ihr noch etwas zu trinken anbieten sollen?

Als sie dann tatsächlich gegen meine Schulter sinkt, erfüllt mich eine Wärme, die mich glauben lässt, dass mir nie wieder kalt werden kann.

»Ist das okay?« Tracey klingt verschlafen.

Also war das keine Absicht, nicht richtig jedenfalls. Dennoch ist mein Mund staubtrocken. Ich will nicht, dass sie mich ständig mit diesem sorgenvollen Blick betrachtet, als könnte ich jeden Moment zerbrechen. Sie soll mich so ansehen, wie ich sie ansehe.

Statt einer Antwort schiebe ich wie in Zeitlupe meinen Arm unter ihren Nacken. Womit ich nicht gerechnet habe, ist, dass sie sich daraufhin enger an mich schmiegt.

Sie. Schmiegt. Sich. An. Mich.

Ich habe das Gefühl, innerlich vor Glück zu zerfließen. Zwei Sekunden später realisiere ich, dass ihr Kopf nun weniger an meiner Schulter, sondern vielmehr in meiner Armbeuge ruht und dadurch meinem Oberkörper gefährlich nahe kommt.

Ich erstarre.

Tracey räkelt sich und legt ihre Hand auf meinem Brustbein ab.

Fuck, fuck, *fuck.*

»Hm?«

»Scht!«, mache ich leise, um sie nicht aufzuschrecken, falls das ohrenbetäubende Klopfen meines bescheuerten Herzens das nicht sowieso jeden Augenblick erledigt.

Ich wage kaum, Luft zu holen. Der straffe Stoff, der meine Brüste abbindet und meine Rippen schon seit zu vielen Stunden zusammenschnürt, scheint nun noch stärker unter meinem Hemd und T-Shirt zu spannen. Gleichzeitig ist der Binder das Einzige, das mich davon abhält, Tracey von mir zu stoßen. Sie dagegen seufzt zufrieden, dämmert langsam weg und stört sich offenbar gar nicht daran, dass da etwas ist, was dort nicht hingehört. Oder merkt sie es nicht?

Unendlich langsam weicht die Spannung aus meinen Muskeln, und ich streiche ihr eine gewellte schwarze Strähne aus dem Gesicht.

Ihre Lider sind geschlossen, ihr Atem geht ruhig und gleichmäßig. Sah sie jemals niedlicher aus?

Erst als der Film zu Ende ist, bewege ich mich wieder und winde mich vorsichtig unter ihr hervor, obwohl ich im Grunde nichts lieber getan hätte, als mit ihr in meinen Armen einzuschlafen. Statt sie zu wecken – das Moosgraffiti läuft uns ja nicht weg –, breite ich noch eine Decke über ihr aus.

»Schlaf gut, Tracey«, murmele ich, bevor ich sie allein lasse und wohl oder übel bei Elle nebenan Zuflucht suche. Ich bringe es einfach nicht über mich, Tracey nach diesem unglaublichen Moment mit meinem weiblichen Körper zu konfrontieren. Was, wenn sie dann doch abgeschreckt ist und aufhört, mich als Mann zu sehen?

Elle ist alles andere als begeistert, dass ich sie aus dem Schlaf reiße. Sie wirft zur Begrüßung ein Kissen nach mir und stöhnt übertrieben laut auf, als ich das Deckenlicht einschalte. Schnell mache ich es wieder aus.

»Sorry«, flüstere ich in die Dunkelheit hinein.

»Das will ich dir auch geraten haben«, nuschelt sie. »Was tust du hier?«

»Kann ich bei dir schlafen?«

Sie setzt sich kurz auf. »Was ist mit deiner Freundin?«

Ich verdrehe die Augen, aber das kann Elle ja nicht sehen. »Tracey und ich sind nicht zusammen.«

Sie sinkt wieder in die Kissen. »Schade, eigentlich wollte ich dir noch sagen, dass du einen guten Geschmack hast.«

Das lasse ich kommentarlos stehen und schlüpfe rasch aus Hemd, Hose und Binder, bevor ich in T-Shirt und Boxershorts zu meiner

Schwester unter die Bettdecke krabbele. Sie rutscht unerwartet widerstandslos zur Seite.

»Dafür schuldest du mir mindestens eine Tüte Weingummis«, sagt sie, wie um mir ins Gedächtnis zu rufen, was für eine Kratzbürste sie eigentlich ist. »Die grünen.«

Ich grinse in mich hinein. »Okay.«

»Gute Nacht, Vincent.«

In meiner Brust kribbelt es.

Ich habe die Verbindung zwischen meiner Schwester und mir, nach der ich mich stets gesehnt habe, noch nie so gespürt wie jetzt ...

»Gute Nacht, Elena«, erwidere ich ergriffen.

KAPITEL 26
TRACEY

Das Erste, woran ich am nächsten Morgen denke, ist das Gefühl seiner Finger in meinen Haaren. Immer wieder hat er sie hindurchgleiten lassen, während der Ton des Films in den Hintergrund trat, bis ich ganz in seiner Nähe und Wärme versunken bin. Kann ich nicht dahin zurück? Ich will noch nicht aufwachen. Ich drehe mich um, vergrabe das Gesicht im Kissen und atme eine geballte Ladung Vincent ein – diesen Geruch nach Grünschnitt und frischer Erde und einem Hauch des gestrigen Regens. Das ist immerhin auch ziemlich schön.

Erst als ich ein Auge öffne und die fremde Umgebung erspähe, erinnere ich mich schlagartig daran, dass ich gestern irgendwann eingenickt bin und allem Anschein nach bis jetzt geschlafen habe. Dabei wollte ich doch nur – wenn auch mit Hintergedanken – die Zeit überbrücken. Nicht dass *ich* mich beschweren wollte, ganz und gar nicht, aber eine Übernachtung hatte ich definitiv nicht geplant. Der

Stress, den ich mir in letzter Zeit wegen Vincent und Justus und Charlie und Samantha gemacht habe, hat mich anscheinend mehr mitgenommen, als ich dachte.

Abrupt setze ich mich auf und schäle mich aus der Decke.

Vincent ist nicht im Zimmer. Ich bin nicht nach Hause gefahren.

Bin ich ihm zu nahegetreten? Eilig binde ich meine Haare zu einem losen Dutt zusammen und haste zu meiner Sporttasche ... um was zu tun? Mich Hals über Kopf aus dem Staub zu machen? Ehrlich gesagt, kommt mir das, was zwischen Vincent und mir geschehen ist, viel intimer vor als all die deutlich weniger unschuldigen Annäherungsmomente, die es zwischen Charlie und mir gegeben hat. Trotz der Schuldgefühle, die ich dabei empfand, hatte ich nie Angst gehabt, etwas kaputtzumachen. Wahrscheinlich, weil die Beziehung zwischen Charlie und mir schon von Anfang an kaputt gewesen war.

Da höre ich Vincents Stimme durch die Tür. »Bist du wach?«

Er klingt normal. Ich öffne ihm, und plötzlich ist alles wie immer. Nein, sogar besser? Er wirkt bemerkenswert relaxt.

Ich strahle ihn an. »Ja, und ich habe richtig gut geschlafen.«

Nachdem ich mich frisch gemacht habe, frühstücken wir. Da sein Dad zur Arbeit gefahren ist, Elle sich mit ihrem Freund herumtreibt und seine Mutter und Grandma sich zu ihrem vormittäglichen Spaziergang aufgemacht haben, sind wir zu meiner Freude und Erleichterung allein.

Während wir Müsli essen, komme ich auf den gestrigen Abend zurück. »Sorry, ich wollte mich nicht aufdrängen. Du hättest mich wecken sollen.«

»Unsinn«, wiegelt Vincent ab. »Wir können die Pflanzaktion auch einfach jetzt durchführen.«

Einerseits bin ich sofort begeistert und würde am liebsten gleich aufspringen und loslegen, andererseits verunsichert es mich, dass er den Filmabend und was währenddessen zwischen uns passiert ist, komplett übergeht. Wie soll ich das verstehen?

Ich hebe die Augenbrauen und beschließe, mich nicht enttäuschen zu lassen, indem ich nachhake und einsehen muss, dass diese Augenblicke nicht dieselbe Bedeutung für ihn hatten wie für mich. Stattdessen ziehe ich ihn auf. »Ganz schön mutig, am helllichten Tag einen Begrünungsanschlag vorzunehmen.«

Er errötet. »Das Wetter ist nach wie vor so mies, dass eigentlich nicht viele Leute unterwegs sein dürften«, argumentiert er. »Und die Unterführung, die ich mir ausgeguckt habe, schützt uns vor dem Regen.«

»Na dann.« Ich klatsche in die Hände. »Gehen wir es an!«

Er lächelt. »Ein bisschen Geduld musst du noch haben.«

Sobald wir aufgegessen haben, schiebt Vincent seinen Stuhl zurück, steht auf und geht noch einmal die Zutaten für den Kleber durch, den wir als Untergrund für das Moosgraffiti benötigen. Ich stelle mich neben ihn und warte auf seine Anweisungen.

»Okay!«, sagt er schließlich. »Zuerst brauchen wir eine Schüssel.«

Als er an mir vorbei zum Hängeschrank greift, kommt er mir kurz so nah, dass ich die Luft anhalte. Hitze steigt in mir auf. Er stellt die Schüssel auf der Arbeitsplatte ab und beginnt dann, in einem Fach unter der Spüle herumzukramen. Dabei verrutscht sein gelber Pulli und enthüllt einen Streifen nackter Haut, der eine nahezu magische Anziehung auf mich ausübt. Himmel …

»Ha!«, ruft er triumphierend und reißt mich damit aus meinen Gedanken.

Er hält mir einen Malerpinsel hin, den ich ihm abnehme, wobei sich unsere Finger treffen. Ich spüre ein Prickeln, das sich bis in meine Zehenspitzen ausbreitet.

»Weißt du schon, was für ein Graffiti es werden soll?«, fragt er, während ich nach seiner Anweisung zwei Eier aufschlage und das Eigelb in der Schüssel verrühre.

»Das ist gar nicht so einfach«, gestehe ich. »Ich habe Samantha zwar von klein auf gekannt, aber es soll schon etwas Besonderes werden.«

»Möglicherweise macht genau das die Sache so kompliziert.« Er träufelt eine Tasse flüssigen Honig hinzu, und ich rühre weiter, während er Mehl abmisst, bis der Kleber eine karamellähnliche, cremige Textur annimmt. Die ganze Zeit stehen wir ungewohnt nah beieinander. Jede zufällige Berührung lässt mein Herz nur noch mehr verrücktspielen.

»Vielleicht entscheide ich spontan, was sich intuitiv richtig anfühlt«, überlege ich laut.

Apropos fühlen ... doch, der Abend gestern hat etwas verändert. Bislang ist Vincent noch häufiger vor mir zurückgeschreckt, sodass ich vor allem darauf geachtet habe, seine Grenzen nicht zu überschreiten. Das scheint nun der Vergangenheit anzugehören.

»Das ist eine hervorragende Idee.« Stirnrunzelnd gießt er noch etwas Wasser in die Schüssel. Ich finde es süß, wie konzentriert er dabei wirkt, als wollte er das hier auf keinen Fall vermasseln, weil er genau weiß, wie wichtig mir unser Vorhaben ist.

Schließlich ziehen wir unsere Jacken über und machen uns mit Kleber, Moos und Pinsel ausgerüstet auf den Weg zu der Unterführung, wo wir unser Kunstwerk anbringen wollen. Die Luft ist frisch und kühl und schwer vor Nässe, aber das stört mich überhaupt nicht – im Gegensatz zu den meisten anderen Leuten, wie Vincent richtig vermutet hat. Es ist nicht viel los auf den Straßen. Trotzdem werde ich immer nervöser, bis ich irgendwann nicht mehr mit dem Reden aufhören kann, vorwiegend nur über irgendwelchen Unsinn. Zum Glück scheint Vincent nicht genervt von mir zu sein, sondern hört mir ruhig zu, egal, was mir gerade in den Kopf schießt.

Als der kurze Tunnel, von dem er geredet hat und der unter einer Bahntrasse hindurchführt, in Sicht kommt, stoppe ich jedoch abrupt. Ich kann nicht länger ignorieren, was mich eigentlich so umtreibt, auch wenn ich noch so sehr versucht habe, es beiseitezuschieben.

»Was, wenn es sich nicht anfühlt, wie ich es mir vorgestellt habe?«

Vincent hält ebenfalls an. Es stört ihn kein bisschen, dass wir mitten im Regen stehen. »Wie hast du es dir denn vorgestellt?«

Ich fuchtele hilflos mit den Händen in der Luft herum. »Ich ... ich weiß nicht. Gut? Befreiend? Dass Samantha endlich die Anerkennung bekommt, die ihr zusteht?«

Oder als könnte sie noch einmal bei mir sein. Wenn auch nur für einen winzigen Moment.

Ein Stich durchzuckt mich. Warum musste ich sie überhaupt auf diese Weise verlieren? Wut und Verzweiflung kochen in mir hoch. Ich schlucke, als sich mir die Kehle zuschnürt.

Vincent tritt an mich heran und legt mir sanft einen Arm um die Schultern. Und für wenige Sekunden, in denen ich die Luft anhalte und innerlich ganz weich werde, stillt er meinen Kummer und alle Zweifel. Er hüllt mich in einen Kokon aus Sonne und Licht. So führt er mich weiter auf die Unterführung zu, weg vom Regen und hinein ins Trockene.

»Was auch immer du fühlen wirst, es ist okay«, versichert er mir.

Als ich den Pinsel in den Kleber tunke, bin ich mir plötzlich ganz sicher. »Ich weiß jetzt, was ich malen werde.«

Er nickt mir aufmunternd zu.

Buchstabe für Buchstabe pinsele ich ein Wort an die Ziegelsteinwand. Danach nehmen wir immer abwechselnd Moosstücke aus dem Eimer, zupfen sie zurecht und kleben sie auf den Schriftzug. Ein paarmal müssen wir neuen Kleber auftragen, damit alles hält, aber schließlich haftet das Graffiti in einem satten dunklen Grün an der Tunnelwand, sichtbar für jeden, der hier vorbeikommen wird. Zufrieden trete ich zurück, um das Ergebnis zu betrachten. Obwohl meine Augen feucht sind, verziehen sich meine Lippen zu einem echten Lächeln.

GROW.

Darum geht es doch, oder? Über sich selbst hinauszuwachsen und sich trotzdem genauso zu lieben, wie man ist. Eine Botschaft, die ich auch Sammy gern mitgegeben hätte. Denn genau das hat sie mir einst in ihrer unbeschwerten Art beigebracht. Nur leider hat sie selbst irgendwann den Glauben daran verloren.

Es ist okay, sage ich mir immer wieder im Stillen.

Wir bleiben so lange, bis ich Vincent ein Zeichen gebe, dass ich gehen möchte. Auf dem Rückweg zu ihm nach Hause, wo ich noch meine Sporttasche einsammeln muss, rechne ich damit, dass er mich fragt, welche Bedeutung das Graffiti für mich und Samantha hat. Doch stattdessen spricht er mich auf etwas völlig anderes an.

Er hat die Hände in den Hosentaschen vergraben und den Blick auf seine roten Chucks und die Pfützen auf dem Gehweg gerichtet. »Hast du immer noch vor, länger als ein Jahr in London zu bleiben?

Gestern im Gespräch mit meiner Familie hast du nichts davon erwähnt.«

»Ja«, antworte ich. »Doch, auf jeden Fall!«

Er lächelt mich schüchtern an. »Das ist schön.«

Findet er?

Mein Herz tanzt.

So langsam sollte ich auch meine Eltern einweihen und mich nach konkreten Möglichkeiten umschauen. Am besten rede ich mit ihnen, wenn sie mich besuchen. Morgen in einer Woche ist es so weit, dann werde ich Mom und Dad nach Monaten wieder in die Arme schließen können. Darauf freue ich mich schon sehr.

Nachdem ich meine Sachen aus Vincents Zimmer geholt habe, breche ich gleich wieder auf, denn Mrs Knight und Vincents Grandma sind inzwischen zurück.

»Am Wochenende werde ich mit meiner Familie sprechen«, sagt er, als wir uns vor der Haustür voneinander verabschieden. »Definitiv noch vor der Uni am Montag.«

Ich weiß, dass er das Outing meint, und recke einen Daumen in die Höhe. »Lass mich für dich da sein, wenn du etwas brauchst. Bitte.«

»In Ordnung.« Vincent fährt sich durch seine aschblonden Haare. »Solange du dich auch meldest, falls etwas sein sollte.«

»Geben wir uns darauf die Faust?«

»Unbedingt.« Er lacht.

Das ist schön.

»Dann sehen wir uns spätestens in der LSE. Und danke noch mal für die Überraschung mit dem Graffiti.«

»Ich freue mich schon auf unsere nächste Pflanzaktion«, erwidert er.

Als wir unsere Fäuste aneinanderstoßen, verhake ich meine Finger spielerisch mit seinen. Rasch ziehe ich die Hand zurück, drehe mich um und gehe die Stufen vor dem Eingang hinunter.

KAPITEL 27
TRACEY

Weil ich ein wenig brauche, um das richtige Terminal am Flughafen zu finden, bin ich minimal zu spät, aber noch rechtzeitig. Als ich Justus schließlich im Ankunftsbereich hinter der Absperrung entdecke, dränge ich mich zwischen den anderen Wartenden hindurch, nur um ihn wenige Sekunden später zumindest kurz an mich zu drücken. Dabei war ich mir bis eben noch völlig unsicher, wie unser Wiedersehen wohl verlaufen würde. Komplett auf eine Umarmung zu verzichten, wäre jedoch auch seltsam gewesen, oder?

»Woah, Tracey«, keucht mein bester Freund, als ich ihn wieder loslasse. Er rückt seine Brille zurecht und grinst zu mir hinunter. »Schön, dass du es geschafft hast.«

»Auf jeden Fall.« Eigentlich musste ich mich erst dazu durchringen, aber jetzt bin ich froh, hier zu sein. Denn ja, ich habe ihn vermisst, und gute Freunde holen sich auch vom Flughafen ab.

Justus versucht, das weiße Hemd glatt zu streichen, das den Flug nicht ganz faltenfrei überstanden hat, gibt es letztendlich auf und zieht stattdessen das gesteppte Sakko über. »Und hast du dir was überlegt?«

»Überlegt?«, wiederhole ich.

Er macht kugelrunde Augen. »Was wir jetzt tun. Oder willst du behaupten, dass du noch keine Pläne für uns geschmiedet hast?«

Oh! Ich fühle mich ertappt.

Würden sich meine Gedanken nicht ständig um Vincent drehen, hätte ich jetzt garantiert verschiedene Vorschläge für einen gemeinsamen Abend parat. Just for fun, weil ich es liebe, mich dabei auszutoben, selbst wenn wir uns am Ende nur Pizza bestellen.

Stattdessen frage ich mich immer wieder, wieso Vincent mir noch keinen Coming-out-Bericht gesendet hat. Es ist bereits Sonntag, und er wollte an diesem Wochenende mit seinen Eltern reden.

Dafür hat er mir eine Zutatenliste für die Samenbomben zusammengestellt. Nachdem ich also unzählige Blumennamen durch die allseits beliebte Suchmaschine gejagt hatte, um mir ein Bild zu machen und die Bestandteile für den Bausatz auszusuchen, schickte ich Vincent ein Meme – eine verzweifelt wirkende Frau in Schlabberklamotten, die auf den Bildschirm eines aufgeklappten Laptops starrt. Der Untertitel lautete: *O mein Gott, ich brauche Hilfe.* Was meine Überforderung ziemlich treffend zum Ausdruck brachte. Vincent konterte jedoch nur mit dem GIF eines Rappers in *It is what it is*-Pose.

Das Bedürfnis, auf mein Handy zu sehen, regt sich in mir. Ich unterdrücke es. Nicht jetzt.

»Keine Pläne«, gestehe ich, an Justus gewandt. »Daran habe ich einfach nicht gedacht.«

»Bist du krank?«

Ich schlage halbherzig nach ihm. »Nein! Du könntest auch mal die Initiative ergreifen.«

Wie bei unserem Kuss, oder was?

Es durchläuft mich siedend heiß. Bevor ich zurückrudern und dafür sorgen kann, dass seine Gedanken nicht dieselbe Richtung einschlagen, kommt er meiner Aufforderung bereits nach. »Ehrlich gesagt, habe ich sogar darauf spekuliert, dass du mir heute das Feld überlassen würdest. Ich wollte nur erst sichergehen, ob du nicht doch etwas vorhast.«

Ich mustere ihn skeptisch. »Ach ja? Und was hättest du getan, wenn es so gewesen wäre?«

Justus lächelt geheimnisvoll. »Dich davon überzeugt, dass ich eine coolere Idee habe. Aber bevor ich mehr verrate, lass uns erst mal von hier verschwinden, ja?«

»Wie du meinst«, sage ich, obwohl ich definitiv gespannt bin. Sehr gespannt, um genau zu sein.

Justus hat zwar kaum Gepäck dabei – einen Lederkoffer und seine Umhängetasche aus Segeltuch –, ruft uns aber trotzdem ein Taxi. Da das seinem von Zeit zu Zeit auftretenden Gentlemangehabe entspricht, protestiere ich nur aus Prinzip, dass wir genauso gut den günstigeren Bus hätten nehmen können.

Vom London City Airport, der im östlichsten Teil der Stadt auf dem ehemaligen Hafengelände errichtet wurde, dauert es mit dem Auto und ohne nervige Zwischenstopps keine zwanzig Minuten bis nach Stratford. Währenddessen wird es draußen dunkel. Aber das bekomme ich gar nicht richtig mit. Ich blende sogar den Fahrer aus, während Justus sich bemüht, eine Unterhaltung in Gang zu bringen.

»Was ich an Ungarn wirklich vermissen werde, sind die mit Hack-
fleisch und Reis gefüllten Paprika«, seufzt er sehnsuchtsvoll. »Nachdem ich die einmal probiert hatte, hätte ich sie am liebsten jedes Mal
bestellt.«

»Und wie oft hast du sie danach tatsächlich noch mal gegessen?«,
hake ich nach.

Ein Hüsteln. »Drei-, viermal? Vielleicht auch fünfmal.«

Der vertraute Anblick von Justus' errötendem Gesicht lässt mir
das Herz aufgehen.

»Ich bin echt dankbar«, fährt er fort, »dass ich diese kurze Auszeit
hatte, bevor ich demnächst mit meiner Bachelorarbeit starte.«

»Ach, stimmt ja. Ab und zu vergesse ich einfach, dass du schon viel
länger dabei bist.«

Wobei ich inzwischen auch schon im vierten Semester bin. Dementsprechend verdreht er leicht die Augen über meinen neckischen
Kommentar. Ich ziehe ihn aber auch zu gern mit unserem Altersun-
terschied von tatsächlich nur zwei Jahren auf. Bevor Justus sich auf
Astrophysik festgelegt hat, hat er bereits ein Jahr lang Mathematik
studiert.

Sobald uns der Taxifahrer vor seinem Wohnhaus abgesetzt hat,
bringen wir seine Sachen nach oben, die er mitten in dem beengten
Apartment ablädt. Dadurch ist der funktionell eingerichtete Raum
quasi voll. Er müsste den Koffer und seine Segeltuchtasche eigentlich
gleich wegräumen, damit wir uns normal bewegen können. Aber
anscheinend hat er gar nicht vor, hierzubleiben, denn er schiebt mich
gleich wieder ins Treppenhaus.

»Wo gehen wir hin?« Meine Neugier erreicht langsam ungeahnte
Ausmaße.

Mein bester Freund tippt sich an die Stirn. »Wart's ab!«

»Das will ich aber nicht.«

»Na gut«, lässt er sich zu einem wirklich vielversprechenden Hinweis herab, als wir wieder auf der Straße sind. »Du warst in den letzten Tagen so durch den Wind, hast dich tausendmal entschuldigt, dass du so unregelmäßig schreibst, und erwähnt, du wärst mit den Gedanken wieder viel zu oft bei Samantha … Also habe ich mir etwas Schönes ausgedacht, das dich etwas ablenken könnte.«

»Ach, Justus!«

Das ist so lieb von ihm. Aber er weiß ja auch nicht, dass er einer der Hauptgründe für meine gedrückte Stimmung war. Ich hätte nicht so tun dürfen, als wäre es dabei nur um meine tote Freundin gegangen.

Wir schlagen eine Richtung ein, die uns zum Olympiapark führen könnte. Jedenfalls kenne ich die Strecke als Weg dorthin. Ich binde meine Utility-Jacke zu und vergrabe die Hände in den Taschen. Es ist kühl geworden, was ich als Aufhänger benutze, um noch etwas mehr über die Abendplanung aus Justus herauszukitzeln. Hätte ich mich vielleicht wärmer anziehen sollen?

»Es ist nicht weit«, ist alles, was er mir verrät.

Das parkartige Gelände, das wir kurz darauf betreten, hat mit den vielen Sportanlagen eher etwas von einem großen Abenteuerspielplatz. In der Dunkelheit wirken die Arenen, Tribünen und Sportplätze sehr abstrakt. Die über einhundert Meter hohe, gewundene rote Stahlskulptur des ArcelorMittal Orbit leuchtet weithin sichtbar und überragt alle anderen Gebäude.

Als ich mir sicher bin, dass wir auf genau diesen Turm zusteuern, wird mir urplötzlich wieder mulmig zumute. Dabei habe ich die entspannte Stimmung zwischen Justus und mir bis eben noch so genossen. Es ist auch nicht so, als hätte ich Höhenangst. Ich frage mich nur, was wir hier wollen. Es ist viel zu wenig los, als dass die Attraktion noch geöffnet haben könnte.

Am Eingang des Gebildes werden wir von einem Mitarbeiter erwartet. Er und Justus schütteln sich die Hände. Der Typ macht einen offiziellen Eindruck, okay. Er winkt uns hinein und führt uns durch den Pavillon am Fuß der Konstruktion zum Aufzug, dessen Türen hinter uns zugleiten.

»Was geht hier vor? Hast du den Einlasser bestochen?«, scherze ich, während wir in nur dreißig Sekunden bis zum obersten Aussichtspunkt in die Höhe schießen. Danach sind meine Knie erst recht so weich wie Wackelpudding.

Selbstverständlich hat Justus niemanden bestochen. Dafür ist er zu vernünftig. Er wird das alles von Budapest aus organisiert und für die kurzfristige Buchung in einem derart privaten Rahmen tief in die Tasche gegriffen haben.

Der Aufzug öffnet sich, und anstatt mir zu antworten, dirigiert Justus mich hinaus. Die einmal um die Skulptur herum verlaufende Plattform ist menschenleer und bietet einen 360-Grad-Ausblick auf die nächtliche City und ihre Skyline.

Es ist überwältigend! Und unglaublich romantisch.

Ich gehe zum Fenster. »Justus, das wäre nicht nötig gewesen!«

»Aber es gefällt dir?« Er tritt zu mir. »Du kannst das auch als Entschuldigung oder verfrühtes Geburtstagsgeschenk betrachten oder als ...«

... Liebeserklärung?

Mein Herz schlägt immer schneller, mir wird speiübel. Denn ich weiß, dass ich Justus nicht liebe. Wie ich auch weiß, dass ich ihm gleich das Herz brechen muss.

Ruckartig drehe ich mich zu ihm um. »Ich habe noch mal nachgedacht. Über unseren Kuss.«

Er runzelt kurz die Stirn. »Ich auch«, sagt er dann ernst. »Darf ich anfangen?«

Nein, nein, nein, schrillen meine Alarmglocken in voller Lautstärke.

Doch er spricht schon weiter. »Ich habe mich in dich verliebt, Tracey. Und ich kann nicht mehr so tun, als ob es nicht so wäre.«

Obwohl ich das längst geahnt habe, zerspringt bei seinem Geständnis etwas in meiner Brust. Ich muss mir auf die Zunge beißen, um das Schluchzen zurückzuhalten. »Justus«, hauche ich. »Nicht. Warte.«

Er verstummt.

Ich hole zittrig Luft. »Ich fürchte, ich kann deine Gefühle nicht auf diese Art erwidern. Du bist mein bester Freund. Du bist mir unglaublich wichtig, aber mehr ist da nicht von meiner Seite aus.«

Seine Schultern sacken nach unten. Ich kann förmlich sehen, wie er innerlich zusammenbricht. Trotzdem kommt kein Laut über seine fest aufeinandergepressten Lippen.

»Es tut mir leid«, fahre ich behutsam fort. »Unsere Freundschaft bedeutet mir so viel, und ich hatte gehofft, wir können daran festhalten.«

Justus nickt, den Blick in die Ferne gerichtet. »Keine Ahnung, wieso ich dachte, dass es mit uns funktionieren könnte. Ich wollte diese Beziehung wohl einfach zu sehr.«

Es tut weh, ihn so gebrochen zu erleben. Als ich spüre, wie sich meine Fingernägel in die Handflächen graben, lockere ich die Fäuste.

»Ich wünschte, ich könnte dasselbe für dich empfinden. Aber manchmal soll es vielleicht einfach nicht sein.«

Er lacht gequält. »Und ich dachte, nur ich suche meine Antworten in den Sternen. Glaubst du jetzt doch an Schicksal?«

»Nein, keine Sorge.« Ich straffe die Schultern und zwinge mich, das Richtige zu tun, so hart es auch ist, selbst für mich. Wie hart muss es erst für Justus sein? »Wahrscheinlich sollte ich jetzt gehen. Und vielleicht halten wir erst mal etwas Abstand? Ich will dich nicht noch mehr verletzen.«

Sein Schweigen deute ich als Zustimmung.

Ich bin schon fast am Fahrstuhl, als er mir ein fragendes »Tracey?« hinterherruft. Ich bleibe stehen, bringe es jedoch nicht über mich, ihm noch einmal in die Augen zu sehen. Ich könnte dann die Tränen nicht mehr zurückhalten, und ich möchte ihn nicht zusätzlich mit meinem Schmerz konfrontieren.

»Ja?«

Seine nächsten Worte kann ich kaum verstehen, so leise spricht er. »Ich will dich nicht verlieren.«

»Ich dich auch nicht.«

Damit steige ich in den Lift, drücke den Knopf und fahre allein wieder nach unten. Netterweise verschont mich der Mitarbeiter des ArcelorMittal Orbit mit irgendwelchen Fragen. Ohne mein Tempo zu drosseln, gehe ich auf den Ausgang zu, sodass er kaum hinterherkommt, um mich hinauszulassen. Ich blicke nicht zurück, schaffe es sogar bis in die nur noch spärlich gefüllte U-Bahn, bevor mir richtig bewusst wird, was soeben passiert ist. Ich breche in einen regelrechten Heulkrampf aus, was die wenigen anderen Fahrgäste nicht zu jucken scheint.

Und jetzt? Ist es nicht unausweichlich vorbei? So wie mit Charlie. Ich suche in meiner Handtasche nach einem Taschentuch und verpasse dann auch noch die Haltestelle, an der ich hätte aussteigen müssen. Es geht doch nichts über einen nächtlichen Spaziergang!

Als ich die Tube also erst an der Liverpool Street verlasse, werfe ich zum ersten Mal einen Blick auf mein Handy, seit ich Justus am Flughafen um den Hals gefallen bin.

Ich habe drei Nachrichten von Vincent, die er mir vor etwa einer Dreiviertelstunde geschickt hat.

Gleich ist es so weit.

Wünsch mir Glück.

Ich glaube, ich sterbe vor Nervosität.

Seitdem hat er sich nicht noch einmal gemeldet. Kein Update, wie es gelaufen ist, oder ob er es überhaupt durchgezogen hat.

Und ich habe nichts erwidert, um ihm noch mal Mut zu machen. Ausgerechnet! Mein eigenes Dilemma tritt in den Hintergrund, und ich rufe ihn an. Was ist passiert, nachdem er mir die Nachrichten geschickt hat? Ich will nur, dass es ihm gut geht. Das ist das Wichtigste.

Doch Vincent nimmt nicht ab.

Mit bebenden Fingern tippe ich: *Ich bin jetzt für dich da! Ich bin hier.*

Aufgewühlt warte ich auf eine Antwort. Vergeblich.

Fuck, ich habe mich in ihn verliebt. Mit allen Risiken, die dazugehören.

KAPITEL 28
VINCENT

Es wundert mich nicht, dass ich meine selbst gewählte Deadline bis aufs Letzte ausreize, bevor ich mich endlich überwinden kann, mit meinen Eltern zu reden. Und dann geht auf einmal alles ganz schnell.

Nach dem Abendessen stehe ich als Erster auf, damit sich meine Familienmitglieder nicht sofort in alle Winde zerstreuen und verkünde: »Ich möchte euch etwas sagen.«

Mein Herz applaudiert mir mit einem Trommelsolo.

Mum und Dad blicken mich erwartungsvoll an. Bei Grandma ist es schwer einzuschätzen, wie viel sie versteht, aber auch sie hat sich mir zugewandt. Elle ist bei James. Vielleicht hätte ich bis zur nächsten Gelegenheit warten sollen, um sie als Verstärkung bei mir zu haben, aber ich wollte das Ganze nicht noch weiter hinauszögern.

Es kostet mich enorme Selbstbeherrschung, nicht die Flucht zu ergreifen, sondern meinen Text vorzutragen, den ich oft genug geübt habe. Hoffentlich werden sie mich verstehen.

»Mir ist etwas Wichtiges über mich selbst klar geworden«, erkläre ich ruhig und mit fester Stimme. »Ich bin trans*. Das heißt, ich identifiziere mich nicht mit meinem Geburtsgeschlecht, sondern als Junge. Von nun an werde ich als Vincent leben.«

Stille.

Meine Eltern wirken völlig perplex, als hätten sie nicht ganz begriffen, was ich gesagt habe, oder als wüssten sie nicht, was sie davon halten sollen.

»Aber ... aber ...«, stammelt meine Mutter schließlich, »du bist ein Mädchen. Du und Elena seid meine Mädchen. Das geht doch nicht. Das geht nicht.« Sie fängt an zu weinen, so bitterlich wie damals, als Grandma mit ihrem ersten Schlaganfall ins Krankenhaus musste. »Du wirst immer mein Mädchen sein!«

Mit jeder Wiederholung des Wortes und jedem Schluchzen schnürt sich mein Brustkorb enger zusammen, bis er so schmerzt, dass es mich nicht überrascht hätte, wenn ich an Ort und Stelle tot umgefallen wäre. So wie sie weint, könnte man meinen, genau das sei passiert.

Das ist ... wie ... was ...

Was habe ich getan? Das wollte ich nicht.

»Mum«, sage ich flehend, nachdem ich den ersten Schock überwunden habe. Ich will um den Tisch herum auf sie zugehen, als mein Vater seinen Stuhl heftig zurückschiebt.

»Was hast du vor?«, herrscht er mich an.

Nun schießen auch mir die Tränen in die Augen. »Keine Ahnung?« Kann sie nicht aufhören, einfach nur aufhören zu weinen. Bitte? »Es tut mir leid, ja? Es tut mir doch leid!«, beteuere ich inständig. Meine Stimme überschlägt sich.

»Wie hast du dir das vorgestellt?«, fragt Dad mich tonlos, was fast schlimmer ist, als von ihm angeschrien zu werden. »Ziehst du dich deshalb neuerdings so an? Das ist doch lächerlich!«

Ist es nicht, ist es *nicht*.

»Diese Maskerade macht dich noch lange nicht zu einem Mann!«

Wütend wische ich mir die Tränen weg. Ich bin wütend auf ihn, auf mich ... Ich bin so wütend. »Ich wünschte auch, es wäre anders! Ich mache das sicher nicht aus Spaß!«

»Dann hätten wir das ja geklärt.«

Was zur Hölle? Das kann Dad doch unmöglich ernst meinen. »Was ist nur los mit euch? *Mum?*«

Sie weint immer noch und starrt dabei auf einen Punkt, den ich nicht näher bestimmen kann. Als wäre ich für sie plötzlich unsichtbar.

Mein Vater stößt ein Lachen aus, das eher wie ein Bellen klingt. Er wird wieder lauter. »Das fragst du nicht wirklich! Was mit *uns* los ist?!«

»Es gibt doch mittlerweile so großartige Möglichkeiten!«, halte ich verzweifelt dagegen. »Schon die männlichen Hormone können enorme Auswirkungen haben ... Ich werde dadurch nicht bloß einen Bart bekommen, und das war's dann.«

»Sei still.« Eine Ader pocht an Dads Schläfe. »Sei sofort still.«

»Wieso?« Ich hasse es, dass ich dabei so hilflos klinge. Aber ich kann einfach nicht begreifen, was hier gerade passiert. Vorher hatte ich Angst, doch mit diesem Horrorszenario hätte ich nicht gerechnet.

Mein Vater reibt sich über den Nasenrücken, er ist sichtlich um Fassung bemüht. »Du bist kein Junge. Jeder stellt sich mal vor, wie es wäre, das andere Geschlecht zu haben. Was du da andeutest ... Das scheint momentan irgendein Trend zu sein, aber das machen Menschen, die ...«

»Die was?« Ich glaube, ich muss gleich kotzen.

»Du bist doch nicht dumm. Solche Leute sind zutiefst verwirrt.«

Ich fasse es nicht. »Du scheinst dich ja richtig auszukennen!«

»Ich verbitte mir diesen Ton, junge Dame!«

Wer ist dieser Mensch, zu dem ich einmal aufgesehen habe? Wenn wir auch sonst nie einen Draht zueinander hatten. Und was ist mit meiner Mutter, die immer für mich da war und angeblich nur mein Bestes wollte? Können meine Eltern sich nicht freuen, weil ich die Ursache für meine Schwierigkeiten als Teenager gefunden habe?

»Ich habe mich als trans* Mann geoutet und du ... ihr ...«

Kurz sieht es so aus, als wollte meine Grandma etwas einwenden, doch da brüllt Dad bereits: »Es reicht! Ich will dich nicht mehr sehen!«

Ich spüre, wie mir sämtliche Farbe aus dem Gesicht weicht. »Heißt das, ihr schmeißt mich raus?«, flüstere ich entsetzt.

»Natürlich nicht! Wir sind doch keine Unmenschen!« Mein Vater tritt hinter Mum, die inzwischen nicht mehr weint, sich jedoch sofort an ihn klammert, als er ihr die Hände auf die Schultern legt. Er wiegt sie sanft hin und her.

Das ist ein Albtraum. Ein absoluter Albtraum.

»Victoria«, sagt er genervt, weil ich mich noch keinen Zentimeter bewegt habe. Nicht *Vincent*, natürlich nicht. »Geh uns für heute bitte aus den Augen. Du hast deine Mutter genug aufgeregt. Und sprich nicht mehr von dieser Sache, verstanden?«

Es kommt mir vor, als würde ich mich von außen dabei beobachten, wie ich Dads Aufforderung Folge leiste. Ich gebe keine Widerworte mehr, ich stürme nicht aus dem Zimmer, ich knalle keine Türen. Ich schleiche wie betäubt hinaus, durch die Küche, in die dunkle Diele, die Treppe hinauf. Ich bringe nicht mal die Kraft zum Weinen auf. Auf halber Höhe bleibe ich an einer Stufe hängen, falle hin, fluche, muss aber gleich darauf wie hysterisch lachen, weil ich mich ernsthaft frage, wie ich nun wieder aufstehen soll. Vielleicht hätte ich das Licht einschalten sollen, um nicht zu stolpern. Andererseits ... wieso bleibe ich nicht einfach hier hocken? Ich lege den Kopf in den Nacken und lasse ihn gegen die Wand sinken. Keine Ahnung, wie lange ich so verharre. Allzu lange kann es nicht sein, denn Mum, Dad und Grandma sind nach wie vor im Wohnzimmer und noch nicht an der Treppe vorbeigekommen. In diesem Moment fallen mir die Nachrichten wieder ein, die ich Tracey geschickt habe. Ein alberner Hoffnungsschimmer regt sich in mir.

Hat sie inzwischen geantwortet? Oder sie wenigstens gelesen?

Ich kneife die Augen eng zusammen, als der Smartphone-Bildschirm aufleuchtet.

Sie hat sogar bereits versucht, mich anzurufen!

Ohne nachzudenken, wähle ich ihre Nummer. Erst jetzt finde ich neue Energie, um mich vom Boden hochzustemmen. Blöd nur, dass mir einen Sekundenbruchteil zu spät einfällt, dass Tracey ohne Bild nur meine Stimme hören wird, die in puncto Männlichkeit zu wünschen übrig lässt.

»Vincent?«

Nein, ich werde jetzt nicht wieder auflegen. Sie kennt meine Stimme und hat sich bisher auch nicht daran gestört.

»Hey«, sage ich schnell.

So unglaublich es mir auch vorkommen mag, es gibt sie, diese unfassbar tolle Frau, die mich tatsächlich irgendwie gernhat und mir gezeigt hat, dass mein trans* Sein womöglich gar kein so großes Problem sein muss. Für Tracey schien es jedenfalls kein Thema zu sein, als wir aneinandergekuschelt in meinem Bett lagen. Auch am nächsten Morgen war alles gut … Wieso auch nicht? Es ist kein Problem! Mein Leben ist nur in mancher Hinsicht komplizierter, aber es gibt nichts, wofür ich mich entschuldigen oder gar schämen müsste.

KAPITEL 29
TRACEY

Ich bin richtig dankbar, wieder zur Uni zu können, weil ich nicht wüsste, wie ich sonst klarkommen sollte. Es ist mir auch egal, dass im dritten Term ausschließlich Wiederholungskurse stattfinden, um den Stoff für die abschließende Prüfungsphase aufzufrischen.

Gleich am Montag treffen Vincent und ich uns noch vor der ersten Veranstaltung in der U-Bahn, wo wir nach unserem stundenlangen Telefonat in der vorangegangenen Nacht mit unseren Kaffeebechern anstoßen. Es ist gar nicht leicht festzustellen, wer zuerst eingeschlafen ist, und wir streiten etwas darüber. Fakt ist, dass ich mein Handy nach dem Weckerklingeln erst mal im Bett suchen musste.

Ich kann immer noch nicht fassen, was Vincent mir gestern geschildert hat. Wie schafft er es nur, hier neben mir zu stehen und mich so unverschämt süß über den Rand seines Bechers hinweg anzulächeln, nachdem seine Eltern ihn so mies behandelt haben? Ich fühle total mit ihm mit, und auch meine eigenen Sorgen geben kaum

Ruhe, aber bei seinem Anblick wird mir dennoch etwas leichter ums Herz.

»Wie geht es dir heute? Wegen Justus, meine ich.«

Es kommt mir seltsam vor, dass Vincent meinen (hoffentlich noch nicht ehemaligen) besten Freund so selbstverständlich erwähnt. Aber ich hatte ihm gestern nicht nur zugehört, sondern auch von Justus und mir erzählt.

»Im Grunde ist es ganz hilfreich, dass er auf die Queen Mary geht und wir uns deshalb nicht zufällig über den Weg laufen können«, sage ich. »Trotzdem wünschte ich, irgendeinen unverfänglichen Anlass zu finden, um mit ihm zu reden. Ich stelle es mir schwer vor, mich ihm wieder anzunähern und ein gutes Maß zu finden, um unsere Freundschaft zu retten.«

»Könnte am Anfang tatsächlich etwas schwierig werden«, gibt er mir recht.

»Ich habe auch schon mit Lia darüber gesprochen. Meiner Mitbewohnerin, der die Buchhandlung gehört.«

Vincent nickt.

»Justus hat wohl direkt im Anschluss an seine Abfuhr mit ihr gesprochen«, fahre ich fort. »Jedenfalls hat sie sich gleich heute früh per WhatsApp erkundigt, wie es mir bei der ganzen Sache geht. Sie hat mal wieder bei ihrem Freund Drew übernachtet, deshalb war sie nicht zu Hause.« Ich zögere einen Moment, bevor ich meine nächste Befürchtung ausspreche. »Ich bin froh, dass Lia für Justus da war und nicht mich trösten musste. Aber ich hoffe, sie steht jetzt nicht zwischen den Stühlen, weil sie mit uns beiden befreundet ist.«

»Das wäre wirklich blöd.«

»Ja. Sie hat das abgestritten, aber …« Schulterzuckend zeige ich Vincent den Chatverlauf mit Lia.

Nein, nein! Mach dir deshalb keine Gedanken, hatte sie geschrieben. *Ich habe es bisher doch auch hingekriegt, mit euch beiden befreundet zu sein.*

Daraufhin hatte sich mir die Frage aufgedrängt, ob Lia von Justus' Vorhaben gewusst hatte. Aber wahrscheinlich hätte sie ihm nach unserer letzten Unterhaltung im *A New Chapter* davon abgeraten.

Vielleicht unternehmen wir demnächst mal wieder etwas zu viert. Für den Einstieg, hatte Lias abschließender Aufmunterungsvorschlag gelautet.

»Meinst du, das wäre ein guter Plan? Ich meine, ein Treffen zu viert?«, frage ich Vincent. »Es wäre nur praktisch, wenn wir das vor meiner Geburtstagsparty schaffen würden.«

»Ein bisschen Zeit ist ja bis dahin noch«, beruhigt er mich. »Und es klingt nach einem ganz sinnvollen Vorgehen.«

»Stimmt auch wieder.« Ich verziehe das Gesicht. »Ich vergesse dauernd, dass ich erst übernächstes Wochenende mit Freunden feiere, obwohl ich bereits diesen Sonntag Geburtstag habe. Aber da kommen mich schließlich meine Eltern besuchen.«

Weil ich das Thema nicht weiter vertiefen möchte, frage ich ihn nun im Gegenzug: »Hast du irgendetwas Neues von Gwen oder Ramona gehört?«

Vincents Finger umklammern die Haltestange fester. »Nein. Und zu Hause musste ich unbedingt raus. Mum sieht glatt durch mich hindurch. Sie hat mich nicht mal dazu angehalten, etwas zu essen, damit ich nicht vom Fleisch falle, und von Dad wurde ich ungefähr fünfzigmal mit meinem Geburtsnamen angesprochen. Innerhalb von fünf Minuten.«

»Scheiße. Was ist mit Elle?«

»Ich hoffe, dass sie vielleicht eine Idee hat, was ich jetzt tun soll. Vielleicht bringt es ja etwas, wenn wir noch mal gemeinsam das Gespräch mit unseren Eltern suchen. Wir sehen uns aber erst nachher wieder.«

»Ich drück dir die Daumen.«

Vincent nippt an seinem Kaffee. »Das weiß ich sehr zu schätzen.«

Wenig später hält unsere Bahn an der Holborn Underground Station. Wir sind in der City. Auf der restlichen Strecke zur Universität leere ich meinen Becher, verstaue ihn danach in meiner Handtasche und bete, dass das Koffein seine Wirkung schnell entfaltet.

Sobald wir den Campus betreten, wird Vincent auffällig still. Auf dem kleinen Innenhof zwischen den Gebäuden bleiben wir kurz im Schatten eines Baumes stehen. Die Sonne knallt nach den verregneten letzten Tagen außerordentlich heftig auf uns herunter. Typisch April.

»Hast du vor, heute mit jemandem zu reden?«

Vincent hakt die Daumen hinter die Rucksackgurte. »Bevor ich es den Dozenten sage, wollte ich ins Sekretariat, um zu fragen, wie das im Allgemeinen mit der Änderung des Vornamens und des Geschlechtseintrags gehandhabt wird und inwieweit es vorher amtlich sein muss. Was die anderen Studenten betrifft ... Mal schauen, wie es sich ergibt. Mein neuer Look wird bestimmt erst mal genug Aufsehen erregen.«

»Ist das denn kompliziert? Das offiziell anpassen zu lassen?«

»Es geht«, murmelt er unbestimmt. »Ich bin nur etwas ... verunsichert.«

Das verunsichert und beunruhigt auch *mich*, noch bevor ich einschätzen kann, wieso eigentlich. »Inwiefern?«

»Das ist schon eine große Sache. Es offiziell zu machen, meine ich.«

»Offiziell in der Uni, offiziell im Ausweis, oder ...?«

»Alles?« Vincent blickt zu Boden.

»Also«, frage ich zögernd und mit einem merkwürdigen Gefühl in mir, »zweifelst du doch daran, dass du ein Mann bist?«

»Nein!« Er hebt ruckartig den Kopf und starrt mich schockiert an. »Ich kann das nur gerade noch nicht. Nicht, nachdem Mum und Dad ... Das war echt ein Schlag gestern, auch wenn ich mich nicht nach ihnen richten muss und es natürlich auch nicht werde. Die Frage ist, was als Nächstes passiert, wenn ich weitere Schritte einleite. Solange ich bei ihnen wohne ... Ich weiß nicht, ob sie sich noch einkriegen, was ich sonst für Alternativen habe ...«

»Okay. Das verstehe ich!« Die Erleichterung, die mich überkommt, ist fast noch seltsamer als das Unwohlsein zuvor.

Immerhin mag ich ihn genauso, wie er ist – und nicht, obwohl er ist, wie er ist. Ich mag ihn. Wirklich. Und wenn Victoria sich doch geirrt hätte, würde Vincent dann überhaupt noch existieren?

»Gut.« Er wirkt nicht weniger erleichtert. »Wo wir gleich beim Thema wären. Wundere dich bitte nicht, falls wir uns mal zufällig in der Damentoilette begegnen. Es ist mir noch zu unsicher, die Herrentoilette zu benutzen.«

Ein Lächeln stiehlt sich auf meine Lippen. Es rührt mich, dass ich es geschafft habe, zu einer echten Vertrauensperson für ihn zu werden, mit der er ohne Angst vor Verurteilung über alles sprechen kann.

»Klar! Kein Ding. Dann bis später in der Mittagspause?«

Vincent verzieht das Gesicht. »Falls ich die Mobbingattacken der coolen Kids bis dahin überstehe, ja.«

Ich klopfe ihm kameradschaftlich auf die Schulter. »So schlimm wird es sicher nicht werden. Wir sind ja nicht mehr in der Schule, und das ist London. Ich glaube schon, dass die Leute hier weltoffen genug sind.«

Als wir uns zum Gehen wenden, wird mir allerdings flau im Magen. Schließlich habe auch ich schon meine Erfahrungen mit Ausgrenzung und Verachtung gemacht und weiß daher, wie furchtbar sich das anfühlt. Wenngleich der Anlass dafür bei mir ein ganz anderer war.

Urplötzlich bestürmen mich diverse Beleidigungen, die ich mir in NYC wegen meines Kusses mit Charlie anhören musste, nachdem die Wahrheit über Samanthas Unfall ans Licht gekommen war. Und das sogar aus meinem *Freundes*kreis! Mein einziger Trost war es gewesen, dass die hässlichen Gerüchte, die rasch ein Eigenleben entwickelt hatten, es nie bis zu meinen Eltern oder Mrs Meriwether, Samanthas Mutter, schaffen würden.

Vincent ist schon halb an mir vorbei, als ich ihn am Arm zurückhalte. Meine Atmung geht viel zu schnell. »Vergiss, dass ich gesagt habe, es wird schon nicht so schlimm.«

Er blickt mich fragend an, dann besorgt, weil mir ein Nachhall des Schreckens bestimmt noch ins Gesicht geschrieben steht. Ich kann die nächste Pflanzaktion kaum erwarten. Die erste hallt noch immer in mir nach. Und es kann doch eigentlich nur besser werden. Das wird es, es muss. Ich senke die Lider, um mich zu sammeln.

»Tracey?« Eine federleichte Berührung an meinem Kinn, an meiner Wange.

Ich hebe den Blick. Vincent hat nun seinerseits eine Hand nach mir ausgestreckt, obwohl wir mitten auf dem Unigelände stehen und er sich hier noch nicht als trans* geoutet hat. Mein Puls rast wie bei einer meiner Joggingrunden und schickt einen Adrenalinschub durch meine Adern. Trotz der Leute um uns herum ist er komplett auf mich fixiert.

»Lass dich nicht fertigmachen«, verbessere ich mich.

Vincent salutiert.

KAPITEL 30
VINCENT

Als Gwen, Ramona und ich damals an unserem ersten Tag an der Uni zufällig gemeinsam vor dem falschen Raum gelandet sind, war ich davon überzeugt gewesen, nach der quälenden Zeit in der Schule doch noch auf Menschen gestoßen zu sein, mit denen mich etwas verbindet. Dass ich jetzt wieder auf mich allein gestellt bin, wiegt daher umso schwerer. Der altvertraute Kloß in meinem Hals und die Übelkeit sind zurück. Ohne Tracey wäre ich vermutlich nicht mal an der LSE aufgekreuzt, sondern hätte die Stunden auf dem Cemetery verbracht und mich in der tröstenden Umarmung der Natur verloren. Dass ich mich stattdessen derart in diesem Mädchen verlieren würde, hätte ich dennoch nicht erwartet. Es ist aufregend und beängstigend zugleich.

Ich drücke die Tür des Vorlesungssaals auf und gleite in der hintersten Reihe auf den nächsten freien Sitzplatz, weil die Veranstaltung bereits begonnen hat. Im Grunde ist es ganz praktisch, nicht nach meinen Freundinnen Ausschau halten zu müssen. Wenn das nicht purer Optimismus ist? Während ich durch meine Notizen über das Römische Reich zu Zeiten der Republik blättere und versuche, mich an den Stoff zu erinnern, wird mir allerdings zusehends wärmer. Kein Wunder. Obwohl laut Wetterbericht für heute fünfundzwanzig Grad vorausgesagt sind, trage ich ein langärmeliges Sweatshirt und eine lange Hose. Mehr von meinem Körper zu zeigen, hätte mein Passing leichter ruinieren können und dazu geführt, dass ich mich noch unwohler fühle als ohnehin schon. Abgesehen davon wird es ein unspektakulärer Einstieg, und ich bin stolz auf mich, nicht gekniffen zu haben. Vorerst habe ich nicht den Eindruck, von irgendjemandem komisch angeguckt zu werden.

Erst nachdem sich der Hörsaal geleert hat, bemerke ich Gwens Schneewittchenhaare in der Menge. Sie nickt mir lediglich knapp zu, und ich muss schlucken. Ramona, die neben ihr geht und ihrem Blick gefolgt ist, wirft mir dagegen einen Blick zu, als hätte sie mich noch nie gesehen.

Vor dem nächsten Kurs, in dem wir uns mit der Epoche des europäischen Imperialismus befassen, müssen wir ein paar Minuten vor dem Seminarraum auf Mr Jazani warten, was mir wie eine Ewigkeit vorkommt. Weil ich nicht weiß, zu wem ich mich sonst stellen soll – wenn nicht zu Gwen und Ramona –, bleibe ich etwas abseits meiner Kommilitonen stehen. Immer mal wieder schaue ich zu den beiden hinüber und merke dabei am Rande, wie mehr und mehr Leute auf meine Stilveränderung aufmerksam werden. Es tut so weh, nicht zu meinen »Freundinnen« gehen zu können, und am liebsten hätte ich sie angeschrien und hier und jetzt zur Rede gestellt.

»Krass! Victoria?«

Automatisch wende ich mich der Stimme zu. Aline, mit der ich schon mal ein Referat gehalten habe, steht mit einem Buch über den Ersten Weltkrieg unter den Arm geklemmt plötzlich neben mir.

»Ich hätte dich fast nicht erkannt.«

Ich will etwas erwidern, doch da nehme ich das Getuschel um uns herum wahr.

»Was ist denn auf einmal mit der los?«, höre ich jemanden flüstern. »So rumzulaufen!«

Einen Moment lang bin ich wie erstarrt, kalter Schweiß bricht mir aus. Geht es wieder los? Dieselben Lästereien, von denen ich geglaubt habe, dass sie endlich ein Ende gefunden hätten? Schließlich zucke ich bloß mit den Schultern und haste an Aline vorbei in den Seminarraum, denn unser Dozent ist Gott sei Dank aufgetaucht und lässt uns rein.

»Hey«, ruft sie mir nach. »Ich finde, du siehst megacool aus!«

Ihr Kommentar ist offensichtlich positiv gemeint, doch nach diesem Abgang traue ich mich nicht mehr, mich zu ihr zu gesellen. Mein Kopf ist vermutlich knallrot, so, wie er glüht.

Tatsächlich setzt sich das Gerede in den folgenden Lehrveranstaltungen fort. Von freundlich-neugierigen Blicken bis hin zu abfällig-entgeisterten Bemerkungen ist alles dabei, aber es ist kein Vergleich zu dem, was ich in der Schule ertragen musste. In den Pausen kann ich immer wieder aufatmen und in der Menge der Studenten untertauchen. Die meisten sagen sowieso einfach nichts. Darüber und über die Anonymität bin ich unheimlich froh.

Ich merke nur schnell, dass meine Strategie, die Leute vorerst mein verändertes Äußeres verdauen zu lassen, nicht selten zu dem immer gleichen Missverständnis führt. Auch als ich mich später in der Mensa zu Tracey und ein paar ihrer Kommilitonen an den Tisch setze, werde ich direkt wieder damit konfrontiert.

Ein Mädchen, das mir vage bekannt vorkommt, begrüßt mich mit den Worten: »Ich wusste gar nicht, dass du eine Lesbe bist, Victoria!« Wahrscheinlich sollte ich es lieber gleich hinter mich bringen, mich zu outen. Zumindest, wenn ich mich später nicht erneut erklären möchte.

Jetzt erinnere ich mich auch, woher ich das Mädchen kenne. Von diesem Kuchenbasar, zu dem Hunter mich mal mitgeschleppt hat. Wir hatten uns zwar einander vorgestellt, aber ihr Name will mir einfach nicht einfallen.

»Beatrice!«, schaltet Tracey sich ein und hilft mir damit in zweierlei Hinsicht aus. Sie sieht entschuldigend zu mir.

»Was denn? Ist doch nichts dabei«, wiegelt Beatrice ab. »Die Cousine meines Freundes steht auch auf Frauen. Ich könnte euch miteinander bekannt machen.«

Äh, was? Ich sollte vermutlich Einspruch erheben. Wäre ich nicht so überrumpelt von dieser – nett gemeinten? – Übergriffigkeit. Als würden wir uns nur wegen einer scheinbaren Gemeinsamkeit automatisch gut verstehen oder einander sogar verfallen.

Tracey versucht, Blickkontakt mit mir aufzunehmen, ich weiß nur nicht, welche Signale ich ihr senden soll. Möglicherweise hätte ich mich sicherheitshalber erst mal mit ihr allein zum Essen treffen sollen, um solche Situationen zu vermeiden. Aber ich hätte auch nicht gedacht, dass mein verändertes Auftreten trotz der zeitweisen Popularität, die meine Beziehung mit Hunter mir verschafft hat, spannend genug wäre, um zum fächerübergreifenden Gesprächsthema zu werden.

Mangels einer eindeutigen Ansage von mir räuspert sich Tracey. »Bea…«

»Oh!« Beatrices Augenbrauen wandern noch weiter in die Höhe, bis sie unter ihren Ponyfransen verschwinden. »Ich verstehe. *Ihr zwei!*«

Zumindest gefällt mir dieser Vorschlag besser als ihr erster.

»*Gayt* da etwa was?«

Es reicht! Statt das abzustreiten, lege ich mir die richtigen Informationen zurecht, wobei ich beschließe, mich auf die Fakten zu beschränken. Mehr hat sowieso niemanden zu interessieren.

»Ich bin nicht lesbisch. Ich bin trans*. Und bitte nenn mich ab jetzt nicht mehr Victoria, sondern Vincent.«

Es kommt mir kurz so vor, als würden die Unterhaltungen der anderen am Tisch verstummen.

Beatrices einzige Reaktion ist ein langgezogenes: »Okay.«

Danach widmet sie sich ihrem Salat.

Traceys Hand schließt sich unter der Tischplatte bestärkend um meine, und mein Herz macht einen Sprung, während meine Kehle ganz trocken wird. Falls es sie stört, dass ich nicht auch klargestellt habe, dass zwischen ihr und mir nichts läuft, hat sie eine komische Art, das zu zeigen.

Einmal ausgesprochen, fällt es mir sehr viel leichter, die Worte einfach zu wiederholen, wenn jemand eine Bemerkung zu meinem Erscheinungsbild macht. So geht es mir auch bei Tailin, die nach Historische Hilfs- und Archivwissenschaften, meinem letzten Kurs für heute, zu mir aufschließt, als ich den Raum verlassen will.

»Victoria, ich mag deinen neuen Stil total!«

Wir haben noch nie wirklich miteinander geredet, obwohl wir

uns theoretisch seit anderthalb Jahren kennen, deshalb bin ich umso überraschter, von ihr diesen Zuspruch zu erhalten.

»Oh … danke?«, stammele ich. »Aber ich möchte ab jetzt Vincent genannt werden. Ich bin trans*.«

Tatsächlich wirkt sie nun sogar noch beeindruckter. »Wow! Ich finde es total mutig von dir, so offen zu dir selbst zu stehen. Das bewundere ich voll!«

Dieses Kompliment gibt mir definitiv Auftrieb und lässt mich den ersten Tag an der Uni nach den Osterferien mit einem unerwartet guten Gefühl abschließen.

»Man muss auch mal positiv überrascht werden!«, ist Elles Meinung dazu, als ich ihr am Dienstagabend endlich alles erzählen kann. Sie war noch einen Tag länger als geplant bei James geblieben.

Nun sitzen wir uns im Schneidersitz auf ihrem Bett gegenüber. Über uns funkeln warm die Feenlichter, die sie vorhin eingeschaltet hat und die durch den Betthimmel leicht verschwimmen. Ich möchte die guten Gedanken noch etwas beibehalten, bevor ich eine Kehrtwende einlege und auf unsere Eltern zu sprechen komme.

Aber Elle will auf der Stelle wissen, wie das Gespräch mit ihnen gelaufen ist. »Wie haben *Mum und Dad* die Neuigkeiten denn nun aufgenommen?«, quetscht sie mich ungeniert aus.

Selbstverständlich hat sie vorhin beim gemeinsamen Abendessen bemerkt, dass etwas vorgefallen sein muss, auch wenn unsere Eltern diese Veränderung nach wie vor beharrlich totzuschweigen versuchen.

Seufzend ziehe ich den Kuscheldelfin meiner Schwester, der seit ihrem zehnten Geburtstag stets auf ihrem Bett liegt, zu mir und schlinge die Arme um ihn.

Elle zieht ungeduldig die Augenbrauen hoch.

»Okay, okay«, beschwichtige ich sie und skizziere mit zunehmender Übelkeit den Albtraum, in dem ich mich nach meinem Comingout am Sonntag unversehens wiedergefunden habe.

Danach schweigt Elle erst mal.

»Damit hätte ich echt nicht gerechnet«, gesteht sie dann.

»Ich auch nicht.«

»Ich habe mal nach Beratungszentren für queere Lebensweisen gegoogelt«, sagt sie nach einer Weile.

Das lässt mich aufhorchen. Ich versteife mich. »Ich brauche keine Beratung, sondern deine Hilfe.«

Meine Schwester schmollt. »Glaubst du, Mum und Dad hören auf mich?«

»Du bist ihre Lieblingstochter, schon vergessen?« Auch wenn ich wie sie einen scherzhaften Tonfall anschlage, schmerzt der Gedanke an diese Tatsache.

Elle nickt, jetzt wieder ernster, und tippt sich gegen die Unterlippe. »Mal sehen, was ich machen kann.«

Nach Rücksprache mit dem Sekretariat bitte ich am nächsten Tag meine Professorinnen und Professoren, bei denen ich Seminare habe, ebenfalls um die Verwendung meines neuen Namens und der richtigen Pronomen. Bis auf eine Ausnahme sind sie sehr bemüht, trotz der Tatsache, dass das Thema teilweise völliges Neuland für sie ist. Lediglich Ms Brown, bei der ich vor den Ferien den Test über die sozialen Strukturen im Mittelalter vergeigt habe, weigert sich, »so ein Wunschkonzert ohne irgendeine Grundlage zu dulden«. Durch meine Gespräche mit den Dozenten macht die Neuigkeit dann auch schnell die Runde – zumindest unter den anderen Geschichtsstudenten meines Fachsemesters. Einerseits bin ich froh über die Lawine, die ich dadurch lostrete und die mir einiges an Arbeit abnimmt. Andererseits stehen auch ein paar meiner Kommilitonen dem Ganzen nicht allzu offen gegenüber.

So höre ich am Mittwochnachmittag drei von ihnen hinter mir auf dem Gang abfällig schnauben.

»O Mann, ich hasse die«, sagt ein Typ. »Diese Transgender.«

Ohne mich umzudrehen, kann ich die Stimme nicht eindeutig zuordnen. Ist es Zac?

Ein Mädchen, das ich als Shiva identifiziere, pflichtet ihm bei. »Ja, ich kann schließlich auch behaupten, ich würde mich wie ein Schmetterling fühlen, und bin trotzdem keiner.«

»Genau.« Das war auf jeden Fall Howard. »Was glauben die bitte, wer sie sind?«

Ich hatte damit gerechnet, dass mich nicht jeder ernst nehmen würde, doch angesichts dieser Herablassung wird mir schon etwas mulmig zumute. Die Faust, die meinen Magen daraufhin umschließt, löst sich erst wieder, als ich zu Tracey stoße, die draußen vor dem Universitätsgebäude auf mich wartet und mit mir zur U-Bahn geht.

»Was ist mit der Antidiskriminierungsstelle?«, überlegt sie, nachdem ich ihr während der Fahrt die Vorkommnisse geschildert habe.

Wir durchqueren gerade die Bahnhofshalle an der Liverpool Street. Heute möchte sie mir endlich die Buchhandlung ihrer Mitbewohnerin zeigen, die im angesagten Künstlerviertel Shoreditch liegt.

»So darf sich deine Professorin nicht verhalten. Und diese fiesen Kommentare ... Dagegen musst du unbedingt etwas unternehmen. In der Antidiskriminierungsstelle kann man dir bestimmt sagen, wie du so eine Situation am besten entschärfst oder notfalls rechtliche Schritte einleitest. Du darfst dir das nicht gefallen lassen.«

Tracey hat vermutlich recht, aber irgendetwas in mir sträubt sich dagegen, mir professionelle Unterstützung zu holen. Außerdem besitzen Ms Brown und die paar Arschlöcher, die ihre Klappe nicht halten können, auf meiner Liste mit den zu lösenden Problemen aktuell keinerlei Priorität. Dennoch versuche ich, aufgeschlossen zu bleiben, denn Tracey möchte mir genau wie Elle mit ihrem Vorschlag nur helfen.

»Ja, mal sehen«, sage ich ausweichend.

Als Nächstes werde ich erst mal meinen Hausarzt aufsuchen – sobald sich der Aufruhr um mich an der Uni etwas gelegt hat. Ein Schritt nach dem anderen.

Vor dem Bahnhof drücken uns irgendwelche Promoter jeweils eine Dose Limonade in die Hand. Dann tauchen wir in das Gassengewirr zwischen Spitalfields und der Brick Lane ein. Das sommerliche Wetter hält sich, es wuselt nur so vor Touristen und Einheimischen.

»Mal sehen?«, wiederholt Tracey in einer Mischung aus Neckerei und Argwohn. »Wirst du dich dort melden oder nicht? Manchmal kann ich dich echt schwer einschätzen.«

»Dito.«

»Was würdest du denn gern von mir wissen?«, schießt sie herausfordernd zurück. Sie tänzelt vor mir auf dem Kopfsteinpflaster herum, wobei das cremefarbene Off-Shoulder-Kleid ihre dunkelbraune Haut zum Leuchten bringt und sich um ihre Beine bauscht.

Meine Gehirnkapazitäten für schlagfertige Sprüche sind dadurch noch eingeschränkter als sonst. Wie gern hätte ich diesen Augenblick auf Video, um ihn mir in Dauerschleife anzusehen.

»Einiges«, antworte ich schließlich.

Zunächst mal wäre da ihre Warnung, dass ich mich nicht fertigmachen lassen soll. Sie hat das am Montag nicht nur so dahingesagt, und das lässt mich seitdem nicht los. Dahinter verbirgt sich eine Dunkelheit, auf die ich bis jetzt nur einen winzigen Blick erhaschen durfte. Tracey ist sehr geschickt darin, sich bedeckt zu halten, obwohl das bei ihrer offenen Art dem ersten Anschein nach völlig anders wirken mag. Es hat mich beispielsweise auch überrascht, dass sie ihren besten Freund vor Sonntag mit keiner Silbe erwähnt hat.

Was behält sie noch für sich?

»Geht es etwas konkreter?«

Logisch, dass sie meine Gedanken nicht lesen kann, aber ich möchte ihr dennoch sagen, dass ich auch für sie da sein werde, sollte sie mir je zeigen, was sich hinter ihrer Fassade verbirgt.

»Ich hoffe, du kannst es mir irgendwann erzählen.«

Sie fragt nicht, was ich meine, aber ich bin sicher, sie hat mich verstanden.

Da ich mein Hemd nicht bedenkenlos ausziehen und nur in T-Shirt umherspazieren kann, ohne unentwegt zu befürchten, dass jemand trotz des Binders meine Brust bemerkt, schiebe ich wenigstens die Ärmel nach oben und öffne die noch kühle Limo, um mich zu erfrischen und die Dose danach in einem Mülleimer zu entsorgen.

»Wir sind fast da«, kündigt Tracey kurz darauf an.

Plötzlich bin ich ziemlich aufgeregt. Ich will mich das nicht fragen – und sie erst recht nicht –, aber es muss einfach raus: »Was, wenn deine Freunde mich für eine Frau halten?«

»Selbst wenn jemandem etwas auffallen sollte«, versucht Tracey sofort, mich zu beruhigen, »wird sicher niemand etwas sagen. Du stellst dich doch von vornherein mit einem männlichen Namen vor. Ich musste ja auch erst von dir aufgeklärt werden.«

Ich bleibe skeptisch. »Das kann man aber nicht vergleichen. Bei unserer ersten Begegnung war es dunkel, mitten in der Nacht, und du warst emotional aufgewühlt!«

»Vincent«, sagt sie mit Nachdruck. »Ich kenne niemanden, der so einfühlsam ist wie Lia. Sie achtet immer auf ihre Mitmenschen, und mit ihrer umsichtigen Art wird sie garantiert nicht in ein Fettnäpfchen treten.«

Also bleibt mir keine andere Wahl, als zu hoffen, dass Tracey recht behält.

Nach der nächsten Straßenbiegung kommt die dunkelgrüne Holzfassade der Buchhandlung in Sicht. *A NEW CHAPTER* steht in goldenen Lettern über dem Schaufenster, in dem ein paar wertvolle antiquarische Schmöker neben den Toptiteln der Bestsellerliste ausgestellt sind.

Bei unserem Eintreten bimmelt ein Glöckchen, und sofort dringt mir der unverwechselbare Geruch von altem Papier in die Nase, der mich an Gewölbekeller voller Schriftrollen denken lässt. Tracey hat nicht zu viel versprochen. Durch den dunkelroten Teppich, die holzvertäfelten Wände und den imposanten Verkaufstresen mit der Vitrine erliegt man rasch dem Eindruck, sich in der Bibliothek eines geheimnisvollen Herrenhauses zu befinden statt in einem Buchladen. Wie könnte mir das nicht gefallen? Gedämpfte Stimmen wabern zwischen den Regalreihen durch den Verkaufsraum.

Nur der Typ mit der Cap und dem sportlichen Herrentanktop, der in einen Comic vertieft in einem von zwei Sesseln lümmelt, scheint nicht recht hierher zu passen. Irgendwo habe ich ihn schon mal gesehen.

»Drew!«, sagt Tracey.

Ah, das ist der Freund ihrer Mitbewohnerin. Panik steigt in mir auf. Das heißt, ich muss mit ihm sprechen!

Ich habe noch nie mehr als ein paar Sätze von Mann zu Mann mit jemandem in meinem Alter gewechselt. Und Drew wirkt auch noch ziemlich … einschüchternd? Ja, so könnte man das nennen. Mit dieser lässigen Haltung und den durchtrainierten Muskeln strahlt er auf sehr männliche Weise ein Selbstbewusstsein aus, von dem ich mir gern eine Scheibe abschneiden würde.

»Hab ich das Motorrad vor der Tür doch richtig erkannt«, freut sich Tracey. »Dein Baby ist wieder flott?«

Drew klappt das Heft zu und sieht zu ihr auf. »Jep. Kurz habe ich echt an meinen Fähigkeiten gezweifelt! Aber endlich hat sich das jahrelange Herumgeschraube an den Karren mal gelohnt.«

Als Nächstes deutet Tracey auf mich und dann auf ihn.

Okay, okay, das wird schon. Meine Schweißausbrüche sprechen eine andere Sprache.

»Darf ich vorstellen? Vincent, Drew. Drew, Vincent.«

Mein Gegenüber erhebt sich, und wir schütteln uns die Hände. Er ist nicht nur breit gebaut, sondern auch groß. Ich hoffe, den Druck angemessen zu dosieren und den Moment weder zu früh zu unterbrechen noch zu sehr zu strecken, wobei ich mich an ihm orientiere.

Geschafft.

»Lia wollte nur kurz nach hinten«, erklärt Drew, »um eine Kopfschmerztablette zu nehmen. Sie hat irgendwas von Wetterfühligkeit gesagt.«

Tracey schürzt die Lippen – diese vollen, schön geschwungenen Lippen. »Ich sehe mal nach ihr.« Mit den Fingerspitzen streift sie an meinem Handrücken entlang, wodurch sich bei mir sämtliche Härchen aufstellen. »Bin gleich zurück!«

WAS?

Doch da stehe ich schon mit Drew alleine da.

Na toll …

Schon die Vorstellung, Lia kennenzulernen, hat mich total verunsichert, aber das hier ist noch mal eine ganz andere Nummer.

»Und was machst du so?«, erkundige ich mich möglichst locker, damit sich das Schweigen bloß nicht zu sehr in die Länge zieht.

Drew wirft mir einen schiefen Blick zu. »Momentan arbeite ich in einem Altenheim. Und selbst?«

Ich runzele die Stirn. So etwas hätte ich nicht unbedingt erwartet.

»Ich studiere Geschichte«, erwidere ich langsam, »und habe einen Nebenjob in einem Blumenladen.«

Er scheint deutlich weniger überrascht zu sein, als ich es angesichts seiner Antwort war. Aber er hakt nicht nach, ob ich auch wirklich *Vincent* heiße. Immerhin muss ja nicht jeder Mann eine hypermaskuline Ausstrahlung haben.

»Du bist ein Freund von Tracey?«, fragt er mich dann.

Ich lächele. Gott sei Dank! Also scheine ich mit meinem Konversationsversuch ja doch nicht so danebengelegen zu haben.

KAPITEL 31
TRACEY

Am Anfang erscheint es mir verwirrend, mit Lia und Drew zusammenzusitzen, während der Platz an meiner Seite nicht von Justus eingenommen wird, sondern von Vincent. Andererseits ist es total natürlich, denn gleichzeitig fühlt es sich an, als ob es nie anders gewesen wäre – er und ich, obwohl wir gar nicht offiziell zusammen sind oder so.

Wir haben die Sitzgruppe um zwei Stühle aus dem Hinterzimmer erweitert. Noch besser wäre es nur, wenn Justus und ich schon zu einem normalen Umgang zurückgefunden hätten und er ebenfalls dabei sein könnte. Weil wir daran aber erst arbeiten müssen, habe ich unseren Besuch im *A New Chapter* so gelegt, dass Justus noch mindestens sechzig Minuten in seiner Kosmologie-Vorlesung festhängen dürfte.

Es macht mich glücklich zu sehen, wie Vincent sich nach und nach entspannt und dass meine Freunde sich mit ihm zu verstehen schei-

nen. Es hätte mich auch gewundert, wenn es Schwierigkeiten gegeben hätte, wobei ich seine Zweifel durchaus nachvollziehen konnte.

»Ich glaube, ich habe da etwas, von dem du begeistert sein wirst«,
sagt Lia zu Vincent. Sie steht auf und gibt ihm ein Zeichen, ihr in den
hinteren Teil des Ladens zu folgen.

»Was das wohl sein kann?«, witzelt Drew. »Ein Buch vielleicht?«

Sie funkelt ihn vorwurfsvoll an, und ich muss unwillkürlich
schmunzeln. Vincent hebt an mich gewandt eine Augenbraue. Ich
winke nur beruhigend ab, also folgt er meiner Lieblingsmitbewohnerin.

Ich nutze die Zeit und krame den Text zur Konsumentenpsycho-
logie aus meiner Tasche, den ich bis morgen noch lesen muss. Die
entsprechenden Arbeitsblätter breite ich auf dem kleinen Beistell-
tischchen zwischen den Sesseln aus. Auch Drew vertieft sich wieder
in seinen Comic.

Ich würde mich gern konzentrieren, wäre es nur nicht so spannend, Vincent und Lia dabei zu beobachten, wie sie sich über einen
verstaubten Wälzer beugen. Ich spitze die Ohren, es geht wohl um
die »Pflanzensystematik in der Botanik«. Die beiden schwelgen zwischen den ledernen Buchdeckeln, als wären darin ungeahnte Geheimnisse verborgen.

Irgendwann sollte ich Vincent Justus gegenüber erwähnen, wenn
unsere Freundschaft sich etwas erholt hat. Nur, was genau soll ich
sagen? Es wird Zeit, Vincents und meinen Beziehungsstatus zu klären und Nägel mit Köpfen zu machen. Doch meine Angst vor einer
Zurückweisung hat neue und mir völlig unbekannte Ausmaße angenommen. Ich darf das nicht vermasseln.

Ein leises, verträumtes Seufzen entweicht mir.

Zeitgleich lehnt Drew sich in dem anderen Sessel nach vorn, sodass ich eine Sekunde lang fürchte, von ihm beim Schwärmen erwischt worden zu sein. Doch er wirft nur den Comic weg.

»Was ist das bitte für ein Ende?«, schimpft er.

Ich atme kaum merklich auf.

»Das kann unmöglich wahr sein! Es ergibt nicht mal Sinn!«

Ich hebe das Heft auf und glätte die ramponierten Seiten. »Möchtest du darüber reden?«

»Nein«, schnauft er beinahe bockig. »Ich werde mich bei meinem kleinen Bruder beschweren. Der hat mir dauernd von dieser Story vorgeschwärmt.«

»Mein Beileid hast du jedenfalls.«

»Deswegen lese ich eigentlich nur Lias Bücher«, erklärt er mir. »Da sitze ich direkt an der Quelle, um meinen Frust loszuwerden, wenn sie mal wieder unmögliche Wendungen eingebaut hat.«

Ich lache. »Das finde ich auch immer superpraktisch. Sonst ist sie so zurückhaltend, aber argumentieren kann sie, wenn sie für etwas brennt. Davon kommt bestimmt auch ihr Verkaufstalent.«

Ich drehe mich zu ihr und Vincent um. »Und, nimmst du das Buch?«, rufe ich Vincent zu.

Er zuckt hilflos mit den Schultern. »Ich würde ja gern«, er senkt die Stimme zu einem Flüstern, das Lia natürlich trotzdem noch versteht, »wenn es nicht so ein Vermögen kosten würde.«

Sie nickt verständnisvoll. »Wir finden eine Alternative.«

»Ich sag ja, sie hat's drauf«, wende ich mich wieder an Drew, wobei mir klar ist, dass Lia Vincent vor allem eine Freude machen möchte. Ihre eigenen Geschichten und Buchempfehlungen sind ihre Art, ihren Mitmenschen etwas mitzugeben.

Wie so oft bei schönen Begebenheiten vergeht die Zeit wie im Flug. Als Vincent und ich uns wieder auf den Weg machen, hätte ich schwören können, dass wir doch eben erst angekommen sind. Nach Lias Beratung hat er ein hübsch gestaltetes, nicht ganz so altes und daher bezahlbares Büchlein über die symbolische Bedeutung verschiedener Blumenarten gekauft sowie ein englisch-lateinisches Wörterbuch, womit er ziemlich happy zu sein scheint.

Obwohl wir zum *Magic of Flowers*, unserem nächsten Stopp für heute, nur wenige Minuten mit der U-Bahn fahren, ist es ein besonderes Erlebnis, weil wir zwei freie Plätze nebeneinander ergattern und uns wie selbstverständlich einander zuwenden, anstatt krampfhaft jeden möglichen Körperkontakt zu vermeiden. Seit ich bei Vincent übernachtet habe, passiert das immer öfter. Wir gehen viel ungezwungener miteinander um. Als ich die Beine überschlage, rutscht mein Kleid ein wenig hoch, sodass uns nur noch der raue Stoff seiner Hose trennt. Ich bilde mir ein, beinahe seine Haut zu spüren, und er rückt kein Stück von mir ab. Die Schmetterlinge in meinem Bauch drehen Loopings, so fühlt es sich zumindest an.

Fast pünktlich zum Feierabend gehen wir durch die Friedhofstore und halten auf das Backsteinhäuschen gleich dahinter zu. Großzügigerweise stellt Agatha uns für den Abend ihren Laden zur Verfügung, um die Samenbomben zusammenzubauen. Das Saatgut der Blumen und Kräuter, für die ich mich entschieden habe, durfte Vincent am Montag mit auf die Bestellliste setzen, genau wie die Blumenkästen für die Nelken. Agatha hat nur eine Bedingung gestellt — dass Vincent sie und mich noch mal vernünftig miteinander bekannt macht. Und genau das haben wir jetzt vor.

»Du bist hier wirklich über die Mauer geklettert?«, bemerkt er unvermittelt.

Ich mache eine ausladende Geste. »Was hätte ich sonst tun sollen? Das Schloss knacken?«

»Du bist unglaublich …« Er grinst in sich hinein und schüttelt den Kopf. »Dieser Einsatz könnte sich bei unseren Guerilla-Gardening-Anschlägen noch als nützlich erweisen.«

Er sperrt uns den Mitarbeitereingang auf, und ich folge ihm in den Wintergarten, der in ein märchenhaftes Licht getaucht ist. Durch das Glasdach hat es sich hier drin ordentlich aufgeheizt. Ich bewundere die Pflanzen für ihre Standfestigkeit, sich so wacker zu halten und dabei sogar noch eine gute Figur zu machen. Die Farbenpracht der Blüten erhellt den gesamten Raum.

Vincents Kollegin, vor der er beim letzten Mal so überstürzt Reißaus genommen hat, redet noch mit Agatha, die an der Theke aus grünem Mosaik lehnt. Ein vielleicht siebenjähriges Mädchen zieht ungeduldig an der Hand der jüngeren Frau und wird von ihr zurechtgewiesen. »Mel, Mum unterhält sich gerade!«

»Hi«, ruft Vincent ihnen von Weitem zu. Sie grüßen zurück, ich sage ebenfalls Hallo, und alles wirkt so familiär und innig, dass ich mich deutlich wohler fühle als bei ihm zu Hause.

Mel beobachtet unser Näherkommen ganz genau und sagt dann, halb versteckt hinter ihrer Mutter: »Ich wusste nicht, dass du ein Junge bist. Tut mir leid! Ich dachte immer, du wärst ein Mädchen.«

Also muss Mel Vincent schon vor seiner Transition gekannt haben. Wahrscheinlich hat ihre Mutter sie inzwischen darüber aufgeklärt, dass er trans* ist.

Ich halte automatisch die Luft an.

Vincent gerät jedoch nur kurz aus dem Tritt und geht vor ihr in die Hocke. »Das ist gar nicht schlimm«, beruhigt er die Kleine, die ihn aus kugelrunden Augen anblickt. »Ich wusste das auch lange nicht. Es passiert eben manchmal, dass sich die Leute irren und man das erst viel später bemerkt.«

Ich bin ziemlich hingerissen.

»Genau«, bestätigt Agatha.

Vincent erhebt sich wieder.

Seine Kollegin lächelt ihn entschuldigend an. »Okay, wir sind dann mal weg.«

Er nickt ihr dankbar zu. »Alles gut, Irene.«

Nachdem sie gegangen sind, streicht Agatha sich die grauen Locken hinter die Ohren und hält mir mit einem Strahlen die Hand entgegen. »Es freut mich sehr, dich endlich offiziell kennenzulernen. Agatha Jacob.«

»Tracey Palmer.«

Ihr Händedruck ist fest und herzlich. »Hast du eine Lieblingsblume?«

Ähhh … Hätte ich mich in letzter Zeit nicht häufiger mit der Materie beschäftigt, würden mir wohl die Worte fehlen. So erinnere ich mich zum Glück an die korrekte Bezeichnung für die prächtige Blüte, die es mir besonders angetan hat.

»Die Pfingstrose?«

»Spannend!« Agatha klatscht begeistert. »In der Blumensprache steht sie für zwei Aussagen: *Was dich erschüttert, regt sich in uns beiden* und *Was du nicht sagst, ist mir doch bewusst.*«

Ein Schauer jagt mir den Rücken hinunter.

Ist es ein Zufall, dass Vincent mir erst vor wenigen Stunden, ohne dass ich eine Andeutung gemacht habe, zu verstehen gegeben hat, dass ich mich ihm jederzeit öffnen könne? Das würde ich ja gern. Ich glaube nur nicht, dass ich es überleben würde, wenn ich ihm die ganze Wahrheit über Samanthas Todesumstände erzähle und er mich im Anschluss so betrachtet, wie es meine sogenannten Freunde damals getan haben. Dass ich meine beste Freundin für einen Typen um die Ecke gebracht habe, ist keine Info, die ich einfach mit einem Schulterzucken abtun könnte. Es reicht, wenn er weiß, dass es ein Autounfall war.

»Agatha«, mischt Vincent sich ein. »Es ist nicht nötig, so ...«

»... peinlich zu sein?« Die alte Dame plustert sich gespielt entrüstet auf und lächelt. »Ich lasse euch ja schon allein. Tut nur nichts, was ich nicht auch tun würde!« Mit diesen Worten rauscht sie zur Tür hinaus und verschwindet auf dem Cemetery, über den bald die Nacht hereinbrechen wird. Ich höre sie noch pfeifen. Oder bilde ich mir das nur ein?

»Agatha liebt es dramatisch«, sagt Vincent und lacht. »Elle hat sie deshalb für eine Hexe gehalten, als wir noch Kinder waren.«

Das löst meine Anspannung, und ich muss auch lachen. »Dann war das keine gruselige Prophezeiung?«

Er winkt ab. »Na ja, es könnte schon was dran sein. Aber gib nicht zu viel darauf.«

Wir beginnen damit, ein paar üppig bepflanzte Töpfe und Kübel wegzuräumen, bis einer der großen Holztische zur Hälfte leer ist. Danach schüttet Vincent einen Beutel voller Samentütchen vor mir aus, und ich setze mich, um ihre Beschriftungen sorgfältig zu studieren: Goldgarbe, Rittersporn und Drachenkopf, Ringel-, Korn- und Glockenblume. Ein aufgeregtes Kribbeln erfasst mich. Bienenfreund,

Klatschmohn und Lavendel. Und natürlich die Samen für die Kräuter und Nelken, die ich erst einmal beiseitelege. Feder- und Sand-, Pfingst- und Hängenelken, mit denen wir später noch jeweils einen Blumenkasten bepflanzen wollen. Vielleicht … vielleicht kann Sammy mich ja gerade sehen, wo auch immer sie jetzt sein mag. Das wäre so schön. Unterdessen holt Vincent noch die Erde, eine Karaffe mit Wasser und einen Behälter zum Anrühren der Komponenten für die Samenbomben.

Er zieht sich den anderen Schemel heran. »Die Blumenerde ist schon getrocknet, und ich habe sie durchgesiebt. Wir können also direkt starten.«

»Perfekt!«, freue ich mich.

Er befüllt die Schüssel mit Erde und bittet mich, das Saatgut der verschiedenen Blumen hinzuzufügen, wobei das Verhältnis von Erde und Samenmischung etwa fünf zu eins ergeben sollte. Ich reiße die Tütchen auf und komme seiner Aufforderung nach. Er knetet alles einmal durch, und plötzlich muss ich mich zusammenreißen, dabei nicht zu gebannt auf seine unbedeckten Unterarme zu starren. Bisher wusste ich nicht mal, dass man Unterarme attraktiv finden kann. Doch zu sehen, wie sich seine Muskeln beim Kneten unter der Haut bewegen, auch wenn er sehr schlank ist, lässt meine Kehle staubtrocken werden. Langsam schütte ich das Tonpulver hinzu und versuche zu ignorieren, wie mir die Hitze zu Kopf steigt.

»Warte!«

Ich schrecke aus meiner Versunkenheit auf und werde rot.

»Der Teig darf nicht zu wässrig werden.« Vincent nimmt eine weitere Handvoll Erde und mischt sie unter.

Wer hätte gedacht, dass im Schlamm herumzumatschen so sexy sein kann?

»Okay. Die Konsistenz passt. Jetzt müssen wir uns etwas sputen, weil die Masse schnell aushärtet.«

Ich verpasse mir einen imaginären Tritt in den Hintern. *Konzentration!*

Vincent hebt eine Braue. »Greif nur zu.«

Hastig versenke ich meine Hände neben seinen in dem zähen Gemisch, wobei mir zu spät einfällt, dass ich mir zuerst eine Schürze hätte schnappen sollen, um mein Kleid nicht einzusauen.

Da beginnt er schon, eine glatte Kugel zu rollen, und ich folge seinem Beispiel.

»Die Bomben dürfen nicht größer als eine Walnuss werden. Sonst könnten sie zu früh anfangen zu keimen.«

Es ist nicht schwer, die Kugeln zu formen, und je mehr ich mich darin vertiefe, desto ruhiger werde ich. Die fertigen Samenbomben legen wir zum Trocknen auf eine alte Zeitung. Die Prozedur hat eine nahezu meditative Wirkung, und bei jeder weiteren Kugel kommt mir eine neue alte Erinnerung an meine beste Freundin in den Sinn. Eine hallt ganz besonders in mir nach. Diese Szene muss ich unbedingt mit Vincent teilen.

»Weißt du, woran ich gerade denken musste?«

»Hm?«

Ein Lächeln stiehlt sich in mein Gesicht, kein trauriges, sondern ein gelöstes. »Wie Sammy und ich beim Trampolinspringen in einem Freizeitpark versucht haben, die meisten Flickflacks zu schaffen. Sie hat gewonnen, was mich damals irre aufgeregt hat.«

»Kann ich mir bildlich vorstellen.«

»Ist das so?«, gebe ich amüsiert zurück.

»O ja.« Immer noch mit einem Schmunzeln in der Stimme zeigt Vincent auf die fertigen Samenbomben und fügt hinzu: »In ein, zwei Tagen sind die Kleinen dann einsatzbereit.«

Wir machen in wohltuendem Schweigen weiter, bis die Schüssel leer ist und wir etwa fünfzig Geschosse geformt haben. Danach fühle ich mich geerdet und Samantha unwahrscheinlich nah. Ich schätze es sehr, dass Vincent mir den Raum gibt, den ich brauche, statt den Moment für eine Unterhaltung zu nutzen. Trotzdem vergesse ich seine Anwesenheit keine Sekunde. Wie könnte ich? Ich bin so froh, dass er bei mir ist. Das bedeutet mir alles.

KAPITEL 32
VINCENT

»Ist dir nicht eigentlich viel zu warm?«, fragt Tracey und legt die letzte Kugel, die sie gerollt hat, vorsichtig zu den übrigen auf das Zeitungspapier. Der Teig aus Erde und Samen ist aufgebraucht, und mit dem Kinn deutet sie in meine Richtung, auf meine Kleidung, ohne dabei ihre mit Schlamm überzogenen Hände zu benutzen. Nach wie vor trage ich T-Shirt, Hemd und eine lange Hose.

»Ich geh schon echt kaputt hier in dem Wintergarten, und ich habe ein Kleid an.«

Damit erwischt sie mich unvorbereitet. Ich hätte nicht gedacht, dass sie sich darüber Gedanken macht, geschweige denn, mich darauf ansprechen würde, weshalb ich trotz der Temperaturen lange Sachen trage.

Hastig suche ich nach etwas, das mich eventuell davor bewahren könnte, mit ihr über meine Problemzonen zu reden. Die Form meiner Beine und die kaum sichtbare Behaarung bei meinen blonden

Haaren nerven, klar. Aber vor allem meine Brust, die für mich etwas essenziell Weibliches darstellt, bringt mich schon genug zum Verzweifeln, ohne dass ich mich auch noch darüber auslassen müsste. Es war mir im Grunde ganz recht, dass wir seit unserem allerersten offenen Gespräch in Traceys WG-Zimmer kein Wort mehr über diese Sache verloren haben.

Ich schlage einen humorvollen Tonfall an und bin überrascht, wie entspannt ich klinge. »Falls du dir eine Peepshow erhofft hast, die wird es nicht geben.«

»Nicht?« Enttäuscht schiebt sie die Unterlippe vor.

Vielleicht werde ich doch jede Sekunde an einem Hitzschlag sterben, so unvermittelt kochen meine Gefühle in mir hoch, nur um gleich darauf von einem kalten Schauer abgelöst zu werden.

Wie kann dieses Mädchen nur so einen Aufruhr in mir auslösen?

Und meint Tracey das ernst? Hätte sie gern eine Peepshow?

»Tut mir leid.« Ich zucke mit den Schultern. »Ich meine, es ist schon auszuhalten.«

Sie wirkt nicht überzeugt, hakt aber vorerst nicht weiter nach. Wahrscheinlich ist ihr klar geworden, worauf sie mich da unabsichtlich angesprochen hat und dass dieses Thema nicht gerade angenehm für mich ist. Ich bin beruhigt und etwas frustriert zugleich, folge ihr aber zur Verkaufstheke, hinter der sich ein Waschbecken befindet. Tracey dreht den Wasserhahn auf, und ich beschließe zu warten, bis sie fertig ist, bevor ich näher trete.

Mit einem Mal nimmt sie den ausziehbaren Brausekopf aus der Verankerung über dem Becken, und in der nächsten Sekunde trifft mich der Strahl mitten ins Gesicht. Zuerst bin ich so perplex, dass ich nicht mal die Arme hochreiße, was aber sowieso nichts gebracht hätte. Dann hechte ich intuitiv auf sie zu, um ihr die Brause wegzunehmen. Schock und Panik ringen in mir. Dennoch ist mir gleichzeitig danach, einfach loszulachen.

Ich pralle gegen Tracey, und ineinander verheddert gehen wir als nasses und schlammiges Knäuel zu Boden.

»Scheiße!«, kreischt sie auf.

»Was du nicht sagst!« Ich kann mich immer noch nicht entscheiden, ob ich sauer oder belustigt sein soll, so drollig, wie sie jetzt aussieht. Zu süß! Ihr Kleid ist allerdings hinüber, was mir ein rascher Blick an ihr hinab sofort bestätigt – während sie halb unter mir liegt.

Da ich mich mit einer Hand neben Traceys Kopf abgefangen habe und dadurch immerhin verhindern konnte, voll auf ihr zu landen, schweben nicht nur unsere Oberkörper einen Moment lang direkt übereinander, sondern auch unsere Lippen, als wir uns zeitgleich bewegen. Mein Puls rast, rast, rast. Alles andere, jeder Zweifel, ist wie auf einen Schlag aus meinem Kopf gefegt. Tracey streicht sich eine nasse Strähne aus dem Gesicht, und meine Augen bleiben wie gebannt an ihrem leicht geöffneten Mund hängen. Automatisch beuge ich mich weiter vor, kann ihr süßes Parfüm riechen und fast schon ihre Haut berühren, von der ich die Wassertropfen küssen möchte ...

Da platzt ein Lachen aus Tracey hervor und verhindert gerade noch, dass ich mich völlig vergesse. Shit! Schnell rappele ich mich hoch, helfe ihr ebenfalls auf die Beine und schüttele mir die Flausen aus dem Kopf. Ich bin doppelt froh über die Abkühlung, die sie mir verpasst hat.

Fragt sich nur, zu welchem Preis?

Während Tracey den Wasserhahn zudreht, stelle ich aufatmend fest, dass mein Hemd das meiste Wasser abgefangen hat. Wie in Zeitlupe ziehe ich es aus. Nichts, was sich nicht abzeichnen sollte, ist unter dem Stoff meines T-Shirts sichtbar geworden. Doch meine Erleichterung hält leider nur zwei Herzschläge an.

»Da ist nichts«, sagt Tracey jetzt nämlich. Sie ist meinem Blick gefolgt.

O mein Gott ... Kann ich bitte vor Scham im Boden versinken?

Mein Kopf ist garantiert rot wie eine Tomate. »Zu sehen, meinst du?«, krächze ich.

»Wirklich«, bekräftigt sie. »Mach dir darum keine Sorgen.«

Darum. Um meine ...

»Sorry für den Boob talk. Aber das ist es doch, worum es hier geht, richtig? Nur um das mal klarzustellen.«

Hat sie das wirklich gesagt? Ja, hat sie.

Es ist mir schleierhaft, wie sie so neckisch und liebevoll zugleich klingen kann, dass ich gar keine andere Wahl habe, als dem Lächeln nachzugeben. Sie findet stets die richtige Dosierung zwischen Ernsthaftigkeit und Spaß. Und sie ziert sich nicht, Klartext zu reden. Was ist sie? Eine verdammte Göttin?

»Ja, stimmt«, bringe ich schließlich hervor. »Danke? Um ehrlich zu sein, kann ich das manchmal selbst nicht richtig einschätzen. Ich habe ein irgendwie verzerrtes Bild von meinem Körper.«

»Dann vertrau mir«, erwidert Tracey aufrichtig. »Du vertraust mir doch, oder?«, hakt sie sicherheitshalber gleich noch einmal nach.

Ich nicke sofort. Das steht inzwischen außer Frage.

»Wollen wir noch die Nelken pflanzen?«, schlage ich schließlich vor. »Ich könnte die Blumenkästen gleich mitbringen, wenn ich von hinten etwas Trockenes und Sauberes zum Anziehen hole.«

Tracey grinst mich breit an. »Ich habe so das Gefühl, dass das zu einer Tradition werden könnte, nicht wahr?«

Ganz klar eine Anspielung auf unser Kennenlernen auf dem Friedhof, bei dem ich sie das erste Mal mit hierhergenommen und ihr ein paar Arbeitsklamotten ausgeliehen habe.

»Und zu den Nelken: Ja! Was ist das für eine Frage?«

Ihre Unbeschwertheit ist wie immer ansteckend und wärmt mich von innen, diesmal auf eine angenehme und irgendwie fluffige Art.

»Alles klar!«, erwidere ich, was mir nicht schwerfällt.

Schon das Kleben des Moosgraffitis hatte mich total mitgerissen. Noch mehr als die Idee zu diesen Aktionen. Abgesehen davon beruhigt es mich ungemein, dass die Guerilla-Gardening-Projekte scheinbar ihren Zweck erfüllen und auch auf Tracey eine befreiende Wirkung haben.

Zum Umziehen gehen wir nacheinander auf die Toilette. Eigentlich schade, aber natürlich möchte ich mich nicht noch weiter vor ihr entblößen und muss deshalb wohl auch meinerseits darauf verzichten, etwas mehr von ihr zu sehen. Sobald wir die nassen Klamotten zum Trocknen über zwei Gartenstühle aus dem Lagerraum gehängt haben, präsentiere ich ihr die Blumenkästen, die sie vor einer Weile ausgesucht hat. Einen aus Holz, einen aus Korb, einen aus Ton und eine gelbe Plastikwanne.

Erneut strahlt Tracey über das ganze Gesicht. »Die sehen noch hübscher aus als auf den Produktbildern im Internet, die du mir geschickt hast.«

Ich bin so unendlich dankbar für das, was wir haben. Küsse hin oder her.

»Hast du dir denn auch schon ein oder zwei Plätze ausgeguckt, wo wir sie anbringen wollen?«

»In Shoreditch«, verkündet sie sofort. »In der Gegend um Lias Buchladen sind mir schon vor einer Weile viele trostlose Flecken aufgefallen.«

Ich nicke. »Damit wäre wohl geklärt, wo wir heute Nacht unseren nächsten grünen Anschlag verüben werden.«

KAPITEL 33
VINCENT

Zwei Tage später fasse ich mir ein Herz und beweise mein Vertrauen, obwohl ich einen unangenehmen Gedanken nicht loswerde.

»Ich wette, alle starren«, zische ich Tracey zu, während wir mit unseren Tabletts durch die Mensa gehen. »Du weißt schon, wohin.« Heute stehen Kartoffelpüree, Spinat und Fischstäbchen auf dem Speiseplan.

Ich habe keine Ahnung, wieso ich Traceys Rat gefolgt bin und meine Sweatshirtjacke ausgezogen habe, sodass ich nur in einem schlichten weißen T-Shirt umherwandere. Vermutlich, weil es sich einfach nicht abkühlen will. Dabei haben wir noch nicht mal Sommer. Wie soll das dann erst werden? Wahrscheinlich ist es besser, wenn ich früher als später über meinen Schatten springe.

Angesichts der Lage zu Hause bin ich außerdem darauf umgestiegen, das Mensaangebot zu nutzen, anstatt mit meiner Familie zu essen. Elles Versuche, zwischen mir und unseren Eltern zu vermitteln, scheiterten rigoros. Dad schmetterte sie einfach ab. »Ich bitte dich, Elena! Du wirst doch diesen Unfug nicht unterstützen.« Irgendwann hatte ich es satt, mir jedes Mal anzuhören, wie meine Schwester unsere Eltern immer genervter korrigierte, wenn diese mich falsch ansprachen. Weder unsere Mutter noch unser Vater protestierten angesichts meiner Entscheidung, ihnen aus dem Weg zu gehen. Das tut verdammt weh.

Also verbringen Tracey und ich auch am Freitag die Mittagspause zusammen in der Uni. Inzwischen hat das Gerede nachgelassen. Nur Gwen und Ramona ignorieren mich immer noch weitgehend. Wenn sie wegen einer Gruppenarbeit doch mal gezwungen waren, mit mir zu kommunizieren, haben sie stets penibel darauf geachtet, meinen Namen nicht zu verwenden und mich wenn möglich nicht zu gendern. Das war schon ziemlich auffällig, weil sie jedes Mal stockten oder abbrachen, wenn es zu passieren drohte. Die Situation mit den beiden macht mich wirklich sprachlos. Traceys Bekannte – so bezeichnet Tracey Beatrice und die anderen jedenfalls – haben meine Anwesenheit dagegen mittlerweile mehr oder weniger akzeptiert. Da ich nicht einsehe, weshalb ich mich komplett isolieren sollte, sitzen wir nach wie vor mit ihnen an einem Tisch, auf den wir nun zusteuern.

»Ich glaube nur, sie haben Hemmungen, mit mir zu reden«, sage ich, nachdem Tracey auf meinen erneuten Panikanfall nur mit einem Augenverdrehen reagiert hat.

»Dann mach du doch den ersten Schritt«, zieht Tracey mich auf.

Ich schneide eine Grimasse. »Um den Leuten zu zeigen, dass ich trotz allem keiner absonderlichen Spezies angehöre und eigentlich völlig harmlos bin?«

»Natürlich nicht!« Sie reißt die Augen auf. »Hat irgendwer so etwas gesagt?«

»Nein«, lüge ich. Ich will nicht, dass sie mich bemitleidet.

Wir erreichen den Tisch und setzen uns nach der Begrüßung an unsere Plätze. Ich werfe verstohlene Blicke in die Runde. Guckt wirklich niemand?

Da vibriert mein Smartphone, und ich fische es in einer routinierten Bewegung aus der Hosentasche.

Elle hat geschrieben: *Hunter im Anmarsch!*

Es durchläuft mich siedend heiß.

Was soll das heißen?

Er hat mich gerade vor dem Ostflügel abgefangen. Ist auf der Suche nach dir.

Verflucht!

Mein Kopf schnellt in die Höhe, und ich scanne die Mensa nach seiner hochgewachsenen Gestalt. Das heißt, er ist fast hier. Wo sonst sollte er zu dieser Zeit zuerst nachsehen? Während es in dieser Woche hauptsächlich um mein Outing unter den Historikern ging, habe ich tatsächlich keinen Gedanken an meinen Ex-Freund verschwendet. Dabei war es klar, dass er mit all seinen Kontakten und seinem aufregenden Campusleben früher oder später von jemandem erfahren würde, dass ich nun als Vincent lebe. Auch wenn er Sozialwissenschaften studiert. Vielleicht weiß er es sogar von Beatrice, die er auf jeden Fall kennt. Wieso habe ich das nicht bedacht? Ich hatte wohl zu viele andere Dinge im Kopf – oder eher eine andere Person.

In meiner Vorstellung renne ich längst schreiend im Kreis. Hunters Nachricht, die er mir als Reaktion auf mein Profilfoto mit der neuen Frisur geschickt hat und auf die ich nicht reagiert habe, fällt mir wieder ein: *Was hast du getan?* Was denkt er jetzt von mir? Zwar habe ich ihn nie wirklich geliebt, doch er ist alles andere als ein Fremder, weshalb es mir nicht egal ist, was er von mir hält.

Ich realisiere erst, dass ich aufgestanden bin, als Tracey mich darauf hinweist. »Was ist los?«

»Ich muss verschwinden.«

»Wohin?«

Jap, das müsste ich mir vielleicht noch überlegen. Mein Herz schlägt immer schneller. »Ich …«

Jede Erklärung bleibt mir im Halse stecken. Zu spät. Hunter kommt durch die doppelflügelige Tür. Er ist umringt von seinen Freunden Calvin, Dorian und Richie. Damit schneiden mir die Jungs den nächstgelegenen Fluchtweg ab. Nicht gut, überhaupt nicht gut. Es hat was von einem Bluthund, wie er sich nach mir umsieht. Soll ich es wagen, einen anderen Ausgang anzusteuern? Aber das könnte ihre Aufmerksamkeit erst recht auf mich ziehen, insbesondere wenn ich dabei vor Nervosität zu hastige Bewegungen mache.

»Vincent!« Tracey schnipst direkt vor meinem Gesicht mit den Fingern, sodass ich zurückzucke und mit den Kniekehlen gegen die Bank stoße. Das war jetzt auch gar nicht auffällig.

Es ist sicher trotzdem nur ein gemeiner Zufall, dass Hunter mich in der nächsten Sekunde zwischen all den Menschen und in dieser Geräuschkulisse findet. Sofort baut er sich an unserem Ende des Tisches auf. Die drei anderen halten immerhin etwas Abstand.

Er nimmt mich ins Visier. »Hast du kurz Zeit?«

Das Letzte, was ich gebrauchen kann, ist eine Szene.

»Klar«, sage ich deshalb. Ich erschrecke nur über meine Stimme, die plötzlich deutlich höher geworden zu sein scheint. »Lass uns nur …«, ich versuche vergeblich, sie zu senken, »woanders hingehen.«

Gott, was ist los? Wieso liegt so eine komische Melodie in meinen Worten?

Weil ich mich so beeile, steige ich etwas ungelenk über die Bank und schnappe mir meinen Rucksack. Hunter wartet ungerührt und bedeutet mir mit einem Nicken, voranzugehen. Ich riskiere einen letzten Blick in Traceys Richtung, aus deren Gesichtsausdruck ich nicht schlau werde. Weiß sie, wer Hunter ist? Oder hat sie eine Vermutung? Calvin geht immerhin in einen ihrer Kurse. Er, Dorian und Richie bleiben ebenso zurück wie Tracey.

Weil ich das Ganze nicht zusätzlich in die Länge ziehen will, halte ich in dem verwaisten Flurabschnitt zwischen Toiletten und Schließfächern an. Dieser Ort ist genauso geeignet wie jeder andere für die sicher nicht besonders spaßige Unterhaltung, die nun folgen wird.

Ich darf nur nicht aufhören zu atmen.

Hunter und ich legen gleichzeitig los. Während ich zu einer Entschuldigung ansetze, beginnt er mit »Ich bin …«, bevor er abbricht.

»Du zuerst«, bitte ich ihn daraufhin.

»Okay.« Seine Schultern heben und senken sich heftig. »Okay.« Zorn flammt in seinen Augen auf. »Was soll das?«

»Was soll was?«, blocke ich seinen aggressiven Tonfall nicht weniger aggressiv ab und verschränke die Arme. Dabei sollte zumindest einer von uns die Nerven behalten, um uns halbwegs unbeschadet über dieses Minenfeld zu manövrieren.

»Das.« Hunter gestikuliert wild zwischen uns hin und her. »Wann wolltest du es mir sagen? Gar nicht? Schön, dass ich es so erfahre!«

Ich bemühe mich um Ruhe. »Ich verstehe, dass das für dich eine möglicherweise eigenartige Situation ist. Ich hätte es dir wahrscheinlich persönlich erklären sollen. Aber unsere Beziehung ist beendet.«

»Ja, genau.«

Wie meint er das?

»Was soll ich denn jetzt den Leuten sagen?«, fragt er mich irgendwie verzweifelt.

»Inwie…?«

»Bestimmt nicht, dass ich was mit einem Kerl hatte!«

»Ah«, entfährt es mir, als ich seinen Gedankengängen endlich folgen kann, so schockierend homophob sie auch sind. Das ist sein Problem? Aber nein, das war noch nicht alles.

»Mehr fällt dir dazu nicht ein? Ohne Witz. Wo sind deine Brüste? Nimmst du schon irgendwas? Das ist doch alles abartig! Willst du dich wirklich so verunstalten? Du bist meine Ex-Freundin!«

»Wow, jetzt komm mal runter.« Ich hätte nicht gedacht, dass mich dieser Mist aus seinem Mund so treffen würde. Aber woher sollte sonst das Beben kommen, das sich langsam in mir ausbreitet?

»Wie denn? Du hast mich echt in eine beschissene Situation gebracht!«

»Sag doch, wie es ist. Dass du mit einem trans* Mann zusammen warst, als dieser noch als Frau gelebt hat. Vor der Transition.«

Versuche ich ernsthaft, Hunter mit Vernunft zu beruhigen? Nach dem, was er alles von sich gegeben hat? Wieso versuche ich überhaupt, ihn zu beruhigen?

»Aber hätte ich das nicht bemerken müssen?«

Nein, unser nicht vorhandenes Sexleben möchte ich nicht auch noch sezieren. *Das ist doch alles abartig! Abartig … Ich bin abartig.* Vielleicht ist er jetzt froh darüber, dass wir nie miteinander geschlafen haben. Mir dagegen tut es leid um alles, was ich ihm gegeben habe.

»Niemand hat vor meinem Coming-out gemerkt oder vermutet, dass ich trans* bin«, presse ich hervor. Ich kann das nicht. Ich halte das nicht mehr aus. »Ich denke, wir sind hier fertig.«

Ich warte seine Antwort nicht ab, sondern lasse ihn einfach stehen. Kein tränenreicher Abgang, nicht noch einmal.

»Hey!«, ruft Hunter mir hinterher, und aus irgendeinem Grund halte ich inne. »Du hast recht. Wahrscheinlich sollte ich mich nicht so aufregen.«

Überrascht drehe ich mich zu ihm um.

»Ich meine, was bist du dann?« Hunters Stirn legt sich in Falten. »Eher irgendwas dazwischen? Was? Ist doch so.«

Meine Ohren glühen, und mein Blick fällt auf die Mädchen, die irgendwann aus der Toilette gekommen sein müssen und dann neugierig stehen geblieben sind. Na super. Bis jetzt hatte ich ihnen den Rücken zugekehrt. Wie viel haben sie wohl mitbekommen?

»Erst mal«, setze ich zittrig an, »bin ich immer noch ein Mensch, kein *etwas*. Und vielleicht solltest du dir mal klarmachen, was du mir gerade an den Kopf geworfen hast.« Damit wende ich mich endgültig von Hunter ab und gehe zurück in die Mensa. Als ich an unserem Tisch ankomme, will Tracey sofort aufspringen.

»Bleib sitzen, ist okay.« Ich rutsche neben sie, statt auf der Bank gegenüber Platz zu nehmen.

Am liebsten hätte ich sie an mich gezogen, das Gesicht in ihren so herrlich duftenden Haaren vergraben und sie nie wieder losgelassen. Ich schlucke. Was kann ich nur tun, damit dieser Tagtraum Wirklichkeit wird?

»War das Hunter?«

Sie hat es sich also richtig zusammengereimt.

»Ja.« Ich zeige auf ihr Multivitaminsaft-Trinkpäckchen, denn ich muss unbedingt diesen schalen Nachgeschmack im Mund loswerden. »Würdest du das mit mir teilen? Ich brauche jetzt was anderes als Wasser.«

Sie schiebt das Getränk wortlos zu mir, sodass ich mich bedienen kann. »Was wollte er?«

»Wir haben seit unserer Trennung nicht mehr miteinander gesprochen.« Ich nehme einen langen Schluck durch den Strohhalm. Schon besser.

»Das heißt, es wurde ihm zugetragen.«

»Hmhm.« Dann ergänze ich: »Und er ist nicht gerade begeistert.«

Tracey schnaubt. »Als ob ihn das etwas anginge.«

Sofort fühle ich mich weniger furchtbar. Sie schafft es immer, mir uneingeschränkten Rückhalt zu geben. Ich kann mir nicht vorstellen, wie das werden soll, wenn sie wieder in New York ist. Sie möchte ihren Aufenthalt in London zwar verlängern – und darüber bin ich heilfroh –, trotzdem wird sie irgendwann abreisen. Daran mag ich überhaupt nicht denken, also verschiebe ich das auf einen späteren Zeitpunkt. Erst mal werde ich das Wochenende und den Montag ohne sie überstehen müssen.

»Ich würde ganz gern darauf verzichten, Hunters nette Worte noch mal abzuspulen, also frag bitte gar nicht erst«, sage ich und wechsele dann gleich das Thema. »Wie sieht denn eigentlich dein Programm als Geburtstagskind in den nächsten Tagen aus?«

Ein mitfühlender Ausdruck wandert über Traceys Gesicht. »Okay.

Aber dir ist klar, dass ich nicht mehr aufhöre, wenn ich einmal davon angefangen habe?«

»Eben, wenn du dich über etwas freust, gehst du immer voll darin auf und siehst dabei so glücklich aus. Dich glücklich zu sehen, heitert mich garantiert auf.«

Daraufhin kräuselt sich ihre Nase. »Tatsächlich?«

»Kann sein.« Meine Bemerkung klang wahrscheinlich flirtender, als ich gedacht hätte, dabei ist es schlicht die Wahrheit.

Und Tracey tut mir natürlich den Gefallen.

»Der Flieger meiner Eltern wird heute Abend landen. Ich hole sie ab, wir gehen vielleicht noch etwas trinken, und morgen Vormittag treffen wir uns auf ein traditionelles English Breakfast. Dad wird es lieben! Er ist so ein Fan von Bacon.«

Während ich ihr zuhöre, lehne ich mich innerlich zurück.

»Dann wollen wir in den Hyde Park, um dort ein bisschen zu entspannen, und im Anschluss gibt es einen historischen Crashkurs im Museum of London. Auf wohlwollende Empfehlung eines Experten.« Sie zwinkert mir zu.

Das Barbican Centre, in dem das Museum untergebracht ist, mag optisch in seiner Bauart etwas abschreckend wirken, doch die Ausstellung zur Geschichte der Stadt ist fantastisch, was ich Tracey nicht vorenthalten konnte.

»Für das Dinner habe ich einen Tisch im Savoy reserviert. Lias Mom schwört darauf. Mal sehen, ob es sich lohnt. Wird sicher exquisit.«

»Ich bin gespannt auf deinen Bericht.«

»Am Sonntag, also an meinem eigentlichen Geburtstag, möchte ich ihnen die WG zeigen und Harrods und den Sky Garden. Am

Montag ist ein Abstecher nach Notting Hill geplant, weil meine Mutter diese romantische Komödie mit Hugh Grant und Julia Roberts so unfassbar vergöttert. Sie wäre am Boden zerstört, wenn sie aus London abreisen müsste, ohne dort gewesen zu sein.«

Ich schmunzele. »*Notting Hill* ist ja auch superschön. Sowohl der Stadtteil als auch der Film.«

»Ersteres ja, über Letzteres lässt sich streiten. Ich finde solche Storys oft etwas too much.«

Ich räuspere mich. »Wie kannst du so etwas nur sagen?«

Tracey zuckt die Schultern. »Für meinen Geschmack ist weniger manchmal mehr. In der Realität wird Romantik doch selten so dick aufgetragen wie auf der Leinwand. Trotzdem weiß man, dass die Gefühle echt sind und etwas bedeuten.«

Das stimmt mich nachdenklich.

»Also bist du kein Fan von großen Gesten?«

Dann ist es vielleicht nur halb so tragisch, dass ich immer noch nach dem perfekten Geburtstagsgeschenk für sie suche, obwohl ich mir schon seit Tagen den Kopf darüber zerbreche.

Tracey überlegt. »Das ist von der Situation abhängig, würde ich sagen.«

Ich werde einfach Elle um Rat bitten. Tracey gar nichts zu schenken, ist selbstverständlich ausgeschlossen!

KAPITEL 34
TRACEY

Es ist gefährlich, sich in Sicherheit zu wiegen. Eigentlich sollte ich das spätestens seit dem letzten Unabhängigkeitstag begriffen haben. Manchmal geschehen nun mal schlimme Dinge, die sich unserer Kontrolle entziehen, und im Grunde meines Herzens weiß ich, dass nicht ich, sondern eine Verkettung unglücklicher Umstände Samantha im Central Park zu früh aus dem Leben gerissen hat. Damals konnte ich nichts mehr tun, außer zu schreien, zu schreien und zu schreien, selbst dann noch, als Charlies Arme sich um mich geschlungen hatten. Er war Samantha und mir bis zur Straße gefolgt und hatte alles mit angesehen. Er hielt mich fest und rief den Krankenwagen, weil ich es nicht konnte.

Als mich am Heathrow Airport in London nicht nur meine beiden Lieblingsmenschen erwarten, werde ich um Lichtjahre zurückgeworfen. Da sind Moms strahlende Augen, die meinen so ähnlich sind, und Dads buntes Hawaiihemd, von denen er etliche im Schrank

hängen hat. Sie sollen neben den weißen Kitteln aus seinem Arbeits-
alltag in der Zahnarztpraxis ausreichend Farbe in sein Leben bringen.

Doch das alles registriere ich nur am Rande, denn in diesem Moment dreht sich der junge Mann an der Seite meiner Eltern zu mir
um – und mir bricht der Boden unter den Füßen weg.

Charlie.

Er ist hier und lächelt sein Grübchenlächeln, als wäre alles in bester Ordnung.

Er. Ist. Hier.

Ich begreife es nicht.

»Baby!«, kreischt Mom und umarmt mich genauso ungestüm,
wie ich sie noch vor wenigen Wimpernschlägen ebenfalls umarmen
wollte. Jetzt kann ich mich allerdings kaum rühren.

»Du hast mir so gefehlt!« Sie wischt sich verstohlen eine Träne aus
dem Augenwinkel.

Dann ist Dad an der Reihe, und irgendwie heben sich meine Arme
schließlich doch noch. Hilfe suchend?

Ja, bitte. Hilfe!

»Wie geht es meiner Prinzessin?«, brummt er mir ins Ohr, ohne
zu merken, was ich ihm mitteilen möchte.

»Was sagst du zu unserer Überraschung?« Überschwänglich deutet Mom auf meinen Sozusagen-Ex-Freund, denn ich habe ihr und
Dad genau genommen nie davon erzählt, dass es zwischen uns aus ist.

In unseren Skype-Gesprächen bin ich stets auf die Schwierigkeiten
ausgewichen, die mit einer Fernbeziehung einhergehen, sobald die
Sprache auf Charlie gekommen war. Wieso habe ich mich nicht zu-
sammengerissen und es ihnen aller Dämonen zum Trotz gesagt?

»Tracey?«, hakt nun auch Dad nach.

Anscheinend hat Charlie meine Eltern genauso wenig informiert. Er hat sie nicht von ihrer Idee abgehalten, mir eine Freude zu bereiten, sondern die Gelegenheit ergriffen, mich zu sehen. Nachdem ich ihm so gekonnt ausgewichen bin, hat er mich nun eingeholt.

Immerhin hat sich sein Lächeln inzwischen verflüchtigt. Kein Wunder, denn ich vollführe bei seinem Anblick nicht gerade Begeisterungssprünge. Ich gehe einen Schritt auf ihn zu, er weicht zurück. Das verschafft mir minimale Genugtuung, ist er doch fast doppelt so breit wie ich. Am liebsten hätte ich ihn angeschrien, aber das verkneife ich mir vor meinen Eltern. Nur, wie soll ich ...? Was soll ich ...? Ich stehe kurz davor zu hyperventilieren. Mom und Dad haben sich so bemüht. Wir wollten uns ein paar schöne Tage machen ... Millimeter für Millimeter zwinge ich meine Mundwinkel nach oben.

»Hey, Charlie«, flüstere ich und ringe mich dazu durch, auch ihn zu umarmen. Denn mehr ist es nicht, richtig? Nur eine Umarmung, das kriege ich hin.

Es folgt ein Zusammenschnitt unendlicher Sekunden, von denen sich jede zu einer Ewigkeit ausdehnt und grotesker wirkt als die vorherige. Die Zeit will und will nicht verstreichen, während ich mehr und mehr zu einem Roboter mutiere.

Die Stunde in der Hotelbar zieht quasi komplett an mir vorbei. Nur Charlies Hand auf meinem nackten Oberschenkel nehme ich überdeutlich wahr, als sie sich plötzlich unter dem Tresen dorthin verirrt. Ich zucke zusammen und schiebe seine Finger vehement von mir weg, was dank des schummerigen Lichts niemand bemerkt. Hätte ich auch nur die geringste Ahnung gehabt, würde ich hier garantiert nicht in High-Waist-Shorts sitzen.

So leicht lässt er sich jedoch nicht abwimmeln und versucht mich als Nächstes mit einem gewinnenden Lächeln zu umgarnen. Er rückt mit seinem Barhocker näher zu mir, was für jeden Außenstehenden irre romantisch aussehen muss. So auch für meine Eltern, die uns diesen intimen Moment nach der langen Zeit schmunzelnd gönnen. Wenn sie wüssten … Aber wie sollten sie? Trotz des Schocks, in dem ich mich befinde, plaudert mein Mund wie ein Weltmeister aus dem Nähkästchen. Über die Stadt, die Uni, das WG-Leben, meine Freunde – eine Anekdote nach der anderen, um nicht tiefer schürfen zu müssen.

»Es war furchtbar, dich ewig nicht in echt zu sehen«, sagt Charlie jetzt, und das kaufe ich ihm sofort ab. Nur für mich bestimmt ergänzt er leise: »Du bist noch viel schöner, als ich es in Erinnerung hatte.«

Himmel! Will er mich verarschen?

Um Mom und Dad nicht misstrauisch zu machen, kichere ich jedoch, als ob ich total geschmeichelt wäre. »Und endlich kannst du mir das auch wieder direkt ins Ohr flüstern.«

Um die Fassade aufrechtzuerhalten, sollte ich auch von mir aus mit ihm interagieren. Bislang ging das Interesse nur von ihm aus, er hat sogar hier und dort charmant nachgehakt, während ich in meinem Redewahn war. Aber wie stelle ich das an? Ich habe schließlich keinen Schimmer, was bei ihm ansteht, und mein Hirn schwimmt wie in Sirup.

»Wie … wie läuft es eigentlich mit Tobi im Büro?« Das ist zwar ein abrupter Themenwechsel, aber ich kann nicht weiter irgendwelchen schwülstigen Schwachsinn vor mich hinsäuseln.

Ich nehme einen großen Schluck von meinem Cocktail, irgendetwas Zitroniges, ich weiß nicht mal mehr, was ich bestellt habe.

Tobi ist einer der angestellten Architekten von Charlies Vater, mit denen er immer wieder aneinandergeraten war, weil sie bei diversen Projekten unterschiedliche Meinungen vertraten. Ich glaube zwar, dass Charlies Impulsivität auch ihren Teil dazu beigetragen hat, aber das ist kein geeigneter Moment, um ihm in den Rücken zu fallen.

Er freut sich sichtlich, dass ich ihm eine Frage stelle, und breitet die Misere humorvoll und unterhaltsam vor mir und meinen Eltern aus.

Glücklicherweise sind die drei müde vom Flug und ziehen sich kurz darauf in ihre Hotelzimmer zurück.

Meine Hoffnung, am nächsten Morgen wieder auf dem Damm zu sein, erfüllt sich leider nicht. Ich habe kaum geschlafen, und Charlie ist immer noch da. Natürlich. Es war nicht nur ein Traum oder ein schlechter Scherz oder ein Versehen. Was soll ich bloß machen? Darauf habe ich die ganze Nacht über keine Antwort gefunden.

Dass ich es schaffe, einigermaßen normal zu essen, ist ein Wunder und äußerst praktisch, denn der Samstag beginnt mit dem geplanten Frühstück in einem Pub in der Nähe des Hotels. Mein Magen ist ein harter Klumpen, und ich schmecke gar nichts, während ich alles wahllos in mich hineinschaufele – Müsli, Ei, Bohnen, Würstchen. Genau wie bei der Getränkewahl gestern bekomme ich kaum etwas davon mit.

Normalerweise spreche ich sehr offen mit meinen Eltern. Nur nicht über Samanthas Tod und was damit zusammenhängt. Wir stehen zwar nicht ständig in Kontakt, aber es gab noch nie Mauern zwischen uns. Deshalb kann ich kaum glauben, dass sie meine aufgesetzte Fröhlichkeit, meine etwas zu überdrehte Plauderlaune, nicht durchschauen.

Charlie ist heute etwas schweigsamer, und weil mir das mehr als recht ist, binde ich ihn auch kaum in unser Gespräch mit ein. Hatte er sich ein anderes Wiedersehen mit mir gewünscht?

Irgendwann spricht Mom mich auf Justus an. Nicht verwunderlich, denn ich habe meinen besten Freund bisher kaum erwähnt, um nicht in einer weiteren Wunde herumzustochern.

»Ihm geht's gut«, erwidere ich kurz angebunden, auch weil Charlie mich auf einmal anschaut, als wollte er mir ins Gesicht springen. *Wer zum Teufel ist Justus?*, scheint er auf der Stelle wissen zu wollen, als wäre ich verpflichtet, ihn über potenzielle Konkurrenten auf dem Laufenden zu halten. Ich habe ihm während der letzten Monate kein einziges Mal geschrieben. Es gab nur diesen dummen Anruf. Was bitte denkt er sich?

Okay, so kann ich meine Antwort trotzdem nicht stehen lassen.

»Justus ist nur gerade ziemlich eingespannt, weil er bald mit seiner Bachelorarbeit beginnen will.«

Mom knabbert an einer Toastscheibe. »Worüber genau schreibt er denn? Er studiert doch Astrophysik, oder?«

Erst jetzt fällt mir auf, dass ich gar nicht weiß, für welches Thema er sich letztendlich entschieden hat. »Gott, es ging um Raumzeit und Schwerkraft oder ... Quantenirgendwas.«

»Und ich dachte schon, dass du dich plötzlich auch für so was begeisterst«, wirft Charlie nun ein.

War das eine Spitze gegen Justus?

»Manchmal finde ich schon, dass du mich nicht mehr genug an deinem Leben teilhaben lässt.«

Ich blinzele ihn irritiert an. Den Vorwurf in seiner Stimme bilde ich mir sicher nicht ein.

»Nein, keine Sorge«, sage ich und lache. *Falsch, falsch, falsch.* »Du bist noch up to date.«

Und ich bin ebenso falsch wie er.

Sind wir nicht ein schönes Paar?

Ich lehne mich auf meinem Stuhl zurück, wodurch mir die schwarzen Wirbel in seinem Nacken ins Auge stechen. Sie verschwinden im Kragen seines Poloshirts. Die sind neu! Wie die Tätowierung wohl weitergeht?

Rasch reiße ich mich von dem Anblick los und mache stattdessen Dad ein Kompliment für sein stilsicheres Händchen bei der Auswahl seines aktuellen Hawaiihemds. Es ist rosa mit einem Ananas-Print. Er nimmt das huldvoll nickend zur Kenntnis.

Während des Verdauungsspaziergangs im Hyde Park, der von Knightsbridge aus gut zu Fuß erreichbar ist, klebt Charlie die ganze Zeit an mir. Hat ihn die Erwähnung von Justus aufgeschreckt, sodass er sich nun erst recht in Zugzwang sieht, um mich von sich zu überzeugen? Welcher Logik er auch immer folgt, ich sende ihm jedenfalls keinerlei ermutigende Signale. Das hält ihn jedoch nicht davon ab, mich am Ufer des Serpentine-Sees zu einem der Liegestühle zu ziehen, die dort auf der Wiese aufgestellt wurden. Dabei schreckt er ein paar Wildgänse auf, die zuvor dort gedöst haben. Wie konnte ich je Trost in seinen Berührungen finden?

Kurzerhand lasse ich mich an Ort und Stelle ins Gras fallen. Während meine Eltern wie zwei verliebte Teenager herumturteln, setzt sich Charlie allein auf den Liegestuhl. Sein düsterer Blick ist auf das Gewässer gerichtet.

Noch vor wenigen Jahren hätte ich Moms und Dads Verhalten für extrem peinlich gehalten. Heute finde ich es niedlich, sie so zu sehen. Es wärmt mich von innen und gibt mir Hoffnung, dass ich so etwas eines Tages vielleicht auch haben kann. Dass fiktive Liebesgeschichten, wie kitschig sie auch sein mögen, möglicherweise gar nicht so unrealistisch sind, obwohl ich Vincent gegenüber etwas anderes behauptet habe. Wenn man den Richtigen oder die Richtige an seiner Seite hat, kann man so ein *too much* womöglich doch erleben. Den Richtigen, den ich in Vincent eventuell bereits gefunden habe?

Unvermittelt seufzt Charlie auf. »Weißt du noch, wie du dich immer aufgeregt hast, wenn ich Steine an dein Fenster geworfen habe, anstatt dir einfach eine WhatsApp zu schreiben?«

»Wie könnte ich das vergessen.«

»Bin ich dir echt so egal?«

O ja, es schwelt in ihm. Das ist nur eine neue Strategie, mich weichzuklopfen, damit ich wieder zu ihm zurückkomme. Ich kenne das, ich kenne ihn. Fast könnte er mir leidtun, wenn er nicht so unverschämt gewesen wäre, einfach hier aufzukreuzen. Allerdings würde ich mir etwas mehr Privatsphäre wünschen, um ihn zur Rede zu stellen, und vertage dieses Gespräch daher auf einen geeigneteren Moment an einem geeigneteren Ort.

»Du bist mir nicht egal«, sage ich stattdessen, vorerst weiterhin um Deeskalation bemüht. »Aber das mit uns ist keine Liebe. Weder dir noch mir tut unsere Beziehung gut.«

Wie oft haben wir dieses Gespräch in der Vergangenheit bereits durchgekaut?

Es macht mich rasend.

Andererseits war er da, als sonst niemand so für mich da sein konnte … Wieso muss mir das immer wieder einfallen, wenn ich eigentlich wütend auf Charlie sein möchte? Immerhin habe ich jeden Grund dazu. Möglicherweise ergibt sich im Museum eine Gelegenheit, um endlich offen mit ihm sprechen zu können.

Als wir dort sind, konzentrieren wir uns zuerst auf die Exponate. Eigentlich bin ich sogar ganz froh darüber. Ich bekomme zwar nicht wirklich viel von der Ausstellung mit, aber Charlie ist richtig angetan von Krieg und Pest und Feuer, was ihn eine Weile von mir ablenkt.

Erst als er mir in einen kleinen dunklen Raum folgt, in dem eine Lichtinstallation errichtet wurde, deren Sinn sich mir noch nicht erschlossen hat, versteife ich mich erneut von Kopf bis Fuß. Wenn er mich noch einmal berührt, flippe ich aus. Ja, vielleicht bin ich unfair, doch ich kann das nicht mehr. Alles an ihm erinnert mich an Samantha und an die Zeit danach und wie kaputt ich war. Nur deshalb habe ich mich auf ihn eingelassen und diese Dinge mit ihm getan. Mir ist kotzübel.

Er holt tief Luft. »Ich kann nicht ohne dich«, sagt er mit rauer Stimme.

»Und das hier ist also deine Definition von einem Liebesbeweis?«, fauche ich ihn an.

Er breitet die Arme aus. »Ich habe den Atlantik überquert, um mit dir zusammen zu sein!«

»Obwohl du genau wusstest, dass ich dich nicht sehen möchte«, erinnere ich ihn. »Ich finde, das hat eher etwas von Stalking.«

»Du hast mich angerufen.«

»Aus Versehen! Ich fasse es nicht, dass du meine Eltern in dem Glauben gelassen hast, wir wären noch zusammen.«

»Ich war auch verwundert, dass du sie nicht aufgeklärt hast.«

Punkt für ihn.

»Ah, da seid ihr ja!« Mein Vater stößt zu uns, und ich täusche einen Hustenanfall vor, um den Raum zu verlassen. Wenig später erreichen wir das Ende der Ausstellung und bummeln anschließend noch durch die umliegenden Straßen vor dem Barbican Centre.

Die roten Doppeldeckerbusse, die hier wie überall in der City herumfahren, haben es Mom so angetan, dass sie sich unbedingt vor einem fotografieren lassen möchte, bevor wir den nächsten zurück zum Hotel besteigen. Dafür überquert sie die Straße und wirft sich in eine instagramwürdige Pose, als hätte sie ihr Leben lang nichts anderes getan. Sie ist einhundertprozentig die coolste Zahnärztin, die es gibt. Trotzdem brauche ich mehrere Anläufe, bis ich den perfekten Schnappschuss im Kasten habe. Ich bin eben nicht so in Höchstform wie sie. Wir machen noch ein paar Selfies und Charlie knipst mich und meine Eltern vor St Paul's Cathedral. Er gibt sich keine Mühe mehr, zu verbergen, wie angepisst er ist, bis auch Mom und Dad die angespannte Stimmung zwischen uns auffällt. Es ist nicht zu übersehen, wie Mom die Stirn runzelt und fragende Blicke mit meinem Vater tauscht.

In der Suite, die meine Eltern gemietet haben – Charlies Zimmer befindet sich genau gegenüber –, werfen wir uns für das Essen im Savoy in Schale. Mom und ich sind allein im Bad, um uns zu schminken und die Haare zu machen, als ich kleinlaut verkünde: »Ich glaube, ich werde mich von Charlie trennen.«

Ich rechne damit, dass ihr der Mund aufklappt oder sie vor Entsetzen nach Luft schnappt. Stattdessen legt sie ruhig die Bürste zur Seite, nimmt mir das Glätteisen ab und hält mich sanft an den Händen. »Das tut mir so leid für dich.«

»Bist du nicht sauer?«, frage ich trotzdem zerknirscht. »Ihr habt ihn doch extra mitgenommen und den Flug bezahlt und das Hotelzimmer. Und ich ruiniere alles.«

»Aber nein!« Mom schüttelt den Kopf. »Du ruinierst gar nichts. Wenn es nicht mehr passt, dann passt es nicht mehr. So eine Entfernung stellt jede Partnerschaft auf eine harte Probe.«

»Ich weiß gar nicht, ob es jemals gepasst hat«, sage ich leise.

»Das ist auch okay, Baby.«

Ich schlucke. »Wie konntest du dir mit Dad so sicher sein?«

Sie lächelt versonnen. »Ich war es einfach.«

»Nicht hilfreich!«

»Du bist noch so jung ...«

»Gar nicht wahr!« Ich verdrehe die Augen, und sie lacht. »In nicht mal vier Stunden werde ich zwanzig. *Zwanzig!*«

»Uralt. Du hast recht.« Mom wird wieder ernst. »Wenn ich andererseits daran zurückdenke, wie ich dich das erste Mal in meinen Armen gehalten habe ... und jetzt bist du auf einmal so erwachsen. Wann wirst du es Charlie ...?«

Ich seufze. »Ich weiß es nicht.«

Wir einigen uns darauf, uns erst mal zu Ende fertig zu machen.

Nachdem ich mich meiner Mutter anvertraut habe, geht es mir auf jeden Fall schon etwas besser. Trotzdem überrascht es mich, dass es mir sogar gelingt, den Abend zu genießen. Im Restaurant – einem richtigen Edelschuppen – schafft Charlie es, die Finger von mir zu lassen. Bei Wein und gutem Essen reißt er sich wieder mehr zusammen und steuert wie in der Bar ein paar interessante Geschichten zum Tischgespräch bei. Theoretisch weiß er, wie man sich benimmt, logisch. Er ist in einer Architektenfamilie groß geworden, deren renommiertes Büro er eines Tages übernehmen wird. Ich bin sicher, dass er darin seine Erfüllung finden wird.

Um Mitternacht stoßen alle auf mich an, Umarmungen werden ausgeteilt. Trotz allem bin ich für einen Moment einfach nur glücklich, dass Mom und Dad bei mir sein können. All die Liebe, die ich für sie empfinde und die sie mir entgegenbringen, überfordert mich sogar etwas. Fast weine ich ein bisschen vor Freude. Wenn Charlie mich nur endlich ziehen lassen könnte, verdammt.

Nach dem Essen nehmen wir ein Taxi, das zuerst mich an der WG absetzt. In dem bodenlangen Kleid, das Mom mir aus New York City mitgebracht hat, ist es gar nicht so leicht, aus dem Auto zu steigen. Als ich es geschafft habe, beuge ich mich aus einem Impuls heraus noch einmal in den Innenraum und richte meinen Blick entschlossen auf den Jungen mit dem Buzz Cut.

»Willst du noch mit raufkommen, um zu reden?«

Charlie schnallt sich wortlos ab und steigt ebenfalls aus.

Ich verabschiede mich noch kurz von meinen Eltern, dann fährt das Taxi davon.

Inzwischen ist es kurz nach halb eins.

»Und jetzt?« Charlie reibt sich über den Hinterkopf.

»Findest du nicht, wir sollten das zwischen uns klären?« Ich wende mich zum Haus und will schon den Schlüssel ins Schloss stecken, als er mein Handgelenk umfasst.

»Wir wissen doch beide, dass du nicht reden möchtest. Das hast du seit gestern bereits mehr als deutlich gemacht, so wie du mich jedes Mal angefunkelt hast, wenn ich dich angesprochen habe. *Ich* bin es leid, gute Miene zum bösen Spiel zu machen.«

Ich bekomme eine Gänsehaut. »Was soll das denn heißen?«

»Sei wenigstens ehrlich!«

Ich zucke zurück, aber er hält mich weiter fest.

»Du willst mich doch nur zappeln lassen!«, schimpft er weiter.

»Dafür bin ich dir gerade gut genug. Na dann, meinetwegen. Nehme ich halt, was ich bekomme.«

»Du bekommst gar nichts mehr von mir. Es ist vorbei!«

Völlig unerwartet donnert seine Faust gegen die Haustür.

»Charlie!«, schreie ich.

Mein Herzschlag verdoppelt sich in Sekundenschnelle. Obwohl wir uns schon unzählige Male laut und heftig gestritten haben, ist er noch nie so ausgerastet.

Er fährt erneut zu mir herum, baut sich vor mir auf und schirmt mich von der Straße ab. »Trace, du willst es doch auch«, raunt er viel zu nah an meinem Ohr.

Da landet eine Hand auf Charlies Schulter und eine tiefe, drohende Stimme, die mir bekannt vorkommt, erklingt in seinem Rücken. »Gibt es hier ein Problem?«

Ich kann den Sprecher nicht sehen und in der Aufregung auch nicht einordnen. Erst als Charlie mich freigibt und ich heftig atmend unter dem Türsturz hervorstolpere, erkenne ich ihn.

»Drew«, entfährt es mir, halb erleichtert.

Charlie stößt ihn von sich. »Nimm die Pfoten weg, du Spinner! Das ist mein Mädchen.«

Lias Freund lässt sich davon zum Glück nicht einschüchtern, sondern tritt so dicht an Charlie heran, dass ihre Gesichter sich beinahe berühren. »Ey, Kollege, pass mal auf. Ich würde vorschlagen, dass du ganz schnell abzischst. Sonst könnte das hier unschön enden.«

Ich halte die Luft an.

Was passiert eigentlich gerade? O Gott. *O Gott.*

»Charlie«, zwinge ich mich, mit so fester Stimme wie möglich zu sagen. »Bitte lass es gut sein und verschwinde.«

Als er sich tatsächlich umdreht und davongeht, einfach davongeht, weil er vielleicht erkannt hat, dass er es zu weit getrieben hat, sacke ich schluchzend in mich zusammen.

Drew hilft mir hoch, bugsiert mich vorsichtig in den Hausflur und schaltet das Licht ein. »Hey, hey, Tracey, du weißt, ich bin nicht gut in solchen Dingen. Wer war das überhaupt? Bist du so weit in Ordnung? Kannst du …?«

»Ja«, schniefe ich. »Danke. Das war … mein Ex-Freund aus Amerika.« Ich wische mir über die tränennassen Wangen und hole tief Luft, als sich ein neuer Anflug von Panik in mir regt. »Bitte sag Lia und Justus nichts davon!«

Das scheint Drew zwar nicht zu gefallen, aber er nickt, wofür ich ihm gleich noch dankbarer bin. Ich möchte weder, dass die beiden sich Sorgen machen, noch ein Thema aufwerfen, das längst hätte abgeschlossen sein sollen.

»Ich schulde dir was.«

»Quatsch!« Er bringt seine ohnehin schon strubbeligen braunen Haare noch stärker in Unordnung, indem er sich einmal hindurchfährt.

Der Schreck ebbt langsam ab, während wir Stufe um Stufe die Treppen hinaufsteigen. Ich kann wieder freier atmen, und die Faust, die meine Lunge zusammengequetscht hat, lockert sich zusehends. Auch wenn es mir mehr als unwirklich erscheint, dass Charlie … dass er … mir fehlen die Worte. Wie *konnte* er nur? Jetzt habe ich das Gefühl, endgültig zum Abschiednehmen bereit zu sein, als hätte dieses

Ereignis einen Keil zwischen mich und die Vergangenheit getrieben. Ich will diesen Horror, in dem ich monatelang – seit Samanthas Tod – gefangen war, ein für alle Mal hinter mir lassen.

»Es geht schon wieder«, sage ich zu Drew, als wir im dritten Stock ankommen.

»Sicher?«

»Sicher.«

Es stimmt. Ich bin zwar völlig erledigt, aber dennoch voller Zuversicht.

»Okay.« Lias Freund wackelt mit den Augenbrauen. »Erlaubst du mir dann, dir zum Geburtstag zu gratulieren?«

Ich stutze und lache unversehens auf. Dass er daran gedacht hat! »Ja, Drew. Tu das auf der Stelle!«

KAPITEL 35
VINCENT

Das Vibrieren meines Handys auf dem Nachttisch weckt mich, obwohl es eigentlich gar nicht vibrieren sollte. Nicht an einem Sonntag ... Und ist es etwa noch dunkel? Jedenfalls, soweit ich das durch die zugezogenen Vorhänge erkenne. Benommen taste ich nach dem Gerät, das keine Ruhe geben möchte. Erst als ich Traceys Namen auf dem Display entziffere, werde ich etwas wacher. Sie ruft mich an. Um fünf Uhr morgens? Mein schlaftrunkenes Hirn stellt keine logischen Gründe dafür bereit. Ich stütze mich auf einem Ellbogen ab, reibe mir die Augen und sage gähnend: »Hallo?«

»Kannst du in einer Viertelstunde am Friedhof sein?« Sie klingt weder panisch noch aufgewühlt, sondern entschlossen, als würde sie keine Widerrede dulden.

»Ja«, murmele ich, bevor mir aufgeht, dass mir damit nur noch fünf Minuten bleiben, um mich aus dem Bett zu quälen, ins Bad zu taumeln und mich anzuziehen.

Stöhnend setze ich mich in Bewegung. Da ich mittlerweile mehr Übung habe, bin ich deutlich schneller darin geworden, den Binder anzulegen. Dennoch war die gestrige Tragepause nach einer kompletten Woche Uni, Arbeit und Tracey dringend nötig, um meinen Rippen und dem Rücken Erholung von dem engen Top zu gönnen. Die zweite Haut nun wieder überzustreifen, kommt mir sowohl vertraut als auch ungewohnt vor.

Letztendlich brauche ich zwanzig Minuten, bis ich unseren Treffpunkt erreiche, und das auch nur, weil mir mit einem Riesenschreck einfällt, dass Tracey *heute* Geburtstag hat und ich noch immer nichts für sie vorbereitet habe. Ursprünglich hätten wir uns erst am Dienstag wiedergesehen, sodass ich morgen noch etwas hätte besorgen können. Da ich auf die Schnelle nichts auftreiben kann, was sich als Geschenk anbieten würde, werde ich nun mit leeren Händen vor ihr stehen. Brillant! Und nicht zu ändern. Ich wollte so dringend alles richtig machen und habe es genau dadurch vermasselt.

Elle war auch keine Hilfe, als ich sie gestern fragte, ob sie eine Idee beizusteuern hätte. Dafür leistete sie mir Gesellschaft, während ich den Tag für eine ausgiebige Pflege meiner Zimmerpflanzen genutzt habe. Danach hat sie sich sogar noch *Les Misérables* mit mir angesehen, obwohl sie sich weder für Musicalfilme noch für Geschichte interessiert. Wahrscheinlich wollte sie mich nach dem Reinfall mit unseren Eltern einfach trösten und mir zeigen, dass sie für mich da ist.

Als ich in die Straße zum *Tower Hamlets Cemetery* abbiege, entdecke ich Tracey schon von Weitem, in Hoodie und Leggins, eine Silhouette vor der orangerot heraufziehenden Morgendämmerung. Ich hebe eine Hand, und sie erwidert den Gruß. Ihre Gesichtszüge sind noch in Schatten getaucht, daher kann ich ihre Stimmung auch nicht richtig deuten.

Tracey läuft mir entgegen.

Nein, sie rennt?

»Hey du, also —«

Ich komme nicht dazu, die Entschuldigung zu vollenden, denn sie küsst sie mir von den Lippen und wirft mich dabei fast um. Ihr süßer Duft umfängt mich. Sie küsst mich! Tracey Palmer küsst mich! Mein Verstand setzt aus, doch mein Körper springt ein, und er ist sehr wohl zu etwas nütze. *Definitiv.* Mein Mund öffnet sich, ehe sie wieder zurückweicht, und ich vertiefe unseren Kuss, ohne jede Zurückhaltung. Tracey entschlüpft ein überraschter Laut, der sich in ein genießerisches Seufzen verwandelt, sobald unsere Zungenspitzen aufeinandertreffen. Es sprühen Funken. Meine Finger graben sich in ihre Haare, ihre Hände umschlingen meinen Nacken. Tracey ist überall, und wir küssen uns weiter, bis ich mich nur mit größter Willenskraft von ihr löse, um sie sanft wieder auf dem Boden abzusetzen. Nur dass *ich* immer noch schwebe.

Ihr Brustkorb hebt und senkt sich genauso stark wie meiner. Ihr Lächeln ist strahlender, als ich es je gesehen habe, und ich erwidere es automatisch.

»Happy Birthday«, sage ich grinsend.

»Danke.« Tracey legt eine Hand über mein Herz.

Ich halte sie nicht davon ab. Ich will, nein, muss ihr einfach nahe sein. Was auch immer sie dort außer meinem Herzschlag noch spüren mag, ist für die nächsten paar Sekunden völlig unwichtig. Meine Hand führt sie dorthin, wo ihr Herz nicht minder heftig hämmert.

Dann lässt ihr Strahlen nach, und ich ziehe mich automatisch zurück. Sie beißt sich auf die Unterlippe. »Vincent, ich …«

Scheiße. Nein.

Mir wird schlecht.

Wie hätte es auch anders sein sollen?

Jetzt wird sie mir sagen, dass es ein Fehler war, mich zu küssen. »Es ist okay, wenn du das nicht kannst«, komme ich ihr zuvor.

»Was?« Kurz ersetzt Verwirrung ihr offensichtliches Unbehagen.

Ich zwinge mich dazu, fortzufahren, weil das zumindest besser ist, als von ihr zurückgewiesen zu werden. »Es ist mir zwar schleierhaft, wie du das zwischendurch verdrängt haben kannst, aber ich verstehe, wenn du mich nicht als echten Mann betrachtest. Nicht in diesem Sinne.«

Traceys Mund öffnet sich, schließt sich wieder.

»Wirklich. Wir können Freunde bleiben, wenn du magst …«

»Nein! Nein, hör auf.« Sie schüttelt den Kopf.

»Was *nein*?« Ich kann nur noch flüstern und wappne mich gegen das, was nun unweigerlich folgen wird.

Da sprudelt es aus ihr heraus: »Ich will nicht, dass wir nur befreundet sind, ich will mit dir zusammen sein!«

Mein Herz, das eben noch wie verrückt gepocht hat, stockt.

Habe ich das … richtig verstanden?

»Also vorausgesetzt, du sagst auch *Ja*.« Tracey spricht so schnell weiter, dass sich ihre Stimme zu überschlagen droht und ich keine Chance habe, ihr zu antworten. »Es ist mir egal, was andere davon halten oder denken oder dazu sagen! Du bist genauso ein Mann wie jeder andere. Basta.«

Es klingt tatsächlich total leicht.

Wenn sie das wirklich so meint ... Und das tut sie, oder?

Da ist ein feuchter, kaum wahrnehmbarer Schimmer in ihren Augen.

Mir wird schwindelig.

Gott, sie tut es, ja!

Ich trete wieder auf sie zu und nehme ihre Hand. Ihre Finger verschränken sich sofort mit meinen, und ich spüre ihren Daumen sachte über meinen Handrücken fahren.

Das Glücksgefühl, das schlagartig in mir aufsteigt, lässt keinen Raum mehr für Zweifel. Es kommt mir vor, als hätte für mich nicht nur ein neuer Tag begonnen, sondern ein ganz neuer Lebensabschnitt.

»Es ist nur ...« Tracey unterbricht sich, setzt erneut an. »Bevor du mir eine Antwort gibst, musst du noch etwas über mich erfahren. Ich habe etwas Furchtbares getan.«

KAPITEL 36
TRACEY

Vincent führt mich zu einer kleinen Lichtung unweit des Weges, der sich über den Friedhof schlängelt. Dort lassen wir uns auf einem Baumstumpf nieder, um zu reden. Das erste Tageslicht fällt durch die Kronen, und einen Augenblick lang vergesse ich, dass wir uns immer noch mitten in der Großstadt befinden und nicht in einem Waldstück bei den Rocky Mountains.

Nach dieser zweiten schlaflosen Nacht wusste ich nur, dass ich ihn sehen musste und es keine Sekunde länger aushalten würde, von ihm getrennt zu sein.

Als er am Ende der Straße aufgetaucht war, hatte ich mich nicht mehr halten können: Ich flog auf ihn zu, und seine Lippen lagen endlich auf meinen. Es gab nur diese winzige Schrecksekunde, in der ich fürchtete, er würde meinen Kuss nicht erwidern. Doch dann trat genau das Gegenteil ein. Alles um mich herum verblasste, als mein Mund mit seinem verschmolz, zügellos und erlöst. In meinem Inneren tobte ein Feuerwerk. Ich wollte keinen Zentimeter mehr zwischen uns haben. Vincent ging es scheinbar nicht anders. Keine Ahnung, ob er mich hochgehoben hatte oder ich mich so verzweifelt an ihn klammerte, bis ich keinen Boden mehr unter den Füßen hatte. Es war unmöglich zu bestimmen, wo er aufhörte und ich begann, und je inniger wir uns küssten, desto mehr verfiel ich ihm.

Nun fahre ich die Jahresringe der alten Eiche nach, auf deren Stumpf wir sitzen, weil sie ein Opfer des letzten Unwetters geworden ist, wie Vincent mir erklärt. Obwohl ich nichts mehr will, als ihn erneut zu küssen, muss ich ihm erst die Wahrheit sagen.

Keine Lügen mehr.

»Der Autounfall, bei dem Sammy gestorben ist«, beginne ich, »ist nicht so abgelaufen, wie du es dir womöglich ausgemalt hast.« Einmal angefangen, kann ich nicht mehr aufhören zu reden – und zu weinen. Vincent legt einen Arm um mich. Wahrscheinlich sollte ich ihn abschütteln, wenn es sich nicht so gut anfühlen würde. Ich muss seinem Blick ausweichen.

Unter Tränen kehre ich zu jenem Juliabend zurück, der mir meine beste Freundin entrissen hat. Zu Samantha, die mir noch vor dem Barbecue im Central Park aufgeregt zugeflüstert hatte, dass sie und Charlie sich nun vielleicht endlich näherkämen. Zum letzten Mal waren wir gemeinsam irgendwo hingegangen, zum letzten Mal hatten wir kichernd die Köpfe zusammengesteckt. Der Geruch nach Vanille, der von ihrem Lipgloss ausging, ihre Honighaare, die sich in meinen Creolen verfangen hatten.

Ich schildere Charlies Kuss, was folgte, und die Monate danach, in denen er und ich versucht hatten, einander aufzufangen, und gescheitert waren, weil uns im Grunde nur ein schreckliches Geheimnis verband.

Vincent zieht mich enger an sich und wispert etwas in mein Haar. Ich weine noch mehr. Mein Brustkorb wird von einem schmerzhaften Beben nach dem anderen geschüttelt, ohne dass ich etwas dagegen tun kann. Er hält mich ganz fest, und ich werde nichts auslassen, ich darf es nicht, nie wieder. Ich erzähle ihm von der Fake-Beziehung, von meinen früheren Freunden, die sich angesichts des Vorfalls von mir abgewandt haben, und den Gerüchten, die sich daraufhin verbreitet haben. Ich leugne nicht, dass Charlie und ich auch nach meiner Ankunft in London noch Kontakt hatten, obwohl ich das Ganze von Anfang an beenden wollte.

»Ich war so sicher, den Absprung geschafft zu haben, bis er am Freitagabend plötzlich vor mir stand und alles von vorn loszugehen schien.«

»Tracey ...«

Er spricht meinen Namen mit so viel Mitgefühl und Verständnis aus, dass ich unwillkürlich aufatme. Dabei nehme ich Vincents vertrauten Geruch in mich auf, den Duft der Gärtnerei, der an ihm haftet wie die Magie dieses Ortes.

»Du hast Samantha nicht umgebracht. Genauso wenig wie der Fahrer oder die Fahrerin des Autos.«

Das weiß ich, ich weiß es doch. Ich nicke und löse meine verkrampften Finger, die sich in sein Shirt gekrallt haben.

Nachdem ich den gestrigen Tag zusammengefasst habe, bringe ich Vincent auf den neuesten Stand. »Ich habe ihm geschrieben, also Charlie, dass ich ihn nie wiedersehen möchte und er gut daran täte, noch heute zurückzufliegen. Danach habe ich Mom eine Nachricht geschickt, dass es aus ist zwischen Charlie und mir. Jetzt möchte ich auch zu ihr und Dad ehrlich sein. Sie kennen nur die Version, die ich auch dir ursprünglich aufgetischt hatte.«

Vincent nickt. »Ich verstehe, dass du dich vor ihrer Reaktion fürchtest.«

Ja, wenn das jemand versteht, dann er.

»Aber nach allem, was du mir – auch über deine Eltern – erzählt hast, kann ich mir kaum vorstellen, dass sie dir irgendwelche Vorwürfe machen würden. Der Unfall war eine Ausnahmesituation für alle Beteiligten. Niemand sollte sich anmaßen zu behaupten, er hätte sich an deiner Stelle besser verhalten. Dir die Schuld an Samanthas Tod zu geben, ist völlig hirnrissig. Keine Ahnung, was deine früheren Freunde sich dabei gedacht haben.«

Seine Worte nehmen mir eine riesige Last von den Schultern, sie sickern in mich hinein und legen sich wie Balsam über meine Wunden. Ich denke an das Glück und die Liebe, die ich empfunden habe, als Mom und Dad mir heute Nacht zum Geburtstag gratuliert haben. Sie würden mich doch nie für etwas verabscheuen, das ich nicht getan habe, oder? Ich habe Samantha nicht getötet, und ich wollte Charlie nicht küssen. Hätte ich mir danach nur anders zu helfen gewusst, vielleicht schon früher den Mut gehabt, mich ihnen anzuvertrauen …

Entschlossenheit erfüllt mich. »Du hast recht. Ich werde es Mom und Dad gleich heute sagen.«

»Wie viel Zeit hast du denn noch, bevor ihr euch trefft?«, fragt Vincent.

Ich werfe einen Blick auf die Sportuhr an meinem Handgelenk. »Wir haben gerade mal sechs Uhr. Sie wollten mich erst gegen zehn in der WG abholen.«

Seine Mundwinkel heben sich zu einem vorsichtigen Lächeln. »Dann würde es sich doch anbieten, noch ein paar Samenbomben auszuwerfen? Es ist Sonntag, das Risiko, erwischt zu werden, müsste also überschaubar sein. So könntest du dich noch mal richtig von Samantha verabschieden.«

Ich schlucke. »Ja, das hört sich gut an.« Zumal die grünen Geschosse kühl und gut gelüftet in einem Jutebeutel im *Magic of Flowers* verstaut sind, sodass wir sie nur kurz holen müssen. Wir sind ja quasi bereits dort.

Im Blumenladen befüllt Vincent noch eine Gießkanne mit Wasser, dann ziehen wir auch schon los, Hand in Hand, durch die noch schlafende, nur langsam erwachende Bower Nachbarschaft. Anders als bei unserer letzten Pflanzaktion in Shoreditch, wo wir uns Zeit genommen haben, ein paar besonders schöne Plätze für die Blumenkästen mit den Nelken auszusuchen, werden wir diesmal flächendeckender zuschlagen.

Bis auf die paar Jogger, Hundespaziergänger oder Partyheimkehrer, die uns meist nur flüchtig beäugen, ist erwartungsgemäß kaum etwas los auf den Straßen, wodurch ich mich ganz in dem Jungen an meiner Seite verliere. Einerseits kommt es mir selbstverständlich vor, Vincents Hand zu halten, denn es ist so vertraut. Andererseits fühlt es sich neu und aufreibend an. Ich kann kaum fassen, dass ich dieses Kribbeln nun jeden Tag haben kann, haben darf, nein, haben *werde*. Unsere Zeit ist gekommen, genau jetzt.

Bevor ich die erste Kugel platziere – auf einem dieser spärlich bewachsenen Fleckchen Erde, die die Straßenbäume säumen, wo sich sonst nur Zigarettenkippen oder Hundekacke sammeln –, überkommt mich entgegen der Gewissheit, dass das hier keinen Aufschub mehr duldet, ein letzter Anflug von Wehmut. Hiermit sage ich Samantha endgültig Lebewohl.

Ich halte das Bällchen, das Vincent mir gereicht hat und das trotz seiner geringen Größe so viel Leben in sich trägt, noch einen Augenblick fest und denke an eine Sommernacht zurück, in der Sammy und ich mit neun Jahren in unseren Schlafsäcken im Garten unter freiem Himmel übernachtet haben. Nur dass wir nicht schliefen, weil wir viel zu aufgedreht waren. Während wir uns Nasenspitze an Nasenspitze auf den Gartenliegen gegenüberlagen, hatte mir Samantha voller Überzeugung verraten, dass sie eines Tages aufs Land ziehen und auf einer Farm arbeiten möchte. Ich wünschte so sehr, sie hätte sich diesen Traum erfüllen können. Und sie hätte es geschafft, daran habe ich überhaupt keinen Zweifel. Die Unsicherheit, die irgendwann von ihr Besitz ergriffen hatte, wird mir die Samantha nicht nehmen, die ich so geliebt und an die ich so viele Erinnerungen habe. Natürlich hatte es sie verletzt, als sie sah, wie Charlie mich geküsst hatte. Umso mehr hoffe ich, dass sie nun ihren Frieden finden und erneut erblühen kann, so wie sie ihr Leben lang geblüht und die buntesten Farben in meines gebracht hat.

Ich grabe eine kleine Kuhle in die Erde um den Baum, lege die Samenbombe hinein und mit ihr einen Teil der Schuld ab, die ich so lange mit mir herumgetragen habe. Tief und zittrig hole ich Luft.

»Es schadet nicht, ihnen ein wenig Starthilfe zu geben«, meint Vincent nach einer Weile, woraufhin ich die Kugel mit etwas Wasser übergieße, bis sie sich wie Knete drücken lässt.

»Sie zu verbuddeln oder aufzubrechen ist aber nicht nötig. Notfalls täte es zwar auch der Regen, aber sicher ist sicher. Durch das Aufweichen kriegen die Samen die Möglichkeit zu keimen und werden trotzdem noch durch die Hülle aus Ton und Erde vor tierischen Räubern und Wettereinflüssen geschützt.«

Wir verteilen weitere kleine Bomben neben Straßenbäumen, auf schmalen brach liegenden Grünstreifen und am Rand eines Abrissgrundstücks, bis immer mehr Rollos vor den Fenstern hochgezogen werden. Und mit jedem Samen, den wir säen, ist es mir möglich, ein Stückchen loszulassen, sodass die Anspannung nach und nach aus meinem Körper weicht. Samanthas wutverzerrte letzte Worte, die ich schon gar nicht mehr alle zusammenkriege, verblassen immer mehr.

Zum Abschluss werfen wir ein paar Geschosse über eine Absperrung, hinter der ein Hang hinunter zum U-Bahn-Tunnel führt. Wenn der Zug aus der Dunkelheit hervorschießt, sollte man die hoffentlich bald sprießenden Blumen gleich sehen können. Ein weitaus netterer Anblick als vorbeifliegender Müll.

Und dann ist es vollbracht. Ich fühle mich befreit, die Dunkelheit in mir wird vom Licht verdrängt. Das stammt so ähnlich aus einem Song, glaube ich. Of Monsters and Men – war das nicht die Band? Jedenfalls empfinde ich es genau so, und als ich diesen Gedanken mit Vincent teile, ist er auch ganz aus dem Häuschen über diese Metapher.

Während wir in Bromley By Bow auf die nächste Tube warten, atme ich erneut tief durch. »Wie lange dauert es, bis man etwas sehen wird?«

»Die Keimung bei den einjährigen Arten beginnt etwa vierzehn Tage nach dem Streuen«, antwortet er.

Wir haben die Plastiksitze an der Haltestelle vor den gelb gekachelten Wänden für uns, und ich bemerke, wie lässig er den Knöchel des einen Beines auf das Knie des anderen legt, als wäre er gerade ganz im Reinen mit sich. Neue Wärme erfüllt mich.

»In sechs bis acht Wochen sollten die Wildblumen in voller Blüte stehen. Die mehrjährigen müssten sich sogar selbst wieder aussäen, sodass wir kommendes Jahr mit der nächsten Generation rechnen können.«

»Gut«, erwidere ich, spüre jedoch ein kurzes Zögern bei ihm. Hat er noch etwas auf dem Herzen? »Spuck's schon aus«, verlange ich scherzend. »Ich schätze, wir sind inzwischen beide recht resistent, was harte Worte angeht.«

»Haha.« Vincent schaut mir direkt in die Augen. »Um darauf zurückzukommen, ob ich mit dir zusammen sein möchte …«

Stimmt! Da war ja noch was.

Und wenn er meinen Beteuerungen trotz allem nicht glaubt? Ich wünschte, ich könnte ihm irgendwie zeigen, wie ich ihn sehe.

Während ich warte, bekomme ich noch mal richtiges Herzklopfen, bis er mir dieses ganz besondere, supersüße Lächeln schenkt, das meine Knie weich werden lässt.

»Ja, ja, ja, und noch mal ja.«

Ich stöhne auf. »Kitschiger ging es wohl nicht, oder?«

Bevor Vincent sich verteidigen kann, habe ich ihn bereits zu mir herangezogen – oder ist er mir entgegengekommen?

Und dann küssen wir uns. Wieder und wieder und wieder.

KAPITEL 37
VINCENT

Es ist Montag, und nicht mal das kann meine Stimmung trüben. Obwohl Tracey heute nicht in persona bei mir sein wird, ist sie es in Gedanken, wie sie mir noch vor dem Klingeln meines Weckers in einer *Guten Morgen*-Nachricht versichert hat. Damit zaubert sie mir, direkt nachdem ich die Augen aufgeschlagen habe, ein Lächeln ins Gesicht. Ich könnte platzen vor lauter Glück, denn ich weiß gar nicht mehr, wohin mit meinen Gefühlen. Ich stehe auf, gehe duschen, ziehe mich an, und das alles mit einer Leichtigkeit, die mir diese hinreißende, starke junge Frau schenkt, weil sie mit mir zusammen sein möchte. Ich kann unmöglich genug davon kriegen.

In der Küche treffe ich auf meinen Vater, der ausnahmsweise mal nicht zu spät dran ist, denn sonst wären wir uns nicht begegnet. Zwar mache ich mit einem »Hallo« auf mich aufmerksam, widme mich sonst aber meinem eigenen Kram. Da er es genauso hält – bis auf ein eisiges »Guten Morgen, Victoria«, das er sich auch hätte sparen können –, herrscht Schweigen zwischen uns. *Fühl dich einfach nicht angesprochen.*

Ich setze mich mit meinem Müsli an den Küchentisch und sende Tracey eine Nachricht, in der ich ihr und ihren Eltern viel Spaß in Notting Hill wünsche. Einen Link zum Filmsoundtrack schicke ich gleich noch hinterher. Es kommt ein Emoji zurück, das die Augen verdreht, woraufhin ich wiederum mit dem Unschuldsengel reagiere. Zwischendurch schiebe ich mir einen Löffel Müsli in den Mund.

Danke! Werden wir haben, schreibt Tracey. *Ich bin immer noch so froh, dass sie so verständnisvoll waren.*

Und ich erst. *Das glaube ich sofort.*

Gleich gestern hat sie, wie sie es sich vorgenommen hatte, mit ihrer Mutter und ihrem Vater über Samantha und Charlie gesprochen. Letzterer hat sich Gott sei Dank verzogen. Was hätte passieren können, wenn Drew nicht aufgetaucht wäre, um Tracey zu helfen, möchte ich mir gar nicht vorstellen. Genauso wenig, dass *ich* ihr mit meiner nicht allzu imposanten Erscheinung nicht auf diese Weise hätte helfen können. Darüber hinaus bin ich ernsthaft entsetzt, wie lange Tracey all diese Schuld und Scham mit sich herumgetragen hat. Wie hätte sie da auch trauern oder mit dem schlimmen Erlebnis abschließen können? Dass sie unter dieser Last und der ständigen Angst davor, verurteilt zu werden, nicht längst zusammengebrochen ist, grenzt an ein Wunder. Nachdem sie mir das alles anvertraut hat, ist *mein* Respekt vor ihr nur noch gewachsen.

Traceys nächste Nachricht lautet: *Freu mich auch schon auf morgen! Und ich mich erst. Bis dahin. :)*

Als ich die Haustür zuschlagen höre, hebe ich den Blick von meinem Smartphone. Dad ist ohne ein Wort gegangen. Schön! Ich widerstehe dem plötzlichen Drang, den Tisch umzuwerfen, und schlucke den Frust, der heiß und brodelnd in mir hochgekocht ist, mit dem nächsten Löffel Müsli hinunter. Dann soll es eben so sein!

Dankenswerterweise rauschen die Seminare nur so an mir vorbei, und auf einmal ist schon Mittagspause, für die ich mir in Traceys Abwesenheit eine Alternative zur Mensa überlegt habe.

Ich habe keine Lust, mich von Elles Clique anstarren oder ignorieren zu lassen, und auch wenn Gwen mich vorhin kurz gefragt hat, wie es mir geht, worüber ich mich eigentlich gefreut hatte, reicht es anscheinend nicht aus, um gemeinsam Mittag zu essen. Sie lädt mich jedenfalls nicht dazu ein, mich zu ihr und Ramona zu gesellen. Meine Enttäuschung darüber zeige ich ihr nicht, denn dadurch würde ich mich selbst nur noch mehr demütigen.

Ich verlasse den Campus, hole mir in der nächsten Costa-Filiale ein belegtes Baguette und suche mir eine Bank am nahe gelegenen Themseufer. Von dort kann ich bis zur Waterloo Bridge sehen, hinter der das London Eye aufragt. Es ist nicht mehr so warm wie während der letzten Tage, aber nach wie vor sonnig, was angenehm ist. Die kleinen Bäume, die hier gepflanzt wurden, spenden ausreichend Schatten.

Nach dem Essen bleibe ich etwas unschlüssig sitzen und hole dann, einer Eingebung folgend, mein Handy hervor. Natürlich nicht, um Tracey entgegen meines Vorhabens doch noch zu schreiben, denn ich bin schon ein bisschen stolz über meine Selbstbeherrschung. Außerdem soll sie den letzten Tag mit ihren Eltern noch einmal voll genießen!

Nein, ich gehe auf Google, um die Telefonnummer meines Hausarztes herauszusuchen. Ich muss dorthin, um mir eine Überweisung für die Gender-Identity-Klinik ausstellen zu lassen – der Anlaufstelle für die gegengeschlechtliche Hormonbehandlung. Dann habe ich den ersten Schritt schon mal erledigt. Wegen der Wartezeiten, von denen so ziemlich jeder trans* Blogger ein Liedchen singt, wird es ohnehin noch dauern, bis ich mich in der Klinik vorstellen kann.

Wenn nicht jetzt, wann dann?

Der letzte Monat, der seit dem *Spring Awakening* vergangen ist, war emotional eine einzige Achterbahnfahrt, doch im Moment fühle ich mich gefasst und in mir ruhend. Mein Kopf ist vollkommen klar, wie ich es seit Ewigkeiten nicht mehr erlebt habe. Ja, ich bin bereit. Kaum zu glauben, wie viel seitdem geschehen ist.

Als ich die Nummer eintippe, schlägt mein Herz trotzdem schneller.

»Guten Tag«, melde ich mich und blende einfach aus, dass ich dabei in der Tonlage nach oben rutsche. »Ich würde gern einen Termin vereinbaren.« Deutlich, und ohne zu zögern, trage ich mein Anliegen vor: »Ich bin transsexuell und benötige darüber ein Attest und eine Überweisung in eine Gender-Identity-Klinik.«

Ich bin unendlich erleichtert, dass die Arzthelferin, als die ich sie zumindest aufgrund *ihrer* Stimme einordne, vollkommen professionell nachfragt: »Waren Sie schon mal bei uns?«

»Ja.«

»Ihr Name war ...?«

Ich zupfe an den Schnürsenkeln meiner roten Chucks. »Sie brauchen sicher den offiziellen?«

Sie bestätigt das.

»Knight, Victoria«, sage ich schnell.

Ich hätte mich schon längst um die Änderung bemühen können, habe das aber immer wieder aufgeschoben. So eine Urkunde, die auch gleich das Anpassen des Personenstands erlaubt, lässt sich in England gegen eine geringe Bearbeitungsgebühr leicht online beantragen und wird nur Tage später mit der Post zugestellt. Man unterschreibt das Dokument im Beisein eines Zeugen und kann dann damit im Prinzip alle übrigen Dokumente angleichen lassen. Für einen neuen Personalausweis braucht man zwar noch das Schreiben eines Arztes, der die Transidentität bestätigt, aber da bin ich ja gerade dran.

Ich höre das Klackern einer Tastatur, gefolgt von einem »Ah« und einer kurzen Pause, in der der Hörer zugehalten wird.

Als die Frau sich wieder meldet, zucke ich unwillkürlich zusammen. »Ms Knight?«

Rein theoretisch hätte sie darauf kommen können, dass ich lieber mit *Mister* angeredet werden möchte. Ich knirsche mit den Zähnen. »Ja?«

»Ich kann Ihnen einen Termin bei Dr. Martin am dreizehnten Mai anbieten.«

Ein Teil von mir ist ernüchtert, weil das noch eine Weile hin ist, ein anderer ist froh, dass ich dadurch noch etwas Zeit zum Luftholen und Krafttanken bekomme. Es ist jetzt Ende April. Möglicherweise entspannt sich die Situation zu Hause und mit meinen Freundinnen bis dahin etwas, und ich muss nicht mehr gegen allzu viele Widerstände ankämpfen, die ich dann die ganze Zeit im Hinterkopf hätte. Das wär's doch.

»Ja, das passt.«

»Nachmittags?«

359

Ich vereinbare eine Uhrzeit, und damit ist es beschlossene Sache.

Egal, wie lange ich noch abwarten muss, es geht voran. Und das ist überwältigend. Mein Herz klopft wie verrückt. Es wird wahr, es wird passieren. Eines Morgens werde ich den Traum, der mich schon so lange begleitet, nicht mehr hinter mir lassen müssen, weil er dann Realität geworden ist. Ich kann es nicht erwarten, Tracey mit diesen Neuigkeiten zu überraschen.

Ein wohliges Prickeln flammt auch während des restlichen Tages in der Uni immer wieder auf, sobald ich daran denke.

Als ich später das *Magic of Flowers* betrete, fällt Agatha quasi sofort über mich her. »Wie war's? Erzähl schon!«

»Wie war –?« Ich stocke kurz, weil sie mir in diesem Moment die grüne Schürze zuwirft, die ich reflexartig auffange. Ich wende das Stück Stoff, um vorne und hinten zu finden, und wiederhole: »Wie war was?«

»Na, das Samenbombenbasteln am Donnerstag. Oder ist sonst noch etwas passiert, von dem ich wissen sollte? Habt ihr sie schon ausprobiert?«

Auf der Stelle leuchte ich abermals auf wie eine Laterne. »Also … es war toll«, druckse ich herum. »Ich meine, es hat wirklich super funktioniert, die Bomben zu basteln. Genau wie deine Moosgraffiti-Methode.«

Agatha legt skeptisch den Kopf schief. »Aber …?«

»Kein Aber!« Ich knote mir die Schürze hinter dem Rücken zu und stelle mich zu ihr hinter den Tresen. Nach einem tiefen Atemzug bringe ich sie auf den aktuellen Stand der Dinge. »Tracey und ich sind jetzt ein Paar.«

»Oh, Schatz!« Sie kneift mir in die Wange.

Ich bin zu langsam, um zurückzuweichen, und die Stelle tut echt ein bisschen weh. Trotzdem freue ich mich unheimlich über ihre Freude.

»Es ist so schön, dich glücklich zu sehen! Ich hoffe, Tracey weiß, was sie an dir hat.«

Verlegen reibe ich mir über das Gesicht. »Danke? Aber das weiß sie.«

Ich zweifele nicht daran, nicht mehr. Aber ich kann nachvollziehen, dass Agatha sich Gedanken macht. Nachdem ich noch ein wenig mehr ins Detail gegangen bin, was Tracey betrifft, teile ich Agatha mit, dass ich aufgrund meines Arzttermins am dreizehnten Mai leider nicht die volle Schicht übernehmen kann. Danach ist sie sogar noch entzückter.

Inzwischen hat einer unserer Stammkunden den Laden betreten und verlangt nach ihrer Hilfe. Es ist Mr Smith, der ständig neue Gartenprojekte plant und wie jedes Jahr im Frühling zur Höchstform aufläuft. Er mustert mich kurz etwas befremdet, aber das ist sicher wie bei unseren Nachbarn. Die haben sich schnell sattgesehen und mit dem Kopfschütteln wieder aufgehört. Mich wundert eher, dass meine Eltern mir im Gegensatz zu Hunter noch keine Vorwürfe gemacht haben, wo doch »die Leute schon reden«. Ich frage mich, was sie antworten, wenn sie von jemandem auf mich angesprochen werden.

Ich drehe eine Runde durch den Laden und halte nach verwelkten Blüten Ausschau, um sie auszusortieren und die Eimer mit frischen Blumen aus dem Kühlraum aufzufüllen.

Dass der Arzttermin auf einen Donnerstagnachmittag fällt, hat zumindest einen Vorteil: Ich kann mir eine Ausrede sparen. Ich bin sicher, dass Mum und Dad etwas dagegen hätten, obwohl sie mich natürlich nicht davon abhalten könnten. Selbst wenn sie die Fakten zurzeit nicht anerkennen, macht mich das nicht weniger trans*, und das wissen sie, da bin ich mir sicher. Deshalb wehren sie sich ja so hartnäckig dagegen, diese Tatsache anzuerkennen.

Doch heute kann ich bei all der positiven Energie, die mich durchfließt, auch darüber einfach hinwegsehen.

Nach dem Feierabend fällt es mir sogar zu Hause richtig schwer, still zu sitzen, und ich entlade den Rest meiner beschwingten Aufgeregtheit in einem Home-Workout, das ich auf YouTube finde und ohne Geräte oder Equipment durchführen kann. Danach liege ich wie tot auf dem Läufer vor meinem Bett und rühre mich nicht mehr. Wahrscheinlich ist es naheliegend, dass ich Schwierigkeiten hatte, mit dem muskelbepackten Typen mitzuhalten. Dennoch versuche ich, so etwas wie ein Erfolgserlebnis draus zu machen. Immerhin habe ich die Übungen trotz der Unterbrechungen bis zum Ende durchgezogen!

Mein Atem geht noch immer stoßweise und keuchend, als Elle hereinschneit. Offenbar habe ich die Tür nicht abgeschlossen.

»Vincent!«, trällert sie. »Was machst du da?«

»Wonach sieht's denn aus?« Ich nehme den Arm von meinem verschwitzten Gesicht.

Meine Schwester beugt sich in Negligé und langer Strickjacke, mit Tablet in der Hand und dem dazugehörigen Stift hinter dem Ohr, über mich und blickt stirnrunzelnd zu mir hinunter. »Wenn das nicht völlig abwegig wäre, würde ich annehmen, du hättest Sport getrieben. Bist du sicher, dass du nichts von dieser Tracey willst? Erst das Drama mit dem Geburtstagsgeschenk, und jetzt das!«

Da mir die Kraft für einen Schlagabtausch fehlt, sage ich nur: »Du hast recht, und sie ist mir mit einem Kuss zuvorgekommen.«

Anders als bei Agatha, die sich wirklich um mich sorgt, trifft mich Elles unübersehbare Verblüffung ein bisschen.

»Wie cool!«, sagt sie dann, was ich ihr nicht sofort abnehme.

Waren ihre anhaltenden Neckereien nur ein Witz, weil sie anscheinend nie im Leben damit gerechnet hätte, dass Tracey ernsthaft etwas für mich empfinden könnte? Plötzlich fallen mir all die Jahre aus meiner Teenagerzeit wieder ein, in denen sie möglichst wenig mit mir zu tun haben wollte. Und dass sie manchmal einfach nicht nachdenkt, bevor sie etwas sagt.

Trotz meines protestierenden Körpers, der morgen sicher aus einem einzigen Muskelkater bestehen wird, setze ich mich langsam auf. Ich muss es wissen, um das Rumoren in meinem Magen zu besänftigen. »Wenn du mit jemandem über mich redest, sagst du dann auch *Er* und *Vincent* oder tust du das nur in meiner Gegenwart?«

Hatte sie nicht direkt nach meinem Outing sogar gemeint, es wäre gemogelt, sollten Tracey und ich je ein Paar werden, weil ich keinen Penis habe? Gebe ich in ihren Augen demnach nur vor, ein Mann zu sein?

»Hey, ich rede nicht über dich!«

Ich verdrehe die Augen. Das glaubt sie ja wohl selbst nicht.

»Na gut«, gibt Elle zu. »Aber nicht im Sinne von Lästern!« Sie sucht so offenherzig meinen Blick, dass ich eine Gänsehaut bekomme. »Und klar tue ich das. Also, ich versuche es und korrigiere auch James, wenn er sich mal verspricht. Ich habe sogar deinen Namen sofort in meiner Handykontaktliste geändert!«

»Okay«, mehr bringe ich vor Rührung und schlechtem Gewissen

nicht heraus. Ich muss mir endlich klarmachen, dass diese Zeit damals der Vergangenheit angehört. Elle mag *mich* anscheinend wirklich, und da ich nicht mehr vorgeben muss, jemand anderes zu sein, wird unsere aufrichtige Verbindung Bestand haben und uns nichts mehr entzweien können.

»Kannst du mir mal helfen?«, wechselt meine Schwester das Thema.

»Wobei?« Und vorausgesetzt, ich schaffe es, aufzustehen.

Sie zückt den Stift, der hinter ihrem Ohr gesteckt hat, tippt auf dem Bildschirm ihres Tablets herum und öffnet irgendeine App. »Ich bräuchte deinen gestalterischen Rat als Florist. Es geht um die Stoffauswahl bei einem Outfit.«

Meine Mundwinkel heben sich. »Gerne.«

Es gelingt mir, mich aufzurappeln, und nachdem ich Elle beraten habe, auch im Anschluss beim Duschen die Nerven zu bewahren. Schließlich schlüpfe ich unter meine Bettdecke und werfe vor dem Schlafen einen letzten Blick auf mein Smartphone. Tracey hat mir noch mal geschrieben: *Gute Nacht! Morgen sehen wir uns* <3

Gott, wie soll ich je wieder aus dem verliebten Seufzen herauskommen?

Ich schalte das Licht aus.

KAPITEL 38
TRACEY

Als Vincent mir am Dienstagmorgen auf dem Weg zur Uni in der U-Bahn von seinem Arzttermin erzählt, falle ich ihm jubelnd um den Hals. Mir ist durchaus bewusst, welche Bedeutung die Testosteronbehandlung für ihn hat, auch wenn ich ihn so oder so als Mann betrachte.

»Wie cool ist das denn?«

Obwohl wir uns erst vor wenigen Augenblicken zur Begrüßung geküsst haben, küsse ich ihn überschwänglich erneut – und weil ich es jetzt kann. Er lacht in unseren Kuss hinein. Ganz ehrlich, es ist mir so was von egal, dass Vincent trans* ist. Das Kribbeln in meinem Bauch spricht eine eindeutige Sprache. Umso mehr hoffe ich, dass sich die Last auf seinen Schultern durch die hormonellen Veränderungen bald verringert und er sich auch selbst endlich wohler fühlt.

Bevor wir das Universitätsgelände betreten, werde ich allerdings kurz nervös. Ob er zwischen den bekannten Gesichtern genauso offen und gelassen sein kann wie in der Bahn? Doch auch diese Frage erübrigt sich, als sich auf dem Campus sein Griff um meine Hand verstärkt. Vincent löst unsere Verbindung nicht, und ich drücke rasch zurück.

Ja, ja, *ja*.

»Kommst du noch mit, die schwarzen Bretter abgrasen?«

Er tut empört. »Wie könnte ich mir eine Gelegenheit entgehen lassen, Zeit mit dir zu verbringen?«

Nach der Aussprache mit meinen Eltern bezüglich Samantha und Charlie hatte ich sie auch in meine Überlegungen eingeweiht, länger in London zu bleiben.

Mom und Dad waren zunächst bestürzt, die Wahrheit über den Unfall meiner besten Freundin zu erfahren. Doch vor allem hätten sie sich gewünscht, mir früher beistehen zu können, damit ich nicht allein mit den tatsächlichen Ereignissen hätte fertig werden müssen. Unser Ausflug nach Notting Hill war danach umso schöner, und ich hatte sogar Vincent ihnen gegenüber erwähnt, worüber sie sich ungemein freuten. Sie fehlen mir jetzt schon und ich ihnen … Nichtsdestotrotz hatten sie keine Sekunde gezögert, mich bei meiner Planänderung zu unterstützen, und mir versichert, dass sie hinter mir stünden, weshalb ich mich ab sofort nach passenden Job- oder Praktikumsangeboten umsehen werde.

Als wir am Mittwoch in der Unibibliothek sitzen, bringt Vincent seine Bewunderung für meinen Ehrgeiz zum Ausdruck, sodass meine Finger, die zuvor noch über die Tasten des Notebooks geflogen sind, aus dem Flow geraten. Er weiß, dass ich mir vorgenommen habe, in jeder freien Minute für die Abschlussprüfungen zu lernen, während ich zusätzlich alle Wiederholungskurse besuche, nebenbei meine Geburtstagsfeier vorbereite und die ersten Bewerbungen für die gefundenen Stellenausschreibungen verfasse.

Hitze schießt mir in die Wangen, dabei reagiere ich sonst nie so verlegen, wenn ich ein Kompliment erhalte. Ich sehe Vincent an, und er weicht meinem Blick nicht aus. Das ist echt sexy! Sonst ist er eher zurückhaltend und behält seine Meinung lieber für sich. Ich schenke ihm einen verführerischen Augenaufschlag.

Ich bin sicher, dass wir so richtig teeniehaft herumgeknutscht hätten, wenn nicht zwei Sekunden später eine Gruppe Studenten, von denen ich zwei als Hunters Freunde identifiziere, an unserem Tisch vorbeigegangen wäre.

Sie husten etwas vor sich hin. Was ich heraushöre: »Scheißlesben!«

Ich drehe mich halb nach ihnen um.

Der eine – Calvin aus meinem Eventmanagementseminar – hat mal versucht, mich anzumachen. Ist klar!

Eigentlich hätte ich Vincent daraufhin am liebsten erst recht geküsst, nur um die Typen zu ärgern, doch sein verhärteter Gesichtsausdruck signalisiert mir, dass er das nicht wollen würde.

Manche Menschen könnte ich echt hassen. Das Traurige ist, dass ich nichts anderes erwartet habe.

Wirklich überrumpelt bin ich dafür am Donnerstag, als Beatrice mich in einem unserer gemeinsamen Kurse beiseitenimmt, um mich zu fragen, ob ich nun eigentlich bisexuell sei.

Ich hole tief Luft. »Seit wann und wieso machst du dir solche Gedanken über mein –«

»Sorry, das kam falsch rüber«, fällt sie mir ins Wort und zieht eine Schnute. »Es interessiert mich echt!«

Schließlich antworte ich schlicht: »Vincent ist ein Mann.«

»Und was ist mit Kindern? Willst du keine haben?«

Ich straffe die Schultern und unterdrücke ein Augenverdrehen. »Ich denke, es ist in jeder Hinsicht zu früh, mir darüber Gedanken zu machen. Aber es gibt ja durchaus Möglichkeiten für Paare, die keine eigenen Kinder bekommen können. Diese Fragen sind definitiv daneben.«

Beatrice schmollt. »Für mich wäre das nichts. Ich möchte es nur gern begreifen, aber wenn du meinst.«

Wenn ich meine?

Was bin ich? Ihr Lexikon für ... was?

Aber wozu soll ich mich weiter darüber aufregen? Ich wusste vorher, dass meine Beziehung mit Vincent für Gesprächsstoff sorgen würde. Das ist nichts, womit ich nicht umgehen könnte. Und für Vincent nehme ich das – und mehr – jederzeit in Kauf. Das steht fest.

Während Vincent am Donnerstagnachmittag wie üblich im Blumenladen arbeitet, schaue ich in Shoreditch im *A New Chapter* vorbei, um vor meiner Party morgen noch einmal persönlich mit Justus zu sprechen. Lia hat mir seinen Dienstplan bestätigt, also werde ich ihn auf jeden Fall dort antreffen. Da wir es nicht geschafft haben, uns vorher zu viert zu verabreden, möchte ich ausloten, wie es momentan mit unserer Freundschaft bestellt ist.

Mit seinem altmodisch-edlen Kleidungsstil fügt Justus sich so perfekt in die Buchhandlung ein, dass ich jedes Mal aufs Neue verblüfft bin. Als er mich mit dem Läuten des Türglöckchens bemerkt, heben sich seine Mundwinkel automatisch zu einem Lächeln, auch wenn sie gleich wieder heruntersacken. Er legt das mit Leserillen versehene Taschenbuch weg, in das er vertieft war, und steht von seinem Platz hinter dem antiken Verkaufstresen auf.

»Hey, Tracey.«

»Hi.« Ich schiebe das elende Gefühl in mir beiseite und versuche mich meinerseits an einem Lächeln.

Nach kurzem Zögern schlägt er vor: »Tee?« Wobei er mich vermutlich eigentlich fragen möchte, ob ich länger bleiben will, um zu reden.

Innerlich seufze ich über Justus' herzallerliebste Art. »Ja, gerne«, sage ich, auch weil es draußen wieder etwas kälter geworden ist. »Ich nehme Ingwer.«

»Ich bitte dich. Das weiß ich doch!« Mein bester Freund eilt ins Hinterzimmer, um das Wasser aufzusetzen. »Zum Glück sind wir in England. Denn hier gibt es nichts, was eine Tasse Tee nicht zu kitten vermag!«

Ich hoffe, er hat recht, und gehe langsam zur Sitzgruppe, wo ich mich in einen der Sessel sinken lasse.

Erst kreisen wir noch umeinander herum, bevor wir uns schließlich behutsam wieder annähern und zum Kern vorstoßen, klare Worte für das finden, was wir beide trotz dieses Kusses nach wie vor unbedingt wollen – unsere Freundschaft aufrechterhalten. Da sind wir uns einig.

»Solange das wirklich okay für dich ist«, betone ich sicherheitshalber mehr als einmal. »Dann können wir gern probieren, zur Normalität zurückzukehren.«

»Das ist es«, bestätigt Justus in einem tief überzeugten Tonfall, den ich nur von ihm kenne. »Mir ist inzwischen absolut klar, dass sich deine Gefühle für mich nicht ändern werden. Aber dich als Freundin aufzugeben, kommt für mich nicht infrage.«

Ich bin so erleichtert, das von ihm zu hören. Bleibt nur noch eine Sache zu klären. »Dann sollte ich dir wohl auch sagen, dass ich jemanden kennengelernt habe.«

Er bleibt erstaunlich gefasst, beinahe zu gefasst, und ich spüre, dass es ihn doch trifft. »Danke, dass du mir das nicht vorenthalten hast.«

»Wenn du noch nicht bereit bist, Vincent kennenzulernen, kann ich das gut nachvollziehen.«

»Nein.« Justus wischt meinen Einwand mit einer Handbewegung beiseite. »Nein, ist schon in Ordnung.« Er schiebt seine runde Brille zurecht, wie um das zu unterstreichen, und hält meinem Blick stand. »Ich werde mich daran gewöhnen müssen. Ich nehme an, wir sehen uns dann morgen auf deiner Party?«

»Genau.«

Der Freitag kommt dann auch schneller als erwartet. Als hätte jemand vorgespult, ist die eben erst begonnene Woche auch schon wieder vorbei, und plötzlich steht meine Party an, mit der ich meinen Geburtstag nachfeiere. Die Aussicht auf den Abend mit meinen Freunden steigert meinen *»Berauscht vor Glück oder besser vor Vincent«*-Zustand erneut um ein Vielfaches, obwohl ich nicht gedacht hätte, dass das möglich wäre. Jedenfalls bin ich schwer auszuhalten, denn ich stehe vor lauter Verträumtheit nahezu neben mir und verpeile alles Mögliche oder hüpfe extrem aufgedreht durch die Gegend. Der Meinung ist zumindest Penelope, und nachdem sie mich wiederholt damit aufgezogen hat, stimmt sogar Lia ihr zu. Ts!

»Find ich nicht okay«, beschwere ich mich daraufhin bei Penelope.
»Musstest du Lia wirklich so gegen mich aufhetzen?«

»Ich brauche eben auch eine Verbündete!«, verteidigt sie sich.

»Du hast dafür ja deinen Freund.«

Harmoniebedürftig, wie sie ist, mischt sich Lia sofort ein. »Das war nur ein Scherz. War es doch, Penelope?«

Sie erntet ein Augenverdrehen und ein Grinsen. »Ja, sicher.«

Ach, ich liebe die beiden. Und natürlich lieben sie mich auch, sonst würden sie kaum mit mir und Vincent die letzten Einkäufe erledigen, damit es schneller geht, weil wir auch das Essen noch zubereiten müssen. Lia hat die Buchhandlung heute sogar extra früher in der Obhut einer ihrer Aushilfen gelassen. Wir werden also gleich zu viert durch die Gänge des nächsten Supermarkts streifen. Dabei mag ich es gar nicht, so knapp dran zu sein. Wären die vergangenen Tage nicht dermaßen vollgepackt gewesen, hätte ich den Einkauf schon längst erledigt.

»Okay«, sage ich, sobald wir im Tesco sind. »Dann mal los.«

Wir schwärmen aus, wie wir es zuvor besprochen haben, um uns nachher an den Kassen wiederzutreffen.

Zielstrebig steuere ich die Regale mit dem Knabberzeug an. Chips, Salzstangen und Weingummi landen in ausreichenden Mengen im Korb, den ich mir über den Arm gehängt habe. Ich nehme sicherheitshalber noch eine Packung Cracker mit, bevor ich wie von selbst zur Getränkeabteilung umschwenke, die eigentlich in Vincents Zuständigkeitsbereich liegt. Dass ich von meinen eigenen Plänen abweiche, ist genau genommen ein Skandal. Die Anziehung, die mein Freund auf mich ausübt, ist nur gerade größer als meine Disziplin.

Ich finde ihn im Gang mit den Bierkästen, vor denen er etwas überfordert herumsteht.

»Hey, alles okay?«, mache ich ihn auf mich aufmerksam, bevor ich den Korb neben mir auf dem Boden abstelle, von hinten die Arme um ihn schlinge und mein Kinn auf seine Schulter lege. Er riecht so himmlisch nach Natur. Und es hat durchaus seine Vorteile, dass wir quasi gleich groß sind. Umarmungen von hinten funktionieren viel besser, weil sie ihm meistens kein Unwohlsein bereiten, wie wir schnell herausgefunden haben.

Ich brenne darauf, noch mehr von ihm zu erkunden, ihn noch besser kennenzulernen, aber mir ist klar, dass das seine Zeit braucht, wenngleich Vincent sicher nie freiwillig den ersten Schritt machen würde. Darum habe *ich ihn* gebeten, mir ehrlich zu sagen, wenn etwas für ihn zu weit geht.

Dass er sich in meine Arme schmiegt, statt sich zu versteifen, lässt mein Herz höherschlagen. In seiner Stimme schwingt jedoch ein Anflug von Zerknirschtheit mit. »Wieso brauchen wir noch mal zwei Kästen? Ich dachte nicht, dass die so schwer sind.«

»Lass uns einfach jeweils zu zweit einen Kasten tragen. Ich sag den Mädels Bescheid.«

»Aber ...«

Ich ersticke seine Widerrede im Keim, indem ich seinen Kopf zu mir drehe und ihn küsse, diesmal auf den Mund, unmissverständlich, wovon mir nun zusätzlich die Knie weich werden. Praktisch, dass auch Vincent sich dieser Wirkung nicht entziehen kann, denn danach geht er auf meinen Vorschlag ein.

Wegen des Alkohols können wir die Self-Checkout-Terminals nicht benutzen, und auf seine Bitte hin zeige ich meinen Ausweis, um ihm eine mögliche »Demaskierung« durch den Kassierer vor meinen Mitbewohnerinnen zu ersparen. Nicht zum ersten Mal denke ich, wie anstrengend es sein muss, ununterbrochen unter diesem Stress zu stehen.

Nach dem Bezahlen geht es schnurstracks zurück zur WG, die zum Glück nur einen Block entfernt liegt.

Wir packen rasch gemeinsam aus, und im Anschluss bereiten Penelope, als unangefochtene Gourmet-Spezialistin, und Lia in der Küche das Fingerfood vor: mit Spinat und Schafskäse gefüllte Blätterteigtaschen, bunte Partyspieße und Bruschetta.

Vincent und ich kümmern uns unterdessen um die Deko im Wohnzimmer, die ich online bestellt habe. In perfekter Teamarbeit befestigen wir die Girlanden entlang der Wände, blasen die Luftballons im Glitter-Look auf und rollen einen dazu passenden Tischläufer aus Tüll über die Anrichte. Darauf platzieren wir die Etagere und legen Teller, Besteck und Servietten bereit. Abgerundet wird das Bild durch etwas Konfetti und Papierluftschlangen.

Als wir fertig sind, kann ich gerade noch den Impuls unterdrücken, bei diesem Anblick aufzujauchzen wie eine Fünfjährige. Das muss einfach eine wundervolle Feier werden. Im nächsten Moment schleichen sich Tränen der Vorfreude in meine Augen, die ich sofort wegblinzele. Dabei habe ich mein glamouröses Party-Make-up noch nicht mal aufgetragen.

»Was ist das bitte für ein Farbton?«, will Vincent wissen und schnippt Konfetti von seinem dunkelgrünen Cordhemd.

Sein pikierter Gesichtsausdruck amüsiert mich. »Ich glaube, in der Beschreibung stand irgendwas mit *Einhorn*. Ist aber doch ganz hübsch geworden, findest du nicht?«

Er wirkt weiterhin kritisch.

»Mein zweiter Favorit war Candy pink«, kläre ich ihn auf. »Hätte dir das besser gefallen?«

»Das ist immerhin eine Farbe.«

Ich öffne den Mund, nur um ihn gleich wieder zu schließen. »Mist. Jetzt kann ich nicht mal einen blöden Spruch bringen, dass du als Mann nun mal kein Gespür für so etwas hast, da du unbestreitbar ein hervorragendes Farbempfinden besitzt.«

Er grinst breit.

Da ertönt ein Räuspern aus der Diele. Penelope stützt sich mit beiden Händen im Türrahmen ab. Heute fallen ihr zwei lange rote Zöpfe über die Schultern. »Turtelt ihr etwa schon wieder herum? Wenn ihr fertig seid, könnt ihr uns gern noch unter die Arme greifen. Irgendwer muss die Zwiebeln schneiden. Ich hab sowieso schon Heuschnupfen, und Lia ist da auch zu sensibel.«

Ich winke ab. »Jaja! Wir kommen.«

Nie hätte ich angenommen, dass es auf Wolke sieben so großartig sein würde. Was nicht heißt, ich hätte verdrängt, dass Vincent trans* ist. Selbstverständlich nicht. Aber es ist auch nicht so, als würden meine Gedanken ständig darum kreisen oder als wäre das ein Problem für mich. Die meiste Zeit denke ich einfach kaum daran. Oft fällt es mir nur wieder ein, wenn ihm jemand dumm kommt oder ihn misgendert, mit seinem Deadname anspricht oder wir gemeinsam auf die Damentoilette gehen, weil es ihm zu unsicher ist, sich in die Herrentoilette zu wagen. An meinen Gefühlen für ihn ändern diese Dinge oder sein Körper aber nichts, auch wenn das die meisten Leute nicht zu verstehen scheinen.

KAPITEL 39
VINCENT

»Bist du so weit?«, frage ich durch Traceys geschlossene Zimmertür. Sie wollte sich nur kurz umziehen, und ich werfe mit steigender Nervosität einen Blick auf die Uhrenanzeige an meinem Smartphone. Elle sollte jeden Augenblick hier sein, um mir Yuno, die Geigenfeige, vorbeizubringen.

Nach einem Geistesblitz bin ich zu dem Schluss gekommen, dass die Pflanze sich ziemlich gut als nachträgliche Geburtstagsüberraschung anbietet, weil wir sie zusammen getauft haben. So etwas verbindet, und Tracey schien sie zu mögen. Außerdem hat sie keine einzige Pflanze in ihren vier Wänden! Das muss ich natürlich unbedingt ändern.

»Komm doch rein«, bittet sie mich, worauf ich die Klinke herunterdrücke und den Kopf ins Zimmer stecke.

»Wie gesagt, meinetwegen hättest du gar nicht erst rausgehen müssen«, fügt sie von ihrem Schminktisch aus hinzu.

Sie trägt jetzt ein dunkelrotes Crop-Top, eine schwarze Röhren-jeans und weiße Sneaker. Mein Mund wird trocken, denn sie sieht unfassbar heiß aus. Wie kann sie mich nur immer wieder derart vom Hocker hauen?

Ich schüttele den Kopf. »Und riskieren, dass ich augenblicklich über dich herfalle, wo doch deine Gäste jeden Moment hier sein werden?«, versuche ich gespielt lässig, von meiner Verklemmtheit abzulenken.

Sie wirft mir einen prüfenden Blick zu. »Das war ein Scherz, oder?«, hakt sie dann nach, bevor sie mit routinierten Handgriffen ihr Make-up aufträgt: Foundation, Puder, Lidschatten, Eyeliner, Mas-cara, Lippenstift.

»Ja«, erwidere ich nach einer Pause.

Dachte sie wirklich, ich wäre in der Lage, einen ernst gemeinten sexy Talk anzuschlagen? Ich, der nicht mal in ihrem Zimmer bleiben wollte, als sie sich umgezogen hat?

Tracey macht einen Kussmund im Spiegel. »Eigentlich schade. Die Vorstellung, du könntest über mich herfallen, gefällt mir.«

Das verschlägt mir die Sprache, und ich versuche, mir *nicht* auszu-malen, wie sie sich das ausgemalt hat. Insgeheim würde ich gern über sie herfallen … Ich müsste nur den Mut dazu aufbringen.

Da vibriert dankenswerterweise mein Handy. Elle ist endlich da.

Ich räuspere mich. »Ich hab noch ein Geschenk für dich. Meine Schwester ist gerade angekommen, sie hat es dabei.«

Mit einem Strahlen springt Tracey auf. Sie verteilt noch etwas Highlighter auf Wangenknochen und Augenlidern, dann dreht sie sich zu mir um. »So! Na dann, worauf warten wir?«

Ohne dass ich etwas dagegen sagen kann, begleitet sie mich nach unten, weil sie Elle zum Bleiben einladen möchte. »Natürlich nur, wenn sie mag und es für dich auch okay ist«, ergänzt sie im Treppenhaus.

Wie so oft überrumpelt mich Tracey mit ihrer Idee auf positive Weise. »Ja, wieso nicht?«

Ich habe tatsächlich nichts einzuwenden. Meiner Schwester ist es sogar gelungen, sich mir gegenüber während der ganzen letzten Woche nicht zu versprechen. Sie hat mich heute früh stolz darauf hingewiesen, als wir uns noch einmal wegen Yuno abgesprochen hatten. Außerdem kommen auch Beatrice und ihr Freund zur Party, wobei Tracey mir versichert hat, sie hätte ihrer Kommilitonin noch mal die Leviten gelesen, weshalb ich mir keine Sorgen machen solle, bloßgestellt zu werden. Nein, mir bereitet nur die Anwesenheit eines Gastes leichte Magenschmerzen – die von Traceys bestem Freund Justus, mit dem sie gestern Nachmittag in der Buchhandlung gesprochen hat.

Kaum sind wir auf den Bürgersteig getreten, stößt Tracey bei Yunos Anblick einen quietschenden Laut aus, der mich in null Komma nichts aus meinen Gedanken reißt.

»Yuno? Echt?«

Elle hat unser Pflanzenkind neben sich abgestellt, und es sieht aus, als hätte die Geigenfeige die erneute Fahrt in der U-Bahn heil überstanden.

Kurz schaut Tracey zwischen Elle, mir und der Pflanze hin und her, ehe sie mir um den Hals fällt, sodass mir alle Luft aus den Lungen weicht. Schlichte überschwängliche Freude, wie ich sie so an ihr liebe.

»Danke, danke, danke!«

In mir wird alles warm und weich und schmilzt dahin. Wie kann man sich so sehr darüber freuen, jemandem eine Freude gemacht zu haben? Ein paar Sekunden wiegen wir uns hin und her, wodurch Elle wieder in mein Blickfeld gerät. Sie wirkt hingerissen, bevor sie ein leises Hüsteln ausstößt.

Tracey lässt mich schlagartig los. »Sorry!«, sagt sie, begrüßt meine Schwester und nimmt ihre Glückwünsche entgegen. »Wenn du Lust hast, kannst du gern bleiben«, schlägt sie dann vor.

Meine Schwester, die keine Party ausschlagen kann und immer top gestylt das Haus verlässt, wie ihr verspielter Half Bun und die Paperbag Shorts mit der akkuraten Bügelfalte beweisen, ist sofort dabei.

Wir haben gerade einen passenden Platz für Yuno in Traceys Zimmer gefunden, als es das erste Mal klingelt. Danach füllt sich die Wohnung rasch mit Menschen. Penelope, die immer noch ihre legere Latzhose anhat, sorgt für Musik, die sich unter die Gespräche und das durch die Wohnung wehende Lachen legt. Lia dagegen ist nach der Zubereitung des Essens in einen geblümten Rock geschlüpft, zu dem sie ein türkises Oberteil kombiniert hat. Irgendwann höre ich sie nuscheln: »Das wird ein langer Abend. Ich habe jetzt schon das Gefühl einer Reizüberflutung.« Daraufhin verduften sie und Drew, der mittlerweile ebenfalls dazugestoßen ist, in die Küche, wo es etwas ruhiger zugeht. Tracey quatscht unterdessen mit einer Bekannten aus dem Fitnessstudio, deren Name mir leider entfallen ist. Ich bin froh, dass ich die meisten Anwesenden kenne oder zumindest schon mal getroffen habe. Auch wenn Tracey nicht mit allen super eng befreundet ist, möchte ich keinen schlechten Eindruck hinterlassen.

Elle bleibt zum Glück bei mir, statt sich unter die Gäste zu mischen. Auch wenn ich mich seit der Schule besser integrieren kann, werde ich wohl nie jemand sein, der locker Kontakte knüpft oder auf andere Menschen zugeht. Sobald sie ihre Blätterteigtasche aufgegessen und sich den Mund mit einer Serviette abgetupft hat, sagt sie plötzlich: »Okay, Vincent. Ich fasse es nicht, wie gut ihr zusammenpasst! Tracey und du, meine ich. Wenn ich ehrlich bin, konnte ich mir das zuerst nicht richtig vorstellen, aber wow.«

Ich begnüge mich mit einem knappen »Danke«, weil nur Elle es schafft, etwas Nettes irgendwie doch nicht nett klingen zu lassen. Sie ist echt eine Nummer für sich.

Im nächsten Moment ziehen sowieso zwei weitere Neuankömmlinge meine Aufmerksamkeit auf sich. Bei der etwas mürrisch wirkenden jungen Frau mit den eisblonden Haaren handelt es sich, wie ich ein paar Wortfetzen entnehme, um Traceys dritte Mitbewohnerin Ina, die jetzt erst dazugekommen ist. Der große schmale, schick gekleidete Typ, den sie offenbar mit nach oben genommen hat und in dessen Begleitung ich Tracey im März beim *Spring Awakening* zum ersten Mal gesehen habe, ist dann wohl –

»Justus!« Als Tracey ihn bemerkt, entschuldigt sie sich sofort bei ihrer Gesprächspartnerin und eilt zu ihm. Sie umarmt ihn kurz und fest, wofür sie sich auf die Zehenspitzen stellen muss. Mir wird ein wenig unwohl, und ich gebe es auf, an meiner Bruschetta zu knabbern.

»Ich freue mich wirklich, dass du trotz allem gekommen bist«, höre ich Tracey sagen.

»Selbstverständlich.« Justus lächelt Tracey an, wobei die runden Brillengläser seine Wangen berühren. »Ich weiß doch, wie viel dir das bedeutet. Und es ist dein Geburtstag!«

Sie streicht eine Haarsträhne hinter ihr Ohr und schaut etwas betreten. »Du bist echt der Beste.«

Elle stößt mir ihren Ellbogen in die Seite, sodass ich fast den Teller fallen lasse. »Konkurrenz?«

»Nicht so laut!«

Wenn wir die beiden trotz der Geräuschkulisse hören können, müssten sie uns auch verstehen, sowie sie mitbekommen, dass wir über sie sprechen. So groß ist das Wohnzimmer ja nicht. Ich reibe mir die getroffene Stelle.

»Kein Grund zur Sorge. Das ist Traceys bester Freund Justus.«

Wen versuche ich damit zu überzeugen? Meine Schwester oder mich?

Elle schürzt die Lippen.

»Sie steht nicht auf ihn.«

Nur er auf sie …

Dennoch hätte ich nie von Tracey verlangt, auf Abstand von Justus zu gehen, wenn sie es nicht von sich aus wollte. Ich sollte dieses ungute Gefühl abschalten. Immerhin hat sie sich für mich entschieden, und das sicher nicht aus einer Laune heraus. Ich lobe mich für diese vernunftgeleitete Analyse der Situation.

»Falls ihr euch doch mal prügeln solltet«, sagt meine Schwester, »rechne nur nicht damit, dass ich dir zu Hilfe eile. Dieser Justus ist ja schon kein unattraktiver Kandidat.«

Ich verdrehe die Augen. »Elena! Solltest du als meine Schwester nicht trotzdem auf meiner Seite stehen? Mal abgesehen davon, dass sich hier niemand prügelt.«

Hoffe ich jedenfalls.

Schließlich habe ich keine Ahnung, wie man das macht. Wie ich auch von einer Menge anderer Dinge nichts weiß. Und leider verabschiedet sich jetzt auch meine Vernunft, die rasant steigender Panik weicht. Das fängt schon damit an, wie ich meine Klamotten ausziehe. Erst vor Kurzem ist mir aufgefallen, dass Männer und Frauen auch dabei unterschiedliche Methoden anwenden. Was, wenn Tracey irgendwann weitergehen will? Und das wird sie, wenn ich an ihre Aussage von eben denke. Wenn ich dann nicht darauf eingehe, wird sie vielleicht nach und nach etwas vermissen, und wie bei Hunter könnte ihre Geduld ein Ende finden. Sie könnte es deutlich unkomplizierter haben ...

O ja, ich bin tiefenentspannt!

Andererseits frage ich mich, was gegen körperliche Nähe spricht, nur weil ich trans* bin. Wieso sollten wir nicht miteinander schlafen können, wenn wir es beide wollen? Ist ein erstes Mal nicht immer irgendwie aufregend?

Zu meinem Schrecken steuern Tracey und Justus als Nächstes geradewegs auf Elle und mich zu. Es folgt eine verkrampfte Vorstellungsrunde, deren einziger Lichtblick es ist, dass ich sie danach abhaken kann. Gott sei Dank gesellt Justus sich im Anschluss zu Lia und Drew, die nach wie vor nicht ins Wohnzimmer zurückgekehrt sind. Elle gönnt Tracey und mir ebenfalls etwas Privatsphäre und stürzt sich stattdessen auf Penelope, um sich bei ihr für das Essen einzuschleimen.

»Amüsierst du dich?«, erkundigt Tracey sich bei mir.

»Ja! Total!«, antworte ich sofort, weil ich ihr garantiert nicht die Stimmung verderben möchte. »Und du? Bist du bisher zufrieden, wie alles läuft?«

Sie verschränkt die Arme vor der Brust und wiegt einen Moment den Kopf hin und her. »Ich denke schon. Ich bin einfach richtig froh und dankbar, dass ich hier Menschen gefunden habe, die ich nach den Erfahrungen, die ich in NYC machen musste, meine Freunde nennen darf.«

Voller Mitgefühl nehme ich ihre Hand behutsam in meine. »Das kann ich mir denken.«

»Weißt du, ich hätte ewig nicht gedacht, dass ich nach Samanthas Tod je wieder so glücklich sein könnte. Klar würde ich mir wünschen, dass sie jetzt hier wäre. Aber irgendwie scheint sich alles zum Guten zu wenden.«

»Das ist doch toll!«

Sie beißt sich auf die Unterlippe. »Was ich damit sagen möchte – und ich weiß, das ist eine völlig andere Sache –, ich glaube trotzdem fest daran, dass sich die Dinge auch bei dir finden werden.«

Ich spüre, wie ich rot werde. »Danke. Wir werden sehen.«

»Und jetzt wird nicht mehr Trübsal geblasen, okay?«

»Mach ich doch gar nicht!«

Sie wirft mir einen vielsagenden Blick zu, bevor sie mich küsst, zärtlich und leise. Dem habe ich nichts entgegenzusetzen.

Logischerweise hätte ich am liebsten die Zweisamkeit mit Tracey genossen. Außerdem kann ich nicht verhindern, zumindest ab und zu an *meine* Freunde zu denken, mit denen ich nun fast drei Wochen kaum gesprochen habe. Doch schließlich gelingt es mir, noch ein bisschen Spaß zu haben. Die lästigen Gedanken werden leiser und drehen sich nicht mehr ständig um den Vergleich mit den anderen Anwesenden, um das Einordnen zwischen Männern und Frauen und das Überprüfen meiner eigenen maskulinen Wirkung.

Lia und ich finden heraus, dass wir einen gemeinsamen Lieblingsfilm haben: *Kill Your Darlings*, der in den Vierzigerjahren spielt und in dem es um die ersten Schriftsteller der Beat-Generation sowie einen ebenso realen Mordfall geht. Auch mit Justus verstehe ich mich im Grunde nicht schlecht. Es ist spannend, seine Faszination für das neunzehnte Jahrhundert zu sehen und sich mit ihm darüber auszutauschen. Selbst das Bier schmeckt nach der dritten Flasche nur noch halb so übel. Während des Trinkspiels später am Abend lümmelt Tracey dann die ganze Zeit auf meinem Schoß, einen Arm um mich gelegt und ihre Lippen nie weit entfernt von meinen. Es ist fantastisch. Trotzdem bin ich froh, nicht irgendwann so betrunken zu sein, dass ich ohne Hemmungen irgendwelche Lieder mitschmettere, wie Elle und Penelope es tun, obwohl mich der Countrysong *No No Never* noch eine Weile begleitet.

Als meine Schwester und ich uns schließlich verabschieden, sind fast alle übrigen Gäste bereits gegangen beziehungsweise wie Lia, Drew und Ina auf ihre Zimmer verschwunden. Es ist vier Uhr morgens, und ich kann nicht abstreiten, dass die letzten Stunden ziemlich cool waren. Abgesehen von Tracey, die ein bisschen beschwipst und ungewohnt anhänglich ist, was sie aber umso niedlicher wirken lässt, ist Penelope die Letzte. Sie schäkert nach wie vor mit Elle herum. Da haben sich zwei gefunden. Leider fühle ich mich noch nicht bereit, mit Tracey in einem Bett zu schlafen oder vor ihr ohne Brustbinder herumzulaufen, auch wenn es mir schwerfällt, mich zu verabschieden. Deshalb weiß ich es umso mehr zu schätzen, dass ich am Ende nicht allein, sondern mit Elle im Taxi lande.

KAPITEL 40
TRACEY

»Ich dachte schon, du würdest dich gehen lassen«, begrüßt Penelope mich, als wir uns am Sonntag nach meiner Party morgens zum Joggen in der Diele treffen.

Ich schnüre meine Laufschuhe zu und setze eine schwer beleidigte Miene auf. »Wo denkst du hin?«

»Na ja, jetzt, wo du in festen Händen bist ... Meinst du, du kannst überhaupt noch mit mir mithalten?«

Bevor ich sie zu packen bekomme, ist sie zur Tür hinausgeprescht, sodass mir keine andere Wahl bleibt, als ihr mit einem »Na warte!« hinterherzujagen.

Wie es aussieht, will sie mich heute ganz besonders fordern. Kann sie haben!

Mein Ehrgeiz ist geweckt. Sobald ich Penelope vor dem Haus eingeholt habe, verfallen wir in einen gleichmäßigen Trab und schlagen unsere Standardrunde ein.

»Sag mal«, fragt sie, als wir bereits ein Weilchen unterwegs sind, »könntest du Vincent mal nach Elles Handynummer fragen?«

Wir laufen an einer kargen, von Stacheldraht gekrönten Betonwand vorbei, die dringend einer Verschönerung bedarf und die ich mir für unseren nächsten Anschlag merke.

Ich schüttele den Gedanken ab und rekapituliere Penelopes Worte. »Klar! Kann ich machen.« Zwei Sekunden verstreichen. »Wieso hast du sie denn nicht selbst gefragt?« Eine weitere Sekunde und mir kommt eine Vermutung. »Oh, du meinst …« Ich verhaspele mich. »Nein, hoffst … Ich glaube nicht, dass Elle … Sie hat einen Freund.« Oder habe ich Penelope falsch verstanden und zu viel in ihre Bitte hineininterpretiert? »Sorry, ich …«

Zum Glück wirkt Penelope eher belustigt über meinen betretenen Gesichtsausdruck. »Ja, ich bin lesbisch. Der Regenbogenteppich in unserer Diele war so gesehen schon irgendwie eine versteckte Botschaft. Sonst wird eben nur eine Freundschaft draus.«

»Ja«, ist alles, was ich hervorbringe. Eher, weil mich ihre Unbekümmertheit überrumpelt, mit der sie so unversehens darüber spricht, als dass mich ihre Offenbarung umhaut.

»Alles klar?« Penelope beäugt mich von der Seite. »Ich dachte, wo du doch jetzt mit einem trans* Mann zusammen bist …«

»… könntest du dich mir anvertrauen?«, schlussfolgere ich, ohne recht zu wissen, wie ich darüber denken soll.

»So in etwa.«

Was wird Vincent sagen, wenn er erfährt, dass Penelope Bescheid weiß?

»Ich meine …«, suche ich nach Worten, »danke, echt, für dein Vertrauen. Aber …«

Penelope unterbricht mich. »Ich war auch mal mit einem zusammen. Also bevor er sich als trans* geoutet hat. Danach haben wir uns getrennt, weil ich nun einmal Frauen liebe. Ich freue mich jedenfalls immer, wenn ich Leute treffe, die Teil der LGBTQIAP+-Community sind oder einen Bezug zu ihr haben.«

Okay, das sind interessante Neuigkeiten. Plötzlich bin ich noch viel aufgewühlter und erhöhe unwillkürlich mein Tempo, sodass Penelope sich mir anpassen muss. Die vertrauten Straßenzüge fliegen nur so an uns vorbei. Bis zu diesem Augenblick war mir gar nicht bewusst, dass ich das Bedürfnis verspüre, mal mit anderen Menschen vernünftig über Transidentität zu reden. Wie auch? Ich wollte Vincent ja vor niemandem gegen seinen Willen outen, weshalb Lia beispielsweise nicht infrage gekommen war. Sie hatte unserer Beziehung lediglich ihren Segen ausgesprochen, ohne dass ich das Thema je zur Sprache gebracht hätte. Nur bedeutet mein Redebedürfnis, dass das Ganze für mich doch irgendwie ein Problem darstellt? Aber wahrscheinlich ist es normal, sich austauschen zu wollen, denn teilweise mache ich mir durchaus andere Gedanken, als wenn Vincent cis wäre, oder?

»Für meinen Freund ist das alles noch neu«, räume ich zögerlich ein. »Genau wie für mich.«

»Macht ja nichts.« Penelope streicht sich eine verschwitzte Haarsträhne aus dem Gesicht, die sich aus ihrem Zopf gelöst hat. »Ich kann euch nur empfehlen, Menschen kennenzulernen, die ähnliche Erfahrungen gemacht haben wie ihr. Mir hat das sehr geholfen. Vorher war mein Umfeld einfach so … nun, allo-, cis- und heteronormativ. Das soll jetzt keine Beleidigung sein! Meine Familie ist da aber leider auch etwas schwierig. Das war der eigentliche Grund, aus dem ich Ostern nicht zu Hause gewesen bin, weniger wegen des Geldes. Man wollte mich dort nicht sehen.«

»Oh, das tut mir leid«, sage ich unwillkürlich, »wie beschissen.« Rasch ergänze ich mit einer beschwichtigenden Handbewegung: »Und ich bin natürlich nicht beleidigt. Ich kann verstehen, worauf du hinauswillst.«

Ein Adrenalinstoß durchfährt mich.

Ob es Vincent guttun würde, mit anderen trans* Menschen in Kontakt zu treten? Ich werde mich gleich mal nach Möglichkeiten dafür umschauen, damit ich es ihm später, wenn wir uns sehen, direkt vorschlagen kann. Ich muss es ihm nur besser verkaufen als die Antidiskriminierungsstelle. Das hat ja eher semigut funktioniert.

»Danke für deinen Rat!«

»Gerne. Wenn du dich wegen irgendwas austauschen willst, immer raus mit der Sprache!« Penelope unterbricht sich, bis wir es die Anhöhe hinaufgeschafft haben. »Aber jetzt lass uns mal an einer neuen Bestzeit arbeiten.«

Gehorsam gebe ich Gas und versuche, für eine Weile den Kopf auszuschalten, bevor nachher auch noch eine Menge Lernstoff auf mich wartet.

Obwohl ich zuerst nach queeren Treffs recherchiere und in der Regel kein Problem damit habe zu büffeln, zieht sich die Zeit gefühlt endlos in die Länge, bis ich die Bücher zuschlagen darf. Vincent und ich hielten es beide für sinnvoll, uns mal ein Weilchen ausschließlich auf das Lernen zu konzentrieren statt aufeinander. In Windeseile schäle ich mich schließlich aus meinen Gammelklamotten und wähle trotz des geplanten Ninja-Einsatzes zumindest ein eng anliegendes,

weißes T-Shirt mit einem LOVE-Schriftzug aus Pailletten, das fabelhaft mit meiner Jeans harmoniert, bevor ich mit einer Sweatshirtjacke über dem Arm das Haus verlasse und mich auf den Weg zum
Magic of Flowers mache. Dort wollen wir ein paar Blumensträuße
binden, um sie danach in der Nachbarschaft zu verteilen. Gestern
Abend sind wir bereits umhergezogen, um die restlichen Samenbomben auszuwerfen. Obwohl ich wusste, dass wir uns heute
wiedertreffen, hätte ich mir wie nach meiner Feier insgeheim gewünscht, dass Vincent bei mir übernachtet oder ich noch mit zu ihm
gehen könnte.

Er ist bereits da, als ich am Blumenladen ankomme, und lässt mich
auf das Friedhofsgelände.

»Bist du schon lange hier?«, frage ich.

Er zuckt die Schultern. »Ich konnte mich nicht mehr aufs Lernen
konzentrieren.«

»Ich auch nicht. Du hättest mir Bescheid sagen können!«, erwidere ich gespielt vorwurfsvoll.

Er zieht die Ladentür hinter uns zu und schneidet eine entschul-
digende Grimasse. »Ich hab die ganze Zeit mit mir gerungen, ob ich
von mir aus noch mal auf Gwen und Ramona zugehen sollte. Immerhin ist jetzt schon Mai, und mein Outing war am elften April!«

»Na ja …« Ich überlege. »Ein bisschen würde ich noch warten.«

Der Nachthimmel, in den ich durch den Wintergarten blicke,
ist heute so klar, dass ich fast damit rechne, eine Sternschnuppe zu
sehen – oder einen der unzähligen Pflanzenkübel umzurennen, weil
ich die ganze Zeit den Kopf in den Nacken gelegt habe. Ich richte
meinen Blick wieder nach vorn beziehungsweise auf Vincent und
beschließe kurzerhand, ihm am besten gleich von Penelope und der

trans* Selbsthilfegruppe zu erzählen, auf die ich bei meinen Nachforschungen gestoßen bin.

»Übrigens«, füge ich versöhnlicher hinzu, »da du mich nicht sofort sehen wolltest, hatte ich noch Zeit, mich mit einer Sache zu beschäftigen, über die ich gern mit dir reden möchte.« Er muss ja nicht wissen, dass ich die Recherche sogar für so wichtig hielt, dass ich sie dem Lernen vorangestellt habe. Das verschreckt ihn womöglich nur.

Vincent runzelt die Stirn, und wir setzen uns nebeneinander an den Holztisch, auf dem er bereits verschiedene Blumen inklusive dekorativem Beiwerk ausgebreitet hat. Davon lasse ich mich jetzt jedoch nicht ablenken.

»Worum geht's denn?« Er wirkt nicht, als wollte er es wirklich wissen, sondern eher, als hätte er Angst vor dem, was ihn erwartet. Seine Hände sind zu Fäusten geballt.

Ich öffne sie sanft, und statt ihn länger auf die Folter zu spannen, komme ich gleich zum Punkt. »Ich habe im Internet eine Selbsthilfegruppe für transidente Menschen entdeckt, von der ich dachte, dass du sie dir mal anschauen könntest.«

Trotz oder gerade wegen seines Schweigens erkenne ich, dass sich seine Begeisterung in Grenzen hält.

»Was hältst du davon?«, hake ich schließlich nach. »Ich will damit keinesfalls den Eindruck erwecken, dass ich denke, du würdest nicht allein klarkommen! Aber möglicherweise bringt dich das weiter, weil es bestimmt etwas anderes ist, wenn jemand wirklich versteht, was du durchmachst. Vincent?«

Er schaut etwas angestrengt zur Seite. »Ich überleg's mir, ja?«

»Ich will dich zu nichts zwingen«, betone ich. »Es ist mir wichtig, dass du dir darüber im Klaren bist.«

»Das bin ich«, sagt er rau. Seine Kiefer mahlen. »Ich wollte nur einfach nie so sein.«

»So?« Es tut mir richtig weh, das zu hören. »Das klingt, als würdest du es bereuen, trans* zu sein.«

Er holt tief Luft. »Vieles wäre einfach leichter, wenn ich als cis Mann geboren worden wäre oder als Frau glücklich werden könnte. Wenn ich zu so einer Gruppe gehe, ist das ein bisschen wie ein erneutes Eingeständnis, dass dieses leichtere Leben keine Option für mich ist. Dabei kann ich natürlich trotzdem ein gutes Leben haben. Und Hilfe anzunehmen ist keine Schwäche, das ist mir schon klar.«

»Und sowieso bist du super, wie du bist.«

Ein schiefes Lächeln schleicht sich in Vincents Mundwinkel. »Du bist süß.«

»Selber.«

»Wann war noch mal der nächste Termin?«

»Mittwochabend. Nicht weit entfernt vom Hauptcampus der University of London. Ich kann dir die Adresse raussuchen.«

»Cool.«

»Sei nicht so sarkastisch!«

Er macht eine übertriebene Geste zum Tisch hin. »Wir sollten uns jetzt wirklich den Sträußen widmen.«

Ich gebe nach und betrachte das Schnittgrün – Blätter, Farne und Gräser – und die prächtigen Blüten nun genauer. Ich könnte wahrscheinlich nicht mal der Hälfte der Blumenarten einen Namen zuordnen und bin umso gerührter von der Mühe, die Vincent sich wieder einmal für mich gegeben hat. Die Pfingstrosen springen mir allerdings sofort ins Auge. Der liebliche Duft, der mir in die Nase steigt, und die bunte Vielfalt vertreiben die Schwermut, die mich eben erst erfasst hat. Und nicht nur mir scheint es so zu gehen. Auch Vincent wirkt deutlich entspannter, als ich wieder zu ihm sehe. Seine Züge leuchten von innen heraus, während er nach einer Margerite greift und sie zwischen den Fingern hin und her dreht.

»Crashkurs zur Farbenlehre als Einstieg gefällig?«, fragt er und funkelt mich deutlich selbstsicherer an als noch vor einer Minute. »Das ist noch mal was anderes als bei Kleidungsstücken.«

Ich nicke artig und beuge mich vor, um mir die Abbildung des sogenannten Farbkreises, die er auf seinem Handy aufruft, genau anzuschauen. Im Groben erinnere ich mich zwar aus dem Kunstunterricht in der Schule daran, aber Vincents Erläuterungen zu lauschen, macht logischerweise mehr Spaß.

»Die Farbe ist eines der Hauptkriterien bei der Auswahl der Blumen. Im Grunde kannst du dich bei der Kombination einfach an ihrer Anordnung im Kreis orientieren. Dabei stehen dir wiederum vier Möglichkeiten zur Auswahl. Variante eins: Ton in Ton. Sehr harmonisch.«

Er schnappt sich ein paar »Inkalilien« mit trichterartigen Köpfen, rundlichere »Chrysanthemen« und rautenhaft anmutende »Goldruten«, alle in verschiedenen Nuancen desselben warmen Gelbtons.

»Du greifst auf die Farben einer Gruppe zurück und bringst vor allem durch die Blütenformen etwas mehr Lebhaftigkeit hinein.«

Ebenso flink ergänzt er das Arrangement um hellgrüne Gräser und ein paar weiße Blüten. »Das ist Schleierkraut«, erklärt er mir. »Weiß gilt als neutrale Farbe, um das Ganze optisch noch etwas aufzuwerten. Man sollte aber nicht zu viel davon nehmen, sonst wirkt es am Ende unruhig.«

Ich bin schwer beeindruckt, denn der Strauß sieht schon jetzt irre hübsch aus, obwohl Vincent die Blumen noch nicht mal zusammengebunden hat. Und ich bin sicher, dass man dabei weitere Techniken beachten muss.

»Variante zwei: Farbverläufe.« Er legt den begonnenen Strauß beiseite. »Dafür wählst du Farbgruppen, die im Farbkreis nebeneinanderliegen.«

Nun kommen rote Rosen, lila Löwenmäulchen und blaue Schmucklilien zum Einsatz. Dieses Bouquet rundet er mit ein paar Eukalyptuszweigen ab.

»Dreiklänge sind ebenfalls ziemlich beliebt. Dazu nimmst du Farben, die sich in einem Abstand von etwa einhundertzwanzig Grad auf dem Kreis zueinander befinden. Das ist beispielsweise bei orangen und violetten Tulpen der Fall. Grün findet sich dann im Beiwerk wieder. Und zuletzt hätten wir noch die Kontraste, die entstehen, wenn man Komplementärfarben kombiniert, die sich im Kreis gegenüberliegen. Wobei sich genauso gut ein Gegensatz zwischen warmen und kalten oder dunklen und hellen Tönen anbietet. Willst du das mal ausprobieren?«

Das lasse ich mir nicht zweimal sagen. Augenblicklich greife ich nach den Pfingstrosen in einem dunklen Rosa und ein paar gelben Nelken. Meine und Samanthas Lieblingsblumen miteinander vereint.

»Nicht schlecht«, bewertet Vincent meine Kreation. Garantiert ist ihm der Grund für meine Auswahl nicht entgangen, und ich strecke ihm die Zunge raus. Er hilft mir, noch das passende Schnittgrün herauszusuchen, und erlaubt mir dann, »mich vollends auszutoben«.

Ich denke an seine so detailverliebten Ausführungen im botanischen Garten und kneife kritisch die Augen zusammen. »Wie sehr musst du dich zurückhalten, um mir jetzt nicht noch mehr Hinweise zu geben?«

»Du bist ein Naturtalent«, schmeichelt er mir augenzwinkernd, nur um mich dann doch noch weiter zu belehren. Wusste ich's doch.

»Was die Stimmung betrifft, solltest du vielleicht im Hinterkopf behalten, dass zarte Farbtöne ruhig und verträumt, lieblich und romantisch erscheinen, knallige dagegen fröhlich, verspielt oder leidenschaftlich. Eine festliche oder edle Wirkung ist für unser Vorhaben eher nebensächlich, würde ich sagen?«

Ich nicke und bleibe vorerst bei den Pastellfarben, weil die meine aktuelle Gemütslage perfekt einfangen. Und Vincent lässt mir wirklich freie Hand. Nur wenn bestimmte Blüten- oder Blattformen gar nicht zusammenpassen, weist er mich darauf hin, was jedes Mal in einer kleinen Kabbelei ausartet. Schließlich zeigt er mir, wie man die Blumen zusammenbindet. Um meine Handgriffe besser zu koordinieren, tritt er hinter mich und beschert mir damit heftiges Herzklopfen. Kribbeln inklusive! Ich stelle mich sogar absichtlich etwas ungeschickt an, damit ich seine Nähe und seine Berührungen noch länger genießen darf, denn dabei ist er ausnahmsweise mal kein bisschen schüchtern.

Nach dem Binden sind wir beide mit mehreren Sträußen beladen und halten in einem Teil der Bower Siedlung, in der wir bislang noch nicht waren, nach Laternen und Zaunpfählen Ausschau, an denen wir diese mit Blumendraht befestigen können. Ich bin die ganze Zeit total hibbelig, und das nicht, weil wir theoretisch etwas Illegales anstellen. Das wird morgen wunderschön aussehen und hoffentlich vielen Passanten ein Lächeln ins Gesicht zaubern! Ich zumindest lächele allein bei der Vorstellung – und wegen der Gewissheit, dass Samantha das ebenfalls genial gefunden hätte. Abgesehen davon genieße ich die Stille in den sonst so trubeligen Straßen, weil sie Raum für Gedanken und Gefühle lässt, vor denen ich mich nun nicht mehr zu fürchten brauche. Endlich kann ich mich wieder an meine beste Freundin erinnern, ohne von Bitterkeit und Trauer überflutet zu werden, sondern mich vor allem an dem erfreuen, was wir einmal hatten. Ich bin dankbar für all die Jahre, die sie an meiner Seite war, denn nun weiß ich, dass sie immer ein Teil von mir bleiben wird.

Als nur noch zwei kleinere Blumensträuße übrig sind — einer mit strahlend gelben, weißen und kaiserblauen Blüten, der andere in cremefarbenen Tönen —, biegt hinter uns ein Polizeiauto um die Ecke, das ich allerdings erst als solches registriere, als es auf unserer Höhe die Fahrtgeschwindigkeit drosselt.

»Oh, verdammt!«, zische ich.

Da wird auch Vincent darauf aufmerksam, und seine Augen weiten sich. Stillschweigend beschließen wir, normal weiterzugehen, als wenn nichts wäre. Denn ohne Witz, die Polizisten werden nicht ernsthaft anhalten und uns zur Rede stellen, weil wir die Gegend aufhübschen? Falls sie überhaupt etwas davon mitbekommen haben.

Mein Puls rast dennoch, ich bekomme schwitzige Hände und umklammere meinen Strauß wie einen Schutzschild. Erst als das Auto weiterfährt und nicht noch mal umdreht, lache ich atemlos auf.

»Ich dachte schon, das war's jetzt.«

Vincent mustert mich zweifelnd im Schein einer Laterne. »Also weiter?«

»Klar! So schnell geben wir uns nicht geschlagen, oder?«

Er nickt schmunzelnd, und ich ziehe ihn mit mir. Seine Wärme und der vertraute Geruch nach Grünschnitt und Erde hüllen mich ein, als er seinen Arm um meine Schultern legt. Es ist unglaublich, wie geborgen ich mich bei ihm fühle.

Das wird eine dieser Nächte sein, an die ich mich mein Leben lang erinnern werde.

KAPITEL 41
VINCENT

Ich habe überhaupt keine Lust, meine Notizen über Religion und das Christentum im Mittelalter zu vervollständigen, aber in diesem Augenblick sehne ich mich zurück in den Coffeeshop, in dem Tracey und ich nach der Uni die Zeit bis zur Selbsthilfegruppe überbrückt haben. Der Karamell-Frappuccino liegt mir schwer im Magen, als ich nun vor dem Gemeindezentrum in Bloomsbury stehe und mich frage, wie zur Hölle es schon wieder Mittwoch sein kann. Von meiner *Na gut, dann kann ich immerhin behaupten, es probiert zu haben*-Einstellung ist mittlerweile nichts mehr zu spüren.

Ich zögere, obwohl ich langsam mal hineingehen sollte, wenn ich nicht zu spät kommen möchte. Die Zeit rennt mir davon, und mit jeder Sekunde scheint sich mein Herz mehr zu überschlagen. Dabei weiß ich nicht mal, wieso ich so aufgeregt bin. Wenn es furchtbar wird, bleibt das Ganze eben eine einmalige Sache.

Trotzdem möchte ich am liebsten auf dem Absatz kehrtmachen.

Vielleicht bin ich hier doch nicht richtig? Ich betrachte die im Fenster aushängenden Angebote, das regenbogenfarbene Plakat, das neben der Transgenderflagge in den typischen Farben Rosa, Hellblau und Weiß hängt. Mir ist mehr als mulmig zumute. Denn was, wenn ich nicht trans* genug bin und alle hier anders ticken? Wenn ich feststellen muss, dass ich doch nur ein »Freak« bin, wie ich es oft zu hören bekomme? Was auch immer das beides überhaupt bedeuten mag.

Um meinen guten Willen zu beweisen, trete ich ein Stück auf die Tür zu und muss gleich darauf einem Typ in Shorts und wehendem karierten Hemd ausweichen, der zielstrebig die Stufen vor dem Eingang hinaufeilt. Er hat die Tür bereits halb aufgezogen, als er sich abrupt zu mir umdreht.

»Willst du auch zur Gruppe?« Der feminine Klang seiner Stimme überrascht mich, weil er auf den ersten Blick echt kein schlechtes Passing hat.

Mist, Mist, Mist!

Ich schüttele den Kopf. »Ich hab's mir anders überlegt. Ich verschwinde besser.«

»Nein, Unsinn. Komm mit!« Er streckt mir die Hand entgegen, sodass ich nicht anders kann, als sie zu ergreifen, wenn ich nicht unhöflich sein will. »Ich bin Neil.«

»Vincent.«

»Ich versteh das«, versichert er mir. »Es ist blöd, hier allein aufzukreuzen, wenn man niemanden kennt. Nicht dass wir eine eingeschworene Truppe wären, es gibt immer mal Fluktuationen ...«

Automatisch nehme ich ihn näher in Augenschein: die dunklen Locken, das freundliche Lächeln, die etwas zu weichen Gesichtszüge.

Er ist ein bisschen größer als ich und hat ein erstaunlich breites Kreuz, das von seiner Oberweite ablenkt.

»Hast du mir gerade auf die Titten geglotzt?«

Innerhalb eines Wimpernschlags laufe ich knallrot an. »Nein!«

»War nur ein Scherz. Hab halt 'ne beschissene Ausgangslage.« Er verdreht die Augen. »Wir sollten hochgehen.«

Durch meine Verlegenheit vergesse ich, dass ich mich aus dem Staub machen wollte, und folge Neil hinein. »Natürlich.«

»Bist du schon auf Testo?«, fragt er mich.

»Nein ...«

Er grinst breit. »Willkommen im *Pre-alles*-Club!«

Wir steigen eine Treppe in den zweiten Stock hinauf, und es fasziniert mich immer mehr, wie viel mein neuer Begleiter redet.

»Ich glaube, hier checkt sowieso jeder jeden erst mal ab. In diesem Sinne: Krass, dass du noch keine Top Surgery hattest. Deine Brust ist megaflach!« Neil klopft sich auf seinen Oberkörper. »Aber in drei Monaten, Baby!« Siegessicher reckt er eine Faust in die Höhe. »Dann ist es hoffentlich so weit, und ich kriege auf jeden Fall schon mal meinen ersten Shot Hormone! Falls ich nicht mit dem Gel starten muss. Das wäre so lahm.«

Noch faszinierender als sein Redefluss ist die Selbstverständlichkeit in Neils Worten. Womöglich hatte Tracey recht. Ihm muss ich nichts erklären oder beweisen. Er begreift das alles auf einer Ebene und in einer Intensität, die cis Menschen schlicht nie erreichen werden.

»Wenn ich es mir aussuchen könnte, würde ich auch die Spritzen wählen«, pflichte ich ihm bei. »Schon allein wegen der Depotwirkung. Ich finde es viel besser, dass man die nur alle paar Wochen oder Monate kriegen muss, statt jeden Tag was aufzutragen.«

»Wobei es sicher Schöneres gibt, als bis ans Ende seines Lebens ständig eine Spritze in den Allerwertesten gerammt zu bekom—«

»Neil!«, hallt es über den Gang aus einem offen stehenden Raum, den ich als unser Ziel identifiziere. Sofort verfalle ich wieder in Panik. Ich bin ihm in die Falle gegangen, und jetzt kann ich nicht mehr umkehren …

»Bin unterwegs, Laura!«, ruft Neil zurück, der hier anscheinend so bekannt ist, dass man sogar auf ihn wartet. »Ich musste noch einen Neuen einsammeln.«

Als wir den Raum erreichen, bin ich so aus der Puste, als wäre ich einen Marathon gelaufen. Laura stellt sich mir als Leiterin der Gruppe vor und heißt mich im selben Atemzug herzlich willkommen, während ich einen verstohlenen Blick auf sechs weitere Jugendliche beziehungsweise junge Erwachsene werfe, die sich bereits in einem Stuhlkreis versammelt haben. Sie tragen Namensschilder, auf denen sie zusätzlich ihre Pronomen und gegebenenfalls ein Label wie *trans* Frau / trans* Mann*, *nicht-binär* oder *genderfluid* notiert haben. Wie mir gleich darauf klar wird, ist das nur halb so merkwürdig, wie es klingen mag, denn so muss niemand fürchten, falsch angesprochen zu werden oder jemand anderen unabsichtlich zu verletzen. Nachdem Neil und ich unsere Schilder ebenfalls ausgefüllt und uns zwei Stühle herangezogen haben, fühle ich mich schon etwas weniger nervös, weil nun nicht mehr alle Blicke auf uns oder mir ruhen.

Laura bittet um Ruhe, und die privaten Gespräche verstummen. »Dann wollen wir mal anfangen.«

Nach einer kurzen Vorstellungsrunde, bei der die meisten noch ihr Alter und etwaige bereits erreichte Meilensteine hinzufügen – wie den Zeitpunkt ihres Testosteron- oder Östrogen-Days oder OP-Daten –, erkundigt sie sich, ob es etwas Bestimmtes gibt, über das heute gesprochen werden soll oder ob jemand Neuigkeiten oder Erfahrungen teilen möchte. Letzte Woche ging es wohl überwiegend um das Thema Coming-out.

Ein Junge namens Maurice, der bereits seit zwei Jahren Testosteron nimmt, erzählt noch eine nachträgliche Anekdote, die ihm erst später wieder eingefallen ist: »Okay! Ein Kumpel von mir ist mal an meinem Handy auf ein altes Foto von mir gestoßen, also von vor meiner Transition. Er wusste bis dahin nicht, dass ich früher als Frau gelebt habe, und sagte zu mir: *Hey, wer ist das? Sie gefällt mir!* Und ich dachte mir nur, Mist, das ist jetzt irgendwie unangenehm, und wie komm ich da jetzt raus, ohne es noch unangenehmer zu machen oder zu lügen …«

»O mein Gott«, stöhnt ein Mädchen namens Jessica.

Das klingt wirklich nach einem Albtraum, aber ich halte mich mit einem Kommentar zurück. Ich muss mir erst mal ansehen, wie das hier so abläuft, und finde es deshalb sehr beruhigend, dass man sich nicht am Gespräch beteiligen muss, wenn man nicht möchte.

»Echt, und wie!«, stimmt Maurice Jessica zu. »Aber im Endeffekt habe ich meinem Kumpel dann die Wahrheit gesagt, und wir haben Tränen gelacht.«

»Das ist schön«, meint Molly, die erst fünfzehn ist. Sie spielt am Anhänger ihrer Kette. »Bei mir gibt es Neuigkeiten.« Ein Strahlen breitet sich über ihr ganzes Gesicht aus. »Meine Eltern haben eingelenkt, und ich kriege seit ein paar Tagen Pubertätsblocker. Ich bin so erleichtert, dass sich nun zumindest nichts mehr in die falsche Richtung entwickelt.«

Louis beginnt zu klatschen, die anderen fallen in seinen*ihren Applaus mit ein.

»Manchmal vergesse ich, wie jung du bist«, seufzt Neil, der mit dreiundzwanzig – und abgesehen von Laura – der Älteste in der Runde ist. Aber ich weiß, was er meint: dass dieser Zug der frühzeitigen Intervention für ihn wie für mich inzwischen abgefahren ist. Im Gegensatz zu Molly haben wir unsere erste Pubertät bereits hinter uns, deshalb können Blocker, die diese Entwicklung unterbrochen beziehungsweise gestoppt hätten, bei uns nichts mehr ausrichten. In unserem Alter sind sämtliche körperliche Veränderungen bereits eingetreten.

Auch William lässt die anderen voller Begeisterung daran teilhaben, dass er nächste Woche ein weiteres Upgrade in Sachen Bottom Surgery erhalte. Ein Eingriff, über dessen Notwendigkeit und Nutzen ich bislang kaum nachgedacht habe, weil ich die Region unterhalb meiner Gürtellinie lieber komplett auszublenden versuche. So darauf gestoßen zu werden, verunsichert mich etwas, und ich merke, wie ich unwillkürlich mit einem Bein zu wippen beginne. Andererseits könnte ich es zumindest mal probieren, mir ein Paar Socken in die Hose zu stecken. Immerhin weiß ich, dass Packing an sich für viele trans* Männer dazugehört und sie sich ohne unvollständig vorkommen würden. Möglicherweise fühlt es sich sogar gut an?

Nach William bittet Jessica uns um eine Einschätzung ihrer Stimme, für deren Feminisierung sie eine Weile intensiv trainiert hat, und so geht es weiter.

Irgendwann wird mir alles etwas zu viel, obwohl mir die entspannte Atmosphäre und der Grundgedanke eigentlich ganz gut gefallen. Trotzdem melde ich mich bis zum Ende kein einziges Mal zu Wort, da es mir in dieser Gruppe von Fremden merkwürdig vorkommt, private Dinge von mir preiszugeben. Das Gespräch mit Tracey fand damals vertraulich und unter vier Augen statt. Abgesehen davon war ich verzweifelt. Das kann man mit dieser Situation gar nicht vergleichen, und ich bin wirklich froh, dass mich niemand einzubinden versucht.

Als die neunzig Minuten vorbei sind und Laura die Runde auflöst, atme ich auf. Ich muss das alles erst mal verdauen. Unauffällig ziehe ich mich zurück, allerdings holt Neil mich im Treppenhaus ein.

»Wirst du wiederkommen?«, möchte er wissen.

»Ich weiß noch nicht«, gebe ich überrumpelt zu und umklammere die Riemen meines Rucksacks. »Es war gut, sich mal einen Eindruck zu verschaffen. Aber ob das auf Dauer was für mich ist ...«

»Du darfst das nicht als Wettkampf betrachten, auch wenn man manchmal den Eindruck gewinnen kann.«

»Du bist regelmäßig hier?«

Er nickt. »Ich find's ganz nett, mal ungehemmt über den ganzen Kram zu reden. Wobei ich mich wirklich nicht beschweren kann. Meine Eltern und mein Bruder sind echt klasse und unterstützen mich total.«

»Ich weiß, was du meinst. Aber das ist doch nicht alles, was uns ausmacht. Also trans* zu sein.« Erst als ich den Gedanken ausgesprochen habe, merke ich, wie bitter mir dieser Eindruck in den letzten anderthalb Stunden aufgestoßen ist.

Wir verlassen das Gebäude.

Neil reibt sich in formvollendeter Denkerpose über das Kinn.

»Natürlich nicht.« Er schaut mich an. »Wenn du magst, können wir ja mal was zusammen unternehmen. Ich habe ein Zwergkaninchen namens Bambi, eine Dauerkarte fürs Stadion und bin Vegetarier. Außerdem studiere ich Philosophie am King's College. Ich versichere dir, ich bin ein komplexes menschliches Wesen.«

Einen Moment lang starre ich ihn mit offenem Mund an, weil ich nicht sicher bin, ob er sich über mich lustig macht.

»Okay«, sage ich dann.

»Nice!« Er gibt mir seine Nummer, und ich rufe ihn kurz an, damit er auch meine hat. »Ich schreibe dir«, verspricht er mir in einer Mischung aus freundlich und drohend, bevor er zur Bushaltestelle marschiert.

Amüsiert sehe ich ihm hinterher. Während ich mich im Anschluss auf den Weg zur Underground Station am Russel Square mache, komme ich zu dem Schluss, dass mein Abstecher hier immerhin zu etwas nütze war – falls ich in Neil tatsächlich einen Freund finden sollte. Das wäre doch schön.

KAPITEL 42
TRACEY

»Was macht die Aufregung?«, frage ich Vincent.

Wir sitzen auf dem Teppich vor seinem Bett, um uns herum ein Sammelsurium aus Schminkutensilien, die ich zusammen mit meiner Expertise praktischerweise beisteuern konnte, um seine spärlichen Reste von früher etwas aufzustocken.

»Ich dachte, ich soll nicht reden, während du ...« Er bricht ab, als ich mit dem Klebestift an seinem Kinn entlangfahre. So überdramatisch, wie er das Gesicht verzieht, hätte ich ihm am liebsten einen Tupfer auf die Nasenspitze verpasst. Nur dass da keine Barthaare haften sollen.

»Das hab ich doch bloß gesagt, damit du nicht ständig herumjammerst«, erkläre ich halb ernst, halb im Spaß. »Die gröbere Grundierung und die kantigen Konturen sehen schon mal super aus. Glaub mir! Ich weiß genau, was ich tue.«

»Weil du ständig Leute schminkst, damit sie maskuliner wirken?«

»Logisch, ich bin Profi. Deshalb hast du mich doch engagiert.« Ich lege den Klebestift weg und greife nach dem Schälchen, in dem ich zuvor das blonde Kunsthaar für Vincents Wunschbart zerschnitten habe. Das wird eine ganz schöne Fummelarbeit mit diesen kleinteiligen Haarstückchen, dafür sollte es am Ende umso natürlicher aussehen.

»Halt still!«

Mit den Fingerspitzen trage ich die ersten Stoppeln auf, während mein Herz die Berührung, so winzig sie auch ist, zum Anlass nimmt, wie gewohnt schneller zu schlagen. Außerdem bin ich selbst gespannt auf das Ergebnis. Schon jetzt finde ich es erstaunlich, dass solche Kleinigkeiten wie seine nun weniger sanft erscheinenden Gesichtszüge doch einen deutlichen Unterschied ausmachen. Wie wird das erst, wenn die männlichen Hormone ihre Wirkung entfalten? Zum ersten Mal regt sich so etwas wie Angst in mir – vor den Veränderungen, die Vincent kaum abwarten kann. Rasch konzentriere ich mich wieder auf meine Arbeit. Ich hoffe, Vincent ist am Ende auch zufrieden und findet es nicht albern, denn ursprünglich hat mich ein just for fun Transformations-Video einer YouTuberin auf diese Idee gebracht.

»Du hast meine Frage nicht beantwortet. Der Arzttermin. In weniger als vierundzwanzig Stunden. Du erinnerst dich?«

Und mir steht das erste Vorstellungsgespräch bei einem Supermarktunternehmen für einen Praktikumsplatz im Sales Management bevor: Aufbau und Pflege von Kundenbeziehungen sowie das Entwickeln strategischer Vertriebskonzepte. Zufälligerweise wurde ich ausgerechnet für morgen dorthin eingeladen.

Die Woche, die seit Vincents Teilnahme an der Selbsthilfegruppe verstrichen ist, war dafür erstaunlich unspektakulär und eine regelrechte Erholung, worüber wir beide froh gewesen sind. Wunderbar aufregend waren nur unsere letzten Guerilla-Gardening-Anschläge, bei denen wir ein paar Blumenzwiebeln auf kahlen Verkehrsinseln verbuddelt haben, bevor es – ich zitiere – »für die Aussaat der Sommerblüher zu spät ist«. Dass Vincent heute nicht zum nächsten Treffen der Gruppe gehen wollte, habe ich vorerst so hingenommen, weil er immerhin mit Neil textet. Ich fiebere richtig mit ihm mit.

»Das juckt«, beschwert er sich. »Und was macht eigentlich *deine* Aufregung?«

Alles klar. Er will anscheinend nicht über den Arzttermin reden, was ich nach seiner Gegenfrage durchaus nachvollziehen kann. Ich habe mich zwar ordentlich vorbereitet, aber jeder Gedanke an das Bewerbungsgespräch steigert meine Nervosität nur unnötig. Ihm wird es mit seinen Gedanken genauso gehen.

»Die Stelle gehört nicht gerade zu meinen Favoriten, also ist das Gespräch zum Aufwärmen recht praktisch«, antworte ich dennoch ruhig und kontere dann: »Und was das Jucken betrifft, gewöhn dich schon mal daran.«

Vincent verzichtet auf eine weitere Parade, weicht aber unvermittelt ein Stück vor mir zurück. Die erste Schicht Bart ist fertig, und der steht ihm ziemlich gut. Holy shit!

»Tracey.«

Ich sammele mich. »Ja?«

»Du wirst das hinkriegen«, spricht er mir Mut zu.

Ich setze ein gleichmütiges Lächeln auf. »Natürlich werde ich das.«

Er runzelt kurz die Stirn. »Du musst nicht so tun, als würde dich das kaltlassen.«

Erst in diesem Moment fällt mir auf, dass ich genau das getan habe und damit in eine alte Gewohnheit verfallen bin. Erwischt!

Sofort versuche ich, mich zu rechtfertigen. »Der Besuch bei deinem Hausarzt kommt mir viel bedeutsamer vor als meine Bewerbung, zumindest diese im Speziellen.«

Daraufhin seufzt er und sieht mir ernst in die Augen. »Hör mal, du weißt doch, dass du mir deine Sorgen ebenfalls immer anvertrauen kannst. Ja, ich habe gerade viel um die Ohren. Trotzdem möchte ich für dich da sein, auch wenn mir das vielleicht nicht immer so toll gelingt, wie ich es gern hätte.«

»Aber du bist doch für mich da!«, entfährt es mir fast entsetzt. Nein, das kann ich unmöglich so stehen lassen! Wie schrecklich, dass er denkt, er gäbe mir nicht genug zurück.

Ich küsse ihn vorsichtig und mit gespitzten Lippen, um mein Werk nicht zu ruinieren. Doch Vincent lässt nicht zu, dass ich mich gleich wieder von ihm löse. Er küsst mich heftiger, und wie könnte ich ihm das verwehren, wenn er so die Initiative ergreift?

Er zieht mich zu sich, bis ich rittlings auf ihm sitze. Spätestens jetzt ist es um den Bart geschehen, der garantiert nicht mehr dort klebt, wo er kleben sollte. Die Stoppeln kratzen rau über meine Haut und elektrisieren mich zusätzlich. Ich umfasse sein Gesicht, und unsere Lippen finden zu einem weiteren Kuss zusammen. Diesmal alles andere als unschuldig. Ich koste jede Sekunde voll aus. Als seine Hände sich an meine Taille legen, wo sie unter den Saum meines T-Shirts gleiten, kann ich keinen vernünftigen Gedanken mehr fassen.

Seine Finger hinterlassen heiße Spuren auf meinem Körper und verdammt, ich will das auch – ihn von seinem Hemd befreien und seinen Gürtel aufhaken. Aber er soll auch nicht aufhören, was er sicher täte, wenn ich zu sehr vorpresche. In einer geschmeidigen Bewegung trenne ich mich von meinem Oberteil, weiß nur nicht genau, was ich als Nächstes tun soll.

Unsere Gesichter befinden sich direkt voreinander, und wir atmen beide heftig und im Einklang. Vincents graublaue Augen lassen keinen Zweifel daran, dass er sich genauso zu mir hingezogen fühlt, wie ich mich zu ihm. Doch als ich hinter mich greife, um meinen BH aufzuhaken, hält er mich auf.

»Warte.«

Das tue ich, und die Stimmung schlägt um.

»Das ist ... zu viel.«

Für den Bruchteil einer Sekunde bin ich frustriert. Und gleich darauf noch frustrierter über meine Reaktion und meinen Egoismus, weil ich eben noch behauptet habe, mir würde in unserer Beziehung nichts fehlen.

»Sorry.« Ich schäme mich dafür und stehe abrupt auf, aber Vincent hält mich fest.

»Mir tut es leid.« Er reicht mir mein T-Shirt, das ich rasch wieder anziehe. Seine Zerknirschtheit trifft mich mitten ins Herz. Ich bin ihm nicht böse wegen der Zurückweisung. Das ist es nicht, das war es nie.

»Es liegt nicht an dir«, fährt er fort.

»Ich weiß.« Das stimmt. Ich bin schließlich genauso verzweifelt, denn ich verstehe, dass es für ihn unangenehm ist, mit seinem Körper konfrontiert zu werden, den er für unzulänglich hält. Wenn ich nur irgendetwas dagegen und für ihn tun könnte!

»Du hast nichts falsch gemacht«, beteuert er. »Ich brauche nur noch etwas Zeit.«

»Schon okay.« Ich hocke mich wieder vor ihn hin.

»Ich weiß nicht, womit ich dich verdient habe.«

Ich winke ab. »Quatsch. Lass mich mal sehen, ob ich meine Arbeit noch retten kann. Ja?«

Er nickt schwach.

Ich lege eine Hand an Vincents Wange und fahre seine verwischte linke Augenbraue nach. »Ich bring das einfach wieder in Ordnung.«

Ich wünschte, ich könnte auch alles andere so einfach wie das Make-up in Ordnung bringen.

KAPITEL 43
VINCENT

Die Stunde der Wahrheit ist gekommen – oder auch der potenzielle Startschuss für alle weiteren Schritte, die ich auf dem trans* Weg gehen möchte.

Gar nicht beunruhigend.

Nein, überhaupt nicht.

Keine Ahnung, wieso ich Schweißausbrüche habe.

Der Gedanke lässt mich auch nicht los, als ich meinem Hausarzt gegenüber Platz nehme und dagegen ankämpfe, unruhig auf dem Stuhl hin und her zu rutschen. Etwas verkrampft falte ich die Hände im Schoß und nehme eine, wie ich hoffe, maskuline und selbstbewusste Haltung ein.

Dr. Martin betrachtet mich durch seine Brille, und ich stelle mir vor, was er sieht: das grau-weiß gestreifte T-Shirt, die schwarze Hose, die gelben Chucks. Obwohl ich seit dem ersten Work-out regelmäßig ein wenig trainiert habe, hat sich an meiner Statur noch nichts

Nennenswertes verändert. Im Grunde bin ich aber heute ganz zufrieden mit meiner Optik.

Vielleicht haben sogar Traceys grandiose Schminkkünste dazu beigetragen. Es fiel mir richtig schwer, das alles vor dem Schlafengehen wieder abzuwaschen. Doch der Schub aus Selbstvertrauen, den mir mein Spiegelbild verpasst hat, und die Zuversicht, dass sich die Dinge in Zukunft fügen werden, wirken nach. Dass Tracey die peinliche Kuss-Situation während des Schminkens so gelassen entschärft hat, war nur noch das Sahnehäubchen auf der Torte. Gott, ich liebe diese Frau.

Je länger der Arzt mich anschweigt, desto unsicherer werde ich. Wahrscheinlich wird er mein verändertes Auftreten seit meinem letzten Termin gleich auf wenig schmeichelhafte Weise kommentieren. Nach einem kurzen Blick in seine Unterlagen eröffnet er dann jedoch das Gespräch, als wären wir uns noch nie begegnet.

»Mr Knight, richtig?«

Ich nicke etwas zu hastig, überrascht und für den Anfang mehr als erleichtert, dass der Arzt das anscheinend problemlos hinnimmt – anders als die Sprechstundenhilfe am Telefon und die Schwester, die mich vorhin im Wartezimmer aufgerufen hat, denn beide haben es nicht hinbekommen, mich richtig anzusprechen.

»Sie sind heute hier, weil Sie mit einem weiblichen Körper geboren wurden, aber sich als Mann identifizieren und eine entsprechende Angleichung wünschen.«

»Genau.«

Mein verkrampfter Magen entspannt sich etwas.

Das Gespräch verspricht ziemlich locker zu werden.

»Gut.« Mein Gegenüber notiert etwas auf einem Notizblock.

»Dann würde ich gern einen Fragebogen mit Ihnen durchgehen, auf dessen Grundlage ich eine erste Diagnose stellen kann, um Sie an einen Spezialisten zu überweisen. Die Fragen dienen nicht dazu, um Ihre Glaubwürdigkeit zu beweisen, denn ich ziehe Ihr Fühlen nicht in Zweifel. Eine ausführliche Anamnese – sowohl physisch als auch psychisch – ist jedoch notwendig, um etwaige Kontraindikationen auszuschließen.«

»Ich verstehe.« Das ist immerhin Sinn und Zweck dieses Arztbesuches, und darauf habe ich mich eingestellt.

Dennoch bin ich nun wieder nervös, befeuchte meine Lippen mit der Zungenspitze und würde wirklich gern etwas trinken, nur zittern meine Hände zu stark. Daher lasse ich den Rucksack unangerührt neben meinen Füßen stehen.

Sei ein Mann!, mache ich mir Mut und benutze damit Neils Worte, die er mir als Motivation mitgegeben hat. Obwohl ich zuerst nicht kapiert hatte, dass er diese Bemerkung nicht auf die typische *Stell dich nicht so an!*-Weise meinte, sondern wortwörtlich.

Ist das dein Ernst?, hatte ich zurückgeschrieben, worauf er mit dem entsprechenden Emoji imaginär mit den Schultern zuckte: *Ich wollte den Spruch ja eigentlich nicht bringen, aber es stimmt doch, oder? Verstell dich nicht, mach dein Ding. Dann wird das schon.*

Das war wiederum echt witzig und wahr.

Ich bin mir nach wie vor nicht sicher, wo das mit Neil und mir hinführt. Dafür, dass wir uns erst seit sieben Tagen kennen, hatten wir bereits ziemlich viel Kontakt.

Dr. Martin beginnt damit, Informationen über meine Familie zusammenzutragen: meine Mutter, meinen Vater, meine Schwester und Großmutter, als was für Menschen ich sie beschreiben würde, mein Verhältnis zu ihnen, Konflikte, die häusliche Atmosphäre, Erziehung und Weltanschauungen. Weiter geht es mit meiner Kindheit, Schulzeit, Mobbingerfahrungen und anderen einschneidenden Erlebnissen. Etwas länger verweilen wir bei meiner psychischen Verfassung. Drogen oder Alkoholismus sind kein Thema, dafür muss ich noch einen Bogen in Sachen Depressionen ausfüllen.. Erst danach stoßen wir in den Bereich des Körpergefühls und der Sexualität vor. *Ein lockeres Gespräch* war definitiv eine zu vorschnelle Einschätzung, wobei ich mich auf keinen Fall unkooperativ präsentieren möchte. Daher blende ich jedes Verlegenheitsgefühl aus, während ich meine persönlichen Grenzen komplett ignoriere, bis es vorbei ist. Was ja irgendwann eintreten wird. Meine »Lieblingsfragen« drehen sich um Selbstbefriedigung, Hemmungen im sexuellen Bereich und um meine Menstruation – gekennzeichnet mit *nur für Frauen*, wie ich über den Tisch linsend erkenne. Der Teil zu meinem Sozialverhalten und bisherigen Partnerschaften ist dagegen fast ein Klacks, weil ich nun sowieso keinerlei Geheimnisse mehr vor Dr. Martin habe. Auf meine Transidentität im Speziellen kommen wir gegen Ende dann auch noch zu sprechen. Er fragt mich, was es für mich bedeutet, ein Mann zu sein, wann ich dieses Gefühl zum ersten Mal bemerkt habe, wie es sich entwickelt hat, wie meine bisherigen Outings abliefen und welche medizinischen Maßnahmen ich anstrebe.

Wenngleich Dr. Martin zu keinem Zeitpunkt den Eindruck erweckt, er würde mich auf irgendeine Art bewerten oder verurteilen, so fühle ich mich trotzdem von Sekunde zu Sekunde bloßgestellter. Mal abgesehen davon, ist es belastend, derart auseinandergenommen zu werden und sich mit einer ungeschönten Wahrheit nach der anderen zu konfrontieren.

Als ich nach dem Gespräch auf die Uhr sehe, kann ich kaum glauben, dass nicht mehr als eine Stunde vergangen ist. Es kommt mir vor wie Jahre. Ich fühle mich komplett erledigt und ausgelaugt und emotional verwundet. Und das war erst eines von vielen derartigen Gesprächen. In der Gender-Identity-Klinik werde ich alles erneut aufrollen müssen.

Dr. Martin verspricht, mir eine Überweisung für die Klinik auszustellen und in den nächsten Wochen ein Schreiben aufzusetzen, das mir meine Transidentität bestätigt, sodass ich damit einen neuen Personalausweis beantragen kann. Anschließend schickt er mich weiter zur Urinprobe und Blutabnahme. Nachdem ich erfahren durfte, dass ich nicht schwanger bin, kann ich die Praxis endlich verlassen. Viel länger hätte ich mich auch nicht zusammenreißen und die unbekümmerte Miene beibehalten können.

Feiner Nieselregen benetzt mein Gesicht, als ich auf die Straße trete. Der Himmel ist grau und wolkenverhangen, der Bürgersteig und die Fahrbahn schimmern vor Nässe. Ich ziehe mir meine Jacke über und kontrolliere aus Gewohnheit mein Erscheinungsbild im nächsten Schaufenster. Allerdings verzichte ich darauf, kleinere Makel an meinem Passing zu korrigieren, wie ich es sonst immer tue. Dafür fehlt mir die Energie, und letzten Endes ist es sowieso Glückssache und vom jeweiligen Betrachter abhängig, ob ich als männlich oder weiblich wahrgenommen werde. Das haben mir die vergangenen Wochen gezeigt. Kleine Details spielen keine allzu große Rolle, sondern sind eher für mich persönlich von Bedeutung.

Ich werfe einen Blick auf mein Smartphone und checke die eingegangenen Nachrichten. Sowohl Tracey und Agatha als auch Elle und Neil haben mir geschrieben und wollen mehr oder weniger auf der Stelle erfahren, wie es war: *Und????* (Agatha), *Jetzt melde dich schon!* (Elle), *Immer noch drin?* (Neil) sind eindeutige Indizien dafür. Ich tippe für jeden eine individuelle Antwort, wobei ich mich trotz der vorangegangenen Tortur beim Lächeln ertappe. Es tut gut, dass ich Menschen um mich habe, die sich ehrlich für mich interessieren und es nicht nur behaupten. Darüber hinaus freue ich mich, dass Traceys Bewerbungsgespräch offenbar recht erfolgreich war, auch wenn sie noch ein paar Tage warten muss, bis sie eine endgültige Entscheidung bekommt. Sie ist dort ebenfalls eben erst fertig geworden. Zu dumm, dass sich unsere Termine so ungünstig überschnitten haben, sonst hätte ich sie abholen können. Na gut, dann frage ich sie eben, wo wir uns treffen wollen.

Erst als ich die Nachricht abschicken will, werde ich auf die Gruppe junger Männer aufmerksam, in die ich fast hineingelaufen wäre, weil ich so abgelenkt war. Die fünf Typen bilden einen Halbkreis vor dem Eingang der U-Bahn-Station und versperren mir den Durchgang. Abrupt bleibe ich stehen.

Als sich ihre Blicke auf mich richten und sie ihre Unterhaltung unterbrechen, regt sich ein warnendes Rumoren in mir. Dass ich nicht sicher bin, wie sie mich sehen, trägt nicht gerade dazu bei, mich zu beruhigen. Ich überlege etwa drei Sekunden, bevor ich mich umdrehe, anstatt in der Hoffnung weiterzugehen, dass sie mir Platz machen werden. Irgendwie glaube ich nicht, dass sie mich einfach so durchlassen würden.

Das Herz schlägt mir bis zum Hals.

»Alter, habt ihr das gesehen?«, höre ich einen von ihnen ausstoßen, gefolgt von zustimmendem Gejohle und ungläubigem Gelächter. »Junge, sieht der schwul aus!«

Hitze schießt mir in die Wangen, als müsste ich mich schämen, obwohl es dafür überhaupt keinen Grund gibt. Gleichzeitig bin ich entsetzt, dass so etwas allen Ernstes hier und heute noch passiert. Unwillkürlich beschleunige ich meine Schritte.

»Ey, Schwuchtel!«, ruft mir ein anderer Typ aus der Gruppe hinterher, gefolgt von schweren, schnellen Schritten. Zweifellos kommen sie mir nach, alle fünf heften sich an meine Fersen.

Scheiße.

Mir wird speiübel.

Mein Fluchtinstinkt übernimmt.

Ich sprinte los.

Allzu weit war das letzte Geschäft ja nicht entfernt, oder?

Zumindest weiter, als ich es in Erinnerung hatte.

Ich renne, wie ich noch nie gerannt bin in meinem Leben, und die Häuserzeilen, die ich vorhin ausgeblendet habe, fliegen nun verwischt an mir vorbei. Meine Lunge brennt, und ich bekomme nicht genug Luft, aber ich darf nicht stehen bleiben, nur das nicht.

Ein kurzer Blick über die Schulter zeigt mir, dass die Typen aufholen. Kein Wunder, mit ihren langen Beinen.

Wieso ist hier niemand? Das kann doch nicht wahr sein! Weit und breit keine Passanten, von denen ich Hilfe erwarten könnte. Hält das bisschen Regen die Leute echt in ihren Wohnungen?

Ich versuche, schneller zu werden, nicht langsamer, auf keinen Fall langsamer, was mir für wenige schmerzende Herzschläge gelingt. Dann bleibe ich vor Erschöpfung an einer Unebenheit im Boden hängen und stolpere. Schwarze Punkte tanzen vor meinen Augen.

Nein. Nein, nein, nein!

Meine Beine verweigern mir den Dienst, ich schlage mir die Knie und die Handballen auf. Das Brennen der Wunden und die schwere Hand, die auf meiner Schulter landet und mich herumreißt, spüre ich kaum noch, weil mein Kreislauf sich bereits verabschiedet.

»Wo willst du denn hin?«

Ich öffne den Mund, obwohl das hundertprozentig rhetorisch gemeint war, und versuche, das Gesicht meines Verfolgers zu fokussieren. Meine Arme heben sich zu langsam, scheinen Tonnen zu wiegen. Der Aufwärtshaken, der mich am Kinn trifft und mich nach hinten befördert, wäre eigentlich gar nicht mehr nötig gewesen, um mich auszuknocken. Der Schmerz haut mich dennoch um. Ich schmecke Eisen, sehe rot, und dann bin ich weg.

KAPITEL 44
TRACEY

Ich eile in die Notaufnahme des St. Joseph's Hospitals. Selbst die wenigen Minuten, die ich warten muss, bis die Leute vor mir fertig sind und ihr Anliegen vorgebracht haben, sind mir zu viel. Zu viel für meine blank liegenden Nerven und die Ängste, die ich ausstehe, seit Elle mich vor etwa einer Stunde angerufen hat, um mich darüber zu informieren, dass Vincent von irgendwelchen Typen zusammengeschlagen wurde.

Nach meinem Vorstellungsgespräch war ich gerade erst in der WG angekommen und sofort wieder aufgebrochen. Ich kann es immer noch nicht fassen und bin heilfroh, dass Elle und ich auf Penelopes Initiative hin ebenfalls unsere Nummern ausgetauscht haben. Sonst hätte ich erst viel später erfahren, was passiert ist.

Ich trete auf den Mann am Empfang zu und erkundige mich nach meinem Freund, bis mir bei der Rückfrage nach seinem Namen einfällt, dass Vincent offiziell nach wie vor unter seinem Deadname geführt wird. Ich »verbessere« mich der Einfachheit halber, auch wenn es merkwürdig ist, ihn plötzlich als meine Freundin zu bezeichnen, und ignoriere das Stirnrunzeln, das ich dafür ernte.

Nun mach schon!

Man nennt mir Stations- und Zimmernummer. Als ich den richtigen Raum schon sehen kann, treten gerade drei Polizisten auf den Gang und kommen mir entgegen. Eilig schiebe ich mich an den Beamten vorbei, und dann bin ich endlich da. Ich schlüpfe in das Zimmer und finde sechs durch Vorhänge voneinander getrennte Betten vor. Vincents Bett befindet sich auf der rechten Seite ganz hinten, und als ich ihn darin entdecke, werden meine Knie weich und mein Brustkorb eng. Um ihn herum stehen Elle und seine Eltern, doch die treten in meiner Wahrnehmung direkt wieder in den Hintergrund.

Ich bin bei ihm, noch ehe er oder sonst jemand mich aufhalten kann. Vor purer Erleichterung küsse ich ihn, aber nur halb so stürmisch, wie ich es im Überschwang der Gefühle gewollt hätte. Der Bluterguss an seinem Kinn sieht wirklich fies aus, und er ist weiß wie die Wand.

»Tracey!?« Vincent klingt, als hätte er mit meinem Auftauchen nicht im Entferntesten gerechnet und wäre auch nicht besonders begeistert darüber. Er erwidert meinen Kuss nicht und versucht sogar, mich von sich zu schieben.

Mein Herz setzt einen Schlag lang aus, und meine Brauen ziehen sich zusammen.

»Ich hab sie angerufen«, sagt Elle, die die Schwingungen ebenfalls empfangen haben muss. »Ich dachte, du würdest sie sehen wollen.«

Mrs und Mr Knight wirken völlig perplex, wie ich nun bemerke, oder als würden sie die Welt nicht mehr verstehen.

Oh. Wahrscheinlich wussten sie noch nicht, dass wir zusammen sind, denn Vincent hat sie in letzter Zeit, so gut es ging, gemieden. Das erklärt allerdings noch nicht sein komisches Verhalten. Bin ich ihm peinlich? Oder ist es ihm unangenehm, seine Zuneigung zu mir offen vor seinen Eltern zu zeigen, weil sie sich nach wie vor weigern, ihn als Jungen zu betrachten? A là *Gott bewahre, sie könnten ihre Tochter für lesbisch halten.* Wobei das im Idealfall ja kein Problem darstellen sollte.

Ich bin nicht sicher, ob ich mich entschuldigen oder in die Luft gehen möchte. Jetzt ist es sowieso zu spät. Und was ist so schlimm daran? Wieso stößt er mich derart vor den Kopf, wo er sich doch freut, dass ich hier bin? Denn das kann ich deutlich unter der zur Schau gestellten Ablehnung spüren.

Mein innerer Konflikt scheint sich in meinen Zügen zu spiegeln, denn Vincents Gesichtsausdruck verändert sich und wird von Dankbarkeit und Zuneigung ersetzt. Als er nach meiner Hand greift und seine Finger zwischen meine schiebt, wird mir kribbelig und flau. Ich bin *so* stolz auf ihn, dass er seinen Eltern damit die Stirn bietet.

»Danke. Elle.« Pause. Er setzt sich auf und nimmt die schwarze Jeansjacke entgegen, die seine Schwester ihm reicht. Schnell schlüpft er hinein und schwingt die Beine über die Bettkante. »Dann können wir ja jetzt gehen. Die Polizei war da, um meine Aussage aufzunehmen, es ist nur halb so schlimm, wie es aussieht und ...«

»Nur halb so schlimm?«, echot Mr Knight, sobald er sich gefangen hat. »So würde ich das nicht nennen, Victoria. Dir ist bewusst, dass das alles nur wegen dieses Wahnsinns passiert ist, an dem du nach wie vor festhältst, oder?«

Ich glaube, mich verhört zu haben.

Vincent erstarrt, seine Augen weiten sich.

»Sieh dich doch an. Was tust du denn da? Hätte man dich nicht für einen Schwulen gehalten ...«

Bitte, was?

Nun kann ich mir zumindest die Situation besser ausmalen, doch wie Vincents Vater über dieses schockierende Ereignis spricht, geht einfach gar nicht.

Kommt es mir nur so vor oder ist es hinter den anderen Vorhängen still geworden?

»Ich habe dir gesagt, dass du dir mit diesem Zirkus keinen Gefallen tust.«

Mrs Knight nickt beifällig. Ihre Stimme zittert, als sich ihre wässrigen Augen auf ihren Sohn heften. »Bitte hör damit auf.«

Vincent sackt unter ihren giftigen Worten regelrecht zusammen.

Nun verstehe ich immer besser, weshalb er mich in ihrer Gegenwart nicht küssen wollte. Scheinbar lehnen sie nicht nur seine Transidentität ab, sondern haben auch etwas gegen gleichgeschlechtliche Liebe.

»So kannst du doch nicht leben. Wie könntest du das wollen? Wir haben uns solche Sorgen gemacht, als wir vom Krankenhaus benachrichtigt wurden!«

»Komm zur Vernunft«, beharrt Vincents Vater. »Das ist die einzige Möglichkeit. Bis jetzt haben wir dir deinen Freiraum gelassen, damit du das von dir aus erkennst. Aber wir werden nicht tatenlos dabei zusehen, wie du dich selbst so zerstörst.«

So reden sie es sich schön, dass sie sich von Vincent abgewendet haben?

»Wie zum Teufel können Sie nur so etwas sagen?« Erst als sich alle zu mir drehen, wird mir bewusst, dass ich laut gesprochen habe. Gleich wieder zurückzurudern, wäre ziemlich inkonsequent, zumal ich unmöglich weiter schweigen kann. »Ich meine, was ist Ihr Scheißproblem?«

Keine Ahnung, ob ich überhaupt eine Befugnis habe, mich hier einzumischen. Im Moment ist mir das aber auch egal. Ich strecke den Rücken durch und fixiere Mr und Mrs Knight, ohne mit der Wimper zu zucken. »Ihr Sohn wurde verprügelt und überfallen! Und Ihnen fällt nichts Besseres ein, als *ihm* die Schuld dafür zu geben und ihn mit Vorwürfen zu bombardieren?«

Keine Reaktion.

Ich werte es jedoch erst mal als positiv, dass ich auch nicht unterbrochen werde, und fahre fort: »Es ist grauenhaft, dass jemand einem anderen Menschen so etwas antut, nur weil er ist, wer er ist. Nicht weniger grauenhaft ist es, dass Sie Ihr Kind aus demselben Grund derart zurückweisen.«

O ja, ich rede mich in Rage, aber hoffentlich nicht um Kopf und Kragen. Mir ist schon richtig heiß, vor lauter Wut. »Ich sage nicht, dass Sie mal eben mit den Schultern zucken und gedankenlos hinnehmen sollen, dass eine große Veränderung auf Sie zukommt. Aber Sie könnten zumindest daran arbeiten, es zu akzeptieren, und nicht nur dagegenhalten, wie sie es eben getan haben. Vincent könnte Ihre Unterstützung gut gebrauchen.«

So!

Noch immer Schweigen.

Bin ich über das Ziel hinausgeschossen?

»Vincent«, wiederholt seine Mom nach kurzem Zögern mit einer pikierten Betonung, obwohl Elle ihn vor ihren Eltern auch schon so genannt haben muss. »Das klingt einfach nicht richtig. Findest du das nicht selbst merkwürdig, Victoria?«

Zum ersten Mal seit meinem Ausbruch wage ich es, meinen Freund anzusehen. Zum Glück wirkt er nicht sauer. Vielleicht ist er schlicht zu erschöpft, um sich zusätzlich auch noch über mich aufzuregen.

»Nein«, wiederspricht Vincent seiner Mutter schließlich langsam. »Das ist mein Name. Nicht der, den ihr mir gegeben habt.«

Sein Vater mustert ihn, ohne darauf einzugehen. »Was hast du überhaupt in dieser Gegend getrieben? Hättest du nicht im *Magic of Flowers* sein müssen?«

Wow! Ist etwa alles, was ich eben gesagt habe, komplett an ihm abgeprallt?

»Dad!«, fährt Elle nun glücklicherweise dazwischen. »Tracey hat recht.«

Doch Mr Knight schüttelt nur noch den Kopf. »Ich werde das Auto vorfahren. Und ich erwarte, dass ihr nachkommt.«

Damit verlässt er den Raum. Vincents Mutter schließt zu ihm auf. Die Spannung bleibt.

Vincent stöhnt gequält und vergräbt das Gesicht in den Händen. »Gott, wenn mir nicht zu allem Überfluss noch das Handy geklaut worden wäre, hätte ich sie niemals angerufen. Aber man wollte mich ohne Aufsicht nicht nach Hause lassen, und die einzige Nummer, die ich auswendig kann, ist die ihres verdammten Festnetzanschlusses.«

»Es tut mir so leid!«, platzt es aus mir heraus. »Ich wollte es für dich nicht noch schlimmer machen. Ich hätte nicht …«

Ruckartig stößt er sich vom Bett ab und erhebt sich. Er ist noch etwas wacklig auf den Beinen, weshalb ich intuitiv vortrete, um ihn zu stützen. Er macht sich nicht von mir los. »Nein, alles gut. Ich bin dankbar, dass du dich eingemischt hast.«

»Sicher?«

»Definitiv.«

»Ich auch«, bemerkt Elle verlegen. »Besser hätte ich es nicht sagen können.«

Ich erröte.

»Du kannst mit in die WG kommen und auch gern bei mir übernachten, wenn du möchtest«, biete ich Vincent an.

Ich könnte mir denken, dass besondere Umstände besondere Zugeständnisse erfordern – und ich liege richtig.

Er fährt sich durch den aschblonden Haarschopf. »Ja, das wäre schön.«

Wir gehen zu dritt zum Ausgang.

KAPITEL 45
VINCENT

Tracey und ich liegen nebeneinander in ihrem Bett. Vor ungefähr zwei Minuten hat sie nach einem »Gute Nacht« das Licht ausgeschaltet, sodass ich nun im Dunkeln vor mich hinstarre. Schlafen erscheint mir unmöglich, dabei bin ich so müde. Jedenfalls mein Körper. In meinem Kopf wollen die Gedanken nicht still stehen.

Sie springen von meinem Termin bei Dr. Martin zu dem Vorfall auf der Straße. Nachdem ich zu Boden gegangen war, müssen die Typen immerhin bald von mir abgelassen haben, weil kurz darauf doch noch Passanten aufgetaucht sind. Sie hatten auch gleich einen Krankenwagen gerufen, wie man mir später bei der Aufnahme im Krankenhaus, als ich wieder ansprechbar war, ebenfalls erzählte. Zwar hatten meine Angreifer vorher noch mein Smartphone eingesackt, aber damit kann ich leben.

Entgegen der Meinung meines Vaters *hätte* ich viel heftigere Blessuren davontragen können. Ich hatte Glück im Unglück, dass ich ab-

gesehen von der Prellung an meinem Kinn und der leichten Gehirn-
erschütterung mit ein paar blauen Flecken und aufgeschürften Händen und Knien davongekommen bin.

Ich drücke die Kühlkompresse an mein Gesicht und hoffe,
dass die Schmerztablette, die ich eben eingeworfen habe, schnell
wirkt.

Der Schock sitzt mir dagegen immer noch in den Knochen. Ich
kann kaum begreifen, wie man aus blankem Hass – oder um seine
Überlegenheit zu demonstrieren? – eine solche Tat begehen kann.
Ich habe doch niemandem etwas getan!

Mir schnürt sich die Kehle zu, und ich erinnere mich daran, wie
ich bei meiner kurzen Flucht kaum noch atmen konnte, obwohl
meine Lunge sich mit Sauerstoff füllen wollte. Wäre ich den Binder
nicht bereits im Krankenhaus losgeworden, hätte ich ihn mir spätestens jetzt vom Leib gerissen, ungeachtet der Tatsache, dass Tracey
sich nur etwa eine Armlänge von mir entfernt befindet. In meinem
noch benommenen Zustand bin ich im Behandlungszimmer daran
gescheitert, mich aus eigener Kraft aus dem hautengen Top zu schälen. Also wurde es für die Untersuchung aufgeschnitten, weshalb ich
es danach nicht wieder anziehen konnte.

Ich kann gar nicht richtig glauben, dass Tracey im Krankenhaus
nicht aufgefallen ist, dass meine Brüste nicht wie sonst abgebunden
waren, als ich nur im T-Shirt dasaß. Letztendlich war es dann auch
egal, denn Elle hatte recht, ich *wollte* sie sehen, und ihre Gegenwart
machte alles sofort besser. Mein Herz flog zu ihr, wie sie herange-
flogen war, um mich aus diesem Albtraum zu befreien. Ich vergaß
sofort, dass die Polizistin mehrmals nachgehakt hatte, ob ich sicher
nicht sexuell belästigt worden wäre und wie Mum und Dad, als sie

schließlich aufgetaucht waren, auf mich herabgesehen hatten, als würden sie mich gar nicht kennen.

Vorsichtig drehe ich den Kopf und kneife die Augen zusammen, um die Umrisse von Traceys Profil in der Dunkelheit auszumachen. Wenn ich die Luft anhalte, kann ich sie atmen hören. Nach allem, was in den letzten Stunden passiert ist, würde ich nirgendwo lieber sein wollen als bei ihr.

Tracey verlagert ihre Position und wendet sich mir zu. Ihre Augen sind geöffnet, und obwohl ich den Bernsteinton genau genommen nicht erkennen kann, scheint ihre Iris zu leuchten. Wir haben jeder eine eigene Decke, und sie hat mir einen ihrer schwarzen Pullis und eine Jogginghose geliehen. Wir sind also weit davon entfernt, übereinander herzufallen. Trotzdem beschleunigt sich mein Puls.

»Ich bin froh, dass du hier bei mir bist«, sagt sie.

Ich lächele automatisch. »Das bin ich auch.«

Sie rückt auf mich zu.

Erst eine Handbreit, dann eine weitere.

Mein Herz droht meine Rippen zu sprengen, so heftig wie es hämmert. Es tut regelrecht weh, nur ist es diesmal ein guter Schmerz, nichts schnürt mehr meine Lunge zusammen.

Das letzte Stück komme ich Tracey entgegen.

Unsere Nasenspitzen stupsen aneinander, und sie lehnt ihre Stirn seufzend an meine.

»Das ist schön.«

Ja.

Ich will einfach, dass sie weiß, was ich für sie empfinde. Ich muss es ihr jetzt sagen. Mein Herz ist so voll, dass es gleich überläuft. »Ich hoffe, das kommt jetzt nicht zu früh oder total unpassend, aber ...«

»Ja?«

Ich räuspere mich. »Ich liebe dich.«

Danach halte ich die Luft an.

Da höre ich sie schlucken. »Oh, Vincent!« Dann stammelt Tracey: »Ich liebe dich auch. Ich liebe dich!«

Ihr Atem auf meinen Lippen, ihr Geruch in meiner Nase, ihre warme, weiche Haut, die ich einmal mehr berühren möchte – was ich schließlich tue, weil sie nicht zu berühren, keine Option ist, nicht wirklich. Jede Faser in mir zieht es zu ihr.

Ich lege meine Hand in Traceys Nacken, fasse in ihre Haare und suche ihren Mund, finde ihre Wange, ihr Ohr, ihren Hals, küsse sie überall dort, wo ich nackte Haut erreiche.

Und es fühlt sich so richtig an.

»Hey!« Sie kichert, erschaudert, und es ist unfassbar, dass sie das offenbar genauso empfindet. Mit ihr ist es so leicht, als ob für den Augenblick nichts anderes mehr eine Bedeutung hätte.

Tracey stöhnt leise unter meinen Liebkosungen. »Wir müssen nicht ...«

Ich öffne die Augen, merke erst jetzt, dass ich sie geschlossen habe. »Ich möchte. Ich möchte es schon lange. Es ging nur nicht. Lass es uns noch mal versuchen, ja?«

»Okay.« Bevor ich noch etwas erwidern kann, versiegelt sie meine Lippen mit ihren.

Das Knistern zwischen uns steigert sich zu einem Inferno. Zungenspitzen, die aufeinandertreffen, Decken, die raschelnd beiseitegeschoben werden, Hände zerren an Klamotten. Tracey zeigt keine Scheu, ihre Finger zuerst über meinen Rücken, dann nach vorn und über meinen Oberkörper gleiten zu lassen. Sie schreckt nicht zurück vor dem, was sie ertastet, und diesmal ist diese Selbstverständlichkeit genau das, was ich brauche. Inzwischen liegen wir halb ineinander verschlungen auf der Matratze. Keuchend stütze ich mich mit einer Hand neben ihrem Kopf ab, doch sobald ich sie abermals zu küssen versuche, schiebt sie mich schon wieder von sich.

»Sekunde.«

»Mhm?«

Tracey zieht ihr Top, das ich eben erst hochgeschoben habe, wieder herunter und sieht mir prüfend ins Gesicht, soweit das bei diesen Lichtverhältnissen funktioniert. »Geht's dir gut?«

Ich nicke ergriffen, dass sie sich selbst in diesem Moment solche Gedanken um mich macht.

»Dann wirst du mir sagen, wenn wir besser aufhören sollen?«

»Werde ich.«

Ich bezweifle sowieso, dass sich das vermeiden ließe. Nur gerade bin ich ohne Angst. Dank ihr. Und glücklich, so glücklich. Als wäre ich high, dabei habe ich dafür nicht ansatzweise genug Schmerzmittel genommen.

»Und ...« Ihr Tonfall wird bittend.

Ich mustere sie, warte.

»Ich will dir nah sein, genauso nah wie du mir.«

Ich verschlucke mich und huste. »Solange dir bewusst ist, dass ich anders ausgestattet bin als ...«

Sie boxt mir gegen die Schulter. »Ob du's glaubst oder nicht, so viel habe ich inzwischen mitbekommen.«

Sehr zärtlich nimmt Tracey mein Gesicht in ihre Hände und lässt sich zurück in die Kissen sinken. Ich folge ihr.

KAPITEL 46
TRACEY

Als ich an diesem Morgen die Augen aufschlage und ihn hinter mir spüre – seinen warmen Körper angeschmiegt an meinem, seinen gleichmäßigen Atem in meinem Nacken –, breitet sich ein Lächeln auf meinen Lippen aus, und ich möchte am liebsten aufjauchzen. Nur sein »Ich liebe dich«, das mich gestern völlig unvorbereitet getroffen hatte, kann das noch übertreffen. Die Worte hallen mir noch immer in den Ohren, und ich könnte glatt weinen vor Glück, schlimmer noch als an meiner Geburtstagsfeier. Dabei bin ich sonst nicht so eine Heulsuse.

Aber Vincent ist noch hier. Er liebt mich. Es ist kein Traum. Für eine Sekunde zwischen Schlafen und Wachen hatte ich befürchtet, er könnte weg sein, wenn die Nacht und mit ihr der Schutz der Dunkelheit vergangen wären. Was, wenn es ihm im Nachhinein doch alles zu schnell ging, und er letztendlich nicht damit umgehen kann oder gar bereut, dass wir miteinander geschlafen haben? Entsprechend zaghaft rühre ich mich erst, als es nicht mehr anders geht, weil meine Blase zu platzen droht. Widerwillig löse ich mich aus seiner Umarmung.

Er grummelt, dass ich bei ihm bleiben soll.

»Bin gleich wieder da«, verspreche ich ihm und schlüpfe aus meinem Zimmer.

Als ich zurückkomme, klingelt mein Wecker, was praktisch ist, weil ich ihn so direkt ausschalten kann. Andererseits ist es furchtbar, dass ich mich nun nicht noch einmal zu Vincent unter die Decke kuscheln darf, weil die Uni ruft. Doch er steht ebenfalls auf und blinzelt mir etwas verschlafen entgegen. Dieser Anblick ... Ich brauche mehr davon. Ernsthaft. Sein Kinn ist schon weniger geschwollen, dafür immer noch deutlich verfärbt.

Gähnend erklärt er: »Ich werde gleich nach dem Frühstück zu Hause vorbeischauen, um die Klamotten zu wechseln.«

Ich finde die Kleidung, die ich ihm geliehen habe – die Jogginghose und den weiten Pullover –, zwar nicht zu feminin, und Letzterer verdeckt bei ihm auch alles, aber ich kann mir denken, dass er sich in seinen Sachen und mit abgebundener Brust schlichtweg wohler fühlt.

»Ich hoffe nur, dass ich dort weder Mum noch Dad begegne.«

Nicht schwer zu verstehen. »Soll ich mitkommen?«

»Das wird schon.«

Das war weder ein *Ja* noch ein *Nein*. Eher ein *Nein*, oder?

Ich versuche, nicht gleich überzureagieren und nachzuhaken, obwohl ich mir schon wieder Sorgen mache. »Wie geht es dir heute?«

Vincents Züge hellen sich auf.

Das erleichtert mich.

»Viel besser als gestern«, erwidert er. »Die Uni werde ich mir heute trotzdem sparen. Wenn man schon mal krankgeschrieben ist … Mal sehen, ob ich irgendwo ein altes Handy und eine neue SIM-Karte auftreiben kann. Aber ich will dich nicht von deinen Kursen abhalten. Mit mir ist alles in Ordnung. Also angesichts der Umstände.«

Das ergibt Sinn, und ich beschließe, ihm zu glauben, auch wenn ich nur ungern ohne ihn zum Campus fahre. Wie albern.

»Okay. Dann sehen wir uns nachher?«

Ein minimales Zögern. »Sicher.«

KAPITEL 47
VINCENT

Ich weiß nicht, wie ich es schaffen soll, mein Zimmer zu verlassen. Und das ist verwirrend, weil Tracey auf mich wartet.

Gut, nicht nur Tracey, sondern auch ihre Mitbewohnerin Penelope und meine Schwester, mit denen wir Pizza essen gehen wollen. Danach möchte Tracey mich per Skype ihren Eltern vorstellen. Inzwischen ist es Sonntagnachmittag und ich »würde ja wieder recht vorzeigbar aussehen«. Dass Tracey damit scherzhaft die Stimmung auflockern wollte, war mir bewusst, aber es stimmt. Von meinen Verletzungen ist so gut wie nichts mehr zu sehen. Eigentlich erstaunlich.

Abgesehen davon bringt mich gerade nichts stärker zum Verzweifeln als mein Anblick. Ich hätte den bodentiefen Spiegel an der Rückseite meiner Tür abhängen sollen. Bereits seit gestern tue ich mich wieder schwerer mit meinem Körper. Ich verstehe nicht, wieso mein Empfinden seit Donnerstagabend derart umgeschlagen ist. Schwankungen gab es schon zuvor, ja. Aber es war doch alles so perfekt gewesen! Ich will dorthin zurück, zu Tracey in ihr Bett, ihr noch einmal so nah sein, selbst wenn ich dafür den Angriff der Typen und den Krankenhausaufenthalt erneut durchleben müsste.

Ich fange an zu schwitzen.

Waren meine Hüften immer schon so ausladend und meine Schultern so schmal? Woher kommt diese Falte im T-Shirt? Würde der Stoff sie auch werfen, wenn darunter nichts verborgen wäre? Ich ziehe lieber noch ein Hemd darüber. Kritisch zupfe ich es zurecht und nehme als Nächstes meinen Schrittbereich in Augenschein.

Ich kann so nicht rausgehen.

Mein neues altes Handy klingelt, das ich tief vergraben in meiner Schreibtischschublade gefunden hatte und übergangsweise benutzen werde. Ich zucke zusammen, weil ich den Ton nicht ausgeschaltet habe, und hole es hervor. Tracey ruft an. Naheliegend.

Sie will bestimmt wissen, wo ich bleibe!

Mir wird schlecht, so schlecht wie letzte Nacht, als ich meinen femininen Körpergeruch, der überall in den Laken hing, nicht mehr aushalten konnte, und ich mir nicht anders zu helfen wusste, als meine Bettdecke mit Deo einzusprühen, bis der Duft den Rest überlagerte. Ich hätte nicht gedacht, dass man seinen eigenen Geruch überhaupt so wahrnehmen könnte. In der Nacht davor hatte ich zum zweiten Mal bei Tracey übernachtet, was noch okay gewesen war. Vor dem Schlafengehen hatten wir aneinandergekuschelt *La La Land* geschaut, und ich hatte es sogar ganz gut weggesteckt, dass ich, schon etwas überfällig, meine Tage bekommen hatte. Auf weitere Pflanzaktionen hatten wir dieses Wochenende jedoch verzichtet, damit ich mich noch etwas schonen konnte.

Unschlüssig halte ich das klingelnde Gerät in der Hand. Eventuell sollte ich Tracey die Wahrheit sagen. Nur was, wenn sie glaubt, es ginge mir nun so schlecht, weil wir Sex hatten? Ich bin sicher, das ist nicht der Grund für die plötzlich wieder so intensive Abneigung gegen meinen Körper. Dann eher das monatliche Grauen oder vielleicht die Tatsache, dass ich zusammengeschlagen wurde.

Der Anruf bricht ab.

Ich atme tief durch.

Nur was, wenn sie mir nicht glaubt und dennoch denkt, es liegt an unserer gemeinsamen Nacht? Das will ich unter keinen Umständen riskieren.

Bin unterwegs!, schreibe ich ihr schließlich und reiße mich zusammen.

Während des Essens in der Pizzeria mit Elle und Penelope kommt es mir so vor, als befände ich mich unter einer Glasglocke wie die Bonsaibäumchen in den Terrarien im Blumenladen. Zwar bin ich körperlich anwesend, doch gedanklich träume ich mich immer wieder weit, weit fort. Zurück in mein Zimmer, zu Odysseus, meiner Monstera, Tori, der Glücksfeder, und der Efeutute Janice sowie den anderen Pflanzen. Ich träume mich ins *Magic of Flowers*, wo ich in meiner grünen Oase zur Ruhe kommen und wieder zu mir finden könnte, statt innerlich diesen Kampf auszutragen.

Tracey nimmt mich zwischendurch zwar genauer unter die Lupe, doch nun ist es zu spät, um ehrlich zu sein, und sie kann mir verständlicherweise nicht ständig ihre ungeteilte Aufmerksamkeit schenken. Das möchte ich auch gar nicht. Ich möchte nicht zum wiederholten Mal irgendeinen Zwischenfall verursachen. Die anderen scheinen sich so gut zu amüsieren, und auch wenn ich da wohl kaum mithalten kann, strenge ich mich an, mich zumindest ab und zu am Gespräch zu beteiligen.

Eigentlich dachte ich, der Skype Call wäre die größere Herausforderung, die mir mehr Angst einjagt. In meiner derzeitigen Verfassung ist mir die Tragweite dieses Gesprächs, als es tatsächlich ansteht, dann aber fast schon gleichgültig. Dabei sollte es ein ganz besonderer Moment werden, die Eltern meiner Freundin kennenzulernen! Wie kann ich mich innerlich nur so leer fühlen?

Tracey und ich sitzen nebeneinander an das Kopfteil ihres Betts gelehnt, und die Verbindung baut sich auf. Hätte ich es nach ihren Erzählungen nicht längst vermutet, wäre mir auch so in Sekundenschnelle klar geworden, dass ihre Mutter und ihr Vater megacool sind. Sie machen es mir alles andere als schwer, sie zu mögen. Jetzt weiß ich, von wem Tracey das hat! Schließlich taue ich bei der entspannten Stimmung doch etwas auf, und das ist wahrscheinlich der Hauptgrund, aus dem Tracey mich im Anschluss mit einem sorgenvollen »Was war denn heute nur los mit dir?« verschont. Erst nach dem Auflegen kehrt der Kloß in meinem Hals zurück, weil ich nun wieder an *meine* Eltern und unser zerrüttetes Verhältnis denke.

Ich entschuldige mich bei Tracey und verschwinde ins Bad. Sobald ich die Tür verriegelt habe, laufen die Tränen über, die sich seit Tagen in mir angestaut haben. Ich sinke auf den zugeklappten Toilettendeckel. Fuck! Um zumindest das Schluchzen zu unterdrücken, presse ich mir eine Hand vor den Mund. Langsam glaube ich wirklich nicht mehr, dass ich noch irgendetwas von Mum und Dad erwarten sollte. Seit ich im Krankenhaus gewesen bin, laufen unsere Begegnungen eher noch unterkühlter ab als vorher. Wie konnte ich nur so naiv sein und glauben, sie würden mich bedingungslos lieben? Und könnte ich ihnen überhaupt vergeben, wenn sie mich irgendwann doch noch akzeptieren würden, wie ich bin? Ich hasse es, dass ich sie trotz allem vermisse und mir immer noch wünsche, es würde alles gut werden. Ich reiße etwas Klopapier ab, um mir die Nase zu putzen.

Morgen werde ich die in London lokalisierten Gender-Identity-Kliniken abtelefonieren. Neil meinte, es reiche aus, die Überweisung vom Hausarzt beim Erstgespräch vorzulegen. Leider habe ich wegen des Handydiebstahls den Kontakt zu ihm verloren. Auch Gwen und Ramona könnten mich nicht mehr einfach so erreichen – wenn sie das denn wollten.

Ich weine noch ein bisschen mehr.

Leider hatte Neil mir bestätigt, was ich bereits bei meiner Recherche herausgefunden hatte: Die Wartelisten sind so lang, dass ich mir schnellstmöglich einen Spot sichern sollte.

Und das muss ich unbedingt.

Ich balle die Fäuste.

Als ich mich wieder etwas gefangen habe, gehe ich zurück in Traceys Zimmer und beschließe spontan, erneut bei ihr zu übernachten, obwohl ich meine Unterlagen für meine Kurse morgen nicht dabeihabe. Aber eine weitere Horrornacht allein würde ich nicht überstehen, und Tracey freut sich darüber. Damit hätte ich zwei Fliegen mit einer Klappe geschlagen.

Als sie die Spuren meines Zusammenbruchs bemerkt und behutsam nachhakt, winke ich schnell ab, um diese Freude bei ihr weiter aufrechtzuerhalten. Nicht heute. Für sie muss es ein echt schöner Tag gewesen sein, und das will ich ihr nicht kaputtmachen.

»Es macht mich einfach fertig, dass Mum und Dad mich scheinbar aufgegeben haben«, erkläre ich nur knapp und setze mich wieder zu ihr auf die Matratze.

Da ich das nicht weiter ausführe, lässt Tracey es darauf beruhen. Obwohl wir den restlichen Abend nicht direkt etwas zusammen machen, suchen wir im Bett die Nähe des anderen. Tracey surft auf ihrem Notebook nach Einrichtungsideen, und ich höre mir eine Podcastfolge zur Französischen Revolution an. Ihr warmer Körper neben meinem – dass sie einfach nur da ist –, erleichtert es mir, meine Fassade aufrechtzuerhalten.

Keine vierundzwanzig Stunden später bricht diese Fassade nur leider zusammen.

»Zehn Monate.« Meine Stimme zittert, und ich umklammere das Gehäuse meines Handys fester. »Wie soll ich das bitte noch so lange durchstehen? Ich habe mit einer Wartezeit gerechnet, aber dass es erst in zehn Monaten wieder Termine gibt, hätte ich nicht für möglich gehalten. Zehn Monate sind fast ein Jahr!«

Für einen Moment herrscht Stille am anderen Ende der Leitung, während ich in dem schmalen Flur im Mitarbeiterbereich des *Magic of Flowers* auf- und ablaufe, hin und her, zwischen Kühlraum und Garderobe, Büro und Lager. Agatha war so nett und hat mir erlaubt, von hier aus die Gender-Identity-Kliniken anzurufen, bevor ich mit meiner Schicht beginne. Ich hätte sonst kaum die Möglichkeit dazu gehabt, weil in der WG, bei meinen Eltern oder in der Uni immer jemand mithören könnte.

Jetzt muss ich unbedingt noch Tracey auf den neuesten Stand bringen. Agatha hat bestimmt nichts dagegen.

Ich kann es immer noch nicht fassen.

Meine Atmung beschleunigt sich.

Ich soll noch zehn Monate warten, bevor überhaupt irgendetwas passiert – und bis dahin so weitermachen wie bisher?!

Ich höre Tracey tief Luft holen. »Das ist heftig.«

»Ja«, sage ich kraftlos und bleibe stehen. Ich stütze mich an der Wand ab, weil mir schwindelig wird, und reibe mir die pochenden Schläfen.

Reg dich nicht so auf.

Aber ehrlich gesagt, fällt es mir gerade nicht nur schwer, positiv zu bleiben, sondern es erscheint mir nahezu undenkbar. Vielleicht wenn ich den ersten Schockmoment überwunden habe ... Nein, es geht nicht. Das geht einfach nicht. Mir kommt noch nicht mal ein Song in den Sinn, der jetzt helfen könnte.

Ich möchte schreien.

Nur was wäre die Alternative?

Was bleibt mir denn anderes übrig, als dieses Jahr irgendwie hinter mich zu bringen? Wenn ich das Geld auftreiben könnte, um mir eine Privatklinik zu leisten, würde es wahrscheinlich schneller gehen. Die sind nicht ganz so überlaufen. Dass meine Eltern mir finanziell unter die Arme greifen, ist selbstredend ausgeschlossen. Und Agatha ... Ich möchte sie nicht anpumpen oder sie in unseren Konflikt hineinziehen. Seit die Freundschaft zwischen ihr und meiner Mutter in die Brüche gegangen ist, ist meine Familie sowieso eher ein heikles Thema. Nach Grandmas zweitem Schlaganfall, der noch schlimmer gewesen ist als der erste, hatte Mum sich nach und nach von ihrer Freundin zurückgezogen und sich sehr verändert. Die beiden entwickelten sich immer weiter auseinander, bis sie keinen Zugang mehr zueinander fanden.

»Vincent?«

»Ich muss jetzt arbeiten«, würge ich Tracey ab, denn auf einmal kann ich ihre Enttäuschung und Besorgnis zusätzlich zu meiner eigenen nicht auch noch ertragen. Die wenigen Minuten, die mir bis zur Friedhofsführung bleiben, brauche ich, um mich zu sammeln. Ich lege auf, ohne dass sie richtig zu Wort gekommen ist.

»Bin jetzt da«, sage ich zu Irene, als ich den Verkaufsraum betrete. Die Touristengruppe, die für die Baker-Dubois-Runde bezahlt hat, wartet schon vor der Verkaufstheke. Agatha ist mitten in einem Kundengespräch, und ich bin froh, dass ich ihr die wenig aufbauenden Neuigkeiten nicht sofort mitteilen muss. Das Gute an der anstehenden Tour ist, dass ich mich konzentrieren muss und dabei nicht so leicht ins Grübeln kommen kann.

Trotzdem hallt der Schock noch in mir nach und hat auch nach zwei Tagen noch nichts von seiner Wirkung verloren. Selbst am Mittwoch stecke ich meinen Collegeblock und meine Stifte nach der letzten Vorlesung wie in Trance in meinen Rucksack. Ich habe keinen Schimmer, worüber der Prof während der letzten Doppelstunde gesprochen hat, und mir genau einen Stichpunkt notiert, bevor ich es aufgegeben habe, ihm zu folgen. Mit meinem Lernpensum für die Prüfungen komme ich inzwischen sowieso kaum noch hinterher.

Tracey und ich wollen uns gleich in dem Coffeeshop in Bloomsbury treffen, von wo aus ich wie vor zwei Wochen zur Selbsthilfegruppe gehen werde. Nicht unbedingt, um dem Ganzen eine zweite Chance zu geben, sondern hauptsächlich, um Neil wiederzusehen. Ich habe es trotzdem nicht allzu eilig.

Natürlich weiß ich ihre Versuche, mich aufzuheitern und auf

andere Gedanken zu bringen, total zu schätzen. Tracey bemüht sich unglaublich, mir durch kleine Gesten und liebe Worte ihre Zuneigung zu zeigen. Sie versucht, mich aufzubauen, wenn ich mit meiner Hilflosigkeit ringe, und bietet mir immer wieder an, ihr meine Sorgen anzuvertrauen. Sie wird auch nicht böse, wenn ich mich zurückziehe. Während ich mich tiefer und tiefer in den dunklen Spiralen meines Kopfes verstricke, hält sie stand und streckt mir unbeirrbar ihre Hand entgegen. Sie ist so souverän, dass ich mich im Vergleich zu ihr umso jämmerlicher fühle. Dabei sollte ich dankbar dafür sein, dass Tracey für mich da ist.

»Hi.«

Ich nehme meinen Rucksack und wende mich mit klopfendem Herzen der hellen Stimme zu, die mich unversehens aus meinen Gedanken holt. Gwen – sie ist es tatsächlich. Sie steht am Ende der Hörsaalsitzreihe und zupft an ihrem pastelllila Sweatshirt mit den breiten weißen Streifen an den Ärmeln, das ihr über die linke Schulter gerutscht ist. Von Ramona ist nichts zu sehen.

»Hey«, erwidere ich.

Ich schließe zu ihr auf, und wir gehen gemeinsam ein Stück über den Campus, wie wir es früher so oft getan haben. Doch nun herrscht verlegenes Schweigen. Was sollte ich auch sagen?

»Ich wollte dich etwas fragen.«

»Ja?« Ich mustere Gwen von der Seite.

Sie streicht sich ihre Schneewittchenhaare hinter die Ohren. »Hast du am Samstag oder Sonntag schon was vor?«

Ich horche auf.

»Ich dachte ... vielleicht ... dass wir mal wieder was zusammen machen könnten«, stammelt sie.

Mir wird leicht mulmig, als sie zu mir hochschaut. Ich habe ganz vergessen, wie klein sie ist.

»Vincent. Es tut mir leid, dass ich erst so spät damit komme. Ich habe viel zu lange gebraucht, um zu erkennen, wie sehr ich – wir – dich verletzt haben müssen. Ich möchte versuchen, das wiedergutzumachen.«

»Ich weiß nicht, was ich sagen soll.«

Oder wie ich dazu stehe. Das ist die Wahrheit. Ich freue mich schon. Aber ich kann ihrem Angebot nicht vorbehaltlos begegnen und so tun, als wäre sofort wieder alles in Ordnung.

Gwen beißt sich auf die Unterlippe. »Überleg es dir. Ich verstehe auch, wenn du das nicht möchtest.«

»Mein Handy wurde geklaut«, sage ich. »Ich habe deine Nummer nicht mehr.«

Sie gibt sie mir.

»Was ist mit Ramona?«, möchte ich wissen.

Sie zuckt mit den Schultern. »Ich bin ehrlich froh, dass du Tracey hattest.«

Das ist keine Antwort auf meine Frage. Und wie kommt Gwen darauf? Wahrscheinlich hat sie uns mal beim Essen oder irgendwo auf dem Campus zusammen gesehen. Vielleicht hat ihr auch der Flurfunk die Neuigkeiten zu unserer Beziehung zugetragen. Nach Hunters und meiner Auseinandersetzung und meinem ersten öffentlichen Auftritt mit Tracey haben mein Ex-Freund und seine Kumpels scheinbar damit begonnen, seinen Ruf »reinzuwaschen«. Dazu stellen sie mich bei jeder sich bietenden Gelegenheit – und unabhängig von meinem Coming-out – bewusst weiter als »die Ex« dar, »die sich als Lesbe herausgestellt hat«.

Ob Gwen und Ramona sich wegen mir überworfen haben?

»Dass ich Tracey *habe*«, stelle ich richtig.

»Natürlich.« Gwens Mundwinkel heben sich zu einem Lächeln.

»Okay.« Zum Abschied tippe ich mir an die Stirn. »Man sieht sich.«

Und plötzlich schaue ich dem Coffeeshop-Date mit Tracey doch etwas positiver entgegen. Das wird es dann auch, obwohl wir uns hauptsächlich in unseren Uni-Kram vertiefen. Sie zumindest tut das, ich gebe es vor. Tracey dabei zuzuschauen, wie sie sich mit dem Ende ihres Kulis gegen die Unterlippe tippt oder wie eine winzige Falte auf ihrer Stirn entsteht, während sie hochkonzentriert durch ihre Unterlagen blättert, ist einfach zu schön. Ich *darf* sie und alles, was sie für mich macht, nie als selbstverständlich betrachten und dadurch weniger wertschätzen. Bevor ich zum Gemeindezentrum aufbreche, küsse ich sie auf dem Bürgersteig vor dem Café nicht nur einmal, sondern zweimal, nein, dreimal – oft genug, um mit dem Zählen durcheinanderzugeraten. Es ist mir völlig egal, wer oder ob jemand guckt.

Tracey schiebt mich lachend von sich. »Hey, du musst doch gehen!«

Widerwillig reiße ich mich von ihr los. Neil hat zwar keine Ahnung, dass ich ihn abpassen will, weshalb er nicht etwa auf mich wartet, aber ich möchte trotzdem nicht erneut als Nachzügler in die Gruppe schneien.

Tatsächlich bleiben mir sogar noch ein paar Minuten, um vorher mit ihm persönlich zu reden und ihm mein »Untertauchen« zu erklären. Er freut sich natürlich, mich zu sehen, ist jedoch so entsetzt darüber, »dass ich Opfer eines Gewaltverbrechens« geworden bin, dass er Übergriffe dieser Art zum heutigen Thema in der Gruppe macht. Das hatte logischerweise nicht in meiner Absicht gelegen, doch je persönlicher die anderen um mich herum werden, desto weniger fühle ich mich allein. Auf einmal kommt es mir vor, als wäre da eine Verbindung zwischen mir und ihnen, obwohl ich bis auf Laura, die Gruppenleiterin, sowie Neil und Molly niemanden der Anwesenden von meiner letzten Teilnahme kenne. Was ich sowieso angenehmer finde, ist die kleinere Runde heute. Und die zwei anderen Jungs namens Alexander und Ryan sind mir gleich sympathisch.

Womit ich nicht gerechnet hätte, ist das unvermittelt auftretende Bedürfnis, mich ebenfalls in das Gespräch einzubringen.

»Bis jetzt war es mir schon irgendwie peinlich, dass diese Kerle mich attackiert haben«, fallen die Worte in einer kurzen Pause aus meinem Mund, die nach einem einfühlsamen Kommentar von Laura entstanden ist. Alexander hatte vorher von einem üblen Streich erzählt, der ihm mal gespielt wurde. Eine Sekunde lang bin ich schockiert und verlegen, doch dann umreiße ich grob die Situation, auf die ich mich beziehe. Denn genau das ist der springende Punkt: Ich brauche mich nicht zu schämen. Weder dafür trans* zu sein noch wegen dem, was mir zugestoßen ist.

»Aber nun ist mir noch einmal klar geworden, dass auch wir gelernt haben, alles abzulehnen, was nicht der gesellschaftlichen Norm entspricht. Wir haben diese Ablehnung so tief verinnerlicht, dass wir sie mit uns herumtragen, obwohl sie sich sogar gegen uns selbst richtet. Dabei müssen wir nicht daran festhalten. Letztendlich hat wohl meine bloße Existenz diese Menschen provoziert. Ich habe nichts falsch gemacht. Sie haben sich dazu entschieden, so zu reagieren.«

Diese Tatsache laut auszusprechen, gefolgt von einem bestätigenden Nicken der anderen, stellt sich als unerwartet befreiend heraus. Alle lächeln zustimmend und versichern mir damit wortlos, dass wir zusammen gegen den Hass kämpfen können, als Gemeinschaft. Wir müssen uns nicht unterordnen. Zu dem bestärkenden Prickeln, das sich in mir ausbreitet, gesellt sich Stolz, dass ich mich überhaupt getraut habe, etwas zur Gesprächsrunde beizusteuern. Diesmal bereue ich es nicht, hergekommen zu sein, und ich kann schon deutlich besser nachvollziehen, was Neil an diesen Treffen findet.

Danach schließe ich mich ihm, Alexander und Ryan sogar kurzerhand an, noch etwas trinken zu gehen. Ich möchte noch nicht nach Hause, der Aufschwung, den ich eben erlebt habe, darf gern noch etwas anhalten. Tracey ist ohnehin mit Lia, Drew und Justus unterwegs, also bietet sich diese Möglichkeit mehr als an.

Alexander und Ryan sind, meinem ersten Eindruck entsprechend, echt nett und witzig. Alexander ist seit dreieinhalb und Ryan seit fünf Monaten auf Testosteron. Neil ist lässig wie immer, und wir vier verstehen uns richtig gut. Ich bin komplett fasziniert davon, wie anders die Leute einem begegnen, wenn man sich in einer Gruppe aus Kerlen bewegt.

Im Pub werden wir von der Bedienung kollektiv als »Jungs« angesprochen, und irgendwie ist der Umgangston, den man uns gegenüber anschlägt, einerseits lockerer, aber auch rauer, als ich es gewohnt bin. Zum Glück werden wir nicht nach unseren Ausweisen gefragt, und während wir uns mit unseren Getränken zu einem Tisch durchschieben, habe ich auch das Gefühl, weniger angegafft zu werden als sonst. In scheinbarem Gegensatz dazu macht man uns fast von allein Platz, so als stünde uns plötzlich eine andere Art von Respekt zu.

»Ist das immer so?«, frage ich, sobald wir sitzen. Meine drei Begleiter wissen sofort, was ich meine.

Alexander dreht seine Bierflasche zwischen den Händen. »Total merkwürdig, oder? In den letzten drei Monaten hat sich das durch die Hormone noch mal richtig krass verändert. Ich erschrecke mich immer noch jedes Mal, wenn mich irgendwelche Typen ansprechen«, sagt er lachend, »aber dann fragen sie mich bloß nach dem Weg.«

Ryan mustert ihn, wie um eine Bestandsaufnahme zu machen. »Bei dir hat sich ja auch ordentlich was getan. Ich hab das Gefühl, bei mir passiert fast gar nichts.«

Alexander wirkt sofort leicht verlegen. »Das stimmt nicht, Ryan.«

Ich finde es unglaublich interessant zu hören, wie die beiden die Testosteroneinnahme erleben, und in dieser entspannten Feierabendatmosphäre wirkt das alles auch deutlich »normaler« als in einem Stuhlkreis mit Gruppenleiterin. Wir können über diese Themen reden und trotzdem Freunde sein, die zusammen abhängen. Neil hatte recht. Ich schulde ihm etwas, weil er mich einfach so unter seine Fittiche genommen hat. Jetzt möchte ich gern Teil dieser Gruppe werden.

»Ja«, schnaubt Ryan, »die Pickelexplosion ist mir nicht entgangen.«

Nicht unbedingt eine berauschende Vorstellung, obwohl ich wie Neil den Eindruck habe, dass er die Dinge negativer wahrnimmt, als sie sind.

Feel you, Bro.

Neil lächelt nun Alexander über den Tisch hinweg an. »Du darfst dich aber schon darüber freuen, wie gut du es getroffen hast. Für deine neue Stimme würde ich killen!«

»Echt?« Alexander lächelt schüchtern zurück.

Als sich die Unterhaltung zu irgendeinem Fußballspiel verlagert, geht er aufs Klo, woraufhin mein neuer Freund Neil, den ich jetzt schon mal vorsichtig so nenne, sich sofort zu mir beugt und flüstert: »Was meinst du? Könnte ich bei Alexander eine Chance haben?«

Vielleicht kann ich mich mit emotionalem Beistand bei ihm revanchieren? Wäre ein Anfang. Dennoch bin ich zuerst etwas überrumpelt.

»Schon möglich«, sage ich deshalb nur. Daran sollte ich auf jeden Fall noch arbeiten.

Von den anderen ermutigt, wage ich es schließlich zum ersten Mal, die Herrentoilette zu benutzen. Alles läuft gut, ich falle nicht weiter auf.

»Siehst du?« Ryan grinst und klopft mir bei meiner Rückkehr auf die Schulter.

Später am Abend, nachdem wir uns noch etwas die Beine vertreten haben und vor einer Pommesbude halten, weil Neil sonst verhungert (er schwört es), fällt mir auf, wie ein Mädchen die Straßenseite wechselt, anstatt sorglos an uns vorbeizugehen. Es fühlt sich noch so unwirklich an, als Mann in dieser Welt eingeordnet zu werden, und es gefällt mir definitiv nicht, offenbar als bedrohlich wahrgenommen zu werden. Aber auch daran werde ich mich wohl gewöhnen müssen.

Meinetwegen hätte die Zeit ruhig etwas langsamer verstreichen können, am liebsten hätte ich die Uhren angehalten, doch um kurz nach elf zerstreut sich unsere Runde, und mir gehen die Gründe aus, um dem Tredegar Square – meinem Zuhause, das sich nicht mehr nach einem anfühlt – länger fernzubleiben. Ich rechne damit, mich zumindest schnell in meinem Zimmer verkriechen zu können, weil alle bereits tief und fest schlafen, doch ich werde kalt erwischt.

»Da bist du ja!«, ruft mir Dad bei meinem Eintreten aus dem Wohnzimmer entgegen und tritt in die Diele.

Am liebsten wäre ich ohne ein Wort an ihm vorbeimarschiert, aber der Unterton in seiner Stimme hält mich davon ab. Ich bin nicht sicher, ob er ärgerlich oder erleichtert klingt.

Ich bleibe stehen. »Ja, sieht so aus.«

Leider.

»Wo warst du?« Mum taucht hinter ihm im Türrahmen auf. Sie hat sich eine Decke um die Schultern geschlungen. Ihr Gesicht ist verquollen und gerötet, als ob sie stundenlang geheult hätte.

Meine Brauen ziehen sich zusammen. »Meint ihr, wo ich jetzt herkomme, oder die letzten Tage?«

Es wundert mich, dass ihnen meine Abwesenheit aufgefallen ist, denn in letzter Zeit haben sie sich nicht wirklich für mein Wohlergehen interessiert.

Meine Mutter schluchzt. »Du hättest hier sein sollen.«

Ich glaube, ich höre nicht richtig.

Und explodiere.

»Ihr wolltet mich doch am liebsten gar nicht hier haben! Oder habe ich das etwa missverstanden? Ich bin bei meiner Freundin gewesen. Dem Mädchen, für das ihr im Krankenhaus kaum einen Blick übrighattet! So schwer war es ja wohl nicht zu erkennen, wie viel Tracey mir bedeutet. Aber bei all eurer Ignoranz sollte mich das vielleicht nicht wundern.«

Wow, ist ja gar nicht so schwer, meine Wut auch mal rauszulassen. Wobei ich schon merke, dass ich angetrunken bin. Whatever, es tut unheimlich gut, ihnen das endlich mal entgegenzuschleudern.

Ein Stechen zuckt durch meinen Schädel, und der Schmerz breitet sich hinter meiner Stirn aus. Nicht die beste Verfassung, in der ich mich befinde, jedenfalls nicht für so eine Diskussion.

»Ich muss ins Bett.«

Ich habe mich bereits halb umgedreht, als mein Vater mir schließlich eine Erklärung für das Kreuzverhör liefert: »Deine Großmutter ist gestorben.«

»Was?« Ich erstarre. So schnell bin ich noch nie wieder nüchtern geworden. Mein Magen brodelt besorgniserregend. Ich wende mich wieder zu meinen Eltern im Wohnzimmereingang um. »Wie? Wann? Wieso?«

»Sie ist heute Morgen nicht mehr aufgewacht«, ist Dads schlichte Antwort.

Vergebens versuche ich, die Information zu verarbeiten. Wir haben uns nie besonders nahegestanden. Auch vor ihren Schlaganfällen nicht. Aber sie war meine Grandma und stets da.

Wo ist Elle? Wie geht es ihr? Wieso hat sie mir nichts gesagt? Sie war doch sicher schon früher zu Hause als ich? Wobei ... sie hat bestimmt versucht, mich zu erreichen. Nachdem Neil und ich unsere Nummern erneut ausgetauscht hatten, habe ich mein Handy für die Selbsthilfegruppe auf lautlos gestellt und es danach nicht mehr verwendet, da ich den restlichen Abend ganz auf die Gegenwart der anderen Jungs konzentriert gewesen war.

Auch jetzt sollte ich mich auf die Gegenwart konzentrieren. Was muss Grandmas Tod vor allem für meine Mutter bedeuten, die sich jahrelang für sie aufgeopfert hat? Jetzt kann ich ihren Schmerz einordnen, und er durchdringt auch mich.

»Mum.« Für einen Augenblick ist meine Wut verraucht. Ich trete auf sie zu, und anders als nach meinem Outing hält Dad mich nicht zurück, sondern erlaubt mir, sie in den Arm zu nehmen.

Sie umarmt mich ebenfalls, sucht Halt und weint so heftig, dass es sie schüttelt. »Es tut so gut, dass du hier bist, Victoria.«

Ich versteife mich ein wenig, aber es wäre unangebracht, sie jetzt zu korrigieren. Anders als sie kann ich gerade nicht weinen, obwohl mir danach zumute ist. Vermutlich würden wir einander nicht in den Armen liegen, wenn meine Grandma nicht gestorben wäre. Vielleicht nie wieder.

»Die Beerdigung ist für Freitagvormittag geplant«, sagt Dad und beäugt mich mit sichtlichem Missfallen. »Ich wünsche, dort weder Vincent noch diese Tracey anzutreffen.«

Ich brauche zwei Sekunden, um die Bedeutung seiner Worte zu erfassen. Meine Wangen beginnen zu brennen. Wegen Mum versuche ich jedoch, ruhig zu bleiben. »Das kannst du nicht so meinen.«

»Ich meine es genau so, wie ich es sage.«

»Aber ich *bin* Vincent.«

»Kann ich dann mit Victoria sprechen?«

»Das ist nicht dein Ernst.« Unwillkürlich werde ich nun doch lauter.

Mum weicht vor mir zurück, und in mir wird es dunkel, kalt und leer.

»Ich brauche jetzt meine Tochter«, sagt sie. »Ich brauche sie. Ist das zu viel verlangt … in dieser Zeit? Kannst du sie nicht holen? Bitte. Ich bin sicher, *sie* würde das verstehen.«

Jedes Geschoss findet sein Ziel und zwingt mich weiter in die Knie. Voller Entsetzen stolpere ich von meinen Eltern weg und renne die Treppe nach oben, immer zwei Stufen auf einmal nehmend.

Wie können Mum und Dad erwarten, dass ich am Freitag als Victoria auftauche? Ihre Victoria, die sie nach ihrem Glow-Up kennen und lieben gelernt haben.

Ich verbarrikadiere mich in meinem Zimmer.

Alles dreht sich.

Oder bin ich derjenige mit dem Denkfehler? Ist das der falsche Moment, um ein Zeichen zu setzen? Sollte ich meine Kräfte lieber sparen?

Ich feuere meinen Rucksack in eine Ecke. Meine Jacke fliegt hinterher.

Grandma ist tot.

Wieso kann ich noch immer nicht weinen? Bin ich überhaupt traurig darüber? Was stimmt nicht mit mir?

Auf keinen Fall möchte ich diesen Kampf auf ihrem Grab austragen. Gar nicht zu der Beerdigung zu gehen, kommt jedoch genauso wenig infrage.

Es folgen Hemd und T-Shirt und der Binder.

Mein Herz krampft sich zusammen.

Ich bin so endlos wütend auf meine Eltern.

Werden wir uns je vertragen, wenn ich jetzt keinen Waffenstillstand schließe?

Für den Bruchteil einer Sekunde erhasche ich mich — nein, Victoria — in dem nach wie vor nicht abgehängten Spiegel. Nichts an diesem Körper, an ihr, wird sich so schnell ändern. Plötzlich fühle ich mich wie die Witzfigur, als die Mum und Dad mich offenbar betrachten. Ich steige aus meiner Hose, hasse mich für meine Schwäche. Denn ja, obwohl sich alles in mir dagegen sträubt, überlege ich ernsthaft, ob ich tun sollte, was sie von mir verlangen.

KAPITEL 48
TRACEY

Am Donnerstag ist Vincent nicht in der Uni. Schon gestern hatte er mir nicht mehr auf meine Frage geantwortet, wie es mit Neil und Co. gewesen war. Doch weil ich davon ausgegangen bin, dass wir uns heute sowieso sehen, habe ich der kurzen Funkstille keine weitere Beachtung geschenkt. Dass er mir aus dem Weg geht, glaube ich nicht, denn bis zur Mittagspause habe ich sämtliche Plätze auf dem Campus abgeklappert, an denen ich ihn vermuten würde.

Langsam komme ich mir dumm vor, als ich ihn zum fünften Mal anrufe und doch wieder nur zur Mailbox weitergeleitet werde. Ich kann kaum noch still sitzen, und beim Lunch bekomme ich nicht mehr als einen Vanillepudding runter.

Beatrice redet ohne Punkt und Komma über irgendeine Realityshow, während meine Gedanken nur darum kreisen, was passiert sein könnte.

Ist in der Selbsthilfegruppe etwas vorgefallen?

War etwas mit Neil?

Wurde Vincent noch mal überfallen?

Wieso reagiert er sonst auf keine meiner Kontaktaufnahmever-suche und schickt mir nicht wenigstens eine kurze Nachricht? Mir ist klar, dass es ihm zurzeit nicht allzu gut geht. Ich dachte dennoch, wir wären mittlerweile so weit, dass er mir zumindest mitteilt, wenn er gerade lieber allein sein möchte.

Der einzige Anruf, den ich heute bekommen habe und der mich wegen der unbekannten Nummer kurz in Panik versetzt hat, kam von der Personalabteilung des Supermarktunternehmens, bei dem ich mich beworben hatte. Leider hat man sich für jemand anderen entschieden, was mich ein bisschen frustriert. Zusätzlich.

»Findest du das etwa nicht unmöglich?«

»Sorry«, entschuldige ich mich bei meiner Kommilitonin, die mich erwartungsvoll anblickt. »Ich glaube, ich konnte dir nicht ganz folgen.«

Beatrice pustet sich ihre Ponyfransen aus den Augen. Sie wieder-holt, was sie gesagt hat, und diesmal strenge ich mich mehr an, mich auf ihre Worte zu konzentrieren.

Nach dem Essen habe ich endlich eine Nachricht von Vincent: *O mein Gott, entschuldige! Habe bis eben gepennt. Meine Grandma ist ges-tern gestorben. Die Beerdigung ist morgen Vormittag. Vielleicht können wir uns danach irgendwann sehen. Ich muss damit gerade erst mal klarkommen.*

Ich lese den Text zweimal.

Manchmal fällt auch alles zusammen!

Zwar hätte ich ihm am liebsten sofort Trost gespendet, doch wenn er sich nicht danach fühlt, werde ich das akzeptieren. Zumindest bin ich erst mal beruhigt, weil er sich gemeldet hat. Ihm ist nichts passiert! Die imaginäre Faust, die meine Eingeweide zerquetscht hat, öffnet sich etwas.

Auf dem Weg zu meinem nächsten Kurs tippe ich: *Das tut mir sehr leid. Und wenn ich doch etwas tun kann, lass es mich wissen.*

Ich hasse es, Menschen, die mir wichtig sind, nicht helfen zu können und leiden zu sehen. Noch schlimmer ist es, wenn sie mich scheinbar nicht an sich heranlassen oder ich ihren Schmerz erst verursacht habe. Aber das ist mein Problem, und ich sollte es nicht auf Vincent übertragen. Ich weiß auch kaum etwas über sein Verhältnis zu seiner Grandma und hoffe, dass er trotz allem okay ist.

Nachdem Lia, Justus, Drew und ich ein paar wirklich schöne Stunden in dieser Bar in Hackney hatten, überlege ich kurz, nachher mit meinem besten Freund etwas Zeit im *A New Chapter* zu verbringen, verwerfe den Gedanken aber wieder. Ich will lieber für Vincent da sein, falls er mich doch brauchen sollte.

Bis auf ein *Danke!* höre ich allerdings nichts mehr von ihm und vertreibe mir den Abend nach einer intensiven und erfolgreichen Lernsession damit, mir zwei Folgen *Game of Thrones* anzuschauen.

Am Freitag erwache ich noch vor dem Weckerklingeln, weil ein Nachrichtensturm auf meinem Handy eintrifft. Ich wälze mich herum, öffne WhatsApp und sehe ganz oben in der Übersicht zwei Gruppenchats, in denen scheinbar irgendetwas abgeht. Gähnend reibe ich mir den Schlaf aus den Augen und richte meinen Blick auf den Bildschirm. Der eine Chat gehört zu meinem Eventmanagementseminar, der andere hat deutlich mehr Teilnehmer, die wie ich die Vorlesung Allgemeine Wirtschaftslehre besuchen.

Ich öffne Letzteren und erkenne rasch, dass es sich bei der Aufregung nicht um ein Thema dreht, das die Uni betrifft.

Von einer Sekunde auf die nächste bin ich hellwach.

Das kann kein Zufall sein, oder?

Mit zunehmender Übelkeit überfliege ich die Chatblasen.

Sie weiß schon, dass sie 'ne Frau ist? o.o

Hure

Aber heiß!

Gestörtes Pack

Eindeutig Titten

Einfach nur krank

Armes Mädchen …

Jemand sollte für sie beten

sweet but psycho

Einige Nachrichten beschränken sich – besonders eloquent – auf ein paar kotzende Smileys. Ich scrolle bis zum Anfang des Shitstorms. Es gibt auch Gegenstimmen, doch mir fehlen die Worte. Ich bin völlig von der Katastrophe eingenommen, die sich vor mir in diesem virtuellen Raum ereignet, in den ich nicht mal wirksam hineinbrüllen könnte, wenn ich nicht wie gelähmt wäre.

Wie von selbst klicke ich auf das Bild, über das sich alle so aufregen. Meine Hände zittern so sehr, dass ich kaum das Smartphone halten kann. Versendet wurde es von Calvin, der mit Hunter befreundet ist und schon in der Bibliothek über Vincent und mich gelästert hat.

Ich finde meine schlimmsten Befürchtungen bestätigt und kann trotzdem nicht verhindern, das zu sehen, was jeder sehen würde, wenn er ohne Hintergrundinformationen an das Foto heranginge:

Die Aufnahme zeigt eine junge Frau, die sich in schwarzer Spitzen-unterwäsche vor der Kamera räkelt. Von dem Fotografen, der über ihr aufragt, ist nur ein Teil des Arms und eine Hand im Bild, die er nach ihr ausgestreckt hat. Ihre aschblonden Haare sind fächerförmig um ihren zur Seite geneigten Kopf ausgebreitet. Geschlossene Lider, lange, dunkle Wimpern, Lippenstift, der leicht verwischt ist.

Abgesehen davon, dass dieser Moment sicher nicht für die Öffentlichkeit bestimmt war, erregt vor allem der Text am unteren Bildrand Anstoß: *Ich weiß nicht, wie es euch geht, Leute. Also ich erkenne da nur einen Mann. Einfachste Biologie!*

Hunters Worte, eindeutig, Calvin ist in dem Fall nur der Überbringer.

Bei dem Paar auf dem Foto handelt es sich um Vincent und seinen Ex-Freund. Nur dass Vincent auf diesem Bild nicht aussieht wie der Junge, den ich liebe. Es mag unter anderem an der Perspektive liegen, auf jeden Fall fällt es mir schwer – schwerer, als ich gedacht hätte –, ihn in diesem fremden Mädchen zu finden. Dabei ist er es zweifellos, und ich weiß ja von seiner Vergangenheit als Victoria. Ich glaube, ich bin ihr sogar schon mal begegnet … Ja, ich denke schon! Sind wir nicht auf dem *Spring Awakening* zusammengestoßen? Wieso hat Vincent nie etwas dazu gesagt? Es ist trotz allem eigenartig, ihn nun so zu sehen, weil er seinen Körper sonst so gekonnt verhüllt. Inzwischen durfte ich ihn zwar häufiger berühren, aber bisher nie betrachten.

Ungeahnte Wut lodert in mir auf.

Hunter. Dieses Riesenarschloch!

Wenn ich ihn in die Finger kriege, werde ich ihm eigenhändig den Hals umdrehen.

Ich reiße mich von der Aufnahme los und falle in meiner plötzlichen Eile halb aus dem Bett. Ich muss sofort zu Vincent, bevor er von dieser Scheiße Wind bekommt und allein damit ist. Wir studieren zwar verschiedene Fächer, aber theoretisch könnte jeder das Bild einfach weiterleiten, sodass es sich auch über Hunters direkte Reichweite hinaus flächendeckend ausbreiten kann. Wenn ich Glück habe, hat Vincent noch nichts davon gesehen, weil er durch den Handydiebstahl aus sämtlichen Uni-Chatgruppen geflogen sein müsste. Und so, wie ich ihn kenne, ist er auch noch nicht wieder beigetreten. Aber es wird auch schwer genug sein, mit Hunters Attacke und ihren Folgen Face to Face konfrontiert zu werden.

Erst als ich etwas zerzaust und ohne Frühstück in der Bahn nach Bow sitze, anstatt die Strecke in die City zur LSE zu nehmen, fällt mir wieder ein, dass heute die Beerdigung seiner Grandma stattfindet. Womöglich erwische ich ihn gar nicht mehr zu Hause, und so ist es auch. Ich fluche ausgiebig, als ich am Tredegar Square tatsächlich vor verschlossener Tür stehe.

Großartig!

Ich setze mich auf die Stufen vor dem Hauseingang. Den Gruppenchat erneut aufzurufen, wage ich nicht. Was ich dort gelesen habe, hat mir bereits mehr als gereicht. Ich fange an, an meinem Nagellack herumzuknibbeln und beobachte die Bienen, die hin und wieder auf den weißen Blüten an den Sträuchern landen. Wahrscheinlich bleibt mir mehr als genug Zeit, bis Vincent und seine Familie zurückkehren, aber ich will ihn nicht verpassen und länger als nötig um ihn bangen. Also warte ich.

Keine Ahnung, wie lange ich letztendlich vor dem Haus gesessen habe, aber ich stehe erst auf, als der Mittelklassewagen vorfährt.

Meine Beine protestieren mit einem Kribbeln. Die Autotüren öffnen und schließen sich.

Elle wird als Erste auf mich aufmerksam. Sie hastet mir über die Wiese entgegen und wedelt mit den Armen, als wollte sie mich dazu auffordern … den Mund zu halten? Ist sie auch schon auf das Foto gestoßen und möchte, dass ich Vincent nichts davon sage?

Im nächsten Moment hat er das Auto bereits umrundet, und unsere Blicke treffen sich. Kurz nur stocke ich innerlich, nachdem ich Victoria auf dem Foto zum ersten Mal bewusst gesehen habe, so als müsste nun etwas anders sein zwischen uns, doch das ist es nicht. Zu meiner Überraschung erscheint sogar auf Anhieb dieses übertrieben süße Lächeln in seinem Gesicht, obwohl ich ihn mal wieder überfallen habe. Nicht mal die dunklen Ringe unter seinen graublauen Augen können es schmälern. Leider kann ich mich gegenwärtig kaum darüber freuen.

Vincent würde ganz bestimmt nicht lächeln, wenn er wüsste, was hinter seinem Rücken die Runde macht. Niemals hätte er gewollt, dass ich ihn so zu Gesicht bekomme. Und nun muss ich ihm das irgendwie beibringen. Darauf hätte ich mich besser mal vorbereiten sollen. Ich hatte ja genügend Zeit. Wieso habe ich das nicht bedacht?

Ich schlucke. »Wie geht es dir?«

Bevor Vincent mir weiter entgegenkommen und mir antworten kann, nimmt ihn sein Vater grob zur Seite. »Das wird noch Konsequenzen haben, Fräulein.«

Er stößt ihn fast von sich und geht dann zum Haus.

»Hey!«, entfährt es mir. Ich kann mich nicht zurückhalten.

Seine Mom schüttelt bloß den Kopf und schließt sich ihrem Mann an.

Elle dreht sich ungläubig zwischen den Anwesenden hin und her, wobei ihre Eltern schon an ihr vorbeigerauscht sind.

»Ihr seid unmöglich!«, ruft sie ihnen nach.

In diesem Moment hält ein Auto am Bürgersteig. Ohne ein Wort des Abschieds, auch nicht an Vincent, steigt Elle ein.

»Das war James, ihr Freund«, murmelt Vincent, nachdem die beiden davongefahren sind.

»Was ist denn los?«, frage ich dann und versuche, einen konkreten Anlass für die Szene zu finden, die sich soeben vor mir abgespielt hat. Womöglich ist es doch kein geeigneter Zeitpunkt, um eine weitere Bombe zu zünden.

Ich spiele das Gespräch probeweise in meiner Vorstellung durch: *Du, bitte versuch nicht auszurasten, aber dein Ex-Freund hat ein intimes Foto von dir an die halbe Uni verschickt.* Das ist für sich genommen schon schlimm genug. So weit kann ich folgen. Was das für Vincent in seiner besonderen Situation bedeutet, erahne ich wahrscheinlich nicht einmal. *Ja, ich habe es auch gesehen.*

Seufzend zieht Vincent den Blazer aus und hängt ihn sich über den Arm. »Ich habe mich geweigert, die Anweisungen meiner Eltern zu befolgen.«

Ich zögere nur eine Sekunde, bevor ich ihm die Hand zum High five hinhalte. »Chapeau! Schlag ein!«

Er tut es nach einem irritierten Blinzeln. »Schön, dass immerhin einer meinen Widerstand als Erfolg würdigt.«

»Aber hallo!« Ich setze ein extra breites Grinsen auf. »Erzähl mir mehr.« Nein, ich werde es ihm noch nicht sagen.

Es ist ja zu seinem eigenen Schutz.

Später.

KAPITEL 49
VINCENT

Die Auszeit mit Tracey fühlt sich an wie ein letztes Luftholen vor dem Springen. Wir verbringen sie auf meinen Wunsch hin auf der Mudchute Farm, einem Bauernhof inmitten der Stadt, der sich auf der Isle of Dogs etwas südlich der Wolkenkratzer von Canary Wharf befindet.

Während ich mich über das hölzerne Gatter eines Geheges beuge, um ein Schaf zu streicheln, erzähle ich ihr, was der Beerdigung meiner Großmutter vorangegangen ist, und werde dabei selbst erneut unendlich traurig und wütend. Das Schaf zu streicheln hilft zumindest ein bisschen dagegen, und ich spreche dennoch weiter, obwohl ich eigentlich gar nicht möchte.

»Ich habe sogar versucht, dem Wunsch meiner Eltern zu entsprechen.«

Noch jetzt denke ich mit einem Schaudern daran, wie ich heute Morgen fertig angezogen – und tatsächlich als Victoria zurechtgemacht – vor dem Spiegel stand und über das schwarze Etuikleid gestrichen hatte, das meine Figur scheinbar vorteilhaft zur Geltung bringen sollte. Nach nur fünf Minuten musste ich es wieder ausziehen, weil ich eine Panikattacke hatte. Ich riss mir die Perücke herunter, die meine Schwester für ihre Ankleidepuppe verwendet, und entfernte das eben erst aufgetragene Make-up, das mir ironischerweise sogar gut gelungen war. Den feinen Stoff sowie den BH ließ ich einfach zu Boden gleiten, nachdem ich die Verschlüsse geöffnet hatte.

»Aber das war nicht nur nicht ich«, flüstere ich, »es war unerträglich, erneut diese Lüge spielen zu müssen.«

Ich sehe Tracey an, dass sie am liebsten ausfällig geworden wäre, doch sie schluckt jede Beleidigung, die ihr unter den Nägeln brennt, aus Rücksicht auf mich hinunter.

Ein weiteres Schaf läuft blökend auf uns zu. Immer noch ungewohnt schweigsam schüttet Tracey mir etwas von dem Futter in die Hand, das wir im Hofladen gekauft haben.

»Nachdem ich mich wieder umgezogen hatte, hätte Dad sich fast geweigert, mich in meinem *unmöglichen Aufzug* mitzunehmen«, fahre ich voller Bitterkeit fort. »Dann hätte ich mich nicht von meiner Grandma verabschieden können. Nur Elles Einschreiten verdanke ich es, dass er eingelenkt hat.«

»Tut mir leid«, sagt Tracey. »Mir fehlen dafür echt die Worte.«

»Und wenn dir mal die Worte fehlen, muss es richtig schlimm sein«, stelle ich voller Sarkasmus fest.

Das zweite Schaf schleckt mir die Futterpellets aus der Handfläche, was etwas kitzelt. Weitere Artgenossen und ein paar Ziegen kommen hinzu, um ebenfalls etwas abzustauben. Tracey füttert die

Tiere mit mir, wobei sie behauptet, dass Kühe und Schweine viel cooler wären.

»Denen können wir uns ja gleich noch widmen«, vertröste ich sie und überlege. »Ich weiß auch nicht mehr, was ich zu meinen Eltern sagen soll.« Eine neuerliche Tirade aus Vorwürfen und Enttäuschung lasse ich definitiv nicht über mich ergehen. So viel steht fest. »Vielleicht ... vielleicht sollte ich ausziehen.«

Tracey sieht mich ernst und voller Mitgefühl an, bevor sie sich einer besonders aufdringlichen Ziege zuwendet. »Wenn das geht, wäre das sicher nicht schlecht.«

»Irgendwie wird sich das schon machen lassen.« Der Gedanke erscheint mir zunehmend als einziger Ausweg, auch wenn ich dafür jeden Pence zusammenkratzen muss. Möglicherweise kann ich noch mehr Stunden im Blumenladen übernehmen, und ich hätte auch kein Problem damit, in eine billige Bruchbude zu ziehen. Alles ist erst mal besser, als weiter mit diesen Menschen unter einem Dach zu leben, oder?

Nachdem ich genug Tiere gestreichelt und gefüttert habe, sieht die Welt immerhin schon wieder etwas farbenfroher aus. Zumindest vorübergehend. Bei den Hühnern und Pferden sind Tracey und ich sogar einer Meinung. Erstere finden wir unheimlich und Letztere langweilig. Am Ende des Tages kauft und schenkt sie mir ungeachtet meiner Proteste eine Sonnenblume.

»Klappe«, fährt sie mir dazwischen. »Ich weiß doch, wie sehr du auf diesen Kitsch abfährst.«

Das ist wahr, und mir wird warm ums Herz. Zumal sie eine besonders schöne Sonnenblume ausgesucht hat, die ich während der gesamten Rückfahrt in der Hand halte, damit sie in der Innentasche meines Blazers keinen Schaden nimmt. Vielleicht klammere ich mich auch ein wenig daran fest, denn während ich die kurze Strecke von der Underground Station bis nach Hause zurücklege, fälle ich die endgültige Entscheidung. Ich eröffne sie meinen Eltern ohne jede Vorwarnung, kaum dass ich ins Wohnzimmer gestürmt bin.

»Ich werde ausziehen.«

Mum und Dad wenden sich wortlos zu mir um. Die Kochsendung im Fernseher läuft weiter. Ein stechender Schmerz zerreißt meine Brust und breitet sich aus wie eine auseinanderklaffende Wunde.

Ich warte.

Worauf?

Tränen treten mir in die Augen.

Schweigen. Es kommt nichts. Sie wirken nicht mal sonderlich schockiert, was mich nur noch mehr darin bestärkt, dass ich das Richtige tue.

Diese ausdruckslosen Gesichter.

Mein Magen rebelliert.

»Es tut mir leid«, füge ich noch hinzu wie eine neuerliche Rechtfertigung dafür, dass ich daran gescheitert bin, mich noch einmal als Victoria auszugeben.

Wieso sagt denn niemand etwas?

»Es ging nicht«, raune ich. »Es ging einfach nicht.«

Nicht mehr.

Schließlich stößt Dad eine Art Schnaufen aus. »Wenn du es so willst, wir halten dich nicht auf. Verschwinde einfach.«

»Wenn ich es so will? Ist das dein verdamm...« Ich breche ab.

Mum sagt gar nichts, aber immerhin sieht sie mich an und blendet mich nicht komplett aus.

Nein, das ist es nicht wert, sie sind es nicht wert. So viel Selbstachtung habe ich noch. Beschissenes Timing hin oder her! Es war nur eine Frage der Zeit, bis die Dinge eskalieren würden.

»Vergesst es!« Ich speie die Worte förmlich aus.

Dann gehe ich, endgültig.

Kaum habe ich mich umgedreht, beginne ich zu weinen. Oben in meinem Zimmer stopfe ich nur schnell ein paar Klamotten und das Notwendigste in meinen Rucksack, bevor ich immer noch tränenblind die Treppe hinunterpoltere, förmlich aus dem Haus fliehe und mich Richtung *Tower Hamlets Cemetery* wende. Wohin auch sonst?

Als die schmiedeeisernen Friedhofstore und die Ziegelsteinmauer in mein Blickfeld geraten, rufe ich Agatha an. Sie ist es, die ich jetzt brauche. Dabei vergesse ich vollkommen, dass ich ihr die Situation mit meinen Eltern bisher vorenthalten habe und ihr keine Umstände machen wollte. Es ist ein Wunder, wenn sie mich vor lauter Schluchzen überhaupt versteht.

»Hallo«, meldet sie sich fröhlich.

»Ich kann nicht mehr nach Hause«, stammele ich.

»Vincent?« Sofort schlägt der Ton in Agathas Stimme in Alarmbereitschaft um. »Wieso ... Was ist los?«

»Ich musste einfach weg«, bricht es nun ungehemmt aus mir heraus. »Ich halte es dort nicht mehr aus!«

Gott sei Dank behält Agatha einen klaren Kopf. »Wo bist du gerade?«

»Fast beim Blumenladen.«

»Okay, okay.« Ich höre ein Geräusch im Hintergrund. »Warte dort auf mich, ja?«, bittet Agatha mich dann. »Ich bin sofort bei dir.«

Obwohl ein Anflug von Verlegenheit in mir aufsteigt, weil ich so aufgelöst bin, hätte ich nicht die Kraft dazu aufbringen können, ihr zu widersprechen oder woanders hinzugehen, selbst wenn ich es gewollt hätte.

»Danke«, sage ich nur.

Als Agatha mich unbestimmte Zeit später im *Magic of Flowers* aufliest, weine ich immer noch – oder wieder? –, kaum dass sie mich in eine ihrer liebevollen, mir so vertrauten Umarmungen schließt. Bis eben habe ich wie paralysiert auf der Verkaufstheke gesessen und vor mich hingestarrt, noch völlig fassungslos über die Reaktion meiner Eltern. Das soll es wirklich gewesen sein?

»Was ist denn nur passiert?«, fragt Agatha mich sanft.

»Sie weigern sich, mich als Vincent zu akzeptieren«, presse ich hervor.

Daraufhin versichert mir Agatha immer wieder, dass ich nichts falsch gemacht habe. »Ich wusste ja, dass deine Mutter sich verändert hat, aber so etwas hätte ich ihr nicht zugetraut. Nichts ist falsch daran, du selbst zu sein.«

Sie muss ihre Worte noch ziemlich oft wiederholen, aber irgendwann fange ich mich etwas. »Entschuldige.«

»Ts!«, gibt Agatha gespielt streng von sich. »Nicht dafür. Und jetzt komm.«

Irritiert blinzele ich sie an. »Wohin?«

»Wir gehen zu mir. Da wohnst du nämlich ab sofort.«

Ich wusste, dass ich auf sie zählen kann, und wollte ihre Gutmütigkeit genau deshalb nicht ausnutzen, aber *das* kann ich nicht einfach so annehmen.

»Agatha, das –«

»... ist ja wohl klar!«, erstickt sie meine Widerrede im Keim.

Ich schüttele bewegt den Kopf. »Danke. Einfach danke.«

Unglaublicherweise hat sie sogar sämtliche Zutaten für Blaubeermuffins zu Hause, die sie mir zum Trost noch an diesem Abend backt.

Am Sonntagnachmittag packe ich meine letzten Sachen zusammen. Nicht in eine Reisetasche wie für die Tage, die ich bei Tracey verbracht habe, sondern in Kartons, die wir gleich mit dem Bus zu Agathas Zweizimmerwohnung in Stepney Green transportieren wollen. Viel Kram, den ich mitnehmen möchte, gibt es eigentlich nicht, deshalb fand ich es unnötig, ein Auto zu mieten. Lieber spare ich das Geld. Die Möbel müssen sowieso hierbleiben, nur die Pflanzen sind etwas sperrig. Also habe ich schweren Herzens vorerst eine Auswahl getroffen und die Übrigen zur Zwischenlagerung unter meinen Freunden verteilt. Agatha hat nicht so viel Platz, aber ich will mich auf keinen Fall beschweren.

Dennoch kann ich nicht abstreiten, dass mich Wehmut und Traurigkeit erfüllen, als ich mich noch einmal in meinem Zimmer umschaue. Ich lebe hier, seit ich denken kann, und bin nun gezwungen, es zu verlassen.

Nachdem ich meinen Rucksack aufgesetzt habe, nehme ich die Monstera auf den Arm und wende mich zur Tür um, in der Elle mit einem müden Lächeln erscheint.

»Ich hab dich lieb, Vincent. Ich hoffe, das weißt du.«

Sie schert sich nicht darum, wie gefühlsduselig ich bei ihren Worten sofort wieder werde, und ist im nächsten Moment zu mir getreten, um mich so fest zu umarmen, dass sie mich genauso gut in den Schwitzkasten hätte nehmen können. Ich erwidere die unerwartet heftige Zuneigungsbekundung so gut es mit einem Arm geht.

Als sie mich wieder freigibt, wische ich mir mit dem Handrücken über die Augen. »Ich hab dich auch lieb, Elena.«

Noch dazu ist meine Schwester nur hier und nicht bei James, weil *ich* sie darum gebeten habe. Sie hat ebenfalls beschlossen, sich erst mal für längere Zeit bei ihrem Freund einzuquartieren.

»Gut!« Damit schnappt Elle sich den letzten Karton, um ihn die Treppe hinunterzutragen.

Ich folge ihr in die Diele und ziehe die Tür mit einem Ruck hinter mir zu. Damit den persönlichen Gegenständen, die sich noch darin befinden, in meiner Abwesenheit nichts geschieht, schließe ich das Zimmer hinter mir ab.

Wenn ich irgendwann eine eigene Bleibe gefunden habe, komme ich wieder und hole sie ab.

Gott sei Dank haben Mum und Dad sich zurückgezogen und zu einem Tagesausflug ins Londoner Umland entschlossen, bis ich fertig bin, sodass ich sie gestern vermutlich für lange Zeit zum letzten Mal gesehen habe. Ausnahmsweise hatte mein Vater mir zugestimmt, dass die Situation für uns alle leichter wäre, wenn sie mir diesen Freiraum gewähren.

Bin ich nervlich fast am Ende? Schon möglich.

Gwen kommt mir auf dem Weg nach unten entgegen. »Das war alles?«

»Jap«, bestätige ich.

Nachdem sie am Mittwoch den ersten Schritt auf mich zugemacht hat, habe ich ihr nach anfänglichen Zweifeln doch eine Nachricht geschrieben, und sie hat gleich angeboten, mit anzupacken. Das war natürlich nett, und überhaupt hatte sie mir gefehlt. Wieso sollten wir es nicht noch mal als Freunde probieren?

Obwohl sie nichts sagt, höre ich förmlich das Rattern der Zahnräder in ihrem Kopf.

»Was ist?«

Wir sind am Fuß der Treppe angekommen.

Gwen verzieht das Gesicht. »Hast du Angst vor morgen in der Uni?«

Ich stutze.

Habe ich etwas verpasst? Mir fällt partout nichts ein. Dennoch schlägt mein Magen schon mal vorsorglich einen Purzelbaum.

»Morgen?«

Ihre Lippen formen ein lautloses O. »Sag nicht, du weißt es gar nicht?«

Offensichtlich habe ich etwas verpasst.

»Ich weiß was nicht?« Meine Stimme schraubt sich in die Höhe.

Ich hätte sie gern geschüttelt, damit sie schneller mit der Sprache herausrückt, denn verdammt, sie sieht aus, als gäbe es da etwas, das ich dringend wissen sollte, auch wenn es mir nicht gefallen wird.

»Hunter hat ...« Sie lässt den Satz ins Leere laufen. »Sorry. Ich bin davon ausgegangen, du hättest es gesehen.«

Ist das denn zu fassen?

»Gwen!«, schlage ich einen nahezu flehenden Tonfall an. »Ich habe keine Ahnung, wovon du sprichst!«

Mein Herz hämmert heftig und überlaut gegen meine Rippen.

Sie macht eine beschwichtigende Geste. »Ich gehe davon aus, dass dein Ex und seine Freunde das Foto in Umlauf gebracht haben und sich die Verbreitung danach verselbstständigt hat. Jedenfalls habe ich möglichst viel von dem Chatverlauf, den ich gesehen habe, dokumentiert. Als Beweismittel, verstehst du? Ich dachte, das könnte später eventuell nützlich sein.«

Nein, nein, ich verstehe nicht – bis sie mir die Screenshots auf ihrem Handy zeigt.

Genauso gut hätte sie mich mit einem Eimer Eiswasser überschütten können.

Das kann nicht echt sein.

Es muss sich um ein Missverständnis handeln.

Aber das Foto ist echt. *Das Foto.* Ich erinnere mich genau daran, wie Hunter es aufgenommen hat.

Erst war er über mir gewesen, nur um als Nächstes aufgeregt nach seinem Smartphone zu suchen. Dann war er zurückgekommen. Er hatte mich erneut geküsst und mir ins Ohr geraunt, wie unglaublich hübsch ich sei. Ich hatte versucht, ihm zu glauben, wollte mich auch so sehen können, wie er mich sah. Es tat irgendwie gut, so etwas wie eine Bestätigung zu erhalten, weil ich selbst meinem Äußeren so wenig abgewinnen konnte. Die Aufnahme fand ich dann noch nicht mal so übel, und wenn es ihn glücklich machte …

Ein glucksendes Lachen entweicht mir. Ich bemühe mich darum, sinnvolle statt panische Gedanken zu fassen. »Hunter und die anderen haben das in irgendwelche Uni-Chatgruppen gepostet? Wann?«

»Ich bin am Freitag darauf aufmerksam geworden.«

Das Rauschen in meinen Ohren steigert sich.

All diese Menschen – wie viele? – haben mich nicht nur halb nackt und emotional entblößt begafft, sondern sich auch das Recht herausgenommen, über mich zu urteilen. Dabei sind es größtenteils Fremde. Sie kennen mich überhaupt nicht, aber wagen es, mich auf die hässlichste, widerwärtigste Art und Weise zu beschimpfen. Die

Spott- und Hasskommentare scheinen sich in diesen wenigen Sekunden, die ich auf Gwens Handy schaue, förmlich in meine Netzhaut einzubrennen. Selbst diejenigen, die mich vielleicht noch verteidigen wollten, bezogen sich oftmals auf mein Geburtsgeschlecht und sprachen von Männern und Frauen. *Sie, sie, sie.* Immer wieder *sie.* Wieso hat *sie* sich von Hunter so ablichten lassen? Wie konnte *sie* auf so einen Typen hereinfallen? *Sie* ist selbst schuld. Wie hat er *ihr* das antun können?

»Vincent?«

Ich halte mich an Odysseus fest, als hinge mein Leben von der Pflanze ab. Ich glaube nicht, dass ich die Monstera je wieder loslasse.

Da kommt Neil durch die offene Haustür und reißt mich aus meiner Starre. »Wir sollten los, wenn wir den nächsten Bus erwischen wollen.« Er deutet nach draußen, wo meine Schwester, Penelope und Tracey mit meinen restlichen Sachen im Vorgarten warten. Wer von ihnen hat das Foto auch gesehen?

Neil sieht mich stirnrunzelnd an. »Alles klar, Mann?«

Ich nicke abwesend. Wie auf Autopilot steuere ich auf den Ausgang zu, ohne Gwen eines weiteren Blickes zu würdigen. Ich stehe unter Schock. Denke ich.

Meine Handflächen sind klamm vor kaltem Schweiß.

Werde ich je wieder irgendwo hingehen können, ohne mich zu fragen, ob ich als das Mädchen von dem Foto identifiziert werde? Kann ich nun überhaupt noch damit rechnen, jemals nicht als trans* geoutet in der Öffentlichkeit zu leben?

Meine Augen richten sich auf Tracey in ihrem weißen Sweatshirt und dem engen rosa Cordrock. Sie lacht über etwas, das Elle gesagt hat. Dieses wunderbare Lachen, von dem ich jedes Mal eine Gänsehaut bekomme.

Sie müssen beide davon gewusst haben. Tracey und meine Schwester gehen nicht nur auf die LSE, sie sind auch gut vernetzt. So ein Shitstorm kann nicht an ihnen vorbeigegangen sein. Das kann ich mir einfach nicht vorstellen.

Tracey hat das Foto gesehen.

Nach all meinen Bemühungen, es zu verhindern, hat sie Victoria gesehen.

Im nächsten Moment übergebe ich mich in die Hortensienbüsche.

KAPITEL 50
TRACEY

»Geht es wieder?«, frage ich Vincent, winkele ein Bein an und ziehe es zu mir aufs Sofa.

Nachdem die anderen sich verabschiedet haben, wirkt Agathas Apartment trotz der Umzugskartons geräumiger, als es zuerst den Anschein hatte, dafür aber nicht weniger extravagant mit den bunt durcheinandergewürfelten Möbeln, modernen Kunstdrucken an den Wänden und dem Zimmerdschungel, der noch wilder und ungezähmter ist, als ich es von Vincent gewohnt bin.

Leider reagiert er kaum. Dafür scheint er die Sonnenblume, die ich ihm geschenkt habe, in der Vase vor uns auf dem Couchtisch mit seinen Blicken erdolchen zu wollen. Er ist schon so schweigsam, seit er sich bei unserem Aufbruch vom Tredegar Square übergeben musste. Dabei habe ich seinen Ex-Freund noch mit keiner Silbe erwähnt – und das sollte ich. Vor Montag. Allerdings gibt es auch so schon genug anderes, das ihn vermutlich ziemlich mitnimmt.

Agatha hat sich in das einzige andere Zimmer – abgesehen vom Bad – zurückgezogen und Musik eingeschaltet, um uns etwas Raum zu geben.

»Das war ganz schön viel, oder?«, starte ich einen neuen Versuch.

Diesmal zuckt ein Muskel in seinem Kiefer.

Ich möchte nach Vincents Hand greifen, doch er zieht sie ruckartig weg. »Fass mich nicht an!«

»Was?«

Seine Reaktion erwischt mich so unvorbereitet wie ein Schlag ins Gesicht, sodass ich ihn nur anstarren kann. Ich versuche zu kapieren, was in ihn gefahren ist.

»Du hast mich verstanden.«

»Okay, sorry!«, rudere ich zurück. Ich bin völlig überfordert mit der plötzlichen Kälte, die er ausstrahlt.

Er funkelt mich anklagend an, aber auch als hoffte er auf einen Irrtum. »Wieso hast du es mir nicht gesagt?«

Es durchfährt mich siedend heiß.

Er weiß es. Er weiß von Hunter. Und dem Foto.

Was sollte er sonst meinen?

Gwen ... sie muss es ihm vorhin erzählt haben, als sie noch mal im Haus war. Daraufhin hat Vincent sich dann übergeben. Scheiße. Hatte sie deshalb eher zerknirscht als betroffen ausgesehen? War das ihr schlechtes Gewissen, weil sie sich dafür verantwortlich fühlte? Dass er seinen Übelkeitsanfall im Beisein der anderen auf den ganzen Stress geschoben hat, wundert mich eigentlich nicht wirklich.

Und jetzt weiß er auch, dass ich es weiß ... es gewusst habe ... Denn meine Gesichtszüge sind mir längst entglitten.

»Es stimmt also«, schlussfolgert er korrekt.

»Vincent ...« Intuitiv strecke ich erneut eine Hand nach ihm aus, ziehe sie aber noch rechtzeitig zurück, als mir einfällt, dass er noch vor einer Minute nicht von mir berührt werden wollte. Er will nicht von mir berührt werden. Mein Herz stolpert. Ich versuche, mich zu sammeln, um das hier wieder geradezubiegen.

»Ich hatte nie vor, dir das zu verschweigen. Ich dachte nur, du musst dich momentan mit genug Problemen herumschlagen. Ich wollte dich beschützen! Das ist alles.«

»Ah, ich verstehe«, erwidert er tonlos. »Auch vor dir?«

Mein Puls beginnt zu rasen. Ich bin nicht länger Herrin der Lage.

»Wie meinst du das?«

Vincent wirkt gekränkt. Oder?

»Was hast du denn erwartet, was mit mir passieren würde, wenn du mich mit Hunters Aktion konfrontierst?«

»Keine Ahnung?« Ich springe auf, weil ich nicht mehr so passiv herumsitzen kann. »Ich hatte einfach Angst! Seitdem diese Typen auf dich losgegangen sind, wirkst du völlig aus der Bahn geworfen ... Auch wenn du dich bemüht hast, zu überspielen, wie schlecht es dir wirklich geht. Ich bin ja nicht blind.«

»Wow.« Vincent lehnt sich zurück und sieht mit hochgezogenen Augenbrauen zu mir auf. »Tut mir leid, dass ich so eine Last für dich bin.«

Mir klappt die Kinnlade herunter.

Wie schafft er es nur, mir die Worte so im Mund zu verdrehen?

Da redet er schon weiter. »Ich schätze es, dass du mich trotzdem so lange ausgehalten hast. Noch mehr hätte ich es nur geschätzt, wenn du ehrlich zu mir gewesen wärst.«

»Ich war immer ehrlich zu dir!«

Langsam bin ich nicht mehr nur entsetzt, sondern ärgere mich auch darüber, dass Vincent mich offenbar absichtlich missversteht.

»Dann war es etwa kein Problem für dich, auf dieses alte Foto von mir zu stoßen?«

»Wenn du mit *Problem* meinst, ob es für mich einen Unterschied macht, dass ich dich als Victoria gesehen habe, dann nein!« Ein Beben läuft durch meinen Körper. »Zumal ich dir doch sowieso schon mal auf dem *Spring Awakening* begegnet bin. Ich hatte das nur nicht auf dem Schirm, bis ich mich durch das Bild daran erinnert habe.«

»Wenn es angeblich kein Problem gewesen ist, hättest du es mir doch sagen können.«

Ich schnaube. »Nein, weil mir klar war, dass *du* ein Problem daraus machen würdest, egal, wie ich es empfinde.«

Na gut, das klang jetzt nicht besonders nett. Aber wenn ich schon dabei bin ... Alles, was mich in letzter Zeit beschäftigt hat, bricht auf einmal aus mir heraus.

»Manchmal denke ich, ich könnte mir die Puste sparen, da du mir sowieso nicht glaubst oder dich weigerst, meine Hilfe anzunehmen.«

Wir drehen uns im Kreis. Es ist mir schleierhaft, was so schiefgelaufen ist, dass wir auf einmal in unterschiedlichen Sprachen aufeinander einzureden scheinen. Ich muss die Kurve kriegen. Ruhig bleiben. Vincent ist verletzt, und wer kann es ihm verübeln?

Er reibt mit Daumen und Zeigefinger über seinen Nasenrücken. »Wie lange wolltest du denn warten, bis du dich von mir trennst? Wäre es nicht besser gewesen, frühzeitiger die Notbremse zu ziehen?«

Schockiert wispere ich: »Ich wollte mich nie von dir trennen. Ich wollte ... ich will für dich da sein.«

»Aber wieso? Weil du mich liebst?«

»Natürlich!«

Er verzieht das Gesicht. »Kannst du nicht wenigstens jetzt zugeben, nur aus Mitleid mit mir zusammen zu sein? Ach, warte. Wen wundert's? Scheinbar täusche ich mich immer wieder. In meinen Eltern, meinen Freunden …«

Ich fasse es nicht.

»Wenn du mich mit Hunter in einen Topf wirfst, werde ich wirklich sauer! Was er da abgezogen hat … So etwas würde ich niemals …« Hastig trockne ich mit einem Zipfel meines Ärmels die Träne, die sich aus meinem Augenwinkel gelöst hat und plötzlich über meine Wange kullert. Doch schon folgt die nächste. Wie kann er so etwas annehmen? »Ich verstehe zwar, dass …«

»Nein, Tracey, das verstehst du eben nicht!«

Ich blinzele heftig, als Vincent mich so angeht.

»Du wirst nie begreifen, wie es ist, trans* zu sein.«

Ich räuspere mich frustriert. »Und darum ist das, was ich für dich getan habe, wertlos, oder was?«

»Nein, nein.« Er winkt ab. Ein verächtlicher Zug, wie ich ihn noch nie an ihm gesehen habe, umspielt seine Lippen. »Du hast alles richtig gemacht! Keine Sorge. Im Gegensatz zu mir bist du perfekt. Wie gesagt, warum gibst du dich überhaupt mit mir ab? Weil du diese eine Sache versaut hast?«

Ich senke den Arm, komme endgültig nicht mehr mit. »Welche Sache?«

»Mit Samantha.«

Die Welt steht still.

»Was willst du damit andeuten?«

»Letzten Endes war dein Kuss mit Charlie schon so etwas wie ein Verrat an ihr, oder? Und verständlicherweise möchtest du nicht riskieren, dass noch mal jemand wegen dir so aus der Bahn geworfen wird, dass er kopflos in sein Unglück rennt ...«

In mir gefriert alles. Das hat er nicht gesagt. Nicht Vincent.

Doch, hat er.

Ich schnappe nach Luft, weil ich unbewusst den Atem angehalten habe. Seine Worte hallen in mir nach, zerschneiden meine Haut wie Messerklingen.

»Das denkst du?«, stottere ich. Mag sein, dass er es nicht leicht hat, aber das geht dennoch zu weit. »Dann frage ich mich, was *du* überhaupt von *mir* gewollt hast, wenn du so eine schlechte Meinung von mir hast!«

Dazu fällt ihm scheinbar nichts mehr ein.

Er funkelt mich nur weiter wütend an.

Auch schön!

»Dann sieh mal zu, wie du ohne mich zurechtkommst.« Ich schlüpfe in die Ärmel meiner Utility-Jacke, die zuvor über der Sofalehne gelegen hat, nehme meine Handtasche und ziehe mir an der Tür die Sneaker an, ohne mich mit den Schnürsenkeln aufzuhalten.

Vincent steht ebenfalls vom Sofa auf und hastet auf mich zu. Er ist auf einmal deutlich blasser um die Nase, als wäre ihm jetzt erst klar geworden, was er da überhaupt von sich gegeben hat.

»Tracey, ich wollte nicht ...«

Etwas spät für Reue, was, Mister?

Er muss doch genau gewusst haben, wie weh er mir mit diesen Worten tun würde!

»Nicht.« Ich hebe eine zitternde Hand, weil mir jede Sekunde in seiner Nähe nur noch mehr Schmerzen bereitet. »Es gibt einiges, über das ich erst mal nachdenken muss. Das war ziemlich … aufschlussreich.«

Ein fahler Geschmack breitet sich in meinem Mund aus. Wie viel Wahrheit steckt in den Worten, die da zwischen uns hin und her geflogen sind? Auch ich habe unüberlegte Dinge gesagt, die nicht von ungefähr kamen …

Es kostet mich enorme Selbstbeherrschung, nicht an Ort und Stelle zusammenzubrechen. Ich muss sofort hier raus. Gleichzeitig will ich trotz allem bleiben, denn es gibt nur eins, was mir furchtbarer erscheint, als jetzt nicht zu gehen: nie mehr wiederzukommen. Doch ob ich nach dieser Szene noch einmal wiederkommen werde, ob ich es darf, ob ich es sollte, kann ich im Moment nicht einschätzen.

Vincent nickt langsam. Er sieht inzwischen genauso elend aus, wie ich mich fühle. »Dann … war's das jetzt mit uns?«

Wenn es nur so leicht wäre, ihm einfach zu verzeihen, und alles wäre wieder gut. Aber so ist es nicht.

Ohne ihm eine Antwort zu geben mache ich auf dem Absatz kehrt und poltere die Treppe hinunter, so schnell mich meine Beine tragen.

KAPITEL 51
TRACEY

Ich war noch nie ein Fan davon, dem Konzept der romantischen Liebe eine zu große Bedeutung beizumessen. Es ärgert mich, dass ich mich dennoch kurzzeitig derart darauf eingelassen habe, nur um dann völlig den Boden unter den Füßen zu verlieren.

Ich bin jedoch nicht bereit, mich dieser niederschmetternden Tatsache hinzugeben und Trübsal zu blasen. Nein, von ein bisschen Herzschmerz werde ich mich nicht aus der Bahn werfen lassen.

Deshalb stehe ich am Montagmorgen nach meiner Joggingrunde trotz der noch keinen Tag zurückliegenden Trennung pünktlich in der Uni auf der Matte.

Wie heißt es noch? *Be somebody instead of somebody's.*

Fast hätte ich mir meine aufgesetzte gute Laune sogar selbst abgenommen, wie ich hoch erhobenen Hauptes durch die Flure schreite. Die Absätze meiner Sandaletten klackern selbstbewusst bei jedem Schritt, und den Kloß in meinem Hals und die Tränen lächele ich einfach weg. Sobald mir bekannte Gesichter begegnen, nicke ich knapp, vermeide es aber, mich in Gespräche verwickeln zu lassen, indem ich unverbindlich vorgebe, es eilig zu haben.

Insgeheim bin ich froh, Vincent nicht über den Weg zu laufen. Wahrscheinlich ist er gar nicht hier, noch nicht bereit für das, was ihn nach Hunters Attacke womöglich noch erwartet … Ich bezweifle, dass ich ruhig bleiben werde, sollte mich jemand auf ihn oder das Foto ansprechen.

Nicht daran denken. Das geht dich nichts mehr an. Ich muss mich darauf verlassen, dass Agatha auf ihn aufpasst.

Ich erreiche einen der kleineren Vorlesungssäle, wo ich meine erste Lehrveranstaltung der Woche hinter mich bringen muss – heute geht es um E-Marketing –, und entscheide mich für einen Platz in den vorderen Reihen, um erstens nicht von sensationsgierigen Kommilitonen belästigt zu werden und zweitens mich selbst zu einer mündlichen Beteiligung zu motivieren.

Ein Blick auf die schmale goldene Armbanduhr an meinem Handgelenk verrät mir, dass meine Professorin bereits seit fünf Minuten hier sein sollte, während mein Gehirn es für notwendig erachtet, mich daran zu erinnern, dass es sich vor gar nicht langer Zeit so angefühlt hat, als würde mich Vincent zur glücklichsten Frau der Welt machen. Nur dass *ich* daran gescheitert bin, *ihn* von seinen Qualen zu befreien. Ich bin nicht dagegen angekommen, auch wenn ich das immer noch nicht einsehen will.

Statt mein Handy hervorzukramen, durchforste ich meine Tasche nach dem Handspiegel, um mein Make-up zu überprüfen, damit ich etwas zu tun habe und nicht Gefahr laufe, Vincent eine Nachricht zu schreiben, bevor … Bevor was? Das ist die Frage, auf die ich noch keine Antwort gefunden habe. Was, wenn Liebe allein nicht ausreicht? Oder wenn ich nicht genug zu geben habe? Ich blinzele und senke die Lider, bis sich der Druck dahinter wieder verflüchtigt. Ich wende den Spiegel hin und her. Nach der tränenreichen Nacht kam der Concealer etwas großzügiger zum Einsatz als sonst, aber es gibt nichts auszubessern. Mist.

Sieh es ein: Es ist vorbei.

Was hätte es für einen Sinn, so fortzufahren wie bisher und so zu tun, als wäre gestern nichts gewesen? Nur weil ich bis jetzt mit niemandem darüber geredet habe, mache ich es nicht ungeschehen. Wobei ich dafür eine weitere Hürde überwinden müsste: Ich kann mich Lia oder Justus nur anvertrauen, wenn ich die Hälfte ausklammere – oder bis zu Samantha aushole. Anders als bei Mom und Dad konnte ich mich nach wie vor nicht dazu durchringen, sie in die ganze Geschichte einzuweihen.

Endlich eilt Mrs Waller herbei und nimmt meine Aufmerksamkeit in Beschlag. Ich stoße gedanklich ein knappes Dankesgebet aus. Der Vortrag, den zwei meiner Mitstudierenden halten, ist relativ spannend, und darüber hinaus leiste ich tatsächlich einen sinnvollen Beitrag bei der sich anschließenden Diskussion. Wäre ich nur nicht so traurig ...

Als ich Vincents Ex-Freund nach der Lehrveranstaltung völlig unerwartet vor unserem Raum antreffe, bin ich in null Komma nichts auf hundertachtzig. Meine Wut brodelt heiß auf und pulsiert drängend durch meine Adern. Wieso ist das Leben so unfair? Warum bin ich nur so hilflos? Wie konnte Vincent mich so verletzen? Und seine Eltern und all die anderen, die meinen, *ihm* so wehtun zu dürfen ... Wie Hunter. Ich denke noch, dass er wahrscheinlich auf

Calvin wartet, doch das hält mich nicht davon ab, ihn mir vorzu-knöpfen.

Ohne eine Sekunde zu zögern, stürze ich auf Hunter zu – und im nächsten Moment trifft meine Handfläche mit einem schallenden Geräusch auf seine Wange. Sein Kopf fliegt zur Seite, und die Ver-blüffung, die einen Sekundenbruchteil in seinen Zügen steht, ist fast komisch. Doch bevor ich ihn anschreien und ihm noch eine Ohrfeige verpassen kann, fängt er meine Hand ab, die ich gleich wieder er-hoben habe.

»Fuck!« Hunter stößt mich von sich.

Ich stolpere zurück und gehe zu Boden.

Kopfschüttelnd schaut er auf mich hinunter. »Ihr seid doch alle irre!«

Mein Herz rast.

Um uns herum bildet sich eine kleine Traube aus Gaffern. Getu-schel, Gekicher, Handykameras.

Nur langsam sickert zu mir durch, was ich getan habe.

Hunter wirbelt zu den anderen herum. Während ich mich noch sammeln muss, versucht er, die Zuschauer mit einer unwirschen Armbewegung zu verscheuchen.

»Was gibt's da zu glotzen?«

Doch nicht alle ziehen weiter oder machen, dass sie wegkommen. Vor sich hin fluchend, betastet Hunter seine rot leuchtende linke Gesichtshälfte und starrt mich an, als könne er nicht fassen, dass ich dafür verantwortlich sein soll. Immerhin etwas. Er hat es verdient!

Als er mit finsterer Miene einen Schritt auf mich zumacht, komme ich wieder auf die Beine und fahre ihn an: »Ist dir auch nur ansatzweise bewusst, was du Vincent mit deiner Scheißaktion angetan hast?!«

Er zuckt zurück.

Wenn er nicht so ein Arsch wäre, hätten Vincent und ich uns nicht gestritten.

»Wie konntest ...?«

»Wozu das Theater?«, unterbricht er mich und spuckt aus. »Reg dich doch nicht so auf. Man wird sowieso immer sehen, dass dein Freund eigentlich eine Frau ist.« Hohn trieft aus seinen Worten. »Und wenn du das noch nicht gemerkt hast oder nicht wahrhaben willst, tut es mir leid. Aber es ist nicht mein Part, das für euch auszubaden.«

Fast wäre ich Hunter erneut ins Gesicht gesprungen.

»Wie kann man die Tatsachen nur so verdrehen?«, frage ich ihn fassungslos. »Hast du mal in Erwägung gezogen, dich vernünftig zu informieren?«

Da kommt Mrs Waller, meine Dozentin, aus dem kleinen Vorlesungssaal und erfasst die Lage. »Was ist hier los?«

Die Lage. Urplötzlich wird mir übel, und ich ziehe scharf die Luft ein, als mir aufgeht, was für einen Anblick Hunter und ich bieten müssen.

Abrupt lasse ich von ihm ab.

Bin ich von allen guten Geistern verlassen worden?

Ich bin auf einen Kommilitonen losgegangen! Auch wenn ich einen Grund dafür hatte ... ja, einen Grund. Dabei ist es Vincents Sache, zu entscheiden, wie er mit der Situation verfahren möchte.

Mit puddingweichen Knien mache ich auf der Stelle kehrt und haste zwischen Hunter, Mrs Waller und den Schaulustigen hindurch in Richtung Ausgang.

Vincent.

Für ihn und dank ihm habe ich meine wohlüberlegten Vorsätze, die ich nach Samantha und Charlie und vor meinem Aufenthalt in London gefasst hatte, über Bord geworfen. Und jetzt wiederhole ich den schlimmsten Fehler, den ich je begangen habe? Wie konnte ich abermals aus einer romantischen Anwandlung heraus so die Kontrolle über die Situation und über mich verlieren? Das hätte nicht passieren dürfen. Es ist dringend notwendig, ein paar neue Konsequenzen zu ziehen, ernsthafte diesmal …

KAPITEL 52
VINCENT

Tracey hat recht. Ohne sie bekomme ich nichts auf die Reihe. Seit drei Tagen, falls ich mich nicht irre, habe ich mich kaum von der Stelle bewegt, außer um die Position zu wechseln und aufs Klo zu gehen. Ich habe einen Film angefangen und abgebrochen, obwohl *The Imitation Game* als Filmbiografie von Alan Turing schon ewig auf meiner Watchlist steht. Ansonsten liege ich wie erschossen auf Agathas Couch und zelebriere das Ende meiner Beziehung mit Tracey, indem ich unseren Streit wieder und wieder in meiner Erinnerung ablaufen lasse.

Es wird nicht besser, nur schlimmer.

Mit jeder Minute vermisse ich Tracey mehr, doch der Abstand zwischen uns erscheint mir unüberwindbar. Ich beuge mich vor, um die Tüte mit den Salzstangen zu erreichen, und versuche, entgegen des Protests in meinem Magen, zumindest ein paar davon hinunterzuwürgen. Ob das nun als Frühstück, Mittag- oder Abendessen zählt, keine Ahnung. Dafür müsste ich nachsehen, wie spät es ist, und das interessiert mich nicht im Geringsten. Auf jeden Fall ist es hell draußen.

Noch nie habe ich mich Tracey so fern gefühlt. Außer vielleicht bei unserer allerersten Begegnung auf der *Spring Awakening Party*, die bei ihr anscheinend so wenig Eindruck hinterlassen hat, dass sie das Mädchen, mit dem sie dort zusammengestoßen ist, nie mit mir in Verbindung gebracht hat – bis sie dank Hunter auf ein Bild aus meiner Zeit als Victoria gestoßen ist.

Und dann will sie mir weismachen, es sei ihr egal, dass ich im Grunde noch genauso aussehe? Die Party war erst vor zwei Monaten.

Wahrscheinlich sollte ich bezüglich Hunter irgendetwas unternehmen.

Ich verschlucke mich und huste.

Scheiße, jetzt muss ich aufstehen und mir etwas zu trinken holen. Mein Glas, das sich in Reichweite befindet, ist leer. Ich schleppe mich durch den winzigen Wohnbereich Richtung Küchenzeile, wo ich mir rasch etwas Orangensaft eingieße.

Agathas Zimmertür geht auf.

O nein!

»Willst du eventuell *heute* zum *Magic of Flowers* mitkommen?« Sie knotet sich ein gepunktetes Tuch um den Hals, kommt zu mir und steckt zwei Scheiben Toast in den Toaster. Frühstück.

Ich verenge die Augen. »Nein.«

Nachdem Agatha eine Zusammenfassung der Ereignisse aus mir herausgekitzelt hatte, fasste sie mich am Anfang noch mit Samthandschuhen an. Das ist nun vorbei, und eigentlich sollte ich mich darüber freuen, denn genau dieses rücksichtsvolle Verhalten in Bezug auf die Sache mit Hunter hatte mich bei Tracey so aufgeregt. Mal abgesehen davon zwingt mich Agatha zum Essen, achtet darauf, dass ich schlafe und lässt mich kaum eine Minute aus den Augen, wenn sie zu Hause ist.

»Meinst du nicht, es täte dir gut, mal rauszukommen?«, setzt sie neu an.

Ärger kocht in mir hoch. »Ich weiß, dass es nicht so wäre«, fauche ich sie an.

Ich bin endlos genervt davon, nicht in Ruhe gelassen zu werden. Wieso muss ich eigentlich immer alles wiederholen, bevor ich mal ernst genommen werde?!

Kaum haben die Worte meinen Mund verlassen, halte ich jedoch schockiert inne. Rasch stelle ich das noch halb volle Glas auf der Arbeitsplatte ab, bevor ich es noch fallen lasse, so zittrig, wie ich plötzlich bin. Dass ich nun auch noch mit Agatha aneinandergerate, macht mich auf einer ganz neuen Ebene betroffen. Haben wir uns bisher überhaupt jemals gezofft?

»Sorry«, entschuldige ich mich bei ihr. »Ich will meinen Frust nicht an dir auslassen.«

»Jaja«, nörgelt sie, was aber eindeutig nicht so klingt, als wäre sie mir böse. »Zur Wiedergutmachung kannst du mal meine Pflanzen gießen.«

Netter Versuch, um mich auf eine andere Art aus der Reserve zu locken. Wie kann sie so geduldig mit mir sein?

»Vielleicht nachher«, vertröste ich sie, weil mich als Nächstes eine quälende Unruhe erfasst. Wo kommt die denn plötzlich her? Unglaublich, dass ich mich eben noch völlig energielos gefühlt habe und lethargisch auf der Couch lag. »Ich … ich glaube, ich muss mich zuerst um etwas anderes kümmern?«

Agatha stimmt mir mit einem Nicken zu, als wisse sie etwas, was mir noch verborgen bleibt. »Wenn das so ist. Ich will dich von nichts abhalten.«

Langsam gehe ich wieder zu meinem Schlafplatz, um den sich nach wie vor die unangerührten Kartons stapeln. Genau hier ist das mit Tracey und mir in die Brüche gegangen, und jetzt wird mir klar, was sich in mir geregt hat, als ich Agatha vorhin angemeckert habe: Ich war nie sauer auf Tracey. Ich war sauer auf mich. Die ganze Zeit.

Ich bin nicht in der Lage dazu, Frieden mit mir und meinem Körper zu schließen. *Ich* kann nicht darüber hinwegsehen, weshalb ich schlichtweg davon ausgegangen bin, dass es ihr insgeheim ähnlich gehen wird.

»Verdammt«, entfährt es mir, bevor ich merke, dass ich laut gesprochen habe. »Ich muss mich sofort bei Tracey entschuldigen!«

»Ich hatte gehofft, dass du das meinen würdest!«, bestätigt Agatha meine späte Erkenntnis sofort.

Wenn ich es selbst nicht kaum fassen könnte, wie lange ich gebraucht habe, darauf zu kommen, wäre ich jetzt vielleicht ein klitzekleines bisschen beleidigt.

Aber nun zählt nur ein Gedanke: Ich muss retten, was zu retten ist! Zumindest muss ich es versuchen. Gott, wenn ich nur an Traceys fassungslos aufgerissene Augen denke, nachdem ich ihr meine Vorwürfe an den Kopf geworfen hatte, könnte ich über meine Dummheit schreien.

Schon in der nächsten Sekunde reiße ich einen Karton nach dem anderen auf, um etwas Vernünftiges zum Anziehen zu finden. Dabei fällt mein Blick auf das Handy auf dem Couchtisch, das ich wann zuletzt in die Hand genommen habe? Als ich es nun tue, bleibt der Bildschirm schwarz. Ich verschwende weitere wertvolle Minuten damit, das Ladekabel zu suchen. Als das Handy endlich an der Steckdose angeschlossen ist, verabschiede ich mich kurz von Agatha und stürze mit einem Kleiderbündel ins Bad.

Unter der Dusche verfluche ich mich endlos weiter, was immerhin für hinreichende Ablenkung sorgt. Wie konnte ich meinen Selbsthass nur auf Tracey projizieren? Wie konnte ich das Mädchen, das ich liebe, derart verletzen? Wie konnte ich glauben, dass sie mich so verletzen würde? Doch die Befürchtung, dass sie mich nie wirklich geliebt hat, sondern nur aus Mitleid mit mir zusammen gewesen ist – dass alles nur eine furchtbare Lüge gewesen sein könnte –, war dann einfach zu viel für mich geworden.

Nachdem ich mich schnellstmöglich abgeduscht habe, steige ich mit dem Handtuch um die Schultern aus der Kabine und winde mich ebenso hastig in meine Klamotten.

Zurück im Wohnbereich stelle ich fest, dass Agatha zum Cemetery aufgebrochen ist und mein Handyakku in der Zwischenzeit fünfzehn Prozent erreicht hat. Sobald das Smartphone hochgefahren ist, zeigt es mir ein paar neue Nachrichten an.

Mein Herzschlag beschleunigt sich, während ich die Absender checke. Von Tracey (oder meinen Eltern) ist jedoch kein Text dabei. Ersteres lässt neue Bitterkeit in mir aufsteigen, Letzteres Erleichterung. Ich habe zwar weder Mum noch Dad meine neue Nummer gegeben, aber sie hätten Agatha oder meine Schwester danach fragen können, wenn sie es noch nicht ganz aufgegeben hätten, »mich von meinem Wahnsinn abzubringen«.

Die meisten Nachrichten sind von Elle und Neil, zwei kommen von Gwen. Meine Mundwinkel wandern minimal in die Höhe, obwohl ich vor allem auf Elle wegen der Heimlichtuerei mit dem Foto auch noch etwas sauer bin. Bei meiner Schwester fiel es mir nur deutlich leichter, ihr mangels einer Hintergrundgeschichte wie bei Tracey die guten Absichten abzunehmen. Da ich meinen Rückzug diesmal angekündigt hatte – ich habe meine Freunde über die Trennung von Tracey informiert und ihnen gleich mitgeteilt, dass ich etwas Zeit für mich bräuchte –, ist noch niemand von ihnen halb umgekommen vor Sorge, wie ich sehr positiv zur Kenntnis nehme. Trotzdem fühle ich mich etwas mies, weil sich die drei so lieb nach mir erkundigt haben.

Nur Elles letzte zwei Nachrichten lesen sich etwas weniger verständnisvoll:

Bei Agatha klingt es, als müsste ich vorbeikommen und dir in den Hintern treten.

Hallo? Dein Girl hat Hunter eine reingehauen. Worauf wartest du??? Bring das in Ordnung!

Das klingt schon eher nach meiner Schwester.

Nicht aber nach Tracey.

Habe ich das richtig gelesen? Tracey hat sich mit Hunter geprügelt? Das hat Elle sich bestimmt nur ausgedacht, um meine Aufmerksamkeit zu kriegen und eine Reaktion zu provozieren. So etwas traue ich meiner Schwester durchaus zu. Denn weshalb sollte Tracey das tun? Vor allem weil sie nach unserem Streit alles andere als gut auf mich zu sprechen sein müsste.

Ich rufe sie an. Also Elle.

Vermutlich ist sie gerade auf dem Weg zur Uni, als sie rangeht.

»Verarsch mich bitte nicht«, ist das Erste, was ich sage.

»Willkommen zurück unter den Lebenden, Bruder«, kontert sie.

Ich ignoriere ihren Seitenhieb. »Was soll das? Als würde Tracey ...«

Elle fällt mir ins Wort. »Na gut, ich mag ein wenig übertrieben haben.«

Aha!

»Aber nach allem, was ich gehört habe, hat Tracey deinem Ex-Freund eine Ohrfeige verpasst, die sich gewaschen hat.«

»Und wann soll das gewesen sein?«

»Gleich am Montag.«

Inzwischen haben wir Mittwochmorgen.

»Ich weiß, das ist schwer zu verkraften, aber du bist schon Schnee von gestern«, fährt Elle fort. »Hunter ist jetzt das Gesprächsthema Nummer eins, weil er sich von einer Frau hat vermöbeln lassen.«

Mir ist bewusst, dass Elle die Dinge absichtlich überspitzt darstellt und mich mit ihrem affektierten Ton vermutlich aufheitern möchte.

»Ist es nicht romantisch, dass Tracey deine Ehre verteidigt hat?«

Die ganze Situation kann man aber auch anders betrachten, und mir ist nicht wohl dabei, dass Tracey in diesen Scheiß hineingezogen wurde, sich hineinziehen lassen hat, weshalb ich nicht auf Elles Humor eingehe. Und völlig aus der Schusslinie bin ich garantiert trotzdem noch nicht. Wenn Tracey so die Beherrschung verloren hat, geht es ihr wahrscheinlich alles andere als gut ...

Es ist wirklich wichtig, dass wir uns sofort aussprechen.

»Elle, weißt du zufällig, ob Tracey in der Uni ist?«

Dort wollte ich sie eigentlich treffen. Dafür gehe ich auch das Risiko ein, von den Geiern belagert zu werden, die mit fiesen Kommentaren auf Hunters Foto reagiert haben.

Meine Schwester scheint kurz mit jemandem zu sprechen, bevor sie mir antwortet. »Da ich mich extra etwas umgehört habe, um die Lage für dich zu sondieren, muss ich dir leider sagen, dass niemand sie seit gestern auf dem Campus gesehen hat.«

»Okay. Danke!« Ich lege auf.

Dann also zur WG.

Während ich in der Eile im Bad noch erfolgreich vermieden habe, in den Spiegel zu schauen, betrachte ich mein Gesicht in der U-Bahn nun prüfend in der Glasscheibe, hinter der die Dunkelheit des Tunnels vorbeizieht. Pure Erschöpfung steht in meinen Zügen geschrieben, was mich nicht im Geringsten wundert und bestimmt auch meine Reue untermauert. Ich schneide eine Grimasse und stelle mich einer weiteren Wahrheit.

Vielleicht ist die Annahme, ich müsste mich bloß äußerlich verändern, um sofort mit mir im Reinen zu sein, etwas vermessen. Auch innerlich liegt noch viel Arbeit vor mir, auf die ich mich womöglich zuerst konzentrieren sollte. Das hier ist mein Körper, der einzige, den ich habe, und doch bin ich so viel mehr. Ich *will* ja gar nicht ständig mit mir ringen, mich nicht zusätzlich auch noch selbst fertigmachen. Aber es wird nicht einfach sein, die Selbstzweifel abzulegen, die mich schon so lange begleiten.

KAPITEL 53
TRACEY

Irgendwie kommt es mir vor, als würde das gar nicht wirklich passieren. Es ist fast, als würde ich mir von außen dabei zuschauen, wie ich ein Kleidungsstück nach dem anderen aus dem Schrank nehme, zusammenfalte und anschließend auf einen der drei Kartons in meinem Zimmer verteile oder in den gigantischen roten Hartschalenkoffer lege. Damit bin ich vor all diesen Monaten in der Hauptstadt des Vereinigten Königreiches angereist, und jetzt werde ich mit diesem Koffer auch wieder abreisen.

Ich ziehe einen lila Jumpsuit vom Bügel und seufze. Viel zum Einpacken ist nicht mehr übrig. Wieder ein Grund weniger, aus dem ich meinen Flieger nach Amerika verpassen könnte. Bei diesem Gedanken spüre ich ein Flattern in der Brust, und mir wird leicht schwindelig.

Die Situation ist einfach zu seltsam, denn eigentlich hatte ich ja vor, noch so etwas wie ein Gap Year einzulegen, um meinen Aufenthalt in London zu verlängern. Doch als Dad mich am Montagabend so oft angerufen hatte, bis ich ihn trotz meines nicht mehr zu leugnenden Liebeskummers zurückgerufen hatte, überkam mich schon so ein ungutes Gefühl. Als er mir erzählte, dass Mom die Treppe in unserem Haus hinabgestürzt war und sich ein Bein gebrochen hatte, schien mir das neben dem Vorfall mit Hunter und meinem Streit mit Vincent gleich ein weiterer Wink mit dem Zaunpfahl zu sein, dass ich erst einmal zurück nach NYC gehen sollte.

Das letzte Teil, das ich aus dem Schrank ziehe, ist eine modisch abgewetzte Jeansjacke. Ich drücke sie mir einen Moment lang an die Brust, als mein Blick auf die Geigenfeige fällt. Bis jetzt konnte ich mich noch nicht entscheiden, was ich mit ihr anstellen soll. Völlig unvermittelt wird mir klar, dass ich auch gar nicht mitbekommen werde, wie die von uns ausgesäten Pflanzen zum ersten Mal erblühen, und das gibt mir den Rest. Fast wäre mir das Schluchzen entwischt, das in meiner Kehle festsitzt.

Schon möglich, dass es einfach nicht sein sollte – London und Vincent. Schon möglich, dass ich alles, was ich hier finden und aus dieser Zeit mitnehmen konnte, bereits gefunden habe. Doch diese Vorstellung hilft mir nicht wirklich dabei, mir das Atmen wieder zu erleichtern.

Ich quetsche die Jacke in den Koffer, doch nun lassen sich die Schnallen nicht mehr schließen, also ziehe ich sie wieder hervor und schichte ein bisschen um.

Möglicherweise sollte ich mal ein paar Sachen aussortieren, wobei ich meine Dekoartikel und die Schuhe sowie den Großteil der Handtaschen schon in die Kartons gepackt habe, die ich mir nachschicken lassen werde.

Wow, dieses Hin- und Hergepacke ist echt lästig! Und zerrt zusätzlich an meinen Nerven.

Okay, es ist nicht von der Hand zu weisen, dass ich durch meine Heimreise auch dem Konflikt mit Vincent ausweiche. Aber Mom braucht mich jetzt, ich muss einfach nach Hause. Sie war zwar mehr oder weniger glimpflich davongekommen, doch es hätte auch schlimmer ausgehen können. Wäre sie ungünstiger gefallen, hätte ich sie wie Sammy von einer auf die nächste Sekunde verlieren können! Das war mir als Erstes durch den Kopf geschossen, als Dad mir sagte, dass sie im Krankenhaus sei.

Die LSE hat es mir unter diesen Umständen und nach Rücksprache mit der Columbia University sogar gestattet, die Abschlussprüfungen für dieses Studienjahr von New York aus online abzulegen. Die Wiederholungskurse, die ich durch meinen sofortigen Aufbruch verpasse, sollte ich verschmerzen können. Da vertraue ich ganz auf meine Lernfähigkeiten. Außerdem sind es nur noch wenige Wochen.

Endlich rasten die Schnallen des Koffers ein, und der Deckel hält dicht. Geht doch! Ich stehe auf und klopfe mir die Hände an der Hose ab.

»Ich kann nicht glauben, dass du gehst«, reißt mich plötzlich Lias Stimme aus meinen Gedanken. Sie steht im Türrahmen, und obwohl sie das nun schon häufiger gesagt hat, zucke ich zusammen und wende mich ihr etwas ertappt zu.

»Ich wusste ja, dass du früher oder später heimfliegen würdest. Aber ich hätte nicht gedacht, dass du einfach von einem auf den anderen Tag verschwindest.«

Ich schlucke und binde meine Haare zu einem Pferdeschwanz zusammen. »Ich doch auch nicht.«

Sie kommt herein, setzt sich auf den Hocker vor meinem Schminktisch und zwirbelt an den Schleifen ihrer Bluse herum, während sie sich ein wenig hilflos umschaut. »Bist du schon fertig mit Packen?«

»Ja.« Was sollte ich sonst antworten?

»Ich verstehe natürlich, dass du für deine Mutter da sein möchtest«, versichert sie mir daraufhin. »Trotzdem hätte ich mir gewünscht, noch mehr Zeit mit dir zu haben.«

Ich beiße mir auf die Zunge. »Mir geht es genauso.«

»Ich werde dich so vermissen ...«

Himmel, wie soll ich Lias feucht schimmernden braunen Augen standhalten?

»Ich werde dich auch vermissen«, hauche ich, und obwohl das stimmt, kommen mir meine Worte irgendwie leer vor. Dabei war die Panik, die ich empfand, als ich von Moms Treppensturz erfahren habe, ebenso echt und real.

»Was sagt denn Vincent dazu?«, möchte Lia auf einmal wissen, als wäre ihr erst jetzt aufgefallen, dass er gar nicht hier ist, was er angesichts meiner unmittelbar bevorstehenden Abreise vermutlich sein sollte, wenn wir noch zusammen wären.

Damit erwischt sie mich eiskalt.

Ich lache total schrill und falsch. »Oh, wir haben uns sowieso getrennt.«

Lias Augenbrauen wandern in die Höhe. »Das hast du ja noch gar nicht erwähnt.«

Eine als Feststellung getarnte Frage.

»Mir war nicht danach, über Vincent zu reden«, erkläre ich knapp. Ich will nicht riskieren, dass sich nun auch noch Lia von mir abwendet oder mich mit ihrer Reaktion enttäuscht, wenn ich sie in alles einweihe. Ich brauche im Moment jemanden, der einfach nur da ist.

»Tracey«, spricht sie mich direkt an.

Ich hieve meinen Koffer in eine aufrechte Position. »Hm?«

»Bist du sicher, dass du mir nicht sagen möchtest, was vorgefallen ist?«, fragt sie mich sanft, aber bestimmt.

»Nein, ich bin mir nicht sicher.« Ich spreche so leise, dass ich kaum zu hören bin, doch Lia hat mich anscheinend trotzdem verstanden, denn sie erhebt sich und nähert sich mir langsam wie einem verschreckten Tier.

»Du weißt, dass du mit mir über alles reden kannst.«

Es ist noch zu früh, um vorzuschieben, dass ich jetzt losmuss, und gleichzeitig naht der Abschied unaufhaltsam.

Wieder ist da dieses Brennen in meinen Augen.

Ich hasse es.

Und stimmt das? Kann ich mit ihr wirklich über alles reden?

Ich hätte auch nicht vermutet, dass *Vincent* mein Vertrauen einmal so missbrauchen würde. Und trotzdem würde ich ihn so gern noch einmal sehen. Ihn küssen, umarmen, nie wieder hergeben. Aber selbst wenn wir uns aussprechen und wieder vertragen würden, selbst wenn ich mich noch einmal auf diese Gefühle einlassen könnte, hätten wir gar nicht mehr die Möglichkeit, zusammenzubleiben. Nachdem unser Fundament so erschüttert wurde, wäre es doch absurd, es mit einer Fernbeziehung zu versuchen, oder? Und ich muss gehen. Vielleicht ist es für mich an der Zeit, dorthin zurückzukehren, wo es begonnen hat, um Samantha, meine Trauer und meine Schuldgefühle endlich loszulassen und Frieden zu finden. Denn im Augenblick fühlt sich alles so wund und roh an, dass ich mich wundere, überhaupt noch geradezustehen, anstatt mich vor Schmerzen zusammenzukrümmen.

»Na gut.« Entschieden hebe ich den Blick und hole tief Luft. Ich werde Lia die Wahrheit sagen. Die ganze Wahrheit. »Ich fürchte nur, ich muss ein bisschen weiter ausholen.«

Sie schenkt mir ein warmes Lächeln. »Dann sollten wir gleich anfangen, oder?«

Ich nicke.

Denn das ist sie, meine beste Freundin – genau wie Samantha es war und in meinem Herzen immer bleiben wird –, nur dass ich mich bisher immer gescheut habe, Lia so zu nennen.

KAPITEL 54
VINCENT

Ich klingele, aber niemand öffnet. Ich warte fünf Minuten vor Traceys Wohnhaus, bevor ich es erneut versuche. Erfolglos. Ich wähle ihre Nummer. Sie antwortet nicht. War ja klar. Ich rufe trotzdem noch einmal an, schließlich ist es wichtig. Frustriert raufe ich mir die Haare. Ein drittes Mal betätige ich die Klingel der WG und versuche es dann erneut auf ihrem Handy.

Wenn sie weder hier noch in der Uni ist, dann vielleicht im Fitnessstudio oder in Shoreditch in der Buchhandlung?

»Tracey«, spreche ich ihr zusehends beunruhigt auf die Mailbox. Mein kompletter Körper ist inzwischen von einer Gänsehaut überzogen. »Ich habe das nicht so gemeint. Ich konnte nur den Gedanken nicht ertragen, dass die Gefühle zwischen uns nicht echt gewesen sein sollen. Ich hätte dir glauben müssen und nicht meinen heimtückischen Selbstzweifeln. Bitte lass uns reden!«

Ich gehe den Weg zurück, den ich von der U-Bahn-Station hergekommen bin und der durch die Bethnal Green Gardens führt, deren Wiesen voller Gänseblümchen stehen.

Da erscheint eine Nachricht von ihr auf meinem Handy.

Es reicht mir, sie zu überfliegen, und ich muss mich setzen. Sämtliche Kraft verlässt mich. Die Augen auf das Display geheftet, sacke ich auf die nächste Parkbank und versuche zu begreifen, was sie mir damit sagen möchte.

Tracey ist weg?

Der Schmerz bringt mich fast um.

Wenn ich ihren Worten Glauben schenke, ist das die letzte Nachricht, die ich je von ihr erhalten werde:

Vincent, ich bin gerade am Flughafen. Das Boarding hat schon begonnen. Ich fliege nach Hause und werde gleich offline sein. Meine Mutter ist gestürzt und musste ins Krankenhaus. Es hätte sie auch deutlich schlimmer treffen können. Das hat mich noch mal ziemlich aufgerüttelt und an Samanthas Unfall erinnert. Ich fürchte, ich bin noch nicht so weit, wie ich dachte oder es gern wäre. Ich möchte nun unbedingt bei Mom sein und kann nicht länger in London bleiben.

Zu deiner Voice-Nachricht: Ich weiß doch, dass es schwer ist — und dass du stark bist. Aber das, was ich für dich empfinde, macht mir manchmal noch zu viel Angst. Vor allem, wenn meine Gefühle für dich dafür sorgen, dass ich auf andere losgehe (das mit Hunter hast du sicher schon gehört?), oder dass ich dir plötzlich Dinge an den Kopf werfe wie am Sonntag. Ich glaube daher nicht, dass es für mich funktionieren würde, den Abstand zwischen uns auszuhalten, wenn ich wieder in New York bin, oder nur mit dir befreundet zu sein. Es täte zu weh, nicht bei dir sein zu können.

Deshalb bitte ich dich, mir nicht mehr zu schreiben. Ich wünsche dir nur das Beste. Lass dich nicht unterkriegen. Ich weiß, du schaffst das. Danke für alles. Tracey

»Sie ist weg«, wiederhole ich diesmal laut, als würde mir das dabei helfen, diese Tatsache und den Verlust zu begreifen. »Sie ist weg.«

Genauso unverhofft, wie Tracey in mein Leben getreten ist, ist sie wieder daraus verschwunden.

Wenn ich sie wenigstens nicht verpasst hätte! Obwohl der Abschied dadurch sicher noch schwerer geworden wäre. In Sekundenschnelle breiten sich die Risse in meinem Herzen weiter aus. Als ich die Tränen nicht länger zurückhalten kann, beuge ich mich vor und vergrabe das Gesicht in meinen Händen. Die ersten Schluchzer übermannen mich.

Wieso sollte ich um uns kämpfen, wenn Tracey uns bereits aufgegeben hat? Und würde sich das wirklich lohnen, wenn von nun an ein verdammter Ozean zwischen uns liegt? Nein, sie hat es erfasst, in ihrer beherrschten, klugen Art, für die ich sie von Anfang an bewundert habe. So gern ich sie festgehalten und mir gewünscht hätte, dass sie bei mir bliebe, würde ich ihr nie einen Strick aus ihrer Entscheidung drehen. Wenn das für sie jetzt der richtige Weg ist, werde ich das nicht infrage stellen.

Nach einer schieren Ewigkeit schaffe ich es, wieder gleichmäßiger und tiefer ein- und auszuatmen. Ich zerre eine Packung Papiertaschentücher aus meiner Hosentasche.

Tracey hat mir so viel Mut und Kraft geschenkt, wofür ich ihr ewig dankbar sein werde. Mehr kann und will ich nicht von ihr verlangen. Vor allem nicht, nachdem ich so furchtbare Dinge zu ihr gesagt habe. Dass sie mich selbst danach noch verteidigt hat, berührt mich zutiefst. Sie hat mich geliebt, und ich werde weitermachen. Das ist alles, was ich tun kann, um diese Liebe nicht wegzuwerfen. Ich habe es satt, mich zu verkriechen, und werde jetzt erst recht für mich kämpfen.

Als ersten Schritt könnte ich auf Neils Angebot eingehen und heute Abend nach der Selbsthilfegruppe wieder mit ihm abhängen.

Und danach? Widme ich mich Hunter.

KAPITEL 55
TRACEY

VIERZEHN MONATE SPÄTER

»O Mann!« Stöhnend lasse ich den Kopf auf meine Unterarme auf der hölzernen Tischplatte sinken, wodurch unsere Getränke etwas ins Kippeln geraten. »Das war schon wieder nichts.«

Während Drew beschützend nach seinem Eistee greift, bringt Justus das angemessene Mitgefühl auf und legt mir kurz eine Hand auf den Rücken. »Ich hatte auch Schwierigkeiten, eine vernünftige Wohnung in London zu finden. Beim letzten Mal hattest du wohl einfach Glück.«

Lia und ich sitzen mit den beiden Jungs auf dem Platz vor der Markthalle in Covent Garden, im Außenbereich dieses niedlichen Cafés, in dem ich mir vor Ewigkeiten mit Justus ein Eis geholt habe. Anders als zu diesem Zeitpunkt, direkt nach unserem Kuss, hat sich unser Verhältnis mittlerweile Gott sei Dank wieder vollständig normalisiert. Heute haben wir einen Tisch im Schatten der Säulengänge ergattert, denn in der prallen Sonne wäre es etwas zu heiß, so sehr ich den Sommer auch liebe.

Es ist Ende Juli, fast August, und im September werde ich meine Stelle im PR-Management einer Modekette antreten, für die ich mich vor einer Weile von New York aus beworben habe. Bei dem Gedanken regt sich wie jedes Mal kribbelnde Vorfreude in mir. Es wäre nur schön, davor eine feste Bleibe zu finden, anstatt weiter in einer Ferienunterkunft zu hausen.

Ich seufze. Mein bester Freund mag recht haben, aber damit kann ich mich doch nicht zufriedengeben. »Jetzt mal im Ernst. Ich habe mir in den letzten Tagen ungefähr zehn Apartments angeschaut, und eins ist schlimmer als das andere. Entweder ist es die Lage, der Zustand, die Ausstattung, die Mitbewohner ...«

Lia, die mich zum letzten Besichtigungstermin begleitet hat, nimmt ihre Sonnenbrille ab. »Ich könnte meinen Stiefvater wirklich noch mal um Unterstützung bitten. Wenn man schon einen Immobilienmakler kennt ... Du weißt, du musst nicht immer alles allein schaffen.«

»Ja«, sage ich gedehnt. Das weiß ich, obwohl es mir nach wie vor schwerfällt, um Hilfe zu bitten und mich auf andere zu verlassen. Dass Lia, Justus und Penelope, nachdem sie die Wahrheit über Samantha erfahren haben, sich nicht von mir abgewandt haben und wir unsere Freundschaft trotz der Entfernung aufrechterhalten konnten, hat mich auf jeden Fall darin bestärkt und mir gezeigt, dass ich auch mal schwach sein darf und sie mich mit all meinen Fehlern akzeptieren und lieben.

Ich schiebe dennoch einen Scherz hinterher: »Die Zeit mit dir,

P und Ina ist sowieso nicht zu toppen. Wer hätte das nach unseren Startschwierigkeiten gedacht?«

Lia kichert. »Ja, hin und wieder sehne ich mich auch nach unserer WG zurück.«

»Entschuldige bitte!«, wirft Drew entrüstet ein.

»Du entschuldigst dich?«

»Das war nicht wörtlich gemeint«, bemerkt er.

Lia knufft ihn in die Seite. »Das weiß ich doch, Hase. Ich wollte dich nur mal wieder mit einer meiner Wortklaubereien in den Wahnsinn treiben.«

»Vielleicht sollte *ich* dann eher darüber jammern, wie es ist, mit dir zusammenzuwohnen.«

Sie setzt eine gespielt gekränkte Miene auf. »Ich wohne gern mit dir zusammen.«

Drew wirkt nicht überzeugt. »Sicher tust du das.«

»Frieden?«

»Frieden«, brummt er.

Puh, die zwei sind und bleiben zuckersüß.

Justus schneidet eine Grimasse, die etwa dasselbe zu bedeuten scheint: *Ja, alles wie immer.*

Ich lächele in mich hinein, und mir wird unglaublich warm ums Herz. Es ist so schön, wieder in England zu sein und meine Freunde um mich zu haben. Sie lediglich über einen Bildschirm zu sehen ist nicht dasselbe. Wie sehr sie mir gefehlt haben, trifft mich in diesem Moment mit fast schmerzlicher Gewissheit. Und genau diese Art von Schmerz sagt mir, dass es von nun an endlich bergauf gehen wird.

»Tracey?« Lias aufmerksamer Blick ruht wieder auf mir.

»Alles gut.«

Genauso war es, als ich vor meiner erneuten Abreise aus New York an Samanthas Grab gestanden habe, um ihr Lebewohl zu sagen. Im letzten Jahr bin ich sehr oft dort gewesen, und ich glaube, das habe ich gebraucht. Genau wie die Aussprache mit ihrer Mutter, auch wenn sie mir von sich aus nie Vorwürfe gemacht hatte. Sie verdiente es, ebenfalls alles zu erfahren. Doch letzten Endes konnte ich nicht in meiner Heimatstadt bleiben, weil sie sich nicht mehr wie Heimat angefühlt hat. Kaum zu glauben, dass Sammys Tod nun zwei Jahre zurückliegt.

Ich strecke eine Hand aus, um das dekorative, schmale Kristallglas auf dem Tisch so zu drehen, dass die Öffnung der weißen Blüte mit den purpurroten Sprenkeln zu mir zeigt.

Eine Pfingstrose.

Ich bewerte das als gutes Omen.

Denn es gibt nur noch eines, das ich tun muss, um auszuloten, was die Zukunft für mich verspricht. Eine Zukunft ohne Samantha, für die ich nun bereit bin.

Wieso noch warten?

Als wir uns nach einem Cafénachmittag voller Lachen und tiefer Verbundenheit trennen, steige ich an der Holborn Underground Station in einen Zug der Central Line in Richtung East End – wie zu der Zeit, als ich hier zur Uni gegangen bin.

Obwohl ich mir bereits seit Monaten vorgenommen habe, noch mal mit Vincent zu reden, wenn ich wieder in London bin, löst die altbekannte Strecke nun Beklemmungen in mir aus. Ich kann die Stationen quasi mitsprechen, so oft wie ich sie einst abgefahren bin: Chancery Lane, St Paul's und Bank, Liverpool Street, wo ich aussteigen müsste, wenn ich zum *A New Chapter* wollte. Bethnal Green, unsere alte WG. Und schließlich Mile End. Von dort aus brauche ich keine fünf Minuten bis zum *Tower Hamlets Cemetery*.

In meinem Kopf hat alles so schön Sinn ergeben. Doch nun, da ich das kurze Stück durch die Siedlung zum Friedhof laufe, werde ich immer panischer, und meine Schritte verlangsamen sich mehr und mehr. Schwüle und Hitze haben zu dieser fortgeschrittenen Stunde etwas nachgelassen, trotzdem bekomme ich auf einmal schlechter Luft.

Eine dumme Idee, wispert die Stimme der Vernunft und verspottet mein sich überschlagendes Herz. *Das hier ist kein Liebesfilm.* Auch wenn ich den Dialog aus der Entschuldigungsszene in *Notting Hill* sicherheitshalber auswendig gelernt habe, nur um für alle Eventualitäten gewappnet zu sein. Wer weiß, vielleicht kann ich etwas davon anbringen. *Wer's glaubt.*

Und liebe ich Vincent überhaupt noch? Oder ist es lediglich die Erinnerung an uns, die mich nicht loslässt und mich nach all dieser Zeit noch zu ihm zieht?

Als ich am *Magic auf Flowers* eintreffe, steht der Feierabend kurz bevor. Ich lasse die Friedhofstore hinter mir und nähere mich dem Backsteinhäuschen mit den weißen Fensterrahmen, bis ich innehalte. Noch könnte ich umkehren und so tun, als hätte ich mich mit meinem Auftauchen nicht total lächerlich gemacht.

Natürlich rechne ich nicht mit einem kitschigen Happy End. Nicht nachdem ich den Kontaktabbruch knallhart durchgezogen und Vincent vor vollendete Tatsachen gestellt habe. Ein Teil von mir hatte gehofft, er würde sich darüber hinwegsetzen, und wenn er es getan hätte, wer weiß, ob ich dann stark geblieben wäre ... Doch er akzeptierte meinen Wunsch, wofür ich mich unpraktischerweise gleich noch mehr in ihn verliebt habe. Mir ist klar, dass er genau wie ich weitergemacht hat. Womöglich hat er längst ein anderes Mädchen gefunden ...

Nach einem letzten tiefen Einatmen lehne ich mich mit der Schulter gegen die gelb gestrichene Eingangstür des Blumenladens und drücke sie nach innen.

Selbst wenn Vincent heute nicht hier arbeitet – oder vielleicht gar nicht mehr –, werde ich hoffentlich eine Auskunft bekommen, wie ich ihn erreichen kann. Nach ein paar Monaten in NYC hatte ich seine Nummer schließlich aus meinem Handy gelöscht und meine Freunde nicht nach ihm fragen wollen.

Wieso nur kommt mir diese Situation so bekannt vor?

Kaum bin ich über die Schwelle getreten, umfängt mich dieser erdige Duft, unter den sich die frische Note des Grünschnitts und die Süße der Blüten mischen. Die Theke aus grünem Mosaik ist unbesetzt, weshalb mir nichts anderes übrig bleibt, als den Mittelgang entlangzugehen und dabei mit steigender Aufregung zwischen die Pflanzenkübel zu spähen. Die blechernen Eimer sind gefüllt mit farbenfrohen Schnittblumen. Gestecke, Kränze und Deko-Elemente sind jetzt sommerlicher als im Frühjahr.

Niemand da. Das Geschäft und der Wintergarten sind in märchenhaft verwunschene Stille getaucht.

Unschlüssig bleibe ich vor den Terrarien an einem Ende der Theke stehen und rücke den Riemen meiner Handtasche zurecht. Schließlich zücke ich mein Handy, um mich etwas weniger wie bestellt und nicht abgeholt zu fühlen. Irgendjemand muss noch hier sein, um den Laden gleich abzusperren.

Als ich höre, wie sich die Tür zum Mitarbeiterbereich öffnet, drehe ich mich so überhastet um, dass mir mein Smartphone aus den Händen springt und über den Boden davonschlittert. Bevor ich in meinem Kleid vollständig in die Hocke gegangen bin, um es aufzuheben, hat der Typ, der hereingekommen ist, sich schon gebückt und reicht es mir.

»Sorry«, entschuldigt er sich. »Ich hatte nicht mehr mit Kundschaft gerechnet.«

Als ich ihm das Handy abnehme, den Blick von dem noch intakt aussehenden Gehäuse hebe und mir die Haare zurückstreiche, die mir nach vorn ins Gesicht gefallen sind, erkenne ich ihn. Und er mich.

Vincent.

Mein Herz krampft sich zusammen, ehe es mit doppelter Geschwindigkeit losdonnert.

Ich fange mich zuerst. »Ich bin auch nicht hier, um etwas zu kaufen.«

Er starrt mich an, als wäre ich ein böser Geist, der sich aus dem Nichts vor ihm materialisiert hätte, was nicht allzu schmeichelhaft und außerdem doppelt fies ist, weil ich mir große Mühe gebe, ihn meinerseits nicht anzuglotzen. Es gelingt mir mäßig. Ich registriere das weiße T-Shirt, die hellblaue, an den Knien zerrissene Jeans, rote Vans.

Als er den ersten Schock überwunden hat, schüttelt er bedächtig den Kopf und sagt mit dieser mir unbekannten, etwas tieferen Stimme: »Das kann ich mir denken. Was machst du hier?«

Innerlich gebe ich mir einen Ruck. »Ich bin zurück.«

Das gehörte jetzt nicht zu meinen wohlüberlegten Worten. Mist!

Aber eigentlich sollte es mich nicht verwundern, dass er mich derart aus dem Konzept bringt.

Er fährt sich durch das aschblonde Haar, das oben länger und an den sauber rasierten Seiten etwas kürzer ist als damals. Diese vertrauten Gesichtszüge, die doch etwas Fremdes an sich haben. Es sind nur Nuancen, die ihm etwas Maskulineres verleihen. Und genau diese kleinen Unterschiede machen mir bewusst, was ich verpasst habe. Wie lange bekommt er nun schon Testosteron? Ich hätte da sein sollen, um diesen wichtigen Augenblick mit ihm zu teilen. Er sieht nach wie vor gut aus.

»Du bist zurück«, echot er. »Für den Sommer?«

»Ich habe hier einen Job gefunden.«

Immer noch keine Freude. Stattdessen dreht Vincent sich nach einem raschen Blinzeln von mir weg. »Ich schließe nur kurz ab, okay?«

Ich nicke und verfolge, wie er die Riegel der Besuchereingänge zuschiebt. Seine Bewegungen haben etwas unterschwellig Angespanntes. Als er zu mir zurückkommt, wirkt er auch sichtlich aufgebrachter.

»Und was erwartest du …« Seine Stimme setzt kurz aus. »Sorry, das ist der Stimmbruch. Was erwartest du jetzt von mir?«

Die Frage kann ich ihm nicht verübeln. Es ist verständlich, dass ihn mein unerwartetes Wiederauftauchen aufwühlt.

»Ich wollte dich einfach sehen.« Zu spät realisiere ich meinen Fehler.

»Tja.« Vincent schnalzt mit der Zunge und vollführt eine *Da bin ich!*-Geste, wobei mir das Regenbogenbändchen an seinem linken Handgelenk auffällt. »Ist aber nicht so spannend, oder? Du bist zu früh.«

»Wofür?« Was ich nicht wollte, war einen neuen Streit zu provozieren. Mein Magen sackt mir in die Kniekehlen.

»Nun …« Er räuspert sich. »Falls du mit einem spektakulären Make-over gerechnet hattest a là *Wer ist dieser sexy Kerl, der doch unmöglich mal eine Frau gewesen sein kann?*, muss ich dich enttäuschen. Dieser Ansatz ist sowieso total daneben, und leider habe ich auch nicht zufällig im Lotto gewonnen, um mir eine Privatklinik leisten und die Wartezeit auf die Hormone verkürzen zu können. Das Schmerzensgeld von Hunter hat dafür nicht gereicht. Ich bin gerade mal knapp drei Monate auf Testosteron und noch weit davon entfernt, fertig zu sein.« Bei der letzten Bemerkung malt er Anführungszeichen in die Luft.

»Ich meinte, ich wollte schauen, wie es dir geht«, verbessere ich mich rasch und balle die Fäuste.

Nope, ich werde nicht abermals den Rückzug antreten, nur weil wir aneinandergeraten. Das hier ist vollkommen anders als mit Charlie, mit dem sich meine Interaktion seit unserem Zwischenspiel in London auf ein höfliches Grüßen beschränkt hat, wenn wir uns in der Nachbarschaft zufällig über den Weg gelaufen sind. Vincent und ich könnten es noch einmal probieren, den Funken wieder neu entfachen. Wenn er ebenfalls dazu bereit ist, die Vergangenheit hinter sich zu lassen.

»Aber ja, vielleicht habe ich tatsächlich darauf spekuliert, heute dem Mann meiner Träume zu begegnen«, füge ich etwas wackelig hinzu, während ich mir selbst eingestehe, dass das der Wahrheit entspricht.

Vincent will etwas erwidern, doch ich würge ihn ab. »Die Frage ist nur, wieso du dich dafür hättest verändern sollen.« Ich straffe mich, denn nun erinnere ich mich zumindest an Bruchstücke meines Texts. »Du bist nämlich von Anfang an mein Traummann gewesen. Und du bist es immer noch. Wobei ich verstehe, wenn du mir das nicht mehr abnimmst, weil ich dich letztlich im Stich gelassen habe. Ich habe mich nur davor gefürchtet, mich vollkommen auf die Gefühle einzulassen, die du in mir geweckt hast und durch die ich mich zwischenzeitlich nicht mehr wiedererkennen konnte.«

Für einen Moment presst er die Lippen zu einem schmalen Strich zusammen, dann sagt er: »Ich hatte auch Angst.«

Scheiße.

Ich senke die Lider, damit er nicht bemerkt, dass sich dahinter Tränen sammeln. »Es tut mir so leid. Habe ich dir das vor all den Monaten überhaupt gesagt?«

»Nein.« Vincent lacht ein wenig heiser, und ein Schauer jagt meine Wirbelsäule hinunter.

»Ich hatte Angst«, erklärt er, »dass ich dich nie wiedertreffe und du mir nicht vergeben könntest, wie blind ich gewesen bin. Dabei hätte ich das, worauf es ankommt, die inneren Werte, sowieso nicht gesehen.«

Ich merke, wie er dichter an mich herantritt. Die Härchen in meinem Nacken richten sich auf, und mein Körper beginnt zu vibrieren. Spürt er das auch?

Ich öffne die Augen, ohne damit zu rechnen, dass er *so nah* herangekommen ist. Überrascht ziehe ich die Luft ein.

»Mir tut es auch leid, Tracey«, sagt Vincent leise. »Du hast dein Allerbestes gegeben, um für mich da zu sein, und am Ende habe ich das förmlich mit Füßen getreten. Aber ich konnte deine Unterstützung und deine Zuneigung zu diesem Zeitpunkt nicht annehmen und mich so darauf einlassen, wie du es verdient hättest. Bei all dem Gegenwind, mit dem ich konfrontiert war, habe ich plötzlich überall Feinde gesehen, selbst in den Menschen, bei denen ich im Grunde wusste, dass sie mich lieben.«

Ein Stich durchzuckt mich bei diesen Worten. Rational betrachtet war mir schon damals bewusst, dass ich Vincent nur bis zu einem gewissen Grad helfen könnte, dass es nicht zu meinen Aufgaben gehörte, ihn zu retten oder dergleichen. Auf emotionaler Ebene sah das etwas anders aus, wie mir nun erst klar wird. Mein scheinbares »Scheitern« hat bis jetzt an mir genagt, und unendlich langsam beginnt sich auch dieses Wirrwarr an negativen Gefühlen zu lösen.

»Du kannst nichts dafür, dass ich noch nicht so weit war«, ergänzt Vincent.

Damit gibt er mir den letzten Anstoß, den ich brauche, um eine weitere Wahrheit auszusprechen. »Genauso wenig war es deine Schuld. Ich bin so froh, dass du immer mehr du selbst sein kannst und dich von niemandem davon abhalten lässt.«

Er wird ein bisschen rot. »Ich wäre froh, wenn du dich nie wieder fragst, ob du auch genug gibst. Denn du bist großartig, und ich wollte dir nie das Gefühl vermitteln, als wäre es anders.«

Ich lache nervös, denn ich muss es genau wissen. »Dann heißt das, wir versuchen es noch mal miteinander? Alles auf Anfang?«

Der Ausdruck in Vincents Augen wird weich. Er legt eine Hand an mein Gesicht und streicht mit dem Daumen über meine Lippen, die ich unbewusst geöffnet habe.

Mein Herz macht einen Satz.

»Ja, ja, und noch mal ja«, sagt er.

Sein Kuss ist sanft und voller Hoffnung.

EPILOG
VINCENT

EIN MONAT SPÄTER

»Wir müssen die nächste Bahn kriegen«, behauptet Neil gleich nach der Vorstellung von *Dear Evan Hansen*, kaum dass wir zurück im Theaterfoyer sind. Dabei wackelt er allerdings vielsagend mit den Augenbrauen, weshalb ich eher glaube, dass er und Alexander nicht länger als nötig die Finger voneinander lassen wollen, nachdem sie sich auf der Pride-Parade im Juni endlich ihre Gefühle füreinander gestanden haben.

»Dann möchten wir euch natürlich nicht aufhalten«, gibt Tracey, die etwas Ähnliches wie ich gedacht haben muss, belustigt zurück.

Die Jungs verabschieden sich wie üblich mit einem Handschlag von mir, während sie Tracey kurz umarmen. Danach geht Tracey noch zur Toilette, und während ich auf sie warte, erinnere ich mich daran, wie oft Neil mir in der Vergangenheit aus Liebeskummer wegen Alexander die Ohren vollgejammert hat und ich ihm wegen ihr. Ich schmunzele in mich hinein. Besonders leid tut es mir nur für Neils Zwergkaninchen Bambi, das uns beide so wacker ausgehalten hat.

»Und was sagst du? So unter uns«, möchte ich von Tracey wissen, als wir anschließend in die warme Sommernacht hinaustreten.

»Du hast es ja mitbekommen. Selbst Neil, der gern so tut, als würde er höchstens mal bei einem Fußballspiel emotional werden, musste eben ein paar Tränen verdrücken. Du darfst also ruhig zugeben, dass du auch ein Herz hast.«

Wie jedes Mal verpasst ihre Hand in meiner mir nun einen leichten Stromschlag, und das Prickeln breitet sich bis in meine Zehen aus. Für einen Augenblick verschmelzen wir mit der Menge der übrigen Musicalbesucher, bevor sie sich in alle Winde zerstreuen.

»Meine ehrliche Meinung?« Tracey mustert mich von der Seite.

»Logisch.«

»Die Vorstellung hat mir gefallen.«

Gemächlich schlendern wir durch das West End zur Tube-Station, altmodische Laternen werfen in regelmäßigen Abständen ihr Licht auf die Straßen. An einigen hängen Blumentöpfe, was wirklich schön gemacht ist.

»Wir könnten eigentlich auch mal wieder als Guerilla-Gärtner um die Häuser ziehen«, sage ich bei diesem Anblick. »Ich habe mich lange genug allein um unsere Pflänzchen gekümmert, findest du nicht?«

Im ersten Moment wirkt Tracey sprachlos, und ich fürchte schon, dass das eine dumme Idee war. Vielleicht hat sie inzwischen damit abgeschlossen. Doch dann räuspert sie sich gerührt.

»Das hast du getan?«

»Selbstverständlich!«, erwidere ich empört. »Ich hätte die Kleinen doch nicht sich selbst überlassen können.«

Lächelnd schüttelt sie den Kopf.

»Ich meine, so viel Arbeit war das nun auch nicht. Vor allem, weil das Wetter mitgemacht hat und ich dank des Regens nicht oft gießen musste. Ansonsten habe ich ein paar verwelkte Blütenstiele entfernt oder mal gedüngt. Und die Nelken habe ich für die Überwinterung zu mir geholt …« Ich unterbreche mich, als mir aufgeht, dass das nun doch nach einem ziemlichen Aufwand klingt, obwohl ich den eigentlich herunterspielen wollte. »Ich habe nur keine neuen Samen mehr ausgesät«, gebe ich zu. »Und das Moosgraffiti hat es doch recht schnell dahingerafft.«

Tracey holt tief Luft. »Dann würde ich die Blumen gern sehen. Sie sollten ja noch blühen, oder?«

»Ja, keine Sorge«, bestätige ich sofort, denn sie klingt so hoffnungsvoll. »Viele Sommerblumen sind Dauerblüher, die es bis in den Herbst schaffen. Möchtest du jetzt gleich dahin?«

Sie nickt entschieden.

In der Bahn nach Shoreditch, von wo aus wir nach Bow laufen wollen, zieht Tracey allerdings einen Schmollmund. »Du weißt genau, dass ich ein Herz habe.« Sie scheint meine Neckerei gerade nicht so stehen lassen zu wollen, obwohl ich ja bloß Spaß gemacht habe. Zu niedlich. Selbst vier Wochen später kann ich ab und zu kaum glauben, dass sie zurück ist und hierbleibt. Sie bleibt jetzt. Bei mir.

Auch wenn es mehr als hart ohne sie war, hätte ich es mir nie verziehen, uns keine zweite Chance zu geben. Schließlich kenne ich mich selbst nur zu gut damit aus, was Angst mit einem anstellen kann. Als sie im *Magic of Flowers* plötzlich vor mir stand, schrie alles in mir, dass es das noch nicht gewesen sein durfte. Ich glaube nicht, dass es auch nur einen Tag gab, an dem ich sie nicht vermisst habe. Und doch beruhigt es mich zu wissen, dass ich Tracey nicht in meinem Leben brauche, sondern in meinem Leben möchte. Der Unterschied ist signifikant.

An der Liverpool Street verlassen wir die U-Bahn und streifen durch die umliegenden Gassen. Ich lotse uns exakt die Wege entlang, die wir vor so langer Zeit das letzte Mal gemeinsam zurückgelegt haben.

Tracey sucht die düster und trostlos wirkenden Straßenzüge nach bunten Tupfern ab und jauchzt nahezu auf, als sie endlich die ersten entdeckt. Sie so zu sehen, ist noch besser, als die Blumen zu betrachten, die hier und dort wild wuchern, ungezähmt und wunderschön Bürgersteige und Straßenbäume säumen und von Müll und Unrat ablenken.

Überall entdecken wir kleine Farbexplosionen: Dort der orangefarbene Scheinsonnenhut, ein wahrer Hingucker, die gelben Fransen des Mädchenauges, die üppigen rosa Blütenkerzen der Lupinen, die eine beachtliche Höhe erreicht haben, der blau-lila Storchenschnabel oder die Stauden der roten Flammenblume. Margeriten setzen mit ihren weißen Köpfen fröhliche Akzente.

Tracey seufzt immer wieder ganz verträumt.

Schließlich stoßen wir auf eine Hauptstraße, wo sie abrupt vor einer verschlossenen Boutique hält. Wahrscheinlich ist sie auf etwas im Schaufenster gestoßen, das ihr gefällt, und möchte es sich näher anschauen, also bleibe ich ebenfalls stehen. Als sie sich jedoch nur enger an mich schmiegt und unsere Reflexion in der Scheibe betrachtet, schnürt sich mir vor Ergriffenheit die Kehle zu.

Eigentlich hatte ich versucht, es mir abzugewöhnen, ständig meine Erscheinung zu checken, und mich zuletzt darauf beschränkt, nur dann explizit darauf zu achten, wenn ich in regelmäßigen Abständen die Veränderungen durch die Hormoneinnahme dokumentiere. Ich habe gelernt, mich in Geduld zu üben, denn nur Wunder geschehen auf magische Weise, alles andere braucht seine Zeit. Pubertäre Begleiterscheinungen inbegriffen. Und tatsächlich geraten die Dinge in Bewegung. Zum Beispiel merke ich, dass die Pflanzenkübel im Blumenladen oder die Taschen beim Einkaufen weniger zu wiegen scheinen, weil ich offenkundig mehr Kraft bekommen habe, oder dass einige Hemden an den Schultern plötzlich spannen, wohingegen meine Hosen weiter sitzen als zuvor. Ich finde es auch immer noch faszinierend, wie rau sich meine Haut auf einmal anfühlt, dass die Adern an meinen Händen und den Unterarmen stärker hervortreten oder wo mir plötzlich Haare wachsen. Alles an meinem Körper ist irgendwie fester und massiver, weniger kurvig, und in jedem Fall fühle ich mich stetig wohler.

Trotz der Gefahr, wieder nur enttäuscht zu werden, wage ich es, Traceys Blick zu folgen. Und diesmal erschaudere ich nicht wie sonst angesichts meines Spiegelbildes. Denn da ist er. Der Mann, der ich im Inneren schon immer war. Für einen Augenblick kann ich ihn sehen. Mich. Mein wahres Ich.

Ein Schluchzen steigt in mir auf.

»Vincent?« Tracey wirkt alarmiert. »Was hast du?«

Ich atme zittrig ein und wische mir mit der Hand über das Gesicht. »Ni…nichts.«

Meine neue Stimme will mir nicht gleich gehorchen, obwohl ich den Eindruck hatte, sie nach dem Herumgekrächze im letzten Monat und dem neuerlichen Drop nach unten wieder mehr unter Kontrolle zu haben. Vor allem wenn sie etwas belegt ist, kommen mir der Klang und das Vibrieren meiner Stimmbänder beim Sprechen noch ungewohnt vor. Dabei mag ich es, wie ich mich jetzt anhöre. So gesehen hat dieser schleichende Prozess schon etwas Beruhigendes.

»Nein, falsch«, korrigiere ich mich. »Ich bin gerade unglaublich glücklich.«

Tracey atmet auf. »Das bin ich auch!«

Eine Weile stehen wir noch da, nun Stirn an Stirn, und in der Gegenwart des anderen versunken. Der Duft ihres Parfüms legt sich um mich wie ein schützender Kokon. Schließlich küsse ich sie zärtlich und murmele: »Wollen wir nach Hause gehen?«

Sie hebt eine Augenbraue. »Zu dir oder zu mir?«

Ich werde rot wegen ihres verführerischen Untertons. »Lass uns zu dir! So genial ich die Wohngemeinschaft mit Elle auch finde und so lieb ich sie habe, mit ihr auf diesen vierzig Quadratmetern eingepfercht zu sein, zerrt manchmal an meinen Nerven. Du kennst sie. Zumal wir heute auch noch gemeinsam zum Mittagessen bei Mum und Dad waren.«

Bei unserer ersten Familienzusammenkunft mit unseren Eltern nach der Beerdigung meiner Grandma hatte Dad sich letztendlich dazu bereit erklärt, uns eine Wohnung zu finanzieren. Davor war ich zweieinhalb Monate bei Agatha untergekommen, während meine Schwester sich bei ihrem Freund James einquartiert hatte. Ich für meinen Teil war schon froh, dass unser Vater die Bezahlung meiner Studiengebühren nicht ausgesetzt hatte, denn ich hatte meine Kurse eine Weile schleifen lassen, und nach dem Vorfall mit meinem Ex-Freund und den Anfeindungen dort hatte es gedauert, bis ich wieder gern zur Uni ging.

»Aber grundsätzlich lief das gemeinsame Essen ganz gut?«, will Tracey wissen.

»Jap.«

Wir arbeiten an einer Wiederannäherung, doch vor allem meinem Vater nehme ich die Entschuldigung und das schlechte Gewissen nicht richtig ab. Meine Mutter taut dagegen langsam auf, und ihr und Elle zuliebe reißt Dad sich zusammen. Es ist, als müssten wir uns neu kennenlernen. Zuletzt hat Mum mich tatsächlich häufiger bewusst mit *Vincent* angesprochen. Und das ist definitiv ein Fortschritt! Es bedeutet mir fast mehr, als ich mir eingestehen möchte.

»Gut. Dann zu mir. Das ist perfekt!«, triumphiert Tracey und zieht mich mit sich. »Dann kannst du mich morgen gleich in Sachen Outfit für meinen ersten Arbeitstag beraten. Ich habe schon verschiedene Möglichkeiten zusammengestellt.«

Ähm, wie bitte? Was?

»Kann ich meine Wahl noch mal rückgängig machen? Davon war gerade noch nicht die Rede gewesen!«

Sie tätschelt mir mitleidig den Arm. »Nö.«

»*Tracey.*«

»Was denn?«

Als wäre sie die Unschuld in Person.

Ich bemühe mich, entrüsteter zu klingen. »Quäl mich nicht so. Du kennst meine nicht vorhandene Begeisterung für Klamotten.«

»Sorry!« Sie zwinkert mir zu. »Aber du hast doch gewusst, was dich mit mir erwartet.«

Da ist etwas dran. Und ich würde mich jederzeit wieder für uns entscheiden. Denn dieses Leben ist gut.

TRIGGERWARNUNG

(ACHTUNG: SPOILER!)

Liebe*r Leser*in,

wie schön, dass du zu diesem Buch gegriffen hast! Bevor du mit dem Lesen beginnst, jedoch eines vorweg: Vincents und Traceys Geschichte erzählt davon, sich selbst zu suchen und zu finden. Genau wie von den Kämpfen, inneren wie äußeren, die man auf diesem Weg manchmal austragen muss.

Zu Beginn seiner Reise ist Vincent ziemlich unglücklich mit sich, insbesondere mit seinem Körper, weil sein Geschlechtsidentitätserleben nicht mit den Geschlechtsmerkmalen übereinstimmt, und er ein Leben führt, das nicht das seine ist. Für einige von euch mögen die bedrückenden Gedanken und Gefühle, die mit dieser Situation einhergehen, nicht so leicht zu lesen sein. Darüber hinaus begegnet Vincent nach seinem Outing nicht nur freundlich gesinnten Menschen. Die folgende Geschichte und ihre Figuren sind zwar frei erfunden, doch Transfeindlichkeit, Homophobie und Mobbing sind real. Darum sollst du wissen, dass dich auch solche Inhalte in »A New Season« erwarten. Ich wünsche mir dennoch, dass ich mit diesem Buch neue Perspektiven und Blickwinkel für dich eröffnen und zeigen kann: Hey, du bist genau richtig so, wie du bist!

Außerdem spielen Tod, Verlust und Trauer eine zentrale Rolle in der Handlung.

Für alle, die noch etwas mehr zum Thema *Transgender* oder ein paar persönlichere Worte von mir als trans* Mann dazu lesen möchten, gibt es das Nachwort.

Euer Marius alias *Marnie Schaefers*

NACHWORT & DANKSAGUNG

Wie für Vincent begann auch für mich ein völlig neuer Lebensabschnitt, als ich mich im April 2019 als trans* outete. Nachdem ich jahrelang – mal bewusster, mal unbewusster – mit mir selbst und dieser Wahrheit gerungen hatte, war mir zweifelsfrei klar geworden, dass es so wie bis dahin nicht weitergehen könnte und ich nicht mehr als Frau leben wollte und würde, denn ich war keine Frau, sondern ein Mann. Schließlich sagte ich es allen. Diese Outings gehören für mich zu den beängstigendsten und gleichzeitig besten Dingen, die ich je getan habe. Obwohl das, was folgte, unglaublich aufregend und nicht immer einfach war, hat es sich definitiv gelohnt. Heute bin ich frei und darf der Mann sein, der ich innerlich schon immer gewesen bin.

»A New Season« zu schreiben war für mich eine echte Herzensangelegenheit. Weil wir trans* Menschen gesehen und gehört werden müssen. Weil niemand Angst davor haben sollte, er*sie selbst zu sein und jede*r es verdient hat, glücklich zu sein. Für mich war es ein langer Weg bis hierher, und auch Vincents Weg ist nur einer von vielen. Obwohl ich selbstverständlich nicht für alle trans* Menschen sprechen kann, hoffe ich, dass »A New Season« einen Teil dazu beitragen wird, für manches zu sensibilisieren und einen Einblick in das zu geben, was trans* zu sein eigentlich bedeutet.

Unterstützung, Rückhalt und Liebe als Reaktionen auf ein Outing sind so wichtig! Als Außenstehender ist es okay und verständlich, zuerst überrascht, ängstlich oder etwas überfordert zu sein, und genauso okay, sich erst mal an die neue Situation gewöhnen zu müssen. Vor allem, wenn man noch nicht viele Berührungspunkte mit dem Thema hatte. Aber glaubt mir: Der Mensch, der sich euch anvertraut hat, bleibt derselbe, auch wenn er sich im Laufe seiner Transition gegebenenfalls äußerlich verändert. Er wird bloß glücklicher werden und dadurch hoffentlich aufblühen. Dieser Mensch braucht euch jetzt.

Trans* zu sein ist kein Problem. Das Problem sind diejenigen, die eines daraus machen. Es ist keine Phase, nichts, wofür man sich schämen müsste oder für das sich jemand aus einer Laune heraus entscheidet oder gar um Aufmerksamkeit zu erlangen. Es ist keine psychische Störung. Fakt ist: Welchem Geschlecht man sich zugehörig fühlt, ist unabhängig von körperlichen Gegebenheiten wie Chromosomen oder Geschlechtsmerkmalen. Trans* Frauen sind Frauen, trans* Männer sind Männer. Ebenso gut kann man sich irgendwo dazwischen oder außerhalb des binären Spektrums einordnen. Niemand hat das Recht, irgendjemandem zu sagen, wer er*sie ist oder zu sein hat.

Ich würde mir wünschen, dass diejenigen unter euch, die selber trans* sind oder noch mitten im Selbstfindungsprozess stecken, sich durch Vincents Geschichte weniger allein, hoffnungsvoller oder schlicht verstanden fühlen. Mir hätte es damals geholfen, Geschichten zu lesen, die meiner ähneln, um frühzeitiger zu erkennen, was mit mir los ist. Im Übrigen ist es nie zu spät oder zu früh, das Leben zu leben, das man leben möchte. In welchem Alter sich jemand als trans* outet kann total variieren.

Herauszufinden, wer man ist, ist allerdings selten leicht und kein geradliniger Prozess. Label können und dürfen sich mit der Zeit verändern. Man kann auch ganz auf ein Label verzichten. Es ist von großer Bedeutung, immer auf das eigene Gefühl zu hören, statt sich nach gesellschaftlichen Erwartungen zu richten. Gerade was geschlechtsangleichende Maßnahmen wie eine Hormontherapie oder Operationen betrifft, möchte ich euch dazu anhalten, euch sorgfältig zu informieren und genau in euch hineinzuhorchen. Ob man bestimmte Veränderungen möchte oder nicht, um sich mit seinem Körper wohlzufühlen, und auch wie maskulin/feminin/androgyn sich jemand gibt, sagt letztendlich nicht zwangsläufig etwas darüber aus, ob er*sie sich als trans*, Frau, Mann, queer, nicht-binär oder etwas ganz anderes definiert.

Was ebenfalls bedacht werden sollte: Obwohl Vincent nach seinem Outing teilweise heftigen Gegenwind bekommt, gibt es auf der anderen Seite Gott sei Dank zahlreiche offene und vorurteilsfreie Menschen, die die trans* und LGBTQIAP+-Community supporten. Danke an euch, die ihr dies bereits tut.

Ein besonderer Dank gilt an dieser Stelle meiner Familie und meinen Freund*innen. Danke, dass ihr den trans* Weg mit mir gemeinsam geht und keinen Moment von meiner Seite gewichen seid. Eure endlose Liebe bedeutet mir unbeschreiblich viel. Es ist so schön, nun nicht mehr nur in meinen Träumen ein Sohn, großer Bruder, guter Freund zu sein.

Danke auch an das Team von Ravensburger. Ich freue mich immer noch total, dass »A New Season« bei euch im Verlag ein Zuhause gefunden hat und weil ihr an dieses Projekt geglaubt und es gemeinsam mit mir verwirklicht habt. Paula, Nadja, Franziska – danke für euren tollen Input, den intensiven Austausch und euren unermüdlichen Einsatz, das Bestmögliche aus dem Text herauszuholen.

Danke an meine Testleser*innen für die ersten Eindrücke und hilfreichen Anmerkungen.

Und zuletzt: Danke an dich, liebe*r Leser*in, für den*die ich dieses Buch geschrieben habe.

Alles Liebe
Euer Marius

Mehr zu mir und *meinem* Leben als trans* Mann findet ihr auf Instagram @derunbekannteheld